NORD ET SUD

GUERRE ET PASSION

Volume 3

ŒUVRES DE JOHN JAKES
DANS PRESSES POCKET

NORD ET SUD

1. Les Jours heureux
2. Amis, ennemis
3. Guerre et Passion
4. Le ciel et l'enfer
5. L'année des sauterelles

JOHN JAKES

NORD ET SUD

GUERRE ET PASSION

Volume 3

PRESSES DE LA CITÉ

Titre original :
Love and War

Publié par
Harcourt BRACE JOVANOVICH Publishers

Traduit par
Jacques MARTINACHE

ISBN 2-266-02647-X

LIVRE PREMIER

« MOURIR POUR LIBÉRER DES HOMMES »

J'aimerais voir le Nord gagner mais quant à la Proclamation d'émancipation, je m'en lave les mains, comme tous les officiers et soldats de l'armée. Je suis venu combattre pour la restauration de l'Union... pas pour libérer des nègres.

Un soldat de l'Union, 1863

1

PENDANT près d'un mois, ils vécurent dans une seule chambre exiguë, que Judith avait divisée en pendant des couvertures autour du lit de Marie-Louise, afin de lui donner un peu d'intimité.

Dans la ville surpeuplée, c'était déjà de la chance d'avoir trouvé un logement. Cette chambre, que leur avait procurée un officier de Fort Fisher, avait pour unique attrait une fenêtre donnant sur le fleuve. Cooper y restait assis des heures, une couverture sur les jambes, le dos voûté, le visage gris et amaigri par la pneumonie qui l'avait maintenu deux semaines au seuil de la mort.

La nuit où Judah s'était noyé, les Main s'étaient débattus dans le ressac avant de finir par atteindre la côte. Ils s'étaient effondrés sur une dune baignée par le clair de lune, à trois kilomètres des fortifications protégeant l'embouchure du fleuve. Il n'y avait pas eu d'autres survivants.

Après avoir vomi l'eau de mer qu'il avait avalée, Cooper avait erré le long de la plage en criant le nom de Judah. Marie-Louise reposait à demi inconsciente dans les bras de sa mère, qui avait retenu ses larmes le plus longtemps possible. Puis Judith avait éclaté en sanglots, poussant de longues plaintes sans se soucier d'être entendue de toute l'escadre yankee.

Après avoir épanché son chagrin, elle avait rejoint Cooper, lui avait pris la main et l'avait emmené vers le sud, où elle pensait trouver Fort Fisher. Il l'avait suivie docilement en murmurant des sons inarticulés. Après une longue marche sous la lune, étrange comme une promenade dans un des royaumes enchantés de Mr. Poe, ils étaient enfin arrivés au fort. Le lendemain, un détachement fut envoyé fouiller les dunes mais on ne retrouva pas le corps de Judah.

A présent, ils étaient installés en ville et Cooper, rétabli — du moins physiquement —, passait sa journée à regarder la jetée où des soldats armés montaient la garde pour empêcher les déserteurs de monter à bord de navires en partance.

Les yeux cernés d'ombres bleues, il contemplait le scintillement du soleil de mars sur le fleuve, les bateaux à fond plat du Market Street Ferry quittant la rive opposée, les petits sloops des planteurs de riz filant sur l'eau étincelante.

Wilmington était une ville en pleine expansion, grouillant de gredins, de marins, de soldats confédérés en permission. Les rues et même leur chambre avaient l'odeur des entrepôts navals — du pin et de l'essence de térébenthine que des marchands dynamiques vendaient aux représentants de la marine britannique. Grâce à une lettre de crédit qu'elle parvint à obtenir de leur banque de Charleston, Judith avait acheté des vêtements neufs pour eux trois. Le costume destiné à Cooper pendait dans la garde-robe, toujours enveloppé de papier.

Marchant un jour jusqu'au bout de leur rue, Judith remarqua une splendide maison fréquentée par de nombreux jeunes civils d'allure prospère. D'une des fenêtres du premier étage s'échappait de la musique de *minstrel*. Un colporteur lui apprit que c'était la résidence de la plupart des capitaines et des marins britanniques forçant le blocus. Les poches bourrées d'argent, ils faisaient la fête tous les soirs, pariaient sur des combats de coqs organisés dans le jardin, entretenaient des femmes de mauvaise réputation et scandalisaient la ville. Judith se félicita de l'absence de Cooper : la vue de la maison n'aurait fait qu'augmenter sa colère.

Car il était en colère, son silence et la lueur étrange de ses yeux l'indiquaient. Ils brillaient comme des hémisphères métalliques au soleil de mars et semblaient appartenir à un homme que Judith ne connaissait pas.

La nuit, elle pleurait souvent en pensant à Judah, à qui on ne pouvait même pas faire de funérailles. Son chagrin était renforcé par l'éloignement de son mari. Il ne la prenait plus par les épaules, ne la touchait plus, ne lui parlait plus lorsqu'ils étaient étendus côte à côte sur le lit dur. Elle n'en pleurait que plus, honteuse de ses larmes mais incapable de les retenir.

Vers la fin du mois de mars, Marie-Louise explosa :

— Allons-nous rester toute notre vie dans cette chambre affreuse ?

Judith se posait elle aussi la question. La première semaine, elle s'était abstenue de pousser Cooper à partir : il était encore faible et se fatiguait facilement. La réaction de sa fille l'incita à suggérer à Cooper de télégraphier au ministre Mallory pour lui faire part de leur situation. Il lui répondit par un hochement de tête et un autre de ses regards étranges, indifférents.

Quelques jours plus tard, Judith gravit en courant l'escalier du garni, une feuille jaune à la main. Elle avait laissé Marie-Louise en bas, dans le salon, avec le numéro de février du *Southern Illustrated News*. Comme d'habitude, Cooper était assis à la fenêtre.

— Chéri, de bonnes nouvelles ! s'exclama-t-elle, traversant en trois pas la pièce exiguë. Un télégramme du ministre !

Souriante, espérant le tirer de sa torpeur, elle lui tendit le morceau de papier jaune, qu'il ne prit même pas. Elle le posa sur ses genoux en disant :

— Lis-le. Stephen t'adresse ses condoléances et te prie de venir à Richmond au plus tôt.

Cooper battit des cils. Son visage émacié, curieusement étranger depuis quelque temps, s'adoucit un peu.

— A-t-il besoin de moi ?

— Oui ! Lis le télégramme.

Baissant la tête, il s'exécuta. Quand il la releva, Judith regretta presque de lui avoir donné le télégramme. Le sourire de Cooper, dépourvu de toute humanité, sembla étrangement faire s'enfoncer un peu plus dans leurs orbites ses yeux fiévreux.

— Je pense qu'il est temps de partir. J'ai un compte à régler avec Ashton, murmura-t-il.

— Je sais que tu te ronges à ce sujet. Mais elle n'est pas vraiment responsable de...

— Si ! Ballantyne l'a dit explicitement : les armateurs ne veulent pas de retard, ils exigent que la cargaison soit livrée à tout prix. Il a joué avec la vie de Judah pour de l'argent. Le sien et celui d'Ashton. Elle est responsable.

Un frisson secoua le corps mince de Judith. Le langage gai et émaillé d'humour de l'ancien Cooper avait fait place à des déclarations amères. Elle commençait à craindre les conséquences de sa fureur.

— Aide-moi à me lever, ordonna-t-il soudain en rejetant la couverture.

— Tu te sens assez fort ?

— Oui.

La couverture tomba. Cooper chancela et saisit le bras de Judith, pressa si fort qu'elle grimaça.

— Cooper, tu me fais mal.

Il relâcha son étreinte sans s'excuser et demanda d'un ton indifférent :

— Où est mon nouveau costume ? Je veux aller à la gare prendre les billets.

— Je peux m'en charger, proposa Judith.

— Je le ferai ! Je veux aller à Richmond. Nous sommes restés ici trop longtemps.

— Tu étais malade. Tu devais te reposer.

— Je devais aussi réfléchir, clarifier mes idées. Définir mes objectifs. C'est fait, maintenant. J'ai l'intention d'aider le ministre à mener la guerre à son terme. Rien d'autre ne compte.

— Je ne te crois pas, dit Judith en secouant la tête. Quand la guerre a éclaté, elle te faisait horreur.

— Plus maintenant. A présent, je partage l'opinion de Mallory. Nous devons gagner, pas négocier la paix. J'aimerais que notre victoire coûte la vie à un grand nombre de Yankees — et j'aimerais être directement responsable de leur mort.

— Chéri, ne parle pas comme cela.

— Pousse-toi que je m'habille.

— Cooper, écoute-moi. Ne laisse pas la mort de Judah étouffer la gentillesse et l'idéalisme qui ont toujours...

Il ouvrit la porte de la garde-robe avec une violence qui réduisit sa femme au silence. Pivotant, le cou tendu comme un charognard, il la regarda de ses yeux effrayants.

— Et pourquoi pas ? La gentillesse n'a pas sauvé la vie de notre fils. L'idéalisme n'a pas empêché Ballantyne et ma sœur de l'assassiner.

— Mais tu ne peux pas le pleurer jusqu'à la fin de ta...

— Je ne le pleurerais pas du tout si tu étais restée à Nassau avec les enfants, comme je t'avais suppliée de le faire.

Blême, Judith murmura :

— Alors, c'est ça. Il te faut quelqu'un à blâmer et je suis ce quelqu'un.

— Si tu veux bien sortir que je m'habille, rétorqua Cooper en lui tournant le dos.

Pleurant silencieusement, Judith alla rejoindre Marie-Louise.

2

ASHTON entendit les cris avant que leur signification devînt claire.

Elle venait d'entrer à l'*Epicurien*, un traiteur de

Main Street que fréquentaient uniquement des gens très riches n'ayant jamais l'indélicatesse de poser des questions sur l'origine des marchandises. Celles-ci provenaient en partie du dernier voyage réussi du *Water Witch,* qui n'en effectuerait plus jamais. Selon Powell, le vapeur avait été coulé près de l'embouchure du fleuve. Peu importait : les profits déjà réalisés étaient énormes.

La veille, alors que Huntoon était une fois de plus retenu au bureau, un messager avait apporté à Ashton une lettre de son associé. Habilement tournée en termes courtois et décents, elle la priait de se rendre chez lui le lendemain matin afin qu'ils disent adieu ensemble au défunt navire et élaborent une nouvelle stratégie. Powell aimait la taquiner avec de tels prétextes — comme s'il en avait besoin. Déjà l'idée du rendez-vous mettait aux joues de la jeune femme un rose assorti au duvet de marabout teint ornant les manchettes et le col de sa robe en velours noir.

La matinée était fraîche pour un 2 avril. Arrivée à l'*Epicurien* peu après dix heures et demie, Ashton s'adressa au patron, un homme frêle aux cheveux gris :

— Du Mumm, si vous en avez, Mr. Franzblau, et un pot — non, deux — de ce délicieux foie gras.

Tandis qu'elle comptait les cent vingt dollars confédérés demandés, le boutiquier enveloppait les emplettes dans du papier-beurre — que tout le monde conservait à présent pour faire son courrier. Quand les cris s'élevèrent à nouveau, Mr. Franzblau tourna la tête vers la rue et le Noir assis près de la porte pour refouler les indésirables fit de même.

En mettant le champagne et le foie gras dans le panier d'Ashton, le commerçant demanda :

— Mais qu'est-ce qu'ils crient ?

La jeune femme tendit l'oreille

— Du pain. Du pain, du pain. Comme c'est curieux !

Le cerbère noir bondit sur ses pieds quand Homer franchit la porte.

— Mrs. Huntoon, on ferait bien de s'en aller, prévint le vieux domestique. Une foule de mécontents arrive au coin de la rue. Ils sont drôlement nombreux, et en colère.

Franzblau pâlit, murmura quelques mots en allemand et glissa la main sous le comptoir pour prendre son revolver.

— Will, baisse le rideau.

Les talons d'Ashton claquèrent sur le carrelage noir et blanc du sol. Elle se trouvait à mi-chemin de la porte quand elle entendit un bruit de verre brisé. Elle avait déjà vu les visages renfrognés des pauvres Blancs affamés de Richmond mais elle n'aurait jamais cru qu'ils envahiraient la rue.

Homer prit le panier, sortit, s'arrêta en haut du perron de la boutique. Ashton le rejoignit, vit une cinquantaine de femmes descendre Main Street. D'autres suivaient derrière. A l'intérieur de la boutique, Franzblau ordonna à son employé :

— Ferme la porte, Will.

Le verrou cliqueta.

— Je cours à la voiture, annonça Homer.

Certaines des manifestantes eurent la même idée.

— Je te suis, murmura Ashton, terrorisée.

Des centaines de femmes pauvrement vêtues braillaient, lançaient des pierres et des briques dans les vitrines, pillaient les étalages.

— Du pain, du pain ! scandaient-elles en raflant chaussures ou bijoux.

Un groupe souleva une charrette prise dans le flot, renversa les cages qu'elle contenait ; celles-ci se fracassèrent, laissant échapper des poules dans un tourbillon de plumes. Le paysan qui les avait apportées en ville se réfugia sous les débris de son véhicule.

En montant dans sa calèche, Ashton vit des harpies tirer l'homme de sa cachette, se jeter sur lui et le rouer de coups.

D'autres émeutières surgirent de la 9e Rue ou de Capitol Square. Des gamins, dont certains déjà robustes, s'étaient joints au cortège des ménagères sans le sou.

Homer saisissait rênes et fouet quand une douzaine

de femmes se ruèrent vers la voiture, mains tendues, bouches grimaçantes.

— En v'là une de rupin !

— Ça doit être bon, ce que t'as dans ton panier.

— Envoie, poulette.

— Vite, Homer ! s'écria Ashton au moment où une vieille en guenilles montait sur le marchepied.

Une main crasseuse se referma sur le poignet de la jeune femme, tira.

— Fais-la descendre ! Allez, en bas ! s'égosillaient les autres pauvresses.

Ashton se débattait, tentait vainement de se libérer. Voyant du coin de l'œil Homer menacer de son fouet les deux jeunes garçons retenant les chevaux, elle se pencha, planta ses dents dans la main sale. La vieille hurla, tomba du marchepied.

— Du pain, du pain !

D'autres vitres volèrent en éclats. Les émeutières enfoncèrent la porte de l'*Epicurien*, arrachèrent le rideau, se précipitèrent à l'intérieur. Un coup de feu retentit, quelqu'un poussa un cri.

Homer fouetta les deux enfants blancs, fit partir la calèche à laquelle deux femmes s'accrochèrent. Une troisième sauta sur le marchepied, s'agrippa au bras d'Ashton.

Le tumulte s'intensifiait :

— Des chaussures !

— La police rapplique par là...

— Jeff va venir nous parler.

— Qu'il se pointe ! On le bouffera au dîner.

— Donne-moi ça, petite richarde, haleta la femme grimpée sur le marchepied en tendant la main vers le panier.

Ashton pinça les lèvres, prit la bouteille de champagne par le goulot et la brisa sur la tête de son assaillante, qui lâcha prise et tomba, couverte de mousse et de morceaux de verre. Ashton menaça de son tesson les femmes les plus proches, qui reculèrent. « Sales froussardes ! » pensa-t-elle.

Grimaçant, elle s'agenouilla sur la banquette,

enfonça le tesson dans les mains des femmes agrippées à l'arrière. Le sang gicla.

— Homer, vite, en avant !

Le Noir fouetta chevaux et émeutières, fit tourner la calèche et la lança vers un autre groupe de femmes, qui se dispersa. Au moment où la voiture s'engouffrait dans la 11e Rue, Ashton se retourna et vit les manifestantes se mettre à courir. Elle entendit des coups de sifflet, des détonations : la troupe était arrivée.

Une fois hors de danger, le souvenir des violences auxquelles elle venait d'assister mirent Ashton dans un curieux état d'excitation. La guerre avait sur elle le même effet. Elle aiguisait tous les plaisirs, de celui de gagner une fortune à celui qu'elle éprouvait quand Powell la pénétrait. Amour était un mot trop doux pour les sensations presque insupportables qu'il faisait naître en elle.

Après être passée chez elle se rafraîchir et se changer, elle se rendit à la maison de Franklin Street avec le panier contenant les deux pots de foie gras.

— J'avais une bouteille de Mumm mais j'ai dû la briser pour échapper aux émeutières, expliqua-t-elle à Powell dans l'entrée.

Pieds et torse nus, il ne portait que des caleçons.

— J'avais décidé de ne pas ouvrir pour te punir de ton retard mais j'ai changé d'avis quand un livreur m'a appris qu'il y avait eu des troubles en ville.

— C'était la confusion la plus totale. Des centaines de femmes, laides et sales...

— Pas maintenant, coupa Powell en guidant la main d'Ashton.

Une pendule sonnait deux heures quand la jeune femme émergea du sommeil de la satiété. Powell dormait à côté d'elle, sur le drap froissé. Elle releva une mèche tombée devant ses yeux, posa un regard encore somnolent sur deux objets insolites se trouvant sur un tabouret, près de l'épaule droite de son amant : une carte des Etats-Unis et, dessus, l'arme préférée de Powell, un petit pistolet Sharps auquel quatre canons courts donnaient un air menaçant. La crosse s'ornait d'un entrelacs compliqué gravé spécialement. Ashton avait plusieurs fois vu Lamar le manipuler et le nettoyer.

Quelques minutes plus tard, il s'éveilla à son tour et interrogea sa maîtresse sur l'émeute. Une main jouant entre les cuisses de la jeune femme, il écouta son récit.

— Elles réclamaient du pain mais volaient tout ce qui était à leur portée.

— Elles feront plus que voler si le Roi Jeff continue à s'affoler. La situation à Richmond — et dans toute la Confédération — est désastreuse.

— Mais nous avons tout l'argent qu'il faut pour remplacer le *Water Witch* et acheter peut-être un deuxième navire. Ne nous soucions pas du président.

— Nous le devrions, pourtant, si nous accordons quelque importance aux idéaux du Sud.

Il avait parlé à voix basse mais avec passion et Ashton, inquiète, se rendit compte qu'elle l'avait irrité sans le vouloir.

— Moi, je crois en ces idéaux, poursuivit-il. Il existe heureusement un moyen de les préserver et de faire échec à Davis.

— Que veux-tu dire ?

L'horloge de la chambre égrenait son tic-tac dans le silence. En bas, des roues ferrées grondaient sur les pavés de Franklin Street. Les lèvres fines de Powell s'étirèrent en un sourire bien que son regard demeurât glacial.

— Jusqu'à quel point m'aimes-tu, Ashton ?

Elle rit nerveusement.

— Jusqu'à quel point... ?

— C'est une question simple. Réponds.

— Mon Dieu, tu connais la réponse. Aucun homme ne m'a jamais fait éprouver ce que je ressens avec toi.

— Je peux donc te faire confiance ?

— Notre association ne t'en a pas convaincu ?

— Si. Mais si je découvrais que j'ai commis une erreur... (Powell s'interrompit, saisit le Sharps et enfonça ses canons dans la poitrine de sa maîtresse)... je la corrigerais.

Ashton ouvrit la bouche en voyant le doigt de Lamar blanchir sur la détente. Avec un sourire, il pressa plus fort, le percuteur s'abaissa — sur une chambre vide.

En pleine confusion, malade de peur, Ashton put à peine articuler :

— Qu'est-ce... ? Lamar, qu'est-ce que tout cela veut dire ?

Il reposa le pistolet, déplia la carte sur le drap froissé. Dans le coin inférieur gauche, il avait tracé une ligne verticale à travers le territoire du Nouveau-Mexique et, à gauche, plusieurs petits carrés en pointillés.

— Nos généraux incapables ont perdu le Sud-Ouest, qui est passé totalement à l'Union, expliqua-t-il. Y compris (il tapota la région des carrés) le nouveau territoire de l'Arizona, que le Congrès yankee a créé par une loi constitutionnelle adoptée en février. Quelques unités régulières de Californie sont censées garder toute cette région avec l'aide de volontaires du Nouveau-Mexique. Naturellement c'est impossible : la zone est trop vaste et les Peaux-Rouges obligent les soldats à se précipiter d'un endroit à un autre pour protéger des colons isolés. Ce nouveau territoire convient parfaitement au plan conçu par moi-même et quelques autres gentlemen qui ont compris que le Roi Jeff nous conduira à notre perte si nous le laissons faire.

Le sourire exaspérant demeura tandis que Powell repliait la carte et la laissait tomber par terre. Ashton sauta du lit et, les fesses dansantes, alla à la fenêtre donnant sur le jardin.

— Tu fais des mystères pour me tourmenter, Lamar, geignit-elle en croisant les bras sur sa poitrine. Si tu ne t'expliques pas, je m'habille et je m'en vais.

— Il n'y a rien de mystérieux là-dedans, répondit Powell avec un rire. Ces carrés sur la carte indiquent les lieux possibles pour une autre confédération.

Elle se retourna, forme blanche comme du lait, mis à part le noir de sa toison.

— Une autre... ? Mon Dieu ! Tu es sérieux, n'est-ce pas ?

— Absolument. L'idée n'est pas nouvelle...

Ashton approuva de la tête. Elle avait entendu discuter de la formation éventuelle d'un troisième pays au nord-ouest et d'une Confédération de la côte pacifique.

— Je n'ai fait que trouver l'emplacement idéal pour un nouvel Etat, petit mais imprenable. Un endroit où chacun pourrait prospérer selon ses désirs et ses compétences, où la reproduction et la possession d'esclaves seraient encouragées.

La jeune femme revint près du lit, s'assit sur le bord.

— Depuis combien de temps songes-tu à ce projet ?

— Plus d'un an. Il a pris de la consistance après Sharpsburg, quand tout espoir de reconnaissance par l'Europe fut perdu.

— Mais Davis ne voudrait pas en entendre parler, Lamar. Il s'y opposerait avec tous les moyens dont dispose le gouvernement.

— Pauvre écervelée ! soupira Powell en caressant la joue de sa maîtresse. Bien sûr qu'il s'y opposerait. Pourquoi penses-tu que j'ai voulu m'assurer de ta confiance ? Lorsque nous établirons notre nouvel Etat, le gouvernement de Richmond aura été décapité. Mr. Jefferson Davis sera parti chercher la récompense qu'il mérite — en enfer. La première mesure à prendre est de hâter ce départ.

— Tu veux dire... l'assassiner ?

— Lui et les principaux membres du gouvernement. Ceux qui pourraient unir leurs forces pour s'opposer à nous.

— Combien... combien êtes-vous ?

— Sache seulement que je dirige les opérations. Maintenant que tu connais le complot... (le pouce de Powell appuya sur la joue d'Ashton, ses doigts se refermèrent autour de son cou et pressèrent doucement, éveillant un soupçon de douleur)... tu en fais partie.

La première surprise passée, les questions affluèrent dans l'esprit d'Ashton, qui posa d'abord les plus évidentes. D'où ce nouvel Etat ou pays tirerait-il ses ressources ? Avec quoi paierait-il l'armée nécessaire pour le défendre ?

Powell se mit à faire le tour de la pièce et répondit, d'une voix vibrant d'excitation :

— D'abord avec ma part des profits du *Water Witch,* mais il faudra bien plus pour armer et équiper les troupes dont nous aurons besoin pour défendre nos frontières pendant les deux premières années. Jusqu'à ce que les Yankees comprennent qu'ils ne peuvent nous écraser et reconnaissent notre souveraineté.

— Où trouveras-tu les soldats d'une telle armée ?

— Il y a des milliers d'entre eux en ce moment dans la Confédération — sous les drapeaux ou non. Certains de nos meilleurs hommes ont déserté, écœurés par tout ce gâchis. Nous les rallierons à notre cause et nous y gagnerons aussi des hommes de l'Ouest nés dans le Sud ou défendant ses idéaux. J'estime qu'on peut en trouver sept mille au moins rien qu'au Colorado. Enfin, si besoin est, nous ferons appel à des mercenaires européens. Non, nous n'aurons aucun mal à trouver des soldats.

— Mais tu devras les payer.

Le sourire de félin réapparut.

— Nous avons les ressources requises. Je t'ai parlé de mon frère, Atticus ?

— En passant. Tu ne m'en as jamais dit grand-chose.

Powell s'assit à côté d'Ashton, lui caressa la jambe. Elle le dévisagea, s'interrogea brièvement sur sa santé mentale. Il ne lui avait jamais paru déséquilibré, et pas davantage en ce moment. Il parlait passionnément, mais avec la lucidité d'un homme ayant longuement préparé ses plans. Les doutes de la jeune femme se dissipèrent.

— Mon frère n'était pas attaché au Sud, dit Powell avec un ton méprisant. Il quitta la Georgie au printemps 56 pour devenir chercheur d'or dans l'Ouest. Un grand nombre de Géorgiens l'imitèrent. Il y en a une importante colonie au Colorado, où Atticus trouva et jalonna une concession. Il l'exploita jusqu'à l'été 60, sans en tirer plus de deux mille dollars — somme respectable mais sans plus. Quand la Caroline du Sud fit sécession, Atticus, gagné à nouveau par l'ennui et la bougeotte, vendit sa concession pour un millier de dollars de plus et partit pour la Californie. Il n'alla pas plus loin que les gisements de la Carson, sur la frontière ouest du territoire du Nevada.

— J'ai entendu parler des mines de la Carson. James envisageait à une époque d'acheter des actions de l'une d'entre elles — l'Ophir, je crois. C'était avant qu'il ne découvre l'existence du *Water Witch*.

— Mon frère arriva au bon moment. L'année précédente, plusieurs chercheurs d'or, dont un Canadien à demi fou surnommé la Crêpe parce qu'il ne mangeait rien d'autre, avaient découvert des gisements prometteurs dans deux ravins du mont Davidson. Comstock — c'était le vrai nom de la Crêpe — et les autres commencèrent à exploiter les deux cañons et gagnèrent convenablement leur vie dès le début. Cinq dollars par jour, en or. Cette somme passa à vingt lorsqu'ils firent une découverte importante — deux, en réalité. Le filon était plus riche qu'ils ne l'avaient rêvé et, mêlé à l'or, il y avait autre chose. De l'argent.

— Ton frère jalonna une concession ?

— Pas exactement. Les chercheurs d'or sont des êtres bizarres, complexes, qui ne cessent de vendre ou d'échanger leurs concessions. L'un de ceux qui avaient trouvé le filon, un nommé Penrod, possédait un sixième de l'Ophir et voulait le vendre cinq mille cinq cents dollars. Mon frère n'avait pas cette somme mais Penrod lui fit une autre offre : la moitié d'une mine appelée la Mexicaine pour trois mille dollars. Atticus se porta acquéreur.

Recommençant à arpenter la pièce, Powell expliqua que le camp des chercheurs d'or, baptisé Virginia City par un autre des premiers arrivés, Virginny Finney, connut des changements rapides et spectaculaires pendant les deux premières années de la guerre. Par décision des chercheurs d'or, il devint possible de jalonner une concession de filon, bien plus étendue que la concession de placer réglementaire de quinze mètres sur cent.

— Avec une concession de filon, on peut creuser la montagne jusqu'à une profondeur de cent mètres et on a des droits sur tout le terrain situé de part et d'autre des ramifications du filon. La Mexicaine commença par une fosse à ciel ouvert, on creusa ensuite des puits et, malgré le coût de la fonte et du transport — au début, il fallut acheminer le minerai en Californie à travers les montagnes —, Atticus et son associé tirèrent bientôt trois mille dollars en argent et un tiers de cette somme en or de chaque tonne de minerai. L'année dernière, un grand nombre de Californiens affluèrent à Virginia City mais comme les concessions les plus riches étaient déjà prises, les nouveaux venus parlèrent de fumisterie. L'associé d'Atticus se laissa influencer par les rumeurs et mon frère lui racheta ses parts à un prix intéressant. L'été dernier, alors que la population de Virginia City venait de passer à mille cinq cents habitants, le pauvre Atticus trouva la mort.

— Oh ! comme c'est triste.

— Je vois que tu es profondément touchée, fit Powell en souriant.

— Comment est-il mort ?

— Abattu par un homme qui l'avait abordé dans l'ascenseur de l'*International Hotel.* On suppose que le vol fut le mobile du crime. Le coupable ne fut ni arrêté ni même identifié. Par coïncidence, la semaine d'avant, Atticus avait rédigé un document, que je garde en bas dans mon coffre, faisant de moi l'héritier de la Mexicaine. Il avait ensuite adressé ce testament à un intermédiaire de Washington qui le fit passer dans le Sud par l'une des filières de contrebande.

Powell avait parlé de l'acte généreux de son frère avec un ton amusé qui fit soudain comprendre à Ashton qu'il s'agissait d'une fable destinée aux crédules. Devinant les pensées de la jeune femme, il les confirma :

— J'étais son dernier parent en vie, ce qui signifie que personne ne viendra prétendre que l'écriture du testament ne présente qu'une ressemblance superficielle avec celle de mon frère. L'excellent contremaître qui dirige la mine se moque de l'identité du propriétaire tant qu'il est bien payé et régulièrement. La production de la Mexicaine a atteint un niveau record. Je dispose d'or et d'argent en abondance pour lever une armée.

Powell passa dans une autre pièce chercher un cigare. Ashton savait qu'il avait engagé l'homme qui avait tué son frère, tout comme il avait eu recours à un faussaire pour le testament. Plutôt que de l'indignation, elle éprouva pour lui un regain d'admiration. Lamar possédait l'ambition et le cran qui feraient toujours défaut à Huntoon.

— Tu vois, dit Powell en revenant avec un manille et des allumettes, ce que je propose n'est pas si délirant. Pas avec la Mexicaine pour financer le projet. Je dois te poser une autre question.

— Laquelle ? demanda Ashton.

Il la fit attendre en prenant le temps d'allumer soigneusement son cigare.

— Aimerais-tu être la présidente de la nouvelle confédération ?

— Oui. Oui !

Powell lui toucha les seins, traça lentement des cercles autour des mamelons avec le gras du pouce.

— C'est bien ce que je pensais.

Il ne put empêcher un certain mépris de percer à travers son sourire.

Au début de l'après-midi, Huntoon marchait sans but sur le trottoir jonché d'éclats de verre de Main Street. Il ne pouvait se résoudre à retourner à sa prison du ministère des Finances. Pas après ce qu'il avait découvert dans la matinée.

Comme beaucoup d'autres fonctionnaires travaillant dans les bâtiments entourant Capitol Square, il s'était précipité au-dehors en apprenant l'émeute. Il vit le président monter sur un chariot et réclamer le respect de la loi. « Tout citoyen doit endurer des privations pour le bien de la cause », déclara Davis. Les manifestantes lui répondirent par des huées. Dans un dernier geste pathétique, il retourna ses poches et lança quelques pièces à la foule.

Sans résultat. Il fallut les baïonnettes des gardes de la prévôté pour rétablir l'ordre. Alors que l'émeute faisait encore rage, Huntoon quitta la 9e Rue pour s'engager dans Main Street et vit de loin un attelage familier devant un traiteur en vogue. Poussé par une curiosité morbide, il s'approcha.

Ashton était dans la voiture. Elle tenait un panier à la main et se battait contre des pauvresses qui essayaient de le lui prendre. Les mouvements de la foule empêchèrent James d'en voir davantage mais cela suffit pour confirmer des doutes qui ne cessaient de croître depuis des mois. Sa femme avait un amant : elle n'achetait jamais les produits de luxe de Franzblau pour leur propre table. Cet amant devait être Powell, l'homme qui l'enrichissait, qu'il enviait et craignait à la fois.

3

Le vent se réchauffa, la terre mollit. Charles et Abner avaient parcouru en tous sens le camp du Sussex afin de trouver des remontes. Les deux hommes amenaient leurs chevaux à la forge itinérante en traversant un pré détrempé dans lequel leurs bottes s'enfonçaient.

— Regarde-moi ça, soupira Ab. (Il secoua un pied puis l'autre sans réussir à en faire tomber la boue.) Si on me demande si j'ai été en Virginie, je répondrai que j'ai même été *dedans* !

Charles rit, approcha une allumette de la pipe en maïs qu'il fumait depuis qu'il y avait pénurie de cigares. Il se sentait bien ce matin-là. Peut-être à cause du printemps ou parce que Joueur avait survécu aux rigueurs de l'hiver. Mais plus probablement à cause de la feuille de papier pliée et rangée dans la poche de sa chemise grise.

Tandis que le maréchal-ferrant finissait de s'occuper du canasson de quelque soldat, les deux éclaireurs nettoyèrent les jambes de leurs bêtes avec des racloirs et de l'herbe. Le maréchal-ferrant alla chercher des fers et des clous puis attisa le feu de la forge montée sur la plate-forme d'un chariot.

— T'as ton laissez-passer? demanda Woolner. (Charles tapota sa poche.) Fais bien gaffe quand tu seras tout seul dans le comté de Spotsylvania. Si tu tombes sur la cavalerie de l'Union, planque-toi. J'ai la même opinion que toi sur les vendeurs de rubans : ils ont appris à tirer et à monter à cheval.

Cette certitude dérangeante se répandait depuis Sharpsburg. En mars, plus au nord, Fitz Lee avait envoyé un message moqueur de trop au général Bill Averell, un New-Yorkais que Charles avait connu à West Point. Fitz défiait le Nordiste de traverser le Rappahannock et, s'il en avait le courage, lui recommandait d'emporter du café, que les Sudistes seraient ravis de boire après l'avoir fait prisonnier. La division de cavalerie d'Averell déferla vers le sud comme un javelot et John Pelham, le célèbre officier d'artillerie de Stuart, fut tué.

L'événement, en apparence insignifiant, ébranla le Sud, plus effrayé par la mort d'un héros glorieux que par celle de milliers d'autres victimes anonymes. La perte de Pelham et l'attaque éclair d'Averell convainquirent les hommes de Wade Hampton que les cavaliers yankees n'avaient plus peur de se mesurer à eux.

— Fais-moi voir ce fer, dit Charles en prenant les pinces des mains du maréchal-ferrant. Chauffe-le et remets-le dans l'étau. Il n'est pas assez large derrière. Le sabot de mon cheval s'élargit quand il appuie dessus.

— Je connais mon boulot.

— Je connais mon cheval.

— Vous, les planteurs, vous faites une belle bande de...

Charles confia la bride de Joueur à Abner, fit un pas vers le maréchal-ferrant.

— Ça va, ça va, marmonna l'homme en se mettant à actionner le soufflet.

Plus tard, Charles dit au revoir à Ab, monta en selle et prit la direction du nord. A Richmond, il rendit visite à Orry et Madeline, qui avaient trouvé un grand appartement — quatre pièces, tout l'étage d'une maison — dans le quartier de Court End. Ravis d'avoir quitté le garni, ils payaient sans protester un loyer exorbitant.

En l'honneur du visiteur, Madeline fit une omelette de douze œufs frais et resta muette sur leur provenance. Charles leur parla de Gus, et Orry eut une réaction prévisible en apprenant l'endroit où se trouvait la ferme Barclay. Lee était retranché à Fredericksburg avec Jackson mais Hooker se trouvait juste de l'autre côté du fleuve, avec deux fois plus de soldats. C'était de la folie de rester dans le comté de Spotsylvania.

Charles approuva son cousin. La conversation se poursuivit jusqu'à quatre heures du matin sans que personne fît allusion à Ashton. Le lendemain, après avoir dormi sur le sol enroulé dans une couverture, Charles quitta la ville et repartit vers le nord, à travers une Virginie printanière.

Sous un ciel bleu, il chevauchait le long de routes bordées de forsythias et d'azalées. Les cerisiers en fleur étincelaient comme des champs de neige ; l'air sentait la glaise et, çà et là, une autre odeur qu'il connaissait : la chair de cheval en putréfaction. On en était à pouvoir repérer le passage des armées rien qu'en respirant la puanteur des cadavres de chevaux.

Ce soir-là, accroupi dans un bosquet, il vit passer une troupe de cavaliers se dirigeant vers le sud. A la lueur des étoiles, les vareuses et les képis semblaient noirs — ce qu'il traduisit par bleus : des soldats de l'Union se trouvaient à nouveau derrière les lignes confédérées.

Seul aspect réconfortant de l'incident, les Yankees s'embarrassaient toujours de ce que, par dérision, il appelait leurs fortifications : trente-cinq kilos de couvertures, d'outils et d'ustensiles divers. Un poids inutile lourd à porter pour les chevaux et dont Charles espérait que les Nordistes n'apprendraient jamais à se débarrasser.

Il parvint à Chancellorsville, simple carrefour entouré de quelques bâtisses, indigne du nom de village. Puis il poursuivit vers Fredericksburg à travers une forêt de chênes nains et de pins quasi impénétrable : le Wilderness. Même sous un soleil éclatant, l'endroit semblait lugubre.

Au sortir de la forêt, il coupa vers le nord-est et perdit la fragile bonne humeur engendrée par le temps. Il était retourné pour de bon dans la zone de guerre.

La campagne était sillonnée par des compagnies de sapeurs confédérés, des convois de chariots de ravitaillement, des pièces d'artillerie tirées par six chevaux, de lents troupeaux de bestiaux décharnés. Un officier vérifia le laissez-passer de Charles puis lui demanda s'il avait vu des cavaliers nordistes depuis son départ de Richmond. Comme Charles acquiesçait, le gradé ajouta qu'il s'agissait probablement de Stoneman, qui s'en prenait aux lignes de communication avec la capitale.

Des traînards en uniforme gris erraient dans les champs fraîchement labourés, allant Dieu sait où faire Dieu sait quoi. Tant de soldats battant la campagne constituaient une menace pour une femme vivant seule, même s'ils portaient le bon uniforme. Charles en eut la preuve en approchant de la ferme Barclay. Un chariot de l'intendance était arrêté sur la route et ses deux conducteurs lorgnaient en direction de la maison. Charles se dirigea vers eux, la main sur son fusil de chasse, et les deux hommes décidèrent de poursuivre leur route.

En le voyant entrer dans la cour, Boz jeta sa hache, sauta par-dessus le tas de bois qu'il venait de fendre et courut vers la cuisine en criant :

— Miss Augusta ! Le capitaine Charles ! le capitaine Charles !

Plus qu'heureux, l'affranchi semblait soulagé.

— Il y a quelque chose qui te tracasse, dit-elle. Qu'est-ce que c'est ?

Ils étaient étendus côte à côte dans le noir. Au lieu de ressentir après l'amour une agréable somnolence, Charles se débattait dans le filet de ses propres pensées.

— Par quoi commencer ? soupira-t-il.

— Par ce que tu veux.

— Cela va mal, Gus. Vicksburg est menacée — c'est Grant qui commande les troupes yankees, là-bas. Orry, qui l'a connu à l'Académie et au Mexique, dit qu'il est entêté comme un terrier tenant un os dans sa gueule. Il ne lâchera pas. Mon cousin n'en parle à personne, mais il est persuadé que Grant prendra Vicksburg avant l'automne. Ensuite, il y a Davis, qui continue à protéger des généraux de seconde zone comme Bragg. Enfin, la cavalerie ne trouve pas assez de chevaux, sans parler d'avoine pour les nourrir.

— Les champs des environs sont nus comme la main, dit Augusta. On laboure un arpent, dix minutes plus tard une batterie d'artillerie le traverse et on peut recommencer.

— Les soldats superstitieux prétendent que la chance a tourné. Sharpsburg aurait pu être une victoire au lieu d'une partie nulle si les Yankees n'avaient pas trouvé les cigares enveloppés dans un ordre de Lee. Le courage ne peut pas grand-chose contre la malchance — ou des effectifs supérieurs chez l'ennemi.

Cooper avait parlé chiffres bien longtemps avant lui, il les avait mis en garde.

— Voilà des inquiétudes que je qualifierais d'éminemment respectables, dit Augusta en posant une main apaisante sur l'épaule nue de Charles.

— Il y en a une encore.

— Laquelle ?

Il roula sur le côté mais ne vit de sa maîtresse qu'une forme pâle.

— Toi.

— Mon chéri, ne gaspille pas un seul instant à te faire du souci pour moi. Je sais me débrouiller.

Il y avait dans la voix de la jeune femme de la fierté, de l'assurance, et aussi de l'irritation.

— Pourtant je m'en fais. La plupart du temps, je n'arrive pas à dormir quand je pense à toi, isolée ici.

« Et voilà pourquoi il ne faudrait jamais tomber amoureux en temps de guerre. » Cette certitude pesait sur lui comme un roc, troublante, dérangeante — et indéniable.

— C'est idiot, Charles.

— Sûrement pas. Hooker va attaquer Fredericksburg — peut-être dans quelques jours. L'armée du Potomac pourrait envahir tout le comté.

— Boz, Washington et moi pouvons...

— Contenir des bleus qui n'ont pas vu de jolie femme depuis des mois ? Allons !

— Tu me cherches noise.

— Toi aussi. Je ne peux pas m'empêcher d'être inquiet.

— Cesse de venir ici, tu ne le seras plus.

Les mots tombèrent entre eux, froids et neutres. Charles se redressa brusquement, s'assit, se croisa les bras et se gratta furieusement la barbe de dépit. Augusta s'agenouilla, lui toucha l'épaule.

— Tu crois que moi, je ne m'inquiète pas pour toi ? Constamment ? Parfois, je pense que je suis tombée amoureuse au mauvais moment, d'un homme que je n'aurais pas dû...

— Je devrais peut-être ne plus venir te voir.

— C'est ce que tu veux ?

— Je...

Silence. Soudain Charles se retourna et attira le corps nu d'Augusta contre le sien.

— Non, Gus. Je t'aime tant que parfois j'ai envie de demander grâce.

Tremblants, ils demeurèrent un moment enlacés puis Charles murmura :

— Va à Richmond.

Augusta se dégagea.

— Charles, c'est chez moi ici. Je ne partirai pas.

— Ce ne serait pas de la lâcheté de quitter la ferme

pour une semaine ou deux. Jusqu'à ce que Hooker attaque et que la situation s'éclaircisse.

— Et si les Yankees viennent ici pendant mon absence ? S'ils pillent la ferme ou s'ils la brûlent ? C'est tout ce que j'ai.

— Ils la brûleront aussi bien si tu y restes.

— Il y a trop de monde à Richmond. Pas d'endroit où...

— Mon cousin et sa femme t'hébergeraient. Avec Boz et Washington. Je suis passé les voir en chemin. Ils partageront volontiers le peu qu'ils ont.

Augusta s'assit sur ses talons, serra les bras contre sa poitrine comme si elle avait froid.

— Il faudra emballer toutes les affaires...

— Gus, arrête. Tu es orgueilleuse, forte, et je t'aime pour ces qualités. Mais bon Dieu !...

— J'aimerais que tu t'abstiennes de jurer.

Charles soupira, agrippa la tête du lit pour se calmer.

— Excuse-moi. Mais le fait demeure : l'orgueil, la force de caractère et deux nègres ne suffiront pas à te protéger de l'armée de Joe Hooker. Il faut que tu ailles à Richmond — si ce n'est pour ton bien, du moins pour le mien.

— Pour le tien ?

— Exactement.

— Je vois.

— Si tu le prends sur ce ton, je couche dans l'autre pièce.

— Il vaudrait mieux.

Charles se leva, s'enveloppa dans une couverture et sortit en claquant la porte.

A l'aube, il revint dans la chambre à pas de loup, murmura le nom de Gus et fut surpris de la voir se redresser aussitôt, l'air totalement éveillé. A la pâleur de ses joues, il devina qu'elle avait peu dormi.

— Je suis désolé, dit-il en tendant la main vers elle.

Ils s'enlacèrent, oublièrent leur querelle. Pendant le petit déjeuner, Augusta consentit à quitter la ferme et à se rendre à Richmond avant la fin de la semaine si Charles lui obtenait un laissez-passer. Il promit de s'en occuper puis inscrivit sur un morceau de papier l'adresse d'Orry et Madeline. Tout allait bien à nouveau, du moins en surface. Tomber amoureux en des temps aussi troublés, c'était de la folie, et chacun d'eux en avait conscience.

Plus tard dans la matinée, il se prépara à partir.

— Je passerai par Richmond pour les prévenir que tu viendras.

Dans la cour, Augusta mit les bras autour du cou de Charles, l'embrassa et dit :

— Je t'aime, Charles Main. Tu ne dois pas t'inquiéter pour moi.

— Sûrement. Et le Vieil Abe hissera la bannière étoilée demain à Atlanta.

Il monta en selle, partit au petit trot en direction de la route. Après avoir parcouru cinq cents mètres, il arrêta son cheval et se retourna pour voir Gus mais aperçut une colonne de chariots soulevant de la poussière. Il se cacha, regarda en direction de la ferme, ne vit que des roues, des jambes de cheval luisantes de sueur. Quand enfin le convoi fut passé, la cour de la ferme était déserte.

De retour au campement de la brigade, dans le comté du Sussex, il mentit à Abner en assurant que la visite avait été fort agréable.

4

— MISS JANE, je dois vous l'avouer...

Il l'avait reconduite jusqu'au seuil de sa case à la tombée de la nuit, rassemblant son courage en chemin.

— Je vous aime, poursuivit Andy. Je prie pour devenir un jour un homme libre et pouvoir demander votre main.

La déclaration fit naître en la jeune Noire une vague de chaleur et de bonheur. Elle regardait Andy, dont le visage se découpait sur un arrière-plan de cases enveloppées de brume.

— Quand ce jour viendra, je serai fière de dire oui.

— Dieu du ciel ! s'exclama l'esclave. Je t'embrasserais s'il n'y avait pas tant de gens à nous regarder.

— Je ne vois personne, dit Jane en riant.

Elle déposa un léger baiser sur la joue d'Andy, entra prestement chez elle et s'appuya contre la porte en murmurant :

— Oh ! mon Dieu.

Elle fut alors assaillie par une odeur de corps sale et d'alcool dont elle trouva aussitôt la provenance. Les yeux vitreux, Cuffey était appuyé contre le mur blanchi à la chaux.

— Comment oses-tu ? Sors d'ici !

Il ne bougea pas, la détailla avec un sourire narquois.

— J'ai entendu ce qu'il a dit, ce moricaud. Il t'aime, ricana l'esclave. (Sa main brune se porta à son entrejambe, commença à déboutonner la braguette.) Mais il te fera jamais ça aussi bien que moi. Tiens, regarde...

— Espèce d'ivrogne ! Sale vicieux...

Cuffey se précipita vers Jane, qui poussa un cri et chercha à tâtons la poignée de la porte. Il la saisit par l'épaule, la secoua si violemment qu'elle perdit l'équilibre. La porte, poussée de l'extérieur, la catapulta contre le mur du fond qu'elle heurta de la tête. Etourdie, elle ne vit pas Andy se ruer dans la case.

— Fous l'camp, négro, cracha Cuffey. Retourne lécher le cul de Meek, c'est ce que tu fais le mieux.

Baissant légèrement la tête, Andy s'avança vers Cuffey, qui remettait son sexe dans son pantalon. Faisant un brusque saut de côté, Cuffey prit un vieux tabouret, le souleva et l'abattit sur le crâne d'Andy. Un des pieds se rompit, du sang se mit à couler de la tempe droite d'Andy. A demi aveuglé par le liquide, il poursuivit sur sa lancée, décocha un puissant coup de poing. Cuffey l'évita facilement, essaya d'atteindre les yeux de son adversaire avec le pied fracassé du tabouret.

— Laisse-le, implora Jane. Attends de l'aide.

Si Andy l'entendit, il ne tint pas compte du conseil. Il continua à avancer comme un soldat allant à la bataille, le dos bien droit, effrayé mais ne vacillant pas. Cuffey lui donna un coup de pied dans le bas-ventre ; Andy se plia, gémit mais resta debout. Il leva ses mains jointes au-dessus de sa tête, frappa Cuffey à la base du cou. Projeté contre le mur, Cuffey émit un grognement.

— Il y a longtemps que tu le cherchais, haleta Andy.

Il brandit à nouveau la masse de ses poings, l'abattit sur le sommet du crâne de Cuffey, qui cette fois se mit à crier. Andy continua à le marteler, comme s'il enfonçait un clou.

— 'Tention, Andy ! prévint un esclave, v'là m'sieur Meek.

Jane se tourna vers la porte, vit les Noirs reculer et le régisseur s'approcher, un pistolet à la main.

— Qui est-ce qui se bat, ici ?

— Andy et Cuffey, répondit une femme.

Andy releva Cuffey en le tirant par sa chemise maculée de sang. L'ancien contremaître, qui saignait d'une oreille et du nez, cracha au visage de son ennemi un jet de mucus ensanglanté.

— Je te tuerai, négro, marmonna-t-il. Toi et tous ceux de la plantation.

— Lâche-le, Andy, ordonna Meek du seuil de la case.

Le Noir se retourna, relâcha son adversaire qui, saisissant sa chance, le poussa avec force. Andy tomba à la renverse sur le régisseur, Cuffey arracha le rideau en toile de sac que Jane avait accroché à la fenêtre du fond, enjamba le rebord.

— Ecarte-toi que je puisse tirer ! cria Meek en poussant Andy.

Cuffey empoigna Jane, l'interposa entre l'arme et lui. Le régisseur releva le pistolet, l'esclave sauta dehors et fila.

— Arrête-toi ! ordonna Meek.

Il tira une cartouche, Cuffey disparut derrière un chêne.

Le vieil homme jura, ce qui ne lui ressemblait guère, puis se tourna vers Andy.

— Que s'est-il passé ?

— J'étais... dehors, haleta le Noir. J'ai entendu Jane crier.

— Je l'ai trouvé dans ma case en rentrant, expliqua la jeune fille. Il m'a dit des obscénités, il a déboutonné sa braguette.

Dehors, les esclaves, surtout les femmes, manifestèrent leur indignation. Furieux d'avoir laissé échapper le coupable, Meek grommela :

— Si on vous châtrait tous, on aurait moins d'ennuis.

— Ecoutez un peu, protesta Andy.

Le régisseur était trop irrité par la fuite de Cuffey pour prêter attention à l'intervention. Au même instant, une voix s'éleva de la brume derrière la case :

— Je vous tuerai tous, vous m'entendez !

— Réunis des hommes, dit Meek à Andy. Une dizaine au moins. Avec le brouillard, ce ne sera pas facile de le rattraper mais il me le faut. Quand je l'aurai repris, je le vendrai.

La poursuite s'acheva trois heures plus tard, quand la brume fut devenue trop épaisse. Une torche à la main, Andy vint prévenir Jane de l'échec des recherches :

— Je crois qu'il a filé pour de bon. Vers Beaufort, probablement.

— Bon débarras, répondit-elle.

— Je ferais peut-être bien de monter la garde devant ta porte jusqu'à demain.

— Il ne reviendra pas.

— Tu as entendu ce qu'il a crié après avoir sauté par la fenêtre.

— Cuffey n'est qu'un vantard. Nous ne le reverrons plus jamais.

— J'espère que tu as raison. Bon, alors, bonne nuit.

— Bonne nuit, Andy, dit Jane. (Elle lui caressa le

visage sous la bande enroulée autour de sa tête pour protéger sa blessure.) Tu es un homme courageux. J'étais sincère en disant que je serais fière de t'épouser.

— Merci, répondit-il, les yeux brillants.

Il s'éloigna dans le brouillard, éteignit sa torche dès que Jane eut refermé sa porte, fit demi-tour et revint s'allonger devant l'entrée de la case de la jeune Noire.

76

Le 28 avril, tôt le matin, Billy écrivait à la lueur d'une bougie enfoncée dans une douille de baïonnette.

Lije F. et ton serviteur sont détachés avec une compagnie de volontaires aux trois corps d'armée du général Slocum. Nous faisons mouvement demain, en remontant le fleuve. D'aucuns pensent que nous contournerons les troupes de Lee pour le prendre à revers. Réguliers et volontaires préparent des rations pour huit jours ; deux mille mules bâtées remplaceront la plupart des chariots de ravitaillement — autre indice de la rapidité et de l'effet de surprise recherchés.

Il fait meilleur mais, bien qu'il ait cessé de pleuvoir, les routes et les berges demeurent très boueuses par endroits. Nous devrons placer des planches aux passages les plus difficiles.

Près de la moitié des volontaires reçus en renfort remplacent des déserteurs ou des morts, des blessés et des malades. La plupart des nouveaux s'excitent comme des imbéciles à l'idée de se battre. Ils aiment mieux marcher sur l'ennemi que rester à l'arrière avec les troupes qui, apparemment, feront une démonstration devant les fortifications de Lee à Fredericksburg. Une de ces unités, la 11e, commandée par Howard, est constituée d'Allemands qui ont fui leur pays après les troubles de 1848. D'une façon générale, personne ne les apprécie parce que ce sont des extrémistes, des révolutionnaires. Presque tous ces Allemands ne jurent que par Abe et sa proclamation, alors que le reste de l'armée les critique violemment. Nous *n'avons guère de tolérance — et je pointe d'abord sur moi un doigt accusateur. Hier, j'ai croisé deux Noirs en uniforme bleu et j'avoue que cette vue m'a troublé.*

Ce soir, Lije a prié vingt minutes de plus que d'ordinaire et quand je lui ai demandé pourquoi, il m'a répondu : « N'oubliez pas qui nous affrontons à Fredericksburg. Deux des meilleurs : Bob Lee et le Vieux Jack. » Il a ajouté qu'il avait imploré le Tout-Puissant de jeter le trouble dans leur esprit mais qu'il l'avait fait à regret parce que ce sont de fervents chrétiens. J'aimerais l'être aussi, Brett. Cela m'apporterait peut-être quelque réconfort. Je suis écœuré par les tueries et ne peux me réjouir comme les volontaires de ce qui se prépare. Ce ne sont que des enfants, ils changeront avant la fin du printemps.

Le lendemain, Billy et un détachement de douze volontaires arrivèrent en fin de journée près d'une ferme flanquée d'une grange trapue et d'une autre dépendance plus petite d'où émanait une forte odeur de fiente de poulet.

— Qu'en pensez-vous, mon capitaine ? demanda le sous-officier du groupe.

C'était un jeune volontaire de Syracuse nommé Spinnington, devenu caporal parce qu'il semblait moins paresseux et stupide que les autres nouvelles recrues.

De la route, Billy étudia les bâtiments bien tenus entourés par un petit verger de pêchers. Le détachement s'était éparpillé autour d'un chariot réquisitionné dans une autre ferme. D'autres détachements équipés de chariots obtenus de la même manière parcouraient la campagne juste au-dessus du Rapidan. Protégée par la cavalerie de Stoneman, l'infanterie avait progressé en grand secret sans rencontrer de difficultés jusqu'au gué choisi. On pouvait encore traverser le fleuve gonflé par les pluies mais ses rives étaient transformées en bourbier.

— Mon capitaine ? insista Spinnington.

Billy continuait à examiner la ferme en songeant qu'il aurait aimé pouvoir donner l'ordre de repartir. Il se sentait mort de fatigue, moins du fait de la marche forcée depuis Fredericksburg qu'à cause de la tâche qui l'attendait.

Comme le caporal s'agitait, Billy Hazard laissa tomber :

— Allons-y.

Les nouvelles recrues foncèrent vers la maison en criant, sous un soleil bas dorant le fer d'une hache, le visage d'un jeune garçon porteur d'un pied-de-biche. Leurs ombres allongées dansèrent sur le côté de la ferme.

La porte de devant s'ouvrit, un homme sortit. Petit, avec une barbiche blanche et de grosses mains puissantes.

Billy s'approcha. Avant qu'il ait pu parler, une femme apparut derrière l'homme, qu'elle dominait de sa masse.

— Mr. Tate, rentre, fit-elle. Les soldats du général Hooker qui sont passés ont dit qu'on se ferait tirer dessus si on met le nez dehors.

— C'est de la blague, répliqua le vieux paysan. Ils ont peur qu'on traverse le Rapidan pour aller prévenir Bob Lee. Je bougerai sûrement pas d'ici, je dois protéger ma ferme. Il vaut mieux que je parle à ces soldats.

— Mr. Tate...

Ne tenant pas compte de son épouse, le fermier cria :

— Qu'est-ce que vous voulez, les gars ?

Billy ôta son képi.

— Monsieur, j'ai le regret de vous informer que nous avons mission de réquisitionner du bois de charpente. Nous en avons besoin pour permettre aux troupes de traverser au gué de Germanna, où les rives sont une vraie fondrière. Je vous serais reconnaissant de rentrer chez vous avec votre femme pour nous permettre de faire notre travail.

— Quel travail ? demanda le vieillard.

N'osant le regarder dans les yeux, Billy tourna la tête vers Spinnington.

— Allez-y, caporal. D'abord la grange. Si nous avons

assez de planches pour emplir le chariot, nous ne toucherons pas au poulailler.

— Il m'a fallu toute une vie pour construire cette ferme, protesta le paysan, des larmes de colère aux coins des yeux. Vous comprenez ce que ça veut dire ?

— Je suis désolé, monsieur. Sincèrement désolé.

Un clou gémit, deux volontaires détachèrent la première planche, qu'ils portèrent au chariot.

Le fermier s'avança, Billy dégaina son arme. Le vieil homme hésita, s'arrêta, s'assit sur la dernière marche du perron et lança à Billy un regard que celui-ci n'oublierait jamais. Puis il baissa la tête et contempla ses chaussures tandis que les sapeurs volontaires démolissaient la grange. Pour les poutres, ils eurent recours à des scies passe-partout. Au crépuscule, leur travail terminé, ils repartirent, laissant les vaches et les chevaux désormais sans abri errer autour du poulailler. Billy, assis sur la banquette du chariot qui s'éloignait, n'osa pas regarder derrière lui.

Pendant la nuit, il écrivit dans son journal la phrase suivante :

Je hais ce que je deviens à cause de cette guerre.

— C'est les Allemands, dit Spinnington d'un ton méprisant. Ces foutus Teutons se sont effondrés.

— La ferme, répliqua Billy.

Torse nu, il brandit la hache à deux mains, sentit un choc dans ses bras quand le fer entama le tronc de l'orme.

Il faisait à peine jour. Une heure plus tôt, alors qu'un incendie allumé par des obus ravageait la forêt du Wilderness, le détachement de Billy avait été en toute hâte au point de passage de Chancellorsville, en terrain relativement découvert. A en juger à la présence de sentinelles autour du grand bâtiment blanc et au nombre de messagers qui y arrivaient et en repartaient, le général Hooker était terré à l'intérieur. Ce qu'il faisait, personne ne prétendait le savoir mais une chose était sûre : le grand plan de Joe le Battant avait fait long feu.

Hooker avait pris position comme prévu dans la forêt de chênes nains et de broussailles, prêt à anéantir les arrières de Lee... et n'avait pas su profiter de son avantage. Pourquoi ? se demandait Billy, abattant sa hache chaque fois que revenait la même question rageuse. Pourquoi ?

La veille, le général avait envoyé ses troupes vers une meilleure position offensive : sur un endroit plus élevé, à la lisière du Wilderness, en terrain découvert. Lorsque ses hommes avaient essuyé le feu de l'ennemi, il avait arrêté leur progression. Les commandants des corps d'armée n'avaient pas caché leur colère et on avait rapporté à Billy cette réaction du général Meade, dont les propos s'étaient répandus partout, comme le feu dans la forêt : « S'il n'est pas capable de tenir le sommet d'une colline, comment peut-il espérer en tenir le pied ? »

C'était pourtant ce qu'ils s'apprêtaient à faire. Pourquoi ? Coup de hache. Pourquoi ? Coup de hache.

— Reculez ! cria Billy quand l'orme commença à s'incliner.

Les hommes se dispersèrent, l'arbre s'abattit ; les volontaires bondirent en avant à travers la fumée âpre, brûlante, provenant en partie du canon invisible, en partie de la forêt en flammes.

Vingt-quatre heures plus tôt, tandis que Hooker perdait en tergiversant l'occasion d'occuper une position plus favorable, Lee et Jackson s'étaient montrés plus habiles que lui. Le Vieux Jack avait à nouveau lancé ses hommes dans une de ses fameuses marches éclair, cette fois dans un mouvement tournant diablement risqué. Mais il était parvenu à ne pas se faire repérer et, à la tombée de la nuit, se tenait prêt à fondre sur la droite des armées de l'Union. Les Allemands de Howard prenaient tranquillement le repas du soir lorsque les paysans de Jackson s'abattirent sur eux en hurlant.

Le grand plan de Hooker avait commencé à sombrer. A présent, les rebelles attaquaient de toutes parts à travers le Wilderness. Nul ne savait d'où ils allaient surgir et c'était la raison pour laquelle les soldats de l'Union creusaient en toute hâte des trous de tirailleurs pour défendre le terrain découvert tandis que d'autres, munis de haches comme Billy et son détachement, abattaient des arbres devant les lignes.

Ils coupaient des branches, les taillaient et les fichaient dans le sol en dirigeant la pointe vers la fumée où étaient peut-être tapis les Sudistes. L'abattage d'arbres était une tactique défensive à laquelle n'avaient pas recours des troupes décidées à aller de l'avant et à vaincre. Peut-être Joe le Battant avait-il perdu l'avantage en ce même lieu mystérieux où il avait égaré sa fougue. Même les rumeurs selon lesquelles une balle rebelle perdue avait blessé ou tué Jackson ne parvenaient pas à dissiper la morosité des hommes, pas plus que la lumière du jour n'avait dissipé la fumée étouffante.

Spinnington maniait la hache à gauche de Billy, Farmer un peu plus loin. A droite, un volontaire dont il ne connaissait pas le nom courbait le dos de manière à offrir la plus petite cible possible à un éventuel tireur d'élite, position qui l'empêchait quasiment de travailler. Billy eut soudain envie de fracasser le crâne du couard d'un coup de hache, mais il présuma que Liie v verrait une objection.

La barbe blanche scintillante de gouttes de sueur, Farmer souleva sa lourde hache de la main droite comme un fétu de paille et la pointa vers un chêne de près de trente centimètres de diamètre.

— Ensuite, celui-ci, les gars. Il tombera sur la droite si on le coupe comme il faut. On le tournera de quatre-vingt-dix degrés puis on fixera des pointes aux branches de la cime pour embêter un peu l'ennemi.

Billy eut un rire las. Quel roc, ce Lije ! Il s'adressait toujours à ses hommes avec la force et la conviction d'un pasteur prononçant un sermon. S'il parlait haut, c'était aussi pour couvrir un vacarme continuel : roulements de tambour et sonneries de bugle, cris des hommes, meuglement de bœufs égarés dans les buissons épineux, coups de feu.

Les tirs d'artillerie avaient repris, ajoutant encore au bruit. Les batteries sudistes semblaient installées au sud de Chancellorsville et Billy se demandait si les rebelles n'avaient pas amené leurs pièces sur une autre position élevée nommée Hazel Grove, dont Hooker avait inexplicablement retiré Sickles.

Billy et Lije s'attaquèrent au chêne, chacun d'un côté. Le regard du jeune officier croisa celui de Farmer, qui eut un sourire paternel. Billy aurait voulu avoir la foi de son aîné. Si Dieu était avec l'Union, pourquoi Jackson les écrasait-il à chaque fois en les prenant par surprise ?

Ils avaient taillé un V blanc dans le tronc quand Billy entendit siffler un obus.

— Baissez la tête ! cria-t-il à ses voisins. Celui-ci ne va pas passer loin...

La terre se souleva autour de lui, le projetant en l'air dans un nuage de poussière et d'herbe. Il retomba sur le dos, étourdi, respira la fumée épaisse, toussa. Sur sa poitrine nue, il vit un gros morceau de bois jaune et blanc arraché au tronc du chêne.

Clignant des yeux, il tourna la tête vers l'arbre qui commençait à s'abattre. Lije, qui se tenait plus loin, vit aussi le chêne tomber, droit sur Spinnington. Le caporal, qui se frottait les yeux, n'entendit pas le craquement du bois couvert par le grondement de l'artillerie.

— Spinnington, attention ! prévint Billy.

Le sous-officier se tourna sans comprendre, l'air hébété. Le reste se passa très vite. Farmer se rua en avant et, de l'épaule, percuta le caporal afin de le pousser hors de la trajectoire de l'arbre et de tomber sur lui. Mais la botte gauche de l'officier se prit dans une plante grimpante ; il s'affala sur la poitrine, leva la tête, referma les mains sur une poignée de terre et poussa un cri juste avant de recevoir le chêne au creux de ses reins.

— Seigneur, murmura Spinnington.

Indemne, le caporal se tenait à un mètre de Farmer qui, la bouche ouverte, les yeux fermés, agrippait l'herbe de ses poings crispés. Billy courut vers lui en criant son nom ; les hommes se jetèrent à nouveau à terre, un deuxième obus explosa vingt mètres plus loin. La déflagration fit tomber Billy sur le derrière, cribla son visage de petits cailloux. L'un d'eux lui effleura l'œil gauche, un autre lui coupa la joue.

Il se remit debout, repartit en titubant vers Lije, qui ouvrait lentement les yeux. Un troisième obus tomba sur leur gauche, loin derrière. Un corps mutilé s'éleva dans l'air, retomba sur les trous de tirailleurs inachevés. Des cris et des gémissements s'ajoutèrent au vacarme.

— Je vais vous sortir de là, Lije.

Billy passa les mains sous le tronc, tira. L'arbre ne bougea pas.

— Venez m'aider, les gars !

— Inutile, murmura Farmer. (Il ferma les yeux, se passa la langue sur les lèvres.) Inutile, répéta-t-il. Battez en retraite, lieutenant. Le feu de l'ennemi devient trop nourri. Battez en retraite... C'est un ordre.

Malgré leur terreur, plusieurs volontaires accoururent, s'attaquèrent au chêne, réussirent à le soulever de quelques centimètres. Mais l'un des hommes lâcha prise, le tronc retomba. Billy entendit Lije grincer des dents.

— Battez en retraite, gémit le vieillard.

— Non, répondit Billy, qui commençait à perdre son sang-froid.

— William Hazard, je vous ordonne...

— Non, non, sanglota Billy. Je ne peux pas vous laisser mourir.

— Quel est l'homme qui ne verra la mort ?

— Ne me balancez pas de citations de la Bible ! cria Billy. Je ne vous abandonnerai pas ici.

— Je ne serai pas abandonné, dit Farmer d'une voix faible mais en articulant chaque syllabe. J'ai confiance en la promesse du Seigneur : « Celui qui entendra Ma parole... »

Dans une tranchée touchée par un obus, des hommes poussaient des plaintes aiguës d'enfant.

— « ... et croira en Celui qui M'a envoyé ne sera pas condamné mais passera de la mort à la vie. » Mon destin était de tomber ici. Le tien est de vivre et de conduire ces hommes...

Un obus tomba dans la forêt, projetant de la terre dans la fumée, couvrant de son fracas la voix de Lije.

— ... en lieu sûr. Je te l'ordonne.

— Bon Dieu, gémit Billy en pleurant. Bon Dieu.

— Ne blasphème pas. Je t'ordonne de vivre et de continuer à combattre. Je... je t'ai aimé comme un fils. C'était écrit.

« Non ! cria Billy en lui-même. Ce n'est pas la volonté de Dieu mais le hasard et ton stupide sacrifice de chrétien... »

— Venez, lieutenant... Lieutenant, il est mort.

Sentant des mains le tirer, Billy se leva. Il regarda les yeux clos de Lije, son visage lisse. Un filet de salive argenté coulait au coin de ses lèvres ; une sauterelle bondit dans sa barbe et y demeura, comme si le géant mort éveillait sa curiosité.

— Venez, lieutenant, répéta Spinnington.

Avec une douceur surprenante, le caporal et un autre volontaire imberbe prirent leur officier par le bras. Hébété, Billy marmonnait des propos indistincts.

— Nous reviendrons chercher son corps, ne vous en faites pas, dit une voix lointaine qu'il ne reconnut pas.

D'une main sale, il s'essuya les yeux et se laissa emmener.

Près du campement, un médecin fit boire à Billy deux gorgées de whisky qui le tirèrent de sa torpeur.

La retraite en direction du fleuve commença au milieu de la matinée, soldats, canons, ambulances refluant pêle-mêle devant la progression de l'infanterie rebelle. Billy, Spinnington et deux autres volontaires retournèrent dans la zone bombardée pour récupérer le cadavre de Farmer. Mais les canons installés à Hazel

Grove avaient tiré tant d'obus mettant le feu à tant d'arbres que le corps de l'officier n'avait plus rien d'humain. Aucun d'eux, pas même Billy, ne fut capable de le toucher ni simplement de le regarder plus de quelques secondes. Abandonnant le tas de chair calcinée, ils repartirent.

5

TOUTE la nuit, des hommes fatigués accoururent au ministère de la Guerre, certains repartant, d'autres décidant de rester jusqu'à ce que des nouvelles parviennent par le télégraphe militaire. Stanley faisait partie de ces derniers, d'un petit groupe de personnalités que leur rang autorisait à attendre dans le bureau de Stanton. Le président s'y trouvait aussi, allongé sur son sofa préféré mais ne cessant de s'agiter.

— Où est Hooker, maintenant ? Où est le général Stoneman ? Pourquoi diable n'envoient-ils aucun message ?

Stanley se tenait les tempes, frottant du doigt ses yeux rougis. Les questions impatientes du chef de l'Etat l'irritaient, comme elles irritaient manifestement Stanton. D'une voix rauque, le ministre répliqua :

— Ils briseront leur silence au moment opportun, monsieur le président. Je pense que nos généraux sont occupés à consolider notre victoire.

L'aube approchait. Au cours des douze dernières heures, sur la base de rapports fragmentaires et de chiffres faisant état des pertes, ils en étaient venus à penser que Hooker avait remporté une victoire, en payant toutefois un prix élevé. Un homme ne partageait pas leur avis : Welles, personnage bourru qui détenait le portefeuille de la Marine et avait été journaliste dans le Connecticut.

— Peut-être gardent-ils le silence parce qu'ils n'ont que de mauvaises nouvelles à nous apprendre, fit-il observer. En cas de victoire, nous croulerions sous les rapports.

Le ministre de la Guerre le scruta longuement, Lincoln aussi mais avec un regard attristé fort différent de celui, chargé de fiel, de Stanton.

— Je commence à penser que vous avez raison, Gideon, approuva le président en se levant. (D'une main distraite, il lissa le devant de sa veste fripée et salie, mit un châle sur ses épaules.) Envoyez-moi un messager dès que vous aurez des nouvelles précises.

Les soldats montant la garde dans l'antichambre se mirent au garde-à-vous quand Lincoln franchit la porte en traînant les pieds.

Bien qu'il eût délibérément choisi une chaise dure, Stanley s'endormit et demeura dans le bureau jusqu'à huit heures et demie, heure à laquelle le ministère reprit ses activités quotidiennes. Avec la permission du ministre, Stanley utilisa son cabinet de toilette personnel pour s'asperger le visage d'eau tiède et le frictionner avec quelques gouttes de l'eau de Cologne de Stanton. Puis, la démarche mal assurée, il sortit prendre son petit déjeuner.

« Pourvu que Hooker ait remporté une victoire », pensait-il. Ce n'était pas d'une mais de plusieurs victoires que le parti avait besoin. Les élections présidentielles auraient lieu dans un peu plus d'un an et, si Lincoln sombrait, il entraînerait de nombreux autres avec lui. Cette éventualité effrayait Stanley, qui avait pris goût à son travail et au pouvoir qu'il conférait. Si Isabel devait se retirer à Lehig Station pour le reste de ses jours, elle l'en tiendrait pour responsable et lui rendrait la vie encore plus insupportable que d'habitude.

Malgré l'heure matinale, les camelots étaient déjà à pied d'œuvre. L'un vantait les qualités de savons empilés sur son présentoir ; un autre fourrait une lunette bon marché sous le nez de George Hazard. Chariots militaires, voitures privées, fiacres et cavaliers encombraient l'avenue, gênant le passage du tramway tiré par des mules. Le véhicule immobilisé était lui-même en travers du chemin de George, qui se rendait sur le trottoir d'en face. De mauvaise humeur (la veille, il avait discuté avec son fils de ses mauvaises notes en classe et avait mal dormi), il posa sur les passagers un regard renfrogné.

Un visage entr'aperçu au moment où le tramway redémarrait le stupéfia. Comme il demeurait planté au milieu de la chaussée, un cocher l'injuria, le moyeu d'une roue effleura les pans de sa veste. Il secoua la tête, se faufila à travers la circulation comme un homme ivre.

En entrant au restaurant du *Willard*, Stanley vit George prenant son petit déjeuner seul, à une table moitié au soleil moitié à l'ombre. Sa première réaction fut de ressortir. Il n'avait pas vu son frère depuis la défaite de Wade au Sénat et George ne manquerait pas de le narguer. A sa place, c'est ce qu'il aurait fait.

Mais la longue veille au ministère avait mis Stanley dans un état qui ne lui était pas habituel : il avait envie d'être en compagnie de quelqu'un n'appartenant pas à l'entourage de Stanton. Aussi, renvoyant le garçon qui l'invitait à s'installer à une autre table, il s'approcha de celle où George contemplait son assiette avec un regard que son frère trouva étrange. George ne releva la tête que lorsque Stanley toussota.

— Tiens, bonjour. D'où viens-tu ?

— Du bureau de Stanton. J'y ai passé la nuit à attendre des nouvelles de Virginie.

— Il y en a ?

— Très peu. Je peux m'asseoir ?

George désigna une chaise, Stanley prit place, tira son gilet sur le renflement de sa panse.

— Quelque chose qui ne va pas, George ? Des ennuis avec Constance ou les enfants ?

« Salaud », pensa George. Stanley avait pour spécialité de poser ce genre de question d'un ton plein d'espoir.

— Je viens de voir un fantôme. Il y a dix minutes.

— Quoi ?

— Monsieur ? dit le garçon, qui attendait depuis quelques instants la commande.

— Plus tard, répondit Stanley avec sécheresse. Explique-toi, ajouta-t-il à l'adresse de son frère.

— J'ai vu Virgilia. Dans un tramway.

Stupéfait, Stanley garda un moment le silence avant de murmurer :

— Je la croyais bien loin d'ici. Cela fait deux ou trois ans que je n'ai plus entendu parler d'elle.

— Je suis sûr que c'était elle — enfin, quasiment sûr. Tu sais qu'elle n'était pas portée sur la toilette et cette femme portait des vêtements élégants, sa coiffure avait du style. Mais en dépit de ces différences...

— Finalement, tu n'en es pas sûr du tout, coupa Stanley. Mais à supposer que ce soit elle, pourquoi t'inquiéter ? Qu'est-ce que cela changerait ? Rien pour moi ou Isabel, je te l'assure. Je n'ai en commun avec ma sœur que notre nom et notre haine du Sud.

— Tu ne t'es jamais demandé ce qu'elle était devenue ?

— Jamais. C'est une voleuse, une catin — et ce sont les termes les plus indulgents que je puisse employer. Je ne veux discuter ni de Virgilia ni de tout autre sujet déplaisant. Je n'ai pas fermé l'œil de la nuit, je désire prendre tranquillement mon petit déjeuner. Je peux m'installer à une autre table si tu le souhaites.

— Calme-toi, Stanley. Passe ta commande, je ne parlerai plus d'elle.

George n'en fit rien. Il piqua une frite, mordit dans un morceau de bifteck froid.

— Moi, je me le demande parfois, reprit-il. Où est Virgilia, je veux dire.

— C'est ton droit.

Stanley avait répondu comme s'il s'adressait à un homme envisageant de se jeter à l'eau. Ils échangèrent ensuite quelques banalités en mangeant puis quittèrent la salle. En sortant, Stanley s'arrêta pour saluer un individu pâle et voûté qui venait de faire son entrée avec un groupe. George reconnut en lui Stout, un représentant membre de la clique Wade-Stevens. Stanley et lui échangèrent des murmures comme de vieux compères mais George n'en continua pas moins à penser que son frère s'était ligué avec les extrémistes plus par opportunisme que par conviction.

Stout rejoignit ses amis, les frères Hazard sortirent dans la rue.

— Tu vas au bureau ? demanda Stanley.

George répondit qu'il avait l'intention de marcher d'abord jusqu'aux locaux de l'*Evening Star* pour voir s'il y avait des nouvelles.

— J'ai pris l'habitude de m'en remettre aux journalistes pour avoir un compte rendu exact de la situation, ajouta-t-il. Vous autres, de l'équipe Stanton, vous publiez ce qui est favorable et vous étouffez le reste.

L'accusation irrita Stanley mais aucune repartie ne lui vint à l'esprit. Comme son frère avait raison, il l'accompagna au siège du *Star*, un bâtiment faisant le coin de Pennsylvania Avenue et de la 11e Rue. Les deux hommes y trouvèrent une centaine de personnes se pressant autour de longues bandes manuscrites accrochées au-dehors :

Dernières nouvelles du théâtre d'opérations.

Le général Lee pris par surprise.

La cavalerie du général Stoneman
sème la confusion chez les rebelles.

L'ennemi menace Fredericksburg.
Nos correspondants en Virginie font
état de terribles combats samedi et
dimanche à Chancellorsville.

— C'est du réchauffé, marmotta George. J'ai lu tout ça hier. Bon, je dois partir...

— Attends un peu, dit Stanley. On en apporte une autre.

La foule s'agita et murmura en voyant apparaître un homme en manches de chemise portant à la main une longue bande de papier. Il mit une échelle en place, monta fixer la bande au fil tendu en travers du bâtiment.

Nouvelles sensationnelles du front!
Tout va bien pour Hooker!

Nos soldats ont déployé des prodiges de courage. Des milliers d'ennemis faits prisonniers.

Le général Stonewall Jackson serait gravement blessé.

La réaction fut quasi immédiate :

— On a gagné ! Joe le Battant a réussi !

— Amenez les prisonniers qu'on les pende.

— Jackson l'a pas volé, tiens !

Stanley tambourina des doigts sur son gilet en disant :

— Si ces dépêches sont exactes...

George ne l'entendit pas. Pour la seconde fois de la matinée, il avait l'impression d'avoir reçu un coup. L'image brouillée du jeune presbytérien étrange et timide des collines de Virginie occidentale lui apparut. Même dans sa jeunesse, et en dépit de ses bizarreries, Jackson avait paru promis à un destin de grandeur.

La bande de papier bruissait dans le vent. « Serait », relut George, à qui ce conditionnel rappela que de telles nouvelles s'étaient souvent révélées fausses en tout ou en partie. Toutefois, celle-ci éveillait en lui un mauvais pressentiment. Se rendant compte que Stanley lui avait parlé, il demanda :

— Qu'est-ce que tu disais ?

— Si cette nouvelle est vraie, c'est une bénédiction pour l'Union.

— Garde tes stupides remarques pour la bande de revanchards avec qui tu t'entends si bien.

— Je dirai ce qui me plaît d'un traître qui...

— Non. C'était mon ami.

Stanley ouvrit la bouche mais la referma aussi vite.

La tête légèrement baissée, son frère continua à le fixer un instant d'un œil noir puis fit demi-tour, le dos raide, et disparut au coin de la rue.

Certains badauds avaient entendu l'échange et l'un d'eux eut un mouvement du menton en direction de Stanley.

— Qu'est-ce qu'il a dit, ce gradé ? Que Stonewall était son ami ?

— On devrait lyncher tous ceux qui disent ça, suggéra une grosse femme.

— Je suis bien de votre avis, approuva Stanley.

Regrettant d'avoir pris son petit déjeuner avec George, il se promit à nouveau de le signaler à l'attention du colonel Baker.

6

VIRGILIA savait qu'elle paierait plus tard les conséquences de ce voyage à Washington. Lorsqu'elle rentrerait à Aquia Landing, la femme récemment nommée à la tête des infirmières de l'hôpital lui reprocherait d'être partie alors que tant de blessés arrivaient de Chancellorsville. Virgilia avait découvert que, dans la capitale, peu de gens étaient au courant de l'échec de la grande offensive du général Hooker.

Si elle n'avait eu une raison impérieuse de partir, elle serait restée là-bas, comme sa conscience le lui dictait. Mais cela faisait près de quatre semaines qu'elle attendait d'obtenir un rendez-vous avec Miss Dix. Ses collègues pourraient bien la remplacer pendant un jour et demi. Et il fallait absolument qu'elle s'occupe de sa situation, qui devenait intolérable.

La nouvelle directrice des infirmières, Elvira Neal, avait une bonne formation puisqu'elle s'était rendue en Angleterre avant la guerre pour suivre les cours d'une des écoles de Nightingale. Au cours de l'entretien que Miss Dix lui accorda le matin de la rencontre inopinée avec George, Virgilia prit soin de louer les qualités professionnelles de Mrs. Neal, même si les mots lui arrachaient la gorge.

Puis elle en vint à l'objet de sa démarche : son transfert dans un autre hôpital. Choisissant ses termes avec précaution, Virgilia expliqua qu'il y avait conflit de personnalités entre elle et la veuve Neal. Elle estimait qu'elles seraient toutes deux plus efficaces en travaillant chacune de leur côté.

— Et c'est la raison pour laquelle vous quittez votre poste en ces heures critiques ? demanda Miss Dix. Pour formuler une requête personnelle ?

Virgilia perdit son calme :

— Je ne vois pas ce qu'il y a de mal à cela si c'est dans l'intérêt du...

— Moi, je le vois. Je prendrai votre demande en considération mais sans hâte et, je dois vous en avertir, sans la juger de façon positive. Vous avez un bon dossier, Miss Hazard, mais cette démarche y inscrit un mauvais point. Au revoir.

Virgilia sortit du bureau en traitant intérieurement Miss Dix de sale vache.

Elle reprit le tramway en sens inverse et recouvra peu à peu son calme. Elle ne regrettait pas de s'être abstenue de porter contre Mrs. Neal toutes les accusations qu'elle aurait pu lancer — et qui d'ailleurs avaient un caractère plus personnel que professionnel. La directrice était une sentimentale, une démocrate pacifiste qui ne tarissait pas d'éloges sur McClellan et ne cessait de critiquer des hommes comme Stevens et Stanton. D'emblée, les deux femmes avaient eu de l'antipathie et de la méfiance l'une pour l'autre. Leurs opinions politiques n'avaient fait qu'aggraver la situation.

En grondant, l'estomac de l'infirmière lui rappela qu'elle n'avait rien mangé depuis qu'elle s'était réveillée dans la chambre d'hôtel où elle avait passé la nuit. Elle descendit du tramway, se dirigea vers le *Willard* et s'approchait de la porte du restaurant quand un groupe d'hommes en sortit.

— Mr. Stout...

Il se retourna, Virgilia retint son souffle. L'avait-il reconnue ?

Oui ! Il abaissa le chapeau qu'il s'apprêtait à mettre sur sa chevelure brune ondulée.

— Messieurs, veuillez m'excuser. Une vieille amie.

Ignorant les gloussements entendus de ses compagnons, Sam Stout tendit la main à Virgilia.

— Miss Hazard. Comment allez-vous ?

— Je suis contente que vous vous souveniez de mon nom.

— Vous pensiez que j'aurais pu l'oublier ? Que faites-vous ici ?

— J'ai eu un entretien avec Miss Dix sur certaines questions administratives urgentes. Je ne voulais pas quitter l'hôpital mais c'était indispensable. Des nouvelles du général Hooker ?

— Aucune autre que celles des journaux. Mon ami Stanton veille jalousement sur son télégraphe.

En parlant, Stout parcourut le hall des yeux, examinant rapidement les clients avec une discrétion nonchalante qui renforça l'admiration que l'infirmière avait pour lui.

Elle était ravie de le voir. Au cours d'un voyage précédent à Washington, elle avait glané des renseignements sur la vie privée de Mr. Stout. Il n'avait pas d'enfant, sa femme — petite amie de jeunesse — étant stérile. La description de l'épouse en question avait aussi été du goût de Virgilia. C'était une grande maigre, plate comme une planche, et la sœur de George se félicitait d'avoir à offrir quelque chose que la femme de Stout ne possédait pas.

Le plus sérieusement du monde, le parlementaire déclara :

— J'aimerais beaucoup être informé de la situation actuelle des hôpitaux. Savoir si vous manquez de certaines choses...

L'habile homme. Reprenant le prétexte qu'elle avait utilisé le jour de leur première rencontre, il parlait à haute voix pour écarter toute éventuelle interprétation graveleuse de leur conversation. Virgilia remarqua qu'un des employés de la réception, qui avait sans doute reconnu Stout, tendait l'oreille à leurs propos.

— Je crois qu'il y a un salon tranquille au bout de ce couloir, Miss Hazard. Nous pourrions y bavarder si cela ne contrarie pas votre programme.

Le regard insistant du député exprimait clairement ce qu'il avait réellement en tête. Etourdie, Virgilia eut l'impression d'être comprimée dans ses vêtements. La prenant courtoisement par le bras, il la guida le long d'un couloir désert sentant la poussière et le renfermé comme tous les couloirs d'hôtel. Il n'y avait personne non plus dans le salon, meublé de quelques fauteuils et tables basses.

Stout eut l'intelligence de laisser la porte grande ouverte et de choisir toutefois une table où l'on ne pourrait les voir qu'en entrant dans la pièce. Il y posa son chapeau, ses gants couleur fauve et sa mince canne à pommeau d'argent. Ses cheveux pommadés dégageaient un parfum de citron vert. Il avait la peau plus blanche que dans le souvenir de Virgilia et ses sourcils en accents circonflexes semblaient par contraste noirs comme du charbon.

— Je dois dire, Miss Hazard, que vous avez l'air resplendissante.

La voix chaude atteignait Virgilia au plus profond d'elle-même, la troublait...

« Attention, se dit-elle. C'est un homme marié. On ne peut pas le cueillir comme une pomme sur une branche basse. »

— Merci, monsieur le député.

Avec un geste en direction d'un fauteuil recouvert de peluche, il reprit :

— Asseyez-vous donc. Comment vont les choses, là-bas ?

— Le travail est dur mais vous savez à quel point je crois à la cause que nous servons.

— Je m'en souviens parfaitement. C'est l'une des nombreuses raisons pour lesquelles je vous admire.

Il examina sa bouche avec un petit sourire. Virgilia se sentit défaillir, il ne poussa pas plus loin.

— Nos besoins en... en médicaments et en vivres ne sont... jamais satisfaits, réussit-elle à dire.

— Votre travail n'en est que plus remarquable.

— Il ne le sera jamais assez, Mr. Stout.

— Sam.

— Bon. Moi, c'est...

— Virgilia. Un nom charmant.

— Vous avez une si belle voix que, dans votre bouche, tous les noms semblent magnifiques.

Stout regarda en direction de la porte : personne dans le couloir. Il parut réfléchir au prochain coup qu'il jouerait et les yeux de Virgilia l'encouragèrent.

— J'ai regretté que notre première rencontre se soit terminée sur une note plutôt décourageante, finit-il par déclarer.

— J'ai voulu être franche avec vous, malgré toute l'admiration que j'avais pour votre attitude envers les rebelles.

— Que vous aviez ?

— Ce temps passé est un lapsus. Mon admiration n'a pas faibli, assura Virgilia en souriant.

Stout tourna à nouveau les yeux vers le couloir puis leva lentement sa main droite. Comme elle semblait langoureuse, cette main qui montait vers le corsage de Virgilia tel un oiseau blanc porté par un courant aérien ! Se mettant à trembler, l'infirmière pressa ses jambes l'une contre l'autre quand le pouce de l'homme se posa sur son sein gauche, que ses doigts en épousèrent le renflement.

Elle posa sa main droite sur la sienne, murmura doucement son prénom, ferma les yeux.

— Oh !...

Dans le couloir, quelqu'un remua un seau, Stout retira vivement sa main. La caresse n'avait pas duré plus de cinq secondes mais elle avait clarifié tout ce qui avait été sous-entendu auparavant.

Un vieux Noir portant la livrée de l'hôtel apparut, un seau à la main, et commença à ratisser le sable d'un cendrier situé juste à l'extérieur de la porte du salon. Son travail terminé, il s'en alla.

Virgilia avait le visage comme ébouillanté.

— Je voudrais vous revoir, murmura Stout en se penchant vers elle.

— Moi aussi.

— Notre prochaine rencontre devrait être plus intime, vous ne pensez pas ?

Perdant un instant la tête, elle fut tentée d'acquiescer puis se rappela ce qu'elle avait à perdre — ou à gagner. Elle répondit non, et le vernis de Stout s'écailla.

— Vous venez de dire...

— Je ressens... une profonde attirance pour vous, Sam. Mais je refuse de me laisser entraîner dans une... une liaison sordide.

— Le problème, c'est toujours ma femme ?

— Je le crains.

D'un ton froid, il repartit :

— Si vous vous imaginez que je pourrais l'abandonner pour vous ou une quelconque autre femme, vous vous trompez.

— Je ne vous ai pas demandé de...

— Vous n'avez pas eu besoin de le faire, ma chère, répliqua Stout, sarcastique. Votre plan était transparent. Je ne puis vous reprocher d'avoir essayé mais vos espoirs étaient mal fondés. Je ne sacrifierai jamais ma carrière — passée et future — en devenant l'objet de ragots. Savez-vous ce que feraient certains de mes électeurs de Muncie si j'étais mêlé à un scandale ? Ils me feraient perdre mon siège au Congrès — et m'attendraient à la gare avec du goudron et des plumes à mon retour.

Ayant obtenu l'effet qu'il recherchait, Stout se radoucit, prit la main de Virgilia.

— Pourquoi les conventions sociales devraient-elles être un obstacle ? Nous éprouvons l'un pour l'autre un désir que nous pouvons satisfaire discrètement sans nuire à nos intérêts particuliers.

— Vous semblez avoir une solide expérience en la matière, monsieur le député.

Le regard de Stout redevint glacial. Il prit sa canne, ses gants, son chapeau et déclara en se levant :

— J'ai un rendez-vous. J'ai été ravi de m'entretenir avec vous, Miss Hazard. Au revoir.

— Au revoir.

Comme il atteignait la porte, Virgilia se leva brusquement à son tour.

— Sam...

Il se retourna mais ne revint pas vers elle.

— Oui ?

— Rien, se força-t-elle à répondre au prix d'un immense effort. Mes conditions restent les mêmes.

— Elles sont excessives, j'en ai peur.

Il lui lança un sourire, dédaigneux cette fois, destiné à faire mal. Puis sa silhouette voûtée disparut dans le couloir.

7

— TOUT est là, déclara l'albinos. Et l'argent ?

— En temps utile — en temps utile !

Les petits yeux de Bent se posèrent sur le document, son regard courut le long des feuillets écrits serrés. L'albinos, un jeune homme de dix-huit ou dix-neuf ans d'allure vulnérable, s'éloigna, l'air irrité. Il arracha un fétu de paille à l'une des balles entassées dans le hangar, le porta à sa bouche et laissa mollement retomber sa main droite.

Comme Bent continuait à parcourir les pages, l'albinos lui lança d'un ton plaintif :

— Tout y est, comme promis. Inventaire complet de tous les articles fabriqués par la Tredegar — canons, douilles d'obus, affûts, tôles pour les cuirassés de Mr. Mallory. Avec, pour chacun, la quantité en stock. Le, euh, l'ami qui a réuni ces informations était l'un des principaux adjoints de Joe Anderson.

— « Etait » ? répéta Bent, alarmé.

— Oui, Mr. Bascom, répondit l'albinos. (D'un geste délicat, il releva les mèches blanches de sa chevelure tombant sur les épaules de sa chemise sale.) Il a été renvoyé la semaine dernière. Des irrégularités dans les paiements.

— Quelle sorte d'irrégularités ?

— Il favorisait certains fournisseurs. Cela ne change rien au rapport, auquel vous pouvez totalement vous fier.

— Oh ! je n'en doute pas.

Bent replia les feuillets, les glissa dans une poche de sa veste ample comme une tente. Avec son costume neuf en alpaga noir, ses lourdes bottes, son chapeau noir à large bord et sa cravate de même couleur, il avait l'air d'un homme d'affaires respectable.

Il réfléchit. Dans son désir de plaire, l'infirme avait lâché une information qui le rendait à présent inutile. Bent devait en tirer les conséquences. Il n'avait pas à hésiter, Baker lui avait donné carte blanche.

Une cloche sonna sur un paquebot descendant lentement le James et le Kanawha Canal. On apercevait ses feux à travers les planches disjointes du hangar situé sur un terrain vague, au pied de Oregon Hill. Un peu plus bas, de l'autre côté du canal mais sur la même rive du fleuve, la fonderie Tredegar rougissait la nuit et l'emplissait de bruit.

Bien qu'appartenant depuis peu au service de Baker, Bent en avait déjà saisi la complexité, probablement parce que sa personnalité s'accordait parfaitement à la nature du travail. Il tira de sa poche une liasse de billets (de la monnaie de l'Union, pas de l'argent confédéré — l'albinos avait insisté) et, tout en comptant, fit silencieusement le point de la situation.

Un contact inutilisé était potentiellement dangereux. L'albinos savait que Bent était un agent de l'Union ; il pouvait, par dépit, le dénoncer aux autorités sans pour autant perdre une source de revenus déjà tarie. Ou encore, après le départ de Bent de Richmond, il pouvait parler inconsidérément, rendant le retour de Bent fort risqué.

— Vous savez, reprit l'albinos, cet ami qui m'a donné les informations, je ne lui appartiens pas. Si vous voulez...

— Une autre fois, répondit Bent.

Tenté un court instant, il préférait ne pas mélanger le travail et le plaisir. En outre, le petit pédé était peut-être malade, comme certains prostitués pitoyables qu'il avait vus proposant leurs charmes sous les arbres de Capitol Square.

— Voilà qui est réglé, dit Bent en tendant l'argent à l'albinos. Tu peux partir le premier, j'éteindrai la lanterne et je suivrai quelques minutes plus tard.

— D'accord, Mr. Bascom, répondit l'homosexuel, l'air déçu.

— A propos, ton ami est toujours à Richmond?

Bent espérait une réponse affirmative. Cela ne changerait rien à sa décision concernant l'albinos mais pourrait avoir une influence sur la durée de son séjour. Il fut surpris d'entendre :

— Non. Il est rentré chez lui, à Charlottesville, pour se remettre. Son licenciement a été un coup très rude : il travaillait à la Tredegar depuis dix ans. Il avait commencé comme apprenti, à l'époque où l'usine fabriquait des locomotives.

— C'est triste, dit Bent avec une feinte compassion.

— Bon, eh bien! Bonne nuit, Mr. Bascom.

— Bonne nuit.

Quand l'albinos se dirigea vers la porte sans se presser, Bent tira d'une de ses poches son couteau pliant et l'ouvrit silencieusement. La lame de six pouces brilla sous la lanterne accrochée à une poutre.

Entendant le bruissement des bottes de Bent dans la poussière, l'albinos regarda par-dessus son épaule mais, avant qu'il ait pu crier, Bent lui passa le bras gauche autour du cou et enfonça le couteau dans son dos. La lame rencontra quelque résistance; Bent continua à pousser jusqu'à ce qu'elle disparaisse totalement.

L'albinos saisit le bras gauche de Bent mais n'eut pas la force de le desserrer. Ses chaussures éculées raclèrent la terre battue puis son corps frêle finit par devenir mou.

Bent sortit le couteau couvert de sang, n'eut qu'un seul haut-le-cœur. Il était étonné et ravi d'avoir les qualités requises pour ce genre de travail. Comme il n'avait jamais rencontré l'ami de l'albinos, celui-ci ne pourrait pas remonter jusqu'à Mr. Bascom ou faire le rapport avec un certain Mr. Dayton, de Raleigh, en Caroline du Nord, descendu pour quelques jours dans un des garnis bon marché de la capitale.

Le lendemain, mercredi 13 mai, Orry Main, en grand uniforme — avec ceinture d'étoffe et sabre de Solingen —, suivait avec de nombreux autres officiers un convoi funèbre.

Derrière eux venaient des centaines d'employés et fonctionnaires de la ville ou de l'Etat. Juste devant Orry, il y avait son supérieur hiérarchique, Seddon, son ami Benjamin et d'autres membres du Cabinet. Devant encore, la voiture du président tendue de crêpe noir. Les Davis suivaient des anciens combattants qui avaient servi sous les ordres de l'homme à qui on rendait un dernier hommage. Certains marchaient en s'aidant de béquilles, d'autres étaient portés sur des civières.

Devant les anciens combattants, l'escorte militaire officielle, deux compagnies de la division de George Pickett, l'une d'artillerie, l'autre de cavalerie. Leurs tambours battaient une lente marche funèbre.

Devant, menée par un seul soldat, la monture préférée du général, selle vide, étriers relevés. Enfin, tiré par des chevaux à plumets noirs et flanqué de quatre généraux, le corbillard transportant la dépouille de Thomas Jonathan Jackson.

Le Vieux Jack était mort le dimanche, après que les chirurgiens l'eurent amputé du bras gauche dans une vaine tentative pour stopper la gangrène. Le mardi, dans la résidence du gouverneur, on avait exposé son cercueil drapé de la bannière pour laquelle il avait combattu avec tant de loyauté et d'ardeur.

Tout le long du chemin emprunté par le cortège, Orry ne voyait que visages affligés. Même les enfants pleuraient. Rien, pas même la disparition de Pelham, n'avait porté un coup aussi terrible à la Confédération. La veille, devant le cercueil, Seddon avait murmuré à Orry que Lee était inconsolable.

On avait peine à croire que Jackson n'avait pas été tué par un Yankee mais par l'un des siens, un soldat confédéré qui demeurerait éternellement anonyme. L'homme ne savait probablement pas qu'il avait tiré la balle fatale.

Le sort avait aussi voulu que cette mort survienne juste après une nouvelle brillante manœuvre de Jackson et Lee. Face à l'avance surprise de Hooker, ils avaient décidé de diviser à nouveau leur armée et d'envoyer la « cavalerie à pied » de Jackson prendre à revers la droite de l'Union. Les troupes du Vieux Jack avaient balayé les Allemands de Howard et, ce faisant, avaient peut-être vidé Joe le Battant de tout esprit combatif. Pour une raison inconnue, Hooker avait perdu sa détermination, abandonné une bonne position offensive à un moment critique et n'avait ensuite cessé de céder du terrain. Jubal Early avait perdu Fredericksburg mais les Yanks avaient perdu la bataille de Chancellorsville. Orry considérait toutefois qu'une victoire ayant coûté la vie de Jackson ressemblait à une défaite.

Quand le cortège arriva à Capitol Square, Orry Main vit Madeline dans un groupe de femmes comprenant Mrs. Stannard, une des grandes dames de la société locale. Benjamin avait fait les présentations et Mrs. Stannard, se prenant aussitôt de sympathie pour Madeline, lui avait confié qu'elle n'aimait pas du tout la sœur d'Orry, Mrs. Huntoon, à qui elle n'avait fait qu'une seule fois les honneurs de son salon.

La vue de Madeline réconforta quelque peu son mari qui, en plus de la mort de Jackson, avait d'autres raisons d'être abattu. A l'ouest, Sam Grant maintenait la pression autour de Vicksburg ; à Richmond, les soldats ne baissaient même plus la voix quand ils discutaient de la mise en accusation de Davis par la Chambre ; et les hommes de Winder continuaient à infliger de cruels sévices aux détenus des prisons surpeuplées, malgré les fréquentes inspections et protestations d'Orry et d'autres.

Cooper était à Richmond depuis près d'un mois. Comme il avait un bureau dans le bâtiment de l'Institut de mécanique, Orry le rencontrait quelquefois par hasard. La mort de son fils l'avait tragiquement changé. Replié sur lui-même, se désintéressant totalement des tentatives de Madeline en vue de rétablir le contact par des invitations à dîner, il se plongeait dans son travail pour Mallory, le ministre de la Marine.

Dernièrement, Orry et Madeline avaient accueilli une visiteuse du comté de Spotsylvania : la veuve attrayante, intelligente et parfois vive dans ses propos avec qui le cousin Charles avait noué une idylle. Augusta Barclay avait quitté Fredericksburg pour s'installer sur le sofa du salon jusqu'à ce que la retraite de Hooker de l'autre côté du Rapidan devînt une certitude. Elle était repartie la veille, le souci de la ferme prenant le pas sur l'hommage public rendu à Jackson.

Charles était amoureux. La veuve Barclay n'en soufflait mot mais cela éclatait dans la façon dont elle parlait de lui. Si Orry appréciait peu sa manie de citer à tout propos les poètes anglais de l'école aphoriste, il la trouvait indéniablement jolie, serviable et sympathique. Avant son départ, elle l'avait invité à ne pas hésiter à faire appel à elle si elle pouvait lui rendre sa générosité d'une quelconque façon, et Orry croyait l'offre sincère.

Dans la Chambre des représentants flottait l'odeur douceâtre des couronnes entourant le cercueil et des lis blancs qui le recouvraient. A contrecœur, Orry suivit la file d'officiers s'avançant lentement vers la bière. Quand vint son tour de regarder le visage barbu reposant sur un coussin en satin, il vit un jeune bizuth de West Point, bizarre et cependant sympathique, non l'homme mûr dont l'esprit complexe — malade, disaient d'aucuns — avait valu à la Confédération tant de victoires. Baissant la tête, Orry se mit à pleurer.

Comme un éléphant qui se lève, Elkanah Bent sortit du lit vers une heure de l'après-midi. La veille, il s'était rendu dans une maison close et avait fait appel aux services d'une Noire. Puis il était retourné à son garni à l'aube, heure à laquelle personne n'était debout pour lui demander s'il assisterait aux funérailles de Jackson. Bent n'avait certainement pas l'intention de paraître à l'enterrement d'un traître, encore qu'il eût aimé jeter un coup d'œil au corps pour voir si Jackson avait beaucoup changé depuis l'époque où il l'avait bizuté. Déjà à cette époque, Jackson montrait une certaine bizarrerie, notamment une préoccupation excessive pour la façon dont ses organes étaient accrochés à l'intérieur de son corps. Plus tard, ses collègues avaient raillé sa répugnance à livrer bataille le dimanche. Mais le vieux presbytérien fou avait écrasé impitoyablement ses ennemis les autres jours de la semaine.

En se rasant, Bent songea à la facilité surprenante avec laquelle il avait accompli sa mission jusqu'à présent. Bien sûr, il avait pris des précautions — emportant notamment en partant pour Richmond deux pistolets et un couteau — mais le reste avait été d'une simplicité renversante. Chaque fois qu'on l'avait arrêté, il avait montré le laissez-passer fabriqué par l'un des faussaires de Baker. Sa façon de parler ne présentait pas de problème car il se trouvait dans une partie du Sud où l'accent sirupeux des Etats cotonniers sonnait bizarrement. De plus, on trouvait dans toute la ville des Yankees — prostituées et spéculateurs, pour la plupart.

A ce propos, un barman lui avait conseillé : « Ne vous en faites donc pas pour Richmond avant de voir les putains de Baltimore acheter un billet de train. »

Le document sur Tredegar caché dans une poche spéciale de la doublure de sa veste, Bent gagna Capitol Square de sa démarche dandinante et prit la file des gens qui pleuraient le traître. Quand il fut devant le cercueil, il reconnut à peine l'homme qui y était étendu. Il s'efforça de prendre un air affligé et se tamponna les yeux avant de repartir.

En se retournant, il remarqua dans la queue un homme presque aussi gros que lui portant des lunettes rondes mais surtout une femme dont la beauté sombre lui parut familière. Il s'approcha d'un officier se tenant à l'écart.

— Pardon, major, connaîtriez-vous le couple qui se tient là-bas ? J'ai l'impression que la femme est une lointaine parente de mon épouse.

Le gradé ne put lui venir en aide mais un homme aux allures de haut fonctionnaire avait entendu la question et répondit :

— C'est Huntoon. Il vient de Caroline du Sud et occupe un poste subalterne aux Finances.

Bent tremblait presque d'excitation.

— De Caroline du Sud, dites-vous ? Le nom de jeune fille de sa femme ne serait-il pas Main ?

Il avait posé la question avec une telle flamme que les soupçons du civil s'éveillèrent.

— Je ne saurais vous le dire.

Bent s'éloigna. Intrigué par la ressemblance de l'inconnue avec Orry Main, il décida de rester un jour de plus dans la capitale confédérée pour se renseigner.

Le lendemain matin, il se rendit au bureau de poste dès l'ouverture, se présenta comme un certain Mr. Bell, de Louisville, et persuada l'employé d'oublier la singularité de son accent en lui glissant un billet par-dessus le comptoir. L'homme ouvrit un gros registre, trouva l'adresse de James Huntoon.

Bent prit un fiacre, passa deux fois devant la résidence de Grace Street puis retourna dans le centre acheter une pièce de lin hors de prix dont on pouvait faire des bandes. Il passa le reste de la matinée et le début de l'après-midi dans son garni et, vers quatre heures, repartit à pied en direction de Grace Street. Quelques centaines de mètres avant d'arriver à destination, il tourna dans une ruelle, but une gorgée à la gourde plate qu'il portait sur lui, fit une écharpe avec une bande de lin et y glissa son bras gauche. Quelques minutes plus tard, il sonna chez James Huntoon, un domestique vint ouvrir.

— Oui, m'âme Huntoon est là mais elle attend pas de visite.

— Je suis de passage à Richmond. Dites-lui que c'est important.

— Votre nom, s'il vous plaît ?

— Bellingham. Capitaine Erasmus Bellingham, du corps d'armée du général Longstreet. (Unité que Bent avait choisie parce qu'elle se trouvait alors loin de la capitale.) Je suis en permission mais je dois bientôt repartir.

Homer conduisit le visiteur au petit salon, s'éloigna. Trop énervé pour s'asseoir, Bent se mit à faire les cent pas. Il entendit un bruissement de jupon dans le couloir ; Ashton Huntoon entra, l'air irritée et mal réveillée.

— Capitaine Bellingham ?

— Erasmus Bellingham, actuellement sous les ordres...

— Mon nègre m'a dit tout cela.

— Navré de vous déranger à l'improviste mais je reste peu de temps à Richmond. Je suis presque remis de la blessure que j'ai reçue au siège de Suffolk. Avant de rejoindre mon unité, je voudrais avoir des nouvelles d'une vieille connaissance.

— Vous n'avez pas l'accent du Sud, capitaine.

« La garce ! » pensa Bent en souriant.

— Oh ! il y a toutes sortes d'accents du Sud. Je n'ai pas celui de Virginie parce que je suis né et j'ai été élevé sur la côte est du Maryland. Je l'ai quittée dès que j'ai entendu l'appel aux armes de la Confédération.

— Très intéressant, marmonna Ashton sans chercher à cacher son ennui.

Bent expliqua qu'il avait appris qu'un de ses camarades de promotion de West Point se trouvait à Richmond.

— Hier, je bavardais avec un des clients de mon

hôtel garni — un homme qui a des amis au ministère des Finances — et lorsque je lui parlai de mon camarade de l'Académie, il mentionna votre nom et celui de votre mari. D'après lui, vous êtes tous deux originaires de Caroline du Sud, comme mon camarade, et votre nom de jeune fille est le même que le sien.

— Vous parlez d'Orry Main ?

— Oui.

Ashton réagit comme si elle avait reçu le contenu d'un crachoir à la figure.

— C'est mon frère aîné.

— Votre frère. Comme c'est extraordinaire ! Je ne l'ai pas revu depuis des années. Maintenant que j'y repense, je me souviens qu'il parlait de vous avec beaucoup d'affection.

Elle se tamponna la lèvre supérieure avec un mouchoir en dentelle.

— J'en doute.

— Dites-moi, c'est vrai qu'Orry est à Richmond ?

— Oui, et sa femme aussi. Je ne les vois ni l'un ni l'autre. Par choix.

— Serait-il par hasard dans l'armée ?

— Il est lieutenant-colonel au ministère de la Guerre. Vous désirez savoir autre chose ? dit Ashton d'un ton impatient.

— Seulement son adresse, si vous avez l'amabilité de...

— Ils logent dans Marshall Avenue, près de la Maison Blanche. Je ne suis jamais allée chez eux. Au revoir, capitaine Bellingham.

Bien que grossièrement congédié, Bent réussit à cacher sa colère jusqu'au moment où il se retrouva dans la rue. Il se vit déchirant la robe d'Ashton Huntoon et soumettant la jeune femme à une punition perverse.

Sur le chemin du retour, il eut l'impression de marcher sur des nuages. Orry Main était dans la capitale, Bent avait à sa portée l'un des objets de sa haine. Il suffisait d'entrer au ministère de la Guerre, de trouver le bureau de Main, de lui tirer une balle entre les...

Non. Non seulement une réaction précipitée le mettrait en danger mais elle enlèverait toute saveur à sa vengeance. De plus, Baker l'attendait à Washington, il valait mieux que Bent passe prendre son cheval à l'écurie et parte immédiatement.

Il décida pourtant de rester un jour de plus pour se familiariser avec la capitale, où une autre mission le ramènerait sans doute. En outre, il désirait voir l'endroit où travaillait Orry Main.

Le lendemain, trouver le ministère de la Guerre se révéla facile. Bent examina le bâtiment pendant une demi-heure mais n'y pénétra pas. Trouver le domicile de Main dans Marshall Avenue fut un peu plus dur. Le faux capitaine offrit des piécettes à plusieurs enfants noirs avant d'en dénicher un qui connût le colonel et sa femme. Le gosse montra l'endroit où ils habitaient : une vaste maison manifestement divisée en appartements.

Il s'en approcha sur le trottoir d'en face, le bord du chapeau rabattu pour protéger ses yeux du soleil de mai. Après quelques minutes de surveillance, il éprouva un choc en voyant sortir de la maison une jolie femme tenant une ombrelle.

Son beau visage lui parut aussitôt familier parce qu'il l'avait souvent contemplé sur le tableau volé à La Nouvelle-Orléans. Le sien ou celui d'une femme qui lui ressemblait beaucoup.

Inondé de sueur, Bent monta péniblement les marches du perron, sonna. Une vieille femme ouvrit, Bent ôta son chapeau.

— Pardon, madame, je cherche une Mrs. Wadlington, que je ne connais pas. On m'a dit qu'elle habitait ce pâté de maisons et je viens de voir passer une dame correspondant à la description sommaire qu'on m'a faite. Comme elle est sortie de cette maison, je me demandais...

— C'est la femme du colonel Main. Jamais entendu parler d'une Mrs. Wadlington et pourtant je connais tout le monde. Mais vous, je ne vous connais pas !

La vieille claqua la porte. Ravi, le sang à la tête et le souffle court, Bent s'éloigna. La chance avait enfin tourné. D'abord l'entrée dans les services de Baker et maintenant cette découverte. Orry Main, officier supérieur employé au ministère de la Guerre, était marié à une putain noire — Bent en avait la preuve. Quel usage en ferait-il ? Il était encore trop excité pour y réfléchir. Mais il l'utiliserait, de cela, il était...

« Mystérieux assassinat près du canal ! La victime poignardée ! »

Le cri du petit vendeur de journaux de Broad Street tira Bent de sa rêverie de vengeance. Il acheta un journal, le parcourut sans s'arrêter de marcher. Le froid de la panique chassa son exaltation. On avait déjà retrouvé le cadavre de l'informateur de Bent, quoi qu'on ne mentionnât pas son nom. « La victime est un jeune garçon blanc affligé d'albinisme », lut l'espion de Baker.

En moins d'une heure, Elkanah Bent fit sa valise, libéra sa chambre, sella son cheval et prit la direction du nord.

8

Ce même soir, Cooper Main pataugeait dans le James, dont l'eau lui montait aux genoux. Il éternua : il avait dû prendre froid. Aucune importance, il s'en moquait. Comme il se moquait de l'état de fatigue de son adjoint et de leurs deux aides.

— Une autre. Placez l'obus.

— Mr. Main, il fait presque nuit, protesta l'assistant. C'était un garçon plein de bonne volonté mais médiocre nommé Lucius Chickering. Aristocrate de Charleston âgé de dix-neuf ans, il était entré à l'Ecole navale confédérée de Mallory, à laquelle le vieux bateau à aubes *Patrick Henry*, ancré sur le fleuve, servait de campus. Après avoir échoué aux examens d'astronomie et de navigation, Chickering avait été renvoyé de l'école, avec les regrets du lieutenant

Parker. Mais l'influence paternelle avait sauvé d'un naufrage total le jeune Lucius, à qui l'on trouva un emploi peu glorieux au ministère.

Chickering avait un énorme nez bosselé, des incisives supérieures saillantes et des taches de rousseur. Curieusement, sa laideur contribuait à le rendre sympathique et Cooper l'aimait bien. D'ailleurs, Lucius avait raison : il était tard. Un coucher de soleil d'un rouge profond couvrait le James de reflets. Des oiseaux tournoyaient devant les nuages roses et, plus loin sur le fleuve, une péniche n'était déjà plus qu'une tache d'ombre percée du point jaune d'une unique lanterne.

— Nous avons le temps, répondit Cooper. Si vous êtes tous trop flemmards, je ferai le travail moi-même.

Il n'avait rien mangé de la journée. Depuis le matin, les quatre hommes barbotaient dans l'eau à deux kilomètres de la ville pour essayer les mines à bois flottant. Ils n'avaient pas réussi une seule fois et Cooper savait pourquoi. La conception même de l'engin était erronée.

Un berceau en bois récemment mis au point par le service recevait une boîte métallique de poudre présentant une petite ouverture dans son couvercle en dôme. Par cette ouverture passait une fusée à percussion. Berceau et boîte étaient peints en brun grisâtre, comme les morceaux de bois flottant auxquels on les fixait. Le problème, c'était qu'on ne pouvait contrôler le mouvement d'un morceau de bois dans le courant du fleuve — ou la marée. Et à chaque expérience, c'était le mauvais bout de la mine qui heurtait la cible — trois tonneaux ancrés au milieu du fleuve.

A dire vrai, la plupart des mines mises à l'eau n'avaient même pas touché les tonneaux.

— Mr. Main, je proteste, explosa Chickering. Vous nous avez fait travailler toute la journée comme des esclaves et vous voulez qu'on continue alors qu'on ne voit presque plus ce qu'on fait.

— Exactement, répliqua Cooper, dont le corps se dessinait comme un roseau noir dans le couchant. C'est la guerre, Mr. Chickering. Si l'horaire et les conditions de travail ne vous plaisent pas, donnez votre démission et retournez à Charleston.

Lucius Chickering regarda son supérieur d'un air maussade. Cooper Main l'intimidait et l'irritait. Bien qu'originaire de l'Etat au palmier nain, il se comportait en Yankee, patouillant dans la boue comme si les apparences importaient peu. Sous le regard des trois autres hommes, Cooper vissa soigneusement le détonateur dans la fusée de la boîte. Le pantalon et les manches de chemise trempés, il poussa la mine à bois flottant et la regarda tourner dans le courant. Cinq minutes plus tard, une flamme signala qu'elle avait explosé sur la rive opposée.

D'un ton sec, Cooper lança à l'un des aides :

— Prends une barque et ramène les tonneaux. Toi, dit-il à l'autre, range les outils dans le chariot.

Le soleil s'était couché, les grenouilles coassaient dans la nuit tiède. Avant de s'éloigner, le deuxième aide murmura à Chickering :

— Il faut dire à Mallory que l'idée est mauvaise. Comme celle des mines à radeau, ou des mines à baril, qu'on a essayées avant.

— Mr. Main, avec tout le respect que je vous dois..., commença Lucius, plus calme après son accès d'humeur. Pourquoi poursuivons-nous ces expériences inutiles ? Notre travail est si étrange que nous sommes la risée de tous les autres ministères.

— Les railleries font moins de mal que les balles.

Lucius s'empourpra en entendant Cooper suggérer qu'il devrait se réjouir d'être un planqué. Mais il ne protesta pas parce qu'on ne pouvait mettre en question l'autorité de Mr. Main, qui avait le soutien total du ministre. Pourtant, on murmurait que l'homme n'avait plus tout son bon sens depuis que son fils s'était noyé au cours du voyage Nassau-Wilmington.

D'un ton de maître d'école sans humour, Cooper poursuivit :

— Nous expérimentons ces curieux engins pour une seule raison : notre infériorité vis-à-vis de l'ennemi. Comme le répète souvent le ministre, nous sommes moins nombreux qu'eux, nous avons moins d'argent qu'eux, il faut donc avoir plus d'idées. Cela implique des expérimentations qui peuvent paraître ridicules aux jeunes gens à la mode que vous fréquentez. Mallory veut remporter une victoire, vous comprenez, pas seulement négocier la fin de la guerre. Moi aussi je veux une victoire. Je veux chasser ces fichus Yankees de l'Océan et des fleuves si nous ne sommes pas capables de le faire ailleurs. Maintenant, en route.

Sur le chemin du retour, Cooper regretta la dureté de ses propos. Subir l'influence des autres est le propre de la jeunesse et il n'y avait rien d'étonnant à ce que Chickering émette des critiques à l'égard d'un ministère à qui l'on reprochait constamment et partout ses dépenses excessives, sa désorganisation et ses toquades pour des idées qui semblaient avoir germé dans la tête d'un idiot. Comme tant d'autres, le jeune homme ne comprenait pas qu'il faut tamiser pour trouver une seule pépite — une seule idée pouvant faire pencher la balance.

Cooper s'était jeté dans la recherche avec une énergie farouche. Mallory avait fait l'éloge de ses activités en Angleterre et n'avait pas tardé à lui dire le fond de sa pensée. Pour le ministre, la guerre des fleuves était perdue; il fallait sauver la situation sur le littoral atlantique. Des bateaux corsaires sudistes semblables à celui que Cooper avait fait venir de Grande-Bretagne avaient capturé ou endommagé un nombre étonnant de navires marchands yankees. Conformément aux prévisions, les primes d'assurance avaient atteint un niveau quasi prohibitif et plusieurs centaines de cargos étaient devenus propriété d'hommes de paille anglais. Toutefois, les Confédérés n'avaient pas réalisé leur objectif final : une réduction appréciable de l'escadre yankee assurant le blocus.

Au contraire, l' « Anaconda » du général Scott se resserrait, en particulier autour de Charleston, où des monitors de l'Union avaient attaqué en force au mois d'avril. Les batteries portuaires et côtières les avaient repoussés, mais chacun au ministère s'attendait à une nouvelle offensive. Non seulement Charleston était un port vital pour la Confédération mais c'était aussi la ville que les Yankees voulaient à tout prix prendre et détruire.

Comme le chariot approchait en cahotant des collines éclairées par des becs de gaz, Cooper se demanda quelle heure il pouvait être. Tard, sans doute. Judith serait fâchée. Une fois de plus. Bah ! aucune importance.

En ville, Chickering fut le premier à descendre.

— Soyez au bureau demain à sept heures, lui ordonna Cooper. Je veux un rapport sur les essais d'hier avant l'arrivée des autres.

— Bien, monsieur, dit Chickering, qui s'éloigna en marmonnant.

Le conducteur du chariot laissa Cooper devant l'Institut de Mécanique, dans la 9e Rue, et lui souhaita bonne nuit d'un ton acerbe. Cooper n'en eut cure. L'imbécile ne comprenait ni la situation désespérée de la Confédération ni les problèmes du ministère, que Mallory résumait en deux mots : « Jamais assez. » Jamais assez de temps, d'argent, de coopération. Ils improvisaient, survivaient en faisant fonctionner leurs méninges. Ils en tiraient une certaine fierté mais c'était exténuant.

Comme Cooper le présumait, Mallory se trouvait encore au deuxième étage du bâtiment. Tous les autres étaient partis, à l'exception d'un des trois assistants du ministre, le pimpant Mr. Tidball, qui fermait son bureau à clef au moment où Cooper arriva.

Tidball était un rond-de-cuir sans imagination mais possédant un sens de l'organisation exceptionnel. Il s'ajoutait aux deux autres membres du triumvirat assistant le ministre : le commodore Forrest, vieux bravache comprenant parfaitement les marins, et Cooper, dont la capacité d'invention prolongeait celle de Mallory.

— Il vous attend, dit Tidball, désignant une porte avant de partir.

Le ministre examinait des plans à la lumière d'une

lampe à pétrole laissant dans l'ombre le pourtour de la pièce.

— Bonsoir, Cooper, dit Mallory.

C'était un quinquagénaire grassouillet né à la Trinité et élevé à Key West par une mère irlandaise et un père yankee originaire du Connecticut. Il avait un nez crochu, des joues rebondies et des yeux bleus qui étincelaient souvent d'excitation.

— La chance nous a souri ? demanda-t-il.

— Pas du tout, répondit Cooper en reniflant. Le problème est celui que nous avions décelé en étudiant les plans : une mine attachée à du bois flottant va à la dérive. Faute d'être guidée, elle ferait aussi bien une brèche dans Fort Sumter qu'un trou dans la coque d'un bateau yankee. Plus vraisemblablement, elle flotterait dans le port de Charleston pendant des semaines ou des mois sans exploser et constituerait un danger potentiel. Tout cela sera dans mon rapport.

— Vous recommandez d'abandonner l'idée ? fit le ministre, qui semblait exténué.

— Absolument.

— Voilà qui est net, au moins. Je vous suis reconnaissant d'avoir dirigé les essais.

— Le général Rains a prouvé l'intérêt des mines pour les opérations terrestres, dit Cooper en s'asseyant. Les Yankees peuvent les trouver inhumaines, elles sont efficaces. Elles le seront aussi pour nous si nous trouvons le moyen de leur faire toucher la cible et d'exploser.

— Tout à fait exact. Mais nos progrès sont bien minces en ce domaine.

— Nos services sont surchargés, Stephen. Peut-être faudrait-il créer un groupe séparé pour les essayer et les mettre au point sur une base systématique.

— Un bureau des Mines ?

Cooper acquiesça de la tête.

— Le capitaine Maury serait l'homme idéal pour le diriger.

— Excellente idée, approuva le ministre. Je parviendrai peut-être à trouver les fonds... (Il s'interrompit quand Cooper éternua.) Vous avez l'air bien souffrant.

— J'ai un rhume, c'est tout.

Mallory accueillit la réponse avec scepticisme en voyant le front brillant de sueur de son assistant.

— Il est temps de rentrer chez vous prendre un repas chaud. A ce propos, Angela tient absolument à vous avoir à dîner, Judith et vous. Quand viendrez-vous ?

Cooper se tassa un peu plus sur sa chaise en disant :

— Nous avons déjà refusé trois invitations de mon frère. Je dois d'abord remplir cette obligation.

— J'apprécie votre zèle mais vous devez vous réserver un peu de temps. Vous ne pouvez consacrer chaque minute au travail.

— Pourquoi pas ? J'ai une dette à rembourser.

— Comme vous voudrez. J'ai quelque chose d'autre à vous montrer mais cela peut attendre demain.

— Autant le faire tout de suite, suggéra Cooper en dépliant son long corps.

Il se leva, s'approcha du bureau et se pencha vers l'ovale de lumière. Le dessin de la partie supérieure du plan représentait un curieux navire dont la longueur, indiquée, était de treize mètres. Sa coupe verticale rappelait celle d'une chaudière à vapeur ordinaire mais, vu de profil, il avait plutôt l'air d'un cigare.

— Qu'est-ce que c'est ? Encore un submersible ?

— Oui, dit Mallory en montrant la banderole décorative dessinée dans le coin inférieur droit. (On y avait calligraphié l'inscription « H.L. Hunley ».) C'est son nom. La lettre d'accompagnement précise qu'un certain Mr. Hunley, prospère courtier en sucre, l'a conçu et a fourni une partie des fonds nécessaires à sa construction. Les travaux commencèrent à La Nouvelle-Orléans mais, avant la chute de la ville, le prototype fut expédié en toute hâte à Mobile, où ces messieurs finissent le boulot.

Mallory tapota la ligne située sous la banderole : « McClintock et Watson, ingénieurs de marine. »

— Ils l'appellent le bateau-poisson, continua-t-il. Il serait étanche, capable de plonger sous un navire ennemi en remorquant une mine qui exploserait quand le « poisson » serait à l'abri de l'autre côté du navire ennemi.

— Ah! fit Cooper. C'est en cela qu'il diffère du *David*.

Le ministère s'efforçait de mettre au point un submersible pour les opérations côtières, et le petit torpilleur dont Cooper venait de parler transportait sa charge explosive à l'avant, sur une longue hampe.

— Son mode d'attaque aussi serait différent. Le « poisson » frapperait en immersion.

Le *David*, quoique submersible, était destiné à opérer en surface au moment de planter sa torpille.

L'idée d'un vaisseau sous-marin n'était évidemment pas nouvelle puisqu'un inventeur du Connecticut en avait conçu un avant la guerre d'Indépendance. Mais rares étaient les membres du Gouvernement convaincus que cette invention pouvait avoir une application. Il n'y avait pour la défendre que Mallory et son petit groupe de visionnaires résolus. « Brunel nous aurait compris, lui », pensa Cooper.

Après un moment de silence, il reprit :

— Seuls des essais indiqueront quelle est la meilleure conception, je suppose.

— Tout à fait. Nous devons encourager ces ingénieurs à achever la construction de leur « poisson ». Je vais leur écrire une lettre chaleureuse, enthousiaste, et j'enverrai une copie de toute la correspondance au général Beauregard, à Charleston. A présent, rentrez prendre un peu de repos.

— Mais j'aimerais voir plus en dét...

— Demain. Rentrez chez vous. Et soyez prudent : les rues sont de moins en moins sûres.

Cooper hocha la tête d'un air grave. Les temps étaient tristes, troublés ; les gens sombraient dans le désespoir.

Après avoir pris congé de Mallory, il gagna Main Street, où il eut la chance de trouver un fiacre devant un des hôtels du centre. La voiture le conduisit à Church Hill, où il avait loué une petite maison pour un loyer trois fois plus élevé qu'avant la guerre. Judith, assise un livre à la main, leva la tête lorsqu'il entra. Mi-compatissante mi-irritée, elle fit observer :

— Tu as l'air vanné.

— Nous avons pataugé dans le James toute la journée. Pour rien.

— La mine...

— Zéro. Il y a quelque chose à manger ?

— Du foie de veau *. Tu n'imagines pas le prix que je l'ai payé. Tout est froid, maintenant. Je ne pensais pas que tu rentrerais si tard.

— Pour l'amour de Dieu, Judith, tu sais que je suis débordé de travail.

— Même quand tu essayais de construire le *Star of Carolina*, tu ne rentrais pas si tard. Du moins pas tous les soirs. Et une fois rentré, tu souriais de temps en temps, tu disais des choses agréables...

— Le monde dans lequel nous vivons n'a rien d'agréable, répliqua Cooper, soudain froid et distant. (De sa manche trempée, il fit tomber la gouttelette qui tremblait au bout de son nez.) Comme le dit Stephen, on n'a pas envie de rire quand on voit le sort de la Confédération dans les mains de militaires à qui la vanité tient lieu d'intelligence.

— Stephen, soupira Judith en refermant son livre avec un claquement sec. C'est tout ce que tu sais dire : Stephen

— Où est Marie-Louise ?

— Où veux-tu qu'elle soit à cette heure-ci ? Au lit. Cooper...

— Je n'ai pas envie de discuter.

— Tu as changé. On dirait que tu n'éprouves plus rien pour moi, pour ta fille, que tu ne t'intéresses qu'à ce fichu ministère.

L'une des fines mains de Cooper agrippa le cham-

* Que les Américains ne mangent pas d'ordinaire (n.d.t.).

branle de la porte du salon. Il éternua, la tête légèrement baissée, posa sur sa femme un regard effrayant.

— J'ai effectivement changé. A cause de la mort de mon fils. A cause de cette guerre, de la cupidité d'Ashton et de ton refus de rester à Nassau. Maintenant, laisse-moi manger tranquillement.

Dans la cuisine, assis près du poêle froid, il coupa le foie de veau, en mangea trois morceaux et jeta le reste. Puis il alla dans la chambre, alluma la lampe à gaz, se déshabilla et se coucha. Malgré les couvertures, il ne parvenait pas à se réchauffer.

Judith entra, se déshabilla à son tour, éteignit et s'étendit à côté de son mari en prenant soin de ne pas le toucher. Tourné vers le mur, il ne bougea pas quand elle se mit à pleurer et s'endormit en pensant aux plans du bateau-poisson.

Une fois par semaine, Madeline renouvelait son invitation à dîner et, vers la fin du mois de mai, Judith finit par convaincre Cooper de délaisser pour un soir le ministère de la Marine. Le jour convenu, il prévint dans l'après-midi qu'il serait en retard et son fiacre n'arriva pas à Marshall Street avant huit heures et demie.

En accueillant son frère dans une des vastes pièces de l'appartement, Orry fut consterné par le teint pâle et la tenue en désordre de Cooper.

— Comment vas-tu ? lui demanda-t-il.

— Beaucoup de travail au ministère.

— Quel genre de travail ? dit Madeline en conduisant ses invités vers la table décorée de bougies.

— Notre tâche consiste à tuer des Yankees.

Orry s'apprêtait à rire quand il se rendit compte que la réponse était sérieuse. Judith fixait le plancher sans parvenir à cacher sa détresse. Madeline coula à son mari un regard interrogateur comme pour lui demander : « Il est soûl ? »

Quand ils furent à table, elle le pria de servir à boire :

— Du bordeaux ou de l'eau, annonça-t-elle. Je refuse

de toucher à cette infâme décoction de cacahuètes qu'on baptise café.

— On vend beaucoup de choses étranges, maintenant, fit observer Judith. Des baies noires pour faire de l'encre...

Elle s'interrompit en voyant son mari tendre son verre à Orry, qui l'emplit à moitié. Mais Cooper ne retira pas son verre et son frère, gêné, continua à verser.

— Certains..., commença Cooper. (Il avala d'un coup la moitié du vin, fit tomber quelques gouttes sur sa chemise déjà tachée.) Certains dans cette ville boivent du vrai café et écrivent avec de l'encre. Notre sœur, par exemple. Elle en a les moyens.

— Ah ! oui ? dit Madeline avec une désinvolture feinte.

Cooper avait le regard fixe, l'élocution difficile.

— Je t'accorde qu'Ashton habite une jolie maison, intervint Orry. Et les rares fois où je l'ai croisée dans la rue, elle portait toujours des vêtements chics. Je me demande comment elle se débrouille, avec le salaire de Huntoon.

Cooper prit bruyamment sa respiration, Judith se tordit les mains sous la table. On entendit par la fenêtre ouverte le cri d'un porteur d'eau puis le grincement de son chariot.

— Je vais te l'expliquer, Orry. Ashton et son mari sont des profiteurs.

Madeline ouvrit la bouche, son mari posa sa fourchette sur son assiette en disant :

— C'est une accusation grave.

— Le bateau qui nous a transportés appartenait à Ashton, Bon Dieu !

— Chéri, fit Judith, nous devrions peut-être...

— Il est temps qu'ils sachent.

— Tu veux parler du forceur de blocus ? Celui que... ? demanda Orry.

— Oui, le *Water Witch*. Ashton et James en possèdent une part. Eux et les autres propriétaires exigeaient du capitaine qu'il prenne des risques pour passer à tout prix. C'est comme cela que mon fils est mort.

Cooper releva les mèches pendant sur son front et grommela :

— Bon sang, Orry, sers à boire ou passe le vin par ici.

Visiblement ébranlé, Orry emplit à nouveau le verre de son frère.

— Qui est au courant, à part nous ?

— Les autres armateurs, je suppose. Je ne connais pas leurs noms. Le seul qui, apparemment, détenait cette information était le capitaine, Ballantyne. Et il s'est noyé, comme...

Le visage de Cooper se tordit. Il s'interrompit, but une gorgée, fixa la flamme de la bougie se trouvant devant lui.

— J'aimerais la tuer, dit-il en reposant le verre si brutalement qu'il en brisa le pied.

Il se leva en faisant tomber sa chaise, marmonna une excuse, chancela, se retint au mur puis se dirigea vers le salon en titubant et parvint au divan avant de s'effondrer.

La pluie se mit à tomber, une brise soudaine agita la flamme des bougies. Judith s'excusa de la conduite de son mari, Orry assura que ce n'était pas grave.

— Mais j'espère qu'il ne pensait pas vraiment sa dernière phrase, ajouta-t-il.

— Je suis sûre que non. La mort de Judah nous a affligés tous les deux mais, sur lui, elle a eu un effet dévastateur.

Orry soupira :

— Toute sa vie, il a cru le monde meilleur qu'il n'était. Les idéalistes désillusionnés souffrent toujours plus que les autres. J'espère qu'il ne fera rien d'inconsidéré. Ashton a déjà échoué dans la poursuite de l'objectif qui lui tenait le plus à cœur : faire partie de la haute société de Richmond. Je suppose qu'elle finira aussi par être punie pour ses spéculations. Si Cooper la juge et la condamne... (par-dessus son épaule, il regarda le triste épouvantail allongé sur le divan), il ne réussira qu'à se faire mal à lui-même.

Une rafale de vent souleva les rideaux du salon, ébouriffa les cheveux de Cooper.

— J'ai essayé de le lui faire comprendre, dit Judith. Cela ne sert à rien. Il boit beaucoup, comme vous avez pu le remarquer, et j'ai peur que l'alcool ne lui fasse faire un jour une bêtise.

Silencieux, Orry et les deux femmes écoutèrent la pluie tomber sur le toit et les débris de la soirée.

Chaque semaine, des exemplaires du *Richmond Examiner* parvenaient au Winder Building. Dans l'un des numéros, George lut avec une curiosité mêlée de tristesse plusieurs longs articles décrivant les funérailles de Jackson. En page intérieure, le journal publiait la liste des officiers supérieurs ayant suivi le cortège et George Main découvrit parmi les noms celui de son meilleur ami.

— Là, dit-il le soir à Constance en lui montrant le journal qu'il avait ramené chez lui. Colonel Orry Main, avec d'autres officiers du ministère de la Guerre.

— Cela veut dire qu'il est à Richmond ?

— Je le suppose. J'espère pour lui qu'il fait un travail plus important que recevoir des cinglés et déchiffrer des paragraphes de contrat écrits en tout petits caractères.

— Ton sentiment de culpabilité te reprend, dit Constance, une note de regret dans la voix.

— Oui, reconnut George en repliant l'*Examiner*. Il grandit chaque jour.

Homer entra dans la salle à manger, s'arrêta devant la vitrine contenant les splendides jaspes que le *Water Witch* avait amenés d'Angleterre à son avant-dernier voyage.

Huntoon ôta ses lunettes, marmonna :

— Mr. Main ? Orry Main ?

Comme toujours, ce fut à Ashton que le vieux Noir adressa sa réponse :

— Non, l'autre.

— Cooper ? dit la jeune femme. Tiens ! Je ne savais pas qu'il était à Richmond.

Le tonnerre gronda au nord-ouest ; une lumière bleutée clignota au-dehors. Le mois de juin était étouffant, la rumeur d'une invasion prochaine du Nord par le général Lee agitait la ville.

— Il y est, fit une voix grave dans le couloir. Il y est bien.

Une silhouette effrayante s'avança sur le seuil de la pièce. C'était bien Cooper mais il avait terriblement vieilli depuis la dernière fois qu'Ashton l'avait vu. Il avait des cheveux gris, un teint de cire. Son haleine chargée de whisky envahit la salle à manger, se mêla au parfum des fleurs du vase posé sur la table.

— Et il est impatient de voir comment sa chère sœur et son mari profitent de leur fortune toute nouvelle, poursuivit-il.

Sentant un danger, Ashton eut un sourire mielleux.

— Ce cher Cooper...

Mais son frère ne lui permit pas d'en dire davantage.

— Jolie maison que vous avez. Magnifique mobilier. Les salaires doivent être plus élevés aux Finances qu'à la Marine. Bigrement plus élevés.

Les doigts tremblants, Huntoon agrippa les bras de son fauteuil. Cooper approcha de la vitrine, l'ouvrit. Ashton serra les poings en le voyant prendre d'une main désinvolte un des jaspes aux teintes délicates.

— Charmant, ce bibelot. Vous ne l'avez sans doute pas acheté ici. Serait-il venu à bord d'un forceur de blocus ? A la place des armes et des munitions dont l'armée a besoin ?

Cooper jeta violemment le jaspe, qui se brisa par terre. Un éclat écorcha le dos de la main de Huntoon, qui marmotta une protestation que personne n'entendit.

— Mon cher frère, j'ai peine à m'expliquer ta visite et ta conduite de rustre. En outre, si je te retrouve aussi désagréable que j'en avais gardé le souvenir, je m'étonne d'entendre dans ta bouche des divagations patriotiques. Autrefois, tu raillais James quand il faisait des discours en faveur de la sécession ou du droit des Etats. Voilà que tu parles comme un fervent partisan de Mr. Davis.

Ashton se força à sourire pour cacher la peur qu'elle éprouvait. Elle ne connaissait pas cet homme, ce fou dont elle n'arrivait pas à deviner les intentions. Par-dessus l'épaule droite de Cooper, elle vit Homer s'approcher silencieusement et s'efforça de ne pas le suivre des yeux. Les coudes sur la table, le menton sur les mains, elle prit une expression dédaigneuse.

— Peut-on savoir quand s'est opérée la transformation ?

— Peu après que mon fils s'est noyé, répondit Cooper par-dessus le grondement de l'orage.

— Judah ? Noyé ? s'exclama Ashton, stupéfaite. Cooper, je...

— Nous étions à bord du *Water Witch*, près de Wilmington. Il y avait clair de lune et l'escadre de l'Union était présente. En force. Je tentai de convaincre le capitaine Ballantyne de ne pas essayer de passer mais il n'en démordit pas. Les armateurs du navire avaient donné leurs ordres. De gros risques pour de gros profits.

Ashton eut l'impression que sa peau se glaçait.

— Tu connais le reste, continua Cooper. Mon fils a été sacrifié à ta...

Comme il s'avançait vers sa sœur, elle s'écria :

— Arrête-le, Homer !

Le vieux domestique saisit le visiteur par-derrière ; Cooper lui enfonça le coude dans l'estomac, se dégagea en hurlant :

— Ta cupidité !

Il fit basculer la vitrine, qui s'écroula sur la table, dont les pieds cédèrent sous le poids. Huntoon poussa un couinement quand le vase glissa vers lui. L'eau se renversa sur son pantalon tandis qu'il se débattait pour se dégager des débris. Deux autres domestiques accourus en renfort aidèrent Homer à traîner jusqu'à la porte un Cooper vociférant.

Ashton entendit la porte claquer et dit la première chose qui lui vint à l'esprit :

— S'il parle... ?

— Et alors ? répliqua Huntoon, cueillant des fleurs dans son entrejambe mouillé. Il n'y a pas de loi contre ce que nous avons fait. Et nous sommes retirés des affaires, maintenant.

— Tu as vu comme ses cheveux sont gris ? Je crois qu'il est devenu fou.

— Il est dangereux, c'est sûr. J'achèterai des pistolets demain, au cas où...

Huntoon laissa sa phrase en suspens. Ashton examina ses jaspes, dont un seul était intact. Elle en aurait pleuré de rage.

— Oui, des pistolets, approuva-t-elle. Pour chacun de nous.

9

A sept heures du soir, ce même jeudi de la première semaine de juin, Bent se présenta au bureau de Baker. Un des détectives l'informa que le colonel, absent, s'était rendu à la prison de l'ancien Capitole pour interroger un journaliste.

— De là, il ira ensuite au champ de tir s'entraîner au pistolet. Il n'y manque jamais.

Bent s'installa pour attendre et se calma les nerfs avec l'une des pommes achetées à un marchand ambulant. Après deux bouchées, il regarda à nouveau l'insigne d'argent épinglé au revers de sa veste et portant l'inscription « Bureau national d'enquête ». C'était le symbole de son entrée officielle dans l'organisation après le succès de sa mission à Richmond. Le colonel avait été particulièrement content de récupérer l'argent versé à l'albinos. Bent avait expliqué qu'il avait mis l'informateur hors d'état de nuire parce qu'il ne servait plus à rien mais n'avait pas précisé qu'il l'avait tué. Baker n'avait pas posé de questions.

Malgré son admission au saint des saints, Bent se sentait morose depuis quelques jours. C'était sans doute l'humeur de la ville qui déteignait sur lui. La vaillance de Joe le Battant avait fait long feu, et si Lee avait beaucoup perdu avec la mort de Jackson, il avait non seulement remporté une magnifique victoire à Chancellorsville mais aussi fait forte impression sur de nombreux Nordistes, civils et militaires. Chaque jour parvenaient de Virginie des rumeurs selon lesquelles Lee faisait à nouveau mouvement. Dans quelle direction ? Personne ne le savait.

Bent mastiquait sa troisième pomme quand il vit par la fenêtre Baker arriver. Un planton prit la bride du cheval du colonel, un étalon gris fougueux.

L'officier entra dans son bureau en chantonnant, tendit à Bent une feuille de papier grossièrement imprimée.

— Tenez, Dayton, cela vous fera peut-être rire.

Sous les mots Auberge de Vicksburg, Bent lut le menu d'une ville assiégée :

Potage : soupe à la queue de mule
Viande : selle de mule à la militaire
Entrée : tête de mule farcie à la rebelle
Dessert : tarte aux glands façon cuirassé
Vins : Château Mississippi 1492.

Les clients que ce régime de famine ne satisfait pas sont priés de s'adresser aux propriétaires Jeff Davis and Co.

— Très amusant, dit Bent, parce que Baker attendait ce genre de réaction. D'où vient ce menu, mon colonel ?

— O'Dell l'a rapporté hier soir de Richmond. A ce propos, il a vu d'importantes troupes faisant mouvement à l'ouest de Fredericksburg. Il y a donc du vrai dans les rumeurs : Lee prépare quelque chose...

Baker examina son courrier, mit dans sa poche une

lettre de sa femme Jennie, qui vivait à Philadelphie avec ses parents. Le nom que le colonel avait prononcé était celui d'un autre agent, Fatty O'Dell.

— Je ne savais pas qu'il y avait quelqu'un d'autre en mission là-bas, dit Bent.

— Si, répondit Baker, sans donner d'autres précisions.

C'était son style : il était le seul à connaître tous ses hommes et à savoir ce que chacun d'eux faisait.

Il se renversa en arrière, noua les mains derrière la nuque.

— Ce menu éclaire les réactions d'une partie de la population à l'égard de Davis. Il corrobore certaines informations que Fatty a obtenues par ailleurs : un spéculateur nommé Powell dresse ouvertement l'opinion contre Davis.

Bent fit tomber un morceau de pomme collé à ses lèvres.

— Ce genre d'agitation existe depuis plus d'un an, non ?

— Tout à fait exact. Mais cette fois, il y a du nouveau. D'après Fatty, Mr. Powell parle de constituer un Etat confédéré indépendant dans quelque coin du pays.

— Bon Dieu ! oui, c'est du nouveau.

— J'aimerais que vous n'invoquiez pas en vain le nom du Seigneur. Je déteste cela autant que les livres dégoûtants que j'ai confisqués et fait brûler il y a quelques mois.

— Désolé, mon colonel, s'excusa Bent. Comment s'appelle ce spéculateur, disiez-vous ?

— Lamar Powell.

— Pendant mon séjour à Richmond, je n'ai pas entendu parler de lui. Ni d'une nouvelle confédération, d'ailleurs.

— Il ne s'agit peut-être que de rumeurs sans fondement. En mettant Davis en accusation, ces gens nous aideraient beaucoup, et je serais le premier à applaudir. Mais c'est probablement un vain espoir.

Baker ouvrit un tiroir de son bureau, en sortit un

dossier portant le nom Randolph, le tendit à son subordonné. Bent l'ouvrit, découvrit plusieurs notes manuscrites émanant de différentes personnes, à en juger par l'écriture, et quelques coupures de journaux. L'un des articles était signé « Eamon Randolph, notre correspondant au Capitole ».

Bent referma le dossier, attendit. Baker se mit à parler d'un ton de confidence qui dissipa la morosité de son subalterne.

— Comme vous le découvrirez à la lecture de sa prose ordurière, Mr. Randolph ne soutient pas ceux pour qui nous travaillons. Il n'a aucune sympathie non plus pour Wade et Stevens, ni pour leur programme de réhabilitation de nos frères sudistes après la guerre. Le *Cincinnati Globe*, journal de Mr. Randolph, est farouchement contre le gouvernement, pour le parti démocrate. Encore faut-il préciser que seule l'aile pacifiste de ce parti suscite son admiration. Sans aller aussi loin que certains de ses amis — qui proposent le renversement de Mr. Lincoln par la violence — Randolph est résolument partisan de ne pas toucher à l'esclavage, même après la capitulation du Sud. Nous ne pouvons tolérer la propagation de telles idées en période de crise. Certains membres du gouvernement m'ont chargé de... disons, punir Mr. Randolph. De le réduire temporairement au silence. Non seulement afin de supprimer une source d'irritation mais pour prévenir d'autres individus de même tendance qu'un sort semblable les attend s'ils s'obstinent. Votre travail à Richmond m'a impressionné, Dayton. C'est pourquoi je vous ai choisi pour vous occuper de cette affaire.

10

LES trois médecins à l'uniforme crasseux s'assirent autour d'une table branlante. Ils avaient les mains couvertes de saleté et de sang, comme chaque fois qu'ils examinaient des blessures.

L'un d'eux se toucha le nez, le deuxième se massa

l'entrejambe avec un sourire polisson, le troisième vida une bouteille d'alcool médical. Un blessé boitant pitoyablement fut introduit par un planton qui se conduisait en débile mental.

— Qu'est-ce que nous avons là ? dit celui qui avait englouti l'alcool.

Apparemment, c'était le médecin-chef.

— Je suis blessé, major, dit le soldat. Je peux rentrer chez moi ?

— Pas si vite ! Nous devons vous examiner. Messieurs, je vous prie.

Les trois docteurs entourèrent le blessé, le tâtèrent, le palpèrent, s'entretinrent à voix basse, puis le médecin-chef exprima leur avis unanime :

— Désolé mais il faut vous amputer des deux bras.

Le blessé fit grise mine mais bientôt son visage s'éclaira.

— Alors, j'aurai une permission ?

— Sûrement pas, répondit le major qui s'était massé l'entrejambe. Il faudra aussi vous couper la jambe gauche.

— Oh ! gémit le soldat. Mais après, j'aurai ma permission ?

— Pas du tout, répliqua celui qui s'était gratté le nez. Quand tu iras mieux, tu conduiras une ambulance.

Eclats de rire.

— Messieurs, consultons-nous à nouveau ! cria le médecin-chef.

Après un bref échange de murmures entre les trois hommes, il poursuivit :

— Finalement, il faudra vous amputer la tête.

— Alors, là, je l'aurai, ma permission.

— Nenni. Nous manquons tellement d'hommes qu'on mettra votre corps sur les fortifications, pour tromper l'ennemi.

Des rugissements de rires s'élevèrent à nouveau de l'obscurité. Assis en tailleur sur l'herbe, Charles Main avait les larmes aux yeux. Sur la petite scène en planches éclairée par des lanternes et des torches, le soldat jouant le blessé courait en s'égosillant, poursuivi par les docteurs fous armés de scies. Finalement, ils disparurent derrière une couverture faisant office de toile de fond.

Des applaudissements nourris annoncèrent la fin du programme, qui avait duré quarante minutes. Les artistes — un chanteur, un joueur de banjo, un violoniste, un jongleur et un imitateur qui, avec la voix de l'intendant général Northrop, avait expliqué les effets bénéfiques de la dernière réduction de la ration de viande — revinrent saluer. Ce fut ensuite le tour des acteurs de la saynète, encore plus applaudis. *Le Corps médical,* œuvre d'un auteur anonyme de la brigade de Stonewall Jackson, faisait un triomphe dans toutes les unités.

La masse sombre des spectateurs remua, se sépara. Charles se leva, massa son dos raide. La douceur du soir de juin et les feux de camp brillant au loin dans les champs le firent songer à la ferme Barclay. A la ferme et à Gus.

Ab avait des pensées moins plaisantes :

— Faut que je trouve du cirage pour mes bottes. En entrant chez les éclaireurs, j'aurais jamais cru que je devrais faire autant de frais de toilette.

— Tu connais Stuart, dit Charles avec un haussement d'épaules résigné.

— Y a des jours où je préférerais pas le connaître. Aujourd'hui, par exemple. J'ai vraiment pas envie de défiler samedi devant les dames !

Les deux hommes traversèrent la voie ferrée, récupérèrent leurs chevaux au corral temporaire et repartirent pour le champ où ils avaient planté leurs tentes avec le régiment de Calbraith Butler. Un mouvement de troupes massif se préparait au sud du Rappahannock ; Ewell et Longstreet se trouvaient déjà à Culpeper avec des unités d'infanterie. Charles ignorait tout de la destination de l'armée mais on avait beaucoup parlé dernièrement d'une deuxième invasion du Nord.

Stuart s'était établi à Culpeper avec plus de cavaliers qu'il n'en avait eu depuis longtemps : près de dix mille. Certains d'entre eux montaient la garde aux gués du Rappahannock mais la plupart se préparaient pour la grande revue de samedi. En train ou en voiture, de Richmond et des villes voisines, les dames viendraient nombreuses pour y assister.

Le moment semblait à Charles mal choisi pour une parade alors que l'armée faisait mouvement et que les bêtes étaient harassées. De nombreux chevaux souffraient de supporter selle et cavalier seize ou dix-sept heures par jour. Dans la brigade de Robertson, certains animaux affamés mastiquaient frénétiquement la crinière et la queue de leurs compagnons ; dans celle de Jones (le général débraillé portant blue-jeans et chemise de grosse toile de coton), une demi-douzaine de soldats en étaient réduits à monter des mules.

Une odeur douceâtre de trèfle parfumait la nuit. Au camp, quelques hommes se reposaient, écrivaient des lettres ou jouaient aux cartes avec des jeux où généraux et hommes politiques remplaçaient rois et valets. Davis, populaire la première année de la guerre, figurait rarement dans les jeux les plus récents.

Toutefois, la plupart des hommes de troupe cousaient et astiquaient parce que Stuart avait ordonné à chaque homme de porter un uniforme correct pour la revue. Bien que l'idée déplût à Charles, il avait l'intention d'être aussi présentable que possible et avait même déballé son sabre de Solingen.

Brandy Station devait son nom à un ancien relais de diligence célèbre pour l'alcool de pomme qu'on y servait aux voyageurs. Si les pommes poussaient toujours dans les vergers des environs, la localité était maintenant desservie par la ligne Orange et Alexandria. Le samedi, les trains spéciaux arrivèrent de bonne heure, bondés de politiciens et de dames aux robes de couleurs vives venus assister à la revue du général Stuart et au bal donné le soir à Culpeper.

Dans les prés entourant le village, la cavalerie fit une démonstration aux visiteurs. Des colonnes de cavaliers chargèrent sabre au clair ; des attelages tirant des pièces d'artillerie filèrent devant la foule. Charles et les autres éclaireurs de Hampton apportèrent leur contribution en galopant sous le regard des invités et des officiers passant les troupes en revue. Au passage, Charles vit le plumet noir du chapeau de Stuart remuer : le général avait baissé la tête en reconnaissant une vieille connaissance de West Point.

Après la revue, longue et fatigante, Charles retourna au camp dans l'intention de faire un bon repas et de dormir. Le lendemain, il devait reconnaître le fleuve du côté du gué de Kelly. Il était en train de desseller Joueur quand une ordonnance s'approcha.

— Capitaine Main ? Le général Fitzhugh Lee souhaite avoir votre compagnie ce soir dans la tente de son quartier général. Le dîner y sera servi avant le bal, auquel le général n'assistera peut-être pas.

— Pourquoi ?

— Le général a été malade, mon capitaine. Savez-vous où se trouve son quartier général ?

— Oak Shade Church ?

— C'est exact, mon capitaine. Le général peut compter sur vous ?

— Je n'ai pas non plus l'intention d'assister au bal. Dites à Fitz — au général — que j'accepte son invitation avec plaisir.

« Un beau mensonge », pensa Charles après le départ de l'ordonnance. Tout le monde savait que Fitz, le protégé de Stuart, supportait mal que Hampton eût un grade supérieur au sien du fait de son ancienneté. De leur côté, les partisans de Hampton méprisaient Fitz et prétendaient qu'il avait grimpé très vite uniquement parce qu'il était le neveu du Vieux Bob. « Il y a peut-être du vrai là-dedans », songeait Charles. Deux des cinq brigades de cavalerie étaient commandées par des Lee : Fitz, et Rooney, le fils du général.

— Heureux de te voir, Bison, dit Fitz. Mes rhumatismes me tourmentent, j'ai besoin de compagnie.

Il paraissait effectivement souffrant, parlait et se déplaçait lentement. Il se déclara surpris que son vieil ami n'eût pas l'intention de profiter de la compagnie des dames réunies à Culpeper, ce à quoi Charles répondit :

— J'ai une dame qui occupe toutes mes pensées. Je l'aurais invitée si j'avais pu la prévenir à temps.

— C'est sérieux ? Tu vas te ranger quand ce gâchis sera fini ?

— J'y songe, général.

— Pas de « général » ni de « capitaine » ce soir, dit Fitz en indiquant un siège à son ami.

Charles sourit, se détendit.

— D'accord.

La boule de feu du soleil était suspendue à l'ouest, au-dessus de collines basses. La tente, ouverte aux deux extrémités, était aérée et agréable. L'un des officiers de Fitz rejoignit les deux hommes pour le whisky, servi par une ordonnance noire. Le colonel Tom Rosser, jeune Texan de belle allure, aurait fait partie de la promotion 61 s'il n'avait quitté West Point pour se battre dans le camp du Sud. Au cours de la conversation, Rosser mentionna à deux reprises le nom d'un cadet. de la même promotion demeuré avec l'Union.

— George Custer. Il est lieutenant, aide de camp de Pleasonton. Je le considérais comme un ami mais ce n'est plus possible maintenant, je suppose.

Pensant à l'amitié et à Hampton, Charles coula un regard oblique en direction du général. Pourquoi cette invitation ? Fitz désirait-il simplement dîner avec lui ?

— J'ai entendu dire qu'on le surnomme le Bouclé cinglé, s'esclaffa Lee.

— Pourquoi ? demanda Charles.

— Vous comprendriez en le voyant, reprit Rosser. Il a des cheveux jusqu'aux épaules, une grande écharpe écarlate autour du cou. Un vrai cavalier de cirque devenu fou !

Le colonel s'interrompit avant d'ajouter, comme à la réflexion :

— Il ne manque pas de courage, cependant.

— Ni d'ambition, paraît-il, enchaîna Fitz.

Dans la meilleure tradition de la cavalerie, les trois officiers discutèrent des points forts ou faibles d'autres adversaires. Pleasonton n'obtint qu'une note médiocre mais Fitz et Rosser semblaient impressionnés par les exploits d'un colonel Grierson, de l'Illinois, jusque-là inconnu. A la fin du mois d'avril, pour détourner l'attention sudiste de Grant, se trouvant à Vicksburg, Grierson avait entraîné mille sept cents cavaliers dans une chevauchée audacieuse de LaGrange, dans le Tennessee, à Baton Rouge, arrachant les voies ferrées, tuant et faisant prisonniers de nombreux soldats confédérés en chemin.

— Neuf cents kilomètres en un peu plus de deux semaines, marmonna Rosser. Ils prennent exemple sur nous, ma parole.

A mesure que la soirée s'avançait, Charles se sentait de plus en plus déprimé. Il parlait peu, regardait son ami avec un sentiment proche de l'envie. Pour un homme jeune, Fitz avait parcouru un long chemin — et pas seulement à cause de ses relations familiales. Il passait pour un bon officier et avait à coup sûr changé depuis l'époque de West Point où il aimait faire des pieds de nez au règlement.

Rosser se leva, mit son chapeau d'apparat.

— Je dois vous quitter, dit-il. Heureux d'avoir fait votre connaissance, capitaine Main. J'espère que nous nous reverrons bientôt.

Charles eut l'impression que le colonel avait prononcé ces derniers mots en adressant au général un regard entendu. Tandis que l'ordonnance noire apportait du bœuf et du rata dans des assiettes en fer-blanc, Fitz déclara :

— Tu perds ton temps avec le Vieux Hampton, tu sais. Un de mes colonels est mort de gangrène la semaine dernière. Son régiment est à toi si tu en veux.

Pris de court, Charles bredouilla :

— Fitz, je... C'est très flatteur.

— Au diable les politesses ! La guerre pose trop de problèmes pour que je perde mon temps en flatteries. Tu es un remarquable cavalier, un bon chef et, si je puis me permettre, tu n'as pas le supérieur que tu mérites — attends un peu. Ne te hérisse pas.

— Je suis sous les ordres de Hampton depuis deux ans. Je l'ai rejoint quand il a levé sa légion, à Columbia. Il a droit de priorité sur moi.

— Et c'est justice. Néanmoins...

— C'est un officier compétent et courageux.

— Personne n'en doute. Mais Wade Hampton n'est plus tout jeune. Et, en certaines occasions, il se montre quelque peu timoré.

— Fitz, n'en dis pas plus, je t'en prie. Tu es mon ami mais je n'ai jamais servi sous les ordres d'un meilleur officier que Hampton.

Le général se rembrunit.

— Ta remarque concerne aussi Stuart ?

— Je préfère ne pas développer, sauf sur un point. Certains trouvent timoré ce que d'autres jugent prudent — ou sage. Hampton concentre ses forces avant d'attaquer. Il cherche à remporter une victoire, pas à faire les gros titres des journaux.

Fitz faillit s'étrangler avec un morceau de bœuf.

— Amos ? fit-il en toussant. Apporte le whisky.

Tandis que le Noir versait à boire, le général considéra son invité d'un air dépité.

— Ta loyauté est peut-être louable, Charles, mais je maintiens que tu gâches ton talent. La plupart des officiers sortis de West Point en même temps que nous sont aujourd'hui colonels ou majors — au moins.

La remarque fit mouche. Piqué, Charles prit une profonde inspiration avant de répliquer :

— Il y a deux ans, j'étais parti pour une belle carrière quand j'ai commis des erreurs.

— Je connais ce que tu appelles tes erreurs. Elles sont moins graves que tu ne l'imagines. Jones et Robertson ont eux aussi perdu les élections au grade de colonel à cause de leur attachement à la discipline. Mais on leur a trouvé de nouvelles affectations...

— Fitz, je n'ai pas été suffisamment clair ? Ce que je fais me convient. Je ne veux pas d'une nouvelle affectation.

Le silence se fit sous la tente. Dehors, l'ordonnance noire s'affairait bruyamment autour de son fourneau de campagne.

— Je suis navré de ta réaction, Charles. Si tu refuses d'aller là où tu serais le plus utile, pourquoi te battre pour le Sud ?

Le ton légèrement méprisant de Lee irrita l'éclaireur.

— Je ne me bats pas pour le Sud si cela signifie l'esclavage, ou un pays séparé. Je me bats pour la terre où je vis. C'est dans cet esprit que la plupart des hommes se sont enrôlés, et je me demande parfois si Mr. Davis le comprend.

Fitz haussa les épaules, avala rapidement le reste du repas.

— Désolé de te presser mais je dois finalement me montrer au bal. A propos, le général Robert Lee a annoncé qu'il serait disponible lundi et le général Stuart a ordonné une nouvelle revue.

— Encore ? Mais à quoi pense-t-il ? Celle d'aujourd'hui a fatigué les chevaux et mis les hommes de mauvaise humeur. Nous ferions mieux de surveiller ce que font les Yankees au lieu de gaspiller notre énergie dans ces extravagances.

Fitz s'éclaircit la voix.

— Disons que ces remarques n'ont pas été prononcées. Merci d'être venu, Charles. Je dois partir, maintenant.

L'entrevue avait appris à Charles Main que Fitz et lui ne pouvaient plus être amis. Ils étaient séparés par leurs grades, leurs opinions et par toutes les combines politiciennes de la hiérarchie. Le lendemain, un incident près du gué de Kelly assombrit encore son humeur. Parti en reconnaissance avec Abner au nord-est du Rappahannock, au-delà des avant-postes sudistes, Charles fit halte dans une petite ferme pour faire boire les chevaux et remplir les gourdes. Le fermier, vieux paysan décharné, engagea la conversation et raconta, l'air consterné, que ses deux esclaves, un vieux couple, s'étaient enfuis l'avant-veille.

— Peux pas me faire à c't' idée, soupirait-il. Ils étaient si gentils. Souriants, serviables...

— En Caroline du Sud, on appelle ça « jouer la grand-messe », dit Charles.

— Comprends pas, marmonna le fermier en regardant droit devant lui. J' leur donnais à manger, j' leur faisais des cadeaux à Noël : du gâteau, de la confiture, des choses comme ça...

— Viens, Ab, fit Charles d'une voix lasse tandis que le vieillard continuait à fustiger l'ingratitude de ses esclaves.

Charles monta en selle, se gratta l'intérieur de la cuisse gauche. Les poux pubiens le tourmentaient mais c'était moins grave que la chaude-pisse que plusieurs éclaireurs avaient attrapée avec des demoiselles vivant au camp et passant pour « blanchisseuses ».

En retournant vers Brandy Station, il repensa au vieil imbécile de fermier avec consternation puis avec dégoût. Depuis quelque temps, Charles voyait de plus en plus « l'institution particulière » pour ce qu'elle avait toujours été. La réalité de l'esclavage — pour les Noirs, du moins — ne pouvait être que peur et rage sous un masque trompeur. Le masque que l'esclave devait porter s'il voulait survivre.

Aucune dame n'assista à la revue du lundi et l'événement fut moins agréable pour cette raison. Moins agréable aussi parce que quelque idiot avait invité John Hood, qui amena toute sa division d'infanterie. Les cavaliers expliquaient en grommelant ce qu'ils feraient si un fantassin osait leur lancer la plaisanterie familière : « Hé, m'sieur, où est votre mule ? »

Comme Charles le craignait, la revue épuisa les hommes — censés être prêts à repartir le mardi matin. Après avoir aperçu Bob Lee — toujours aussi bel homme mais grisonnant — Ab et Charles regagnèrent directement le camp de Hampton. Charles dormit d'un sommeil agité et s'éveilla brusquement au son des tambours battant l'appel.

Le jour se levait, une agitation intense régnait dans le camp. Ab surgit en courant du brouillard descendu pendant la nuit. A la façon dont il tenait leur pot à café, Charles devina qu'il n'avait pas pu le faire chauffer.

— Magne, Charlie. Stuart s'occupe trop des dames et pas assez des Bleus. Y a toute une division de cavalerie de l'autre côté du fleuve, au gué de Beverly.

— Qui la commande ?

— Buford, paraît. Il a de l'infanterie en soutien et Dieu sait quoi encore. Les Yanks traversent peut-être aussi au gué de Kelly. Personne ne sait.

Un clairon sonna le boute-selle avec quelques fausses notes.

— Ils sont des milliers, reprit Abner en laissant tomber le pot émaillé. Ils ont jailli du brouillard et pris les sentinelles par surprise. On est censé partir avec Butler pour éclairer et protéger l'arrière.

Des fouets claquèrent. Comme de grands bateaux dans une mer de brume grise, les chariots du quartier général de Stuart apparurent à la lisière du camp : on les envoyait en lieu sûr, à Culpeper. « Bon sang ! pensait Charles. Se laisser surprendre comme ça. Cela ne serait pas arrivé sous le commandement de Hampton. » Il prit son fusil de chasse et sa couverture, jeta sa selle sur son épaule et courut derrière Ab Woolner.

Charles devinait, à son humeur noire, qu'Abner avait dû passer une mauvaise nuit. D'abord il s'en prit à quelques tire-au-flanc courant à l'infirmerie se plaindre de maux imaginaires — scène familière quand commençait la canonnade. Puis il jura en découvrant dans l'herbe une paire de bottes en parfait état, que leur propriétaire avait sans doute abandonnées pour échapper à une journée qui s'annonçait très mal.

Galopant dans la brume qui se levait, Charles et Ab devancèrent bientôt le détachement de Butler envoyé reconnaître les abords de Fleetwood Hill. Le quartier général de Stuart, installé sur une hauteur, était la cible manifeste de l'artillerie ennemie tirant du sud-est. Dans un bosquet de pins situé au-dessus de Stevensburg, Charles arrêta soudain son cheval : derrière les arbres, une demi-douzaine de soldats de l'Union approchaient sur un sentier longeant un champ de blé. Fait alarmant, ils n'étaient pas encombrés par l'habituelle montagne d'équipement que la cavalerie sudiste appelait avec dédain « les fortifications yankees ». Les ennemis portaient des armes, rien d'autre.

— Evitons-les, Ab. Nous parviendrons à Stevensburg plus vite.

— On se fait d'abord quelques Yanks, répondit Abner. Après, on ira à Stevensburg sans problème.

— Ecoute, nous devons seulement reconnaître les lieux et voir si...

— Qu'est-ce que t'as, Charlie ? T'as les foies à cause de ta chérie ?

— Sale con ! Tu...

Abner jaillissait déjà des pins au galop en faisant tonner son fusil de chasse à double canon.

Les Yankees affirmaient que tout Sudiste pris avec une telle arme serait pendu, mais les deux bleus que Woolner fit tomber de leur selle ne porteraient jamais d'accusation contre lui. La bouche sèche, Charles lança Joueur en avant d'une pression des genoux.

Des balles sifflèrent autour de lui. Dès qu'il fut à portée de tir, il vida lui aussi ses deux canons, ce qui porta à quatre le nombre de Yankees tués. Les deux derniers tournèrent à droite, s'enfoncèrent dans les épis de blé pour s'échapper. Ab reprit la direction de Stevensburg sans même jeter un regard en arrière. Charles en voulait à son ami parce que celui-ci avait eu raison.

Cet après-midi-là, sur la colline ensoleillée, la cavalerie de Jeb Stuart dut affronter des ennemis maniant le sabre et menant leur monture aussi habilement qu'un jeune Sudiste élevé en chasseur. Les Yankees délogèrent Stuart de Fleetwood Hill et lorsque Charles revint avec Woolner de Stevensburg, toutes les troupes sudistes disponibles s'efforçaient de reconquérir la colline. Hampton était de retour du gué de Beverly, où il avait vainement tenté d'arrêter Buford. Deux autres divisions de cavalerie nordistes avaient forcé celui de Kelly. Le fait n'avait rien de surprenant puisque ce secteur était commandé par le médiocre Robertson.

A Stevensburg aussi, c'était le désastre. Frank Hampton avait reçu un coup de sabre puis une balle qui l'avait achevé. Calbraith Butler tenait bon mais avait eu le pied droit presque arraché par un éclat d'obus. Mis en déroute, les soldats aguerris du 4e de Virginie avaient battu en retraite au galop, fuite confuse dans laquelle Charles et Abner s'étaient retrouvés.

A Fleetwood, les escadrons se regroupèrent et Stuart lança à ses hommes : « Faites-leur tâter du sabre, les enfants ! » Les bugles sonnèrent le trot, le galop puis la charge. Les cavaliers sudistes gravirent la pente sous un soleil bientôt masqué par la fumée et la poussière.

Bien qu'il ne pût voir Abner, Charles savait qu'il chevauchait non loin de lui. Ils s'étaient à peine adressé la parole depuis l'incident du bosquet de pins. Ab avait eu des mots durs parce qu'il était fatigué, tendu, mais l'accusation n'en était pas moins blessante.

Joueur galopait tête dressée, comme il le faisait toujours au son du canon. Charles sentait la nervosité du cheval — il éprouvait la même. Homme et monture ne faisaient qu'un, dans une fusion que les cavaliers trouvaient normale après avoir longtemps monté une bête. Le sabre brandi, Charles poussait le cri des rebelles, qui jaillissait de milliers d'autres poitrines.

Quand ils furent sur les hauteurs de Fleetwood, les formations se défirent en une mêlée indistincte. Charles combattait avec une fureur qu'il n'avait jamais connue. Parce qu'il voulait se racheter aux yeux d'Abner. Parce que l'ennemi avait changé.

Des gouttes de sang dans la barbe, il délaissa le sabre pour le fusil de chasse, le fusil pour le revolver, puis revint à l'arme du dernier recours quand il n'eut plus le temps de recharger.

Voyant une forme grise tombée à terre, il se baissa pour lui venir en aide. L'homme le frappa avec un refouloir qui faillit lui arracher la tête. Charles recula, enfonça son sabre dans la veste bleue du Yankee grise de poussière.

Comme la plupart des batailles, celle de la colline perdit bientôt toute forme organisée et se transforma en une série de petits affrontements sans grandeur ni beauté. Les rebelles reconquirent les hauteurs, les perdirent, se regroupèrent pour les reprendre. Montant la pente pour la seconde fois, Charles se jeta presque sur un groupe de soldats de l'Union. Il leva son sabre à temps pour parer celui d'un officier aux longs cheveux bouclés portant autour du cou une écharpe écarlate.

Pressant son arme contre celle de Charles, le lieutenant yankee ricana :

— Serviteur, monsieur le reb...

Charles lui cracha à la figure pour le surprendre et l'aurait sabré si le cheval du Yankee n'avait trébuché. « Un cavalier de cirque devenu fou », dit une voix dans la mémoire de Charles tandis que son regard croisait un instant celui du lieutenant.

Le cheval tomba, le Yankee disparut.

— Attention, Charlie ! cria Abner par-dessus le vacarme.

A travers les nuages de poussière, Charles vit la silhouette de l'éclaireur pointant le bras derrière lui. Il se retourna, vit un sergent de l'Union braquer sur lui un énorme pistolet.

Ab se précipita vers le Yankee en brandissant comme une massue son revolver déchargé. Le sergent changea de cible, tira dans la poitrine de Woolner à bout portant.

— Ab !

Le cri de Charles n'empêcha pas Abner de s'écrouler, les yeux ouverts mais ne sachant déjà plus où et qui il était. Le sergent disparut dans la mêlée.

Les dents serrées, Charles évita le sabre d'un cavalier

bleu lançant son cheval contre Joueur. Le Yankee frappa une deuxième fois, des étincelles jaillirent du choc des deux lames. Le soldat ennemi — un jeunot d'à peine vingt ans, avec un sourire imbécile sous ses grosses moustaches rousses — reprit en main sa monture, qui s'était cabrée, et s'exclama :

— Je t'aurai, ce coup-ci.

Charles esquiva, enfonça son sabre dans la gorge du jeune soldat. Il l'en retira sans remords. Abner avait raison : Gus l'avait rendu plus vulnérable, moins dur. Il avait fallu cette sanglante journée de juin pour qu'il comprenne la vérité.

Repartant à l'assaut de la colline, il s'aperçut soudain qu'un cheval sans cavalier galopait à côté de Joueur. C'était celui d'Abner, Cyclone. L'animal continuait à charger en direction des canons. Une boîte à mitraille éclata, lui creva un œil et le blessa à la tête. En courageux cheval aguerri, Cyclone ne hennit même pas et continua à foncer, malgré le sang et la souffrance, jusqu'à ce que ses blessures et la pente trop forte viennent à bout de sa vaillance. Il s'agenouilla sur ses jambes avant, incapable d'aller plus loin.

Charles donnait du sabre comme un dément, faisant tournoyer son arme si vite que personne ne pouvait le toucher. Un caporal yankee à la peau laiteuse et aux yeux bleus d'Irlandais se lança vers lui en jurant dans une langue qui devait être du gaélique. Charles l'affronta dans un duel qui dura près de quatre minutes avant de lui percer le ventre. Il sentit son arme toucher les côtes, la retira, frappa à nouveau.

Les chevaux se cabrèrent, retombèrent. L'Irlandais oscillait sur sa selle, Charles le frappa une troisième fois. « Pourquoi ne tombe-t-il pas ? » se demandait Charles. Pourquoi ne pouvait-on plus désarçonner facilement ces idiots maladroits ? Qui leur avait appris à monter à cheval et à se battre aussi farouchement ?

— Sale engeance de traître ! cria l'Irlandais blessé.

Il avait le même accent qu'un cadet du Maine que Charles avait connu à West Point. Les Yankees savaient-ils aussi faire des soldats avec des homardiers ? « Dieu nous aide s'ils sont capables de tels miracles ! » pensa Charles.

Un quatrième coup fit tomber le caporal, qui glissa sur le côté, la jambe droite prise dans l'étrier. Un affût d'artillerie roula sur sa tête, l'enfonça dans la glaise molle. Pendant plus d'une minute, Charles trembla de terreur.

Finalement, les Sudistes enlevèrent la colline et s'y maintinrent. Mais la percée nordiste avait atteint son objectif : trouver l'armée de Lee.

Les Yankees atteignirent aussi un autre objectif auquel ils n'avaient pas songé : entamer la confiance de la cavalerie confédérée.

Charles en avait ressenti les effets en affrontant l'Irlandais à l'accent du Maine.

Pleasonton ordonna une retraite générale avant la tombée de la nuit. Alors que le soleil se couchait, que le vent chassait fumée et poussière de la colline, des essaims de mouches bleues s'abattirent sur l'herbe piétinée et rougie. Des buses surgirent dans le crépuscule. Chevauchant parmi les débris de charges et de contre-attaques dont il ne pouvait se rappeler le nombre, Charles chercha le cadavre d'Abner et finit par le trouver à une centaine de mètres de l'endroit où il était mort. Charles chassa les charognards, qui s'étaient déjà attaqués au visage de son ami. Un des oiseaux s'envola, un morceau de chair rose dans le bec ; Charles dégaina son colt et l'abattit.

Il enterra Abner dans un bois situé au sud de la voie ferrée avec une pelle empruntée à un fantassin. En creusant, il essaya de trouver quelque réconfort dans le souvenir des bons moments qu'Ab et lui auraient passés ensemble. Il n'y en avait pas.

Il mit le corps dans le trou, s'agenouilla au bord. Une minute plus tard, il déboutonna sa chemise, fit passer par-dessus sa tête le lacet du sac contenant le livre percé d'une balle. Le bouquin ne l'avait pas protégé, il l'avait émasculé. Charles le jeta dans la tombe et entreprit de la recouvrir de terre.

Brandy Station fit la réputation de la cavalerie de l'Union et ternit celle de Stuart. La bataille montra aussi à Charles, quoiqu'un peu tard, le bien-fondé de ses appréhensions quant à ses relations avec Gus. En temps de guerre, un tel attachement n'était bon ni pour elle ni pour lui.

Remarqué pendant les combats, Charles fut cité à l'ordre de l'armée par Hampton et nommé major. Sur un plan personnel, Brandy Station l'incita à penser d'abord à son devoir. Il aimait Gus et continuerait à l'aimer, mais les pensées de mariage et d'avenir n'avaient rien à faire dans la tête d'un soldat. Elles gênaient sa concentration, le rendaient moins efficace.

Il devrait en informer la jeune femme. Comment ? quand ? Il se sentait trop las pour affronter tout de suite ces questions.

11

— FAIS les valises, dit Stanley.

Moite de transpiration, agacée par la chaleur de ce lundi 15 juin, Isabel répliqua :

— Comment oses-tu débarquer ici en plein après-midi et me donner des ordres !

— Bon, reste. Moi, j'emmène les enfants à Lehig Station par le train de quatre heures pour Baltimore. J'ai payé les billets trois fois le prix normal — encore heureux que j'aie pu en avoir !

Soudain alarmée par le ton inhabituellement dur de son mari, Isabel demanda avec plus de modération :

— Qu'est-ce qui t'a mis dans un tel état, Stanley ?

— Ce que les marchands de journaux crient à tous les coins de rue : « Washington menacée ! » Il paraît que Lee est à Hagerstown, ou en Pennsylvanie. Demain matin, les rebelles auront peut-être encerclé la ville. J'ai décidé qu'il était temps de prendre des vacances. Si tu ne veux pas partir, c'est ton affaire.

Des rumeurs avaient effectivement fait état de mouvements de troupes en Virginie mais rien n'était sûr jusqu'à présent. Isabel pouvait-elle se fier au jugement de Stanley? Il sentait le whisky; dernièrement, il s'était mis à boire.

— Comment as-tu obtenu un congé?

— J'ai raconté au ministre que ma sœur était gravement malade.

— Il n'a pas trouvé la coïncidence un peu curieuse?

— Si, j'en suis sûr. Mais le ministère est sens dessus dessous; personne ne fait plus rien d'efficace. Et Stanton a de bonnes raisons de me faire plaisir : c'est moi qui transmets ses instructions à Baker. Je sais à quel point il a les mains sales.

— Quand même, tu pourrais nuire à ta carrière en...

— Tu vas arrêter? cria Stanley. Je préfère être un lâche vivant qu'un patriote mort. Tu t'imagines que je suis le seul haut fonctionnaire à partir? Des centaines d'autres l'ont déjà fait. Si tu viens avec moi, occupe-toi des bagages. Sinon, ferme-la.

Isabel fut à nouveau frappée par la façon spectaculaire et pas entièrement souhaitable dont Stanley avait changé au cours des derniers mois. Le fait qu'il ait échappé aux purges dont Cameron avait fait les frais, sa position éminente chez les extrémistes et la fortune nouvellement acquise grâce à la fabrique Lashbrook se conjuguaient pour faire naître en lui une confiance qu'il n'avait jamais possédée auparavant. Parfois, il se conduisait comme si cette réussite le gênait. Quelques semaines plus tôt, après avoir bu quatre punchs au rhum en une heure et demie, il avait baissé la tête en marmonnant qu'il ne méritait pas sa chance et s'était mis à sangloter sur l'épaule de sa femme, comme un enfant.

Isabel songea qu'elle ne devait pas se montrer trop dure. C'était elle, en définitive, qui avait créé le nouveau Stanley, et elle appréciait énormément certains aspects de son œuvre : l'argent, le pouvoir, l'indépendance par rapport à l'abominable beau-frère. Si elle voulait continuer à manœuvrer son mari, elle devait changer de style, adopter une technique plus subtile.

Feignant la soumission, elle baissa les yeux et murmura :

— Je m'excuse, Stanley. Tu as raison. Je serai prête à partir dans une heure.

Ce soir-là, un fourgon aux rideaux tirés tourna dans Marble Alley en se balançant sur ses ressorts. Le cocher l'arrêta en face d'une des jolies résidences bordant l'étroite rue reliant les avenues Pennsylvania et Missouri. Malgré la chaleur, toutes les fenêtres de la maison étaient masquées par des rideaux. On les avait toutefois laissées ouvertes, si bien qu'on entendait du dehors de la musique, de joyeuses voix de femmes et d'hommes. La « pension pour dames » de Mrs. Devore faisait de bonnes affaires malgré la panique régnant dans la ville.

Elkanah Bent, qui avait l'air d'une montagne de lard ambulante dans son costume de lin blanc, descendit du siège voisin de celui du cocher en soufflant et en grognant. Deux autres détectives du Bureau sautèrent du véhicule par le rideau arrière. Bent fit signe à l'un d'eux de prendre l'allée menant à l'arrière de la maison, l'autre le suivit en direction du perron.

Les trois hommes avaient longuement discuté de la meilleure façon de s'emparer de leur proie. Pas question d'arrêter dans la rue en plein jour un journaliste connu, avaient-ils conclu. Ils avaient envisagé de le « cueillir » à sa pension mais Bent, qui dirigeait l'opération, avait finalement opté pour le bordel. On pourrait utiliser la présence de l'homme en question dans un tel lieu pour contrer ses inévitables protestations indignées.

Bent sonna, l'ombre d'une femme à la chevelure relevée sur le sommet du crâne tomba sur le verre dépoli.

— Bonsoir, messieurs, dit l'élégante Mrs. Devore. Entrez, je vous prie.

Souriants, Bent et son compagnon suivirent la femme d'âge mûr dans un salon brillamment éclairé où des prostituées en robe du soir évoluaient devant un joyeux parterre d'officiers et de civils. L'un de ces derniers, qui portait moustaches et barbiche comme l'empereur français, s'approcha de Bent.

— Bonsoir, Dayton.

— Bonsoir, Brandt. Où ?

— Chambre 4, répondit l'homme en regardant le plafond. Il a pris deux filles, ce soir. Une Noire, une Blanche.

Mrs. Devore alla dire un mot à la harpiste et remarqua, en revenant vers la clientèle, un renflement sur la hanche droite de Bent.

— Tu t'occupes du rez-de-chaussée, Brandt, disait à mi-voix le faux Dayton. Personne ne sort avant qu'on l'ait eu.

Brandt acquiesça de la tête, Bent entraîna l'autre détective vers l'escalier.

Alarmée, Mrs. Devore, les arrêta :

— Messieurs, où allez...

— Tenez-vous tranquille, coupa Bent en relevant le revers de sa veste pour montrer son insigne. Nous sommes du Bureau national d'enquête. Nous voulons un de vos clients. Ne vous mêlez pas de ça.

Pour s'assurer de l'obéissance de la maquerelle, Brandt sortit son revolver. Bent monta l'escalier d'un pas lent, rejeta en arrière le pan droit de sa veste pour dégainer un Lemat calibre 40 flambant neuf fabriqué en Belgique. Utilisé surtout par les rebelles, c'était un revolver d'une grande puissance.

Dans le couloir du premier étage, des lampes à gaz éclairaient faiblement un papier mural pourpre. Le parfum lourd imprégnant l'air ne parvenait pas tout à fait à chasser une odeur de désinfectant. Les bottes de Bent firent un bruit sourd sur le tapis lorsqu'il passa devant des portes closes. Derrière l'une d'elles, une femme gémissait en cadence.

Devant la chambre 4, les détectives s'arrêtèrent, se postèrent de chaque côté de la porte. Bent tourna le bouton de la main gauche, se rua à l'intérieur.

— Eamon Randolph ?

Un homme d'âge mûr aux traits veules était étendu

nu sur un lit à baldaquin. Une jolie Noire le chevauchait, une Blanche plus âgée se tenait derrière lui, les seins dansant à quelques centimètres de son nez.

— Qui êtes-vous, bon Dieu? s'exclama le journaliste.

Les putains déguerpirent, Bent montra à nouveau son insigne.

— Bureau national d'enquête. J'ai un ordre de détention vous concernant signé par le colonel Lafayette Baker.

— Oh oh, dit Randolph en se redressant avec une expression pugnace. Alors, on veut me mettre à l'ombre comme Mahoney ?

Dennis Mahoney, journaliste de Dubuque professant des opinions proches de celles de Randolph, avait passé trois mois à la prison de l'ancien Capitole l'année précédente.

— Il y a de ça, répondit Bent.

La fille blanche tendit une main hésitante vers son déshabillé ; la Noire, moins effrayée, regardait la scène près de la fenêtre ouverte.

— Vous êtes accusé d'activités antigouvernementales.

— Bien sûr ! ironisa Randolph.

L'impression de mollesse que donnaient son menton fuyant et ses yeux protubérants ne cadrait pas avec son attitude. Au lieu de gémir, le reporter sauta vivement du lit et lança presque avec entrain :

— Excusez-moi, mesdames. Je dois m'habiller et accompagner ces gredins. Mais vous êtes libres de partir.

Bent agita son revolver en lorgnant la prostituée noire.

— Personne ne bouge. Tout le monde dans le fourgon.

— Mon Dieu ! soupira la Blanche en se couvrant les yeux.

Sa collègue passa un peignoir en soie ivoire puis demeura immobile, comme une chatte prise au piège.

— Il bluffe, les filles, dit Randolph. Partez.

— Mauvais conseil, riposta Bent. J'attire votre attention sur la nature de cette arme. C'est ce que certains appellent un revolver à mitraille. Il me suffit de relâcher le percuteur pour tirer la cartouche du canon inférieur. Elle est pleine de plombs de chasse. Vous imaginez ce que ça peut faire à un visage ?

— Vous n'oseriez pas, rétorqua Randolph. Vous autres, les sbires du gouvernement, vous n'avez rien dans le ventre. Quant à l'ordre de détention que vous prétendez porter, fichez-le dans le feu où Baker et Stanton ont brûlé le Cinquième Amendement. Maintenant, poussez-vous que je...

— Garde la porte, ordonna Bent à son compagnon.

Il brandit son revolver, l'abattit sur le journaliste qui, surpris, reçut le coup en plein visage. La peau éclata, du sang coula, tomba sur les poils gris de la poitrine.

La putain blanche fondit en sanglots mélodramatiques. On entendit dans le couloir des bruits de pas, des jurons, des questions. Bent enfonça le canon du Lemat dans le ventre nu de Randolph puis le frappa à nouveau à la tête et au cou. Les yeux exorbités, le journaliste s'affala sur le lit dont il macula les draps de sang.

L'autre détective tira Bent par la manche en murmurant :

— Doucement, Dayton, on veut pas le tuer.

Bent se dégagea.

— La ferme ! C'est moi qui commande. Quant à toi, vermine, lança Bent à Randolph, en route pour l'ancien Capitole. Nous avons une salle spéciale réservée aux séditieux de ton es...

— Attention !

Le collègue du faux Dayton bondit vers la prostituée noire, qui avait déjà enjambé l'appui de fenêtre, et qui disparut.

Des coups retentirent à la porte ; le détective passa la tête par la fenêtre et cria :

— Brandt ! Il y en a une qui se débine !

— Laisse-la filer, décida Bent. Ce n'est qu'une putain noire.

Il frappa Randolph à l'épaule, lui ordonna de s'habiller.

Cinq minutes plus tard, les deux détectives portèrent en bas le journaliste groggy, jetèrent son corps enveloppé dans une couverture à l'arrière du fourgon.

— Tu l'as frappé trop fort.

— Je t'ai dit de la fermer ! rétorqua Bent. (Haletant, il avait l'impression qu'il venait de posséder une femme.) J'ai fait le boulot, c'est tout ce qui intéresse Baker.

Brandt rejoignit les deux hommes et annonça :

— La négresse a décampé, Dayton.

Bent poussa un grognement. Sur le plancher du véhicule, le prisonnier émettait des gargouillis. Bent prit peur : avait-il vraiment frappé trop fort ?

Il était ridicule de s'inquiéter. Baker avait souvent fait bien pis au cours d'interrogatoires.

— Partons sinon nous aurons la police sur le dos ! cria-t-il.

Le cocher agita les rênes, le fourgon s'ébranla.

Brett lisait, étendue sur son lit en cache-corset. La lumière jaune et chaude du crépuscule inondait sa chambre. La jeune femme se sentait épuisée après avoir passé tout ce 29 juillet à frotter les planchers avec Mrs. Czorna. En rentrant à Belvedere, elle avait délibérément évité Stanley, Isabel et leurs insupportables fils qui jouaient aux boules sur le gazon entre les deux maisons.

Une des femmes de chambre frappa à la porte, annonça que le dîner serait servi dans une demi-heure. Brett se leva à contrecœur, s'aspergea le visage et les bras. A l'ouest, le soleil s'empourprait.

Elle n'aimait pas voir le soleil se coucher car la nuit avivait ses craintes pour Billy et le besoin qu'elle avait de sa présence. Au cours des deux semaines écoulées depuis l'arrivée inopinée — et toujours inexpliquée —

de Stanley, la peur de la jeune femme s'était accrue du fait des menaces militaires pesant sur l'Etat de Pensylvanie. Fonctionnaires et simples citoyens quittaient Harrisburg en emportant dossiers et objets de valeur. Le vendredi précédent, le gouverneur Curtain avait appelé la population masculine à s'enrôler pour trois mois afin de défendre la Pennsylvanie. Le samedi, l'invasion avait été confirmée. Des édiles terrifiés livrèrent la ville de York à Jubal Early et l'on vit l'armée de Lee à Chambersburg. La panique se répandait sur la frontière sud comme un feu de brousse et la fumée envahissait toutes les parties de l'Etat.

Quelques minutes plus tard, habillée et en nage, Brett s'avança sur la véranda de devant, où il n'y avait pas un souffle d'air.

— Brett ? Hou-hou ! J'ai des nouvelles importantes.

C'était la voix pâteuse de Stanley qui, en manches de chemise, agitait un journal sur le porche de sa propre maison. Ne pouvant se résoudre à être grossière, Brett décida de le subir jusqu'au dîner — qu'on ne tarderait d'ailleurs pas à sonner.

La lumière rouge embrasant l'ouest projetait sur la pelouse jaunie l'ombre de la jeune femme s'avançant vers son beau-frère. Elle s'arrêta au pied du perron, sentit une odeur de gin et remarqua le regard vitreux de Stanley. Oscillant légèrement de gauche à droite, il lui tendit un exemplaire du *Ledger Union* et bredouilla :

— Y a une dépêche de Washington dans le journal. Le président Lincoln a relevé Hooker de son comcommand'ment. C'est le gén'ral Mẹ qui prend sa place.

— Qui ça ?

— Me. M-e-a-d-e.

« Complètement soûl », pensa Brett.

— Je crains de ne connaître aucun de ces deux hommes et de ne rien savoir de leurs talents respectifs.

— Me, c'est un roc. Si quelqu'un peut arrêter l'invasion des rebelles, c'est lui. Vivement que tout soit fini !

Stanley se frappa la jambe avec le journal et son

geste le déséquilibra. Il se retint à l'un des piliers de la véranda, l'air pitoyable.

— Je le souhaite aussi ardemment que vous, dit Brett, un instant saisie de pitié.

— Ze sais que vous voulez le retour de Billy. Moi aussi. 'turellement, c'est pas seulement pour des raisons familiales que je souhaite la fin de la guerre. J'ai aussi des raisons politiques. Rien de personnel, voyez, mais nous autres, les Républicains, nous allons changer pour toujours ce bon vieux Dixie Land.

De nouveau exaspérée par la suffisance de l'ivrogne, Brett demanda toutefois par curiosité :

— Et comment ?

Il prit une mine de conspirateur, porta un doigt à ses lèvres.

— Simple. Le parti 'publicain prétendra être l'ami de tous les nègres libérés. Une belle bande d'ignares, les nègres. Si on en fait des citoyens, ils voteront comme nous leur dirons. 'vec les voix des moricauds, notre parti aura la majorité avant que vous ayez le temps de faire ouf.

Comme il perdait à nouveau l'équilibre, Brett le prit par le bras et l'aida à poser son gros postérieur dans un fauteuil à bascule qui gémit sous son poids.

— Très habile, ce projet, Stanley. Ce n'est pas une invention au moins ?

— Je mentirais à ma po, à ma propre belle-sœur ? Nan, le plan a été préparé y a déjà un bout de temps. Par un certain petit groupe. Vaut mieux pas en dire plus.

Laissant éclater son indignation, Brett répliqua :

— Vous en avez assez dit. Vous allez exploiter ceux-là mêmes que vous prétendez défendre et alléguer leur libération pour...

— Alléguer, articula Stanley. *Al-léguer.* Très joli mot. Les nègres le comprendraient pas et ils comprendront pas non plus qu'on se sert d'eux.

— C'est une attitude scandaleuse.

— Jus' de la politique. Je...

— Veuillez m'excuser, interrompit Brett, à bout de patience. On m'attend pour dîner.

Stanley ouvrait la bouche pour répondre quand une sorte de bêlement s'échappa par l'une des fenêtres ouvertes du premier étage.

— Touche pas à mes affaires, sale voleur! glapit un des jumeaux.

Brett s'empressa de rentrer. Bien qu'elle jugeât le frère de Billy vénal et stupide, elle craignait fort que le plan qu'il lui avait exposé pût réussir. A l'exception de quelques individus instruits comme Scipio Brown, les Noirs accorderaient logiquement leur confiance aux Républicains. Et si on leur donnait le droit de vote, ils pouvaient effectivement élire n'importe quel candidat choisi par leurs bienfaiteurs. Brett n'avait aucune sympathie pour le président yankee mais ne parvenait pas à le croire complice d'un plan aussi vil.

Irritée, accablée par la chaleur, elle dîna seule. Maude, l'une des servantes, rassembla son courage pour lui demander :

— Les combats viendront jusqu'ici? Tout le monde parle d'une grande bataille.

— Je l'ignore, répondit Brett. Personne ne sait exactement où se trouvent les armées des deux camps.

12

LEE avait disparu en territoire ennemi ; une ville, un gouvernement, un pays tout entier retenait son souffle dans l'attente de bonnes nouvelles.

« Pas de nouvelles du front ouest », dit Orry à Madeline. Rosencrans faisait mouvement au Tennessee, Grant resserrait l'étau à chaque instant autour de Vicksburg. Le travail d'Orry se réduisait à une suite confuse de réunions, de rapports, de querelles constantes avec Winder et ses gardiens sur le nombre croissant de morts parmi les prisonniers de guerre.

Le soir, Madeline et lui se faisaient la lecture, s'interrogeaient parfois avec tristesse sur leur incapacité à avoir un enfant.

— Peut-être Justin n'avait-il pas tout à fait tort de m'accuser de stérilité, suggéra-t-elle un jour.

Ils reçurent la visite d'Augusta Barclay, qui leur parut très inquiète du sort de Charles. Elle prétendit être venue dans la capitale acheter une robe en mousseline puis avoua qu'elle voulait en fait avoir de ses nouvelles. Cela faisait deux mois qu'elle n'avait pas reçu de lettre ; elle craignait qu'il n'ait été blessé ou tué dans l'affrontement de cavalerie de Brandy Station.

Orry assura qu'il lisait chaque jour la liste des pertes et que le nom du major Charles Main n'y était pas apparu. Gus ignorait la promotion de Charles. Elle s'en déclara ravie, mais sans conviction.

Elle accepta leur invitation à dîner et, pendant le repas, la conversation roula à nouveau sur Charles et l'endroit où il pouvait être. Orry savait uniquement que la cavalerie de Hampton avait suivi Lee en Pennsylvanie. Gus prit congé des Main vers dix heures, résolue à voyager toute la nuit avec la seule protection du jeune Boz. Après son départ, Madeline dit à Orry .

— Il y a quelque chose qui ne va pas entre elle et Charles.

Orry approuva : comme sa femme, il avait remarqué la tristesse du regard de la visiteuse.

Il y avait aussi quelque chose qui n'allait pas chez Cooper. Orry avait rencontré son frère par hasard près de Capitol Square et celui-ci avait sèchement refusé une nouvelle invitation à dîner.

— Il est devenu un étranger pour moi, avoua Orry à Madeline. Un étranger pas très sain d'esprit, qui plus est.

Le lieutenant-colonel Main savait depuis plusieurs mois que le restaurant d'huîtres *Beauchamp*, de Main Street, servait de boîte aux lettres envoyées illégalement dans le Nord. A la fin du mois de juin, il écrivit à George une longue missive adressée à Lehig Station dans laquelle il demanda des nouvelles de Constance, de Billy et de Brett. Il mentionna son mariage avec Madeline, l'affectation de Charles chez les Eclaireurs de fer, décrivit brièvement — et avec quelque amertume — son travail pour Seddon, ses conflits incessants avec Winder et ses gardes-chiourmes.

Un soir qu'il faisait une chaleur orageuse, il entra au *Beauchamp* vêtu du seul costume civil qu'il avait apporté de Mont Royal et tendit au barman une enveloppe cachetée à la cire ainsi que quarante dollars confédérés. Rien ne lui garantissait que la lettre ne finirait pas dans une quelconque poubelle, mais son vieil ami lui manquait, et il se sentait mieux de l'avoir exprimé par écrit.

La vague de chaleur de juin continua. L'attente aussi.

— Je suis inquiète, dit Ashton, le soir où Orry « posta » sa lettre.

— A quel sujet ? demanda Powell.

Torse nu, il examinait le titre de propriété d'une petite ferme que ses associés et lui avaient achetée. Elle était située sur les bords du James, près du Wilton's Bluff. Sans que son amant lui eût donné d'explications, Ashton savait que cette ferme avait quelque chose à voir avec le projet d'éliminer Davis.

— Mon mari, répliqua-t-elle, piquée par le ton désinvolte de Lamar.

La sentant irritée, Powell leva les yeux du document.

— Il m'interroge tous les matins sur mon emploi du temps de la journée. Hier, alors que je faisais des emplettes dans le centre, j'ai eu l'impression qu'on m'observait, et un peu plus tard, de l'entrée de *Meyers et Janke*, j'ai aperçu James sur le trottoir d'en face.

La brise chaude provenant du jardin souleva la première feuille de l'acte de propriété posé sur le bureau. Powell plaça dessus le Sharps à quatre canons en guise de presse-papiers.

— Et ce soir, il t'a questionnée ?

— Il n'était pas encore rentré quand je suis sortie.

— Mais tu penses qu'il sait ?

— Il a des soupçons. Je ne sais comment te le dire,

Lamar, mais je crois que nous ferions mieux de ne pas nous voir pendant quelque temps.

— Dois-je comprendre que je t'ennuie? rétorqua Powell, glacial.

Ashton courut vers lui, pressa les mains contre sa poitrine dure.

— Grand Dieu! non, chéri. Non! Mais James n'est plus dans son état normal. Aussi prudent sois-tu, il pourrait te surprendre un soir. Te faire du mal. (Elle lui caressa le ventre en appuyant son corps contre sa nuque.) S'il t'arrivait quelque chose, j'en mourrais.

Power guida la main plus bas en murmurant :

— Bon, tu as peut-être raison.

Il la laissa continuer un moment puis lui fit soudain signe de s'asseoir près de lui. Ashton s'exécuta.

— Ma sécurité personnelle est le moindre de mes soucis, reprit-il. Mais je ne veux pas que la tâche capitale entamée soit interrompue par un acte insensé et évitable. A dire vrai, moi aussi je suis préoccupé par ton mari. La semaine dernière, j'ai pensé à un moyen pour qu'il ne soit plus une menace. J'y ai réfléchi depuis et je suis convaincu que mon idée est excellente.

— Que comptes-tu faire? Obtenir son renvoi du ministère?

Powell ignora le sarcasme.

— J'ai l'intention de l'admettre dans notre groupe.

— C'est l'idée la plus ridicule, pour ne pas dire dangereuse, que...

— Tais-toi, laisse-moi finir.

Le ton froid de Powell calma Ashton.

— Bien sûr, cela paraît ridicule, poursuivit-il. De prime abord. Mais réfléchis un peu, tu trouveras des arguments logiques et convaincants en faveur de ma suggestion.

— Navrée, je ne les vois pas, répliqua la jeune femme.

— Dans toute entreprise de ce genre, il faut un certain nombre de... disons de simples soldats. D'hommes se chargeant des phases les plus dangereuses du plan. Dans le cas qui nous intéresse, ils doivent non seulement être dignes de confiance mais être résolument opposés à cette répugnante vomissure qu'est l'émancipation des nègres, parce que seules leurs convictions garantiront leur loyauté absolue. Nos soldats doivent haïr Davis ainsi que sa coterie de matamores de West Point et de bureaucrates juifs ; ils doivent approuver l'idée d'une nouvelle confédération. Ce dernier point mis à part — puisqu'il n'en sait encore rien — ton mari satisfait à toutes les conditions que je viens d'énumérer.

— Vu de cette façon, peut-être.

— Finalement, ne serait-ce pas mieux de l'avoir près de nous, là où on peut le surveiller, plutôt que de le laisser s'agiter seul, comme il le fait maintenant ?

La lumière faible d'une lampe à gaz projeta l'ombre de Powell sur Ashton lorsqu'il fit le tour du bureau, s'arrêta devant elle et enroula une mèche de la jeune femme autour d'un de ses doigts.

— Si ton mari est très occupé, nous pourrons nous voir plus facilement. Je ne le crois pas assez intelligent pour deviner le stratagème.

— Sur ce dernier point, tout à fait d'accord. D'autant que les échecs du président l'ont mis dans un tel état...

— Tu vois que mon idée n'est pas si insensée, finalement... Et si, malgré toutes nos précautions, il découvre quand même la vérité ; si sa réaction le rend dangereux... (Powell lâcha la mèche de cheveux, posa la main sur le Sharps à quatre canons) je saurai m'occuper de lui.

Ashton regarda alternativement le visage de son amant et l'arme étincelante. Effrayée, heureuse, soudain excitée, elle lui passa les bras autour du cou et murmura :

— Lamar chéri...

— Alors pas d'objection à mon plan ?

— Non.

— A aucune de ses parties ?

Par-dessus l'épaule de Powell, Ashton regarda le Sharps posé sur le titre de propriété.

— Non, non. Tout ce que tu voudras pourvu que je reste avec toi. Toujours.

Elle sentit son membre durcir contre son jupon, tendit la main. Plus que de la chair, elle eut l'impression de toucher sa force, son ambition. Le pouvoir qu'ils finiraient par partager.

— Toujours, répéta Powell, la soulevant comme si elle ne pesait rien. Nous sommes donc d'accord sur une éventuelle liquidation de Mr. James Huntoon ?

Ashton répondit en l'embrassant à pleine bouche.

Le mercredi 1er juillet, tard dans la journée, Stanley descendit d'un wagon de première classe du train en provenance de Baltimore. Malgré l'aide de quelques lampées d'une bouteille de bourbon, il ne pouvait se faire à ce qui lui arrivait.

Au cours des dernières vingt-quatre heures, des rumeurs prédisant une bataille imminente étaient parvenues à Lehig Station. Isabel et Stanley faisaient leurs bagages pour se réfugier dans la villa familiale de Newport quand le télégramme de Stanton était arrivé. Stanley était aussitôt parti, il avait voyagé toute la nuit et toute la journée, dans un train bondé où on ne parlait que de la bataille qui allait commencer — si ce n'était déjà fait — près de la ville-marché de Chambersburg. Recru de fatigue et à moitié soûl, il avait pénétré dans le saint des saints du ministre à six heures et demie. Après avoir subi pendant dix minutes la colère de Stanton, il avait pris un fiacre pour se rendre à la partie nord de Capitol Square.

Des boutiques et des baraquements misérables avaient poussé autour du vieux bâtiment en brique situé au coin de la 1re Rue et de la Rue A. Il avait été successivement Capitole national provisoire (après que les Anglais eurent incendié le Capitole officiel en 1814), résidence pour parlementaires (Calhoun y était mort) et, depuis 1861, prison accueillant un large éventail de détenus : espionnes travaillant pour la Confédération, voleurs et prostituées, journalistes, officiers portés sur les rixes comme Judson Kirkpatrick et George Custer.

Stanley avait prévenu de sa visite et Baker l'attendait devant l'entrée, avec une nervosité manifeste. Il était en compagnie de Wood, le directeur de la prison.

— Où est-il ? demanda Stanley à ce dernier.

— Cellule 16. Là où on met toujours les journalistes.

— Vous en avez fait partir les autres ? Personne ne doit me voir, c'est impératif. Les journalistes me reconnaîtraient...

Après que le directeur eut assuré que cela avait été fait, Stanley reprit :

— Vous avez commis une belle bourde, Baker.

— Ce n'est pas ma faute, plaida le colonel.

Les trois hommes commencèrent à monter l'escalier sombre et puant.

— Ce n'est pas l'avis du ministre. Si nous ne parvenons pas à régler cette affaire, vous pourriez perdre vos précieux jouets : les quatre unités de cavalerie que vous avez persuadé Mr. Lincoln de vous donner.

Ils passèrent devant les salles où l'on interrogeait les prisonniers, parfois pendant des heures, parvinrent à la cellule 16. C'était une longue pièce sinistre percée d'une seule fenêtre crasseuse, éclairée par une unique lampe à gaz. Des toiles d'araignées festonnaient les coins du plafond ; des taches bizarres maculaient les parties des murs qui n'étaient pas cachées par des couchettes superposées aux couvertures sales.

Des bagages, des bouteilles vides, des vêtements jonchaient le sol. Le mobilier se composait de deux tables en pin encrassées et de bancs. On pouvait juger de la qualité de la nourriture de la prison à l'inscription écrite sur un mur au charbon de bois : « Ici on sert de la mule. »

— Couchette du bas, à gauche, murmura Wood.

Le plancher craqua quand les trois hommes s'approchèrent sur la pointe des pieds du petit détenu — presque un nabot — qui ronflait sur sa couchette. La partie visible de son visage était couverte de bleus ; son œil droit se réduisait à une fente boursouflée jaune de pus.

— Seigneur ! s'exclama Stanley.

Randolph remua mais ne s'éveilla pas. Stanley poussa Baker sur le côté, sortit de la cellule. En bas, dans le bureau de Wood, il dit aux deux hommes qui l'avaient suivi :

— Résumons. Une prostituée noire s'est enfuie au moment de l'arrestation, elle a envoyé un télégramme à Cincinnati. Les propriétaires du journal de Randolph sont des démocrates mais ont assez d'influence pour faire réagir un gouvernement républicain — je parle en particulier de Mr. Stanton. *Habeas corpus* ou pas, Randolph sort demain à la première heure.

Baker soupira :

— Alors, c'est réglé.

— Sûrement pas. Qui l'a battu de la sorte ?

— Dayton, l'homme que vous m'avez recommandé.

— Débarrassez-vous de lui.

— Pas de problème, assura le colonel en haussant les épaules.

— Des témoins aussi.

— Là, c'est plus délicat.

— Pourquoi ? Nous en avons un ici...

— Oui, la prostituée blanche, intervint Wood. Elle est avec les autres femmes.

— Obtenez de Mrs. Devore le nom de la négresse, ordonna Stanley à Baker. Trouvez-la et faites partir les deux femmes de la ville. Menacez-les, achetez-les — je les veux à mille kilomètres d'ici. Dites-leur de changer de nom si elles tiennent à leur peau.

Comme le colonel s'apprêtait à soulever une objection, Stanley haussa encore le ton :

— Débrouillez-vous, sinon vous ne commanderez plus le 1er de cavalerie du district of Columbia, ni aucune autre unité.

Marmonnant une réponse incompréhensible, Baker détourna la tête. Wood se gratta le menton.

— Reste Randolph, dit-il. Personne ne lui a coupé la langue, vous savez.

Stanley lança un regard noir au directeur pour lui rappeler que l'heure n'était pas à la plaisanterie.

— Mr. Stanton s'occupe de lui, il s'entretient en ce

moment même avec le sénateur Wade. On espère qu'un parlementaire respecté interviendra bientôt auprès des employeurs de Randolph pour leur faire comprendre qu'ils ont intérêt à se taire et auraient toutes sortes d'ennuis s'ils ne le faisaient pas. Je pense qu'ils seront raisonnables. Dans ces conditions, si Randolph raconte son histoire, qui la confirmera ? Pas son journal ni les femmes — elles seront loin, Dayton aussi. Une rumeur de plus sur les excès du gouvernement ne changera pas grand-chose.

— Je parlerai demain à Dayton, promit Baker.

— Ce soir, corrigea Stanley sèchement.

— Je regrette, déclarait Baker à un Elkanah Bent mal réveillé.

Celui-ci avait été tiré du lit à onze heures par le détective O'Dell, qui avait prétendu ne pas connaître la raison de cette convocation urgente chez le colonel.

— Mais les faits sont les faits, Dayton. Vous avez blessé Randolph en le frappant à plusieurs reprises.

Bent crispa les mains sur les bras du fauteuil, se pencha en avant.

— Il résistait !

— Admettons. Il n'en est pas moins évident que vous avez usé de la force plus qu'il n'était nécessaire.

L'obèse frappa du poing sur le bureau.

— Wood et vous, qu'est-ce que vous faites pendant les interrogatoires ? Je suis allé à la prison, j'ai entendu les cris...

— Cela suffit, coupa Baker d'un ton menaçant.

— Vous voulez un bouc émissaire...

— Je ne veux rien du tout, Dayton. Vous êtes un homme compétent et je vous garderais si je le pouvais, croyez-moi. (Bent jura, Baker s'empourpra mais ne haussa pas la voix.) J'ai des ordres du ministère de la Guerre. Du ministre lui-même. Il faut arranger les choses et je regrette...

— De m'avoir choisi pour être l'os qu'on jette aux chiens ! interrompit Bent en criant presque.

Quelqu'un frappa à la porte, posa une question.

— Tout va bien, Fatty, répondit le colonel. Dayton, je comprends votre réaction mais vous avez intérêt à accepter la situa...

— Pas question. Je refuse d'être jeté à la poubelle par vous, Stanton ou qui que ce soit...

— Taisez-vous ! rétorqua Baker en se levant. Vous avez vingt-quatre heures pour quitter Washington. C'est sans appel.

Comme une baleine faisant surface, Bent se leva à son tour.

— C'est ainsi que le gouvernement récompense les loyaux services ?

Baker se rassit brusquement, ses mains s'activèrent sur les dossiers comme des araignées blanches.

— Vingt-quatre heures, répéta-t-il sans lever les yeux. Ou vous serez en état d'arrestation.

— Après quelle enquête ? sur ordre de qui ? vociféra Bent.

— Ne criez pas, ordonna le colonel, livide. Eamon Randolph a été roué de coups et il vous arrivera bien pire si vous faites le malin. Vous disparaîtrez derrière les murs de l'ancien Capitole et vous aurez une longue barbe grise quand vous en ressortirez. A présent, fichez le camp d'ici et de la ville. O'Dell !

La porte s'ouvrit, le détective entra, la main droite sous le pan gauche de sa veste.

— Emmenez-le. Fermez la porte à clef après son départ.

Instantanément réduit à l'impuissance, Bent cligna des yeux, murmura faiblement :

— Mais...

— Allez, Dayton, dit Fatty O'Dell, s'écartant de la porte.

Bent sortit d'un pas lourd.

Quelques heures plus tôt, un élégant cabriolet roulait sur la route longeant le Hollywood Cemetery, à l'ouest de Richmond. Des lumières brillaient dans les maisons lointaines ; les ombres des branches feuillues passaient rapidement sur les visages de James Huntoon et du conducteur de la voiture, Lamar Powell.

— Je n'arrive pas à y croire, murmura le mari d'Ashton.

— C'est pourtant vrai et je vous ai précisément amené ici, où nous ne risquons pas d'être entendus, afin de vous convaincre du contraire.

— Je comprends.

Huntoon sortit son mouchoir de sa poche pour essuyer ses lunettes, soudain embuées. Le cabriolet filait le long de monuments funéraires, de grandes croix et d'anges de pierre à demi cachés par le feuillage.

— Je sais que nous n'avons pas entamé sur de bonnes bases nos, euh, relations d'affaires, reprit Powell. Mais, en définitive, le *Water Witch* vous a assuré de gros profits.

— C'est exact. Malheureusement, ma femme m'a menti pour les obtenir.

— J'en suis désolé. Votre épouse paraît charmante mais je la connais peu. Aussi je ne me permettrai pas de faire des commentaires sur vos relations avec elle.

Powell gardait les yeux fixés sur la route. Il sentit le regard soupçonneux de Huntoon se poser un moment sur lui puis une exclamation incrédule lui indiqua que les pensées de l'homme de loi étaient revenues au plan qu'il venait de lui exposer.

— Vous paraissez sidéré par nos projets, dit l'amant au mari.

— Je le suis. L'assassinat est... non seulement un crime mais un acte de désespoir.

— Pour certains. Pas pour mon groupe. Nous prenons une mesure soigneusement étudiée et absolument nécessaire pour atteindre un objectif souhaitable : l'établissement de la nouvelle Confédération du Sud-Ouest. Organisée et gouvernée comme il convient. Libérée du gâchis qui a mené celle-ci à sa perte. Il y aura un gouvernement, bien sûr, et vous pourriez y jouer un rôle important. Vous avez le talent requis. Je me suis renseigné sur vos activités au ministère des Finances.

— Vraiment ? fit Huntoon, ravi.

— Pensez-vous que je vous parlerais comme je le fais si je ne m'étais pas renseigné ? Vous faites partie de ces nombreux hommes hautement compétents que le Roi Jeff a mal utilisés, qu'il a laissés végéter à des postes subalternes. Délibérément, bien sûr. Il rabaisse les hommes originaires comme nous des Etats cotonniers pour plaire à ces fichus Virginiens. En ce qui vous concerne, j'envisagerais un poste important à notre ministère des Finances, si cela vous dit. Sinon, nous pourrions vous offrir d'autres hautes fonctions.

Huntoon se demandait s'il devait croire à ce qu'on lui racontait. On lui ouvrait des perspectives splendides, semblables à celles auxquelles il avait aspiré au début mais que Davis lui avait toujours refusées.

« De hautes fonctions... » Ashton serait contente, elle ne le prendrait plus pour un incapable...

Mais c'était dangereux. Et Powell parlait de meurtre avec une telle légèreté... Hésitant, il répondit :

— Avant de me décider, j'aimerais avoir d'autres détails.

— Sans que vous vous engagiez ? J'ai peur que ce ne soit impossible, James.

— Alors, j'aimerais avoir le temps de réfléchir. Les risques encourus...

— ... Sont énormes, c'est indéniable, coupa Powell. Mais des hommes courageux et lucides peuvent les conjurer. Tout à l'heure, vous avez prononcé le mot de désespoir. Il est approprié mais bien plus pour eux que pour nous. La Confédération de Davis et consorts est déjà perdue, et ils le savent. Le peuple commence à le comprendre lui aussi. Le seul gouvernement qui puisse réussir est un nouveau gouvernement. Le nôtre. La question est donc simple : nous rejoignez-vous ou non ?

Des souvenirs envahirent l'esprit de Huntoon : les yeux pleins d'adoration d'Ashton quand elle avait accepté sa demande en mariage ; les applaudissements des foules à qui il avait prôné la sécession, d'une tribune ou juché sur un simple tronc d'arbre, là-bas dans son Etat. Depuis son arrivée dans cette maudite ville, il était privé de ces marques d'approbation.

— Votre réponse, James ?

— Je... J'aurais tendance à dire oui mais je voudrais réfléchir un peu avant de prendre une décision définitive.

— Certainement, mais pas trop longtemps, cependant. Les préparatifs ont déjà commencé.

Souriant, Powell dirigea le cabriolet sur le chemin du retour. Le poisson était bien ferré.

Après son renvoi du Bureau national d'enquête, Elkanah Bent perdit tout contrôle de soi et se rendit immédiatement chez Jasper Dills. En chemin, il passa devant le siège du *Star*, où une foule agitée lisait les nouvelles à la lueur de torches. Les armées avaient engagé le combat ou étaient sur le point de le faire à proximité de quelque obscure bourgade de Pennsylvanie.

Comme il l'avait fait à la mort de Starkwether, Bent cogna à la porte de Dills jusqu'à en avoir mal au poing. Un domestique austère finit par ouvrir et déclara :

— Mr. Dills est absent pour plusieurs jours.

— Lâche, grommela Bent tandis que la porte se refermait.

Comme tant d'autres, l'homme de loi avait fui à la première rumeur d'invasion.

Privé de son seul appui, Bent avait conscience qu'il ne pouvait rester à Washington. D'ailleurs pourquoi rester dans le Nord ? Il haïssait son armée, qui n'avait pas su reconnaître ses talents et l'avait empêché de faire la carrière qu'il méritait ; il haïssait son président, qui favorisait les nègres ; enfin, il haïssait son gouvernement qui le rejetait après s'être servi de lui.

Il retourna à son garni, chercha dans une malle le laissez-passer qu'il avait gardé après sa mission à Richmond. Froissé et sali, le document était cependant encore trop lisible pour lui être utile. Il n'avait ni le matériel ni l'habileté nécessaires pour falsifier la date.

Que faire, alors ? Recourir aux sources habituelles du Bureau ? Non, Baker pourrait l'apprendre et deviner sa destination. Bent devait franchir le Potomac sans papiers, sans passer par un pont. C'était possible. Il avait beaucoup appris en peu de temps dans les services du colonel.

Il fourra ses affaires dans la malle — sans oublier le portrait volé à La Nouvelle-Orléans —, la chargea sur son épaule et sortit.

A l'aube, il prit la direction du sud dans un buggy de location. Son insigne du Bureau et quelques éclats de voix lui permirent de traverser les fortifications de la capitale. Il se dirigea ensuite vers Port Tobacco, où certains mariniers passaient pour être demeurés fidèles au Sud — à condition que cette fidélité fût récompensée en espèces.

Bent voyait à peine le paysage qu'il traversait. A présent que sa décision était prise, il cherchait de nouveaux arguments pour la justifier. Les dirigeants sudistes n'étaient peut-être pas aussi mauvais qu'il l'avait toujours cru. En tout cas, ils haïssaient les nègres, ce qui parlait en leur faveur. De plus, pendant son séjour à Richmond, Bent avait découvert qu'il pouvait se fondre dans la population de la ville sans éveiller les soupçons. Il devait absolument y avoir une place pour lui dans la Confédération puisqu'il n'y en avait plus dans le Nord.

Bent conservait cependant assez de réalisme pour juger de la situation dans laquelle il se mettait en passant dans l'autre camp. Ni le gouvernement ni l'armée sudistes ne voudraient l'employer. On se méfierait de lui, on ne lui offrirait au mieux qu'un tout petit poste. En second lieu, il ne pouvait révéler sa véritable identité ou trop parler de son passé. Cela susciterait des questions, des demandes d'explications.

Il faudrait donc trouver un autre moyen de survivre. Alors que la température montait et que la poussière de la route s'épaississait, il se rappela que Baker lui avait parlé d'un homme cherchant à établir une deuxième confédération. Quel était donc son nom ? Au bout de quelques minutes, il lui revint en mémoire : Lamar Powell. Selon Baker, ce n'était peut-être qu'un tissu de rumeurs mais Bent ferait bien de se renseigner.

Dans la ville somnolente de Port Tobacco, un vieux marinier au visage à demi paralysé par une attaque répondit à Elkanah Bent :

— Oui, je peux vous faire passer en Virginie pour ce prix-là. Quand reviendrez-vous ?

— Jamais, j'espère.

— Alors, je vous paie un verre pour arroser ça, dit le vieil homme avec une moitié de sourire. On traversera dès le coucher du soleil.

13

— SUS ! hurla Charles en lançant Joueur dans le chemin de campagne.

Le fusil de chasse dans la main gauche, il fonçait vers un groupe de quatre Yankees sorti d'un bosquet distant de huit cents mètres.

— Il faut en capturer un ! cria-t-il à son compagnon, qui le suivait à deux longueurs.

C'était une nouvelle recrue, un jeune paysan de dix-huit ans pesant cent vingt kilos. Joyeux, obéissant, il n'avait que deux ambitions : « Aimer un tas de filles du Sud et zigouiller un tas de Yankees. »

Jim Pickles avait été affecté dans les Eclaireurs parce qu'on l'avait jugé trop corpulent et fruste pour les troupes régulières. Il n'avait pas quitté le sillage de son supérieur — qui insistait pour se faire appeler Charlie et non major Main — depuis que Stuart et ses hommes chevauchaient en direction du nord, devant le gros des troupes que Longstreet conduisait en territoire ennemi.

Trois brigades — commandées par Hampton, Fitz Lee et le colonel Chambers — avaient traversé le Potomac dans la nuit du 27 juin et foncé droit au nord, à l'est des montagnes. Le général Lee leur avait donné des instructions plutôt vagues : contourner l'armée de l'Union — où qu'elle pût être —, récolter en chemin vivres et informations. Les hommes de Stuart s'étaient déjà procuré une bonne quantité des premiers en capturant cent vingt-cinq chariots. Mais d'informations, point, et ils allaient de l'avant sans connaître la position des forces de l'Union.

Dans les rangs, on ronchonnait, on murmurait que le général Jeb cherchait à soigner sa popularité par un nouveau coup d'éclat comparable à celui qui l'avait rendu célèbre dans la péninsule. Stuart avait terni sa réputation à Brandy Station en ordonnant tant de revues que ses soldats trop occupés n'avaient pas vu venir les troupes de l'Union. Peut-être pensait-il redorer son blason en tournant une deuxième fois l'armée yankee.

Les cavaliers de Stuart pénétrèrent en Pennsylvanie le 30 juin, trouvèrent les Yankees à Hanover et, après un engagement court et disputé, lurent dans les journaux locaux les premières informations sérieuses sur l'invasion de l'Etat par Lee et Longstreet.

L'histoire familière recommença : maigres rations, peu ou pas de sommeil, longues chevauchées pendant lesquelles les hommes s'endormaient sur leur selle. Et, pour Charles, des pensées contradictoires au sujet de Gus.

Ils poursuivirent vers Dover et Carlisle puis Gettysburg, où l'armée s'était plus ou moins laissé entraîner dans une bataille qu'elle n'avait pas voulue sur un terrain qu'elle n'avait pas choisi. On en rejeta la responsabilité sur Stuart qui, vagabondant par monts et par vaux, n'avait pas été capable de fournir à Lee des renseignements précis sur la position de l'ennemi.

On était à présent le 2 juillet. A huit kilomètres de l'endroit où Charles et Jim Pickles attaquaient les quatre Yankees, le canon tonnait. Derrière le bosquet d'où les soldats bleus étaient sortis s'élevait un gros nuage de poussière. Charles en conclut qu'une troupe de cavaliers ennemis importante faisait mouvement — sans doute en direction de Hunterstown, estima-t-il après avoir consulté une carte grossière. D'où son désir de capturer un Yankee pour avoir des informations précises.

Galopant vers les quatre ennemis surpris, il sentait la fatigue le quitter. Il n'avait pas fermé l'œil de la nuit et la matinée avait été agitée. Hampton, parti seul en reconnaissance tandis que ses cavaliers se reposaient un peu, était tombé sur un soldat du 6ᵉ Michigan, dont la cartouche avait fait long feu. Tel un gentilhomme chevaleresque se battant en duel, le général lui avait laissé le temps de recharger mais un autre Yankee s'approchant par-derrière avait frappé Hampton sur le sommet du crâne avec son sabre. Le premier Nordiste avait alors tiré, blessant légèrement le Sudiste.

Malgré la protection de son chapeau et de son épaisse chevelure, Hampton eut une entaille de quatre pouces au cuir chevelu. On soigna la blessure (de même que l'éraflure à la poitrine faite par la balle yankee) et, à midi, le général était à nouveau sur pied, fort désireux de savoir, comme Stuart, ce qui se passait au centre de la bataille.

Charles était donc parti avec Pickles et bien qu'il eût souvent cru, ces derniers jours, ne pas pouvoir faire un kilomètre de plus sans tomber de cheval, il galopait à présent vers les quatre ventres-bleus.

Les Yankees tournèrent un moment en rond sur le bas-côté de la route puis se mirent à tirer. Charles entendit une balle siffler sur sa gauche, poussa un de ces longs cris qui terrifiaient les soldats de l'Union. Pickles chevauchait derrière sur un rouan dont les flancs écumaient sous le poids du cavalier. Les bleus, délaissant leurs carabines, dégainèrent sabres et revolvers et lancèrent une contre-attaque.

— Maintenant ! ordonna Charles quand il les jugea à sa portée.

Il leva son fusil de chasse, tira les deux cartouches, fit faire à Joueur un léger écart et le ralentit un peu pour permettre à Pickles de passer et de faire feu à son tour. Deux Yankees tombèrent. Les deux autres firent demi-tour et repartirent au galop vers le bosquet.

— J'espère qu'il y en a un de vivant ! cria Charles.

Le cheval de l'un des hommes abattus s'éloignait au trot mais le deuxième animal frottait ses naseaux contre son cavalier gisant sur la route. Charles s'approcha au pas, le Yankee ne bougea pas. Bientôt des mouches se posèrent autour de la bouche de l'homme. Aucune information à tirer de ce côté-là, et l'autre bleu avait disparu.

Charles entendit du bruit dans les hautes herbes bordant la route puis un gémissement. Gardant un œil sur le nuage de poussière s'élevant à environ trois kilomètres au nord-ouest, il descendit de cheval, avança prudemment vers le bas-côté. Une goutte de sueur se détacha de son nez quand il tendit le cou et découvrit le soldat de l'Union. Barbu, la cuisse gauche tachée de sang, l'homme était assis au fond du fossé, le revolver dans son étui.

Charles posa son fusil par terre de la main gauche en dégainant son colt de la droite, descendit vers le blessé qui respirait bruyamment et avait l'air effrayé. Assis au bord du fossé, Pickles regardait avec des yeux d'écolier désirant ardemment apprendre.

— De quelle unité es-tu ? demanda Charles.

— Troisième division, général Kirkpatrick.

— Où allez-vous ?

Le Yankee hésita, Charles appuya le canon de son arme contre son front luisant de sueur.

— Où allez-vous ?

— Sur le flanc gauche de Lee ; Dieu sait où ça se trouve.

Charles se releva, examina la cime des arbres ployant dans le vent chaud. Au sud, le canon continuait à gronder. Avec un dernier regard au blessé, l'éclaireur sortit du fossé. Au moment où il reprenait son fusil de chasse, Pickles s'écria :

— Charlie ! Att...

Charles pivota, devina plus qu'il ne vit le mouvement de la main du Yankee et fit feu. La balle rejeta en arrière la tête du blessé. Charles souffla dans le canon de son colt, s'aperçut que le Yankee avait tendu la main gauche vers sa cuisse blessée, non la droite vers son arme.

— Bon, Jim. Allons porter la nouvelle à Hampton. Ce nuage de poussière là-bas, c'est Kirkpatrick qui essaie de nous prendre de flanc.

Quand les deux éclaireurs repartirent sur la route déserte, Pickles arborait un grand sourire.

— Bon Dieu ! Charlie, vous êtes quelqu'un. Froid comme un bloc de glace. Bien sûr, c'est bête pour ce Yank, il voulait seulement toucher sa blessure.

— La main doit parfois aller plus vite que le cerveau, répondit Charles en haussant les épaules. Si j'avais attendu, il aurait peut-être tiré son revolver. Mieux vaut se tromper qu'être mort.

— Vous m'épatez, gloussa le jeune homme. Les Eclaireurs, c'est des vraies machines à tuer.

— Il y a de ça. Chaque mort dans leur camp signifie des morts en moins dans le nôtre.

Au sud, à Gettysburg, le canon continuait à tonner.

Noir d'encre devant, noir d'encre derrière. La pluie ruisselait du chapeau de Charles et avait trempé sa cape depuis longtemps.

A de nombreux égards, c'était la plus effroyable nuit qu'il avait connue depuis qu'il était à l'armée. Les troupes de Stuart battaient en retraite vers le Potomac en un long convoi de chariots réquisitionnés s'étirant sur des kilomètres.

Aux hommes de Hampton était échu l'honneur de former l'arrière-garde. Ou plutôt, selon Charles, de cheminer aux abords de l'enfer.

La veille, le 3 juillet, le général avait été blessé une troisième fois par un éclat d'obus au cours d'un combat acharné contre la cavalerie du Michigan et de Pennsylvanie, vaine tentative pour prendre Meade de revers. Certains accusaient ouvertement Stuart de la débâcle de Gettysburg et on continuait à affirmer que sa longue chevauchée loin de Lee avait privé l'armée d'yeux et d'oreilles.

Le 2e de Caroline du Sud était réduit à une centaine

d'hommes. Interrogeant des soldats de son ancienne unité, Charles avait appris que Calbraith Butler, amputé après Brandy Station, passerait le reste de sa vie avec une jambe de bois. Monté sur Joueur, l'éclaireur suivait un des chariots sans ressorts où gémissaient des blessés entassés.

« Laissez-moi mourir, laissez-moi mourir. »

« Bon Dieu ! Ayez pitié. Tuez-moi. »

« Quelqu'un... Quelqu'un pour écrire à ma femme... »

Charles s'efforçait en vain de ne plus entendre les essieux grincer, les hommes sangloter comme des enfants.

— On est arrêtés, dit Pickles en remontant à la hauteur de son chef. Sûrement un chariot embourbé devant.

« Quelqu'un... pour prévenir Mary... »

Bouillonnant de fureur, Charles avait envie de dégainer son colt pour faire éclater la cervelle de l'homme qui geignait. Il passa la jambe gauche par-dessus sa selle, sauta dans la boue, tendit les rênes de Joueur à Pickles.

— Tiens-le.

Il grimpa à l'arrière du chariot, souleva la bâche, se fraya un chemin à travers la masse grouillante et puante des corps.

Il avait l'âme malade, écœurée par la folie et la bêtise consistant à tuer des hommes de l'autre camp pour sauver les siens. Pourquoi ne lui avait-on pas dit un traître mot sur ce genre de choses à l'Académie ?

Des mains effleuraient son pantalon, timides, comme celles de gamins effrayés. La pluie criblait la bâche du chariot et Charles dut élever la voix pour se faire entendre.

— Où est celui qui veut prévenir sa femme ? Je vais l'aider.

De la fenêtre du salon, Orry contemplait les faîtes des toits, les rangées de maisons rougies par le crépuscule. Un silence anormal enveloppait la ville depuis plusieurs jours pour des raisons que la population ne comprenait pas encore mais que lui connaissait.

— Certains crétins du ministère prétendent que Lee a atteint l'objectif visé : réapprovisionner l'armée en territoire ennemi, dit-il à sa femme.

Grave et silencieuse, vêtue de gris, Madeline attendit qu'il poursuive.

— La vérité, c'est que Lee bat en retraite, avec des pertes qui s'élèvent peut-être à trente pour cent.

— Mon Dieu ! murmura Madeline. Quand l'apprendra-t-on ?

— Tu veux dire quand les journaux en parleront-ils ? Dans un jour ou deux, je présume, répondit Orry. (Il se frotta les tempes pour soulager un soudain mal de tête dû à la chaleur étouffante.) On raconte que Pickett a chargé les positions de l'ennemi à Cemetery Hill en plein jour. Sans couverture. Ses hommes furent littéralement fauchés. Pauvre George ! Ah ! pourquoi nous sommes-nous lancés dans cette fichue guerre ?

Madeline s'approcha de lui, l'enlaça, posa la joue sur son épaule. Ils demeurèrent l'un contre l'autre dans la lumière rougeâtre s'assombrissant peu à peu.

Dans le bar crasseux proche des quais du fleuve, Elkanah Bent demanda une pinte de bière, qui se révéla chaude et éventée. Dégoûté, il la reposait sur le comptoir quand un homme aux cheveux blancs entra, des larmes sur les joues.

— Pemberton a capitulé. Le 4 juillet. L'*Enquirer* vient de sortir une édition spéciale. Grant l'a eu par la faim. Les Yanks ont pris Vicksburg et p't-être tout le fleuve. On tient même plus not' territoire.

Bent joignit ses lamentations à celles des autres clients accoudés au comptoir d'acajou. Au loin, des cloches se mirent à sonner. S'était-il glissé dans la capitale sudiste au moment où tout s'effondrait ? Raison de plus pour trouver le nommé Powell.

Mr. Jasper Dills souffrait d'un mal de tête pire encore que celui d'Orry Main. Cela avait commencé le

4 juillet, un samedi, jour de la fête nationale, quand la nouvelle de la stupéfiante victoire de Gettysburg était parvenue à Washington.

Ce matin-là, l'homme de loi était rentré de sa villa de Chesapeake Bay, où il s'était prudemment retiré dès les premières rumeurs d'une possible invasion rebelle. Les pétards que des gamins faisaient exploser devant sa demeure ne tardèrent pas à lui vriller les tympans.

Par surcroît, des fanfares jouaient dans les rues des marches patriotiques, une foule en joie avait envahi President's Park et le climat d'allégresse montait au fur et à mesure que tombaient les bonnes nouvelles : Lee écrasé, Vicksburg prise ; Grant, Sherman et Meade acclamés en héros.

Cependant, dans les jours qui suivirent, Meade commit la même erreur que ses prédécesseurs : ne poursuivant pas Lee avec assez d'opiniâtreté, il laissa passer sa chance d'anéantir la principale armée confédérée. Les illuminations des édifices publics de Washington s'éteignirent comme les feux de joie allumés aux coins des rues.

Le crâne toujours douloureux, Dills ruminait deux autres nouvelles déplaisantes entre lesquelles il y avait un lien manifeste. Selon le maître d'hôtel, Bent était venu tambouriner à sa porte comme un dément. Et Stanley Hazard l'informait dans une lettre au ton sec que son « protégé » avait failli provoquer une catastrophe en rouant de coups un journaliste sans en avoir reçu l'ordre. Stanton réclamant une tête, Ezra Dayton avait été chassé du service et de Washington, poursuivait la lettre. Mr. Dills serait-il à l'avenir assez aimable pour ne plus faire de recommandations ? Merci.

Pendant deux jours et deux nuits, des employés du cabinet juridique de Dills avaient fouillé la ville. Bent était effectivement parti, personne ne savait pour quelle destination. Assis dans son bureau, la douleur lui martelant les tempes, Dills songeait à l'allocation, à la source d'argent qui tarirait s'il perdait trace du fils de Starkwether.

— Une journée catastrophique, se plaignit Stanley au dîner, le mardi qui suivit la fête nationale. Le ministre est furieux parce que Meade refuse d'avancer et il me rend responsable de l'affaire Randolph.

— Je croyais que tu avais réussi à l'étouffer, répondit Isabel.

— Jusqu'à un certain point. Randolph — ou du moins son journal de Cincinnati — ne publiera rien sur l'incident. Mais il est sorti de prison, et les bleus de son visage en disent assez long sur ce qu'on lui a fait. Et cet après-midi, autre mauvaise nouvelle... Laurette ?

Stanley se tourna vers la servante, montra son verre vide.

— Tu en as déjà bu quatre ! protesta Isabel.

— Eh ben, j'en veux un cinquième. Laurette !

La jeune fille emplit le verre de Stanley, qui avala aussitôt une longue gorgée de vin. Isabel mit sa main devant ses yeux. Son mari changeait de façon bizarre, comme s'il ne se faisait pas à ses responsabilités nouvelles et aux énormes sommes s'accumulant sur leurs comptes en banque.

— Quelle autre mauvaise nouvelle ? finit-elle par demander.

— L'un des hommes de Baker a appris à Port Tobacco que Dayton, le détective qui a battu Randolph, serait passé à l'ennemi. Dieu sait quelles informations importantes il a emportées ! Toute cette affaire lamentable retombe sur le ministère. Personne ne reconnaît publiquement que nous donnons des ordres à Baker mais tout le monde le sait. Par-dessus le marché...

Stanley engloutit le reste de son verre, fit signe à la servante, qui le remplit après avoir jeté un regard anxieux à sa maîtresse.

— Par-dessus le marché, la loi sur la conscription entre officiellement en vigueur aujourd'hui. On a déjà signalé des manifestations, des incidents violents...

— Ici ?

— Surtout à New York.

— C'est loin. Pour une fois, tu pourrais te dire que tu

as de la chance : tu ne partiras pas. Non seulement parce que tu travailles au ministère de la Guerre mais parce que tu as de toute façon les moyens de te payer un remplaçant.

Stanley sirotait son vin, l'air morose. Isabel renvoya Laurette à la cuisine, se leva, alla rejoindre son mari à l'autre bout de la longue table. Elle se plaça derrière lui, arrêta son geste quand il voulut porter une nouvelle fois le verre à ses lèvres, lui tapota le bras dans une inhabituelle démonstration d'affection.

— Tu devrais remercier le Congrès d'avoir prévu la possibilité de se faire remplacer, poursuivit-elle. Dieu merci ! c'est bien « une guerre de riches faite par les pauvres », comme on dit.

Nullement réconforté, Stanley songeait aux changements que sa vie avait connus depuis deux ans. D'une part, il buvait de plus en plus, ce qui pouvait ruiner sa carrière ; de l'autre, il devenait de plus en plus riche, ce qui la favorisait. Il devait faire de son mieux pour contrôler son besoin d'alcool et continuer à vendre des chaussures aux pauvres imbéciles qui mouraient pour des slogans dans les deux camps.

— Constance ?

Couchée avec son mari, le mercredi qui suivit Gettysburg, la femme de George grogna pour signifier qu'elle écoutait.

— Que vais-je faire ?

Question qu'elle attendait — qu'elle redoutait — depuis des mois.

— Tu veux dire pour ton travail ? demanda-t-elle, bien que la précision fût inutile.

— Oui. Je ne peux plus supporter la bêtise et les combines politiciennes, les fortunes bâties sur la mort et la souffrance. Dieu merci ! je ne m'occupe pas des contrats de Stanley, sinon je les lui ferais avaler jusqu'à ce qu'il étouffe.

Constance sentit une douleur sourde au sein. Elle en éprouvait souvent depuis quelque temps — dans les jambes, le haut du corps, derrière le front — et en attribuait la cause à ses inquiétudes. Elle se faisait du souci pour ses enfants, pour son père installé dans la lointaine Californie, pour le poids qu'elle prenait chaque mois. Et surtout pour George qui, chaque jour, ramenait ses tracas à la maison et les ruminait toute la soirée.

Au moins une fois par semaine, il citait à sa femme un exemple de l'entêtement de Ripley. Dernièrement, le général Rosencrans, ayant appris que le Matériel avait en stock des fusils à répétition du type « moulin à café », en réclama pour ses troupes de l'Ouest. Ripley refusa d'abord d'en en[illegible]ver un seul — il était contre la conception même de ces armes. Sous la pression, il finit par en expédier une dizaine, et Rosencrans, en retour, adressa à Lincoln un rapport enthousiaste. Le président pria instamment Ripley de considérer à nouveau l'achat d'autres fusils de ce type. Le chef du Matériel enterra la demande.

Constance connaissait par cœur les crimes de Ripley. Il continuait à mener campagne contre les fusils à chargement par la culasse et à répétition, qu'il ne livrait qu'aux troupes montées. Il s'efforçait d'annuler les contrats existants concernant ces fusils et barrait d'un grand « plus intéressé » les propositions des fabricants.

La veille encore, George avait explosé :

— Et pourtant, moins de quarante-huit heures après que les hommes du pauvre Pickett eurent été décimés en attaquant nos positions, nous avions reçu un rapport sur les déclarations d'un prisonnier rebelle ayant combattu face aux tireurs d'élite de Bredan à Little Roud Top. En vingt minutes, avec des fusils à un coup qu'on charge par la culasse, les soldats de Berdan avaient tiré chacun une centaine de balles. Le commandant du prisonnier rebelle pensait avoir affaire à deux régiments entiers.

— Ce n'était pas le cas ?

— Berdan n'avait que cent hommes. Et ce vieux salaud de Ripley continue à marquer « refusé » sur toutes les demandes de meilleures armes d'épaule.

Les récriminations de George n'avaient rien de nouveau. Le fait nouveau, c'était leur fréquence et l'agressivité avec laquelle il les exprimait. Constance estimait que le changement s'était produit un mois plus tôt, avec la chute de Vicksburg, quand un rapport sur des obus Parrott défectueux était arrivé sur son bureau. Après enquête, il avait découvert qu'ils avaient été livrés par une usine de Buffalo dont il avait examiné et refusé des échantillons : les douilles étaient trouées du fait d'une mauvaise coulée en sable. Constance se rappelait la fureur de George ce soir-là :

— Les scélérats avaient eu le culot d'essayer de cacher le défaut en bouchant les trous avec du mastic de même couleur que le métal !

Le lendemain, nouvel accès de colère :

— Ripley a annulé son refus, il a approuvé la marchandise. Il paraît que le fabricant est un parent éloigné de sa femme. Bon Dieu ! j'aimerais lui fourrer quelques-uns de ces obus dans l'arrière-train. Ce serait le plus grand service qu'on pourrait rendre à l'Union.

C'était l'amertume accumulée depuis qui avait poussé George à poser sa question. Immobile dans la pénombre, Constance savait qu'elle finirait par y répondre par une autre question.

— Qu'est-ce que tu voudrais faire ?

— Tu veux une réponse idéale ou réaliste ?

— Commence par la première.

— J'aimerais travailler pour Lincoln.

— Tu l'admires donc tant ?

— Oui. J'ai appris à le connaître depuis notre rencontre à l'arsenal. Il passe dans nos bureaux plusieurs fois par semaine, pose des questions, encourage les bonnes idées. Je reconnais qu'il a l'air d'un rustaud. Heureusement que les élections ne se jouent pas sur l'aspect extérieur du candidat, sinon il n'aurait jamais été élu à quelque fonction que ce soit. Il ne déguise jamais ses sentiments, et certains disent que c'est un défaut ; il ne dissimule jamais ses doutes, son abattement. Mais il a des qualités sacrément rares dans cette ville. Honnêteté. Idéalisme. Force. Oui, j'aimerais travailler pour lui à un titre ou à un autre mais les places sont prises.

— Tu t'es renseigné ?

— Discrètement. Je ne t'en ai pas parlé parce que j'étais sûr qu'il n'y avait aucune possibilité.

— Et la réponse réaliste ?

— Je pourrais entrer aux chemins de fer militaires si Herman Haupt veut de moi. C'est une excellente solution de rechange, elle me plaît beaucoup.

George avait parlé avec une telle flamme que Constance devina qu'il avait cette idée en tête depuis un moment. S'efforçant de garder un ton calme, elle fit observer :

— Tu serais près du front...

— Oui, parfois. Mais l'important, c'est que je ferais un travail dont je serais fier.

Il y eut un silence, brisé par l'inévitable grondement des chariots. Sentant la tension de sa femme, George roula sur le côté, caressa la poitrine douce, ferme, dont la familiarité lui était d'un grand réconfort.

— Tu ne veux pas que je prenne cette décision ?

— George, tu sais bien que nous ne posons jamais ni l'un ni l'autre ce genre de question.

— Pourtant, j'aimerais savoir ce que tu...

— Fais ce que tu dois faire, répondit Constance.

Elle l'embrassa, battit des paupières pour qu'il ne sente pas les larmes de peur qui lui montaient aux yeux.

— Alors, Herman, vous accepteriez une nouvelle recrue ?

George posa la question le lendemain au général barbu assis à une table du *Willard*. Haupt semblait exténué. Il venait de rentrer de Pennsylvanie où il avait fait réparer la voie ferrée de Gettysburg.

— Vous connaissez la réponse. Mais est-ce que le ministre acceptera de vous libérer ?

— Il ferait bien, bon Dieu ! Je ne supporte pas de travailler à moins d'un kilomètre de cet homme.

George avala une huître avant d'ajouter :

— Je suppose que vous avez entendu parler de l'affaire Randolph ?

— Comme tout le monde. Je crois savoir qu'il n'a pas le droit d'écrire là-dessus dans son journal, mais il ne perd pas une occasion de raconter son histoire.

— Il a parfaitement raison. Quel scandale !

— Je vous conseille d'agir vite : Stanton veut ma tête. Il me déplaît autant qu'à vous et il le sait. Je refuse de m'accommoder de ses préjugés et de son arrogance — j'ai déjà bien assez des miens, fit Haupt avec un sourire froid.

Les deux hommes se partagèrent le reste des huîtres puis le général demanda à George comment il comptait obtenir son transfert.

— Cela ne marchera pas si je me contente de réclamer vos services.

— Je le sais. J'ai rendez-vous ce matin avec le général en chef.

— Halleck ? Le roi de la paperasse ? J'ignorais que vous le connaissiez.

— Je l'ai rencontré deux fois dans des réceptions. C'est un ancien de West Point...

— Promotion 39. Quatre ans après la mienne. Vous tablez là-dessus ?

— Oui, répondit George. J'ai appris comment les choses se passent, dans cette ville.

Henry Halleck, qui avait réservé au major Hazard dix minutes de son emploi du temps, ressemblait à un assemblage d'hémisphères : épaules rondes, front convexe, yeux protubérants. C'était plus un érudit qu'un militaire — quelques années plus tôt, il avait traduit un ouvrage de Jomini * — mais il avait des talents d'administrateur.

De la fenêtre où il se tenait dans sa posture familière, les mains derrière le dos, il déclara au visiteur :

— J'ai consulté votre dossier, major. Il est exem-

* Général suisse auteur d'ouvrages militaires (n.d.t.).

plaire. Vous tenez vraiment à quitter le service du Matériel ?

— Oui, mon général. J'ai besoin de me sentir plus utile. Le travail de bureau est devenu fastidieux pour moi.

— N'est-ce pas plutôt Ripley qui l'est devenu ? répliqua Halleck, dans une de ses rares tentatives d'humour. Il est votre supérieur, c'est à lui que vous devriez demander votre transfert.

Conscient de ce qu'il risquait, George répondit :

— Il le refuserait certainement. Tandis que si vous m'accordiez la permission de m'adresser directement à l'adjudant général...

— Impossible.

George se dit qu'il avait perdu mais Halleck poursuivit :

— Je comprends toutefois votre situation. J'applaudis à votre désir d'avoir une action plus directe. Si vous voulez obtenir satisfaction, il faut faire les choses dans les règles.

Le général baissa la voix comme tout bon Washingtonien menant une intrigue ou accordant une faveur et continua :

— Transmettez votre demande à l'adjudant général par la voie hiérarchique — en ayant soin d'en envoyer une copie au général Ripley. De mon côté, j'interviendrai pour vous soutenir — officieusement, vous comprenez. Si nous réussissons, soyez prêt à ferrailler avec Mr. Stanton. Bonne chance, conclut Halleck en tendant la main.

George avait déjà préparé les papiers que le général en chef avait mentionnés. Il les envoya immédiatement et reçut une convocation du ministre plus tôt qu'il ne l'attendait.

Au siège du ministère de la Guerre où il se présenta le lundi à deux heures et demie, il régnait une atmosphère sinistre. Meade avait lambiné, Lee s'était enfui ; la loi sur la conscription provoquait de nouveaux troubles à New York ; le président était passé d'une période d'intense activité et d'espoir à une nouvelle dépression.

— Vous voulez travailler pour Haupt ? demanda Stanton avec aigreur. Mon cher major, savez-vous qu'il n'a jamais officiellement accepté son grade de général de brigade ? Qui peut dire s'il restera longtemps encore à la tête des chemins de fer militaires ?

Dans la voix du bouddha barbu, George sentit de l'antipathie et une mise en garde.

— Je tiens quand même beaucoup à cette mutation, dit-il. Je suis entré au Matériel sur la demande pressante de Cameron et je me suis efforcé d'accomplir loyalement ma tâche, même si je ne me suis jamais senti ni tout à fait qualifié ni très utile. Je veux un travail plus directement lié à la conduite de la guerre.

Stanton tripota la branche droite de ses lunettes, dont un jeu de lumière donnait aux verres une apparence opaque. Peut-être savait-il quelle inclinaison sa tête devait prendre pour obtenir cet effet déconcertant.

— Changeriez-vous d'avis si je vous confiais que le général Ripley pourrait prendre sa retraite prochainement ? demanda le ministre avec un sourire faux. Après tout, le général a soixante-neuf ans.

« Et il s'est opposé à toi une fois de trop », pensa George.

— Non, monsieur le ministre. Cela ne modifierait en rien ma requête.

— Je vais être franc avec vous, major Hazard. Depuis votre entrée dans ce bureau, je sens une certaine hostilité dans votre voix — non, je vous prie, épargnez-moi vos protestations...

George rougit. Il ne s'était pas rendu compte qu'il laissait voir ses sentiments aussi clairement.

— Votre détermination à partir se manifeste dans la façon dont vous vous y êtes pris pour présenter votre requête. Le général Halleck m'en a parlé personnellement hier. J'ai l'impression que vous n'aimez pas le ministère dans sa totalité. Je me trompe ? demanda Stanton en ôtant ses lunettes.

Bien qu'il sût qu'il aurait mieux fait de mentir,

George, poussé par sa nature et sa conscience, répondit :

— Non, monsieur le ministre. Avec tout le respect que je vous dois, je ne suis pas d'accord avec certains aspects de la politique du ministère de la Guerre.

Stanton remit ses lunettes et demanda d'un ton de politesse glacée :

— Puis-je vous prier d'être plus précis, major ?

— Il y a l'affaire Eamon Randolph...

Le ministre coupa le visiteur :

— Je ne sais rien de cette affaire.

— Je crois savoir que ce journaliste a été battu par des détectives de votre Bureau d'enquête, uniquement pour avoir critiqué la politique du gouvernement — ce que je pensais être le droit de tout citoyen.

— Pas en temps de guerre, rétorqua Stanton, dont le sourire pincé s'effaça. (Il se pencha en avant, la lumière transforma à nouveau ses verres de lunettes en disques miroitants.) J'ajoute, major, que si vous eûtes jamais quelque espoir de faire carrière dans l'armée, vous venez de le briser par vos propos. Vous avez passé les bornes.

— Désolé, dit George, qui ne l'était aucunement. J'avais cela sur la conscience depuis un moment. De plus, tout le monde sait que Lafayette Baker travaille pour vous.

Le sourire froid et rusé revint.

— Fouillez tous les classeurs et même toutes les corbeilles à papier du ministère, mon cher major, vous ne trouverez pas l'ombre d'une preuve pour étayer cette affirmation. Maintenant, veuillez avoir l'amabilité de quitter cette pièce. Je serai heureux d'approuver votre requête : ce fou de Haupt et vous êtes taillés dans le même bois.

— Monsieur le mi...

— Dehors ! tonna Stanton en frappant le bureau du poing.

George entendit la porte s'ouvrir derrière lui. Quelqu'un se précipita dans la pièce.

— Votre frère s'apprête à partir, dit le ministre au nouveau venu.

George se retourna, découvrit Stanley.

— Veillez à ce qu'il le fasse sans tarder, poursuivit Stanton.

Stanley saisit le bras de son frère en disant :

— Allez, viens.

— Stanley, murmura George, je t'ai déjà rossé une fois. Tu veux que je recommence ? Lâche-moi.

Clignant des yeux, le visage luisant de sueur, Stanley obéit.

— Si, pour gagner la guerre, le gouvernement doit faire battre ou emprisonner tous ceux qui expriment la moindre critique, nous méritons de perdre.

Stanton se caressa lentement le dessous de la barbe mais il était livide.

— Major Hazard, je vous conseille de prendre congé si vous ne voulez pas passer en cour martiale pour sédition.

Quand la porte du bureau se referma derrière les deux frères, Stanley chuchota :

— Tu sais qui tu viens d'insulter ?

— Quelqu'un qui le mérite.

— Tu te rends compte des conséquences que cela peut avoir pour ta carrière ?

— Je ne fais pas carrière. On peut me renvoyer de l'armée demain, je retournerai avec plaisir à Lehig Station pour fondre des canons.

— Tu pourrais au moins penser à moi.

— C'est ce que je fais, rétorqua George, toujours furieux. J'espère bien que Stanton te limogera parce que ton frère tient des propos séditieux. Tu seras alors libre d'aller dans le Massachusetts vendre des bottines militaires. Aux deux camps, si j'ai bien compris.

— Espèce de sale menteur !

Stanley expédia son poing vers le visage de son frère mais le coup manquait de force et de vitesse. George n'eut qu'à lever la main gauche pour bloquer le bras et détourner le poing. Puis il enfonça son chapeau sur sa tête et sortit à grands pas du bâtiment.

Il se rendit directement au bureau de Haupt, ne l'y trouva pas et laissa un message :

Je viens de parler au ministre S. et j'ai ruiné toutes mes chances de faire carrière dans l'armée. J'ai l'intention de me soûler pour fêter cela. Ma mutation paraît assurée.

G. H.

14

Le train composé de deux wagons à plate-forme roulait en haletant vers le sud-ouest, en direction de Manassas. Le ciel était gris, l'air sentait la pluie.

Les branches des sapins bordant la voie effleuraient le visage de Billy, assis au bord d'un des wagons, jambes pendantes, carabine à portée de main. Sous sa chemise, le petit cahier dans lequel il tenait son journal. Son pantalon poussiéreux cachait en partie l'inscription U.S.M.R.* n° 19 peinte en blanc sur le côté de la plate-forme.

Bercé par le rythme lent du train, il pensait à Brett, à qui il mourait d'envie de faire l'amour, fût-ce une seule nuit; à Lije, dont la mort était un tel gâchis; aux nouvelles alarmantes de New York qu'il avait entendues juste avant le départ. La ville semblait prête pour de grandes manifestations, voire une vaste émeute, quand on tira les premiers noms des conscrits.

Les sapeurs avaient pris une si faible part à la bataille de Gettysburg qu'elle méritait à peine d'être mentionnée. Après avoir construit les habituels ponts de bateaux sur le Potomac, ils avaient attendu, le derrière par terre, avec d'autres troupes du quartier général, tandis que le gros de l'armée engageait le combat. On les avait ensuite renvoyés en Virginie puis Billy et six soldats avaient reçu pour mission de procéder à des relevés pour la nouvelle ligne qu'on avait l'intention de construire près du pont du Bull

* Chemins de Fer militaires des Etats-Unis (n.d.t.).

Run. Récemment, ce pont avait été détruit pour la sixième ou septième fois au cours d'escarmouches.

Un caporal blond étendu sur le dos chantonnait *All Quiet Along the Potomac Tonight* *. Un soldat appuyé contre un trépied replié reprit la mélodie avec son harmonica. La fumée du train flottait au-dessus des hommes détendus.

La première balle fit tinter la cloche de la locomotive, les autres sifflèrent autour d'eux.

— Où ils sont ? cria le caporal en saisissant son arme.

Billy, qui s'était jeté à plat ventre, entendit les ennemis avant de les voir. Ils surgirent de derrière le fourgon, huit hommes dépenaillés et hirsutes, montés sur des chevaux étiques, quatre de chaque côté du train.

Les sapeurs se trouvaient en principe dans une zone contrôlée par l'Union mais ce contrôle n'était que nominal. Ils traversaient en ce moment précis ce qu'on appelait la « Confédération de Mosby » et Billy se demanda si les cavaliers appartenaient aux hommes du Fantôme gris. Il fit feu, manqua sa cible.

Une balle s'enfonça à l'endroit où pendaient ses jambes l'instant d'avant ; une longue fente sépara les lettres U.S.M.R. Les assaillants en lambeaux poussèrent le cri rebelle en passant devant le fourgon.

— Reste couché, Johnson ! ordonna Billy au caporal.

L'homme aux cheveux blonds, qui venait de se dresser, cherchait à viser malgré les oscillations de la plate-forme. Le chef des cavaliers ennemis chevauchant du côté de Billy, un grand maigre portant un costume noir suranné, se baissa pour éviter une branche puis tira un coup de revolver qui projeta Johnson de l'autre côté de la voie.

Billy se releva sur un genou, vit le chauffeur de la locomotive grimpé sur le tender. Se tenant d'une main, l'homme tirait de l'autre avec son colt. Le mécanicien poussa la vapeur, le train accéléra. Un soldat abattit

* « R.A.S. sur le Potomac ce soir » (n.d.t.).

un des assaillants, ce qui mit fin aux longs cris des autres.

Le ciel s'assombrit, la pluie commença à fouetter le wagon ; les cavaliers se portèrent à sa hauteur. Billy pivotait sur lui-même pour faire feu quand il se sentit tiré par le bras.

L'homme au costume noir, qui s'était approché suffisamment pour le saisir, le fit tomber du train. Billy fut projeté contre le talus ; le souffle coupé, il vit la lanterne et les numéros blancs du fourgon s'éloigner.

Le sapeur se mit à quatre pattes, tendit une main vers sa carabine, tombée près du rail le plus proche.

— Touche-la et je te tue, dit une voix joviale.

Billy leva la tête, vit le grand maigre en noir braquer sur lui un gros pistolet d'arçon.

— On en a eu deux, en comptant le mien ! cria Costume-Noir en calmant sa monture. L'autre est vivant ?

— Naan, l'est crevé, répondit une voix.

Billy se rappela que Johnson allait être bientôt père d'un second enfant.

Sous la pluie battante, les cavaliers tirèrent une dernière salve en direction du train, réduit à la taille d'un jouet.

— T'es sûr ? demanda Costume-Noir à l'homme qui s'approchait, le cadavre de Johnson en travers de sa selle.

— Il est pas plus vivant qu'un tas de briques.

— Quelque chose à récupérer ?

— Ses dents en or, mais c'est tout.

— Lève-toi, Yank, ordonna Costume-Noir à Billy. Donne-moi ton nom et ton unité qu'on puisse t'enterrer dans les règles.

Billy ne parvenait pas à croire que l'homme était sérieux. Il avait une idée sur l'identité des cavaliers et craignait qu'elle ne fût juste.

— Ton nom et ton unité, répéta Costume-Noir avec irritation.

Debout sous la pluie, Billy répondit :

— Capitaine William Hazard, bataillon du Génie, armée du Potomac. Et vous, qui êtes-vous ?

Il y eut des ricanements, des murmures amusés puis une voix de taureau meugla :

— Il est en plein comté de Fairfax et il demande qui on est !

Gras et laid, l'homme fit avancer son cheval vers le prisonnier.

— Des partisans du major John S. Mosby, dûment mandatés par le Congrès confédéré pour des actions de guérilla, poursuivit-il, comme s'il récitait une leçon. Voilà ce qu'on est, fumier de Yankee !

Il frappa Billy de la crosse de son fusil. Furieux, le sapeur saisit l'arme mais Costume-Noir le tira par les cheveux et lui fit lâcher prise. Billy sentit l'odeur de corps malpropre dégagée par les cavaliers, remarqua leurs vêtements crasseux et conclut que l'homme ne lui avait pas menti. John Mosby avait quelque temps servi d'éclaireur à Stuart puis était devenu commandant d'une bande de partisans. Il surgissait la nuit, arrachait des rails, mettait le feu aux entrepôts de vivres, abattait des sentinelles. On le craignait d'autant plus qu'on le voyait rarement et on l'avait pour cette raison surnommé le Fantôme gris.

Un fantôme qui ne respectait pas les règles de la guerre, se rappela Billy, la gorge serrée. Costume-Noir lui tira à nouveau les cheveux, arma son pistolet.

— Les mains sur la tête, mon gars.

— Quoi ?

— J'ai dit les mains sur la tête. On va faire vite.

— Qu'est-ce qu'on va faire vite ?

Nouveaux ricanements.

— Il est vraiment con ! s'exclama un des cavaliers.

— Ton exécution, mon capitaine, répondit Costume-Noir. Avec ta permission, je vais faire ça en vitesse, j'ai autre chose à foutre.

Le prisonnier fixait d'un regard incrédule la maigre silhouette noire. Les sapins gémissaient, le vent filait dans le ciel sombre. Pourquoi le train n'était-il pas revenu ? Les autres avaient dû le croire mort, comme Johnson...

— Les mains sur la tête ! Et tourne-toi que je voie ton dos.

S'efforçant de parler d'une voix ferme, Billy répondit :

— J'ai le droit d'être traité en prisonnier de guerre et...

— Bon Dieu ! Perds donc pas ton temps, dit un autre cavalier.

Billy sut que c'était fini. « Bon, pensa-t-il. Tout ce que je peux faire, c'est partir sans m'effondrer devant eux. »

— Pour la dernière fois, Yank !

Le sapeur posa les mains sur ses cheveux trempés et ferma les yeux. Par-dessus le sifflement du vent, le renâclement des chevaux, le tintement du métal et le grincement des brides, il entendit au nord, le long de la voie ferrée, un bruit qu'il ne parvint pas à identifier. Comme si cela avait de l'importance...

Costume-Noir lança d'un ton joyeux :

— Adieu, mon capitaine du Génie.

— T'es impayable, s'esclaffa l'homme à la voix de taureau.

Billy, le corps crispé, attendit la balle.

Au même moment, un homme d'âge mûr au crâne chauve, et dont le visage avait quelque chose d'angélique, attaquait une barricade. Ceux qui montaient à l'assaut avec lui n'étaient pas des soldats mais des civils, dont un tiers de femmes.

Ils avaient pour armes des bouteilles, des briques, des bâtons, des pieds de tables et de chaises volées dans des maisons mises à sac. Le chauve tenait à la main un large ceinturon noir qu'il avait pris sur un pompier assommé par un autre émeutier. S'en servant comme d'un fléau, Salem Jones avait déjà balafré le visage d'un des policiers d'Opdyke, le maire de New York.

Des nuages de fumée noire roulaient par-dessus les

toits de Manhattan, dont les rues étaient une mer argentée de débris de verre. La barricade — charrettes, chariots et fiacres retournés — barrait Broadway d'un trottoir à l'autre juste après la 43e Rue. Comme la plupart des grandes artères de la ville, Broadway faisait l'enjeu de combats depuis le milieu de la matinée et les émeutiers s'en étaient emparés peu après midi. Dans la 3e Avenue, les tramways ne circulaient plus de Park Row à la 103e Rue. Des canons avaient été mis en batterie autour de l'hôtel de ville et du quartier général de la Police, dans Mulberry Avenue. La foule attaquant la barricade venait de mettre le feu à l'orphelinat pour enfants noirs de la 5e Avenue. Les chefs des émeutiers, qui s'étaient désignés eux-mêmes, avaient décidé à la dernière minute d'évacuer les orphelins avant d'incendier le bâtiment.

Salem Jones fut parmi les premiers à grimper sur l'un des chariots renversés. La douzaine de policiers qui se trouvaient derrière s'enfuirent. Jones lança une brique qui atteignit l'un d'eux à la tête. Le policier s'effondra, le chauve lui prit sa matraque. Jones n'avait pas eu en main une bonne matraque depuis l'époque où il était régisseur à Mont Royal. Il se sentit à nouveau lui-même.

Quelques émeutiers pénétrèrent dans un restaurant, en ressortirent avec deux serveurs noirs. Un rugissement s'éleva. Deux ou trois policiers réfugiés au coin de la rue tirèrent des coups de feu qui ne calmèrent pas la foule. Quelqu'un apporta de la corde, un autre grimpa à un poteau télégraphique. Trois minutes plus tard, les deux Noirs, pendus, tournaient lentement dans la fumée.

Ce spectacle amena un sourire sur le visage rond de Jones. Depuis qu'Orry Main l'avait congédié, il avait erré de ville en ville pour aboutir à New York, où il n'était arrivé que dix jours plus tôt. Jones avait trouvé à Mackerelville un taudis où il dormait gratuitement. Dans les bars crasseux de la 2e Avenue, ils avaient écouté des dockers furieux licenciés après une récente grève. L'un des plus énergiques, docker le jour et maquereau la nuit, avait exposé les revendications des grévistes à une foule dans laquelle se tenait Salem Jones.

Tout ce que voulaient les dockers, c'était une augmentation de vingt-cinq cents l'heure. Etait-ce trop demander ? Non ! avait beuglé l'auditoire. Et qu'avaient fait les patrons ? Ils avaient licencié les Blancs et fait venir les nègres par chariots entiers. C'était juste, ça ? « Non ! »

Le lundi suivant, la conscription devait transformer en chair à canon ces mêmes Blancs, trop pauvres pour payer les trois cents dollars que coûtait l'exemption ou se trouver un remplaçant. « On nous envoie faire la guerre pour des nègres qui, eux, resteront ici, prendront notre boulot, violeront nos femmes. On va laisser faire ça ? »

« NON ! »

En entendant les cris, Jones avait compris qu'il y aurait du grabuge et avait décidé d'être de la fête.

Le docker qui avait harangué les clients du bar fut l'un des organisateurs d'une énorme manifestation qui commença tôt le matin. Portant des banderoles et des pancartes disant « Non à la conscription », quelque dix mille hommes défilèrent de la 6e Avenue à Central Park, où divers orateurs incitèrent la foule à se lancer dans des formes d'action moins modérées. L'un d'eux, remarqua Jones, avait un accent du Sud prononcé. Un agitateur sudiste ?

Après le rassemblement, la foule s'était fractionnée. Jones s'était joint à un groupe jetant des bouteilles pleines de sulfure enflammé dans les fenêtres des grandes maisons de Lexington Avenue. Avec une autre bande, il avait pénétré dans les bureaux où les noms des conscrits devaient être tirés mais n'y avait trouvé que des pièces vides : les fonctionnaires avaient eu la bonne idée de s'absenter. La foule l'avait ensuite entraîné jusqu'à l'orphelinat, qui flambait à présent. De Broadway, Jones apercevait les flammes au-dessus des bâtiments le cachant à sa vue.

Après la prise de la barricade et la pendaison des

serveurs noirs, l'émeute tourna à la bacchanale. Les manifestants titubaient sous l'effet des bouteilles de toutes sortes qu'ils avaient vidées. Un homme ivre prit par la main une femme malpropre, soûle également, la tira vers la porte d'une boutique de brocanteur abandonnée, déboutonna sa braguette et sortit son membre durci sous les applaudissements de la foule — femme comprise. Bientôt il fut en elle, donnant de grands coups de reins. Les spectateurs restèrent un moment à regarder la scène puis, lassés, partirent à la recherche d'autres distractions.

Peu porté sur la boisson, Jones n'avait pas besoin d'alcool pour le stimuler. Il suivit l'émeute jusqu'à Broadway puis en direction de l'East River. Un groupe de manifestants entra dans un salon de thé, renversa chaises et tables, fracassa tasses et pots, terrorisa les clients. En sortant, Jones brisa la vitrine d'un coup de la matraque volée.

Non loin de l'eau, ils rencontrèrent un troupeau de vaches paissant dans un pré sous la surveillance de deux vachers noirs de quatorze ou quinze ans. Jones aida à soulever l'un d'eux pour le jeter dans l'eau puis regarda l'autre subir le même sort.

— Au s'cours ! au s'cours ! On sait pas nager...

Pour toute réponse, les Blancs leur jetèrent des pierres et les deux adolescents ne tardèrent pas à couler. En riant, les compagnons de Jones se plaignirent de la durée trop courte du spectacle.

Une heure plus tard, l'ancien régisseur de Mont Royal se retrouva dans un autre bar de Mackerelville et écouta un autre orateur :

— On est pas encore allés là où il faudrait. Sullivan, Clarkson, Thompson Street, c'est là qu'on trouvera les moricauds !

Ragaillardi par la bière que le bistrotier servait gratuitement — c'était sa façon de montrer qu'il désapprouvait la conscription — Jones glissa sa matraque sous sa ceinture et rejoignit un groupe d'hommes qui braillaient *Dixie* à pleins poumons sur un ton de défi en se dirigeant vers l'ouest.

Marchant bras dessus, bras dessous avec des inconnus, Jones songeait que, personnellement, il était pour la conscription — opinion que, naturellement, il se gardait bien d'exprimer. Il était pour parce que certains Etats versaient déjà des primes aux hommes qui s'engageaient, contribuant ainsi à remplir le quota demandé par le gouvernement fédéral. Bien que trop âgé, Jones avait l'intention de teindre sa couronne de cheveux blancs, de donner une fausse date de naissance pour empocher la prime. Ensuite, il déserterait.

Forte à présent d'une centaine d'hommes, la bande se heurta à une escouade de soldats dont la plupart portaient des bandages : la ville avait même fait appel aux Corps des invalides. Les émeutiers dispersèrent facilement les blessés et continuèrent leur route. Des cloches d'incendie sonnaient partout quand ils arrivèrent dans Clarkson Street, une rue bordée de taudis faits avec des planches de caisses.

— Où ils sont, les négros ?

Hormis deux petites filles jouant devant un énorme tas d'ordures où trottinaient de gros rats, il n'y avait personne en vue. Jones fouilla les baraques : vides.

Certains des émeutiers entreprirent de les démolir mais la plupart des Blancs voulaient quelque chose de plus excitant. Ils convergèrent vers le tas d'immondices, faisant fuir les rats et les petites filles. Soudain, Jones aperçut une tête à la fenêtre du troisième étage d'un immeuble en ruine.

— Là-haut ! cria-t-il. Y en a un.

La tête disparut. Dix hommes menés par Jones se ruèrent dans le bâtiment pouilleux, ouvrirent les portes à coups de pied, découvrirent un couple de jeunes Noirs et un bébé dormant sur une paillasse. Un Blanc souriant prit l'enfant, le berça quelques secondes puis le lança par la fenêtre ouverte.

La mère hurla, Jones lui abattit sa matraque sur la tête. Ses compagnons firent sortir le couple et, dans la lumière rougeoyante de la ville en flammes, le conduisirent à un arbre rabougri poussant près des ordures. On pendit les deux Noirs par les bras. Une Blanche s'approcha avec un couteau de boucher mais un homme la retint en disant :

— Te sers pas de ça. J'ai trouvé du pétrole lampant.

Il en arrosa d'abord le mari, qui supplia la foule d'épargner sa compagne, à moitié inconsciente et perdant son sang. Cela ne lui valut que des ricanements et des plaisanteries. Quelqu'un craqua une allumette, la jeta, sauta en arrière.

Le sourire aux lèvres, Salem Jones regarda la boule de feu envelopper les deux victimes.

Des chevaux. C'était ce qu'il avait entendu. Des chevaux trottant à travers les pins, le long de la voie ferrée. Les mains sur la tête, Billy ouvrit les yeux.

Six cavaliers, dont deux en uniforme, s'approchèrent. L'un d'eux, un officier mince d'une trentaine d'années, aux cheveux blonds sous son chapeau orné d'une plume d'autruche, portait une cape grise doublée de rouge. Il parut s'intéresser davantage à Costume-Noir qu'à Billy.

— Que se passe-t-il, ici ?

— On a fait tomber ce Yankee d'un train, commandant. On allait...

Costume-Noir n'acheva pas sa phrase et regarda nerveusement ses compagnons.

— L'exécuter ?

L'officier flatta l'encolure de son cheval pour le calmer.

— Oui, commandant, répondit Costume-Noir en rougissant.

— C'est contraire aux lois de la guerre, et vous le savez. Quelles que soient les calomnies que les journaux yankees publient à notre sujet, nous ne sommes pas des assassins. Vous serez puni.

L'air effrayé, Costume-Noir s'empressa de rengainer son pistolet.

— Baissez les bras, dit l'officier à Billy. Votre nom et votre unité, je vous prie.

— Capitaine William Hazard, bataillon du Génie, armée du Potomac.

— Eh bien, capitaine, vous êtes prisonnier des Partisans.

— Vous êtes...

Le gantelet se porta au bord du chapeau.

— Major John Mosby. On vous a fait tomber d'un train, paraît-il ? Vous n'avez apparemment rien de cassé. Je prendrai des dispositions pour vous envoyer à la prison pour officiers de Richmond.

Billy songea qu'il aurait dû reconnaître immédiatement Mosby, dont le plumet était presque aussi célèbre que celui de Stuart. Se tournant vers l'autre homme en uniforme — un sergent — l'officier lui ordonna :

— Veillez à ce que le prisonnier ne soit pas maltraité. Nous devons poursuivre notre route vers...

— Major...

L'air agacé, Mosby regarda Billy.

— Qu'y a-t-il ?

— Un de mes hommes a été abattu avant ma capture. Il gît là-bas dans l'herbe. Pourrait-il recevoir une sépulture chrétienne ?

— Certainement, répondit Mosby. (Il lança à Costume-Noir un regard furieux.) Occupez-vous-en.

Celui-ci garda le silence jusqu'à ce que Mosby et son groupe repartent au petit trop à travers le bois. Tandis que le sergent resté pour s'occuper du prisonnier desserrait la sangle de sa selle pour soulager son cheval, Costume-Noir murmura à Billy :

— Tu vas à la prison Libby. Quand tu verras comment on y traite les Yankees, tu regretteras que j'aie pas appuyé sur la détente.

15

La chaleur suffocante du mois d'août accablait Richmond, qui attendait un orage grondant au nord-ouest du Potomac sans se décider à venir soulager la ville. Il régnait dans la capitale un abattement quasi général : Le Mississippi était perdu et Gettysburg n'avait pas été le triomphe que le haut commandement avait proclamé dans un premier temps. La dégradation de la situation s'illustrait dans le taux du dollar yankee, dont plusieurs milliers circulaient dans la Confédération. Avant la débâcle de Pennsylvanie, il valait deux dollars confédérés. Il en valait maintenant quatre.

Vicksburg envoya des milliers de nouveaux prisonniers dans les camps déjà surpeuplés; Gettysburg déversa un flot de blessés dans les hôpitaux bondés. Huntoon y songeait distraitement en bâclant un travail qui ne l'intéressait plus. Memminger* l'avait chargé de dresser la liste des établissements commerciaux, quasi innombrables, qui imprimaient et distribuaient illégalement de petites coupures.

La Confédération n'ayant pas de métal pour frapper les pièces de petite valeur, le Trésor avait autorisé les Etats, les villes et certaines compagnies ferroviaires à imprimer des billets de cinq à cinquante cents pour rendre la monnaie. Mais des centaines d'autres entreprises avaient fait de même et la Confédération était à présent inondée de ces billets plus nombreux que les grenouilles et les sauterelles de la Bible. Ce matin-là, Huntoon ajoutait à sa liste des noms fournis par des informateurs de Floride et du Mississippi.

Les décisions du gouvernement, il ne s'en souciait plus. Ce qui le fascinait, c'était l'idée d'une nouvelle confédération. Il y pensait la nuit, il y rêvassait le jour à son bureau. Un midi, il étonna ses collègues à moitié assoupis en se ruant hors de la pièce, avec une expression d'exaltation folle.

En enquêtant dans les bars — Powell y était fort connu — Huntoon avait appris l'adresse du Géorgien. Il n'avait osé la demander à Ashton de peur qu'elle ne se trahît en révélant qu'elle la connaissait.

— Church Hill, lança-t-il au cocher du fiacre à travers le toit brûlant. Au coin de la 24e et de Franklin Avenue.

Des feuilles couvertes de poussière dépassaient du

* Ministre des Finances confédéré (n.d.t.).

mur du jardin. Tout excité, Huntoon gravit le perron, frappa à la porte. Une minute plus tard, il recommença et la porte s'ouvrit enfin.

— Powell, j'ai décidé...

— Que faites-vous ici ? demanda Powell en nouant la ceinture de son peignoir émeraude.

— Je ne voulais pas vous déranger, s'excusa Huntoon, mal à l'aise.

— C'est fait. Je suis très occupé.

— Navré. J'ai pris une décision ce matin et comme vous teniez à être informé rapidement...

— Bon, je vous écoute.

— Je... je me joins à vous, si vous êtes toujours d'accord.

L'expression de Powell se radoucit.

— Bien sûr. C'est une excellente nouvelle.

— Pouvons-nous discuter des détails de...

— Pas maintenant. Je vous ferai signe.

Voyant Huntoon prendre mal son manque de courtoisie, Powell ajouta en souriant :

— Très prochainement. J'aurais été ravi de le faire aujourd'hui mais d'autres affaires réclament mon attention. Je suis heureux de vous avoir avec nous, James. Nous aurons besoin d'un homme courageux et lucide au ministère des Finances. Vous aurez de mes nouvelles dans un jour ou deux, c'est promis.

Le Géorgien referma la porte. Vexé, Huntoon se demanda pour quelles affaires privées Powell portait un peignoir à midi. Le soupçon qui l'effleura alors le tortura trop pour qu'il ne le chasse pas immédiatement.

— Ouf ! c'était juste, murmura Powell en ôtant son peignoir.

Ashton, complètement nue, finit par céder au fou rire qu'elle avait contenu pendant qu'elle était cachée derrière la porte.

— Tu as failli nous faire prendre.

— Oh ! il fallait que j'écoute, c'était trop excitant. Mon mari d'un côté de la porte, mon amant de l'autre.

— Ne recommence plus jamais, dit Lamar.

La jeune femme cessa de rire.

— Non, non — je suis désolée. Tu es content? Maintenant, nous allons pouvoir le surveiller.

— Il ne faut surtout pas qu'il change d'avis. Dissipe ses derniers doutes s'il en a. Rends-le fier de sa décision en le récompensant.

Powell prit le menton de sa maîtresse, le serra à lui faire mal.

— Tu m'as compris, chérie ?

— Oui, oui. Je ferai ce que tu veux.

Il lâcha le menton, où ses doigts avaient laissé des marques rouges, sourit et donna à Ashton un baiser paternel.

— Comme toujours. Et c'est pour cela que je t'aime.

Ce soir-là, après avoir renvoyé les domestiques et fermé les portes de la salle à manger, Huntoon s'éclaircit la voix d'une façon indiquant qu'il avait une déclaration à faire. Hormis une balafre au papier mural, il ne restait plus aucune trace de la visite de Cooper. On avait changé les pieds de la table, mis de nouveaux jaspes dans la vitrine réparée.

Ashton prit un ton affecté pour demander :

— James, que se passe-t-il ? Tu as l'air si excité...

— J'ai de bonnes raisons de l'être. J'ai eu récemment une conversation avec Mr. Lamar Powell. (Huntoon repoussa son assiette de soupe au poisson, se leva, s'approcha de sa femme.) Il m'a fait une proposition sidérante, Ashton. Une proposition que j'ai acceptée parce que je la crois moralement juste — et aussi dans notre intérêt

— Doux Jésus, murmura-t-elle en tâchant de mettre dans sa voix le mélange adéquat de surprise et de réserve. Il veut de l'argent pour armer un nouveau navire ?

— Non, non. Rien d'aussi prosaïque. Je vais t'expliquer mais prépare-toi. Ouvre ton esprit, n'hésite pas à penser... avec audace. Sans conformisme. Chérie... Mr. Powell et certains amis que je n'ai pas encore rencontrés ont l'intention d'établir... (Huntoon saisit le bras d'Ashton, se pencha vers elle) un nouvel Etat confédéré.

— Quoi ?

— Je t'en prie, parle plus bas. Tu m'as bien entendu. Une nouvelle confédération. Je vais t'expliquer.

Ahston fronça les sourcils, regarda son mari prendre une chaise et s'asseoir près d'elle. En écoutant ses « révélations », elle battit des cils, porta la main à sa poitrine, ouvrit la bouche de stupeur aux moments qu'elle jugea appropriés. Elle eut le sentiment de jouer remarquablement la scène, notamment lorsqu'elle sursauta en l'entendant prononcer pour la première fois le mot assassinat.

Quand Huntoon eut terminé, la soupe de poisson était froide.

— Maintenant, dis-moi, conclut-il. Ai-je commis une erreur ? Le Sud-Ouest, c'est loin, mais songe à la récompense. Je crois pouvoir être le ministre des Finances du nouvel Etat.

— Tout cela est un peu... renversant.

— Mais tu n'es pas fâchée ?

— James ! James ! s'exclama Ashton. (Elle couvrit de petits baisers le visage flasque de son mari.) Bien sûr que non. Je suis ébahie de ton courage, fière de ta lucidité, contente de te voir montrer autant d'intelligence et d'esprit d'initiative. J'ai toujours su que tu possédais ces deux qualités. Je sais aussi que notre séjour à Richmond a été pour toi une expérience frustrante et pénible. Je suis heureuse de constater qu'elle n'a pas tué ton ambition...

— La principale raison de mon ambition, c'est toi. Je veux que tu sois l'une des femmes les plus admirées de la nouvelle confédération.

— Oh ! chéri.

Ashton prit entre ses mains la face moite de Huntoon, l'embrassa, poussa sa langue dans sa bouche. Il grogna lorsqu'elle laissa tomber une main sur sa cuisse droite.

— Je suis si fière de toi.

Une servante sans doute intriguée par le temps que ses maîtres mettaient à manger la soupe frappa discrètement à la porte. Ashton lissa sa robe, plongea le regard dans les yeux bovins de son mari et lança d'une voix joyeuse :

— Entre, Della.

Huntoon regagna sa place. Mais à peine avaient-ils fini leur coupe de glace aux fruits insipides qu'il se rua à nouveau sur sa femme, fourragea sous sa robe, la supplia de passer tout de suite dans la chambre. Feignant d'être aussi excitée que lui, Ashton lui abandonna sa main pour se laisser conduire.

Déshabillée, elle le caressa sur tout le corps en roucoulant, l'amena à une érection démesurée. C'était nouveau, elle était impatiente d'en parler à Lamar.

Il y avait au nord de Richmond une auberge dont la façade à la couleur éteinte avait donné son nom au hameau de Yellow Tavern. Un kilomètre plus loin, un chemin partant de Telegraph Road aboutissait à un bois sur lequel tombait la lumière de la lune. Mais, sous les arbres, là où deux hommes se tenaient, l'obscurité était telle qu'ils ne pouvaient se voir. Pardessus le bruit léger que faisaient leurs chevaux en frappant le sol de leurs sabots, l'un d'eux murmura :

— Je dois vous dire, pour notre bien à tous, que vous avez trop parlé et trop souvent. Il paraît que même Lafayette Baker connaît notre existence.

— Tant pis. Les hommes de mon Etat ne font pas mystère de leurs convictions. Le gouverneur Brown ne les cache pas, et moi non plus.

— Mais vous avez attiré l'attention sur vous, donc peut-être sur nous.

— Oh ! je doute qu'on s'intéresse à une rumeur de complot de plus. Il y en a tant. En outre, je n'ai pas d'autre moyen pour recruter les hommes adéquats. Je ne peux que lancer l'hameçon et attendre. Cela a marché, avec vous.

— C'est vrai, je le reconnais.

— Courons-nous un danger immédiat ?

— Je ne le pense pas. Informé de la rumeur, Davis a ordonné au général de procéder à une enquête. Je me suis porté volontaire : ferveur patriotique, haine des traîtres — le boniment habituel.

— Habile. Vous pouvez bloquer l'enquête ?

— La ralentir seulement.

— Nous accélérerons le mouvement. Dans quelques mois, Davis sera mort.

— Sinon, c'est nous qui le serons.

— Et nous profiterons du soleil et de l'air pur du Sud-Ouest. Quoi qu'il en soit, merci de l'avertissement.

Les deux hommes se serrèrent la main, partirent dans des directions opposées. La lumière pâle de la lune éclaira les visages de Lamar Powell et d'Israel Quincy, l'agent du grand prévôt, lorsqu'ils sortirent du bois chacun de leur côté.

16

LIBBY & FILS
Approvisionneurs de navires

POUSSÉ hors du chariot bâché à coups de canon de mousquet, Billy lut la pancarte qu'avait gardée l'entrepôt transformé en prison. Comme les quarante autres officiers nordistes amenés dans trois chariots, il avait faim, il était épuisé et surtout tendu.

Pour se rendre à la prison Libby, les chariots avaient traversé une zone d'immeubles commerciaux et de terrains vagues. En approchant, Billy avait d'abord remarqué les gardes postés autour du bâtiment en brique.

Dans la lumière matinale, la prison semblait sinistre. Les chariots s'étaient rangés du côté où l'entrepôt avait quatre étages. De l'autre, en haut de la rue en pente, il n'en comptait que trois. L'avertissement qu'on disait gravé au-dessus d'une des portes était connu dans toute l'armée de l'Union : « Vous qui entrez ici, abandonnez toute espérance. »

— Sur une file, sur une file, ordonnait un sergent en poussant les prisonniers.

La plupart des détenus semblaient supporter leur sort avec une détermination tranquille. Dans le wagon de marchandises qui les avait transportés, certains avaient trouvé la force de plaisanter, mais une fois le train arrivé à Richmond, ils s'étaient tus. Seul un capitaine d'artillerie de deux ou trois ans plus âgé que Billy paraissait véritablement brisé. Les yeux humides, il prit place dans la queue.

— Regardez là-bas, dit un officier.

Il montrait une péniche quittant une jetée proche de la prison. Des hommes émaciés en uniforme bleu sale occupaient tout le pont de l'embarcation. Sur le toit du rouf, un drapeau blanc flottait au bout d'un espar.

— Echange de prisonniers, expliqua un gardien. Ça devient rare, ces temps-ci. Vous serez pas du voyage avant une paye. Allez, avancez.

En franchissant l'entrée, Billy chercha des yeux la célèbre inscription et ne la vit pas, mais Libby avait de nombreuses autres portes. Les détenus grimpèrent un escalier grinçant en traînant les pieds, furent assaillis par une odeur âcre.

— Qu'est-ce qui empeste comme ça ?

— On brûle du goudron, répondit un garde sarcastique. Vous puez tant qu'il faut fumiger régulièrement les locaux.

Avançant dans la file, Billy s'efforçait de penser à Brett, de se rappeler les raisons qu'il avait d'espérer. Il entra dans une vaste pièce nue et mal éclairée où un soldat interrogea chaque prisonnier, marqua son nom, son grade et son unité dans un registre. Puis un caporal qui se tenait devant une fenêtre, les mains derrière le dos, aboya :

— En rang par huit ! A partir de là.

C'était un jeune homme au visage rose et ingrat, avec des boucles blondes et des yeux brillants comme un ciel d'octobre. Quand les prisonniers eurent formé les rangs — Billy se trouvait dans le deuxième — le sous-officier vint se planter devant eux.

— Messieurs, je suis le caporal Clyde Vesey, chargé de vous accueillir à la prison Libby, dont vous avez sans doute entendu vanter l'hospitalité. Déshabillez-vous complètement pour que le soldat Murch et moi-même puissions vous fouiller.

Chemises et pantalons tombèrent ; des mains sales défirent les boutons de sous-vêtements moites de sueur. Personne ne se plaignit. Dans le train, les gardes avaient prévenu les prisonniers qu'on les fouillerait et que, selon l'humeur du personnel se chargeant de l'opération, on leur laisserait ou non argent et objets personnels.

— Ouvrez la bouche, ordonna Vesey à un major du premier rang.

Comme l'officier protestait, le caporal le gifla deux fois à toute volée. Dans la rangée suivante, le capitaine d'artillerie poussa un cri de frayeur.

— Ouvrez la bouche, répéta Vesey.

Le major obtempéra. Le caporal fourra deux doigts dans la bouche du prisonnier, en sortit un petit rouleau couvert de salive. Il déroula le billet de dix dollars, l'essuya sur sa manche, le glissa dans sa poche et passa à la rangée suivante. En arrivant devant le capitaine d'artillerie, le caporal, sentant une victime facile, se mit à sourire. Il inspecta la bouche, les aisselles, recula d'un pas.

— Tournez-vous et écartez les fesses.

— Qu-quoi ? Ecoutez, la décence ne...

— Ce n'est pas à vous de juger ce qui est décent ou non à la prison Libby. Cette décision appartient au lieutenant Turner, son directeur, et à ceux qui, comme moi, ont l'honneur d'être sous ses ordres.

Vesey saisit l'oreille de l'officier, la tordit ; le capitaine glapit comme une fille.

— Tournez-vous et écartez les fesses.

Le visage écarlate, le capitaine s'exécuta.

Billy se rappela ce qu'il avait entendu dire du directeur de Libby : c'était un pète-sec qui avait quitté l'Académie en première année, juste avant la chute de Fort Sumter.

Le caporal laissa un long moment le capitaine dans cette position embarrassante. Au bout d'une vingtaine de secondes, l'officier nordiste se mit à trembler et Vesey le gifla. L'artilleur poussa un cri, bascula en avant ; des prisonniers de la rangée suivante l'empêchèrent de tomber. Quand le capitaine commença à pleurer, Billy fit un pas vers lui.

— Si j'étais vous, je ne bougerais pas, lui lança Vesey.

Billy hésita, regagna sa place. La fouille reprit. La bouche sèche, Billy vit le caporal s'approcher de lui, se pencher pour examiner le tas de vêtements gisant à ses pieds.

— Qu'est-ce que c'est ? dit Vesey, ravi, en tirant un cahier de la poche de la veste.

— Mon journal. C'est personnel.

Le garde-chiourme se redressa, agita lentement le cahier sous le nez du prisonnier.

— Rien n'est personnel, à Libby. Les journaux intimes, c'est encore plus pernicieux que les romans. En tant que chrétien, j'ai le devoir non seulement de vous garder mais aussi de vous amender. « Je vous sortirai de l'ignorance », dit le prophète Ezéchiel. Car, vous les Yankees, vous n'êtes que des païens ignorants !

« Il est fou », pensa Billy, envahi par la peur.

— Murch ?

Vesey lança le cahier au soldat qui l'attrapa au vol et le mit dans sa poche. Après avoir adressé à Billy un bref sourire, le caporal passa au prisonnier suivant. Quand la fouille se termina, il revint se camper devant les détenus, mains derrière le dos.

— Messieurs, quelques remarques sur votre statut. Comme je l'ai dit à celui d'entre vous qui essayait de cacher son journal, nous ne vous considérons pas seulement comme des ennemis mais comme des païens. Vous...

Il s'interrompit, se précipita vers le capitaine d'artillerie, qui continuait à pleurer, le saisit par les cheveux.

— Ecoutez quand je parle !

L'officier s'efforça de maîtriser ses sanglots. Haletant, le visage rouge de colère, le caporal le lâcha et retourna à sa place.

— Vous n'êtes plus des officiers, reprit-il. Ici, vous êtes moins que des nègres et je vous le ferai sentir !

Il prit une longue inspiration, sourit.

— Montrez-moi que vous avez compris. A genoux.

— Mais qu'est-ce que..., commença Billy.

— Foutu connard de rebelle ! cria un autre officier derrière lui.

— Murch ? dit Vesey.

De la crosse de son pistolet, le soldat frappa l'homme, qui chancela. Un second coup le fit tomber sur le flanc, inconscient. Vesey eut un nouveau sourire.

— J'ai dit à genoux, murmura-t-il. Bande de sales nègres païens. A genoux !

Le capitaine d'artillerie fut le premier à obéir. Un autre prisonnier l'insulta ; Vesey se précipita sur le coupable, cogna pour le forcer à s'agenouiller. Les officiers nordistes, épuisés, échangèrent des regards anxieux. Lentement, ils s'agenouillèrent l'un après l'autre et il ne resta bientôt que trois officiers debout. Le caporal les regarda, s'avança vers le plus proche. Billy.

— A genoux, ronronna-t-il, les yeux brillants.

Le cœur battant, Billy répondit :

— J'exige que notre groupe soit traité conformément aux règles de la guerre.

Il vit la main voler vers son visage, tenta d'esquiver mais fut ralenti par sa fatigue. La gifle fit plus mal qu'il ne l'avait pensé. Il trébucha sur le côté, faillit tomber.

— Ici, il n'y a de règles que celles que je fais, dit Vesey. A genoux.

Il planta des ongles immaculés dans l'épaule nue de Billy.

— Bon Dieu, gémit le sapeur, les larmes aux yeux.

Les ongles entamèrent la peau, du sang perla.

— Vous blasphémez maintenant ! A genoux.

En dépit de ses efforts pour rester debout, Billy sentait ses jambes mollir. Sa tête commença à vibrer comme une pièce de machine défectueuse. Il serra les dents, résista à la pression...

Vesey le prit par surprise en le tirant brusquement en avant. Déséquilibré, Billy s'affala, ses genoux heurtèrent le sol, ses mains glissèrent sur le plancher ; une longue écharde s'enfonça dans sa paume droite. Il leva la tête, vit le caporal se tourner vers le soldat.

— Murch ?

— Caporal ?

— Comment s'appelle-t-il ?

— Main. William Main. Du Génie.

— Merci. Je m'en souviendrai, murmura Vesey, blême de rage.

Son regard passa aux deux autres officiers restés debout, qui s'agenouillèrent l'un après l'autre.

— Bien, fit-il.

Billy se redressa, s'assit par terre. Du sang coulait de son épaule entaillée par les ongles de Vesey. Il leva la tête, vit les yeux brillants comme un ciel d'octobre à nouveau posés sur lui.

Ce jour-là, à cinq heures de l'après-midi, le vent se leva, le ciel s'assombrit, la chaleur céda sous l'assaut d'une pluie furieuse accompagnée de roulements de tonnerre. Orry traversait la rotonde du Capitole quand l'orage éclata et, les lampes n'étant pas encore allumées, il se retrouva dans la pénombre. Il heurta un autre officier, se recula, stupéfait.

— George ? Je ne te savais pas à Richmond.

— Si, répondit son vieil ami Pickett d'une curieuse voix détachée. (Ses longs cheveux n'étaient pas peignés, des ombres cernaient ses yeux.) Pour le moment. C'est une affectation temporaire. Content de vous avoir vu, il faudra qu'on passe une soirée ensemble, jeta-t-il par-dessus son épaule en s'éloignant d'un pas pressé.

Un coup de tonnerre fit trembler les dalles de marbre.

« Il ne m'a pas reconnu », pensa Orry.

L'ancien planteur croyait savoir pourquoi. Il avait

entendu dire que Pickett était un homme brisé depuis qu'il avait conduit ses hommes au massacre à Cemetery Hill. Immobile au centre de la rotonde, Orry sentit tout le bâtiment trembler, comme si les éléments voulaient l'abattre.

Le même jour à Washington, George reçut une enveloppe toute froissée portant pour tout affranchissement un timbre de trois cents collé à Lehig Station. Curieux. Il l'ouvrit, déplia la lettre qu'elle contenait, vit la signature et poussa un cri de joie.

Non seulement Orry se trouvait à Richmond mais il avait épousé Madeline. George secoua la tête d'étonnement en finissant de lire la lettre manifestement acheminée en Pennsylvanie par contrebande. Ironie du sort, les deux amis avaient suivi des routes semblables. Comme George, Orry supportait mal la plupart de ses obligations au ministère de la Guerre.

Malgré son ton mélancolique, la lettre amenait un sourire aux lèvres de George chaque fois qu'il la relisait. Et il la lut maintes fois, à voix haute pour Constance, silencieusement pour lui seul, avant de la ranger.

Aucun des clients du bar de l'hôtel ne riait et presque tous parlaient à voix basse. Quelle raison auraient-ils eue de se réjouir ? Pas même le temps. La vague de chaleur avait cessé mais l'orage qui y avait mis fin était si féroce qu'il semblait vouloir raser toute la ville.

Assis à une table du fond, Lamar Powell écrivait au contremaître de la Mexicaine que, dans quelques mois, il viendrait sur place prendre personnellement la direction de la mine.

Lorsqu'il eut terminé, il songea aux moyens de faire sortir la lettre de la Confédération. Il ne faisait pas confiance aux courriers illégaux opérant entre Richmond et Washington. C'étaient des individus douteux qui jetaient parfois leur sac de lettres dans quelque ruisseau avant de disparaître avec leurs maigres profits. Ils offraient toutefois le moyen le plus rapide et le plus direct d'envoyer une lettre de l'autre côté des lignes ennemies. Peut-être aurait-il quand même recours à un courrier mais en expédiant une copie de la lettre par un autre canal. Les Bermudes, via Wilmington. De cette manière...

Entendant des bottes grincer près de lui, il replia vivement sa feuille de papier, leva les yeux vers l'homme dont l'ombre tombait sur la table. C'était un obèse vêtu d'un costume démodé, avec des yeux sournois et un visage gras prenant des mines de conspirateur. L'inconnu s'humecta les lèvres.

— Ai-je l'honneur de parler à Mr. Lamar Powell ?

— Que voulez-vous ?

— Je vous cherche depuis plusieurs jours. Je m'intéresse à, euh, certains de vos projets. Puis-je m'asseoir ? Oh ! pardonnez-moi — je suis le capitaine Bellingham.

Ce soir-là, Bent fêta la rencontre en se soûlant dans sa chambre meublée. Mr. Lamar Powell était habile. Il n'avait pas prononcé un seul mot, pas même une syllabe, confirmant son implication dans un complot antigouvernemental. Pourtant, son expression, ses gestes et le ton de sa voix ne laissaient aucun doute : il participait effectivement à une conspiration et emploierait volontiers des recrues dignes de confiance — en particulier un Marylandais sympathisant avec la cause sudiste récemment blessé sous les ordres du général Longstreet.

Non seulement Bent avait dû débiter ces mensonges mais il avait fallu y ajouter certaines prises de position fondamentales — jeu extrêmement risqué mais indispensable pour convaincre Powell de sa sincérité. Bent avait déclaré qu'il ne supportait plus de voir le Roi Jeff Ier piétiner les grands principes et mener le Sud à la défaite. Il fallait se débarrasser du dictateur, par des élections ou un autre moyen.

Après avoir écouté, Powell avait répondu qu'il réfléchirait et joindrait le capitaine à son hôtel meublé si — *si* — il avait une raison de le faire. Powell l'avait ensuite interrogé avec insistance sur la façon dont il avait appris son nom mais Bent avait refusé de répondre. Etre intraitable sur ce point comportait naturellement un risque mais, par ailleurs, si Powell le croyait trop malléable, il ne voudrait peut-être pas de ses services.

Rentré à l'hôtel, Bent s'était préparé à attendre. Une semaine, un mois — le temps qu'il faudrait. Il en profiterait pour s'occuper d'Orry Main, qui ignorait sa présence à Richmond et qu'il pourrait prendre par surprise.

Ashton quitta la maison de Grace Street à six heures et demie le lendemain soir. Il faisait nettement plus frais, malgré les nuages noirs roulant encore dans le ciel au nord-ouest. Tirant sur ses gants, elle descendit le perron sans voir l'homme à moitié caché derrière l'un des piliers se dressant au pied des marches.

— Mrs. Huntoon ? dit-il en se mettant devant elle.

— Vous m'avez fait peur, espèce... Oh !

Elle avait reconnu le visage poupin sous le chapeau à large bord. L'homme — elle ne se rappelait plus son nom — s'était déjà présenté chez elle. Cette fois-ci, il portait sous le bras un morceau de toile cirée roulé :

— Excusez-moi, je ne voulais pas vous effrayer, dit-il en coulant un regard vers la maison. Y a-t-il à proximité un endroit où nous pourrions nous entretenir tranquillement ?

— Rappelez-moi votre nom.

— Capitaine Erasmus Bellingham.

— Ah ! oui. De l'armée du général Longstreet.

— A présent du Corps des invalides, malheureusement, précisa Bent avec une expression affligée.

— Vous étiez un ami de mon frère, m'avez-vous dit la dernière fois ?

— Si je vous ai donné cette impression, je le regrette. Pas un ami, une simple connaissance. Vous m'aviez vous-même confié que vos sentiments à l'égard du colonel Main étaient... disons peu cordiaux. C'est la raison pour laquelle je suis revenu vous voir. Je n'ai pu le faire avant, j'étais à l'hôpital...

— Capitaine, je suis en retard. Venez-en au fait.

Les doigts de l'obèse, grosses saucisses blanches, tambourinèrent sur le rouleau de toile cirée.

— J'ai là un portrait que je voudrais vous montrer. Je ne cherche pas à le vendre, Mrs. Huntoon, je ne veux pas m'en séparer. Je crois qu'il vous intéressera beaucoup.

Ce soir-là, Charles arriva à la ferme Barclay. Il avait emmené avec lui Jim Pickles, à qui il avait expliqué en chemin ses sentiments pour Augusta.

Gus embrassa Charles, le serra contre elle, et lorsqu'elle sortit pour dire aux affranchis de tuer deux poules pour le dîner, Jim poussa son supérieur du coude en murmurant :

— Vous en avez de la chance. Elle est drôlement chouette.

Le dîner commença dans une atmosphère joyeuse mais, inévitablement, la conversation se porta sur la guerre. Tout le monde s'attendait à un nouveau siège de Charleston. Dans l'Ouest, Rosencrans harcelait Bragg. Le vaillant Morgan, après un raid de vingt-cinq jours à travers le Kentucky et l'Indiana, avait été capturé à Salineville, dans l'Ohio. Il n'y avait rien de réjouissant dans tout cela.

Augusta déclara qu'elle ne pouvait se réjouir non plus des récentes émeutes de New York, qui avaient coûté la vie à de nombreuses personnes, Blancs et Noirs. Les troubles avaient fait plus de deux millions de dollars de dégâts avant que des unités de l'armée de Meade envoyées de Pennsylvanie ne rétablissent l'ordre.

— Tu devrais t'en réjouir, pourtant, dit Charles. Nous avons besoin d'aide, d'où qu'elle vienne.

— Tu n'es pas sérieux, j'espère ? C'était une vraie boucherie. Des femmes poignardées, des enfants lapidés...

— C'est moche, je le reconnais. Mais nous ne pouvons plus nous payer le luxe d'avoir le cœur tendre. Même lorsque nous gagnons, nous perdons. Chaque bataille coûte aux deux camps des hommes, des chevaux, des munitions. Les Yankees peuvent se le permettre, pas nous. S'ils arrivent à trouver un général qui le comprend, nous serons fichus.

— Tu m'as l'air bien sanguinaire.

— Et toi bien chamailleuse, répliqua Charles avec humeur.

Augusta remit en place les vieilles défenses de son sourire caustique.

— Mr. Pope et moi-même nous interrogeons sur les raisons de ton irritation.

— Mon irritation ne regarde...

Mais Augusta était déjà lancée dans sa citation :

— « Peut-être était-il malade, ou amoureux, ou n'avait-il pas dîné. »

Jim cessa de ronger une aile de poulet pour demander :

– Qui est Mr. Pope ? Un fermier du coin ?

— Le poète préféré de Mrs. Barclay, crétin !

— Charles, tu es méchant.

Il soupira.

— Oui. Désolé, Jim.

— Oh ! ça fait rien, répondit le jeune éclaireur en fixant son os.

— Je voudrais quand même savoir pourquoi tu es si désagréable, Charles.

— Je suis désagréable parce que nous sommes en train de perdre la guerre, bon sang !

En prononçant le dernier mot, il frappa sa pipe contre la cheminée avec une telle force qu'il en brisa le tuyau.

Les deux amants se réconcilièrent plus tard — sur l'initiative d'Augusta — et firent l'amour deux fois entre minuit et le lendemain. Mais la querelle avait laissé des traces.

Le ciel se dégageait quand les deux éclaireurs repartirent en direction du camp situé de l'autre côté du Rapidan, où l'infanterie avait battu en retraite sous la protection de la cavalerie. Cette dernière allait être réorganisée après examen de tous les commandements mais Charles s'en souciait comme d'une guigne.

Le ciel, de couleur orange en fin de journée, avait quelque chose de mélancolique, d'automnal. Chevauchant à côté du jeune éclaireur, Charles remarqua que la plume de dindon ornant son chapeau s'inclinait maintenant vers l'avant.

— Qu'est-ce qu'il y a, Charlie ?

— Le vent a tourné.

Effectivement, il soufflait à présent du nord-ouest, violent et froid. Trop froid pour l'été. Jim attendit une explication qui ne vint pas et se gratta la barbe. Un homme étrange, ce Charlie. Courageux comme le diable mais profondément malheureux.

Le dos giflé par le vent du nord qui couchait l'herbe et faisait craquer les arbres, ils continuèrent à chevaucher dans le couchant.

LIVRE DEUX

LA NOTE DU BOUCHER

Je ne peux décrire le changement ni dire quand il s'est produit, mais je sais que j'ai changé parce que je regarde maintenant le cadavre d'un homme avec autant d'émotion que si c'était celui d'un cheval ou d'un porc.

Un soldat confédéré, 1862.

17

LA clémence de l'hiver atténua quelque peu l'aspect torturé de la Virginie mais ne put l'effacer. Il y avait trop de champs nus ; trop d'arbres amputés de leurs branches, trop de routes crevassées par les sabots des chevaux et les roues des chariots. Dans trop de fermes aux murs criblés de balles de mousquet, une tombe récente apparaissait, tel un gâteau saupoudré de sucre, quand la neige se mettait à tomber.

Puis la neige fondait, les fossés se remplissaient. On voyait une tête de cheval flotter sur l'eau tranquille comme quelque mets délicat offert sur un plateau d'argent lors d'un festin médiéval. Le sol donnait d'étranges récoltes : douilles d'obus, essieux brisés, caleçons longs troués, tessons de bouteilles.

Les granges, les poulaillers, les garde-manger étaient vides. Vides aussi les chaises où s'asseyaient naguère un oncle ou un frère, un père ou un fils.

La terre, dont on avait trop exigé pendant trois ans, gardait des cicatrices. Les champs et les vallées, les ruisseaux et les étangs, les flancs des collines et les sommets des montagnes bleues exhalaient sous le soleil pâle une fine brume. L'haleine d'une terre malade.

Dans la cavalerie de l'armée du nord de la Virginie, Charles était devenu une sorte de légende. Sa bravoure, son altruisme le plaçaient un cran au-dessus des autres, son manque d'ambition un cran en dessous. On murmurait, derrière son dos, que la guerre lui avait dérangé l'esprit.

Il avait pris des habitudes bizarres, comme celle de passer des heures à étriller son hongre gris. On le voyait parfois tenir à l'animal de longues conversations. De temps à autre, il partait voir une fille qu'il connaissait, près de Fredericksburg, et revenait invariablement morose et taciturne.

La mélancolie de Charles parvint aux oreilles de Hampton, nommé général de division au cours de la dernière réorganisation du commandement. (Fitz Lee, promu lui aussi, s'était vu confier l'autre division.) Un soir, Hampton invita Charles à dîner sous sa tente. Au menu, le bœuf salé du camp, que les deux hommes trouvaient immangeable.

A la lumière dorée des lanternes, le général semblait remarquablement frais et dispos compte tenu de la gravité des blessures dont il s'était rétabli. Sa barbe, épaisse et bouclée, était plus longue encore que celle de Charles et il cirait ses moustaches en pointe. Toutefois, l'éclaireur remarqua des rides que Wade Hampton n'avait pas quand il avait levé sa légion. Une nouvelle solennité enveloppait l'homme comme un manteau.

Ils bavardèrent un moment : de l'impopularité de Bragg, récompensé de ses défaites dans l'Ouest par un poste de conseiller militaire auprès du président ; de certains journaux exigeant la démission de Davis en faveur d'un dictateur militaire (on avait avancé le nom de Lee) ; de ragots selon lesquels John Hood était entré dans les bonnes grâces de Davis en faisant souvent du cheval avec lui à Richmond.

Charles eut l'impression que cet échange n'était qu'une entrée en matière et il ne se trompait pas.

— Je voudrais vous répéter quelque chose que beaucoup d'autres — y compris votre ami Fitz — vous ont déjà dit, je le sais.

Charles attendit, sur ses gardes. Hampton versa un fond de whisky dans son gobelet tandis que l'ordonnance noire emportait les assiettes en fer-blanc cabossées et les fourchettes tordues.

— Vous méritez à tout le moins le grade de général de brigade, continua-t-il. Vous avez l'expérience, le talent néces...

— Mais pas l'envie, mon général. J'en suis venu à détester cette guerre.

Hampton soupira :

— Personne ne veut la paix plus que moi. J'en échangerais volontiers les joies contre toute la gloire militaire de Napoléon. Mais nous ne devons pas nous abuser comme certains le font. Le vice-président Stephens et d'autres membres du gouvernement croient que la paix signifiera simplement la fin de la guerre. Ce n'est pas mon avis. Nous sommes allés trop loin. Trop de sang a coulé. Nous lutterons tout autant après, d'une manière différente.

Charles considéra un moment cette idée, nouvelle pour lui, la jugea à la fois réaliste et déprimante. Il répondit en haussant les épaules :

— Alors je m'enfuirai peut-être au Texas. J'y trouverai une cabane et un coin de terre.

— J'espère bien que non. Le Sud aura besoin après la guerre d'hommes forts et lucides. Dans cette vie, nous devons utiliser nos compétences avec esprit de responsabilité.

Le général étira ses puissantes jambes bottées, eut un des sourires qui lui valaient tant d'amis. Même Stuart commençait à se prendre de sympathie pour lui.

— De toute façon, conclut-il, nous ne devrons pas affronter la paix avant longtemps. Et je suis convaincu que nous gagnerons.

Charles demeura impassible. Les officiers généraux étaient tenus de débiter de tels mensonges et se laissaient rarement aller à la sincérité. Peu auparavant, Charles avait discuté de la guerre avec Tom Rosser, plus jeune que lui et néanmoins général de brigade. Le bouillant Texan, ayant bu un verre de trop, avait avoué qu'il ne voyait plus qu'une seule stratégie pour le Sud : tenir Atlanta, tenir Richmond et espérer que George McClellan battrait Lincoln aux élections de l'automne prochain. On pourrait alors négocier une paix juste.

Hampton, lui, continuait à parler de victoire. Après avoir caressé sa longue barbe, il reprit :

— Vous irez dans l'Ouest quand tout sera fini, dites-vous. Mais qu'en pense la jeune dame de Fredericksburg ? J'ai cru comprendre qu'il s'agissait d'une affaire sérieuse.

La remarque piqua l'éclaireur, qui répliqua :

— Non, mon général. Que ferais-je d'une femme ? J'ai déjà à peine le temps de m'occuper de mon cheval.

Les deux hommes se souhaitèrent bonne nuit. Hampton serra la main de Charles avec chaleur, insista à nouveau pour qu'il envisage d'accepter le commandement d'une brigade. Charles promit d'y réfléchir — uniquement par politesse.

Soufflant dans le noir une haleine blanche, il pataugea dans la boue éternelle pour aller voir Joueur. Bien qu'il eût parlé de Gus sur le ton de la plaisanterie, il pensait ce qu'il avait dit. La mort de Woolner et Brandy Station avaient déclenché en lui une réflexion maintenant arrivée à sa conclusion. Il aimait Gus plus qu'il n'avait jamais aimé quiconque, mais il fallait rompre, pour lui comme pour elle.

Charles n'était pas le seul Main à croire inévitable la mort de la Confédération. Cooper aussi en était persuadé, quoiqu'il ne le dît jamais, pas même à Judith.

Il s'était installé avec sa famille à Charleston, où Mallory l'avait envoyé en automne, et Lucius Chickering avait suivi son supérieur.

La ville n'était plus le charmant port de mer dont les becs de gaz, les carillons et les bonnes manières des habitants avaient séduit Cooper quand son père l'y avait exilé. Vivant encore dans la peur du grand incendie de 1861, Charleston était épuisé par le blocus et le siège, menacé par l'ennemi sur terre et sur mer. Plus que toute autre, la gracieuse vieille ville était haïe par les Yankees, qui voulaient à tout prix reprendre Fort Sumter ou le détruire pour des raisons plus symboliques que militaires.

Cooper avait découvert que la vieille compagnie maritime familiale n'existait plus en tant que telle. L'armée, qui l'avait reprise, avait agrandi les entrepôts et laissé les jetées à l'abandon parce qu'on ne pouvait plus ravitailler Charleston par mer. La haute maison fraîche de Tradd Street avait été épargnée par le feu, mais Cooper dut en chasser une demi-douzaine de squatters avec l'aide de Lucius. Il fallut ensuite la nettoyer et la repeindre pour lui redonner un peu de son charme. Efforts déployés en pure perte, pensa Judith moins d'une semaine après leur arrivée : son mari passait toute la journée et une partie de la nuit dans son bureau ou celui du général Beauregard à préparer le lancement du sous-marin *Hunley*.

Charleston vivait à l'heure du blocus fédéral, qui prenait la forme d'un premier anneau de monitors cuirassés, d'une chaîne puis d'un second anneau de navires en bois. Comme partout ailleurs, le blocus se révélait cruellement efficace, et pas seulement parce qu'il coupait le Sud de sources de ravitaillement essentielles ; les Yankees contrôlant quasiment l'Atlantique de la baie de Chesapeake à la Floride, le haut commandement sudiste jugeait nécessaire de maintenir un cordon de troupes tout le long de la côte afin de protéger les points pouvant être attaqués. L' « Anaconda de Scott » n'était plus une théorie dont on pouvait se gausser. Ses anneaux étranglaient le Sud.

Seconde source de tension, les efforts continuels des Yankees pour prendre la ville. Depuis son arrivée, Cooper avait entendu plusieurs fois la terrible histoire. Au printemps dernier, Du Pont avait tenté de s'emparer de Charleston par une offensive navale qui avait échoué. L'Union avait ensuite adopté une stratégie mixte. Début juillet, les troupes fédérales du général Quincy Gillmore avaient établi des têtes de pont sur l'île Morris et commencé à installer leurs batteries dans les dunes. Le 18, six mille fantassins yankees avaient passé les parapets de Battery Wagner, fortification dont les canons commandaient l'entrée du port.

Le soir, les Bleus avaient été repoussés sur leurs lignes avec une fureur d'autant plus grande que le 54ᵉ d'infanterie du Massachusetts — une unité de soldats de couleur — avait participé à l'assaut. La ruée de Noirs vers des bastions tenus par des Blancs avait rappelé à toute la ville des noms comme ceux de Nat Turner, Denmark Vesey.

Après ce nouvel échec, les artilleurs de l'Union peinèrent toute la journée sous un soleil brûlant, toute la nuit à la lumière de fusées au calcium, pour placer des mortiers de siège et des batteries de brèche dans le sable. Charleston redoutait particulièrement un canon Parrott de deux cents livres surnommé « l'ange des marais ». Ce monstre devait envoyer des bombes incendiaires droit sur la ville d'une distance de huit kilomètres. Cooper, qui en avait entendu parler à Richmond, songeait que l'ironie du sort voulait peut-être que « l'ange » ait été fondu par les forges Hazard

Après plusieurs jours de tir d'entraînement, le bombardement de la ville commença à la mi-août et se poursuivit jusqu'en hiver. Sumter ressemblait à un tas de pierres, bien qu'une garnison de cinq cents hommes, armés de trente-huit canons, tînt encore les ruines. Quant à « l'ange des marais », il n'avait guère causé de dommages puisqu'il avait explosé peu après avoir tiré ses premiers coups.

La ville subissait les bombardements sans trop souffrir ; le drapeau confédéré et celui de l'Etat flottaient toujours sur Sumter. Mais l'ennemi, qui n'avait pas renoncé, se cachait toujours dans la brume, au-delà de l'île James où Cooper avait commencé à installer son futur chantier. Pour remonter le moral de la population, le président Davis s'était rendu à Charleston au mois de novembre, en rentrant d'une visite dans l'Ouest menacé. La foule avait chaleureusement applaudi Mr. Davis à chacune de ses apparitions.

Cooper avait choisi de n'assister à aucune cérémonie : ce qu'il fallait maintenant, c'était des actes, pas des homélies patriotiques. Son travail à lui, c'était le *Hunley*.

Amené de Mobile en été, le bateau-poisson n'avait connu depuis que des déboires. Mouillant au bassin avec une écoutille ouverte, il avait été inondé au passage d'un navire beaucoup plus gros. Tout l'équipage — sept matelots — se trouvait à bord et seul le commandant, le lieutenant Payne, avait échappé à la noyade.

Au cours d'un essai de plongée, cinq hommes du nouvel équipage perdirent la vie. Bory décida de renoncer mais changea d'avis quand Mallory réaffirma sa confiance dans le projet et promit d'envoyer en renfort deux de ses collaborateurs pour superviser les essais.

Entre-temps, le *David* avait réussi à endommager le *New Ironsides*, vapeur de l'Union cuirassé sur les flancs. La torpille à hampe du *David* avait explosé deux mètres sous la ligne de flottaison du navire ennemi, et si la charge de soixante livres n'avait pas suffi à le couler, elle avait causé assez de dégâts pour l'envoyer se faire réparer à Port Royal.

Cooper et Lucius arrivèrent alors et firent valoir à Beauregard que le *Hunley* avait sur le *David* l'avantage du silence. Les rapports officiels indiquaient en effet que le bruit du moteur du *David* avait alerté les Yankees du danger avant que la torpille n'explose. Beauregard répliqua qu'il n'avait pas eu le temps d'examiner attentivement les rapports et que, sinon, il serait parvenu à la même conclusion. Cooper soupçonna le petit créole pompeux de mentir mais tint surtout compte de ses promesses de coopération et de ses encouragements. Encouragements fort nécessaires, découvrit Cooper, puisque le *Hunley* avait déjà été surnommé « le cercueil ambulant ».

Hunley lui-même arriva quelques jours plus tard à Charleston pour diriger le prochain essai, prévu pour le 15 octobre. Il mourut à cette date avec le nouvel équipage venu de Mobile.

— Il a sombré en piquant du nez, selon un angle de trente-cinq degrés environ, expliqua Cooper ce soir-là, devant une assiette à laquelle il n'avait pas touché. Il repose à neuf brasses de fond.

— Ça fait combien neuf brasses, papa ? demanda sa fille.

— Quinze mètres.

— Brrr. Il n'y a que les requins qui descendent si profond.

« Et le cercueil ambulant », pensa Cooper.

— Mais vous l'avez déjà renfloué..., commença Judith.

— Renfloué et ouvert. Les corps étaient tordus dans d'horribles postures.

— Marie-Louise, tu peux quitter la table.

— Mais, maman, je veux écouter la suite.

— Va.

Après le départ de sa fille, Judith reprocha à son mari :

— Es-tu vraiment obligé de donner d'horribles détails devant elle ?

— Pourquoi enjoliver la vérité ? Marie-Louise est quasiment une jeune fille. Cette catastrophe n'aurait pas dû se produire ! Elle n'aurait pas dû ! Nous avons examiné soigneusement les cadavres. Hunley avait le visage noir, la main droite sur la tête. Il se trouvait près de l'écoutille avant et essayait manifestement de l'ouvrir quand il est mort. Deux matelots tenant des bougies à la main ont été retrouvés près des boulons fixant des barres de fer au fond de la coque. Ces barres sont un ballast supplémentaire, qu'on lâche pour remonter. Mais aucun des boulons n'était desserré, malgré les efforts des deux malheureux. Nous n'y comprenions rien. Et puis nous avons fait une découverte importante : le sas du ballast avant était encore ouvert.

— Ce qui explique quoi ?

— Comment il a coulé ! Un autre marin actionnait la

pompe servant à vider les ballasts. Ça a dû être la panique. Quand ils ont manqué d'air, les bougies se sont éteintes. Ils essayaient de le faire remonter, tu comprends ? Mais le sas était ouvert, et dans le noir, avec la panique, Hunley a oublié d'ordonner sa fermeture. Ou bien le matelot qui en était responsable n'a pas pu le faire. C'est pour cette raison qu'ils sont morts. Sinon, ce sous-marin est fiable, capable de tuer un grand nombre de marins yankees. Nous allons l'essayer à nouveau et former un nouvel équipage.

— Franchement, je suis lasse de t'entendre parler de ta sainte croisade consistant à tuer des hommes.

— Judah ne signifie rien pour toi ? répliqua Cooper en fixant sa femme des yeux.

— Judah est mort à cause de ce qu'ont fait des gens de notre camp. Y compris ta sœur.

Cooper repoussa sa chaise de la table.

— Epargne-moi ton pacifisme patelin. Je retourne au bureau.

— Encore ? A cette heure-ci ?

— Tu parles comme si j'allais rigoler au bordel, ou dans un tripot ! cria Cooper. J'ai du travail urgent. Extrêmement important. Le général Beauregard ne mettra pas le *Hunley* en service si nous ne prouvons pas qu'il est sûr et si nous ne l'équipons pas d'une sorte de beaupré assez solide pour porter une charge capable de couler un cuirassé, pas seulement de l'endommager. Autrement dit, un espar portant au moins quarante-cinq kilos de poudre. Nous étudions en ce moment les matériaux et les structures nécessaires.

Il se leva avec une lenteur affectée, se pencha en avant.

— Si tu es satisfaite de mes explications et si tu n'as pas d'autres questions, puis-je avoir la permission de partir ?

— Oh ! Cooper.

Il se retourna et sortit.

A l'approche des fêtes de fin d'année, les choses empirèrent. Dans la maison de Tradd Street et dans la ville. Les tirs d'artillerie ennemis duraient parfois toute la nuit, projetant sur le plafond de la chambre des lueurs rouges qui réveillaient souvent Judith. Elle avait alors envie de se tourner vers son mari mais il n'était généralement pas là : il passait rarement plus de deux heures au lit.

La conversation de Cooper se réduisait à des propos abrupts. Juste avant Noël, quand Judith suggéra de remonter l'Ashley pour aller voir la plantation, il répliqua :

— Pour quoi faire ? C'est ici qu'est l'ennemi. La plantation peut bien tomber en ruine.

Un soir, il ramena à dîner Lucius Chickering — pour prolonger le travail, non par hospitalité — et Marie-Louise, âgée de douze ans, regarda le jeune homme avec adoration pendant tout le repas. Lorsque Judith et sa fille laissèrent les hommes prendre seuls le cognac, Lucius fit observer :

— Je crois que votre charmante fille est amoureuse de moi.

— Je ne suis pas d'humeur à perdre mon temps en plaisanteries faciles.

« Tu ne l'es jamais », pensa Chickering. Rassemblant son courage, il répondit :

— Mr. Main, je sais que je ne suis que votre assistant. Jeune, sans expérience. Mais je crois qu'un peu de légèreté n'est pas déplacée, même en temps de guerre.

— Dans ta guerre peut-être. Pas dans la mienne. Finis ton cognac, qu'on se mette au travail.

Janvier arriva. Les arguments de Cooper, l'enthousiasme du nouveau commandant avaient fortifié la confiance vacillante de Bory dans le sous-marin. L'équipage avait été recruté à bord du bâtiment-caserne *Indian Chief* et Beauregard avait insisté pour que chaque matelot fût mis au courant des antécédents du *Hunley*.

Cooper était absolument certain que le submersible pouvait être efficace contre les navires ennemis bloquant le port. Par surcroît, s'il opérait comme il avait été conçu pour le faire, il répandrait une terreur sans commune mesure avec ses dimensions. C'était exactement ce que voulait Mallory. Innover, surprendre. Obtenir sur mer la victoire ou tout au moins une paix honorable pour le pays dont l'armée de terre accumulait les revers.

Aussi, chaque matin, Cooper et Lucius montaient dans leur barque, passaient devant les casemates en ruine de Fort Sumter pour se rendre à la crique de l'île Sullivan où mouillait le « bateau-poisson ». Dur trajet, mais moins pénible que celui du commandant Dixon George (officier de l'armée de terre détaché du 21e régiment de volontaires de l'Alabama) et de l'équipage, qui commençaient leur journée par une marche de dix kilomètres.

Une jetée grinçante s'élançait de la plage de sable sous le soleil hivernal. Cooper, Lucius et Mr. Alexander, l'ingénieur britannique au corps noueux qui avait participé à la construction du submersible, y regardaient le *Hunley* plonger pour de courtes périodes.

A la fin du mois de janvier, par un après-midi plein de douceur, Dixon annonça enfin :

— Nous sommes prêts, Mr. Main. Le général Beauregard nous autorisera-t-il à attaquer ?

Les cheveux de Cooper flottaient dans le vent. Son visage, d'ordinaire pâle, avait la couleur d'un étang gelé.

— J'en doute, répondit-il. C'est trop tôt. Vous n'êtes restés en plongée que quelques minutes chaque fois. Nous devons prouver que le *Hunley* peut rester immergé beaucoup plus longtemps.

— Qu'entendez-vous par beaucoup plus longtemps ? demanda Alexander.

— Jusqu'à ce qu'il n'y ait plus d'air. Jusqu'à ce que l'équipage ait atteint le seuil d'endurance absolu. Nous devons trouver cette limite, Dixon. En fait, je désire remplacer un de vos hommes pour le prochain essai. J'ai obtenu la permission du Vieux Bory hier. Je fais cela pour dissiper ses doutes. Je dois prouver que le ministère de la Marine a confiance en ce bateau, que les accidents mortels survenus au cours des essais sont dus à des erreurs humaines, pas à une conception erronée.

— Mais, Mr. Main, protesta Lucius, cela pourrait être très dangereux pour vous...

Comprenant soudain que le commandant Dixon courrait les mêmes dangers, Chickering se tut en rougissant. Cooper, qui fusilla son assistant des yeux, fut surpris par la réaction du commandant.

— Mr. Chickering a raison. Vous êtes marié, vous avez une fille, Mr. Main. Votre femme est-elle d'accord pour que...

— J'ai besoin de la permission de Beauregard mais pas de la sienne, rétorqua Cooper. Je veux que le *Hunley* puisse au plus tôt couler des navires yankees et tuer des matelots de l'Union. Je participerai au prochain essai de plongée. Il aura lieu demain soir.

18

A la fin de son sixième mois à la prison Libby, Billy avait perdu quatorze kilos, sa barbe arrivait au milieu de sa poitrine. Il avait le visage gris, les joues hâves, mais il avait appris à survivre.

Il fallait plonger un doigt dans la nourriture, pour faire la chasse aux charançons, puis la sentir. Plutôt crever de faim que d'avaler certains aliments avariés servis aux prisonniers. Ils vous donnaient la diarrhée, vous forçaient à courir toute la journée au trou puant que les gardiens appelaient cabinet. On pouvait en mourir.

Pas de critiques de la prison ou de son administration dans les lettres qu'on vous permettait d'écrire. Afin d'économiser le papier, les lettres étaient réduites à six lignes. (Billy y voyait l'indice d'une dégradation de la situation des rebelles.) Il ne fallait d'ailleurs pas espérer que ces lettres parvenaient dans le Nord. Billy soupçonnait les gardiens d'en brûler quelques-unes — ou même toutes.

Il fallait ne dormir que d'un œil, au cas où des détenus d'une autre partie du bâtiment opéreraient une razzia. De toute façon, on dormait mal. Chacune des vastes salles de la prison accueillait entre trois et cinq cents hommes. Celle de Billy, située au dernier étage, était tellement surpeuplée que les prisonniers y étaient couchés l'un contre l'autre, comme des cuillers dans un écrin. Sans couverture.

Surtout ne pas s'approcher des fenêtres, même si on mourait d'envie de respirer une bouffée d'air frais pour changer des relents de fumigation. Dehors, les gardiens et même certains civils tiraient parfois sur les prisonniers se montrant aux fenêtres. Ces passionnés du tir au pigeon ne recevaient aucune remontrance du directeur.

On brisait la monotonie en prenant une pomme ou un biscuit dans le panier de Betsy la Folle puis on échangeait avec elle des propos anodins. C'était une femme maigre et nerveuse d'une quarantaine d'années qu'il fallait appeler Miss Van Lew. Les gamins jouant devant la prison la traitaient de sorcière quand elle y entrait et lui jetaient même parfois des pierres. Mais cela ne la dissuadait pas d'y venir fréquemment. Les autorités la laissaient faire parce qu'elle habitait Church Hill depuis toujours et contribuait à calmer les prisonniers avec ses menus cadeaux.

Vous deviez à tout prix chasser les pensées déprimantes. En jouant aux échecs, en racontant vos batailles, en apprenant le français ou le solfège dans l'une des classes organisées par les détenus. Si vous aviez du papier de reste, vous écriviez un article pour le *Libby Chronicle* et le remettiez à son rédacteur en chef, qui, deux fois par semaine, récitait tout un journal à une foule énorme réunie dans l'une des plus grandes salles.

Enfin, si vous vous appeliez Billy Hazard, vous évitiez toute rencontre avec le caporal Clyde Vesey.

Pendant les premières semaines d'emprisonnement

de Billy, ce ne fut pas difficile. Vesey était toujours affecté au rez-de-chaussée, où il continuait à accueillir les nouveaux prisonniers et à tenir les dossiers des autres. Toutefois, une nuit, juste après Noël, dans la salle glaciale où Billy essayait de dormir parmi les détenus s'agitant autour de lui, Vesey apparut tel un spectre, une lanterne à la main.

— Ah ! vous voilà, Hazard, dit-il en souriant. J'étais impatient de vous annoncer que je suis désormais chargé de cette salle, la nuit. Je pourrai m'occuper de vous comme vous le méritez.

Billy toussa derrière son poing ; il avait pris froid. Après le spasme, il répondit :

— Merveilleuse nouvelle. Je chérirai chacune des précieuses minutes de votre présence, Vesey.

Toujours souriant, le caporal effleura du talon ferré de sa botte la main sur laquelle le prisonnier était appuyé.

— Je ne tolérerai pas vos manières arrogantes, dit-il en portant son poids sur la main. C'est clair, capitaine ?

Billy serra les dents, battit des paupières ; des larmes perlèrent au coin de ses yeux, un filet de sang coula de dessous la botte de Vesey.

— Fils de pute, murmura Billy.

Heureusement, Vesey avait déjà recommencé à parler :

— Comment ? Le courageux Yankee qui pleure ? Bravo, bravo.

Il pivota sur le talon de la botte et le détenu ne put étouffer une longue plainte. Vesey ôta son pied de la main ensanglantée.

— Je dois poursuivre ma ronde mais je reviendrai vous voir. Je vous donnerai régulièrement des leçons d'humilité jusqu'à ce que vous sachiez où est votre place. Plus bas que le plus bas des négros. Bonne nuit, Hazard.

Et le caporal s'éloigna en chantonnant.

Billy cligna des yeux, déchira un morceau de sa chemise en loques pour panser sa main. Ses voisins devaient être éveillés mais aucun d'eux n'avait bougé pendant l'altercation. Il ne le leur reprochait pas. Lui-même n'était pas sûr qu'il eût compromis ses propres chances de survie pour défendre un autre prisonnier assez malchanceux pour s'attirer la colère d'un gardien.

Au début du mois de janvier, la main de Billy s'était infectée et son rhume avait empiré. Vesey venait le tourmenter tous les soirs, l'insultant, lui faisant descendre et remonter l'escalier de la prison pendant deux heures. Un jour, il le força à se tenir dans un coin, sur la pointe des pieds, une baïonnette au creux des reins.

— Confessez-vous, conseilla le caporal d'une voix mielleuse. Vous devez avoir pris conscience de votre infériorité. De votre paganisme. De vos pensées coupables. Avouez que vous admirez le président Davis et considérez le général Lee comme le plus grand soldat de la chrétienté.

Les jambes tremblantes, les orteils meurtris, Billy rétorqua :

— Va te faire foutre.

Vesey arracha la chemise du Nordiste, lui balafra le dos avec la pointe de la baïonnette. Par chance, la blessure ne s'infecta pas comme celle de la main de Billy, gonflée, jaune de pus et de croûtes.

— Nous reprendrons cette conversation, promit Vesey au moment où le sergent l'appelait. Tu peux en être sûr, sale païen.

Peu de temps après, huit nouveaux furent envoyés dans la salle du haut occuper la place d'un capitaine mort dans son sommeil. L'un d'eux, un jeune officier au front haut et au teint jaune, s'installa près de Billy. Il s'appelait Timothy Wann, s'était engagé à la fin de sa première année à Harvard et avait été promu sous-lieutenant après que trois autres hommes de son unité ayant ce grade eurent été successivement tués.

Le lendemain de l'arrivée des nouveaux, des officiers d'une autre salle firent une descente. Billy s'éveilla, vit trois barbus emmener le jeune officier vers les lavabos. Un quatrième défit la boucle de la ceinture de Wann en grommelant :

— Il a le cul bien maigre mais ça ira.

Billy connaissait l'existence de telles pratiques mais n'en avait jamais été victime ni témoin. Ne pouvant supporter qu'on s'en prît à quelqu'un d'aussi jeune, il se leva, se fraya un chemin entre les détenus assoupis et rattrapa les quatre officiers emportant un Wann terrifié.

— Lâchez-le, ordonna Billy. Allez faire ça dans votre salle mais pas ici.

L'homme aux cheveux gris qui avait ouvert la boucle de la ceinture de Wann la fit glisser hors des pattes du pantalon.

— T'as des droits sur le petit ? lança-t-il, menaçant. C'est ton chéri ?

Billy tendit la main vers le sous-lieutenant, que les trois barbus portaient sur leurs épaules comme un quartier de viande. Le quatrième recula d'un pas, cingla la joue de Billy avec la ceinture.

Bien que malade — il avait de la fièvre depuis la veille — Billy puisa de la force dans sa colère. Il arracha la ceinture à l'homme aux cheveux gris, la saisit par les extrémités, la passa autour du cou de son assaillant et tira. L'officier hoqueta, Billy tira plus fort.

Les trois barbus laissèrent tomber Wann, l'un d'eux le frappa.

— Retourne à ta place, dit Billy au sous-lieutenant.

Une lumière apparut dans le couloir.

— Qu'est-ce que c'est que ce tapage ? Qu'est-ce qui se passe ?

Vesey s'approcha, une lanterne dans une main, un pistolet dans l'autre. Billy lâcha un des bouts de la ceinture ; l'homme aux cheveux gris se dégagea, se frotta la gorge.

— Ce fou m'a sauté dessus, il a voulu m'étrangler. Tout ça parce qu'on l'avait réveillé en venant parler à des camarades...

— Votre accusation ne me surprend pas, déclara Vesey avec un hochement de tête compréhensif. Cet homme est violent, il ne cesse de semer la perturbation. Je m'occupe de lui, retournez tous dans votre salle.

— Oui, caporal, marmonnèrent deux des barbus, en s'éclipsant avec leurs compagnons.

— Qu'est-ce que nous allons faire de vous, Hazard ? soupira Vesey. Jusqu'ici mes leçons n'ont servi à rien. Peut-être qu'une dernière tentative dehors serait plus efficace.

— Je vais mettre mes chaussures si nous sortons...

— En avant ! beugla le Sudiste en saisissant l'officier de l'Union par le col.

Billy vit des têtes se lever çà et là dans la salle puis replonger aussitôt. Pourquoi avait-il eu l'idée stupide de vouloir aider Wann ? Voyant le jeune officier se redresser, il lui fit signe de ne pas intervenir et marcha devant Vesey.

Dehors, le caporal confia sa lanterne à la sentinelle gardant la porte, fit mettre le prisonnier à genoux, lui attacha les chevilles et les poignets ensemble derrière le dos. Au bout de quelques secondes, Billy commença à avoir mal aux épaules et aux jambes.

Une pluie fine se mit à tomber. Vesey fourra un chiffon puant dans la bouche de sa victime, noua pardessus un autre morceau de tissu en fredonnant *Plus près de toi mon Dieu.*

Quand le caporal eut terminé, il pleuvait à verse et il se réfugia dans l'entrée. Trempé par l'eau glacée, Billy éternua.

— Je reviendrai dès que j'aurai trouvé mon manteau, Hazard. Il fait frisquet mais je tiens à assister un petit moment à la punition.

Ce soir-là, à Charleston, Judith déclara à son mari :

— Je ne te comprends plus.

Assis à l'autre bout de la table, Cooper était penché en avant, au-dessus d'une assiette à laquelle il n'avait pas touché, une fois de plus. Il fronça les sourcils.

— Si c'est encore pour te plaindre de mon manque d'ardeur...

— Certainement pas ! répliqua Judith. (Ses yeux étincelèrent mais elle parvint à se contrôler.) Je sais que tu es tout le temps fatigué — encore que j'aimerais que tu me traites de temps à autre comme ton épouse. Non, je ne parlais pas de cela.

Une brise venue du jardin fit danser la flamme des bougies et agita les rideaux des doubles fenêtres ouvertes.

— Alors, c'est à cause de l'essai, grommela Cooper. Cet idiot de Lucius a bu trop de vin !

— Ne le lui reproche pas. C'est toi qui as servi à boire.

Dans le salon voisin, Marie-Louise attaqua *The Bonnie Blue Flag* * à l'harmonium. A la demande de sa mère, elle avait emmené l'invité des Main dans la pièce voisine après qu'il eut par inadvertance révélé que l'essai auquel participerait Cooper aurait lieu le lundi suivant. Cooper n'en avait pas parlé à Judith pour éviter des réactions assommantes — pleurs pathétiques, supplications. D'un ton agressif, il demanda :

— Qu'est-ce que tu veux dire avec ton « je ne te comprends plus » ?

— C'est pourtant clair. Tu n'es plus l'homme que j'ai épousé. Pas même celui avec qui je suis allée en Angleterre.

Le visage tremblant d'une fureur spasmodique, Cooper joignit les mains, pressa les coudes sur la table à la faire craquer.

— Le monde aussi n'est plus le même, je te le rappelle, dit-il. La Confédération est dans une situation désespérée, qui appelle des mesures désespérées. Mon devoir me dicte de participer à cet essai. Si tu n'as pas l'intelligence de le comprendre ni le courage de le supporter, tu n'es plus non plus la femme que j'ai épousée.

« Hourra ! Hourra ! Pour les droits du Sud hourra ! » chantaient l'adolescente et l'invité dans le salon.

* Chant sudiste exaltant le drapeau de la Caroline du Sud (n.d.t.).

« Hourra pour le beau drapeau bleu qui porte une seule étoile ! »

— Tu ne comprends pas, dit Judith, la bouche tordue en une petite moue amère. Ce n'est pas le risque que tu prends qui me bouleverse — Dieu sait que le risque est devenu une constante de notre vie ici. Je suis révoltée par ton manque total de cœur. Parce que tu forces sept malheureux à plonger dans ce cercueil en fer. Naguère tu haïssais cette guerre de toute ton âme. Maintenant, tu es devenu un barbare que je ne reconnais même pas.

— Tu as terminé ? demanda Cooper, glacial.

— Non. Annule cet essai. Ne joue pas avec des vies humaines à seule fin d'atteindre des objectifs malsains.

— Parce que mes objectifs sont malsains ?

— Oui ! répondit Judith en frappant sur la table.

— Le patriotisme, c'est malsain ? Défendre mon Etat natal, c'est malsain ? Empêcher cette ville d'être rasée ? Parce que c'est ce que veulent les Yankees, tu sais. Brûler Charleston, la réduire en ruine. C'est ce qu'ils veulent !

— Je m'en fiche, je m'en fiche ! cria Judith en se levant, secouée de sanglots. Tu te prends pour le sauveur de la Confédération ! Vas-y, tue-toi si tu veux pour ta cause sacrée, mais n'exige pas que d'autres vies soient sacrifiées pour apaiser ta colère. C'est indigne, c'est immoral. L'ancien Cooper l'aurait compris. Le Cooper que j'aimais, que j'aimais telle...

La phrase se brisa dans le silence. Dans le jardin, les feuilles de palmier nain bruissaient au vent. Comme un long serpent déroulant ses anneaux, Cooper se leva, le visage blême.

— L'essai aura lieu comme prévu, dit-il.

— Je le savais. A partir de maintenant, garde pour toi tout ce qui concerne le *Hunley*.

— Ce qui signifie ?

— Que tu peux prendre tes repas dans cette maison mais sans moi. Que tu peux coucher dans la chambre d'amis.

Ils se toisèrent un moment puis Cooper sortit.

Judith entendit dans le salon la voix sèche de son mari :

— Lucius, prends ton manteau. Nous pouvons encore faire des tas de choses ce soir.

— Oh ! papa, protesta Marie-Louise. Maman avait promis qu'on chanterait tous ensemble.

— Tais-toi.

Judith baissa la tête, plaqua ses mains devant ses yeux et pleura en silence.

19

RESTÉ jusqu'au matin sous la pluie glacée, Billy boita pendant des jours après son épreuve. Il demeurait le plus souvent recroquevillé par terre, les bras enserrant ses genoux dans un vain effort pour contenir les frissons qui le secouaient. Chaque soir, Vesey venait l'insulter, lui enfoncer dans les côtes le canon de son mousquet.

Tim Wann devint l'ami de celui qui était venu à son secours. Bien que peu robuste, le jeune officier du Massachusetts avait l'esprit vif et, guidé par Billy, il apprit rapidement à survivre. Il était prêt à partager avec son ami tout ce qu'il possédait : une vingtaine de dollars, que le gardien de l'accueil lui avait permis de conserver en prélevant un billet au passage.

Avec de l'argent, on pouvait obtenir de menus trésors auprès des gardiens les plus coopératifs. Tim insistait souvent pour offrir quelque chose à Billy — n'importe quoi, ce qu'il voulait. Billy refusa jusqu'à ce qu'une de ses envies devînt trop forte.

— D'accord, Tim. Un peu de papier et un crayon. Pour que je puisse commencer un nouveau journal.

Le soir, en prenant livraison, le jeune officier protesta :

— Mais c'est du papier mural ! Comment écrire sur ces affreuses fleurs bleues ?

— Personne te force, répondit le gardien. C'est ça ou rien. Même Jeffy Davis a pas mieux, ces temps-ci.

Billy commença donc :

12 janvier, prison Libby. Je jure de survivre. Second objectif prioritaire, écrire à ma chère femme.

Il avait envie d'ajouter qu'on lui avait proposé de participer à l'évasion projetée par un groupe de détenus mais décida finalement qu'il valait mieux ne rien écrire à ce sujet, au cas où l'on découvrirait son journal. En outre, il fallait économiser le papier. Les trois feuilles carrées d'une trentaine de centimètres de côté avaient coûté trois dollars à Tim.

Chaque nuit où il était de service, Vesey venait harceler sa victime favorite. Billy réussit à supporter les piqûres de baïonnette, les coups de botte, les remarques insultantes sur son amitié avec l'ancien étudiant de Harvard. Il supporta tout cela jusqu'à ce qu'il eût écrit la lettre à Brett.

Tim se procura une enveloppe — un morceau de papier parcheminé graisseux, plié et collé. Billy y glissa un petit rectangle de papier mural portant un bref message : il était en bonne santé, il l'aimait, elle ne devait pas s'inquiéter.

L'enveloppe, laissée ouverte pour la censure, fut remise un midi à un gardien. Le soir même, Vesey la rapporta en souriant.

— La censure a refusé votre lettre, j'en ai peur, dit-il.

Il ouvrit la main droite ; l'enveloppe et son contenu, déchirés en petits morceaux, tombèrent sur le plancher.

Billy se leva lentement, fixa le caporal dans les yeux.

— Il n'y avait rien d'interdit dans cette lettre.

— Oh ! c'est au censeur de juger. Il y a quelques semaines, je lui ai demandé de s'occuper plus particulièrement des lettres que vous pourriez envoyer. C'est un ami. J'ai bien peur que votre style ne trouve jamais grâce à ses yeux. Votre chère femme continuera à s'inquiéter pour vous, elle vous croira enterré dans quelque tombe de païen.

— Le règlement...

La main du caporal saisit les cheveux du prisonnier, tira.

— Je vous l'ai dit et répété, murmura Vesey. Le seul règlement ici, c'est le mien. J'espère que le chagrin de votre femme deviendra insupportable. J'espère que ses parties intimes seront consumées d'un désir si ardent...

Il approcha son visage, ses yeux bleus brillant de plaisir.

— ... si dévorant qu'elle se mettra à forniquer comme une folle. Peut-être avec un vagabond, peut-être avec un nègre.

Billy, tremblant, essayait de ne plus voir l'énorme face, de ne plus entendre le murmure.

— Imagine un peu. Un grand costaud de nègre. Ils sont vos égaux, les moricauds, non ? Abe l'a dit, en tout cas. Imagine-le se vautrant sur le corps blanc de ta femme. Il pousse son gros membre noir si fort dans son ouverture délicate qu'elle en saigne. Penses-y. Pense à tout ce que tu aimerais écrire dans ces lettres qui ne sortiront jamais d'ici. Penses-y, mécréant, sale païen...

Poussant un cri, Billy frappa. Quand trois autres gardes se précipitèrent avec des lanternes, il avait pris la tête de Vesey à deux mains et la cognait contre le plancher. Un des gardes saisit le prisonnier par sa veste, le releva ; un autre lui expédia le pied dans le bas-ventre. Billy hoqueta, bascula sur le côté et s'écroula.

— Cette fois, tu y as droit, Yank, conclut le troisième gardien.

20

BIEN qu'il y eût encore de la lumière à l'ouest, il faisait noir du côté de l'Atlantique. Cooper reverrait-il le jour ? Sa fille ? Sa femme ? Aussitôt que ces questions surgirent dans son esprit, il les jugea sentimentales et vaines et les chassa.

Lucius Chickering se tenait sur le quai avec Alexander, l'ingénieur. Le jeune homme serra la main de son supérieur, lui souhaita bonne chance. Cooper eut un bref hochement de tête, regarda le petit groupe de soldats et de villageois de Mount Pleasant venus assister à l'essai. L'un d'eux le contemplait avec une expression qu'on ne pouvait qualifier que de compatissante.

Alexander descendit par l'écoutille avant du *Hunley*. Une fois que Cooper eut obtenu l'accord de Bory, l'ingénieur avait insisté pour prendre part à l'essai. Il en avait le droit, le *Hunley* était son submersible, disait-il.

Cooper sauta sur la coque du bateau, se pencha au-dessus de l'écoutille.

— Je peux descendre, George ?

— Allez-y, Mr. Main, répondit Dixon de sa voix traînante.

Cooper passa une de ses longues jambes par-dessus l'hiloire, se glissa à l'intérieur ; un matelot leva les bras, ferma l'écoutille arrière, en bloqua le volant, puis passa devant Dixon qui se tenait devant ses instruments : un indicateur de profondeur à mercure, un compas pour se diriger sous l'eau. Entre les deux, dans une tasse, la bougie allumée renseignant sur la quantité d'air et constituant la seule source de lumière.

Cooper se plaça derrière le commandant, courba le dos et s'assit sur un petit siège métallique fixé à la coque. Les six hommes d'équipage occupaient des sièges semblables, trois de chaque côté d'un arbre moteur avant-arrière, coulé avec des sections désaxées en forme d'U évasé. Elles servaient à faire tourner l'arbre et à propulser le submersible, à la vitesse maximal de quatre nœuds.

— Mr. Main, dit Dixon, auriez-vous l'amabilité d'expliquer le déroulement de l'essai à notre équipage ?

En parlant, l'officier avait vérifié le fonctionnement de deux manettes commandant le gouvernail fixé au logement de l'hélice et l'angle des barres d'immersion bâbord et tribord.

— C'est simple, répondit Cooper, le dos déjà douloureux. Ce soir, nous n'emploierons pas seulement la bougie pour savoir combien de temps ce bateau peut rester sous l'eau. Nous vous utiliserons, messieurs. Nous resterons en plongée une heure, une heure et demie, peut-être plus. Nous ne ferons surface que lorsque le premier d'entre vous annoncera qu'il est à bout. Chacun doit trouver lui-même les limites de sa résistance en n'étant ni trop confiant dans ses capacités d'endurance ni trop prompt à capituler devant un désagrément.

Ces derniers mots étaient chargés d'un tel mépris que Dixon fronça les sourcils.

— Quand l'un de vous criera le mot « surface », poursuivit Cooper, ce sera le signal de vider les ballasts et de remonter. Des questions ?

— J'espère seulement qu'on pourra remonter, fit un marin avec un rire nerveux. Y en a qui disent que vot' poisson devrait plutôt s'appeler *Jonas* que *Hunley*.

— Ne vous occupez pas d'eux, répondit Dixon.

Il monta la petite échelle, passa la tête au-dehors par l'écoutille avant. De l'endroit où il était assis, dans une position incommode, Cooper apercevait un ovale de ciel constellé de pâles étoiles.

— Larguez les amarres, ordonna le commandant.

Des dockers s'empressèrent d'exécuter l'ordre ; Cooper sentit aussitôt le *Hunley* dériver. Dixon redescendit, demanda au second :

— Réservoirs d'air ouverts, Mr. Fawkes ?

— Ouverts, commandant.

— En arrière, vitesse moyenne.

— En arrière, vitesse moyenne, répéta le second.

Avec des grognements, les matelots se mirent à faire tourner l'arbre. C'était une tâche malaisée mais Dixon les y avait préparés. La flamme de la bougie vacilla, l'eau clapota contre la coque.

Dixon remonta, cria ses ordres au second, qui avait pris le gouvernail. Dès que le bateau se fut éloigné du quai, il repartit en avant et prit de la vitesse. Un filet de sueur coulait sur le menton de Cooper, qui se sentait enterré vivant et luttait contre la panique.

La tête toujours au-dehors, Dixon regarda autour de lui une dernière fois puis descendit et ferma l'écoutille.

— Paré à plonger.

Le cœur de Cooper battait si vite qu'il avait mal à la poitrine. Il éprouva un profond respect pour ces hommes, qui s'étaient portés volontaires, et eut l'impression de connaître un peu les souffrances de ceux qui avaient péri lors des précédents essais. Mais il se ressaisit aussitôt : voilà qu'il cédait de nouveau au sentimentalisme.

— Fermez les réservoirs d'air.

— Réservoirs d'air fermés, chantonna le second.

— Ouvrez le ballast avant.

Cooper entendit le gargouillis de l'eau; la coque oscilla et s'enfonça à l'avant. Agrippant un montant, il pensa à Judith, à Marie-Louise. Pas moyen de s'en empêcher. Après tout, on surnommait le *Hunley* « le cercueil ambulant ».

Le bateau se posa au fond avec un bruit sourd et un tremblement. Les matelots s'adossèrent à la coque ou se penchèrent au-dessus de l'arbre. L'un d'eux déclara que la partie la plus dure du voyage était faite. Personne ne rit.

Dixon regarda le tube de mercure de son indicateur de profondeur; Cooper luttait contre des phantasmes soudains et terrifiants : on lui enserrait la tête d'une bande de métal, on l'enfermait dans un placard obscur sans poignée à l'intérieur...

Alexander tapota son gilet en disant :

— L'un de vous a une montre ? Dans mon excitation, j'ai oublié la mienne, je crois bien.

Cooper tira de son gousset la montre plate en or qui ne le quittait jamais, souleva le couvercle.

— Il est sept heures dix, dit-il.

La cire de la bougie à la flamme bien droite formait en coulant de minuscules chaînes montagneuses. A la demie, la lumière de la bougie avait visiblement baissé et un matelot grogna :

— Ça commence à sentir mauvais.

— Quelqu'un a lâché un pet, expliqua un autre, suscitant des ricanements sans chaleur.

Cooper avait les yeux qui piquaient; Dixon ne cessait de caresser ses favoris du bout de l'index.

— Combien? demanda tout à coup Alexander.

Cooper se secoua. Ou sa vue faiblissait ou la lumière de la bougie, à demi consumée, avait encore baissé. Il dut approcher sa montre de son menton pour lire l'heure.

— Nous sommes en plongée depuis trente-trois minutes.

Il garda dans sa main la montre en or, dont le tic-tac semblait amplifié. Dans la pénombre, son esprit lui jouait des tours; il avait l'impression que l'intervalle entre tic et tac s'allongeait démesurément.

Alexander se mit à fredonner un refrain cockney, Dixon le pria sèchement d'arrêter.

La bougie s'éteignit.

Un marin poussa un soupir effrayé, un autre jura. Dixon frotta contre la coque une allumette qui grésilla sans donner de lumière.

— Combien, Mr. Main? demanda la voix d'Alexander.

— Environ trois quarts d'heure quelques minutes avant que la bougie s'éteigne.

— L'air est encore tout à fait respirable, déclara Dixon.

Un matelot émit un grognement désapprobateur. Dans le noir, Cooper ne pouvait estimer le passage du temps. Il ressentait une pression croissante aux tempes et des diables, dans son esprit, le persuadaient qu'il suffoquait, que le métal de la coque craquait, que tout allait mal. Il passa du vertige à l'engourdissement, à la certitude absolue de sa mort imminente.

Il défit sa cravate, fit sauter son bouton de col. On l'étranglait...

— Surface!

Aussitôt des rires fusèrent. Cooper, essuyant son

cou moite, crut un instant que c'était lui qui avait crié. D'une voix calme, Dixon ordonna :

— Mr. Alexander, actionnez la pompe arrière, je vous prie. Je m'occupe de celle-ci. Mr. Fawkes, Mr. Billings, détachez les barres de lest.

La tête contre la coque, Cooper pensait déjà à l'air de la nuit qui les attendait en haut. Il entendit le grincement des pompes, le tintement d'un écrou tombant sur du métal.

— Barres de lest détachées, commandant.

— L'avant remonte, grogna Dixon en actionnant la pompe.

Les hommes s'esclaffèrent, poussèrent des cris de joie, mais leur allégresse retomba aussitôt.

— Qu'est-ce qui se passe, Mr. Alexander ? demanda un matelot. Pourquoi l'arrière remonte pas aussi ?

— Commandant, le ballast est toujours plein, annonça le petit Britannique, effrayé. C'est la pompe.

— Nous allons mourir, murmura le marin se trouvant derrière Cooper.

— Qu'est-ce qu'elle a ? dit Dixon.

— Elle est coincée, je crois. Probablement par des algues.

— Si on ne peut la faire marcher, pas moyen de remonter.

— On va mourir étouffés, reprit le voisin de Cooper. Mon Dieu, non ! Non ! Je ne veux pas ! cria-t-il d'une voix aiguë.

Cooper tendit le bras dans le noir, saisit l'homme hystérique, le gifla.

— Arrêtez. Cela ne sert à rien.

— Lâchez-moi. Nous allons tous mour...

— Je vous dis d'arrêter !

Cooper gifla l'homme à nouveau, si fort que sa tête heurta la coque. Il lâcha le bras du matelot qui se mit à pleurer mais cessa du moins de crier.

— Merci, Mr. Main, dit le commandant.

Alexander eut une idée :

— Je vais démonter la pompe. Je crois que je suis capable de le faire dans le noir : je sais exactement comment elle est assemblée. Je trouverai peut-être la cause de la panne.

— Si vous la démontez, l'eau jaillira dans le bateau !

— Donnez-moi une autre idée, alors !

— Je n'en ai pas, avoua Dixon, d'un ton radouci. Allez-y.

Le cauchemar se poursuivait, plus angoissant à chaque seconde. Cooper avait l'impression qu'il ne pouvait plus respirer du tout et prenait pourtant de petites inspirations, à chaque fois plus douloureuses. Mais la douleur n'était-elle pas imaginaire elle aussi ? Dans le silence presque palpable, chacun écoutait le tintement des pièces qu'Alexander démontait et se demandait ce que tel ou tel bruit voulait dire.

Cooper entendit un gargouillis ; un matelot s'écria :

— Dieu nous vienne en aide !

Un jet d'eau aspergea l'intérieur du bateau.

— Plus qu'une minute ! s'exclama Alexander. J'ai dégagé un gros paquet d'algues, je crois qu'il n'y en a plus. Maintenant, je dois remettre la pompe en place malgré la pression...

L'eau continuait à se répandre dans le submersible, inondant le sol. Le matelot que Cooper avait frappé se mit à gémir et Cooper regretta de l'avoir traité aussi brutalement. « Il a raison, pensa-t-il, nous allons tous mourir. »

Il se rassit pour attendre la fin, passa rapidement sa vie en revue, délaissant les moments pénibles ou honteux, s'attardant sur ceux d'intense plaisir, comme sa première rencontre avec Miss Judith Stafford, sur le pont du vapeur les emmenant tous deux à Charleston. Il composa un petit discours d'adieu pour lui dire à quel point il était heureux qu'elle l'ait épou...

— Ça y est ! annonça Alexander.

Cooper tourna la tête vers l'arrière, bien qu'on ne pût rien distinguer. Il entendit le couinement du piston de la pompe puis à nouveau Alexander :

— Elle fonctionne !

— Hourra ! cria Dixon.

L'équipage applaudit ; des larmes montèrent aux

yeux de Cooper, qui luttait pour respirer. Il eut l'impression que l'arrière du *Hunley* se soulevait et le commandant lui en donna confirmation :

— On remonte !

Quelques minutes plus tard, le bateau surgit dans la lumière de la lune.

Dixon et Alexander s'attaquèrent aux écoutilles tels des déments cherchant à s'échapper d'un asile. Soudain Cooper vit des étoiles, il sentit et respira de l'air frais. Aussitôt les marins se mirent à faire tourner l'arbre de l'hélice comme si rien ne s'était passé.

Le commandant grimpa pour regarder par-dessus l'hiloire avant.

— Il n'y a plus qu'une personne sur la jetée. Vois pas qui c'est.

Lentement, le submersible retourna vers la jetée où Lucius Chickering sautait sur place en agitant les bras. Dixon lui demanda de cesser ses cabrioles pour amarrer le bateau.

— Il y a de quoi faire des cabrioles ! cria le jeune homme au commandant, qui lui lançait un cordage. Tout le monde est parti au bout de trois quarts d'heure, on vous croyait morts. Mais moi j'étais sûr que si je restais — si je ne renonçais pas — le bateau finirait par refaire surface. Dieu du ciel ! commandant, on peut dire que vous avez mis ma confiance à rude épreuve ! Vous savez quelle heure il est ?

Alexander, sorti du *Hunley* derrière Cooper, demanda :

— Combien de temps sommes-nous restés au fond ?

Cooper sauta sur la jetée, tira sa montre de son gousset et en dirigea le cadran vers la lune. Il crut avoir mal vu, regarda à nouveau la position des aiguilles. Non, il ne s'était pas trompé.

— Il est dix heures moins le quart. Nous sommes restés immergés deux heures trente-cinq minutes.

— Je vous l'avais dit, je vous l'avais dit ! piaillait Lucius. (Il saisit Cooper par les épaules, le fit tourner.) C'est incroyable, non ? Ça marche, vous aviez raison ! Il faut — oh ! J'oubliais. Un soldat devait prévenir le général Beauregard que le *Hunley* avait à nouveau coulé. Avec tout l'équipage. Votre femme doit vous croire mort, Mr. Main.

— Mon Dieu ! s'exclama Cooper. Bravo, Dixon. Il faut que je me sauve.

Il se précipita vers la barque, qui ressemblait à quelque oiseau de mer dégingandé trottinant sur la plage. Lucius courut derrière lui en criant :

— Attendez-moi, Mr. Main !

Lorsque Cooper arriva à la maison de Tradd Street, Judith pleura de soulagement. Contrairement à ce que pensait Chickering, personne ne l'avait prévenue. Elle serra longuement son mari contre elle mais préféra dormir encore seule cette nuit-là.

21

— MON commandant, ce Yankee s'est jeté sur moi comme un animal enragé, expliqua Vesey. Sans que rien ne l'y incite si ce n'est sa nature mauvaise. Si je puis me permettre, votre devoir d'officier et de chrétien vous commande de me donner l'autorisation de le punir.

Hésitant, Turner réfléchit un moment avant de répondre :

— J'aimerais le faire mais c'est impossible, pour plusieurs raisons. Premièrement, il y a trop de ces foutus avocats de Philadelphie parmi les détenus. Ensuite, le foutu gêneur qui travaille pour Seddon nous surveille de près.

— Vous voulez parler du colonel manchot, mon commandant ?

— C'est ça. Main. La conscience de nos prisons. Il est déjà venu fouiner dans le coin sans même demander notre autorisation. Vous avez dû le voir. (Vesey acquiesça de la tête.) Ces derniers temps, nous avons été privés de ses visites : une mauvaise grippe le retenait au lit. Mais vous pouvez être sûr qu'il reviendra dès qu'il sera rétabli.

Le caporal fit grise mine jusqu'au moment où il vit son supérieur esquisser un sourire.

— Naturellement, poursuivit le commandant de la prison, si vous trouviez un moyen de donner cette, euh, leçon disciplinaire hors du bâtiment, je vous délivrerais un ordre de sortie que vous détruiriez ensuite.

Le visage du sous-officier s'illumina.

— Au cas où vous auriez besoin d'aide, continua Turner, choisissez des hommes absolument sûrs.

— Pas de problème, mon commandant.

— Si le prisonnier porte des marques, elles devront pouvoir s'expliquer par un accident.

— J'y veillerai.

— Bon, je m'occupe du document. Avant de vous le remettre, je tiens à connaître votre plan en détail.

— Oui, commandant. Merci, commandant, dit Vesey en claquant des talons. Vous aurez toutes les informations. Merci encore, mon commandant.

— Je suis ravi de vous aider, Vesey. Vous êtes un sous-officier exemplaire.

Le lendemain, 1er février, le caporal, rayonnant, revint voir le commandant.

— Je vois que vous êtes prêt, dit Turner. Alors, comment comptez-vous faire ?

— Avec un caisson emprunté à un cousin artilleur. Un caisson et la plus mauvaise route que nous pourrons trouver. C'est mon cousin qui a eu l'idée. Il m'a raconté que les Yanks utilisent cette méthode pour punir les fautes graves de leurs prisonniers. Pourquoi pas nous ?

Vesey continua à fournir des explications, qui ravirent le commandant.

— Excellent ! s'esclaffa Turner. Vous aurez votre papier dans une heure. Il vaut mieux que vous fassiez sortir votre homme la nuit, il y aura moins de témoins. Vous direz qu'on l'emmène dans les services du général Winder pour interrogatoire urgent.

— C'est parfait, mon commandant, jubila Vesey. Nous serons plusieurs — mon cousin, quelques-uns de ses copains — mais rien que des hommes dignes de confiance.

— Je vous tiens pour responsable de leur discrétion. Ah ! je voudrais être de la fête. Pensez donc à moi en prenant du bon temps.

— Je n'y manquerai pas, mon commandant.

— C'est ça, les bureaux du général Winder ? demanda Billy.

Aussitôt après avoir posé sa question, il cracha mais sa salive retomba sur les rayons du fait de la position de sa tête.

— Ferme-la, Yank, grogna le cousin de Clyde Vesey.

Il tira la tête du prisonnier en arrière, la poussa à nouveau contre la roue. Les chevaux piaffaient et renâclaient dans l'air frais du matin. Le vent frémissait dans les arbres dénudés bordant la route déserte et semée d'ornières qui passait par une série de petites collines.

Billy était attaché, jambes et bras écartés, à une roue fixée à l'arrière du caisson d'artillerie, avec lequel elle faisait un angle de quarante-cinq degrés. Le dos nu piqueté de chair de poule, il avait le ventre pressé contre le moyeu. D'ordinaire, six chevaux tiraient le caisson mais Vesey, jugeant qu'un tel nombre de bêtes risquait d'éveiller les soupçons, en avait attelé seulement deux. C'était suffisant : débarrassé de ses casiers à munitions, le caisson était considérablement allégé.

Sous le regard de ses quatre compagnons, le caporal vérifia les nœuds des cordes attachant les poignets et les chevilles du prisonnier, dont le corps, presque vertical, s'inclinait suivant l'angle de la roue.

— Un quart de tour, les gars, dit Vesey. Il paraît que la promenade est encore plus agréable comme ça.

Les soldats firent tourner la roue de manière à placer Billy à l'horizontale puis fixèrent la roue dans cette position.

— Crawford ? lança le caporal à son cousin. A toi l'honneur d'être le postillon de tête.

Une sorte de nabot s'avança, grimpa sur le cheval le

plus proche. Les joues roses sous le soleil hivernal, Vesey s'écarta pour que le détenu puisse le voir.

— Prêts, messieurs ? Nous pourrions peut-être commencer par prier pour l'âme de celui qui va partir. Pour l'enfer, où finissent tous les Yankees, ou simplement pour le royaume des éclopés — ce n'est pas à nous de décider.

Le sous-officier saisit les cheveux de Billy, tira jusqu'à ce qu'il le vît grimacer, approcha son visage du sien et murmura :

— En tout cas, tu n'oublieras jamais la balade.

L'officier nordiste passa sa langue sur ses lèvres craquelées, cracha et, cette fois, ne manqua pas sa cible.

Vesey lui cogna la tête contre un rayon, courut vers son cousin.

— Deux kilomètres et retour, Crawford.

Le nabot ôta son chapeau, en cingla le cheval qu'il encouragea aussi d'un long cri rebelle.

A chaque cahot du caisson, le corps de Billy s'écartait du moyeu puis revenait le heurter. Sa position horizontale le désorientait : son œil gauche voyait le ciel, le droit la route grise filant sous lui.

— Allez, vieilles rosses ! cria Crawford. Faites votre devoir !

Le visage de Billy s'écrasa sur un rayon, l'intérieur d'une de ses joues se fendit, du sang coula dans sa bouche. Un hématome apparut sur son crâne, à l'endroit où il entrait en contact avec la roue. Ce salaud de Vesey avait laissé aux liens juste le jeu nécessaire.

Le prisonnier connut un bref répit quand l'attelage ralentit pour faire demi-tour mais la souffrance redoubla quand le caisson reprit de la vitesse. Sa tête bourdonnait, il avait l'impression que la moitié de ses os au moins étaient brisés. Il commença à perdre conscience, vit le visage de Brett.

Le retour parut beaucoup plus long. Billy voguait sous des nuages d'hiver qui grossissaient, rapetissaient, s'estompaient. Du sang coulait de ses lèvres ;

de son ventre, la souffrance se diffusait jusqu'à son crâne et ses orteils. Le caisson ralentit, s'arrêta enfin.

— Alors, cousin, qu'est-ce que t'en penses ? demanda Crawford en se grattant la tête.

Vesey se pavana devant sa victime et s'exclama :

— Oh ! je crois qu'il s'amuse trop. Je ne vois pas le moindre signe de repentir pour sa conduite de païen. On le détache et on le retourne, le dos contre le moyeu. Et cette fois, Crawford pousse jusqu'au pont avant de faire demi-tour. Cela fait au moins un kilomètre de plus dans chaque sens.

Le cousin repartit comme s'il chargeait l'ennemi dans une bataille. Les reins de Billy s'arquaient, retombaient sur le moyeu. Un filet de sang pendait à sa lèvre supérieure. Finalement, honteux mais incapable de se retenir, il poussa un cri.

Et sombra dans le noir.

Le docteur de la prison, un Virginien d'une soixantaine d'années porté sur la bouteille, n'avait que mépris pour le commandant de Libby. Le lendemain, en fin de journée, il entra d'un pas pesant dans le bureau de Turner, l'informa que des détenus du troisième étage lui avaient amené un nommé Hazard, en si piteux état qu'il ne pouvait ni se tenir debout ni parler distinctement. L'homme était maintenant à l'infirmerie, entre la vie et la mort.

— Il n'a pas la colonne vertébrale brisée mais ce n'est pas faute d'avoir été battu, déclara le médecin.

— Occupez-vous de sa santé, moi je me charge de trouver celui ou ceux qui l'ont rudoyé et de leur faire la leçon, promit Turner. D'ailleurs, docteur Arnold, nous découvrirons peut-être qu'il s'agit d'un accident. Un faux pas dans l'escalier, une chute... Certains prisonniers sont plutôt affaiblis et je n'y puis pas grand-chose. Oui, je parie qu'il s'agit d'un accident.

— Si vous croyez ça, vous êtes encore plus stupide que je ne le pensais. Il serait tombé d'un ballon dirigeable qu'il serait moins amoché, répliqua le docteur. (Il posa ses mains sur le bureau, poussa son gros nez vers le commandant.) Jeune homme, vous feriez bien de vous rappeler que nous ne sommes pas sous les ordres du Grand Inquisiteur. Ce sont des Américains qui sont détenus ici — et le sens de l'honneur sudiste signifie encore quelque chose. Trouvez le coupable ou je m'adresserai au président Davis en personne pour demander votre révocation.

L'affaire aurait pu se terminer ainsi sans l'émotion causée par la grande évasion.

Un colonel de Pennsylvanie nommé Rose s'était glissé dans une cheminée, l'avait descendue et avait découvert au sous-sol une cave abandonnée. Avec d'autres prisonniers, il avait creusé pendant plusieurs jours un tunnel passant sous le mur de l'ancien entrepôt. Le 9 février, cent neuf détenus empruntèrent cette galerie souterraine de près de vingt mètres de long pour s'enfuir.

Libby fut en ébullition, Turner dans une situation fâcheuse. Des inspecteurs spéciaux des services de Winder surgissaient à toute heure du jour ou de la nuit pour s'assurer que l'ordre du général de doubler le nombre des gardiens de service avait été exécuté. Turner multipliait les rapports dans lesquels il s'efforçait désespérément de rejeter sur d'autres la responsabilité de l'évasion. Billy, toujours à l'infirmerie, souffrait encore trop pour se rappeler qu'on lui avait proposé de faire partie de l'évasion.

Tim Wann venait le voir au moins deux fois par jour et interrogeait le médecin.

— Qui lui a fait ça, docteur ?

— Je n'arrive pas à le savoir. Les gardiens de cette prison sont tous de sales types. Ils se serrent les coudes.

Tim avait des soupçons :

— Quelqu'un est venu le chercher au milieu de la nuit. Moi, je dormais, je n'ai rien entendu.

Rongé par un sentiment de culpabilité, le jeune officier baissa les yeux vers le visage bouffi, décoloré posé sur le mince oreiller gris. Même en dormant, Billy grimaçait de douleur.

— Personne d'autre n'a rien vu ?

— Ils disent que non. Il était tard, il faisait noir. Ceux qui l'ont emmené n'ont probablement pas fait de bruit.

— Dieu nous damne tous pour ce que nous faisons au nom du patriotisme. Ils l'ont joliment esquinté. Comment ? Je n'en sais rien mais pas seulement avec leurs poings, en tout cas.

— Billy ne pourrait-il nous le dire ? Donner les noms ou du moins le signalement de ses bourreaux ?

Sur le lit de camp, le blessé s'agita, gémit doucement ; du sang s'écoula de sa narine gauche. Le docteur se pencha pour l'essuyer, puis lança à Tim un regard triste.

— S'il vit, murmura-t-il.

Des oiseaux de mer tournoyaient dans le ciel rougi par le crépuscule. L'air était calme et froid mais au nord, de gros nuages s'amoncelaient. Engoncé dans son pardessus, Cooper remarqua du brouillard se formant au-dessus de l'eau.

George Dixon finit d'inspecter le port et replia sa lunette télescopique.

— La brume nous aidera, dit-il. Nous aurons le reflux pour nous quand nous repartirons. C'est la meilleure occasion que nous ayons eue jusqu'à présent.

Il pivota pour appeler le second :

— Mr. Fawkes ? Faites mettre en place le boutdehors de la torpille. Je veux que nous soyons rapidement prêts à partir.

— Bien, commandant.

— Quel navire prendrez-vous pour cible ? demanda Cooper.

— Je pense qu'il vaut mieux attendre d'avoir franchi la barre du port pour le choisir.

— J'ai l'intention de me rendre en barque à Sumter pour regarder, dit Cooper en tendant la main à Dixon. Bonne chance, George. Vous devriez être de retour vers minuit.

— Comptez sur moi, répondit le jeune officier avec un bref sourire. Je suis fier de cette mission. Vous devriez l'être aussi. Si nous réussissons, cette nuit passera peut-être dans l'histoire.

— Vous réussirez, assura Lucius, qui se trouvait derrière son supérieur.

— Bon, alors... au revoir.

Dixon descendit la jetée avec la confiance d'un marin qui avait grimpé dans la mâture lorsqu'il était mousse.

— Doucement avec la poudre, les gars. C'est pour couler un bateau yankee, pas le nôtre.

Cooper frissonna — et pas seulement à cause du froid. Ce moment justifiait tout : les risques qu'il avait courus, les soucis, les discussions avec Beauregard, et même la froideur de sa femme, qui ne comprenait pas l'importance de son travail.

Lucius monta le premier dans la barque. Dans le brouillard qui s'épaississait, ils ramèrent en direction du débarcadère du fort dévasté par les obus. Quand ils furent à mi-chemin, Lucius tendit le bras par-dessus l'épaule de Cooper.

— Ils sortent.

Cooper se tourna juste à temps pour apercevoir un reflet orangé sur la coque métallique du *Hunley*. Puis des nuages sombres cachèrent la lumière ; le léger renflement à la surface de l'eau disparut.

Du côté de Fort Sumter tourné vers la mer, ils virent la flotte du blocus disparaître rapidement dans la brume et l'obscurité. Seuls quelques feux indiquèrent l'endroit où les bateaux stationnaient. La nuit demeurait froide et tranquille. De plus en plus nerveux, Cooper consulta à nouveau sa montre : 20 h 47. Soudain, le brouillard apparut.

— Quel navire ? demanda Cooper.

— Le *Housatonic,* répondit le major du fort, venu le rejoindre, en lui passant sa lunette.

Cooper braqua l'instrument vers le large au moment où une lame de feu projetait dans le ciel morceaux de bois et gréement.

— Il est touché à tribord ! s'exclama Cooper d'un ton triomphant. Juste avant le grand mât, je crois. Je vois des matelots grimper dans la mâture... Oh ! il s'incline déjà ! Regarde, Lucius, dit-il en tendant la lunette à son assistant. Il coule !

Des lanternes s'allumèrent sur les autres bâtiments de l'escadre ennemie. Des appels s'élevèrent, grossis par les porte-voix. Le vapeur le plus proche du navire touché mit à l'eau des canots de sauvetage tandis que les soldats de la garnison de Fort Sumter se précipitaient au-dehors en demandant quel canon confédéré avait blessé à mort le sloop yankee.

— Aucun, répondit Cooper. Il a été coulé par notre submersible, le *Hunley*.

— Le bateau-cercueil de l'île Sullivan ?

— Le *Hunley* ne mérite plus ce surnom. Le commandant Dixon et son équipage seront décorés pour leur héroïsme.

Mais, à onze heures, le *Hunley* n'était pas encore rentré. Cooper et Lucius retournèrent en barque à la jetée et attendirent. A six heures du matin, Cooper murmura :

— Retournons à Charleston.

Ce fut un homme hagard qui remonta lentement Tradd Street et rentra chez lui. Personne en ville ne savait rien du *Housatonic* ou du *Hunley*. On disait seulement qu'une explosion s'était produite à bord d'un des vaisseaux de l'ennemi.

Quelques jours plus tard, après la capture d'une vedette de l'Union, Cooper put confirmer au général Beauregard que le *Housatonic* avait effectivement coulé. Il fut déçu d'apprendre que les Yankees n'avaient perdu que cinq hommes grâce à l'intervention rapide des canots de sauvetage.

— Deux de moins que le *Hunley*, dit-il à Lucius.

Cooper se mit à boire pour trouver un sommeil qui ne venait pas. La nuit, il errait dans la maison ou s'asseyait dans un grand fauteuil en rotin et regardait par la fenêtre le jardin trempé par la pluie d'hiver. Mais au lieu des arbres, il voyait son fils en train de se noyer, le visage de Dixon juste avant d'embarquer. Chose étrange, il voyait l'obscurité qui l'avait enveloppé à l'intérieur du *Hunley* pendant l'essai. Il la voyait, la palpait, la sentait et savait pleinement, douloureusement ce que Dixon et les autres avaient éprouvé en mourant.

Une nuit, Judith, qui était presque aussi épuisée que lui, s'approcha du fauteuil en rotin, une lampe à la main.

— Cooper, cela ne peut pas continuer. Essaie de te reposer, viens te coucher.

— Pourquoi irais-je au lit ? Je ne peux pas dormir. Le 17 février restera une date importante dans l'histoire de la guerre navale mais cette pensée ne me procure aucun réconfort.

— Parce que..., commença Judith.

Elle s'interrompit.

— Je sais ce que tu allais dire. Parce que je suis responsable de la mort de sept hommes.

Incapable de soutenir le regard de son mari, Judith lui tourna le dos et murmura, autant pour elle-même que pour lui :

— Je ne voulais aucun mal à ces pauvres garçons mais je suis contente que le *Hunley* ait coulé. Dieu me pardonne, je suis contente. Peut-être cela te purgera-t-il de la folie qui te tourmente...

— Tu choisis curieusement tes mots, coupa Cooper. La folie. J'ai accompli mon devoir du mieux que j'ai pu, c'est tout. D'autres tâches m'attendent et je les remplirai de la même façon.

— Alors rien n'est changé. J'avais espéré...

— Qu'est-ce qui aurait pu changer ?

— Tu ne me laisseras même pas finir une phrase ? répliqua Judith en haussant le ton.

— Pour quoi faire ? Je te le demande : qu'est-ce qui aurait pu changer ?

— Tu es plein de rage...

— Plus que jamais. L'ennemi doit payer pour la mort de Dixon et des autres. Dix fois le prix.

Le frisson qui parcourut Judith fit trembler la lampe dans sa main.

— Mais quand comprendras-tu que le Sud ne peut pas gagner la guerre ? Il ne peut pas.

— Je refuse de discuter de...

— Ecoute-moi ! Cette... soif de tuerie te détruit. Elle nous détruit.

Raide et silencieux, il détourna la tête.

— Cooper ?

Il ne bougea pas.

Elle sortit en emportant la lampe, laissant son mari contempler le jardin mouillé. Sur le visage de Cooper, la fureur creusait des rides profondes.

En passant près de l'escalier, Tim Wann remarqua la silhouette qui se tenait immobile sur le palier, quelques marches plus bas.

— Billy ?

Le prisonnier émacié leva la tête.

— Billy !

Tim poussa un cri de joie, se précipita vers son ami, qui s'appuyait sur une béquille.

— Tu vas mieux ?

— Assez pour revenir dans nos splendides quartiers. Je ne tiens pas très bien sur mes jambes et je me déplace lentement. J'ai mis dix minutes pour venir du rez-de-chaussée.

— Quelqu'un aurait pu t'aider.

— Turner ne veut pas trop gâter ses pensionnaires.

Tim passa un bras autour de Billy, qui s'appuya sur les épaules du jeune officier. Lorsqu'ils entrèrent dans la salle, on accueillit le convalescent par des exclamations de surprise et de bienvenue. L'un des gardiens de l'équipe de jour se dit même content de le voir.

Un lieutenant lui donna inconsidérément une tape dans le dos et Billy faillit s'écrouler.

— Bon Dieu, Hazard, je suis désolé.

— Ça va, hoqueta le blessé, soudain inondé de sueur. Aidez... moi à m'asseoir.

Lorsqu'il fut assis sur le plancher, il regarda les détenus qui l'entouraient et demanda :

— On est encore en février ? J'ai perdu la notion du temps, en bas.

— C'est le 1er mars, répondit un capitaine. Ils ont doublé la garde, dehors. Trois ou quatre mille de nos cavaliers sont quasiment aux portes de Richmond. Les rebelles craignent qu'ils ne soient venus nous libérer et raser la ville.

— Tu es au courant de l'évasion ? demanda un autre prisonnier.

Devant la réponse négative de Billy, l'homme expliqua qu'une quarantaine des évadés avaient été repris et que les autres avaient sans doute rejoint les lignes fédérales. Billy apprit ensuite que Vesey, redevenu simple soldat, avait été affecté à un poste moins agréable, devant l'une des portes de la prison.

Lorsqu'on lui posa des questions sur la façon dont on l'avait traité à l'infirmerie, sur la cause de ses blessures, il garda le silence et secoua la tête.

— C'était Vesey, non ? dit Wann. Il t'a torturé et c'est pour ça qu'il se retrouve à monter la garde dehors.

— Ne t'occupe pas de ça, répondit Billy. Je réglerai mes comptes moi-même si j'en ai l'occasion.

Il demanda à aller aux toilettes, se mit debout avec l'aide de ses camarades et s'éloigna en clopinant sur sa béquille, sous le regard perplexe des autres prisonniers.

Tim avait conservé le journal de son ami et, cette nuit-là, tandis que le canon tonnait au loin, le capitaine Hazard écrivit avec son morceau de crayon :

1er mars. Deux événements remarquables. Je suis en vie, alors que le docteur Arnold, le vieux sac-à-vin de l'infirmerie, était convaincu que je mourrais. Deuxièmement, le rebelle qui a cru de son devoir de me torturer m'a appris une leçon si fondamentale que je ne la saisis pas encore tout à fait. Ici, forcé d'obéir à tout ordre, aussi humiliant ou destructeur soit-il, j'ai enfin compris ce que ressentent les nègres réduits en esclavage. J'ai vécu un moment avec l'âme d'un homme noir dans les fers et j'en ai gardé l'empreinte dans la mienne, à jamais.

22

STANLEY avait de plus en plus de mal à se faire aux changements qui affectaient sa vie. Pennyford continuait à lui envoyer un relevé mensuel des énormes profits de Lashbrook, dont Stanley prenait à chaque fois connaissance avec incrédulité. Les chiffres ne pouvaient pas être exacts et, s'ils l'étaient, personne ne méritait une telle fortune — en tout cas, pas lui.

Il éprouvait aussi des difficultés à s'adapter à la succession rapide des événements. Tout le Nord était à présent las de la guerre et le président avait hâté le processus avec sa Proclamation d'amnistie et de reconstruction *, faite en décembre. Lincoln proposait le pardon à tous les rebelles à l'exception des dirigeants gouvernementaux ainsi que des officiers de l'armée de terre et de la marine passés dans le camp sudiste.

Ce plan manquait de fermeté aux yeux de Wade, Stevens et consorts, donc à ceux de Stanley. Mais que pouvait-on attendre d'un négrophile que l'insomnie et la dépression rendaient à moitié fou ? Au lieu de penser sérieusement à l'ennemi et à la période d'après-guerre, Lincoln s'occupait de futilités, prononçait de pieux discours dans les cimetières et autres fadaises. A Gettysburg, en novembre, il s'était déchargé du poids d'une de ces homélies devant une foule mourant d'ennui.

A cause de ses positions de plus en plus favorables aux Noirs et de son impuissance à gagner la guerre, Lincoln était détesté. La capitale bruissait de rumeurs de complots visant à l'enlever ou l'assassiner.

De plus, des Républicains influents pensaient que le

* Traduction consacrée par l'usage. Mais le mot anglais *reconstruction* signifie ici réorganisation et réintégration (n.d.t.).

président avait causé un grand tort au parti en réclamant une nouvelle conscription d'un demi-million d'hommes pour le 1er février. Stanton avait d'ailleurs confié à Stanley qu'on en demanderait cent ou deux cent mille de plus à la mi-mars. Des êtres humains étaient broyés comme chair à saucisse parce que les généraux se révélaient incapables de remporter la victoire. En automne, Thomas avait tenu bon à Chickamauga — et le peuple l'avait rapidement surnommé le Roc — mais la bataille elle-même avait été un désastre, compensé en partie seulement lorsque l'armée de Bragg avait été délogée de Chattanooga, en novembre. Quasi désespéré par cette suite de revers, le Congrès avait remis en usage le grade de général de corps d'armée et l'avait donné à un homme choisi par Lincoln — cet ivrogne de Grant. En qualité de général en chef, il prendrait bientôt le commandement des opérations à l'est, Halleck étant rétrogradé au poste de chef d'état-major.

Aucune de ces mesures ne sauverait le président, Stanley le sentait. Lincoln perdrait les élections en automne — et il n'y aurait pas lieu de s'en plaindre — mais Stanley et ses amis s'inquiétaient du nombre de Républicains qu'il pouvait entraîner dans la défaite.

De plus en plus, Stanley éprouvait le désir de quitter Washington. S'il savourait encore le pouvoir qui allait de pair avec son emploi, il se sentait gêné par la philosophie et le programme de ceux avec qui il s'était allié pour survivre à la purge Cameron. En janvier, le Sénat avait proposé un amendement constitutionnel pour abolir l'esclavage — mesure, selon Stanley, bien trop radicale, et prise trop précipitamment. Il y avait déjà trop de nègres libres échappant à tout contrôle. Partout dans la ville, soldats noirs et affranchis se pavanaient, gonflés de leur importance toute nouvelle.

Un matin, juste après son arrivée au bureau, Stanley fut convoqué par le ministre, qui remarqua les cheveux en broussaille, la cravate de travers et l'air hagard de son collaborateur.

— Qu'est-ce qui vous arrive ? demanda Stanton en caressant le dessous de sa barbe parfumée.

Avant de partir de chez lui, Stanley avait bu en cachette quelques gorgées de whisky qui lui délièrent la langue.

— Je marchais dans l'avenue quand il m'est arrivé une chose incroyable, révoltante. Je me suis retrouvé face à face avec sept affranchis qui m'ont obligé à descendre du trottoir pour les contourner. Ils ont refusé de me céder le passage !

L'alcool donna à Stanley le courage de ne pas tenir compte du froncement de sourcils de son supérieur.

— Je comprends qu'ils ont été opprimés, poursuivit-il, mais je trouve qu'ils prennent maintenant trop de libertés. Ils se promènent en bombant le torse, avec l'assurance d'hommes blancs.

A travers ses petites lunettes rondes, Stanton regarda son assistant avec l'air patient d'un maître reprenant un disciple trop emporté.

— Il faudra vous y faire, que cela vous plaise ou non. Comme l'écrit saint Paul aux Corinthiens : « Les trompettes sonneront et nous serons changés. »

« Pas moi », pensa Stanley, encore bouillonnant de colère quand il quitta le ministre. « Pas moi », Mr. Stanton.

Il savait pourtant qu'il nageait à contre-courant. Quand il se retrouva seul dans son bureau, il ouvrit un tiroir fermé à clef, en sortit une bouteille de bourbon. Un coup d'œil autour de lui. Personne. Un rayon de soleil poussiéreux se refléta dans la bouteille quand il l'inclina ; l'horloge au tic-tac bruyant indiquait dix heures moins vingt.

La nouvelle — « Porté disparu au combat » — avait frappé les Hazard comme un coup de tonnerre à la fin de l'année précédente. A la mi-février, George avait enfin appris quelque chose de précis sur le sort de Billy et, avec un soulagement mêlé d'inquiétude, il avait télégraphié à Lehig Station : « Votre mari figure sur dernière liste détenus de prison Libby, Richmond. »

Dès réception du télégramme, Brett avait fait ses bagages et pris le premier train pour Washington. Lorsque la jeune femme, amaigrie par des mois d'anxiété, arriva à la maison de Georgetown, sa première question fut :

— Que pouvons-nous faire ?

— Officiellement, très peu de chose, répondit George. Le système d'échange de prisonniers a quasiment cessé de fonctionner. Trop de rancune de part et d'autre. Chaque camp reçoit des rapports selon lesquels l'autre maltraite et affame les détenus. Le ministère de la Guerre est furieux parce que les rebelles n'observent pas le règlement quand ils capturent des soldats des régiments noirs. Ils les traitent comme des esclaves en fuite et les remettent dans les fers. Les officiers blancs commandant ces unités risquent d'être flagellés ou pendus.

— Effectivement, vous ne proposez pas grand-chose ! s'emporta Brett.

— J'ai précisé « officiellement », répliqua George. J'ai une autre suggestion.

Constance se plaça derrière le fauteuil où son mari était assis, tendit les bras et lui massa doucement les épaules. Ces derniers temps il dormait mal, se faisait du souci pour son frère et pour sa mutation aux chemins de fer militaires, qui n'arrivait pas.

— De son poste à Richmond, Orry pourrait peut-être nous aider, continua George. Winder est directement responsable de Libby, Belle Isle et autres... (Il faillit dire « lieux de torture », se reprit à temps.) autres endroits. Mais Seddon a le pas sur Winder, et Orry travaille pour Seddon.

— Tu crois qu'il pourrait faire libérer Billy ? demanda Constance d'un ton plein d'espoir.

— Il a sans doute prêté serment de fidélité au gouvernement central et je ne voudrais pas lui demander de se parjurer. Plus important encore, Orry est mon meilleur ami. Je ne prendrai jamais le risque de le mettre en danger en le faisant intervenir directement.

— Billy est votre frère ! s'indigna Brett.

— Orry est le vôtre. Voulez-vous avoir l'amabilité de me laisser finir ?

George ôta les mains de Constance de ses épaules, se leva et quitta la table du petit déjeuner.

— Je peux par contre lui demander de recueillir tous les renseignements possibles sur le sort de Billy.

— Comment le feras-tu ? intervint Constance, sceptique.

— Comme lui lorsqu'il m'a écrit l'année dernière. En violant la loi.

Portant un manteau sombre par-dessus des vêtements civils, il partit à cheval sous la neige deux jours plus tard. Parvenu à Port Tobacco, il versa vingt dollars-or à l'homme édenté qui l'attendait, lui tendit la lettre adressée à Orry en soulignant :

— Vous devrez la remettre au colonel Main sans attirer l'attention.

— Craignez rien, major Hazard. Vous seriez étonné du nombre de lettres que j'ai portées en douce dans les bureaux de Capitol Square.

Avec un clin d'œil de vieux profiteur, l'homme sortit de la taverne par la porte de derrière.

Grant était arrivé à Washington le 1er mars et sa poigne se faisait déjà sentir. Le Nord lancerait au printemps une grande offensive — la dernière, peut-être. Les échanges de prisonniers seraient encore réduits parce que ralentir le rythme des libérations ou y mettre fin totalement nuirait davantage au Sud qu'au Nord.

Pendant ce temps, Brett, Constance et George attendaient. Celui-ci n'avait rien dit de la lettre illégale à Stanley qui, informé en automne de la capture de Billy, n'avait montré qu'une affliction de pure forme.

George voyait de plus en plus rarement son frère aîné, dont la guerre avait fait un personnage immensément riche et assez influent au sein de l'aile extrémiste républicaine. Elle avait aussi fait de lui, inexplicablement, un homme presque constamment sous l'empire de l'alcool. Stanley aurait été révoqué pour ivrognerie s'il n'avait été aussi riche. La plupart des gens le toléraient; les autres l'évitaient, et George faisait partie de ces derniers.

L'ancien maître de forges avait aussi perdu le contact avec Virgilia. Il lui avait écrit à son hôpital d'Aquia Creek pour l'informer du sort de Billy. Elle n'avait pas répondu. Au cas où la première lettre se serait égarée, il en avait envoyé une seconde et, ne recevant toujours pas de réponse, avait conclu que le silence de sa sœur était délibéré.

A l'approche du printemps, George eut un souci de moins : il reçut l'ordre de se présenter au corps de construction des chemins de fer militaires le premier du mois.

— Je travaillerai pour McCallum au lieu de Herman mais, au moins, je serai sur le théâtre des opérations, dit-il à Constance le soir où il apprit la nouvelle. (Elle était couchée près de lui et, la sentant frissonner, il l'attira contre lui.) Sois sans crainte, je ne courrai aucun danger.

— Bien sûr que si.

Le ton insolite de Constance avertit George qu'il se passait quelque chose d'inhabituel. Il lui toucha la joue, la sentit humide.

— Mais je feindrai de croire le contraire, ajouta-t-elle en prenant la main de son mari. Je ferai les bagages et je retournerai à Lehig Station, comme une bonne épouse.

Elle le surprit en posant la main qu'elle venait de saisir sur sa poitrine.

— Si tu me fais l'amour, j'arriverai peut-être à dormir cette nuit, murmura-t-elle.

George enfouit son visage dans son cou.

— Avec plaisir, chère madame.

— Toute grosse que je suis ?

— Si tu te trouves grosse, alors les grosses sont parfaites.

— Oh ! George chéri. Tu es parfois entêté, tu as

mauvais caractère, il t'arrive aussi d'être vain. Et je ne peux pas m'empêcher de t'aimer.

— Hé, une minute, protesta George, appuyé sur un coude. Depuis quand je mérite le qualificatif de vain ?

— Tu sais aussi bien que moi que ta vue baisse avec l'âge. Chaque soir, je te regarde lire le *Star* le nez collé contre le journal. Mais tu ne veux pas reconnaître que tu as besoin de lunettes. Prends ce que je viens de dire comme un compliment. J'essayais simplement de te faire comprendre que tu pourrais avoir un millier de défauts au lieu d'un ou deux seulement, je t'aimerais quand même.

Il s'éclaircit la voix, regarda sa femme. Elle entendit un sourire dans sa voix quand il se détendit et l'attira vers lui en grommelant :

— Encore heureux. Vite, une preuve.

George explosa quand l'homme édenté se présenta au Winder Building le lendemain matin.

— Bon Dieu ! qu'est-ce qui vous prend de venir ici ?

Il conduisit le messager vers son bureau en passant devant l'habituelle collection de quémandeurs de contrats et de sauveurs de l'Union qui traitaient le ministère comme leur résidence secondaire.

— Pa'sque j'ai pensé qu'y valait mieux vous apporter ça tout de suite, répondit l'édenté en agitant une enveloppe froissée et tachée devant son client. Elle attendait avant-hier à la « boîte » de Richmond.

— Moins fort, chuchota George, écarlate.

Un général de brigade les croisa en lançant un regard soupçonneux au visiteur peu soigné.

— Vous comptiez sans doute aussi recevoir quelque chose en supplément ? ajouta le major Hazard.

— Je dois dire que j'y ai pensé. Mais la guerre, c'est ça, hein ? L'occasion de se faire une pelote pour l'avenir...

— Sortez d'ici, répliqua George en fourrant des billets dans la main du contrebandier.

— Hé ! mais c'est des fafiots. Je prends seulement...

— C'est cela ou rien.

George saisit la lettre d'Orry, se précipita dans son bureau, mais n'osa pas l'y ouvrir. Après avoir laissé au messager le temps de quitter le bâtiment, il sortit à son tour et se rendit au *Willard*. Installé à une table du fond devant une bière dont il n'avait pas envie, il déchira l'enveloppe d'une main tremblante.

Stump (Orry avait eu l'intelligence d'utiliser le surnom que George portait à l'Académie).

La personne en question est bien à Libby. Je l'ai vue avant-hier, mais de loin seulement pour ne pas attirer l'attention sur l'intérêt que je lui porte. Je dois malheureusement t'informer qu'il semble avoir été maltraité par les brutes qui gardent la prison. Il marche avec une béquille et porte des traces de coups.

Mais il est vivant, et entier. Réjouis-t'en. J'essaierai de prendre contact avec une relation qui nous est commune et je verrai avec elle ce que nous pouvons faire. Les vieux liens d'amitié doivent compter, même en ces jours funestes.

D'ici là, il ne serait pas prudent de nous écrire à nouveau, à moins que l'un de nous ne le juge absolument nécessaire. Ne sois donc pas alarmé si mon silence se prolonge. Des efforts seront faits.

Ma chère femme se joint à moi pour t'exprimer notre profonde affection et notre espoir que nous survivrons tous à cette terrible lutte. Je crains parfois que le pays ne demeure déchiré pendant des années après la capitulation — si ce mot te surprend, sache que je ne l'emploie pas à la légère. Le Sud est battu. Les pénuries, la discorde, les désertions en masse attestent de la véracité de cette déclaration, que je ne ferais pourtant à nul autre qu'à toi.

Nous parviendrons peut-être à retarder encore l'échéance, causant ainsi de nouvelles souffrances, mais, fondamentalement, l'affaire est entendue. Ton camp a gagné. Nous ne pouvons plus que vous faire chèrement payer la victoire. Triste situation.

J'espère de tout cœur que le gouffre qu'ouvrira peut-être la capitulation ne sera jamais assez profond pour que toi et moi, et nos familles, ne puissions le combler.

Bouleversé par ce qu'il lisait, George avala d'un trait la bière dont il n'avait pas envie. Dans sa tête surgirent des images de la terrible nuit d'avril 1861. La maison dévastée, les corps brûlés et boursouflés, des dégâts qu'on ne pouvait espérer réparer. La peur à nouveau s'insinua en lui et il dut attendre un moment avant de trouver le courage d'achever la lecture de la lettre.

Dieu te protège, toi et les tiens. Nous ferons tout ce qui est en notre pouvoir pour la personne en question.

Amitiés.

Stick.

— « Des efforts seront faits », murmura Brett. (Elle cessa de lire, pressa la lettre contre sa poitrine.) Oh ! George, c'est écrit là, de la main d'Orry. « Des efforts seront faits » !

— A condition qu'il puisse trouver Charles. Orry laisse entendre que cela pourrait prendre du temps.

Le visage de la jeune femme se rembrunit.

— Je ne sais pas comment je tiendrai jusqu'à ce que nous recevions des nouvelles.

— Si Orry est capable de courir le risque, vous serez capable de supporter l'attente, dit George, sévère comme un père grondant un enfant étourdi.

Il avait le pressentiment qu'il s'écoulerait beaucoup de temps avant qu'ils n'apprennent quelque chose.

23

GEORGE embrassa ses enfants après avoir prononcé un petit discours sur la façon dont ils devaient se conduire pendant son absence. Puis il serra contre lui Constance, qui luttait pour retenir ses larmes. Elle lui remit une brindille de laurier de montagne séchée entre les pages d'un livre et il l'embrassa une fois de plus, tendrement, pour la remercier. Puis il glissa le laurier dans sa poche, coiffa son chapeau, promit d'écrire rapidement et sortit.

Le temps était gris et lourd. Une averse se mit à tomber quand le train s'ébranla en direction de Long Bridge, pont assez large pour accueillir une voie ferrée et une route parallèle. Des sentinelles qui se tenaient près d'une pancarte recommandant de mettre son cheval au pas firent signe de la main à George, debout sur la plate-forme arrière du fourgon. Il avait choisi de s'installer là pour le voyage parce qu'il faisait étouffant à l'intérieur.

Il porta la main à son chapeau pour rendre le salut puis agrippa la rambarde et se pencha sous la pluie pour regarder les collines vertes et les solides maisons en brique de la bourgade bâtie au bord de l'eau. Forsythias et jonquilles, azalées et fleurs de pommier coloraient le jour sombre. C'était la Virginie. C'était la guerre. De sa mémoire jaillirent des images tragiques du Mexique et de Manassas, de la maison du contremaître en flammes. Il était quand même content de partir.

Après avoir cherché près d'une heure, il trouva le colonel Daniel McCallum, le remplaçant de Haupt, dans la rotonde de la ligne Orange et Alexandria. D'origine écossaise, McCallum, qui passait pour un excellent directeur de chemins de fer, portait la barbe en éventail qu'affectionnaient nombre d'officiers supérieurs. Il fit aussi à George l'impression d'un homme passablement irritable. Manifestement, l'arrivée du visiteur l'interrompait dans son travail.

— Je n'ai guère de temps à vous consacrer, dit le colonel en invitant George à le suivre.

Les deux hommes sortirent de la rotonde surmontée d'une vaste coupole, passèrent devant des piles de rails — dont certains provenaient des forges Hazard — et entrèrent dans l'une des nombreuses baraques provisoires éparpillées sur le périmètre du dépôt. McCallum en claqua la porte d'une façon qui en disait long sur son humeur.

Assis sur l'unique chaise du minuscule bureau, il déroula le sac contenant l'ordre de mutation de George, lissa le document de ses mains puissantes. Il tourna les pages — trop vite pour pouvoir vraiment les lire. George n'avait point besoin d'être particulièrement perspicace pour comprendre qu'il n'était pas le bienvenu.

Cela ne le surprenait pas : sa mutation était accompagnée d'une lettre de recommandation de Haupt et on disait à Washington que McCallum avait intrigué contre l'ami de George, qu'il avait tout fait pour gagner la faveur de Stanton et le dresser contre Haupt de manière à finir par obtenir la direction des chemins de fer.

McCallum remit les papiers dans le sac, qu'il rendit à George avec un mouvement raide de l'avant-bras.

— Major, vous n'avez aucune expérience pratique de la construction ferroviaire. Autant que je puisse en juger, votre qualification essentielle pour notre corps semble être votre amitié avec mon prédécesseur.

George referma la main sur le sac en réprimant une forte envie de boxer le visage du colonel. McCallum retroussa son nez, regarda par une petite fenêtre sale l'averse printanière tombant sur une pile de rails. Au bout de quelques instants, il daigna accorder à nouveau son attention à l'homme qui se tenait devant lui :

— Le général Grant désire que la ligne Orange et Alexandria demeure ouverte jusqu'à Culpeper, son camp de base, pour l'offensive de printemps. C'est un ordre difficile à cause des partisans confédérés, qui opèrent le long d'une bonne partie du côté droit de la voie. Le pont du Bull Run a été reconstruit sept fois. Je veux dire que nous n'avons pas de temps à perdre dans la formation de débutants.

— Je sais manier la pelle et la pioche, colonel. Je n'ai pas besoin de formation.

McCallum offensait George parce qu'il ne dissimulait pas son mépris pour Haupt, et donc pour les amis de ce dernier. George ne voulait pas prendre part à ces jeux politiciens, il désirait seulement travailler, et il se moquait bien de devoir lui-même offenser quelqu'un pour s'installer au poste auquel ses ordres lui donnaient droit.

Par-dessus le bruit de la pluie, une locomotive siffla. Le silence de McCallum exprimait une hostilité grandissante. Soudain George se rendit compte qu'il avait peut-être un ou deux atouts en main.

— Je sais que vous avez besoin d'officiers dans votre corps de construction, colonel. Beaucoup de Blancs refusent d'avoir des « marchandises de contrebande » sous leurs ordres. Moi, j'accepte.

La bouche de McCallum prit un pli amer.

— Suggestion intéressante, mais que notre système d'organisation ne permet pas, je le regrette. Notre corps a pour unité de base l'escouade de dix hommes, commandée par un seul officier. Un lieutenant. (La moue amère devint méprisante.) Vous êtes trop instruit...

George ne manqua pas de sentir la pointe contre West Point et eut plus de peine encore à se retenir de frapper le vieux saligaud.

— ... trop qualifié, si vous voyez ce que je veux dire. Avez-vous envisagé de demander une affectation à l'état-major du général Grant ?

George abattit sa carte maîtresse.

— J'ai été à West Point avec Sam Grant. J'ai fait la campagne du Mexique avec lui, de Vera Cruz à Mexico. Peut-être pourrais-je lui demander de démêler ce sac de nœuds. J'ai été muté aux chemins de fer militaires et je découvre qu'on ne veut pas de moi.

En quelques secondes, le visage de McCallum devint aussi gris que le ciel.

— Non, non. Inutile de faire intervenir les huiles. Aucun problème n'est insurmontable. On peut modifier légèrement le règlement, vous trouver une place... Vous êtes vraiment disposé à commander des hommes de couleur ? demanda le colonel en posant sur George un regard cauteleux.

— Je vous l'ai dit.

Vingt-quatre heures plus tard, le major Hazard prit le commandement de ses deux escouades et commença à perdre l'assurance avec laquelle il avait parlé. Tendu, il examina les soldats noirs, qui le détaillèrent en retour. Si son regard reflétait de l'intérêt et de la curiosité, le leur était soupçonneux, voire hostile pour quelques-uns.

Physiquement, ils présentaient autant de différences que tout groupe d'hommes pris au hasard — à un détail près, que George ne tarda pas à remarquer : tous les Noirs sauf un étaient plus grands que lui.

Pour cette rencontre, il avait choisi sa tenue avec soin : vieux pantalon de velours non réglementaire pris dans des bottes boueuses, veste de treillis. Il ne portait aucun galon, juste un insigne représentant un château à tourelles entouré d'une couronne, fixé au col de sa veste. Le métal argenté indiquait qu'il était officier mais rien de plus.

Il avait cependant meilleure allure que ses hommes, aux pantalons de forme et de couleur variées. Tous portaient cependant la chemise de travail réglementaire sans poignets, dont la flanelle avait dû être blanche il y avait bien longtemps, au sortir de la manufacture. Trois hommes avaient des chaussures à la semelle décollée et George se demanda si elles ne provenaient pas de l'usine de Stanley.

Se préparant à prendre la parole, George claqua des mains derrière son dos et se dressa inconsciemment sur la pointe des pieds. Un des Noirs le remarqua et ricana. George se mit aussitôt à parler, d'une voix forte :

— Je m'appelle Hazard. Je viens d'être affecté au Corps de construction. A partir de maintenant, vous travaillerez pour moi.

— Non, m'sieur, dit le seul soldat plus petit que George, un gringalet aux poignets fins comme de jeunes pousses. J'obéis à vos ordres mais je travaille pour moi.

Sa vivacité d'esprit amusa George, qui résolut cependant de ne pas le montrer.

— Voyons si j'ai bien compris. Tu veux dire que tu es un homme libre et que tu as choisi ce travail ?

Le Noir eut un grand sourire.

— Vous êtes drôlement futé — pour un patron blanc.

Des rires fusèrent ; George ne put s'empêcher de s'esclaffer lui aussi. Ces hommes ne poseraient pas de problème.

24

BURDETTA HALLORAN avait poussé son enquête aussi loin que possible. A présent, il fallait faire intervenir les autorités, mais à qui transmettre les informations qu'elle détenait ?

La question demeura sans réponse pendant les terribles raids effectués par deux unités de la cavalerie de l'Union, commandées par le général Judson Kirkpatrick et le colonel Ulric Dahlgren, fils de l'amiral yankee du même nom. Les hommes de Kirkpatrick s'étaient avancés à moins de cinq kilomètres de Capitol Square avant que la milice de Custis Lee, le fils de Robert, ne les repousse avec l'aide de Wade Hampton.

La seconde unité — les cinq cents cavaliers de Dahlgren — fonça sur Richmond par le comté de Goochland. Un jeune garçon de treize ans trouva sur le corps de Dahlgren, tué par l'ennemi, un document de la main même du colonel exposant les objectifs du raid :

« Libérer les prisonniers. Incendier Richmond. Exécuter le président Davis et tous les membres de son cabinet. »

La capitale confédérée, qui avait tremblé de peur à l'approche de la cavalerie nordiste, frémit de rage quand fut divulgué le contenu du document. Aussitôt, les menteurs de Washington prétendirent qu'il s'agissait d'un faux intégral.

Pendant l'alerte, la vie de la veuve aux cheveux auburn changea peu extérieurement. Burdetta Halloran continua à mener sa guerre quotidienne contre l'escalade des prix, la canaille envahissant les rues et la certitude se répandant partout que les armées de Grant fondraient sur la Confédération dès les premiers beaux jours.

Mais ce qui préoccupait avant tout Mrs. Halloran, c'était la manière dont elle pouvait mettre sa vengeance en branle. Si elle attendait trop longtemps et si Richmond était assiégé, les autorités seraient peut-être trop occupées pour l'écouter. A qui s'adresser ?

Elle se posait toujours la question quand une amie se vanta devant elle d'avoir été invitée à l'une des réceptions, de plus en plus rares, organisées à la Maison Blanche. A force d'insister, Mrs. Halloran obtint de son amie qu'elle intervienne pour la faire inviter elle aussi. La veuve avait alors rejeté l'idée de s'adresser à la personne dont le choix semblait pourtant le plus logique : le général Winder.

Il y avait à cela plusieurs raisons. L'homme avait un caractère exécrable et passait pour mépriser les femmes. Son personnel se composait en grande partie d'anciens criminels illettrés. De plus, il agissait souvent avec tant de brutalité et de précipitation qu'on ne comptait plus les arrestations suivies d'une remise en liberté ni les poursuites suspendues. Mrs. Halloran voulait avoir affaire à quelqu'un capable d'utiliser à bon escient les informations qu'elle détenait.

Le soir de la réception — à la fin du mois de mars — plus de cent personnes se pressaient à la Maison Blanche. Vêtue de velours bleu foncé — un peu lourd mais somptueux —, Mrs. Halloran ne tarda pas à quitter son amie pour circuler seule parmi les invités.

Elle prit une tasse de « thé » aux feuilles de sassafras — pas d'alcool ce soir, elle voulait avoir les idées claires — et, par-dessus le bord, étudia la foule de hauts fonctionnaires et d'officiers supérieurs accompagnés de leurs épouses. Une joyeuse bande, si l'on songeait à la situation. Mrs. Halloran repéra alors Varina Davis.

La femme du président, qui n'avait pas quarante

ans, en paraissait vingt de plus tant elle semblait fatiguée. Le fardeau de son mari était devenu le sien. Le président lui-même, aimable comme toujours avec ses invités, avait l'air aussi épuisé que son épouse. Pas étonnant, pensa Mrs. Halloran. Davis était attaqué de tous côtés. Parce qu'il s'obstinait à garder Bragg et à rejeter Joe Johnston ; parce que l'argent n'avait plus de valeur et que les prix grimpaient ; parce que son gouvernement allait d'échec en échec depuis trois ans.

Gardant son objectif à l'esprit, Burdetta Halloran s'approcha d'un groupe où Seddon, le ministre, racontait comment les cavaliers de Dahlgren avaient mis le feu à sa propriété du comté de Goochland. Elle poursuivit son chemin vers le suave et rondouillard Benjamin, qui avait beaucoup plus d'auditeurs que Mr. Seddon.

— Je soutiens que la Confédération ferait peut-être bien de prendre exemple sur Lincoln et d'adopter in extenso son programme d'émancipation.

Les réactions — stupeur, colère — ne troublèrent pas Benjamin qui, levant une main soigneusement manucurée, poursuivit :

— C'est une proposition qu'on pourra taxer d'extrême, je ne l'ignore pas. Mais réfléchissez : nous pourrions d'un seul et même coup renforcer notre armée affaiblie en y incorporant un grand nombre de Noirs et couper court instantanément aux arguments moraux que ne cessent de rabâcher les Républicains négrophiles.

— Les nègres ne se battront jamais pour ceux qui les ont enchaînés, fit observer un invité d'un ton méprisant.

Benjamin hocha la tête avec un sourire triste.

— C'est bien entendu le grand défaut de ce plan. Quoi qu'il en soit, le président m'a prié de ne pas soutenir ma thèse en public. Je lui obéis. Je vous demande de considérer que nous avons une conversation privée, entre amis proches. Je m'efforce toujours d'être un loyal serviteur.

Une de ses mains grassouillettes prit une huître sur

un plateau d'argent et la porta à ses lèvres. « Tu t'efforces aussi de surnager, à ce qu'il paraît », se dit Burdetta en s'éloignant.

Elle remarqua à l'autre bout de la salle un grand officier, bel homme dans le genre maigre. Il attirait l'œil à cause de sa manche gauche vide et relevée sur l'épaule.

La veuve s'approcha, l'entendit exposer un point de la situation militaire à trois autres personnes, dont une jolie femme de type espagnol ou créole qui lui tenait le bras. Sa femme ?

L'homme l'impressionnait. Mrs. Halloran continua à déambuler parmi la foule, posa des questions ici et là, obtint bientôt une réponse.

— C'est le colonel Main, un des adjoints de Mr. Seddon. Ses fonctions ? Variées. Notamment de surveiller cette brute de Winder.

— Merci infiniment, dit Burdetta avec un sourire radieux.

Ses recherches étaient terminées. Elle échangea sa tasse vide contre un verre de vin blanc.

On l'introduisit dans le bureau d'Orry au ministère de la Guerre le lendemain matin à onze heures et demie. Courtois et d'une aisance surprenante malgré son handicap, il approcha d'elle un fauteuil.

— Veuillez vous asseoir, Mrs... Halloran, je crois ?

— Oui, colonel. Ne pourrions-nous nous entretenir dans un endroit plus discret ? L'affaire qui m'amène est à la fois grave et hautement confidentielle.

Une lueur sceptique s'alluma dans les yeux sombres d'Orry. Malgré ses dehors aimables, il était tendu — il l'était depuis deux semaines. Chaque matin, il s'éveillait avec l'espoir que, aujourd'hui, il verrait le cousin Charles entrer dans son bureau. Aussitôt après avoir reçu la lettre de George et s'être rendu à Libby, il avait écrit à Charles, le priant de venir le voir d'urgence.

Bien entendu, Charles avait sans aucun doute été fort occupé, pour user d'un euphémisme, quand la cavalerie yankee avait attaqué. Mais l'alerte était passée et il aurait au moins pu envoyer un mot. Des courriers reliaient fréquemment Richmond et le quartier général de campagne. Ce silence signifiait-il que Charles était blessé ? En ce cas, toute la responsabilité tombait sur Orry...

Il dut faire un effort pour ramener son attention sur la question qu'on lui avait posée.

— Voyons si notre petite salle de réunion est libre.

Elle l'était. Orry y fit entrer Mrs. Halloran, ferma la porte. La visiteuse tira de son sac une feuille de papier, la déplia. C'était une carte dessinée à la main représentant le James et la région de Wilton's Bluff, en dessous de la capitale. Montrant quatre petits carrés situés sur la rive du fleuve, la veuve expliqua :

— Ce sont les bâtiments d'une ferme abandonnée. Abandonnée — pas par tout le monde : certains individus s'y réunissent la nuit. Si vous menez une enquête, vous découvrirez qu'elle sert de quartier général à une cabale dirigée par un nommé Lamar Hugh Augustus Powell, de Georgie.

Orry tambourina de ses longs doigts sur la table étincelante. Que voulait cette femme séduisante ? Il y avait en elle une dureté désespérée que trahissaient ses gestes, ses yeux, sa voix pourtant maîtrisée.

— Powell, dit-il. Je crois avoir déjà entendu ce nom. Un spéculateur, n'est-ce pas ?

— De profession. Sa vocation, c'est de trahir.

Rapidement, elle lui révéla le reste. Les conjurés se réunissaient et stockaient des armes dans la ferme de Wilton's Bluff. De l'ongle, elle indiqua un rectangle situé juste au bord d'une ligne représentant la falaise.

— C'est le hangar où l'on rangeait autrefois les outils. De ce côté-ci, la falaise descend à pic jusqu'au James, mais on peut facilement y accéder par ce champ, là, au nord, ou par...

— Un moment, s'il vous plaît. Navré de vous interrompre mais, avant d'aller plus loin, il faut me dire l'objectif de la conjuration. Il n'y a rien d'illégal dans le fait de posséder et de stocker des armes.

— L'objectif est d'assassiner le président Davis et un ou plusieurs membres du cabinet.

Orry demeura un moment immobile. Sa stupeur dissipée, il dit à la visiteuse :

— Mrs. Halloran, avec tout le respect que je dois à l'esprit patriotique qui vous amène ici, avez-vous une idée du nombre de rapports faisant état de projets d'attentat contre Mr. Davis que nous recevons chaque semaine ? Un ou deux, au minimum.

— Je n'y peux rien. Mes informations sont exactes. Si vous fouillez le hangar, vous y trouverez des fusils, des revolvers, des machines infernales...

— Des bombes ? fit Orry, ébranlé. De quel type ? Comment doivent-elles être utilisées ?

— Je ne peux vous répondre, je n'en sais rien. Mais je vous assure qu'il y a dans la ferme des engins explosifs. Faites une descente, vous les trouverez. Vous trouverez peut-être aussi les conjurés. Ils s'y réunissent fréquemment.

— Quand la tentative doit-elle avoir lieu ?

— Je n'ai pas réussi à le savoir.

— Comment êtes-vous entrée en possession des informations que vous détenez ?

— Il m'est impossible de vous le révéler. J'ai fait des promesses...

— Manifestement, votre enquête a dû vous prendre beaucoup de temps...

— Des mois.

— Et de détermination.

— Je suis patriote, colonel.

Sans savoir pourquoi, Orry en doutait. La belle Mrs. Halloran lui faisait l'effet d'être une de ces personnes qui gardent jalousement cachés leurs sentiments et leurs motifs véritables. A cet égard, elle lui rappelait Ashton.

Il s'éclaircit la voix avant de reprendre :

— Je n'en doute pas un seul instant. Néanmoins, il me serait fort utile d'avoir une idée de la façon dont vous vous êtes procuré ces informations.

— J'en ai recueilli une grande partie moi-même.

Une personne en qui j'ai confiance m'a aidée pour d'autres éléments — la surveillance de la ferme pendant la nuit, par exemple. Je ne peux en dire plus. D'ailleurs, quelle importance ? Ce qui compte, c'est le plan, la menace !

— D'accord. Permettez-moi une autre question.

— Je vous en prie.

— Ne vous est-il pas venu à l'idée que le grand prévôt est la personne la plus indiquée pour entendre ce que vous venez de me dire ? Oh ! mais peut-être avez-vous déjà...

— Non, coupa Mrs. Halloran avec une moue. Je n'ai jamais rencontré le général Winder mais je le méprise, comme tous les citoyens sensés. La population civile ne trouve pas de quoi manger et il s'obstine avec sa ridicule réglementation des prix qui met les paysans en colère et aggrave la situation. Je ne veux pas avoir affaire à un homme qui nous a causé autant de mal que n'importe quel général ennemi.

Orry se remit à tambouriner sur la table puis demanda :

— Y a-t-il autre chose que vous voudriez ajouter ?

— Seulement ceci : je vous promets que si vous faites une enquête, vous découvrirez que tout ce que j'ai dit est vrai. Si vous ne me croyez pas, pour une raison ou une autre, vous aurez la mort du président sur la conscience.

— Lourd fardeau, commenta Orry, montrant pour la première fois quelque agacement.

— C'est le vôtre, colonel. Au revoir.

— Un instant, dit Orry, comme la visiteuse se levait de sa chaise. Nous n'avons pas terminé. Je vais vous conduire à l'un de mes collaborateurs, qui prendra votre nom, votre adresse et autres renseignements utiles. C'est la règle avec les personnes qui aident le ministère de la Guerre.

La tension de Burdetta Halloran fondit sous un flot de soulagement et de joie. Le long visage creusé de rides du colonel, ses manières patientes, et surtout son irritation quand elle avait chatouillé sa conscience, lui disaient qu'elle avait frappé à la bonne porte.

— Merci, colonel. Je coopérerai pleinement avec vous tant que je pourrai rester dans l'anonymat.

— Je ferai de mon mieux pour respecter votre désir mais je ne peux rien promettre.

Elle hésita, songea à Powell, murmura :

— Je comprends. J'accepte vos conditions. Que commencerez-vous par faire ?

— Cela, je n'ai pas le droit de vous le dire. Mais je puis vous assurer que nous tiendrons compte de vos déclarations.

Mrs. Halloran comprit à l'expression du colonel qu'il était inutile d'insister. Aucune importance. Elle avait mis la machine en marche, Powell était perdu.

— Naturellement je lui ai répondu que nous tiendrions compte de ses déclarations, raconta Orry à Madeline ce soir-là. Qu'aurais-je pu dire d'autre à quelqu'un prétendant être sincère ? Je ne lui ai pas dit ce que nous comptions faire d'abord parce que je n'en avais pas la moindre idée. Les dénonciations de ce genre sont fréquentes, mais celle-là... Comment expliquer pourquoi elle me paraît différente ? Pas parce que cette femme m'a impressionné. Je crois qu'elle en veut à quelqu'un. A Powell, probablement. Non, ce qui me chiffonne, c'est l'abondance des détails. Pourquoi en inventer autant si une heure d'enquête peut révéler qu'ils sont entièrement faux ? Est-elle stupide ? Non. Elle cherche manifestement à se venger mais son histoire est peut-être vraie.

— Powell, dit Madeline. Celui avec qui Ashton était en affaire ?

— Précisément.

— Si complot il y a, elle pourrait être impliquée ?

Orry ne réfléchit qu'un instant.

— Non, je ne le pense pas. Ashton n'est pas du genre à s'enflammer pour une cause. Ceux qui cherchent à changer le cours de l'histoire par le meurtre sont affligés de deux sortes de démence. D'abord, ils justifient le crime ; c'est la folie la plus évidente. Ensuite, ils se moquent complètement des conséquences que leur acte pourrait avoir pour eux. Ashton n'a jamais songé à se sacrifier pour quoi que ce soit. Elle se soucie exclusivement d'elle-même. Je crois James capable de se risquer dans une machination politique insensée mais pas ma sœur.

— On dirait qu'autre chose te préoccupe.

— Oui. La décision de cette femme de ne pas s'adresser à Winder. Ses explications étaient parfaites, données avec le ton juste. Mais c'est pourtant lui qu'elle aurait dû aller trouver d'abord. Winder est du genre à arrêter Powell, à le faire enfermer et à examiner ensuite les inculpations pesant sur lui. Mrs. Halloran est venue au ministère de la Guerre en sachant que nous serions plus lents à agir que le grand prévôt. Il est vrai que, chez nous, l'instruction est conduite avec soin, ce qui n'est souvent pas le cas chez Winder. A une petite vengeance immédiate, elle semble préférer des résultats plus substantiels, qu'elle paraît sûre d'obtenir. C'est cela qui me tracasse — cela et les détails. Nous entendons sans cesse parler de complot mais rarement avec précision. Ici, nous avons le lieu même où se prépare la cabale, indiqué sur une carte que j'ai enfermée dans un tiroir de mon bureau. Un autre détail me trouble plus encore.

— Lequel ?

— Les bombes. C'est la première fois que j'entends parler de machines infernales dans le cadre d'un projet de meurtre. Des couteaux, des pistolets, oui, mais pas de bombes.

Orry leva la main, rapprocha lentement son pouce de son index.

— C'est le genre de détail qui m'empêche de dormir — indépendamment de la responsabilité que je prends si je ne bouge pas et que quelque chose arrive.

— Tu as l'intention d'en parler au ministre ?

— Pas encore. Et à Winder non plus. Mais j'irai peut-être prochainement faire une promenade à cheval du côté du fleuve.

Madeline s'agenouilla à côté de son mari, posa la joue sur son bras.

— Cela pourrait être dangereux, dit-elle.

— Cela pourrait être désastreux si je ne le fais pas.

25

— Et puis...

Charles interrompit son récit pour tirer une bouffée de son cigare, dont l'odeur devenait plus forte à mesure qu'il rapetissait. Gus, qui la supportait mal, se tourna sur le côté en s'éloignant de la hanche nue de son amant et remonta sur son ventre la légère couverture. La lueur du cigare s'estompa, la tache pâle de la poitrine de Charles disparut dans le noir.

Il ne réagit pas en la sentant s'écarter, ne lui prit même pas la main, et elle en fut blessée. Petite blessure mais il y en avait tant dernièrement. Augusta en souffrait, elle n'était plus capable de se cuirasser avec des mots. Elle semblait ne pas pouvoir relever les défenses qu'elle avait abattues.

— Et puis Hugh Scott, Dan et moi avons mis des rondins à l'eau. Nous nous y sommes accrochés et nous avons traversé en battant des jambes. Le fleuve était glacé, et l'obscurité n'arrangeait rien.

Charles parlait à voix basse, d'un ton songeur, comme s'il était seul avec ses pensées — ce qui, en un sens, n'était pas loin de la vérité.

Pendant la plus grande partie de l'hiver, il avait bivouaqué à Hamilton's Crossing. Bien que ce ne fût pas très loin de la ferme, Augusta ne le vit pas plus souvent pour autant. La plupart du temps, il était parti en mission. Ce soir comme les autres soirs, il avait surgi chez elle à l'improviste, juste après la tombée de la nuit. Il avait englouti le repas qu'elle avait hâtivement préparé puis lui avait pris la main et l'avait conduite au lit avec la même brusquerie. Il restait à peine trace de sa politesse d'autrefois mais c'était un détail. La guerre avait produit en lui des changements autrement importants.

Charles racontait des événements qui s'étaient déroulés pendant le raid contre Richmond, le mois précédent. Gus l'incita à poursuivre en demandant :

— Tu as traversé le fleuve pour aller sur la rive où se trouvait l'ennemi ?

— C'est généralement ce que font les éclaireurs. Tu devrais le savoir depuis le temps que je t'en parle.

— Excuse ma mémoire défaillante.

La jeune femme regretta aussitôt son ton amer. Regret inutile : Charles ne le remarqua même pas. Il se redressa, s'adossa un peu plus haut sur la tête de lit grinçante et tourna le visage vers la fenêtre ouverte, la lente et majestueuse danse des rideaux éclairés par la lune. La nuit d'avril sentait la terre que Washington et Boz avaient labourée ce jour-là. Derrière la grange, dans la pâture où la pluie avait créé de petites mares, des crapauds coassaient.

— Nous avons fait bien plus que traverser le Rappahannock, reprit Charles avec un gloussement qui soulagea Gus. (Il y avait longtemps qu'elle ne l'avait pas entendu rire.) Nous avons continué, complètement trempés, jusqu'à ce que nous ayons trouvé la colonne yankee. C'était bien Kirkpatrick. Nous nous sommes cachés, nous avons pris trois de ses chevaux de réserve quand ils sont passés. Nous les avons enfourchés, à cru, et nous avons fait un brin de conduite à la colonne.

— Vous vous êtes glissés parmi les cavaliers de l'Union ?

— Dans le noir, personne n'a rien remarqué. Et c'était plus facile pour les compter. Nous avons traversé le fleuve à gué avec eux. J'aurais aimé descendre quelques-uns de ces salopards mais il fallait d'abord ramener nos informations à la division. Nous les avons donc quittés au sud du Rappahannock, toujours sans que ces abrutis remarquent quoi que ce soit, et nous avons regagné le gros des troupes au triple galop. Voilà pourquoi le général Hampton était prêt quand le petit Kil s'est montré.

— Quelle histoire ! fit Augusta en tapotant le bras nu de Charles.

Aussitôt, il roula sur le côté, souleva un des rideaux, jeta son mégot dans la cour.

— J'en ai d'autres, dit-il en bâillant, mais je les garde pour demain.

Il remonta la couverture, déposa un petit baiser sur la joue de Gus, se tourna sur le flanc gauche et, moins d'une minute plus tard, se mit à ronfler.

Les rideaux se soulevaient et retombaient, dansaient un quadrille sous la lune. Gus enfonça plus profondément sa tête dans le traversin et tira à nouveau la couverture sur ses seins. Elle se frotta la joue, étonnée et furieuse.

« Il en a assez de moi et je ne sais pas pourquoi, pensa-t-elle. Il veut rompre et n'en a pas le courage. »

Il lui avait fait l'amour sans tendresse, la pénétrant brusquement et hâtivement. Que pouvait-elle faire ? Elle n'avait pas le choix. Elle ne pouvait ni arrêter ce qui se passait en lui ni cesser de l'aimer.

Augusta pleura un moment en silence et finit par s'endormir. Lorsqu'elle se réveilla, elle se reprocha sa faiblesse. Elle aimait Charles mais si le prix de leur liaison était une souffrance constante, elle refusait de le payer. Les tourments de la guerre ne finiraient pas de sitôt, c'était à elle de forcer Charles à se reprendre. Il avait besoin d'un choc, d'un puissant remède. Elle le lui administrerait dès le matin.

Charles entra dans la cuisine peu après l'aube en fourrant les pans de sa chemise grise dans son pantalon. Augusta lui avait à peine dit bonjour qu'il déclara :

— J'aurais voulu te parler de Richmond, hier soir. D'un jour à l'autre...

— Les combats reprendront. Tu dois me prendre pour une idiote qui attend toujours les instructions du mâle omniscient. Je sais que les forces de l'Union sont à Culpeper Court House et qu'elles marcheront bientôt sur nous. Ce n'est pas à toi de décider quand je dois chercher refuge dans la capitale, dit Gus en frappant de sa cuillère en bois le bord de la cuisinière.

Charles accrocha de la pointe de sa botte le pied d'un tabouret, le tira de dessous la table et s'assit en allumant un cigare.

— Qu'est-ce qui te prend ?

Elle jeta la cuillère sur la cuisinière, vint se camper devant son amant.

— Une forte envie de mettre les choses au point. Si tu tiens à moi, montre-le par ton comportement. J'en ai assez que tu débarques ici quand cela te chante. Pour t'offrir un bon repas — et le reste — en grommelant sans arrêt.

— Ma présence ne vous plaît pas, Mrs. Barclay ?

— Epargne-moi tes sarcasmes. Tu me traites comme si j'étais à la fois une cuisinière, une blanchisseuse et une putain.

— En pleine guerre, on n'a pas le temps de se faire des amabilités, répliqua Charles en se levant.

— Dans cette maison, on en fait. Chaque fois que tu viens ici, tu te conduis comme si tu aimerais mieux être ailleurs. Si c'est le cas, dis-le et qu'on en finisse.

Dans la cour, le coq pourchassait deux poules caquetantes ; Boz fendait du bois en chantonnant. Charles fixa Gus de ses yeux cernés, où la jeune femme vit soudain apparaître une expression d'innocence étonnée. Elle n'osa sourire mais pensa, ravie, qu'elle avait percé sa carapace. A présent, ils pouvaient parler, sauver leur...

On frappa à la porte, Washington s'avança sur le perron.

— Des cavaliers viennent d'entrer dans la cour. Ils font le tour par-derrière.

Charles saisit son fusil accroché au dos d'une chaise, dégaina son colt. Il s'accroupissait quand un visage rond coiffé d'un chapeau mou passa devant la fenêtre. Charles se releva, ouvrit la porte de la cuisine.

— Qu'est-ce que tu fais là, Jim ?

— Désolé de vous déranger, Charlie, mais ce truc est

arrivé pour vous hier soir à dix heures. 'jour, m'dame Barclay.

Jim Pickles toucha le bord de son chapeau avec une lettre qu'il tendit ensuite à Charles.

— Bonjour, Jim.

Augusta essuya lentement une main puis l'autre à son tablier. L'occasion était perdue.

— Il est marqué dessus « Ministère de la Guerre. Personnel et confidentiel », précisa Jim. C'est drôle, hein ?

— On dirait qu'elle a traîné par terre, fit remarquer Charles.

— Presque. Elle était dans un sac qu'on a retrouvé dans les bois, près d'Atlee's Station, à côté d'un macchabée. Le gars était mort depuis quèque temps, apparemment. C'est p't-êt' les cavaliers de Kirkpatrick qui l'ont eu. En tout cas, la lettre est restée un moment en rade, comme on dit.

Charles précisa pour Gus :

— Atlee's Station, c'est l'endroit où le général Hampton et trois cents d'entre nous ont tendu une embuscade à Kirkpatrick le 1er mars. Nous avons hurlé si fort qu'il a cru que nous étions trois mille.

Il brisa les sceaux, déplia la feuille de papier

— Tu as raison, Jim. Elle a été écrite en février. C'est de mon cousin Orry, le colonel...

Il lut la lettre, la donna à Gus et, tandis qu'elle la lisait, expliqua à Jim :

— Billy Hazard est à la prison Libby. A moitié mort, d'après mon cousin.

— Billy Hazard ? un Yank ?

— Mon vieux copain de West Point. Je t'en ai parlé.

— Ah ! oui. Et vous êtes censé faire quoi ?

— Aller voir Orry à Richmond immédiatement. Je prends mon paquetage.

Charles commença à se retourner pour rentrer dans la cuisine, s'arrêta, tendit le bras vers Jim.

— Oublie ce que je viens de dire, compris ? Tu n'as pas entendu un mot.

Il disparut à l'intérieur. Jim Pickles descendit de

cheval, s'étira au soleil, se gratta l'aisselle, regarda les cardinaux voleter autour des chênes roux.

— Ça tombe bien, c'est calme en ce moment, dit-il. Charlie pourra partir sans problème. Hampton est retourné à Columbia lever trois nouveaux régiments pour que Butler et quèques autres anciens soufflent un peu. Dites, m'dame Barclay, je peux vous montrer quèque chose ?

Augusta parvint à détacher son regard de la cuisine vide.

— Bien sûr, Jim.

De la poche de sa chemise grise, l'éclaireur tira un étui métallique.

— Je l'ai reçu y a deux jours. J'en suis drôlement fier. C'est mes sœurs qui se sont cotisées pour le payer. (Il ouvrit l'étui, révélant la photo d'une femme mûre, à l'expression grave vêtue d'une robe noire.) C'est ma mère. Elle nous a élevés seule après la mort de papa. J'avais quatre ans quand il a eu une jambe arrachée à la chasse. Depuis un an, m'man est pas en bonne santé. Ça me tracasse. J'aime personne au monde plus qu'elle et j'ai pas honte de le dire. Je marcherais dans le feu pour lui faire plaisir.

— C'est un sentiment louable, Jim.

Charles apparut avec sa veste rapiécée et son chapeau, le petit sac en toile dans lequel il mettait son rasoir et ses cigares. Il pressa doucement le bras d'Augusta, l'embrassa sur la joue.

— Pense à ce que je t'ai dit, pour Richmond.

Malheureuse d'avoir manqué l'occasion d'arranger les choses, Gus rétorqua :

— Je ne suis pas une nouvelle recrue à qui on donne des ordres. Je prendrai moi-même une décision, je te l'ai dit.

— Bon. Nous réglerons cette question la prochaine fois.

C'était plus un avertissement qu'une promesse et la jeune femme répliqua :

— Si je suis là.

— Décidément, tu as la langue acérée, ce matin.

— Toi aussi. Et je m'étonne de ta sollicitude pour ton ami yankee. Je croyais que tu voulais tuer tous ceux de l'autre camp.

— Je me rends seulement à Richmond parce que c'est Orry qui me le demande. Ça te suffit comme explication ? Viens, Jim, allons chercher mon cheval.

Augusta rentra dans la cuisine, claqua la porte derrière elle. Lorsqu'elle entendit des sabots résonner dans la cour, elle demeura immobile devant la cuisinière. Quand le bruit s'éloigna, elle courut à la fenêtre, les larmes aux yeux, mais ne vit que de la poussière là où la route de Fredericksburg disparaissait dans la campagne.

A mi-chemin de la capitale, Charles s'arrêta près d'un ruisseau pour reposer Joueur et relut la lettre d'Orry pendant que l'animal buvait. Quelle raison avait-il de répondre à l'appel de son cousin ? Aucune. La guerre avait changé bien d'autres choses que sa liaison avec Gus.

Assis sur un rocher à moitié enfoui, il relut la lettre une troisième fois et des souvenirs, des émotions commencèrent à saper son sens rigide du devoir. Les Main et les Hazard n'avaient-ils pas juré que leurs liens d'amitié et d'affection survivraient aux coups de boutoir de cette guerre ? Ce n'était pas au sujet d'un Yankee quelconque qu'Orry lui avait écrit. Il s'agissait de son meilleur ami. Du mari de sa cousine Brett.

Honteux de sa première réaction, Charles remit la lettre dans sa poche. Pour cette raison et pour de nombreuses autres, il n'avait plus beaucoup d'estime pour lui-même.

26

PLUS tard, Judith se rendit compte qu'elle aurait dû s'attendre à la catastrophe, annoncée par maints signes avant-coureurs.

Cooper dormait rarement plus de deux heures par

nuit. Souvent, il ne rentrait pas du tout et étendait une couverture sur le sol de son bureau. Il imposait son rythme démentiel à Lucius, et le jeune homme, à bout de forces, s'était résigné à faire appel à Judith. Elle lui promit d'essayer de remédier à la situation. Elle parla à son mari avec douceur et tact mais ne fit que provoquer un accès de colère qui le retint trois jours loin de la maison de Tradd Street.

Comme sa fureur explosait sans aucune raison logique, il était impossible de prévoir et d'éviter les circonstances à même de la déclencher. Judith ne pouvait guère que faire régner le calme et le silence dans la maison quand Cooper s'y trouvait. Elle interdit à Marie-Louise de jouer de l'harmonium ou de chanter, ne convia plus personne à leur table et refusa le peu d'invitations qu'ils recevaient.

Elle parvint ainsi à maintenir une tranquillité tendue jusqu'à la mi-avril, date à laquelle on annonça que Beauregard quitterait Charleston pour prendre le commandement de la région Caroline du Nord et sud de la Virginie. En fait, on lui confiait la responsabilité des lignes de défense de Richmond. On organisa à la hâte une soirée d'adieux à laquelle Cooper décida d'assister. Le jour de la réception, Judith s'efforça de le faire changer d'avis — il avait dormi moins d'une heure la veille — mais quand il prit son chapeau haut de forme gris, ses gants assortis et sa plus belle canne, elle comprit qu'elle avait perdu la partie.

En franchissant la grille de la maison, Judith glissa son bras sous celui de son mari qui, l'expression absente, écoutait sonner les cloches de St. Michael. L'air doux, la lumière rassurante des réverbères et les ombres bleues de la nuit faisaient croire à une paix illusoire. Mais Judith savait que son mari n'était pas en paix. Les lèvres crispées, le regard vide, il n'avait pas prononcé un mot depuis qu'ils avaient quitté la maison.

Aux abords de St. Michael, ils virent approcher une vingtaine de prisonniers yankees gardés par trois soldats dont aucun n'avait plus de dix-huit ans. Les

Nordistes riaient et bavardaient comme s'ils n'étaient pas mécontents de leur captivité. Un sergent ventru remarqua Judith, sourit et murmura quelque chose à son voisin.

Cooper se rua vers lui, le fit sortir du rang, et le secoua, sous le regard stupéfait des trois jeunes gardiens.

— Je t'ai vu lorgner ma femme ! Garde pour toi tes pensées dégoûtantes.

Plusieurs voix s'élevèrent en même temps.

— Je suis sûre qu'il n'a pas voulu..., commença Judith.

— Monsieur, vous ne devez pas..., intervint l'un des gardiens.

— Ecoutez, il a rien dit, assura le voisin du sergent.

— Je sais bien que si ! répliqua Cooper d'une voix aiguë en frappant le prisonnier de sa canne. Je l'ai vu.

— Vous débloquez, mon vieux, dit le sergent en reculant. Hé ! empêchez ce cinglé de...

— J'ai vu ton expression ! Tu as fait une remarque dégoûtante en la regardant ! brailla Cooper par-dessus les protestations des autres détenus et le bruit des cloches.

— Monsieur, arrêtez, plaida vainement le gardien.

— Tu vas t'excuser ! Je veux des excuses !

Excédé, le sergent répliqua :

— T'auras rien d'autre que ma main sur la gueule, sale traître !

La canne s'éleva, brilla dans la lumière du bec de gaz. Judith poussa un cri quand Cooper l'abattit sur le crâne du prisonnier puis sur sa tempe droite. Le sergent, bras levés pour parer les coups, se mit à beugler :

— Empêchez-le !

Cooper cogna deux fois de plus sur l'homme, qui tomba à genoux. Son voisin tenta d'intervenir ; Cooper lui enfonça le bout ferré de sa canne dans la gorge puis se remit à frapper le sergent. La canne se brisa.

— Arrête ! s'écria Judith en essayant de tirer son mari en arrière.

La bave aux lèvres, Cooper assena le pommeau d'argent de la canne sur le crâne du sergent. Du sang apparut dans la chevelure du prisonnier. Judith saisit à nouveau le bras de son époux mais il se dégagea avec un grognement animal.

Deux prisonniers joignirent leurs efforts à ceux des gardiens affolés pour protéger le sergent. Cooper parvint à les bousculer et, serrant sa canne à deux mains, brandit le pommeau au-dessus de sa tête. Le prisonnier à genoux porta une main à son œil droit; le sang coulant sur son front lui inonda les doigts.

— Tu as tué mon fils! clama Cooper, frappant à nouveau.

Finalement, plusieurs prisonniers réussirent à le maîtriser et à lui faire lâcher le morceau de canne. Il se débattait, donnait des coups de pied, mordait.

— Laissez-moi! Il a tué mon fils!

Les Nordistes firent tomber Cooper, qui entendit le bruit des cloches de St. Michael exploser dans sa tête.

— Laissez-moi passer. Il n'est pas dans son état norm...

Les Yankees penchés sur Cooper ne prêtèrent pas attention à Judith. Elle vit l'un d'eux écraser du pied la main de son mari.

— Je suis sa femme! Laissez-moi passer!

Ils finirent par s'écarter et elle tomba sur lui en répétant son nom dans l'espoir de le calmer. La bouche écumante, Cooper agitait la tête en geignant :

— Arrêtez les cloches. C'est trop fort, je ne le supporte pas.

— Quelles cloches?

— Là, dans le clocher de l'église. Là...

— Mais il n'y a plus de cloches, Cooper. On les a enlevées il y a plusieurs mois. On les a envoyées à Columbia pour que les Yankees ne puissent pas les prendre.

Il ouvrit la bouche et les yeux, regarda sa femme, le clocher, puis de nouveau sa femme.

— Mais je les entends, Judith, gémit-il avec une voix d'enfant. Je les entends.

Il lui prit la main, se raidit soudain. Ses yeux se refermèrent, son corps se détendit ; sa tête roula sur le côté, la joue contre le trottoir.

— Cooper ?

27

ANDY crut avoir entendu une branche craquer jusqu'au moment où la balle siffla à ses oreilles. Le coup venait des buissons situés sur sa gauche, du côté de la route le plus éloigné de l'Ashley. Il enfonça les talons de ses vieilles chaussures dans les flancs de sa mule en essayant de repérer le tireur. L'homme se leva derrière les broussailles, épaula un mousquet, visa. Il portait une veste bleue de soldat de l'Union ouverte sur sa poitrine noire. Andy fut frappé de stupeur en reconnaissant le visage gras et gonflé.

— Allez ! ordonna-t-il à la mule en donnant à nouveau du talon.

L'animal trotta sur le tournant de la route. Le mousquet tonna, la balle sectionna une feuille de palmier nain à une dizaine de mètres derrière la mule et son cavalier.

En arrivant à Mont Royal, Andy se rendit directement au bureau de Mr. Meek. Le régisseur examinait des factures d'un air indécis comme s'il se demandait laquelle il devait choisir de payer avec l'argent dévalorisé que rapportait la plantation. La bouche sèche, l'esclave annonça la mauvaise nouvelle puis ajouta :

— Il visait pour tuer, Mr. Meek. Et il avait deux mousquets : il n'aurait pas pu tirer une deuxième fois aussi vite s'il avait dû recharger.

Par-dessus les lunettes, les yeux du vieillard, larmoyants et inquiets, rencontrèrent ceux du Noir. Les soucis — le gouvernement qui achetait les récoltes à bas prix, les esclaves qui s'enfuyaient — avaient creusé de nouvelles rides dans le visage du régisseur, qui paraissait dix ans de plus que le jour de son arrivée à la plantation.

— Tu es sûr que c'était Cuffey ?
— Je connais trop bien sa tête. C'était lui. J'avais entendu dire qu'il avait rejoint une bande de fugitifs mais je ne le croyais pas. Il est devenu gras comme un crapaud : ils doivent bien manger, ses nouveaux copains.
— En effet. Ce sont des voleurs. Qui, à ton avis, nous a pris six poules la semaine dernière ? Il vaut mieux nous préparer à bien les recevoir s'ils reviennent. Il faut mouler des balles, vérifier si nos deux barils de poudre ne sont pas humides.
— Je m'en occupe, promit Andy.
— Et le sel pour les conserves ?
— On n'en trouve plus, Mr. Meek. Je suis même allé chez Mr. Cooper avec l'idée de lui en emprunter mais il n'y avait personne. Du moins, personne a répondu. Ça m'embête de revenir les mains vides.
— Je sais que tu as fait de ton mieux. Demain, tu iras chez Francis LaMotte. Je n'aime pas demander service à ce petit coq prétentieux mais j'ai entendu dire qu'il a ramené du sel de Wilmington lorsqu'il est revenu chez lui en permission. Merci, Andy.
En partant, le Noir vit Meek ouvrir la Bible qu'il gardait sur son bureau, se pencher sur une page, remuer silencieusement les lèvres avec une expression désespérée. Andy s'éloigna en songeant que le désarroi du vieillard n'avait rien de surprenant. Il régnait un climat de tension dans le district et à la plantation à cause de la bande qui se cachait dans les marais. Trente à cinquante fugitifs. Dont Cuffey.
Ils quittaient leur tanière pour voler de la nourriture, tuer et détrousser les voyageurs qu'ils surprenaient sur les petites routes désertes. Le mois dernier, on avait retrouvé morts deux Blancs des plantations de l'Ashley. En janvier, on avait vu la bande mettre le feu à Resolute, la grande maison abandonnée où Madeline avait vécu avec Justin LaMotte.
— Bonsoir, Miss Clarissa, dit Andy en arrivant devant la maison.
La mère d'Orry ne répondit pas. Immobile, elle

contemplait la rangée d'arbres menant à la route avec un sourire décontenancé. Elle leva la main droite, l'agita devant son visage comme pour chasser un moustique invisible.

Andy soupira, entra dans la maison et se guida au bruit du marteau pour trouver Jane. Elle aidait un domestique à clouer de vieilles planches sur une fenêtre du rez-de-chaussée dont un orage avait récemment cassé les carreaux. On ne pouvait acheter à Charleston ni vitres ni planches neuves.

La jeune fille sourit en le voyant, devina à son expression qu'il se passait quelque chose. Andy l'attira à l'écart, rapporta l'incident de la route en en minimisant le danger.

— Ce fou de Cuffey prépare sûrement un mauvais coup contre la plantation, murmura-t-il. On pourrait peut-être sauter par-dessus les balais * et déguerpir...

— Non. J'ai donné ma parole à Miss Madeline que je resterais. Et je ne veux pas sauter par-dessus les balais. Toi et moi nous nous marierons comme des êtres libres. Ce ne sera pas long. Un an. Peut-être moins.

Le lendemain, comme Andy s'apprêtait à partir pour la maison de Francis LaMotte, Meek lui remit un petit revolver en disant :

— Il est chargé. Cache-le bien au cas où tu croiserais des Blancs en route. Et laisse-le dans les broussailles avant d'entrer dans la propriété de LaMotte. Tu pourrais être pendu si on le trouvait sur toi.

— Vous pourriez être pendu pour me l'avoir donné, Mr. Meek.

— J'en cours le risque. Je ne veux pas qu'il t'arrive quelque chose.

Le sourire d'Andy se crispa.

— Vous avez peur de perdre votre meilleur négro ?

— Je ne veux pas perdre un homme de valeur, répliqua le régisseur, irrité. Monte sur ta mule et file avant que je te botte les fesses.

* Ce qui tenait lieu de cérémonie de mariage pour les esclaves (n.d.t.).

Le Noir poussa un long soupir.
— Désolé d'avoir dit ça. L'habitude...
— Je sais.
Les deux hommes se serrèrent la main.

La mule trottait le long du raccourci menant chez Francis LaMotte. Andy sifflotait *Dixie's Land* en songeant que le vieux Meek n'était pas un si mauvais bougre lorsqu'il aperçut une forme sombre, semblable à un tas de vieux vêtements, au milieu du sentier envahi par les broussailles.

Il arrêta sa monture, tendit l'oreille, entendit des chants d'oiseaux et le bruissement de la forêt. Il descendit de sa bête et, revolver à la main, s'approcha lentement de la forme sombre.

C'était un Noir en haillons, immobile. Deux trous bordés de rouge perçaient son front, comme une paire d'yeux supplémentaires.

Andy frissonna, inspecta les alentours. A droite du sentier, l'herbe était piétinée sur une grande surface. Il s'avança, fit s'envoler une demi-douzaine de corbeaux, jura à mi-voix.

Francis LaMotte, vêtu de son uniforme des *Ashley Guards* — ou de ce qu'il en restait —, tournait dans la brise humide, pendu par les poignets à la branche d'un chêne. On lui avait pris ses bottes et ses chaussettes ; il avait les pieds nus.

On eût dit quelque oiseau au plumage coloré. La veste d'un vert brillant était lacérée ; le gilet et le pantalon jaune canari montraient des taches rouges encore humides. Andy cessa de compter les blessures quand il arriva à trente.

•

Ce même jour d'avril, Orry arriva dans la soirée à proximité de la ferme que Mrs. Halloran avait dessinée sur son plan. De fins nuages voilaient la lune et les étoiles : il serait plus facile de traverser le champ à l'abandon, comme l'avait suggéré l'informatrice.

Orry portait le costume de drap noir qu'il avait rangé en arrivant dans la capitale. Hormis le poignard glissé dans le fourreau fixé à sa botte droite, il n'avait pas emporté d'arme. S'il était découvert, il pourrait prétendre être un voyageur égaré.

Il attacha son cheval à un arbre au bord du champ le plus éloigné des quatre bâtiments surplombant la falaise. La vieille maison, la grange principale et le poulailler dressaient leur masse noire, à peine distincte. Par contre, le hangar à outils, perché au bord de la falaise, semblait strié de lignes verticales jaunes : la lumière d'une lanterne filtrant à travers les planches.

Orry passa la main sur sa lèvre supérieure moite, entama une lente marche silencieuse vers le bâtiment. Lorsqu'il fut au milieu du champ envahi d'herbes, creusé çà et là par une rigole, il crut voir une allumette flamber au-delà de la maison, à une assez bonne distance sur la gauche. Une sentinelle sur la route ? C'était plus que probable.

Il entendit des chevaux frapper doucement du sabot. Une bande d'herbes hautes d'une dizaine de mètres de large séparait le hangar du bord du champ, où Orry s'accroupit et compta les bêtes : quatre chevaux de selle, un cinquième attelé à un buggy à la capote relevée. Apparemment, le groupe révolutionnaire de Mr. Lamar Powell était minuscule. Mais Orry avait lu *Jules César* dans sa jeunesse et savait qu'une armée n'était pas nécessaire pour commettre un attentat politique.

Toujours accroupi, il s'approcha du côté du bâtiment d'où filtrait la lumière, avançant prudemment pour faire le moins de bruit possible. A mi-chemin, il entendit des voix étouffées, dont celle d'une femme. Surpris, il ne fit pas attention où il posait le pied et écrasa une brindille, qui se brisa avec un craquement.

— Attendez, Powell. J'ai cru entendre du bruit, dehors.

— Probablement un lapin — ou un rat. L'endroit en est infesté.

— Je vais voir ?

— Non, inutile. Wilbur monte la garde sur la route.

Orry rampa jusqu'au hangar, colla l'œil à une fente.

L'homme qu'on avait appelé Powell lui tournant le dos, Orry ne vit qu'un pantalon jaune, une veste de velours marron, des cheveux grisonnants pommadés. Des bottes apparurent sur la gauche dans son champ de vision : un homme, assis, venait d'étendre les jambes.

— Notre principal chargement d'armes est arrivé hier, poursuivit Powell.

Il se dirigea vers les caisses empilées sur le sol couvert de paille, se retourna quand il fut devant elles et prit une pose théâtrale, une main fine serrant le revers droit de sa veste. D'un grand geste, il indiqua une caisse rectangulaire sur laquelle était peint le mot « Whitworth ».

— Comme vous pouvez le voir, nous disposerons du meilleur armement.

— Les Whitworth sont sacrément chères..., commença quelqu'un.

— En effet, coupa Powell. Mais ce sont les meilleures carabines de précision du monde. La Whitworth de calibre 45 a une déviation radiale de moins de trente centimètres à huit cents mètres. Si nous ne sommes qu'une poignée à tirer sur l'ennemi, nous devons être le plus précis possible.

Ces quelques phrases de Powell suffirent à alarmer Orry. A la différence de nombreux déments, l'homme avait l'air intelligent et n'échouerait pas par stupidité.

— Je ne pense pas que vous teniez à savoir combien de pots-de-vin il a fallu verser pour les obtenir, continua Powell. Moins vous en saurez, moins vous courrez de risques — et nous risquerons bien assez tôt la corde.

— Je n'ai pas parcouru un long chemin à cheval pour entendre des plaisanteries, Lamar.

Orry ouvrit grande la bouche : la voix appartenait à James Huntoon.

— Venons-en aux faits, poursuivit celui-ci. Quand et comment tuerons-nous Davis ?

— Et qui mourra avec lui ?

Cette fois, Orry crut avoir perdu l'esprit : la femme qui venait de parler était sa sœur, Ashton. Afin d'identifier éventuellement d'autres conspirateurs, il changea de position pour découvrir une autre partie de l'intérieur du hangar. Un homme était adossé au mur donnant sur le fleuve, entre deux fenêtres encadrant chacune un rectangle de nuit terni par la saleté des vitres.

Pour en avoir plus, Orry posa la main contre le mur, colla son autre œil à la fente. Une planche craqua.

— Il y a quelqu'un dehors ! s'écria Huntoon.

Orry recula, faillit perdre l'équilibre.

— Éteignez les lanternes, ordonna Powell.

Les raies jaunes verticales disparurent. Orry se redressa, courut vers le champ. Une porte s'ouvrit, des voix retentirent au-dehors.

— Wilbur ? appela Powell. Par ici ! On nous espionne.

Orry se trouvait au milieu du champ quand il entendit un cheval galoper sur la route en terre battue menant à la ferme. Le cavalier se tourna vers lui, tira.

La balle passa dans l'herbe à moins d'un mètre d'Orry. Il se prit le pied dans une rigole, trébucha, tomba à genoux. Il se releva, se remit à courir vers son cheval, monta en selle au moment où son poursuivant atteignait le milieu du champ.

Orry lança sa bête dans le sentier par lequel il était venu ; des branches basses lui cinglèrent les joues et le front. Derrière lui, l'homme tira et le manqua à nouveau. Orry déboula sur la route de Richmond et sema son poursuivant. Du haut d'une colline, il vit dans le ciel une lueur indiquant la proximité de la capitale.

Rentré chez lui vers minuit, il raconta l'expédition à sa femme. Assise au bord de leur lit, les bras croisés sur le devant de sa chemise de nuit, elle le regarda arpenter la chambre en faisant tomber de ses bottes des plaques de boue. Lorsqu'il eut achevé son récit, Madeline demanda aussitôt :

— Mais comment Ashton s'est-elle laissé entraîner dans une histoire pareille ?

— J'ai d'abord pensé que c'était à cause de James

mais je n'en suis plus si sûr. Enfin, peu importe. Je suis le seul à savoir qu'une menace pèse sur la vie du président. Et d'autres personnes...

Saisissant une des colonnes du lit, Orry continua :

— Je dois en informer Seddon. Et Winder. Le prévôt a les moyens d'arrêter discrètement les conspirateurs. C'est bien la première fois que je me réjouis de l'échec de Stephens dans sa croisade au Congrès.

En février, malgré les efforts du vice-président, l'*habeas corpus* avait été de nouveau suspendu.

— Tous les conspirateurs ? demanda Madeline. Y compris ta sœur ?

— Elle fait partie du complot. Pourquoi mériterait-elle un sort à part ?

— Tu le sais bien. Je ne l'aime pas, moi non plus, mais elle est de la famille.

— La famille ! Je préférerais avoir Butler la Brute pour parent ! Ma sœur a essayé de faire assassiner Billy Hazard, Madeline.

— Je ne l'ai pas oublié mais cela ne change rien à ce que je viens de dire. C'est ta sœur. En outre, aucun crime n'a encore été commis.

— Tout ce que je peux faire — et elle ne le mérite certainement pas — c'est m'abstenir de prononcer son nom.

— Il faudrait faire la même chose pour James.

— Je ne lui dois rien.

— C'est le mari d'Ashton.

Un long silence, un soupir écœuré.

— Bon, grommela Orry. Mais c'est tout ce que je ferai pour eux. Je dénoncerai Powell et personne d'autre. S'il parle de Huntoon ou de ma sœur, tant pis pour eux.

— Nous sommes découverts, nous allons être arrêtés ! Lamar, qu'est-ce qu'on peut faire ?

Le ton geignard de Huntoon dégoûtait Ashton. Devant les autres conjurés sortis du hangar, Powell empoigna James par le col.

— D'abord ne pas pleurnicher comme des gosses.

Il repoussa Huntoon quand Wilbur, la sentinelle, s'approcha au trot.

— Je l'ai perdu.

— Tu as pu le voir ?

— Non.

— Incapable !

Powell tourna le dos à Wilbur, se frotta le menton en plissant le front.

— Ils seront ici demain matin, non ? dit un autre conjuré.

— Peut-être pas, répondit Huntoon. Si c'était juste un jeune moricaud cherchant à voler des poules...

— C'était un Blanc, intervint Wilbur. Ça, j'ai pu le voir.

— Mais il ne nous voulait peut-être aucun mal...

— Imbécile ! lança Powell. Il s'est approché furtivement, il nous a espionnés à travers une fente. De toute façon, vous vous imaginez sérieusement que je vais attendre ici pour savoir s'il nous voulait ou non du mal ? Ce qu'il faut, c'est mettre au point une riposte adaptée à la situation. Si nous réfléchissons et gardons la tête froide, nous nous en tirerons sans dommages.

Profondément effrayée, Ashton s'accrochait à sa confiance en Powell mais cette foi fut ébranlée quand il ajouta en souriant :

— Faisons appel à l'aide de Mr. Edgar Poe, mon auteur favori. Combien d'entre vous connaissent *la Lettre volée* ?

— C'est vous qui êtes un imbécile ! s'exclama Huntoon. Parler d'écrivaillons à un moment pareil !

Pour une fois, Ashton donna silencieusement raison à son mari. Sans un mot d'explication, son amant lança à Huntoon un regard méprisant et passa devant lui en riant.

A l'aube, Orry gravit le perron de la résidence de Seddon et cogna le heurtoir contre la porte avec une telle force qu'il réveilla sans doute tout le voisinage. En l'espace de quelques minutes, Winder fut convoqué chez le ministre. Le général arriva de fort méchante humeur et résista une demi-heure avant de céder aux pressions de Seddon : malgré le peu de confiance qu'il avait en Main, il enverrait des hommes enquêter à Wilton's Bluff avant midi.

— Je me rends immédiatement chez le président, déclara le ministre, remis du choc causé par les révélations d'Orry. Tous les membres du Cabinet seront alertés. A vous le privilège, colonel Main, de jeter le filet pour prendre le plus gros poisson.

Peu après dix heures, un fourgon fila vers Church Hill et tourna dans Franklin Street. Orry en sauta, prit le commandement d'un groupe d'hommes armés qu'il dirigea vers le perron. Une deuxième escouade, descendue un peu plus tôt, s'était déjà déployée dans le jardin.

Etonné que la porte de devant ne soit pas fermée à clef, Orry entra dans la maison, l'inspecta, ne trouva ni vêtements ni affaires personnelles.

Lamar Powell avait disparu.

Le soir, seconde surprise. Dans le saint des saints de Winder, l'homme au long nez, vêtu de noir, affirma :

— Je n'ai rien trouvé. Aucune trace d'habitants et encore moins de caisses d'armes. A mon avis, colonel, personne n'a mis le pied dans cette ferme depuis des mois. Les voisins, que j'ai interrogés, le confirment.

— Impossible, s'exclama Orry.

Piqué, l'homme aux allures de prêtre répliqua ; en désignant la porte :

— Demandez donc aux deux détectives qui m'ont accompagné. Je m'en tiens au rapport que vous venez d'entendre. S'il ne vous convient pas, retournez là-bas en faire un autre.

— Je n'y manquerai pas, promit Orry.

Israel Quincy lui tourna le dos, s'approcha de la fenêtre et contempla le coucher de soleil.

La lumière rouge du crépuscule faisait miroiter le fleuve et éclairait le visage lugubre d'Orry. Il avait fouillé le hangar et, selon les prévisions de Quincy, n'y avait rien trouvé. Dans la terre battue, il n'avait vu aucune empreinte de pied de femme, juste des traces de bottes masculines : les siennes, celles des agents de Winder, probablement. Quant à celles des conjurés, comment savoir ?

Se sentant humilié, bafoué, il avait quitté le bord de la falaise pour inspecter la ferme, la grange et le poulailler. Là encore, rien que de la poussière et des rats. A la tombée de la nuit, il remonta en selle, prit un raccourci menant à la route qui longeait le champ qu'il avait traversé la veille. Le noir de la terre labourée n'était pas plus sombre que son humeur.

Rentré chez lui, Orry toucha à peine à son frugal dîner.

— Quincy a été acheté, dit-il à Madeline. Winder aussi, j'en ai l'impression. Mrs. Halloran est tombée par hasard sur une conspiration qui doit bénéficier de complicités en haut lieu. J'ai l'intention de découvrir jusqu'où ses ramifications remontent.

— Mais le président ne court plus aucun danger, maintenant. Il a été averti...

— Je veux quand même savoir ! En ce moment, Seddon doit probablement s'interroger sur ma santé mentale. Est-ce que je bois ? est-ce que j'ai des visions ? Je te jure que...

— Je te crois, chéri. Mais que peux-tu faire ? Apparemment, on a ouvert et classé le dossier le même jour.

— Moi pas. Et je connais quelqu'un qui se trouvait à la ferme. Ashton est encore à Richmond — j'ai vérifié avant de rentrer. Dès demain, je fais une enquête sur ma chère sœur.

Mais Orry ne tint pas son engagement. Une heure plus tard, on sonna à la porte de la rue. Il descendit ouvrir : ce ne pouvait être que pour lui, la propriétaire ne recevait jamais de visites à cette heure tardive.

Couvert de poussière, la tête émergeant comme un

pic montagneux de nuages de fumée de cigare, Charles se tenait sur le seuil.

— Ta lettre a fait un détour par Atlee's Station mais j'ai fini par la recevoir. Je suis venu aider Billy.

28

STEPHEN MALLORY arriva à Charleston dans la soirée après un pénible voyage dans l'une des voitures sales et non chauffées des chemins de fer du Sud. Il répondait à un télégramme de Lucius Chickering lui demandant de venir d'urgence.

Cooper n'en savait rien. Après l'incident avec les prisonniers nordistes, des soldats de la prévôté l'avaient porté chez lui sans trop de douceur. Depuis, il était au lit, sans bouger, sans parler, sans toucher à la nourriture que Judith lui présentait.

Il tourna cependant la tête vers la porte quand sa femme l'ouvrit après avoir frappé.

— Chéri ? Tu as de la visite. Ton ami Stephen, le ministre.

Immobile sous les couvertures, Cooper ne répondit pas.

— Puis-je rester seul un moment avec lui ? sollicita Mallory.

Judith regarda son mari, qui les fixait de ses yeux ronds et vides.

— Bien sûr. Si vous avez besoin de moi, secouez la clochette qui se trouve sur la table de chevet. Vous la voyez ?

Mallory acquiesça, tira une chaise près du lit. Judith posa un regard triste sur la clochette dont Cooper ne s'était pas servi une seule fois depuis qu'on l'avait porté chez lui. Elle sortit, ferma la porte derrière elle.

Le ministre s'assit, examina son collaborateur, qui fixait à présent le plafond.

— On dit que vos nerfs ont craqué. C'est vrai ? demanda Mallory d'un ton abrupt.

Il avait parlé sans enrober ses propos d'ouate,

comme on le fait généralement dans la chambre d'un malade, et Cooper réagit en clignant des yeux.

— Si vous m'entendez, poursuivit le ministre, ayez la courtoisie de me regarder. Je n'ai pas fait un long voyage pour parler à un cadavre.

Lentement, la tête de Cooper s'inclina vers le visiteur mais le regard demeura vide.

— Vous avez commis un acte scandaleux. Scandaleux, il n'y a pas d'autre mot. L'ennemi nous considère déjà comme des barbares — non sans raison, je regrette de devoir le dire. Un haut fonctionnaire qui se conduit comme un garde-chiourme pris de folie, et en public, qui plus est ! Il se trouve peut-être dans tout le Sud quelques brutes qui approuveraient votre conduite mais ils ne sont pas nombreux. Je serai sans détour, Cooper. Vous avez gravement nui à notre cause. Et à vous-même.

Cooper battit des paupières, pressa les lèvres.

— Comme je ne pouvais dormir dans ce fichu train, j'ai essayé de trouver une manière courtoise de réclamer votre démission immédiate. Il n'y en a pas. J'ai donc...

— Ils ont tué mon fils.

Mallory sursauta.

— Quoi ? Les prisonniers que vous avez assaillis ? Cela ne tient pas debout.

Les mains du malade se tordirent sur la courtepointe, telles des araignées blanches remuant sans but, sans toile à tisser. Il cligna à nouveau des yeux, murmura d'une voix rauque :

— Les profiteurs ont tué mon fils. La guerre l'a tué.

— Une mort tragique et fort affligeante, je n'en disconviens pas. Mais, en ces temps cruels, la mort est devenue banale.

Cooper se souleva, les yeux emplis de colère. Mallory le repoussa doucement en disant :

— Bien sûr, la mort d'un fils n'est jamais banale pour un père. Mais connaissez-vous les chiffres ? Des centaines de milliers de pères ont perdu leur enfant dans tout le Sud. Dans le Nord aussi, d'ailleurs. Après une période de deuil, la plupart ont repris leurs activités. Ils ne sont pas restés à pleurnicher dans leur lit.

Le ministre s'interrompit. Sa tentative de secouer Cooper mettait ses propres nerfs à dure épreuve et, surtout, ne donnait aucun résultat. Il tira un mouchoir de sa manche, s'épongea le front, sentit l'odeur du pot de chambre glissé sous le lit. Un dernier essai :

— Au service du ministère de la Marine, vous avez été plus que compétent. Vous avez fait preuve d'imagination et, dans le cas du *Hunley*, d'une grande bravoure. Si vous êtes resté celui qui, pendant deux heures et demie, a surmonté sa peur de mourir étouffé au fond du port de Charleston, j'ai encore besoin de vous. Nous n'en avons pas fini avec cette guerre. Soldats et marins continuent le combat. Moi aussi. Je serais donc plutôt enclin à vous infliger un blâme qu'à demander votre démission. Mais pour reprendre le travail, dit Mallory en se levant, il faut quitter le lit. Veuillez me faire parvenir votre décision dans les jours qui viennent.

Il sortit de la chambre, se força à claquer la porte.

En bas, il rejoignit Judith et murmura en s'essuyant a nouveau le front :

— Cacher ma compassion à ce malheureux est une des choses les plus pénibles que j'aie dû faire. J'ai le cœur brisé de le voir dans cet état.

— Cela vient de loin, Stephen. Une accumulation de fatigue, de rancœur, de chagrin. Je ne parviens pas à l'en tirer, ni avec de la gentillesse ni avec de la colère. C'est pourquoi je vous ai prié de lui parler comme vous l'avez fait.

— Tout n'est pas faux dans ce que je lui ai dit. On m'a effectivement réclamé sa démission. Avec insistance et en haut lieu.

— Je n'en suis pas surprise.

— Nos ressources s'épuisent, nos armées sont au bord de la famine. Il ne nous reste guère que l'honneur. Aussi ne pardonne-t-on pas facilement à un homme qui se conduit comme votre mari...

Mallory prit son chapeau sur un tabouret, le tritura en ajoutant :

— Mais je me ferai un plaisir d'ignorer ceux qui le critiquent si je réussis à lui faire reprendre le travail.

Judith serra la main du ministre pour exprimer sa reconnaissance.

— Voulez-vous manger quelque chose ? Une tasse de café ? On fait sécher des glands puis on les grille dans un peu de graisse de lard. C'est buvable.

— Merci mais je préfère retourner à l'hôtel dormir une heure ou deux.

— C'est moi qui dois vous remercier.

Elle embrassa Mallory sur la joue ; il rougit.

— J'espère que la brutalité de mes propos servira à quelque chose, dit-il en se dirigeant vers la porte.

Après son départ, Judith se tourna vers l'escalier, prit soudain conscience qu'elle mourait de faim. Il ne restait à manger que des huîtres frites, ou du moins ce qui en tenait lieu : des beignets faits avec une pâte collante obtenue en mélangeant du maïs vert râpé, un œuf et quelques autres ingrédients fort rares. Moins rares cependant que les vraies huîtres, que les Yankees accaparaient ou que des pêcheurs cupides vendaient à un prix exorbitant. On ne trouvait plus d'huîtres au marché ; on ne trouvait plus grand-chose.

Elle rejoignit Marie-Louise dans la cuisine, où l'adolescente, faute de colle, enduisait des morceaux d'assiette cassée d'un mélange de farine de riz et d'eau. Elle leva les yeux, lança à sa mère un regard douloureux comme pour protester contre une peine de travaux forcés. Après avoir mangé, Judith écrivit à Mont Royal pour demander des vivres et colla sur l'enveloppe de la lettre un timbre rose à dix cents. Comme elle en avait assez de voir le visage du président sur tous les timbres !

Elle s'assit ensuite devant l'harmonium et commença à jouer, lentement et d'une main experte, *The Vacant Chair**. Comme tant d'autres chansons de

* La Chaise vide (n.d.t.).

guerre composées dans le Nord, l'air était populaire dans les deux camps. Les paroles convenaient à l'humeur sombre de Judith, qui chanta bientôt d'une jolie voix de soprano :

Nous nous réunirons mais lui nous manquera.
Il y aura une chaise vide.

Un bruit la fit sursauter. Elle s'interrompit, leva les yeux vers le plafond. Avait-elle imaginé... ?

Non. Faiblement mais distinctement, la clochette sonna à nouveau.

Pleurant d'espoir, elle grimpa les marches quatre à quatre, ouvrit précipitamment la porte de la chambre. Dans la pénombre, elle ne put distinguer Cooper mais l'entendit demander d'une voix claire :

— Judith, pourrais-tu ouvrir les rideaux pour laisser entrer un peu de lumière ?

Le vent soufflant de la mer chassa l'odeur de renfermé de la pièce.

En fin d'après-midi, Cooper but la moitié d'une tasse de bouillon de dinde et un peu du « café » de Judith. Puis il se reposa, la tête tournée vers les hautes fenêtres ouvertes par lesquelles on voyait un grand chêne et le toit de la maison voisine.

Il se sentait faible, comme au sortir d'une fièvre forte et prolongée.

— Mais j'ai l'esprit clair, dit-il à sa femme. Je n'éprouve plus la même colère qu'avant la visite de Stephen.

Elle s'assit contre la tête du lit, attira doucement son mari contre sa maigre poitrine et passa un bras autour de ses épaules.

— Quelque chose en toi a explosé comme une chaudière quand tu t'es jeté sur ce prisonnier. Tu as longtemps condamné l'esclavage et lorsque tu as pris position pour le Sud, il y a trois ans, tu l'as fait avec autant de ferveur. C'était louable, mais des forces terribles ont commencé à s'affronter en toi. La mort de

Judah a aggravé les choses, de même que les longues heures de travail pendant lesquelles tu essayais d'en faire trop avec trop peu de moyens. Quelle que soit la raison de ton rétablissement, j'en remercie Dieu. Si j'étais catholique, je demanderais la canonisation de Stephen.

— Je ressens une honte profonde. Comment va l'homme que j'ai attaqué ?

— Il a une commotion cérébrale mais il s'en remettra.

Cooper poussa un soupir de soulagement.

— Tu as raison, il y a une lutte qui se déroule en moi. Encore maintenant. Je sais que la guerre est perdue mais je me sentirai tenu de reprendre le travail si le ministère me le demande. Où est Stephen, à propos ?

— A l'hôtel, il se repose. Quant à reprendre le travail... Moi, je réfléchirais. Mon opinion sur la guerre n'a pas changé. Lorsque Fort Sumter est tombé, tu la partageais.

Cooper détourna les yeux.

— Cette guerre est mauvaise, poursuivit Judith. Non seulement parce que toute guerre est mauvaise mais parce qu'elle est menée pour une cause immorale — non, laisse-moi finir, s'il te plaît. Je connais par cœur toute l'argumentation sudiste et toi aussi. Ce ne sont pas les tarifs douaniers ou l'arrogance nordiste qui sont cause de toutes ces souffrances. C'est ce que nous avons fait, soit directement, soit en nous rendant complices par notre silence. Nous avons volé la liberté d'autres êtres humains, nous avons sur ce vol bâti des fortunes, et nous avons même proclamé en chaire que Dieu nous approuvait.

Il lui prit la main, avoua d'une voix d'enfant apeuré :

— Tu as raison, mais je ne sais pas ce que je dois faire, maintenant.

— Survivre à la guerre. Travailler pour Stephen s'il le faut. Quoi que tu décides, ce sera bien car tu as retrouvé ta lucidité. Mais promets-moi — et promets-toi — que tu œuvreras tout autant pour la paix quand le Sud aura perdu. Tu sais ce qui se passera après l'arrêt des combats. L'animosité persistera dans les deux camps mais les perdants la ressentiront davantage. Tu sais ce que la haine fait à un homme, tu es passé par là.

— La haine se nourrit d'elle-même. Elle croît, elle engendre plus de haine encore et de nouvelles souffrances.

Bouleversée, Judith laissa couler ses larmes et serra son mari contre elle.

— Oh ! Cooper, comme je t'aime ! L'homme que j'ai épousé avait disparu mais je crois l'avoir retrouvé.

Il la prit dans ses bras. Judith continua un moment à pleurer de joie puis lui demanda s'il désirait voir Mallory lorsqu'il reviendrait. Cooper acquiesça, promit de mettre une chemise de nuit propre, de passer un peignoir et de descendre pour le dîner. Judith battit des mains et courut prévenir Marie-Louise.

En voyant son père au pied de l'escalier, Marie-Louise demeura un moment figée puis s'élança vers lui en pleurant. Plus tard, quand Mallory arriva, Cooper lui déclara :

— Stephen, j'aurai toute ma vie une dette envers vous. Votre visite m'a sauvé. Elle m'a sauvé de beaucoup de choses mais surtout de moi-même. Je vous admire profondément, je continuerai à le faire. Mais je ne puis plus travailler pour vous. Quelque chose a changé. J'ai changé. Je veux la fin de la guerre, la fin des tueries. J'ai donc l'intention de consacrer mon temps à l'action en faveur d'une paix négociée honorable, assortie de l'émancipation de tous les Noirs encore asservis.

Le visage du ministre refléta des sentiments mêlés : incrédulité, mépris, colère. Finalement il se reprit et demanda :

— Et où comptez-vous mener cette noble croisade ?

— De Mont Royal. Ma famille et moi rentrons chez nous.

29

LE pétrole brûlait dans la lampe tandis que Charles et Orry dressaient leurs plans.

— Je peux rédiger un ordre de libération pour le faire sortir de...

— Tu veux dire commettre un faux, coupa l'éclaireur, le mégot de cigare pour un instant hors de sa bouche.

Il avait ôté ses bottes et posé ses pieds aux chaussettes puantes sur le bord de la table que son cousin utilisait comme bureau.

— D'accord, un faux, puisque cette libération serait illégale.

— Que nous faut-il d'autre ?

— Un uniforme gris pour remplacer le sien. Un cheval...

— Je m'en occupe, assura Charles.

— Et finalement un laissez-passer. Je peux aussi m'en charger. A lui de se débrouiller pour traverser le Rapidan. Un autre whisky ?

Charles vida son verre, le tendit à son cousin, qui était frappé par la façon dont le temps et la guerre avaient changé leurs relations. Il n'y avait plus un homme et un jeune garçon, un maître et un élève mais deux adultes, deux égaux. En remplissant les verres, Orry précisa :

— Je t'accompagnerai à la prison. Je ne te laisserai pas courir seul ce risque.

— Oh ! si, cousin, répliqua l'éclaireur en reposant bruyamment ses pieds sur le plancher. J'irai seul.

— Je ne...

— Tu oublies un petit détail. Les gardes pourraient se souvenir de toi et donner plus tard ton signalement. Je ne tiens pas à ce qu'on se mette à ma poursuite une semaine après t'avoir retrouvé. Cette opération doit s'accomplir en solo.

Charles avait trouvé cet argument en venant à Richmond : c'était le seul moyen d'épargner à son cousin d'autres dangers que ceux qu'il courrait déjà en fabriquant des faux. L'éclaireur s'efforça de dissimuler son véritable mobile sous un sourire froid en posant les yeux sur la manche vide d'Orry.

— J'insiste sur ce point, poursuivit Charles. (Il se retourna sur sa chaise.) Et vous, qu'en dites-vous, Madeline ?

La jeune femme, debout près d'une desserte, avait écouté en silence la conversation.

— Je suis de votre avis, approuva-t-elle.

— Encore un complot, grommela Orry.

— Il y en a d'autres ? demanda Charles.

— Façon de parler. On entend sans cesse parler de conspirations imaginaires contre le gouvernement.

Il ne restait qu'un point à régler et ce fut Charles qui l'aborda :

— Quand ?

— Je peux me procurer les formulaires et, euh, me livrer à mes travaux d'écriture demain matin.

— Alors je le ferai sortir demain soir.

Charles attacha Joueur à l'un des poteaux en fer de la 21e Rue, en face de l'entrée principale de la prison. Une odeur de poisson portée par un vent fort montait du canal, où une sentinelle montait la garde. Il savait qu'il y en avait d'autres, tout autour du bâtiment.

Il caressa son cheval, marmonna sans ôter de sa bouche son mégot de cigare :

— Repose-toi. Tu auras bientôt une double charge à porter.

Du moins, Charles l'espérait. Il remonta le trottoir en pente menant à Cary Avenue, la barbe inondée de sueur. Son vieux colt de l'armée battait contre sa cuisse dans un étui presque totalement caché par le poncho indien qu'il avait emprunté à Jim Pickles. Le vêtement était trop chaud mais retiendrait l'attention des gardiens, qui oublieraient tout le reste. Là encore, ce n'était qu'un espoir.

Tournant le dos au vent soulevant des nuages de poussière dans l'avenue, il gravit le perron de la prison, passa devant un jeune gardien aux yeux d'un bleu de porcelaine qui le regarda avec insistance.

A l'intérieur, Charles plissa le nez à cause de la puanteur en présentant le faux ordre de libération au caporal de service.

— Prisonnier William Hazard, dit l'éclaireur en indiquant de son cigare éteint l'endroit où était inscrit le nom. Je dois le conduire aux bureaux du général Winder pour interrogatoire.

Sans accorder d'attention particulière au document, le caporal le posa sur le livre à couverture jaune qu'il était en train de lire. Un des ouvrages pornographiques vendus dans le camp, devina Charles. Le caporal prit un cahier aux pages cornées, le feuilleta en suivant du doigt les noms écrits à l'encre. D'autres gardiens passèrent ; l'un d'eux dévisagea longuement le visiteur mais ne s'arrêta pas.

— Hazard, Hazard... Le v'là. Vous le trouverez au dernier étage. Demandez à la salle de garde, en haut de l'escalier.

Le caporal ouvrit un tiroir, prit le faux et s'apprêtait à l'y mettre quand Charles claqua des doigts.

— Donnez-le-moi. On me le redemandera peut-être là-haut.

Le sous-officier s'exécuta sans réfléchir — exactement comme Charles l'escomptait. Celui-ci le remercia d'un vague salut en agitant le document, se retourna et monta la première volée de marches grinçantes.

La prison Libby respirait et murmurait comme une maison hantée. Les lampes à gaz, très espacées et donnant une lumière faible, accentuaient cet effet. Les sons aussi : sanglots lointains, rires caverneux, chuchotements de voix qu'on eût dites désincarnées. A l'extérieur de l'ancien entrepôt, un volet ou quelque autre chose claquait dans le vent.

Dans les couloirs s'étendant à droite et à gauche des paliers, des prisonniers à l'aspect pitoyable le regardèrent passer en silence. Charles sentit des odeurs de vêtements non lavés, de blessures infectées, de latrines bouchées. Avant d'arriver au dernier étage, il rabattit son chapeau sur ses yeux pour dissimuler ses traits, s'avança dans le rectangle de lumière se découpant sur le plancher devant la porte de la salle de garde. Il montra à nouveau l'ordre de libération, répéta ce qu'il avait dit en bas.

— Z'auriez dû prendre une civière, répondit un garde avec une expression d'ennui. Il marche pas très bien, Hazard, en ce moment. (L'homme se tourna vers l'autre soldat occupant la salle.) Va le chercher, Sid.

— Tiens, merde ! C'est ton tour.

En bougonnant, le premier garde passa devant Charles.

— C'est une drôle d'heure pour un interrogatoire.

— Si vous désirez faire part de vos objections au général Winder, je serai heureux de les lui transmettre. Avec votre nom, répliqua l'éclaireur d'un ton sec.

— Pas la peine, grogna le garde. Merci quand même, ajouta-t-il avec un ricanement nerveux.

A l'entrée de la grande salle où s'entassaient des centaines de prisonniers, il s'arrêta et cria :

— Hazard ? Où est William Hazard ?

— Billy, dit un détenu en secouant son voisin.

Charles retint sa respiration tandis qu'une maigre silhouette se levait lentement, s'appuyait sur une béquille. « Comme il a l'air faible », pensa l'éclaireur en regardant s'approcher le prisonnier en haillons. Quand Billy fut à un mètre de la porte, Charles remarqua des bleus sur son visage, une coupure à l'oreille. Son ami avait été battu.

Le garde montra le visiteur du pouce en disant :

— Cet officier t'emmène chez Winder. Qu'est-ce que t'as encore fait ?

— Rien du tout.

Billy posa sur Charles des yeux que ses joues creusées faisaient paraître immenses. Il demeura un moment bouche bée puis balbutia :

— Bison ?

« *Ne dis rien !* » criait silencieusement Charles. L'expression de Billy indiqua qu'il avait immédiatement compris son erreur.

— Comment y vous a appelé ? demanda le garde, soupçonneux.

— D'un nom que vous n'oseriez pas répéter devant votre mère, répondit Charles. (Il saisit Billy par la manche.) Encore un mot et je te conduis chez le prévôt en petits morceaux ! J'ai perdu un frère à Malvern Hill à cause de salauds comme toi.

Rassuré, le garde reprit :

— Me demande pourquoi on les chouchoute comme ça. Y aurait qu'à foutre le feu à la baraque — en les laissant dedans.

— C'est aussi mon avis.

Charles donna au prisonnier une bourrade trop forte qui faillit le faire tomber. Billy se retint au mur, lança à son ami un regard noir. « Bien », pensa Charles en lui faisant signe d'avancer.

Le garde s'arrêta devant la porte de sa salle, regarda l'officier commencer à descendre l'escalier avec le prisonnier. Charles s'inquiétait de la lenteur et du manque d'équilibre de Billy, qui ne pouvait manifestement se passer de la béquille. Plus ils resteraient dans l'enceinte de la prison, plus ils risqueraient d'échouer.

— Bison ? murmura Billy, appuyé contre le mur taché, sous une lampe à gaz émettant un sifflement. C'est vraiment...

— Tais-toi, chuchota Charles. Si tu veux sortir d'ici, fais comme si tu ne me connaissais pas.

Deux gardes apparurent sur le palier, montèrent vers eux.

— Presse-toi, sale Yankee ! cria l'éclaireur en poussant Billy.

Ils continuèrent à descendre, une marche à la fois. Cramponné à sa béquille, Billy gémissait parfois. Que lui avait-on fait ? En Charles, la colère devint rapidement aussi grande que la peur d'être découvert.

Au premier étage, Billy eut du mal à respirer. Sous le regard d'autres gardiens, Charles tira son revolver de son étui, l'enfonça dans le dos de son ami.

— Remue-toi, salopard, sinon je t'arrache la tête !

Rez-de-chaussée. Le caporal de service se leva, tendit la main.

— Je récupère l'ordre de libération, s'il vous plaît.

Charles le tira de sa poche, le lui remit. L'homme le rangea dans un tiroir et revint assister au départ du prisonnier, l'expression indéchiffrable.

Six pas encore pour arriver à la porte.

Quatre.

Deux.

Billy appuya la tête contre le mur d'un vert bilieux, haleta :

— Un moment...

« Vite ! » l'implora Charles du regard. D'un pas vif, il gagna la porte pour pouvoir se retourner et surveiller le caporal. Celui-ci fronçait les sourcils, sentait peut-être quelque chose d'anormal.

— Dépêche-toi ou je te traîne par les jambes ! menaça Charles.

Billy avala sa salive, se remit à avancer. Charles ouvrit la porte en continuant à regarder le caporal, qu'il considérait comme le danger le plus grand. Il découvrit son erreur quand le jeune garde aux yeux bleu de porcelaine qui se tenait à l'extérieur lui demanda :

— Où emmenez-vous le prisonnier ?

— Il faut que tout le monde réponde à vos questions, Vesey ? bredouilla Billy.

Sentant l'animosité particulière existant entre les deux hommes, Charles rétorqua :

— Je n'ai pas de compte à rendre à un minable deuxième classe.

— Hé, Bull, où on l'emmène ? cria Vesey au caporal.

— A la prévôté. Pour interrogatoire.

— A la prévôté ? répéta Vesey tandis que Charles faisait descendre à Billy la première marche du perron. Mr. Quincy est passé il n'y a pas une heure, pendant que tu dînais. Il n'a pas parlé d'un prisonnier devant être interrogé là-bas.

L'ex-caporal se retourna, braqua son mousquet vers Charles.

— Vous ! Attendez. Je connais tous les gars du général Winder, vous n'en faites pas partie. Il y a quelque chose de...

L'éclaireur abattit le canon de son colt sur le crâne de Vesey.

30

LE tortionnaire poussa un cri, s'affala contre le bâtiment en lâchant son arme, qui dégringola les marches. A l'intérieur, le caporal donna l'alarme.

— Vite, traverse, dit Charles à Billy juste avant d'être assailli par Vesey.

L'éclaireur repoussa le gardien contre la porte, empêchant du même coup le caporal de l'ouvrir. Lorsqu'il se rua vers le perron, Vesey tenta à nouveau de l'arrêter et creusa de ses ongles un sillon sanglant dans sa joue. La douleur, la colère, le désespoir firent aussitôt réagir Charles : il braqua le colt vers la poitrine du garde, tira.

L'ex-caporal gémit, mourut en basculant par-dessus la rampe du perron. Charles se précipita vers Billy, tombé en bas des marches.

— Viens, dit-il en relevant son ami.

A l'intérieur, le caporal continuait à brailler, sans se douter qu'il pouvait à présent ouvrir la porte. Une sentinelle apparut au coin de la 22e Rue et de Cary Avenue en brandissant son mousquet. C'était un soldat jeune, inexpérimenté, dont les hésitations firent gagner aux fuyards quelques secondes. Charles dirigea Billy vers le coin opposé, où ils faillirent se cogner à une autre sentinelle qui venait de surgir de la 21e Rue. Charles leva le colt vers le visage du soldat.

— File ou tu es mort, jeunot.

La sentinelle lâcha son mousquet et s'enfuit.

Mais un troisième garde accourait du côté du bâtiment donnant sur le fleuve. Charles détacha rapidement Joueur, mit le pied à l'étrier, monta en selle, fit feu pour arrêter le soldat fonçant vers eux. Maîtrisant d'une main son cheval nerveux, il tendit l'autre à Billy et dégagea son pied gauche de l'étrier.

— Monte !

Billy agrippa la main de son ami, passa un pied dans l'étrier. Charles le hissa derrière lui, tira à nouveau vers la sentinelle.

— Tiens-toi, Bunk ! cria-t-il, utilisant sans y penser le surnom de Billy à West Point.

Le hongre gris fila vers l'avenue. Trois sentinelles s'arrêtèrent au coin de la rue pour tirer sur les fuyards et les manquèrent.

Dans une ruelle située à bonne distance de la prison, Billy mit le pantalon et la chemise que Charles sortit de la couverture roulée sous la selle.

— Bon Dieu ! soupira l'éclaireur en tendant la veste grise.

— Qu'est-ce qu'il y a ?

— J'ai tué ce garde sans même y penser.

— Tu mérites une médaille.

— Pour avoir descendu un jeunot ?

— Tu as rendu service à tous les prisonniers de Libby. C'est lui le salaud qui m'a mis dans cet état.

— Vraiment ? Je me sens mieux. Allons-y.

Billy attendit dans l'obscurité avec Joueur tandis que Charles allait chercher la mule qu'il avait louée pour la nuit.

— Ramenez-la sans faute à huit heures demain matin, dit le garçon d'écurie en bâillant. J'ai un autre client.

— Promis, dit Charles en emmenant l'animal.

Avec le laissez-passer de Charles et le faux qu'Orry avait établi pour Billy, ils remontèrent vers le nord et traversèrent sans incident les lignes de défense. Ils s'arrêtèrent dans un verger et Charles remit à son ami un petit paquet.

— C'est du pain et du jambon que Madeline a préparés pour toi. Si j'avais un fusil à te donner, tu ressemblerais plus à un soldat en permission.

— Je me débrouillerai comme ça.

— J'aurais aimé t'emmener voir Orry et Madeline mais il vaut mieux mettre quelques kilomètres entre toi et Richmond avant le lever du jour. Avec un peu de chance, tu devrais t'en tirer, même si on t'arrête et si on t'interroge. Quand tu approcheras de tes propres lignes, n'oublie pas de jeter la veste et le képi.

— Je n'oublierai pas. Et j'avancerai les bras levés, tu peux me croire.

L'un et l'autre s'efforçaient de minimiser les épreuves attendant Billy : de longues heures à cheval, la rencontre de patrouilles, la faim, l'angoisse. Tout cela aggravé par sa condition physique.

Le vent arrachait aux arbres fruitiers des pétales qu'il faisait tournoyer autour des deux amis, que de longues années de séparation avaient rendus étrangers l'un à l'autre.

— Bison.

— Mmm ? fit Charles, les yeux fixés sur la route de Richmond.

— Tu m'avais déjà sauvé une fois. Je ne m'acquitterai jamais de ma dette, maintenant.

— Echappe-toi, cela suffira. J'en serai très heureux.

— Le plus gros problème, ce sera sûrement mon accent. Si je dois répondre à des questions...

— Parle lentement, dis que tu es de l'Ouest. Personne en Virginie ne sait comment cause un rebelle du Missouri.

— Bonne idée, approuva Billy en souriant. J'ai été en garnison à Saint Louis, ça ira. Dis, en chemin, tu m'as parlé du mariage d'Orry et d'un tas d'autres choses mais pas un mot sur toi. Dans quelle unité es-tu ? Comment cela s'est passé pour toi ?

— Je suis éclaireur pour la cavalerie du général Wade Hampton et tout va bien, mentit Charles. Ça ira encore mieux quand la guerre sera finie, ce qui ne saurait tarder.

Il songea à mentionner Gus mais à quoi bon parler d'une liaison sur le point de se terminer ?

— J'aimerais bavarder toute la nuit mais il faut que tu partes, ajouta-t-il.

— Oui, tu as raison.

Billy s'assura que le laissez-passer était bien dans sa poche puis, avec des mouvements lents et pénibles, il monta sur la mule. Charles ne l'aida pas ; Billy devait maintenant se débrouiller seul.

— Remercie Orry. Je sais quels risques il a pris pour m'aider. Et toi aussi.

Charles eut un rire forcé.

— Les anciens de l'école se serrent les coudes, non ?

— Ne plaisante pas, Bison. Je ne pourrai jamais te rendre la pareille.

— Je n'y compte pas. Contente-toi de ne pas te mettre sur la trajectoire de nos balles pendant les huit ou dix mois qui viennent et nous nous retrouverons en Pennsylvanie ou en Caroline du Sud. Va, maintenant.

— Dieu te bénisse, Bison.

Billy éperonna la mule, l'encouragea d'une voix étonnamment ferme et sortit rapidement du verger.

L'horloge sonna quatre heures. Les pieds nus sur un coussin, Charles fit tourner dans son verre son fond de bourbon et l'avala.

— J'ai pris peur et je l'ai tué. La panique, c'est le seul mot qui convient.

— J'imagine que ce n'est déjà pas facile de tuer un ennemi, fit observer Madeline.

— Oh ! on s'habitue, répondit Charles. (Il ne vit pas le regard que la jeune femme et Orry échangèrent.) Quoi qu'il en soit, c'était le gardien qui avait torturé Billy. Ce qui m'ennuie, c'est que j'ai perdu le contrôle de moi-même ; j'ai pourtant été assez souvent au feu pour garder mon sang-froid dans des situations délicates.

— Mais c'est la première fois que tu aides un prisonnier à s'évader, argua Orry.

— Oui, c'est sûrement ça, dit Charles sans conviction. Orry, tu pourrais dédommager le propriétaire de la mule ? Il ne la reverra jamais.

Orry promit de s'en charger. Charles bâilla. Il était fatigué, honteux d'avoir craqué et surtout attristé par ses retrouvailles avec Billy. Leur conversation avait été banale, difficile à entretenir. Chacune de leurs phrases hésitantes avait tacitement exprimé qu'ils étaient à la fois amis et ennemis.

— Un dernier verre et je vais me coucher, dit-il. J'aimerais partir tôt demain matin, nous serons bientôt à nouveau en campagne. Tu sais que Grant fait venir un commandant de cavalerie de l'Ouest ? Phil Sheridan. Je l'ai connu à West Point. C'est un petit Irlandais coriace, grand jureur devant l'éternel. Sa venue en Virginie ne me plaît pas beaucoup mais en même temps...

Charles vida son bourbon d'un trait avant de poursuivre :

— Ce sera plus vite fini.

Orry l'observa un moment puis demanda :

— Tu ne crois pas que nous puissions gagner ?

— Et toi ?

Orry fixa sans répondre le dessin du tapis. Charles s'étira, bâilla à nouveau.

— Je ne suis même pas sûr que nous puissions obtenir une paix honorable. Pas avec Grant.

— Je le connais, fit Orry, songeur. Nous avons bu quelques bières ensemble au Mexique.

— Comment est-il ?

— Oh ! il y a des années que je ne l'ai pas revu. Nos journalistes sudistes, d'une perspicacité aiguë, raillent son dos rond et sa mise débraillée. Des considérations capitales, n'est-ce pas ? Demande à Pete Longstreet ou à Dick Ewell ce qu'ils pensent de Grant. Il y a trois ans, Ewell disait qu'un obscur ancien de West Point végétait au Missouri et qu'il espérait que les Yankees ne découvriraient jamais ses mérites. Il le craignait plus que tous les autres officiers de l'Union réunis.

— Dieu nous protège, marmonna Charles.

Lorsqu'il se réveilla, le lendemain matin, une odeur de faux café flottait dans l'appartement de Marshall Street. Après s'être aspergé le visage, Charles s'assit en face de son cousin devant la tasse que Madeline venait d'emplir pour lui.

— J'ai encore une mauvaise nouvelle à t'apprendre, annonça Orry d'un air sombre. Nous avions tant d'autres choses à nous dire hier soir que je n'ai pas eu le temps d'en parler.

— Des ennuis à Mont Royal ?

— Non. Ici. J'ai découvert un complot visant à assassiner le président et plusieurs membres du Cabinet. Quelqu'un de la famille est impliqué.

— Qui ?

— Ta cousine.

— Ashton ?

— Oui.

— Sapristi ! fit Charles, pas plus étonné que s'il venait d'apprendre que la solde aurait encore du retard.

Il était endurci au point que peu de choses pouvaient encore l'atteindre. Orry lui raconta les événements depuis la visite de Mrs. Halloran jusqu'à la mystérieuse disparition du chef de la conjuration et des armes.

— Pendant quelques jours, j'ai cru avoir perdu l'esprit puis je me suis dit que l'homme avait peut-être des amis haut placés qui l'avaient aidé à couvrir ses traces. En tout cas, le complot existe et Ashton y est mêlée.

— Que comptes-tu faire ?

— La prendre au piège.

31

ILS le surprirent au lever du jour, près du ruisseau. Sans doute s'étaient-ils approchés sans bruit pendant qu'il dormait. Aucun des trois hommes ne se présenta et il les surnomma la Balafre, Pouce-Coupé et Face de chien. Tous portaient des uniformes confédérés en lambeaux.

Pour ne pas éveiller leurs soupçons, il partagea avec

eux le reste du pain et du jambon et les écouta raconter ce qu'ils venaient de vivre.

— Grant a aligné cent mille hommes contre nos soixante mille, dit Pouce-Coupé. Dans la forêt de broussailles en feu, nos gars sont morts étouffés par la fumée ou brûlés par les branches qui leur tombaient dessus.

— Les lignes sont loin ? demanda Billy.

— Trente, quarante kilomètres, répondit Face de chien. Mais nous, on va dans l'autre sens, on retourne en Alabama.

Il fixa Billy, attendant une réaction.

— Ça tourne au vinaigre, reprit Pouce-Coupé. Pete Longstreet, il a reçu une balle des nôtres, exactement comme Stonewall il y a un an. Et il paraît que le gosse de Jeff Davis est dégringolé d'un balcon de la Maison Blanche il y a quelques jours. Ça l'a tué. Ouais, ça tourne au vinaigre.

La Balafre, le plus âgé, essuya ses lèvres grasses.

— C'est drôlement gentil de partager ta bouffe avec nous, Missouri. On va encore te demander un petit effort, dit-il en dégainant son pistolet, qu'il braqua sur Billy. Tu comprends, on a besoin d'un coup de main pour rentrer chez nous.

Les trois hommes disparurent cinq minutes plus tard, emportant la mule et le laissez-passer.

Les lanternes se reflétaient sur les torses nus des Noirs ; la nuit de mai résonnait de cris, du fracas métallique de rails déchargés d'un wagon plate-forme, de coups de masse, de coassements de grenouilles dans les marais proches du Potomac. Les hommes de George soulevaient un rail, couraient, le lâchaient sur des traverses qu'on venait juste de poser puis s'écartaient pour faire place à d'autres soldats munis de marteaux et de rivets. C'était le 10 mai. Les travaux de réfection de la ligne Aquia Creek-Fredericksburg jusqu'à Falmouth avaient commencé la veille.

Les combats dans les broussailles du Wilderness avaient été une boucherie. Lee s'était retranché à

Spotsylvania et l'armée de l'Union faisait probablement mouvement dans cette direction. George devinait pourquoi la majeure partie de la ligne Orange-Alexandria avait été abandonnée le matin même où Grant avait lancé sa machine de guerre de l'autre côté du Rapidan, pourquoi le Corps de construction avait été transféré à l'est. Bientôt des trains de morts et de blessés circuleraient sur la voie qu'il était en train de réparer.

George vit l'un de ses meilleurs hommes, un jeune colosse noir nommé Scow, trébucher tout à coup et s'arrêter.

— Je vais m'écrouler, haleta-t-il en regardant son commandant.

George se glissa derrière lui, prit le poids du rail sur son épaule.

— Repose-toi dix minutes. Et reviens. Quand nous aurons fini de poser ces vingt kilomètres de voie, il y aura le pont de Potomac Creek à réparer.

— Si vous continuez à remplacer vos nègres comme ça, c'est vous qui allez vous écrouler.

— Ne t'occupe pas de ça, file.

L'air à la fois admiratif et soupçonneux, Scow s'essuya la bouche.

— Vous êtes un drôle de patron, déclara-t-il.

Il s'éloigna, laissant George se demander comment il devait prendre la remarque. Que dirait le Noir s'il savait que son commandant possédait une grande usine métallurgique et une banque prospère ?

George prit la place de Scow dans l'équipe de porteurs de rail.

— Allez ! cria-t-il, étourdi, au bord de la nausée.

Les hommes repartirent en courant, s'arrêtèrent, lâchèrent le rail, sautèrent du ballast tandis que les masses s'élevaient et retombaient, puis retournèrent chercher un autre rail.

Billy tomba à genoux sur la route de Brock et se jeta dans un fossé quand un obus siffla dans l'air. L'explosion souleva une gerbe de pierres et de poussière ; des éclats de roche plurent sur le cou nu du sapeur qui gisait dans l'herbe, à bout de forces.

De tous côtés lui parvenaient les bruits innombrables de la bataille, qui semblait particulièrement violente à l'est. Quelques heures plus tôt, il s'était frayé un chemin dans les rues pleines de fumée de Spotsylvania et avait réussi à gagner la route sans se faire remarquer. Mais lorsqu'il se remit péniblement debout, titubant de fatigue, de souffrance et de faim, un capitaine monté sur un cheval — et appartenant sans doute à l'une des unités de Jubal Early — surgit de la fumée épaississant la grisaille du matin.

L'officier barbu passa devant Billy, arrêta sa bête, descendit et tira son sabre de son fourreau.

— Pas de traînard! cria-t-il en frappant le dos de Billy du plat de son arme. Le front, c'est par là.

Marmonnant pour cacher son accent, Billy répondit :

— Mon capitaine, j'ai perdu mon mousquet...

— Tu ne le retrouveras pas en te planquant ici. Allez, avance !

Billy cligna des yeux, réfléchit : « Je vais devoir traverser à un moment ou à un autre, se dit-il. Autant le faire maintenant. »

— Les lâches de ton espèce me répugnent, continua le gradé. Nous avons perdu un grand homme, et tout ce que tu trouves pour rendre hommage à sa mémoire, c'est te conduire en couard ?

— On a perdu qui, mon capitaine ?

— Le général Stuart, imbécile! La cavalerie de Sheridan nous a contournés pour foncer sur Richmond. Les Bleus ont tué le général avant-hier à Yellow Tavern. Maintenant, avance, ou je te fais arrêter.

Billy partit en direction des retranchements qu'il apercevait au loin. Un obus fit éclore au-dessus de lui une fleur noire. Se couvrant la tête des mains, il avança en trébuchant, souffrant davantage à chaque pas.

A Potomac Creek, le fleuve faisait cent trente mètres de large d'une falaise à l'autre. Les Confédérés avaient détruit le pont suspendu reliant les deux rives à vingt-cinq mètres au-dessus de l'eau. Haupt l'avait reconstruit, Burnside l'avait à nouveau démoli pour empêcher l'ennemi de s'en servir, et le Corps de construction entreprenait de le remettre en état une nouvelle fois.

Au bord de la fosse, George et ses hommes coupaient et posaient des rondins pour la fondation de l'ouvrage. Haupt n'était plus là mais ses plans et ses méthodes demeuraient. En quarante heures, ils édifièrent une réplique du pont à chevalets que Mr. Lincoln avait qualifié de « puissant assemblage de perches à haricots et d'épis de maïs ».

Sacrifiant leur sommeil, ils mirent les bouchées doubles parce que, selon les hommes revenant du champ de bataille, les pertes fédérales et confédérées s'accumulaient comme bois de stère en automne. Les hôpitaux provisoires de Spotsylvania ne pouvaient accueillir que les blessés les plus graves. Pendant la reconstruction précipitée du pont, huit hommes tombèrent, quatre moururent. En guise de funérailles, on les cacha hâtivement sous une bâche.

A présent les rails étaient posés, les gros câbles tendus en travers du pont. On amena la locomotive.

« Hisse ! » criaient en même temps soldats noirs et officiers blancs en tirant sur les cordes reliées à la locomotive. « Ho... hisse ! »

Comme l'avaient fait avant eux les volontaires du Wisconsin et de l'Indiana dirigés par Haupt, ils halèrent la locomotive vide de l'autre côté du pont sous un ciel d'orage. Un éclair déchira l'horizon ; le pont oscilla, craqua.

Mais il tint.

« Maintenant. Maintenant... »

Il se répétait ce mot depuis dix minutes pour s'encourager et savait qu'il devrait finalement obéir à cette injonction muette. Serrant d'une main le mousquet confédéré qu'on lui avait donné, Billy se hissa en haut du remblai et bascula de l'autre côté sous une pluie torrentielle.

— Hé ! Missouri, t'es dingue. Tu vas te faire descendre si tu continues !

C'était quelque sous-officier rebelle criant des fortifications en terre que Billy venait de quitter. Il se remit debout, avança dans l'herbe glissante avec le peu de forces qui lui restaient. Son képi n'abritait guère son visage de la pluie violente.

Il perdit l'équilibre, tomba les bras en croix sur un soldat mort regardant sans le voir l'éclair zébrant le ciel. Quand la lueur s'éteignit et que l'obscurité revint, il lâcha son mousquet, ôta le képi. L'éclair suivant le surprit alors qu'il luttait pour enlever sa veste grise, ouvrant et refermant la bouche avec des hoquets de douleur silencieux. Il fut repéré par ceux-là mêmes qui l'avaient accueilli peu auparavant sans trop poser de questions : les combats avaient dispersé et mêlé diverses unités le long des lignes confédérées. La voix du sous-officier s'éleva à nouveau :

— Ce fumier monte pas à l'assaut. Il se débine chez les autres. Abattez-le !

— Tout juste, je me débine, haleta Billy pour conjurer sa peur.

Des coups de feu retentirent derrière lui ; les poumons en feu, il continua à s'enfuir, l'épaule droite se soulevant et retombant au rythme de son clopinement. Un nouvel éclair fit apparaître des arbres couverts de bourgeons et briller une baïonnette de l'Union, qu'on eût dite chauffée à blanc.

La sentinelle — un des hommes de Burnside se trouvant devant la position sudiste — repéra la silhouette couverte de boue. Derrière, d'autres fusils tonnèrent, aussi fort que ceux des rebelles.

— Ne tirez pas ! hurla Billy, les bras levés. Je suis un officier de l'Union échappé de...

Il trébucha sur une pierre, battit des mains, tourna sur lui-même, si bien qu'il ne sut pas de quel camp provenait la balle qui le toucha et le fit tomber face contre terre avec un cri étouffé.

George en apprit davantage sur l'offensive de printemps en lisant les journaux de Washington qu'en discutant avec ceux qui y avaient participé. Tout le monde parlait de la campagne de Grant et louait la bravoure de ses hommes alors que le véritable commandant de l'armée du Potomac était le général Meade. Mais Grant était le général en chef des armées qui se mirent en campagne et Meade fut relégué à un rôle subalterne. La guerre devint la guerre de Grant et la stratégie suivit la sienne. Délaisser Richmond. Anéantir l'armée de Lee. Ensuite, le château de cartes s'écroulerait.

Toutefois, les journaux lui reprochaient les pertes consenties. A mesure que l'armée décimée recevait des renforts, reformait ses rangs et se lançait dans la nuit à la poursuite de Lee, qui battait en retraite, les titres tombaient, presque tous semblables : « Enormes pertes chez les rebelles, lourdes pertes dans les deux camps. »

George et le jeune Scow regardaient un train de cadavres remontant vers le nord sur la ligne Aquia Creek-Alexandria rouverte. Ils reconnaissaient les trains emportant les morts parce qu'ils roulaient toujours plus vite que ceux transportant des blessés ou des prisonniers. Des centaines d'étincelles semblables à des lucioles voletaient au-dessus de la locomotive, qui disparut rapidement.

— Vingt, vingt et un, compta Scow au passage du dernier wagon. Ça fait un sacré tas de cercueils.

— Il y en aura d'autres, dit George d'un air sombre.

— Combien, à votre avis ?

— Autant qu'il en faudra pour remporter la victoire.

Il était fier du travail que ses soldats noirs et lui-même, si différents par l'aspect et la personnalité mais unis par un même objectif, avaient accompli ensemble. Toutefois, la raison qui motivait ce travail lui faisait horreur.

Il donna à Scow une tape amicale sur l'épaule en songeant qu'un officier ne devait pas se livrer à ce genre de familiarités. Il s'en moquait. Son unité était vraiment particulière.

— Allons chercher à manger.

George s'assit en tailleur près de Scow devant un feu de camp où brûlaient des poutres brisées. Il prenait une cuillerée de haricots dans son écuelle en fer-blanc quand un coup de sifflet annonça le passage d'un autre train en provenance de Falmouth. Scow et son commandant regardèrent à travers un dédale de souches en direction de la voie, située à quatre cents mètres. Le nord de la Virginie était devenu un pays de souches, où ne se dressaient plus que quelques arbres non coupés.

George suivit des yeux le faisceau blanc du fanal de tête, qui glissa le long d'une courbe, jaillit au-dessus des souches comme une lame et éclaira un moment la peau brune de Scow.

Estimant sa vitesse, George grommela : « Des blessés » et revint à ses haricots tandis que le wagon transportant son frère passait dans un bruit de ferraille.

32

VIRGILIA et huit autres infirmières prirent le train d'Aquia Creek à Falmouth, où on avait établi un hôpital de campagne provisoire s'ajoutant à ceux déjà installés dans des églises, des écuries et des maisons de Fredericksburg. Les blessés affluaient de Spotsylvania et les cas les plus graves, ceux qui n'auraient pas survécu à un court voyage en train, étaient soignés à Falmouth.

Dans le wagon des infirmières, les sièges avaient été remplacés par des lits de camp dégageant une odeur familière de saleté et de sang. Les fenêtres étaient condamnées par des planches à l'exception de celles se trouvant à chaque extrémité du wagon, pour l'aération. Les vitres de ces deux dernières étaient brisées depuis longtemps et la pluie tombait à l'intérieur de la voiture filant vers le sud. Une lanterne accrochée à la portière arrière jetait une lumière blême sur les femmes en pèlerine assises le plus dignement possible sur les couchettes.

Le groupe était placé sous la responsabilité de Mrs. Neal, à laquelle Virgilia avait essayé d'échapper à trois reprises. Chaque fois, Miss Dix avait rejeté la demande de mutation et Virgilia soupçonnait Mrs. Neal d'être pour quelque chose dans ces refus. La directrice reconnaissait la compétence de Virgilia mais prenait plaisir à la frustrer. De son côté, Virgilia méprisait sa supérieure mais ne pouvait se résoudre à démissionner. Son travail lui procurait toujours de profondes satisfactions. Elle guérissait et réconfortait des dizaines d'hommes qui souffraient, et la vue des corps mutilés, des soldats agonisants entretenait sa haine du Sud.

— Il paraît que les combats de Spotsylvania ont été terribles, dit une plantureuse vieille fille nommée Thomasina Kisco. (Le bord de son bonnet de voyage noir jetait une ombre sur son visage.) Et les pertes énormes.

— Cela assurera la défaite de Mr. Lincoln en novembre, enchaîna Mrs. Neal. Puisqu'il refuse de mettre fin à la boucherie, les électeurs le feront à sa place.

La directrice faisait campagne pour McClellan et les Démocrates pacifistes.

— C'est vrai qu'on amène les blessés confédérés à cet hôpital ? demanda Virgilia.

— Oui, répondit Mrs. Neal d'un ton aussi froid que son regard.

— Je ne soignerai pas de soldats ennemis, Mrs. Neal.

— Vous ferez ce qu'on vous ordonnera, Miss Hazard, répliqua la directrice. Vous êtes une excellente infirmière mais apparemment incapable de vous plier à la discipline du service. Pourquoi y restez-vous ?

« Parce que, grosse vache ignare, je suis un soldat moi aussi, à ma manière », pensa Virgilia, qui se contenta de détourner les yeux.

L'année précédente avait été difficile pour elle à cause de la directrice. Maintes fois, Virgilia avait été sur le point de faire ce que Mrs. Neal souhaitait, donner sa démission. Elle s'était accrochée non seulement parce qu'elle tirait satisfaction de son travail mais parce qu'elle y excellait, qu'elle en savait plus que nombre de charlatans posant à l'éminent médecin. Chaque fois qu'elle se sentait envahie par l'envie de démissionner, elle la combattait en se rappelant que Grady était mort sans avoir été vengé, et que Lee, alors officier de l'Union, avait commandé le détachement qui avait mis fin à la lutte courageuse de John Brown.

Le wagon oscillait, le vent hurlait, la pluie s'engouffrait par les fenêtres. Miss Kisco leva vers le ciel un regard chargé d'appréhension en murmurant :

— Le tonnerre est vraiment fort.

— Ce sont les canons de Spotsylvania, corrigea Virgilia.

La pluie d'orage criblait les grandes tentes de l'hôpital de campagne installé près de la gare de Falmouth. Les plaintes des blessés, les jurons des médecins, les cris des conducteurs d'ambulance se faisaient entendre par-dessus un bruit de fond constant de wagons, de cloches, de coups de sifflets aigus.

Virgilia et Miss Kisco furent affectées à une tente accueillant des hommes qui, bien que gravement blessés, n'avaient pas besoin d'une intervention chirurgicale immédiate. On usait du bistouri et de la scie dans la tente voisine, où officiait la directrice. Une fois par heure, Mrs. Neal venait inspecter le service de Virgilia.

— Par ici, Miss Hazard, dit le médecin-chef de la tente.

Ventru, la voix sifflante, il la guida vers un lit de camp sur lequel des brancardiers avaient placé un lieutenant mince et jeune aux cheveux châtains. Bien que le lit occupât le coin le plus sombre de la tente, on distinguait clairement la couleur de l'uniforme du blessé inconscient.

— Cet homme est un rebelle, dit Virgilia.

— C'est ce que j'ai conclu de sa veste grise, répliqua le docteur avec irritation. Il est également blessé, ajouta-t-il en montrant la cuisse droite du lieutenant. Enlevez ce pansement, je vous prie.

Le médecin s'avança vers le côté gauche du lit, où une feuille de papier était épinglée à la couverture. Il la détacha pour la lire.

— Balle logée contre l'artère fémorale... C'est un gars du Mississippi, de la brigade du général Nat Harris. Capturé au saillant du Fer à Mule. Je n'arrive pas à déchiffrer son nom...

Il inclina la feuille vers la lanterne la plus proche tandis que Virgilia se forçait à ôter le pansement de la jambe de pantalon déchirée. Dans l'allée suivante, un jeune soldat sanglotait. Tant de souffrances ! Et elle soignait un de ceux qui en étaient responsables...

La blessure du rebelle avait été correctement nettoyée et pansée par les brancardiers. La jambe nue et pâle parut un peu froide quand elle la toucha. Cela expliquait l'absence d'hémorragie : le sang avait cessé de couler quand la température était tombée.

— O'Grady.

— Je vous demande pardon ? dit Virgilia en sursautant.

— Je dis qu'il s'appelle apparemment O'Grady, grogna le médecin-chef. Je ne savais pas qu'il y avait des mangeurs de patates * dans le Mississippi. Laissez-moi regarder.

Le docteur fit le tour du lit ; Virgilia demeura immobile, le regard fixe.

— Reculez-vous, enfin !

Virgilia obéit en maugréant une excuse. Sa tête toucha le toit en pente de la tente. O'Grady. Elle haïssait deux fois plus le jeune lieutenant parce qu'il portait ce nom. Saisissant son tablier, elle se mit à le tordre, doucement d'abord, puis avec une violence croissante.

— Miss Hazard, vous vous sentez mal ?

La voix sifflante arracha l'infirmière à son angoisse.

— Excusez-moi, docteur. Que disiez-vous ?

* Irlandais (n.d.t.).

— Sortez de vos pensées et prêtez quelque attention à ce blessé, s'il vous plaît. Nous devons ligaturer l'artère et essayer d'extraire...

— Docteur ! appela Miss Kisco à l'autre bout de la tente. Par ici, une urgence.

Le médecin s'éloigna aussitôt en lançant à Virgilia :

— Je m'occuperai de lui dès que je pourrai. Mettez un nouveau pansement et surveillez son état.

Virgilia alla prendre des tampons de gaze dans la boîte laquée située au milieu de la tente et revint au chevet du lieutenant O'Grady. Elle se demanda combien de soldats de l'Union il avait abattus. Une chose était certaine : il n'en tuerait plus un seul. Quelle ironie que son nom ressemblât autant à celui de son amant mort !

Elle remarqua Mrs. Neal en conversation avec un autre docteur à l'entrée de la tente. La directrice observa un moment Virgilia, qu'elle essayait toujours de prendre en faute. Lorsque Mrs. Neal ramena son attention sur le médecin, Virgilia refit le pansement avec soin et douceur.

Sans que rien dans ses gestes ou son expression ne traduise son excitation, elle remonta la couverture du jeune lieutenant, en chercha une autre et ne put retenir un petit sourire en la posant au-dessus de la première. Puis elle caressa d'une main apaisante le front froid du blessé et s'éloigna.

Un coup de canon fit trembler la tente, où toutes les lanternes oscillèrent. Dehors, deux ambulances arrivèrent sous la pluie, réduite à un simple crachin. Virgilia estima que l'aube approchait — les infirmières s'étaient mises immédiatement au travail en descendant du train. Elle ne pouvait s'empêcher de jeter des coups d'œil au Sudiste inconscient en s'affairant auprès des blessés qu'on venait d'amener.

Pendant les vingt minutes qui suivirent, le médecin-chef n'eut pas le temps de revenir voir le lieutenant O'Grady mais Virgilia délaissa un moment les nouveaux arrivants pour s'approcher du rebelle.

Avec précaution, elle souleva les couvertures, vit le

pansement taché d'un sang artériel rouge vif. Le blessé respirait plus fort, péniblement — comme elle l'avait prévu. Elle lui prit le poignet : le pouls était plus rapide — comme elle l'avait prévu aussi. Les couvertures avaient fait monter la température, déclenchant une hémorragie secondaire — comme Virgilia l'avait escompté.

Elle posa deux autres tampons de gaze sur les premiers, remonta les couvertures et les glissa sous le menton du jeune homme, sans le moindre remords. L'homme était un ennemi, elle un soldat. Grady avait longtemps crié vengeance.

— Miss Hazard !

Elle retourna au centre de la tente, d'où le médecin-chef l'avait appelée. Les brancardiers venaient d'amener sur une civière un capitaine gravement blessé à la poitrine. Il ne restait qu'un lit vacant dans le coin le plus sombre, à côté de celui d'O'Grady.

Le cœur battant, Virgilia se glissa entre la couchette du rebelle et celle du nouveau venu. Le médecin débordé eut un mouvement du menton pour désigner O'Grady et demanda :

— Celui-là, comment va-t-il ?

— Son état était satisfaisant la dernière fois que je l'ai examiné.

— Il respire avec difficulté, dirait-on. Jetez donc un coup d'œil.

— Bien.

Terrifiée, Virgilia commença à se retourner.

— Non, pas maintenant. Quand vous aurez fini de m'aider.

Ils s'occupèrent ensemble du capitaine pendant quelques minutes puis le médecin épuisé partit répondre à un nouvel appel de Miss Kisco, qui accueillait les blessés d'une troisième ambulance. Virgilia prit des tampons dans la boîte, retourna d'un pas vif près d'O'Grady. Elle souleva les couvertures, vit deux petites étoiles d'un rouge brillant sur la gaze blanche. Avec un sourire presque sensuel, elle cacha les taches sous de nouveaux tampons, remonta les couvertures sur l'homme qui se vidait de son sang. « Dans une demi-heure, il sera mort », estima-t-elle. Elle remit dans la boîte les tampons non utilisés et reprit son travail avec un sentiment de satisfaction.

Trois quarts d'heure plus tard, elle revint dans le coin sombre avec une poubelle, ôta les tampons trempés de sang, les remplaça par un seul pansement — le dernier dont elle aurait besoin. Puis elle remit la poubelle à sa place et alla s'occuper d'autres blessés. Malgré la puanteur de la tente, Virgilia connut pendant une vingtaine de minutes un état quasi euphorique dont elle fut brutalement tirée par un cri.

Mrs. Neal, revenue inspecter la tente, se tenait dans le coin obscur. Sa silhouette trapue se dessinait sur la toile éclairée par la lumière de l'aube. De la main droite, elle soulevait les couvertures du lieutenant O'Grady.

— Docteur, docteur! Ce garçon est mort. Qui était chargé de le surveiller?

33

— NOM et grade du prisonnier?

— Soldat Stephen McNaughton.

— Capturé où?

— A environ cinq kilomètres au nord, major, répondit le sergent d'une voix coassante. On l'a piqué à cause de ça, ajouta-t-il en montrant le pantalon écossais souillé du prisonnier.

La lanterne accrochée au toit de la tente se reflétait dans les yeux du major commandant le régiment, un homme deux fois plus jeune que le prisonnier.

— Avancez, ordonna-t-il en roulant légèrement les r à la manière des Ecossais.

Salem Jones fit deux pas en direction du bureau.

— De la racaille, nous n'avons plus que cela, marmonna l'officier.

Ses propos furent approuvés d'un hochement de

tête par l'un des deux caporaux qui avaient aidé le sergent à ramener le captif au quartier général du régiment.

— Jamais aucune armée n'a accueilli pour sa honte des êtres aussi dépravés, endurcis par le vice, poursuivit le major.

Toute inquiétude mise à part, Jones n'avait aucun désaccord fondamental avec cette déclaration. Lorsqu'il s'était engagé comme remplaçant dans son dernier régiment — une unité de réserve de Pennsylvanie — on l'avait gardé trois jours dans une forteresse de Philadelphie, sous la surveillance constante de gardes armés. Les autres recrues ainsi confinées lui avaient inspiré une profonde terreur. C'étaient de toute évidence des criminels, des hommes qui l'auraient poignardé ou étranglé pour lui faire les poches s'il n'avait déjà perdu au poker sa prime d'engagement.

— Qu'étiez-vous dans le civil, soldat McNaughton ? Tricheur ? voleur ? assassin ? reprit l'officier. Peu importe, je connais la réponse. Vous êtes un opportuniste, un lâche. Vous faites honte à ce régiment, à l'armée des Etats-Unis, à l'Etat de New York, à l'Amérique et à la terre de vos ancêtres.

« Pauvre petit couillon », pensa Jones en imaginant plusieurs façons atroces d'assassiner le major. Quel manque de chance d'avoir choisi un pseudonyme écossais et de tomber sur un commandant de même origine ! Jones avait l'impression qu'il s'en tirerait moins facilement cette fois.

La colère de l'officier s'expliquait par le grand nombre de désaxés et de gibiers de potence qu'on ramassait dans tout le Nord pour alimenter la machine de guerre du général Grant. Le major fit le tour de son bureau, se planta devant Jones.

— Combien de fois avez-vous empoché la prime d'engagement et filé ? Plusieurs fois, je gage. Eh bien, McNaughton — si c'est votre nom, ce dont je doute —, ce ne sera plus aussi facile désormais.

Les jambes de Salem Jones flageolèrent.

— Prévenez le barbier de faire chauffer son fer

poursuivit le commandant. Et chassez de ma vue ce rebut de la société.

D'abord la tondeuse puis le rasoir, appliqué avec peu de crème et sans douceur. Le sous-officier qui faisait officieusement fonction de barbier coupa deux fois le crâne de Jones en le rasant. Le prisonnier n'osa pas protester de peur de l'irriter.

Assis sur un tabouret, il laissa le barbier enlever le reste de cheveux ceignant sa tête chauve. Une trentaine de soldats étaient venus assister au châtiment et les simagrées de certains d'entre eux provoquaient la colère de Jones. C'étaient des hommes qui s'étaient engagés comme lui sous un faux nom pour toucher la prime, avec l'intention de déserter à la première occasion. Jones avait renouvelé l'opération quatre fois dans l'année depuis que l'idée lui en était venue au plus fort des émeutes de New York. Il connaissait des types qui avaient exploité la combine sept ou huit fois sans se faire prendre. Lui n'avait pas eu cette chance — il n'avait jamais eu de chance.

Une chouette hulula dans la nuit tiède de mai. Devant le grand feu, le sergent au torse nu annonça :

— Prêt.

Le cercle des spectateurs s'ouvrit, les caporaux poussèrent Jones vers le feu tandis que le sergent saisissait d'une main protégée par un épais gantelet la poignée du fer. L'extrémité qui sortit des braises était chauffée à blanc.

Plusieurs soldats empoignèrent Jones, d'autres le forcèrent à boire une longue rasade de tord-boyaux en lui enfonçant la bouteille entre les lèvres. Puis ils l'approchèrent du feu, le menton dégouttant d'alcool, un filet de sang coulant autour de son oreille gauche.

Le sergent couvert de sueur souleva le fer. « Salauds ! hurla silencieusement Jones. Je vous tuerai. »

— Tenez-le bien, marmonna le sous-officier.

Le fer monta vers ses yeux, grossit de plus en plus. Jones se débattit, supplia :

— Non, non !

Un visage familier apparut à côté de l'intense lumière : le major etait venu assister au spectacle.

— Tenez-le, bon sang ! protesta le sergent.

Des mains immobilisèrent la tête de Salem Jones, qui se mit à hurler quelques secondes avant que le sous-officier n'applique le fer sur son visage.

Il jeta le brandon vers la tente et s'enfuit.

Il descendit un talus herbeux, pénétra dans un verger, courut encore quelques mètres avant d'oser se retourner. Agrippant d'une main une branche basse, il vit des flammes s'élever de la tente, entendit des cris. Il n'espérait pas vraiment faire périr le major dans le feu mais au moins lui flanquer la trouille. Jones se remit à courir.

Trois jours après sa punition, on l'avait réincorporé parce que l'armée se préparait à faire mouvement — de nuit, ce qui semblait être désormais la règle — et que ces imbéciles croyaient l'avoir dressé en lui rasant la tête et en le marquant au fer. Mais, surtout, ils avaient besoin de chair à canon pour leur guerre. Il faisait l'affaire, tout comme les immigrants, les malandrins, les infirmes et autres magnifiques spécimens que l'armée de l'Union comptait désormais dans ses rangs.

Débordant de rage, Jones avait volé un pantalon à un soldat d'un régiment voisin et arraché tous les boutons de sa veste crasseuse. Pour se procurer de l'argent, il avait triché au jeu. Il ne portait ni arme ni papiers, rien qui pût l'identifier à part la marque qui lui cuisait le visage. Il était prêt pour sa dernière désertion.

Même s'il avait pu s'engager à nouveau pour toucher encore une fois la prime, il ne l'aurait pas fait. La guerre était devenue trop sanglante. Lee avait contenu Grant le Boucher dans le Wilderness et lui avait porté des coups terribles à Spotsylvania. (Pendant ce dernier combat, Jones avait joué les traînards, évitant les secteurs les plus dangereux.) Mais Grant ne renonçait pas. Le major qui avait puni Jones avait rassemblé le régiment pour apprendre à ses hommes que le général avait envoyé à Washington un télégramme exprimant sa détermination à vaincre en Virginie. Selon le major, ce message avait été repris par tous les journaux afin d'élever le moral de la population civile : « J'ai l'intention de poursuivre le combat sur ce front même si cela doit prendre tout l'été. »

Ben, il le ferait sans Salem Jones, bon Dieu ! Finies les combines pour empocher la prime. Jones filait vers le sud, aussi vite et aussi loin qu'il le pourrait. Jusqu'en Caroline du Sud, peut-être. Ah ! il aimerait être là-bas quand la Confédération tomberait — ce qui ne manquerait pas d'arriver maintenant que la machine sanglante de Grant était en branle. Jones songeait avec amusement à ce qu'il pourrait faire à Mont Royal et à ceux qui l'avaient congédié, quand la Caroline serait province conquise...

Le déserteur continua sa course à travers le verger puis se glissa entre les postes des sentinelles. La lune de mai apparut dans le ciel, majestueuse, et inonda de lumière le « D » de cinq centimètres de haut imprimé dans la chair de Jones, sous son œil droit.

Vingt-quatre heures après l'arrivée des infirmières, les conditions s'étaient améliorées à l'hôpital de campagne. Des chariots de la Commission sanitaire, poursuivis par des bandes de jeunes Noirs joyeux, apportèrent de la morphine, de l'opium, du chlorure de calcium et des vivres.

Au milieu d'une agitation constante et d'une confusion occasionnelle, Virgilia parvint à rassembler son courage et ses esprits pour la confrontation devenue inévitable dès le moment où Mrs. Neal avait soulevé les couvertures du lieutenant mort. Elle soupçonnait la directrice de vouloir s'adresser d'abord à elle avant d'aller trouver le médecin-chef. Mrs. Neal tenait certainement à cette petite satisfaction.

A la fin de la première journée de travail de Virgilia, il y eut une accalmie. Pas de nouveaux blessés, rien de plus à faire pour ceux qui étaient déjà là. Elle essuya un gobelet en fer-blanc à son tablier, y versa du café brûlant. N'ayant dormi qu'une heure dans l'après-midi, elle se sentait vannée.

Elle fit quelques pas au-dehors. La nuit tombait. Les souches et les troncs d'arbres noircis par le feu qui entouraient l'hôpital dégageaient encore une odeur de bois brûlé. Virgilia sentait une douleur sourde des pieds au creux des reins d'être restée si longtemps debout. Elle tourna le coin de sa tente, se raidit en entendant une robe froufrouter derrière elle. Sans se retourner, elle s'assit sur une souche, écarta une mouche de la main.

— Miss Hazard ?

L'expression composée, Virgilia changea de position pour montrer qu'elle avait entendu.

— Je dois discuter avec vous d'une question extrêmement grave, poursuivit Mrs. Neal. Nous savons toutes deux de quoi il s'agit, je le crains.

« Tu le crains ? pensa Virgilia avec colère. Tu t'en réjouis, oui. »

La directrice s'arrêta derrière une souche et regarda sa subordonnée comme un juge présidant un tribunal.

— Vous avez laissé ce jeune Sudiste saigner à mort, n'est-ce pas ? En d'autres termes, vous l'avez tué.

— C'est l'accusation la plus ridicule, la plus insultante...

— Inutile de riposter par des protestations indignées, coupa Mrs. Neal. Vous aviez explicitement déclaré dans le train, devant témoins, que vous ne soigneriez pas un ennemi blessé. Votre haine du Sud est notoire. Vous avez couvert ce jeune officier en sachant parfaitement que la chaleur déclencherait à nouveau l'hémorragie.

— Je reconnais avoir commis cette erreur. Dans la confusion... Les blessés qui réclamaient de l'aide, les médecins qui criaient tous en même temps...

— Allons donc ! Vous êtes l'une des meilleures infirmières que je connaisse. Si je n'ai jamais eu de sympathie pour vous, je ne sous-estime pas vos compétences. Vous ne commettriez pas ce genre d'erreur sans le vouloir.

Virgilia se leva. Elle avait pensé qu'avouer une faute rendrait plus crédibles ses dénégations quant au reste mais Mrs. Neal ne marchait pas. Sans regarder la directrice, elle risqua un coup de bluff :

— Si je reconnais une erreur de jugement, vous aurez bien du mal à prouver qu'il y a eu autre chose.

— Je peux toujours essayer. Je déclarerai dans mon rapport que vous avez couvert le blessé en pleine connaissance de cause, que vous avez ensuite caché l'hémorragie en recouvrant la gaze ensanglantée avec d'autres tampons...

— Non ! C'est faux !

Mrs. Neal leva plusieurs mentons, toisa Virgilia.

— Qui, alors ?

— Je ne sais pas. Un des brancardiers...

— Absurde !

— Je reconnais avoir couvert le blessé, rien d'autre.

— Il ne sert à rien de poursuivre cette discussion mais je sais ce que vous avez fait et j'en référerai à Miss Dix. Je veillerai à ce que vous soyez punie. Je vous conseille de passer la soirée à préparer votre défense.

La directrice s'éloigna en coulant vers Virgilia un regard satisfait.

Son laissez-passer était en règle, elle prit sans problème le premier train à destination d'Aquia Landing. Au lever du soleil, elle monta à bord d'un vapeur remontant le Potomac.

Elle ne retournerait jamais à l'hôpital de campagne — ni à celui-là ni à un autre. Mais elle ne se cacherait pas. Devant la grande tente où l'attendait le médecin-chef, qui avait demandé à la voir, elle avait pris conscience que le seul moyen d'échapper à une enquête était de faire intervenir une personne influente.

Enveloppée dans sa pèlerine, Virgilia était assise sur le pont du bateau, ses valises entre les jambes. Malgré tout, elle ne regrettait rien. Les Sudistes étaient responsables de la mort de Grady, elle avait appliqué la loi du talion — comme les Confédérés eux-mêmes. Elle se sentait triste pourtant de ne plus pouvoir être infirmière. Ce travail avait donné à son existence un sens dont elle était dépourvue depuis la débâcle de Harper's Ferry. Du moins avait-elle mis un terme à sa carrière comme tout bon soldat doit le faire. En tuant un ennemi.

Il fallait maintenant en affronter un autre. Dans la fraîcheur du petit matin, elle débarqua sur la jetée, le visage calme et résolu. Son plan était arrêté : dès qu'elle aurait trouvé une chambre et fait un peu de toilette, elle chercherait à joindre Sam Stout, le parlementaire.

34

DE son lit à l'hôpital pour convalescents de Harewood, Billy écrivit :

Dimanche, 5 juin. Temps chaud. La nuit, nous devons tous nous protéger du cocon d'une moustiquaire pour ne pas être dévorés. Des tulipiers ombragent notre pavillon aux heures les plus étouffantes de la journée mais rien ne peut nous délivrer de l'odeur de charnier qui flotte sur la ville depuis que le général G. s'est mis en campagne. Les morts sont partout, innombrables.

Ne parviens pas à avoir des nouvelles sûres mais ai appris par les brancardiers qu'une grande bataille se déroule à une dizaine de kilomètres de Richmond. Ce sera peut-être la dernière et je pourrai te retrouver, ma chère femme. Sinon, je retournerai en Virginie dans quelques jours. La balle Minié qui m'a touché au mollet a traversé le muscle sans faire trop de dégâts.

Je ne veux pas retourner au front et cet aveu ne fait pas de moi un lâche. La seule raison qui pourrait m'y pousser, en cas d'échec de G. devant Richmond, c'est qu'il faut poursuivre nos efforts pour mettre à jamais fin à cette boucherie.

Abe sera désigné la semaine prochaine à Baltimore comme candidat d'un parti d'union nationale, dont la création hâtive vise apparemment à démontrer qu'un objectif commun unit les Républicains modérés et les Démocrates favorables à l'Union. La victoire de L. n'est aucunement assurée. Il compte de nombreux adversaires et l'armée de ses ennemis grossit chaque jour. Un officier a ouvertement déclaré ici que la nation serait mieux servie si quelqu'un assassinait le président. Sombrerons-nous plus profondément encore dans la folie avant la fin de la guerre ?

Le jour où Lincoln fut désigné comme candidat — avec comme colistier le gouverneur du Tennessee, le Démocrate Johnson — Isabel partit avec les jumeaux pour passer de longues vacances à la villa de Newport. La vie à Washington était devenue insupportable. Toutes les heures, les trains et les vapeurs transportant les morts arrivaient dans la capitale. Les croque-morts déambulaient l'œil hagard, épuisés. Dix-huit à vingt mille blessés s'entassaient dans les hôpitaux militaires du district. Ils envahissaient même les beaux quartiers et les odeurs pestilentielles avaient raison des parfums les plus forts.

Stanley ne souleva pas d'objection au départ de son épouse. Cela lui permit de voir plus facilement une jeune femme dont il avait fait la connaissance un soir d'avril en se rendant avec des compères républicains aussi soûls que lui au *Varieties*, le grand music-hall de la 9e Rue. La façade de l'établissement était couverte de drapeaux et éclaboussée de couleurs par une roue transparente tournant devant une lampe au calcium.

Le public était presque exclusivement masculin. Avant les solistes interprétant des chansons d'amour et le contorsionniste chinois, des filles peu vêtues se trémoussaient au rythme d'airs patriotiques. La joliesse d'une des danseuses, jeune femme d'une vingtaine d'années à la poitrine épanouie, incita Stanley à grimper sur un banc et à crier comme les dizaines de soldats puant la sueur et mastiquant leur chique qui l'entouraient.

Un verre de mauvais whisky dans chaque main, Stanley ne quitta plus des yeux la danseuse et fit sa connaissance quelque temps après dans les coulisses. La fille n'eut plus rien à lui refuser lorsqu'elle apprit qu'il était l'ami du ministre Stanton, du sénateur Wade et du député Davis, entre autres.

Ces deux derniers faisaient la une des journaux. Avec leur loi Wade-Davis, récemment adoptée par la Chambre des représentants, ils étaient ouvertement partis en guerre contre le programme de reconstruction modéré du président. Cette loi stipulait qu'un gouvernement civil pourrait être rétabli après la guerre dans un Etat rebelle uniquement si la moitié des électeurs prêtait serment de fidélité — alors que le plan de Lincoln fixait la barre à dix pour cent seulement. Les autres dispositions de la loi Wade-Davis étaient aussi dures et le président avait fait savoir qu'il l'enterrerait par le système de la « poche restante » * si le Sénat la votait également.

Furieux, Wade riposta en déclarant publiquement : « L'autorité du Congrès est souveraine. Elle doit être respectée par tous — et cela vaut aussi pour la créature tourmentée qui hante la résidence présidentielle et fait honte à ses fonctions et à son pays. »

Stanley, qui assistait à la réception au cours de laquelle le sénateur avait tenu ces propos, avait applaudi en criant « Bravo ! ». Toutefois, il n'était pas allé jusqu'à participer à la convention scissionniste de Cleveland, où une fraction républicaine avait désigné le général Frémont comme candidat. Mais il consacrait tous ses efforts à l'évincement de Lincoln, comme il le révéla, entre autres confidences, à sa nouvelle petite amie.

Miss Jeannie Canary — pseudonyme qu'elle avait adopté pour remplacer le nom imprononçable hérité

* *Pocket veto* : le président « oublie » de signer une loi dans les délais légaux, ce qui équivaut à un veto implicite (n.d.t.).

d'un père levantin — était aussi impressionnée par les relations de Stanley que par sa fortune. Le soir de la désignation de Lincoln, ils étaient tous deux au lit dans la chambre minable de Miss Canary, que Stanley avait promis de remplacer bientôt par un logement plus agréable.

Agréablement étourdi par le bourbon qu'il avait bu, Stanley, étendu sur son gros ventre, jouait du bout des doigts avec les mamelons sombres de sa maîtresse. D'ordinaire, elle souriait tout le temps, mais pas ce soir-là.

— Chéri, je veux voir les illuminations, je veux entendre la fanfare de la Marine jouer *Tramp ! Tramp ! Tramp !*.

— Jeannie, répondit Stanley d'un ton patient, comme s'il s'adressait à un enfant peu éveillé, ces festivités sont un camouflet pour mes amis les plus proches. Comment pourrais-je y assister ?

— Oh ! c'est pour ça que tu dis non, rétorqua la jeune femme.

Elle se retourna, montrant à Stanley son postérieur rebondi. Derrière les rideaux sales de la fenêtre, une fusée monta dans le ciel, explosa en une pluie argent. D'autres suivirent, de toutes les couleurs. Vers Georgetown, de nombreux ballons dangereusement éclairés par les lanternes de leurs nacelles dérivaient dans l'air.

Miss Canary se toucha la joue de l'index comme une mauvaise actrice dans une attitude pensive.

— La vraie raison, c'est que tu veux pas qu'on te voie avec moi.

— Tu ne dois pas t'en offenser. Je suis connu dans cette ville. Et je suis un homme marié.

— Alors, t'as rien à faire ici. Si tu veux pas me sortir, c'est pas la peine de me louer un appartement. Ou de revenir me voir dans les coulisses.

Les yeux sombres et la moue de la danseuse eurent raison des résistances de Stanley. Il sortit du lit, trouva la bouteille de bourbon, en vida le fond.

— Bon, d'accord, on y va. Mais une heure seulement... J'espère que tu apprécies les risques que je prends, maugréa-t-il en tendant la main vers son pantalon démesuré.

— Oh ! oui, trésor, oh ! oui ! piailla Jeannie.

Elle passa ses bras parfumés autour de son cou, écrasa ses seins contre le corps pâle et mou. Dans de tels moments, Stanley oubliait son âge et chassait totalement Isabel de ses pensées. Il se sentait jeune.

Ils sortirent, prirent un fiacre — Stanley ne se faisait jamais conduire par son propre cocher dans le quartier de sa maîtresse — et il lui expliqua en chemin pourquoi ses amis et lui méprisaient Lincoln. Il commença par lui parler des divers plans de reconstruction, vit son sourire se figer, indice sûr qu'elle allait à nouveau se fâcher, et passa aussitôt au domaine militaire.

— Le président a choisi Grant mais la campagne de ce dernier s'est quasiment enlisée. Cold Harbor fut un désastre dont nous découvrons seulement maintenant l'ampleur. Le général a perdu quelque cinquante mille hommes — près de la moitié des forces avec lesquelles il avait franchi le Rapidan, et presque autant que toute l'armée de Lee. La nation ne tolérera pas que le boucher présente une note aussi élevée alors que Richmond n'est toujours pas prise.

— Je sais pas où c'est exactement, Richmond, chéri. Là-bas près de la Caroline du Nord ?

Stanley tapota la main de Jeannie en soupirant. Elle était gentille et drôle mais d'une intelligence limitée. Il ne faut pas trop attendre d'une danseuse, supposait-il.

— Je veux descendre, exigea-t-elle quand le fiacre fut bloqué par la foule.

Il tenta de la persuader de n'en rien faire puis la suivit craintivement lorsqu'elle se lança parmi les badauds. Des fusées multicolores zébraient le ciel ; des lumières éclairaient d'immenses portraits transparents de Lincoln, de Johnson — quasiment inconnu — et de Grant, la mâchoire crispée. Accrochée au bras de Stanley, Miss Canary poussait des petits cris qui faisaient se retourner les gens.

— Bonsoir, mon cher Hazard.

Pâlissant, Stanley fit volte-face et vit le député Henry Davis, du Maryland, soulever son chapeau, poser un regard perçant sur la danseuse et s'éloigner.

Charles aurait voulu pleurer Beauty Stuart mais aucune larme ne montait à ses yeux. Il ne lui venait que des souvenirs, des débris étincelants de la grande légende de Stuart, façonnée par ses admirateurs, ses détracteurs et par l'homme lui-même. Au bout du compte, Charles put pardonner l'attitude soupçonneuse et dédaigneuse de Stuart à l'égard de Hampton au début de la guerre et ne retenir que sa façon extraordinaire de chanter. On racontait que, agonisant, il avait demandé à ses amis de chanter *Rock of Ages* à son chevet.

Général de brigade, Hampton aurait logiquement dû recevoir le commandement de la cavalerie. On lui accorda en partie la responsabilité du poste mais pas l'avancement. Charles, Jim Pickles et tous les autres anciens savaient pourquoi : Lee croyait Hampton trop âgé pour supporter le fardeau d'un commandement aussi important.

Charles trouvait cela ridicule. Hampton s'était depuis longtemps montré capable de résister à des épreuves, des intempéries, de longues chevauchées, des campagnes qui auraient brisé nombre d'hommes plus jeunes que lui. On semblait néanmoins décidé en haut lieu à continuer à lui faire passer des examens et Charles soupçonnait que cette attitude était aussi due au fait que Fitz Lee désirait le poste.

De retour de Richmond, l'éclaireur n'eut pas le temps d'aller voir Gus, à laquelle il pensait souvent. Il avait décidé de refroidir leurs rapports, voire d'y mettre définitivement fin, et la guerre l'y aidait.

En même temps, il s'inquiéta pour la jeune femme quand les combats reprirent avec férocité dans le Wilderness. Il savait que les Fédéraux avaient repris Fredericksburg, dont de nombreux habitants avaient fui. Dans une lettre répondant à un mot de Charles, Orry écrivait que Gus et ses affranchis n'étaient pas à

Richmond ou, du moins, qu'ils n'avaient pas cherché refuge chez lui. Charles en déduisit qu'Augusta se trouvait toujours à la ferme. Il aurait voulu s'assurer qu'elle allait bien mais ne le pouvait.

Valait-il mieux savoir ou pas ? Jim Pickles recevait des lettres de chez lui qui le déprimaient chaque fois davantage. Sa mère était clouée au lit, le docteur pensait qu'elle ne finirait peut-être pas l'année.

— Il faut que j'y aille, annonça Jim un jour.

— Impossible, répondit Charles d'un ton autoritaire.

Jim réfléchit un moment avant de marmonner sans conviction :

— Ouais, vous avez sûrement raison.

L'armée de Grant roula sur ses morts à Cold Harbor, apparemment dans l'intention d'investir le nœud ferroviaire stratégique de Petersburg. La cavalerie de Phil Sheridan lança vers Charlottesville une opération de diversion qui contraignit Lee à envoyer Hampton à sa poursuite. Près de Trevilian Station, Charles aperçut brièvement le Yankee aux cheveux bouclés — maintenant général — qui l'avait impressionné à Brandy Station.

Les Fédéraux étaient sur le point de partir avec chariots, ambulances et environ huit cents chevaux. La brigade de Calbraith Butler étant engagée ailleurs, Hampton envoya au galop les cavaliers de Texas Tom Rosser. Charles chevauchait avec eux lorsqu'il vit le jeune général, qu'il reconnut d'abord à son foulard rouge. L'éclaireur tira sur lui, le manqua ; Custer riposta et s'éloigna. Il n'avait probablement pas reconnu Charles, qui ressemblait plus maintenant à un bandit barbu qu'à un soldat.

Le lendemain après-midi, l'éclaireur avait mis pied à terre derrière les fortifications élevées hâtivement le long de la voie ferrée de la Virginia Central. De l'autre côté des rails, les cavaliers de Sheridan se mirent en formation et avancèrent à pied tandis que des cuivres jouaient *Garryowen*.

Jim Pickles, qui avait rejoint avec Charles les

troupes de Butler, baissa la tête quand une balle Minié passa non loin de lui.

— Z'avez déjà entendu un raffut pareil ?

— Le petit Phil aime la musique, répondit Charles. (Il vida son revolver sur l'ennemi, s'accroupit pour recharger.) On dit qu'il fait donner la fanfare pour couvrir nos cris.

Il se hissa sur la barrière surmontant le remblai, prit son arme à deux mains, visa, appuya lentement deux fois sur la détente. Un jeune soldat en uniforme bleu s'écroula sur les rails. Avec un grognement de satisfaction, Charles chercha une autre cible.

— Y en a, de la musique, dans c'te guerre, fit observer Jim. En tout cas, je m'attendais pas à ce que ça soye comme ça.

Devant la mire de son arme, Charles vit apparaître l'image d'une route où des cavaliers pimpants faisaient trotter leurs chevaux bais dans un paysage printanier.

— Personne ne s'attendait à ça, murmura-t-il.

Et il perça d'une balle la jambe d'un autre jeunot. Il avait découvert qu'il tirait avec plus de précision s'il considérait les Yankees comme de simples cibles d'argile animées dans un stand de tir.

Les ennemis continuaient à attaquer en faisant feu de leur carabine appuyée contre leur hanche. Le dernier assaut eut lieu peu avant le coucher du soleil. Lorsqu'il fut repoussé, Sheridan replia ses hommes, qui commencèrent à battre en retraite vers le North Anna pendant la nuit. Charles et les autres éclaireurs, qui participèrent à la poursuite, furent ceux qui découvrirent la scène d'horreur.

Jim tomba dessus le premier, près d'un camp fédéral abandonné, et partit au galop prévenir Charles. Avant de pouvoir détourner la tête, il vomit sur son fusil de chasse, sa selle et son cheval étonné.

Charles, qui chevauchait dans une pâture ensoleillée, sentit le charnier avant de le voir. Il l'entendit aussi : battement d'ailes de charognards dans l'herbe, bourdonnement d'un millier de mouches. Deux minutes plus tard, les dents serrées, il fit tourner

Joueur et lança la bête efflanquée au trot vers le quartier général temporaire de Hampton.

Le général se rendit sur les lieux et contempla les sculptures fantastiques que composaient les cadavres de chevaux couverts de mouches empilés les uns sur les autres.

— Vous les avez comptés ? demanda-t-il à Charles dans un souffle.

— Il y en a tant ! Quatre-vingts, quatre-vingt-dix, au moins. Jim en a découvert autant si ce n'est plus là-bas près des arbres. J'ai cherché des traces de blessure autres que celles des balles qui les ont tués, je n'en ai pas trouvé. Les Yankees doivent avoir décidé qu'un troupeau de chevaux ralentira leur retraite.

— J'ai abattu des chevaux blessés mais jamais des bêtes fourbues. Tuer cyniquement un animal en bonne santé est encore pire. C'est un péché.

« Et enchaîner un nègre ? » pensa Charles.

— Qu'ils soient maudits, conclut Hampton.

Charles contempla ce que des hommes avaient fait, considéra ce qu'il était devenu et songea que l'imprécation du général venait un peu tard. Dieu s'était déjà occupé de la majeure partie de la population.

Cold Harbor secouait à nouveau les vitres de Richmond. La nuit, Orry et Madeline se tenaient enlacés, incapables de dormir à cause des canons.

Ils les avaient aussi entendus en mai, quand Butler avait remonté le James jusqu'à une dizaine de kilomètres de la ville. Ils les avaient entendus encore pendant les nuits étouffantes de juin, lorsque les combats avaient commencé à Cold Harbor. A présent, la bataille faisait rage à Petersburg. Après avoir vainement tenté pendant quatre jours d'enlever les fortifications de la vieille Ligne Dimmock entourant la ville, l'armée du Potomac mit fin à ses attaques et s'installa pour assiéger Petersburg.

— Lee a toujours répété qu'une fois le siège commencé, nous serions fichus, dit Orry à Madeline. S'ils le veulent, les Fédéraux peuvent acheminer des renforts et du ravitaillement par leur base fluviale de City Point jusqu'à la fin du siècle. Nous devrons capituler.

— Cooper l'avait prédit depuis longtemps, n'est-ce pas ?

— Il avait raison, murmura Orry avant d'embrasser sa femme.

Partout il décelait des signes d'une dégradation de la situation. La cavalerie de Sheridan avait presque atteint la lisière nord de la ville et l'infanterie de Butler avait failli parvenir à celle du sud. Joe Johnston — qu'on surnommait méchamment Joe la Retraite — se repliait sur Atlanta face à l'avance inexorable de Sherman. Sigel, autre général de l'Union, ravageait la vallée.

Rares étaient les forceurs de blocus parvenant encore à Wilmington. L'argent confédéré devenait rapidement du papier sans valeur. Avec Cold Harbor, des scènes de panique semblables à celles de la campagne de la Péninsule se répétèrent mais il y eut cette fois peu d'ardeur au combat et d'esprit de résistance. Les grands généraux étaient tombés : le vieux Jack, camarade de promotion d'Orry ; Stuart, le cavalier chantant. Et le plus grand de tous, Marse Bob, ne parvenait pas à vaincre.

Un matin après Cold Harbor, Pickett apparut au ministère de la Guerre. Le regard morne, l'air exténué, il marchait comme un cadavre ambulant. Il portait encore sur l'épaule ses longs cheveux bouclés et parfumés mais on y voyait à présent de nombreuses mèches blanches. Orry se sentit pris de pitié pour son ami, qui essayait maladroitement de garder l'air jeune et désinvolte alors qu'il n'avait plus en lui une once de jeunesse ou d'insouciance.

Dans la chaleur poussiéreuse, Orry confia ses préoccupations personnelles à George, qui lui répondit :

— Il y aura toujours une place pour toi à l'état-major de ma division si l'envie te prend de commander sur le champ de bataille.

Le ton sombre sous-jacent de la voix de Pickett laissait entendre qu'Orry ferait bien de réfléchir avant de prendre une telle décision. Se souvenait-il de la charge vaine de Gettysburg qui avait fait de lui un vieil homme en un seul jour ?

— J'y songe, déclara Orry. Je n'en ai pas discuté avec Madeline mais je me souviendrai de ta proposition. Je t'en suis infiniment reconnaissant.

Il y avait eu enquête officielle sur l'évasion de Libby d'un prisonnier de l'Union, aidé par un officier confédéré dont on avait seulement retenu qu'il était exceptionnellement grand et barbu, signalement qu'on pouvait attribuer à plusieurs milliers d'hommes se trouvant encore dans l'armée. La menace militaire pesant sur Richmond contribua à réduire l'importance de l'affaire et, peu à peu, de l'enquête.

Mallory rendit visite à Orry et lui annonça avec raideur que Cooper avait donné sa démission après avoir fait part de son intention de quitter Charleston pour Mont Royal.

— Il a totalement changé, expliqua le ministre. Sa position, condamnable selon moi, consiste maintenant à rechercher la paix à tout prix.

Irrité, Orry répliqua :

— C'est la position consistant à rechercher la guerre à tout prix qui était condamnable, Mr. Mallory.

Orry écrivit à Cooper et envoya la lettre à la plantation sans trop espérer qu'elle y parviendrait. Il était content de savoir son frère là-bas. Toutefois, la signification implicite de la nouvelle attitude de Cooper le déprimait tout autant qu'un incident survenu le lendemain de la visite de Mallory.

— Qui est cette femme qui vient de solliciter un laissez-passer ? demanda-t-il à un employé du ministère.

— Mrs. Manville. Elle est arrivée de Baltimore en 61 pour ouvrir une maison de prostitution. Elle l'a fermée depuis peu.

— Elle retourne au Maryland ?

— Oui, par un moyen ou un autre. Elle y est

résolue et nous n'avons aucune raison de l'en empêcher.

— C'est la première prostituée qui demande un laissez-passer ?

— Non, colonel. Il y en a eu une douzaine depuis Cold Harbor.

Ce soir-là, dans l'appartement de Marshall Street, Orry révéla à Madeline :

— Les femmes de mauvaise vie, comme on dit, quittent la ville. Aucun doute, le rideau commence à tomber.

Orry était toujours tourmenté par le mystère de la cabale, qui s'était évanouie comme si elle n'avait jamais existé. Seddon avait averti le président, Judah Benjamin et d'autres membres du Cabinet mais ne pouvait rien faire de plus faute de preuves. Powell avait disparu, ou du moins il n'avait pas reparu à la ferme. Sur l'insistance d'Orry, Israel Quincy était retourné deux fois sur les lieux et n'avait rien trouvé. De sa propre poche, Orry avait payé un employé du ministère pour qu'il aille vérifier sur place. Sans résultat.

Pourtant il avait bien vu les caisses d'armes. Et James Huntoon. Et Ashton. Mais les événements déconcertants qui avaient suivi son expédition nocturne lui faisaient parfois douter de sa propre raison. Chaque fois qu'il pensait à ce mystère, son humeur s'assombrissait. Si Ashton avait trempé dans un complot contre la personne du président, il fallait lui demander des comptes. Mais comment ? Le ministère n'avait pas les hommes disponibles pour la surveiller nuit et jour et Orry ne pouvait s'en charger lui-même.

La frustration et la colère qu'il ressentait finirent par se manifester avec éclat au cours d'une réception donnée par Memminger, le ministre des Finances, qui avait annoncé son intention de démissionner dès qu'il aurait terminé deux ou trois tâches importantes. Il comptait avoir quitté le ministère en juillet.

Plusieurs Sud-Caroliniens de la capitale aidèrent le personnel des Finances à préparer la réception. La liste des invités incluait tous les membres des services de Memminger et les personnes originaires de son Etat natal. Huntoon, doublement qualifié, se rendit à la soirée avec Ashton.

Et Orry y amena Madeline

La personnalité dépourvue d'humour du ministre garantissait une réception sinistre. Le lieu choisi également. On ne pouvait servir d'alcool au ministère des Finances et les invités n'eurent droit qu'à un punch de couleur brune au goût vaguement citronné. Les épouses des employés avaient préparé des toasts aux légumes, principalement des carottes ou de pitoyables rondelles de concombre.

Mâchonnant un sandwich, Orry laissa Madeline bavarder avec quelques dames et se dirigea nonchalamment vers sa sœur. Ashton était, inévitablement, la seule femme d'un groupe de six personnes comprenant son mari. Gonflant les joues comme un crapaud, Huntoon écoutait un chef de service déclarer :

— Au diable le gouverneur Brown et ses opinions ! Je maintiens que recruter des gens de couleur est le seul moyen de poursuivre la guerre.

Huntoon ôta ses lunettes pour souligner la vigueur de ses convictions :

— Alors, autant capituler.

— C'est ridicule, riposta un autre invité. Les Yankees ne s'embarrassent pas de ces considérations. Mon beau-frère m'a raconté qu'il y a des soldats noirs à la pelle autour de Petersburg.

Ashton, vêtue à ravir mais le visage blême — Orry remarqua aussitôt qu'elle avait maigri —, releva la tête d'un air dédaigneux.

— Que peut-on attendre d'autre d'un pays de métis ? Je suis de l'avis de James. Plutôt tout perdre que d'accepter un compromis. En l'occurrence, la Confédération est déjà au bord du désastre.

En s'approchant, Orry se demanda où et à qui sa sœur avait emprunté ce ton écœuré et fanatique. A Huntoon ? Non. A Powell, plus vraisemblablement.

Ashton vit son frère, quitta le groupe où la discussion se poursuivait.

— Bonsoir, Orry. Comment vas-tu ? demanda-t-elle d'un ton signifiant que la question n'était que de pure forme.

— Plutôt bien. Et toi ?

— Oh ! Je m'occupe d'un millier de choses. Tu sais que Cooper a démissionné ? (Orry acquiesça.) Je crois que si j'avais le Sphinx pour frère, je le comprendrais mieux que Cooper.

— Il n'est pourtant pas si difficile à comprendre, répondit Orry avec calme et sang-froid. (Il se répétait qu'Ashton était le gibier qu'il traquait, pas seulement sa sœur.) Cooper a toujours eu des idéaux élevés...

— Très élevés quand il s'agit de disposer du bien des autres. Il partage cette qualité avec certains de nos dirigeants.

Orry acheva sa phrase comme s'il n'avait pas été interrompu.

— ... fondamentalement opposés à la démagogie. Et à la tromperie.

Aussitôt sur ses gardes, Ashton prit son frère par le bras et l'emmena dans un coin plus tranquille en demandant :

— Tu parles de tromperie. C'est une allusion ?

— Peut-être. Elle pourrait s'appliquer à Mr. Powell, ton associé, par exemple.

La jeune femme lâcha le bras d'Orry.

— Cooper t'a mis au courant ? Cela ne m'étonne pas, il se prend pour un petit saint.

— Rien à voir avec Cooper. Je ne parlais pas de ta petite entreprise maritime mais du groupe qui se réunissait auparavant à la ferme.

Elle sembla un instant stupéfaite mais se ressaisit.

— Tu connais certainement l'endroit dont je veux parler, poursuivit Orry en se redressant de toute sa hauteur pour paraître plus menaçant. Wilton's Bluff, là où sont stockées les carabines de précision, les Whitworth calibre 45.

Ashton eut un rire forcé.

— Vraiment, Orry, je n'ai jamais entendu de telles extravagances. De quoi diable s'agit-il ?

— De ton implication dans un complot. Je suis allé à la ferme, je t'y ai vue.

— C'est absurde, lâcha-t-elle avec dédain en s'écartant. Tiens, voilà Mr. Benjamin.

Orry se retourna et vit le suave petit personnage rondouillard, déjà entouré de plusieurs admirateurs. Il leur préféra sans doute la compagnie d'une jolie femme puisqu'il se dirigea droit vers Madeline.

Remarquant le départ de sa femme, Huntoon quitta le groupe et alla la rejoindre au moment où elle s'exclamait :

— Ce que tu dis est ridicule.

— J'en ai vu et entendu assez pour connaître le but de vos réunions, menaça Orry. Dieu sait comment tu as pu te retrouver mêlée à une affaire pareille...

Huntoon se figea en comprenant de quoi sa sœur et son beau-frère parlaient.

— Vous avez fait disparaître vos traces, continua Orry. Mais nous vous aurons.

Il avait sous-estimé sa sœur et ne s'attendait pas à la contre-attaque qu'elle lança avec un sourire charmant.

— A moins que tu ne te fasses avoir avant, mon cher. J'attendais le moment opportun de te parler de ton propre petit secret. Ta ravissante femme a, paraît-il, des origines obscures — et même carrément noires.

Orry pâlit, regarda autour de lui. Dans la salle, le bruit des conversations s'était réduit ; certains invités avaient remarqué la querelle, quoique la seule personne qui pût entendre les protagonistes fût Huntoon.

— Passons un marché, mon cher frère, proposa Ashton en frappant de son éventail le poignet d'Orry. Tu gardes un silence discret et moi aussi.

Une veine apparut sous la peau recouvrant la tempe droite du colonel.

— Ne me menace pas. Je veux savoir où se trouve Lamar Powell.

Avec une suavité venimeuse, Ashton répondit :

— Va au diable.

Benjamin entendit ces derniers mots, Madeline aussi. Autour d'eux, les conversations moururent, les têtes se tournèrent.

— Ashton, gronda Orry avec colère.

— Je voulais te demander comment tu t'y es pris pour cacher la vérité aussi longtemps, reprit la jeune femme d'un ton désinvolte. Tu m'as bien eu, vieux renard. Mais un certain capitaine Bellingham m'a montré un portrait accroché naguère dans une maison de La Nouvelle-Orléans...

Bellingham ? un portrait ? Le nom propre ne dit rien à Orry mais la mention d'un portrait lui rappela brutalement une confidence que Madeline lui avait faite. Fabray, son père, lui avait révélé avant de mourir qu'il existait un portrait de sa mère.

Sentant la victoire proche, Ashton se hissa sur la pointe des pieds, saisit l'avant-bras d'Orry et lui murmura :

— Tu vois, je sais tout au sujet de ta femme. Il y a plus qu'une tache noire dans sa lignée. Tu as eu grand tort de m'accuser.

Elle enfonça ses ongles dans la manche grise puis se retourna tout à coup et, soulevant ses jupons, se dirigea vers le groupe de Madeline et Benjamin.

— Chérie, dites-nous tout, minauda-t-elle comme une coquette réclamant un secret de beauté. Quand mon frère vous a épousée, savait-il que votre mère était une quarteronne de La Nouvelle-Orléans travaillant dans une maison mal famée ?

Benjamin lâcha la main de Madeline ; une invitée s'écarta d'elle en plissant le front ; une autre se mit à gratter nerveusement un grain de beauté qu'elle avait sur la joue. Madeline, les larmes aux yeux, regarda son mari. Il ne l'avait jamais vue perdre ainsi son sang-froid.

— Allons, chérie, insista Ashton. Mettez-nous dans la confidence. Votre mère était-elle une prostituée noire ?

Orry empoigna Huntoon par l'épaule.

— Faites-la sortir avant que je ne m'en charge

De toute la force de son unique bras, il traîna son beau-frère à travers la foule. Huntoon perdit ses lunettes, faillit marcher dessus. Ashton bouillait de dépit : son imbécile de mari venait de lui voler la vedette.

Les lunettes remises en place mais de guingois, Huntoon s'approcha d'elle.

— Nous partons.

— Non. Je n'ai pas...

— Nous partons.

Huntoon avait failli crier. Il la poussa vers la porte et, comme elle protestait, la poussa plus violemment encore. Ashton comprit qu'il était hors de lui et dangereux. En ne lui obéissant pas, elle risquait de perdre tout ce qu'elle avait gagné. Elle adressa à son frère un sourire glacial, se libéra de l'étreinte de son mari et sortit.

Huntoon s'empressa de la suivre en frottant fébrilement son pouce contre son index.

— Bonsoir, excusez-nous, bonsoir, marmonnait-il.

Au loin, l'artillerie se déchaîna, le lustre de la salle se mit à osciller. Memminger posa sur Orry un regard froid et méditatif tandis que Benjamin, retrouvant son sourire suave, entreprenait de réconforter Madeline :

— Je n'ai jamais vu une conduite aussi scandaleuse. Vous avez toute ma sympathie. Je suppose naturellement que les accusations de cette jeune effrontée sont dénuées de fondement...

Madeline tremblait. Le ministre quitta son rôle d'ami pour celui de représentant du gouvernement en ajoutant ces trois mots :

— Le sont-elles ?

— Monsieur, répondit la jeune femme, la loi exige-t-elle que je réponde à votre question discourtoise ?

Jamais Orry n'avait éprouvé autant d'amour et d'admiration pour Madeline.

— La loi ? Certainement pas, dit Benjamin avec des yeux de chat en maraude. Et je n'ai pas voulu être discourtois. Néanmoins, votre refus de répondre pourrait être interprété par certains comme un aveu...

La femme au grain de beauté intervint :

— Moi, en tout cas, j'aimerais avoir une réponse. Il serait honteux qu'un membre du ministère de la Guerre soit marié à une femme de couleur.

— Allez au diable, sale hypocrite ! s'écria Madeline.

La femme recula comme si on l'avait piquée ; Orry rejoignit son épouse. Parvenant à maîtriser les sentiments contradictoires — surprise, anxiété, colère, confusion — que la scène avait fait naître en lui, il la prit par le bras et dit d'une voix calme et forte :

— Par ici, chérie. Il est temps de rentrer pour nous aussi.

La voyant sur le point de s'effondrer, il la soutint par la taille. Ensemble, ils passèrent devant les invitées fronçant les sourcils dans leur robe de l'année précédente, les employés endimanchés, Memminger, le contrôleur adjoint du Trésor serrant les mâchoires devant le saladier de punch.

Dehors, un vent chaud chargé de sable fit tourbillonner papiers et autres débris à travers Capitol Square, soulevant une poussière si épaisse qu'elle estompait les lignes des bâtiments.

— Comment l'a-t-elle appris ? demanda Madeline.

— Dieu sait ! Elle a mentionné un certain capitaine Bellingham, dont je n'ai jamais entendu parler. Ce grade peut signifier qu'il appartient à l'armée de terre ou à la marine — à moins que l'homme ne se soit décerné lui-même ses galons. Je consulterai les archives, bien qu'il y règne maintenant une telle pagaille que nous ne connaissons même pas les noms de la moitié des effectifs actuels. Mais sois sûre que j'essaierai de retrouver ce salopard.

— Je n'avais pas à répondre à Benjamin, il n'avait pas le droit de me poser une telle question !

— Aucun droit.

— Cela pourrait compromettre ta situation ?

— Bien sûr que non, mentit Orry.

— Est-ce que mon refus de répondre équivalait vraiment à un aveu ? demanda Madeline.

Comme il gardait le silence, elle le saisit par les

épaules et le secoua. Des mèches brunes se détachèrent de ses épingles à cheveux et s'agitèrent dans le vent tandis qu'elle criait :

— Réponds, Orry. Dis-moi la vérité !

Le vent hurla dans le silence.

— Oui, murmura Orry, j'ai bien peur que oui.

35

BIEN qu'elle fût presque à court d'argent, Virgilia demanda une des meilleures chambres du *Willard*.

— Nous en avons de moins chères, suggéra l'employé de la réception. Avec des lits plus petits.

— Non, merci. J'ai besoin d'un grand lit.

Pour économiser son pécule, elle ne descendit pas ce soir-là au restaurant. La faim et l'énervement la tinrent longtemps éveillée mais elle finit par s'endormir. Le lendemain, elle se priva de petit déjeuner et sortit vers dix heures. Dans l'avenue, elle se fraya un passage parmi les Noirs, les marchands ambulants, les employés et les soldats blessés devenus partie intégrante du paysage de Washington. Elle remarqua qu'on avait enfin enlevé l'échafaudage du dôme du Capitole et la statue de la Liberté en armes qui le couronnait resplendissait sous le soleil de juin.

La matinée était tiède. Sous ses vêtements trop lourds, Virgilia fut rapidement baignée de sueur quand elle monta les marches du bâtiment, y pénétra et se glissa dans la galerie de la Chambre des représentants. Après avoir cherché quelques instants, elle repéra Sam Stout, assis sur un des bancs, ses longues jambes maigres étendues devant lui.

« Viendra-t-il ? » se demanda-t-elle en quittant la galerie.

Elle laissa au bureau du député une enveloppe cachetée sur laquelle elle avait inscrit « Personnel ». Puis elle sortit et fit nerveusement les cent pas sur l'esplanade où des vaches broutaient une herbe rare. Finalement, elle retourna au *Willard*, se jeta sur le lit, posa l'avant-bras sur ses yeux mais ne parvint pas à s'assoupir, pas même à se détendre.

A midi, elle acheta deux petits pains rassis à un marchand ambulant, en mangea un dans sa chambre pour son déjeuner. A trois heures, elle prit un bain, passa une jupe sombre et une blouse en lin avec des manches bouffantes, des boutons sur le devant et un ruban qui se nouait en cravate. Elle s'occupa de ses cheveux pendant trois quarts d'heure puis dévora le second petit pain.

Elle essaya de lire le *Star* acheté la veille, eut du mal à se concentrer. La dépêche officielle du ministère de la Guerre, signée par Stanton et traitant de Petersburg, aurait tout aussi bien pu être écrite en chinois. Virgilia ne cessait de voir la vindicative Mrs. Neal murmurant à l'oreille de hauts responsables gouvernementaux.

Son attention fut aussi distraite par des bruits provenant de la chambre voisine : grincement du lit, cris stridents et répétés d'une femme. Virgilia eut l'impression d'étouffer. Elle essuya son cou moite, ramassa une miette sur le couvre-lit, alla à la fenêtre regarder sans les voir les chariots qui passaient dans la rue.

Dans son mot, elle lui avait donné rendez-vous à sept heures. A neuf heures et demie, assise sous la lampe à gaz devant une petite table, elle se frottait lentement le front, accablée. Quelle bêtise de croire qu'il...

— Quoi ? fit-elle en sursautant.

Le cœur battant, elle se leva, remit hâtivement sa blouse chiffonnée sous sa ceinture, lissa le tissu sur ses seins et se précipita vers la porte en tapotant ses cheveux.

— Oui ?

— Ouvrez, vite. Je ne veux pas être vu.

Troublée par la voix profonde, elle tourna la clef dans le mauvais sens, finit par ouvrir.

Il n'avait pas changé. Ses sourcils ressemblaient toujours à des accents noirs sur la blancheur de son visage. Ses cheveux enduits d'une brillantine parfumée reflétèrent la lumière lorsqu'il baissa légèrement la tête pour entrer. Il aimait faire remarquer sa haute taille.

— Je m'excuse de mon retard, dit-il en refermant la porte.

— Je vous en prie, Samuel. Je vous suis reconnaissante d'être venu, répondit Virgilia, se retenant à grand-peine de le toucher.

— J'avais envie de vous revoir. Et dans votre lettre, vous parlez d'une affaire extrêmement urgente.

Il s'assit, croisa ses longues jambes en souriant. Virgilia avait oublié qu'il avait les dents de travers mais le trouva beau quand même. Le pouvoir n'est jamais laid.

— Le travail de la commission devient de plus en plus lourd, c'est la raison de mon retard, expliqua-t-il. Mais venons-en à votre affaire. Il s'est passé quelque chose à Aquia Creek ?

— A Falmouth. Je..., commença Virgilia. (Elle prit une inspiration, le lin épousa plus encore la forme de ses seins.) Autant tout vous dire franchement : j'ai quitté le service des infirmières. A l'hôpital de campagne de Falmouth, on avait amené un jeune officier confédéré, gravement blessé... Je l'ai laissé mourir. Délibérément.

Stout sortit sa montre, l'ouvrit, la referma avec un bruit sec après y avoir jeté un coup d'œil, la remit dans son gousset. Virgilia crut continuer à entendre son tic-tac énervant dans le silence.

— Je pensais faire mon devoir ! s'écria-t-elle au bout d'un moment. Si on l'avait guéri, échangé, il aurait tué d'autres soldats de notre armée...

Sa voix se brisa.

— Vous vous attendez à ce que je vous blâme ? Je vous félicite, Virgilia. Vous avez bien agi.

Elle se précipita vers lui, s'agenouilla près de sa chaise.

— Mais on va me punir !

Lui caressant la jambe sans s'en rendre compte, elle lui parla de Mrs. Neal et de ses menaces.

Stout écouta avec une telle placidité qu'elle crut l'importuner. C'était tout le contraire.

— Vous vous faites du souci pour une satanée *copperhead* ? Il n'y aura pas d'enquête, je parlerai à une ou deux personnes que je connais, promit-il en glissant une main dans les cheveux de Virgilia. Ne pensez plus à cette histoire.

Elle posa la joue sur sa cuisse.

— Oh ! merci, Sam. Je vous serais tellement reconnaissante si vous m'évitiez des ennuis.

La scène se déroulait exactement comme Virgilia l'avait espéré. Stout lui prit le menton, lui releva la tête.

— Je suis heureux de pouvoir vous aider. Mais en politique, vous le savez sans doute, il est de règle qu'un service en appelle un autre. Je suis toujours marié, je songe toujours à ma carrière. Si vous voulez mon aide, ce doit être à mes conditions, pas aux vôtres.

Virgilia se rendit compte qu'elle n'avait d'autre solution que capituler. D'ailleurs, pourquoi pas ? Elle était certaine que Sam Stout poursuivrait son ascension, accroîtrait son pouvoir et contribuerait à écarter les dirigeants faibles comme Lincoln et consorts. Avoir la moitié d'un tel homme, c'était mieux que rien.

— Eh bien ? Quelle est votre réponse ? demanda-t-il en lui tapotant la main.

Elle se leva, défit le ruban de sa blouse.

— C'est oui, mon chéri.

36

LE lendemain de sa rencontre inopinée avec Davis, Stanley écrivit à Jeannie Canary qu'il partait en voyage pour affaires urgentes. Il joignit à sa lettre un chèque de cent dollars afin d'adoucir la peine de la danseuse et partit pour Newport.

A son étonnement, Isabel ne parut guère surprise en le voyant descendre d'un cheval de louage devant la grille de Fairlawn. Quand elle lui demanda comment il avait réussi à se libérer, il répondit qu'il avait raconté qu'un des jumeaux s'était blessé. Ce mensonge risquait de devenir vrai : sur la pelouse, les deux garçons essayaient de se fendre le crâne en se lançant des fers à cheval.

La nuit, il se réveilla lorsque sa femme traversa sa chambre pour gagner la sienne.

— Il y avait quelqu'un à la porte ? grogna-t-il.

— Oui. Quelqu'un qui s'était trompé de maison, répondit-elle d'une voix curieusement tendue.

Tôt le lendemain matin, avant le petit déjeuner, Isabel lui tendit sa veste en disant :

— Emmène-moi à la plage, s'il te plaît.

Bien que la demande fût formulée poliment, le ton ne lui laissait pas le choix. Quelques minutes plus tard, ils marchaient au bord de l'eau où des maubèches cherchaient leur pâture en donnant du bec. Le soleil transformait l'Atlantique en un tapis de perles argentées.

Isabel prit soudain la parole avec une agressivité inattendue :

— J'aimerais te parler de ta nouvelle amie.

— Quelle amie ? bredouilla Stanley avec un sourire niais.

Isabel montra ses dents.

— Ta catin, la danseuse du *Varieties*. Ce n'était pas une erreur, hier soir. On a apporté ce télégramme.

Elle sortit de la poche de sa jupe un morceau de papier chiffonné.

« Déjà ? » pensa Stanley.

— Qui t'a... ?

— Aucune importance, j'étais au courant depuis des semaines.

Elle parlait avec un calme absolu qui, curieusement, rendait son attaque d'autant plus menaçante. Stanley se mit à tourner en rond comme les oiseaux de mer en se mordant les jointures.

— Si tu es au courant, d'autres doivent l'être aussi. Je suis fini !

— Ne dis pas d'idioties. Personne ne voit d'inconvénient à ce que tu aies une maîtresse pourvu que tu sois discret. Les autres s'en moquent, et moi aussi. Tu sais que le côté physique du mariage m'a toujours fait horreur, de toute façon. Je veux que tu fasses très attention à ce que je vais te dire, Stanley !

Elle leva le poing, baissa lentement le bras avant de poursuivre .

— Tu es libre de faire ce que tu veux en privé. Mais si tu te montres à nouveau en public avec cette grue — une heure après que vous soyez allés voir la fête, toute la ville en parlait — j'engage une armée d'avocats pour te prendre jusqu'à ton dernier sou. Tu m'as comprise ?

Un postillon jailli de la bouche d'Isabel toucha Stanley, qui s'essuya la bouche du dos de la main.

— Oui, j'ai compris. Tu te moques totalement de moi. La seule chose qui t'intéresse, c'est mon argent, ma situation...

Isabel parut peinée puis haussa les épaules et répondit d'une voix ferme :

— Oui. La guerre a changé beaucoup de choses. C'est tout ce que j'ai à dire.

Stanley était trop bouleversé pour remarquer la démarche incertaine de sa femme quand elle s'éloigna de lui. Après quelques mètres, elle s'arrêta, se retourna. Le soleil éclaira ses yeux, leur donna un peu de l'éclat de l'Océan.

— Pourtant, tu me plaisais plutôt lorsque nous étions fiancés.

Elle repartit, fit s'envoler quelques oiseaux de mer. Stanley erra un moment sur la plage puis plongea la main dans la poche intérieure de sa veste... Ah ! elle y était encore ! Soulagé, il sortit la bouteille, ôta le bouchon, avala une gorgée de bourbon et alla s'asseoir sur un rocher.

Il vit apparaître un bateau de pêche sortant de Narragansett Bay et traînant des mouettes dans son sillage. Stanley se sentait sur le point de tomber malade, victime d'une grave affection qu'aucun docteur ne pourrait guérir ou même identifier. Des mots qu'Isabel avait prononcés émergèrent de ses pensées tourbillonnantes. Oui, la guerre avait changé beaucoup de choses, et trop vite. La protection de Cameron, une occasion inattendue de gagner de l'argent, de gros profits réalisés sans l'aide de son frère George.

Le changement chevauchait à travers le pays comme un cinquième cavalier de l'Apocalypse. Une meute de nègres libérés avait été lâchée pour effrayer les Blancs craignant Dieu et, plus grave encore, bouleverser l'ordre économique. Le mois précédent, un affranchi avait impudemment sollicité un emploi de balayeur à la fabrique Lashbrook et Dick Pennyford l'avait engagé. A la fin de sa première journée de travail, le nègre fut attendu à la sortie de l'usine et rossé par six ouvriers blancs. Peiné et furieux, Pennyford écrivit à Stanley qu'il avait compris la leçon. Il ne recommettrait pas la même erreur.

Stanley savait qui était responsable de ce genre d'incidents et de cet aplomb des Noirs : ses amis. Leur programme, qu'il devait feindre d'admirer s'il voulait conserver et étendre son influence à Washington. Tiraillé dans des directions contraires, il avait les nerfs à vif.

Il vida le reste du bourbon, jeta la bouteille à l'eau dans un vain geste de rage et se mit à pleurer.

Stanley aurait été étonné de savoir que sa femme, qu'il considérait comme un être froid et calculateur, pleura elle aussi ce matin-là. Quand elle eut épuisé ses larmes, elle réfléchit. Son mari était perdu pour elle. Tant pis. Il avait été son instrument pour accumuler une fortune avec laquelle elle pourrait maintenant financer une ascension sociale sans précédent à Washington et dans le pays. S'il était impossible d'imaginer qu'il pût devenir un jour une personnalité politique nationale, il possédait déjà assez d'argent pour acheter de tels hommes. Comme elle guiderait toujours son choix, c'est elle qui détiendrait véritablement le pouvoir.

Oubliant son bref et regrettable accès de sentimentalité, Isabel songea aux jours de gloire qui l'attendaient.

Elle les vivrait pour peu qu'elle sût empêcher Stanley de boire et lui garder la faveur des Républicains. La réussite l'avait détruit, pour une raison qu'elle ne comprenait pas.

Aucune importance. Maintes reines avaient gouverné à travers un roi faible.

37

LE jour où Billy rejoignit le bataillon du Génie, il écrivit dans son journal :

16 juin, à six kilomètres de Petersburg. Voyage en vapeur jusqu'à City Point sans incident mais par une chaleur torride. Vu le grand pont de bateaux de Broadway Landing, à un kilomètre de la jetée où j'ai débarqué. Comme j'aurais aimé revenir à temps pour participer à la création d'une telle merveille ! Le major Duane, qui m'a cordialement accueilli à mon arrivée au camp, m'a appris qu'aucune armée n'avait jamais construit pont de bateaux plus long. L'ouvrage fait près de huit cents mètres d'une rive à l'autre et une partie mobile fonctionnant comme un pont-levis permet le passage de canonnières. Le général Benham et les 15e et 50e régiments de sapeurs de N. Y. (Vol.) l'ont construit dans le temps record de huit heures.

Le bataillon avait traversé le pont peu avant que je le voie. Notre camp se trouve à Bryant House, l'hôpital temporaire de la 2e division, mais nous devons bientôt repartir. Reçu un chaleureux accueil de nombreux vieux camarades. Ils voulaient tous entendre le récit de mon évasion de Libby et j'ai répondu qu'elle avait été arrangée par des sympathisants inconnus de la cause de l'Union. La vérité pourrait encore maintenant nuire à C., je ne veux pas risquer de mettre en danger un ami aussi dévoué.

Penser à lui m'attriste. Il n'est plus le garçon rieur que j'avais rencontré pour la première fois en Caroline et que j'avais appris à connaître à W. P. La guerre l'a blessé. Si j'avais des talents littéraires, je chercherais une métaphore. Une sorte de charme a transformé l'ourson en loup.

J'ai faim, continuerai plus tard. X X X

Quand j'ai déclaré au major D. que je me sens tout à fait rétabli (ma jambe me fait encore mal mais j'ai moins de peine à marcher), il m'a répondu que lorsque nous serions plus près des fortifications de l'ennemi, il me chargerait de procéder à des relevés. Il m'a ensuite révélé les grandes lignes du plan du siège :

Par Petersb., ville de moins de 18 000 habitants, passent toutes les grandes voies ferrées ennemies venant du S. et du S. O. sauf une. La gare de P. est donc le terminus sud de la dernière ligne de ravitaillement de Richmond. S'en emparer — ce que G. a déjà essayé une fois — c'est faire mourir R. de faim. X X X

J'ai été interrompu par un grondement terrible qui m'a fait me précipiter dehors. C'est « Dictateur », aussi surnommé « L'Express de Petersburg », un gros mortier de huit tonnes et demie. Monté sur un wagon plate-forme renforcé, il tire des obus explosifs sur la ville d'un endroit situé sur la ligne Petersburg-City Point.

Je note un changement surprenant dans l'armée du Potomac : un grand nombre de soldats noirs là où il n'y en avait aucun auparavant. J'ai entendu faire l'éloge de leur courage et de leur intelligence. Hier encore, les T. C. (troupes de couleur) de E. W. Hinks ont attaqué avec succès un secteur des lignes de défense ennemies.

Mon emprisonnement à Libby m'a appris ce que doivent éprouver des hommes longtemps réduits en esclavage. Je brûlais de tuer Clyde Vesey et je me suis cyniquement réjoui quand C. l'a abattu au cours de l'évasion. J'accepte maintenant l'émancipation des Noirs comme la seule voie que ce pays peut suivre.

Pourtant, sur certains points, je résiste. Ainsi, je suis encore incapable de considérer les soldats noirs comme les égaux des Blancs portant le même uniforme. J'ai honte de cette réserve — de cette faiblesse ? — qui est bien réelle. La journée s'est terminée par un incident désagréable relatif à cette question.

Le bataillon avait marché vingt-huit kilomètres par une chaleur impitoyable et les hommes étaient de méchante humeur. Deux sergents noirs d'un régiment de la 4e division (T. C.) du général Ferrero passèrent avec des documents officiels qu'ils portaient à City Point. Il n'était pas anormal qu'ils demandent à boire un peu d'eau par cette température, mais on la leur refusa. Trois de nos soldats les plus irritables conduisirent les sergents devant les tonneaux ; deux d'entre eux les empêchèrent de s'en approcher tandis que le troisième dansait autour des Noirs en leur agitant la louche sous le nez. Les sergents demandèrent à nouveau poliment de l'eau, essuyèrent un refus et ordonnèrent aux Blancs — qui leur étaient inférieurs en grade — de s'écarter. Les soldats dégainèrent alors leurs armes et exigèrent des Noirs ce que l'un des membres du trio appela « un petit pas de danse. » Il tira deux balles dans le sol pour se faire obéir et les malheureux sergents eurent la sagesse de s'enfuir. Le plus révoltant, c'est qu'une douzaine d'autres sapeurs assistèrent avec grand plaisir à la déconfiture des Noirs, et ceux qu'elle ne fit pas rire approuvèrent cette conduite indigne en ne faisant rien pour l'empêcher. A ma grande honte, je dois avouer que je fis partie de ceux qui se turent.

Je pourrais invoquer la fatigue ou quelque autre excuse, mais, dans ce journal, j'essaie de parvenir à la vérité. Une vérité en l'occurrence fort pénible. En définitive, je me suis tu parce que je considérais ces deux hommes noirs comme inférieurs à moi.

J'ai depuis de cuisants remords. J'ai eu tort — comme ont tort des milliers d'autres soldats de cette armée qui pensent et se conduisent de la même façon. Libby continue à me changer. Des pensées et des impulsions nouvelles s'agitent en moi, si troublantes que je ne peux m'empêcher de souhaiter qu'elles disparaissent. Mais elles demeurent — comme demeure la question noire. Même si des millions d'entre nous le veulent encore, nous ne pouvons plus pousser le Noir derrière quelque porte et l'enfermer hors de notre vue, contents de croire que sa couleur le rend indigne de notre commisération et nous libère de la responsabilité de le traiter en être humain comme nous.

C'est honteux, ce que j'ai fait — ou plutôt, ce que je n'ai pas fait — cet après-midi. L'écrire m'apporte une certaine aide. C'est un premier pas, mais il ne soulagera pas ma conscience.

Toutefois, je suis convaincu qu'il y en aura d'autres. Où mèneront-ils? Je ne saurais le dire, si ce n'est d'une manière très générale. Je crois que je m'élance sur une route que je n'ai jamais parcourue ni même entrevue auparavant.

38

SUR les bords de l'Ashley, ceux qui étaient assez vieux pour se rappeler la guerre du Mexique et le jour où Orry Main en était revenu crurent que l'histoire se répétait avec le frère aîné. Orry avait perdu un bras, Cooper un fils. Pertes peu comparables mais qui, étrangement, avaient des conséquences similaires. Tous deux en étaient changés, repliés sur eux-mêmes, et les moins charitables parlaient de graves troubles mentaux.

Cooper n'accablait plus les occasionnels visiteurs du domaine de Mont Royal en les forçant à écouter ses propos extrémistes. On supposait qu'il avait conservé ses opinions bien qu'on ne pût en être sûr puisqu'il limitait sa conversation à des plaisanteries ou des généralités. Et quoique l'immense armée de Sherman marchât sur Atlanta, il se refusait à discuter de la guerre.

Elle était pourtant souvent présente dans son esprit, comme ce soir de juin où il s'enferma dans la bibliothèque après le dîner.

Il aimait cette pièce, son odeur de cuir fin mêlée à l'inévitable remugle du bas-pays. Dans un coin, il y avait le vieil uniforme d'Orry; au-dessus de la cheminée s'étalait la fresque de ruines romaines que Cooper contemplait avec ravissement, assis sur les genoux de son père, quand il était enfant.

Bien que le crépuscule teintât encore d'orange le mur opposé aux volets mi-clos, il alluma une lampe et s'installa sur une chaise avec une écritoire. Bientôt la plume de métal gratta si fort qu'il n'entendit pas la porte s'ouvrir. Judith entra un journal à la main.

— Chéri, il faut que tu jettes un coup d'œil au *Mercury*. Il contient une dépêche de l'étranger arrivée avant-hier via Wilmington.

— Oui ? marmonna Cooper en levant les yeux du mémoire qu'il était en train de rédiger.

Il avait l'intention d'envoyer au gouvernement de l'Etat un document proposant d'arrêter les tueries au moyen d'un cessez-le-feu et de négociations de paix immédiates. Son ton distrait indiquant qu'il ne tenait guère à interrompre son travail pour lire le journal, Judith précisa :

— Il s'agit de l'*Alabama*, qui a sombré dimanche dernier dans la Manche. C'est un navire de l'Union, le *Kearsarge*, qui l'a coulé.

— Et l'équipage ? demanda aussitôt Cooper.

— D'après la dépêche, un grand nombre de matelots ont survécu. Le capitaine du *Kearsarge* en a repêché soixante-dix et un yacht britannique ayant quitté Cherbourg pour assister au combat en a sauvé trente autres.

— Rien sur Semmes ?

— Il fait partie des rescapés.

— Bien. Les hommes comptent plus que le bateau.

Il avait fait cette déclaration avec tant de chaleur que Judith ne put s'empêcher de s'élancer vers lui et de le prendre dans ses bras. Le *Mercury* tomba sur les feuilles froissées que Cooper avait jetées par terre.

— Chéri, je t'aime tant ! Tout n'est que désarroi autour de nous ; Mont Royal n'a jamais paru aussi triste ; il n'y a pas assez à manger et tout le monde a peur de ces hommes qui vivent dans les marais. Pourtant je suis heureuse d'être ici avec toi.

— Moi aussi.

— Pardonne-moi de t'avoir interrompu. J'ai pensé que tu aimerais savoir ce qu'est devenu ce bateau.

Il tapota la main de Judith, contempla, au-delà de la fresque romaine, des paysages marins appartenant au passé.

— C'était un beau bâtiment. Mais il servait de mauvais maîtres.

Il se leva tout à coup, donna à Judith un long baiser ardent qui la laissa pantelante, la coiffure en désordre.

— Maintenant, chérie, si tu m'aimes vraiment, reprit-il avec un sourire taquin, laisse-moi retourner à mon labeur. Je dois terminer ce mémoire, même si nos héroïques dirigeants ne feront que le déchirer. Et ceux qui n'ont jamais entendu les canons tonner de colère seront les plus acharnés à le réduire en morceaux.

— C'est probable, mais je suis fière que tu l'écrives quand même.

— J'ai découvert que, dans ce monde, rien n'est acquis d'avance. C'est l'effort qui compte le plus.

Judith laissa son mari griffonner dans les dernières lueurs orange du couchant. Elle avait travaillé dur toute la journée — depuis leur retour, elle avait repris une grande partie des responsabilités de Madeline — et avait passé une heure avec Clarissa en fin d'après-midi. Bien que la mère de Cooper fût invariablement d'humeur charmante, son état mental rendait de telles visites éprouvantes et, quand vint l'heure du dîner, Judith était épuisée. Mais en fermant la porte de la bibliothèque, elle se sentit légère comme un filament de graine de pissenlit emporté par le vent. Insouciante. L'armée de Sherman aurait aussi bien pu marcher sur la Lune.

Pour la première fois depuis le départ de Charleston, elle en avait la certitude : son mari bien-aimé était guéri.

Ce fut Benjamin qui abattit la hache de velours. Après coup, Orry trouva ce choix logique du fait des manières suaves et diplomatiques de l'homme. L'entrevue eut lieu quelques jours après la réception donnée au ministère des Finances.

— Je dois tout d'abord préciser que je parle au nom du président, déclara Benjamin à Orry, assis avec raideur devant le bureau du ministre. Il espérait pouvoir vous parler personnellement mais ses obligations...

Un geste souple de la main tint lieu d'explications.

— Le président tient à vous exprimer sa gratitude pour votre sollicitude à son égard, continua Benjamin. En particulier, pour vos révélations sur ce complot contre sa personne... Sans parler d'un certain nombre de membres du Cabinet, ajouta-t-il avec son sourire doucereux.

Orry sentit la sueur perler sous son col. Dans l'air chaud de l'été, les voix paresseuses de fonctionnaires du Département d'Etat bourdonnaient derrière la porte fermée. Ce fut à cet instant que l'image de la hache de velours lui vint à l'esprit.

— Ce complot était sans nul doute semblable aux nombreux autres dont nous avons entendu parler : des élucubrations de bravaches de café, prenant leurs désirs pour des réalités. Néanmoins, Mr. Davis a pris note de votre zèle et de votre loyauté, dont il a fait l'éloge. Il... Quelque chose qui ne va pas ?

L'expression tendue d'Orry répondait à la question. Ainsi le gouvernement ne croyait toujours pas à son histoire. Il décida aussitôt de prendre une mesure que jusqu'à présent il n'avait fait qu'envisager : avec ses propres fonds, il engagerait un homme pour mettre à exécution le plan qu'il avait en tête.

— Non, non, se força-t-il à dire. Poursuivez.

— Je vous ai donné le sens du message du président, reprit le ministre, qui respirait la sincérité. Maintenant, j'ai une ou deux questions de nature personnelle à vous poser. Etes-vous satisfait de votre poste au ministère de la Guerre ?

Comme Orry hésitait, Benjamin lui suggéra :

— Soyez franc. Cela restera entre nous.

— Alors, la réponse est non. Je crois que nous connaissons tous deux l'issue probable de cette guerre. (Orry n'attendait aucune confirmation et n'en reçut effectivement pas.) Je ne veux pas passer les derniers mois à délivrer des laissez-passer aux prostituées et à contrôler les méfaits d'une baderne.

— Ah ! oui. Winder. Est-ce à dire que vous préféreriez être affecté sur le champ de bataille ?

— J'y ai songé. Le général Pickett m'a proposé un poste à l'état-major de sa division.

— Pauvre Pickett ! Je n'ai jamais vu un homme aussi changé par un événement...

Benjamin semblait sincère mais il reprit aussitôt son ton officiel. Après s'être éclairci la voix, il poursuivit :

— Il y a un autre sujet dont, à mon grand regret, je dois discuter avec vous. L'accusation de votre sœur contre votre charmante épouse.

Les mots pénétrèrent en Orry comme un stylet de glace. Il s'attendait à ce que la question soit abordée sous une forme ou une autre ; il s'était tourmenté sur la meilleure façon d'y répondre et avait pris une décision qui l'affligeait parce qu'elle heurtait sa conscience. Mais Madeline comptait plus pour lui.

Le dos parfaitement droit, en une posture constituant une manière de défi, il demanda :

— Oui ? Eh bien ?

— Pour parler carrément... Est-ce vrai ?

— Non.

Benjamin ne montra ni soulagement ni réaction d'aucune sorte et continua à étudier son visiteur. « Suis-je un menteur aussi transparent ? » pensa Orry.

— Vous comprenez bien que c'est au nom du gouvernement que je me suis vu contraint de vous poser la question, plaida le ministre. Le Cabinet — et en fait toute la Confédération — est divisé sur le problème de l'incorporation des Noirs dans notre armée. La simple mention de cette idée pousse certaines de nos personnalités les plus influentes à une conduite incohérente. Vous imaginez donc l'embarras et l'affrontement potentiel si l'on venait à découvrir que la femme d'un haut fonctionnaire du ministère de la Guerre...

Orry ne put en supporter davantage.

— Et Madeline ? explosa-t-il. Vous croyez que cette histoire ne l'embarrasse pas, elle ?

Imperturbable, Benjamin para l'attaque :

— Je comprends ses sentiments, mais l'accusation a des implications qui vont au-delà des questions de personne. Si elle s'avérait, c'est la confiance en tout le gouvernement qui serait ébranlée. Mr. Davis, voyez-vous, refuse de considérer que l'enrôlement de gens de couleur...

— Je connais la position de Mr. Davis, coupa Orry en se levant. Avec tout le respect dû au président, là n'est pas la question. Il s'agit d'une accusation que ma sœur a portée pour une raison précise. Elle m'en veut depuis longtemps.

— Pourquoi ? demanda Benjamin d'un ton de procureur.

— Il n'y a pas lieu d'entrer dans les détails. C'est une affaire de famille.

— Vous soutenez que la rancune serait l'unique mobile de Mrs. Huntoon ?

— Exactement. Puis-je partir, maintenant ?

— Orry, calmez-vous. Il vaut mieux apprendre les mauvaises nouvelles de la bouche d'un ami. Car je suis votre ami, croyez-moi. Rasseyez-vous, je vous en prie, invita Benjamin avec un geste de la main.

— Merci, je préfère rester debout.

Le ministre soupira, laissa s'écouler quelques secondes avant de reprendre :

— Pour créer le moins d'embarras possible à *toutes* les personnes concernées, le président prie Mrs. Main de quitter Richmond au plus tôt.

La main d'Orry se referma sur le dossier du fauteuil réservé aux visiteurs ; ses jointures avaient la couleur de la craie.

— Ainsi vous ne croyez pas à ma réponse...

— Si fait. Mais je suis membre du Cabinet et j'ai

pour devoir d'accéder aux requêtes du président, pas de les mettre en cause.

— De manière à garder votre poste et à déguster votre cherry pendant que la Confédération s'écroule ?

Les joues olivâtres perdirent toute couleur ; d'une voix basse qu'un petit sourire froid rendait étrangement menaçante, Benjamin répliqua :

— Disons que je n'ai pas entendu cette remarque. Le président espère que sa requête sera satisfaite avant...

— Sa requête ? Son ordre, plutôt.

— Un ordre courtoisement présenté sous forme de requête.

— C'est bien ce que je pensais.

— Mon cher Orry, ne me tenez pas personnellement pour responsable de..., commença le ministre.

La porte claqua derrière Orry avant que Benjamin pût achever sa phrase.

Vers midi, la colère d'Orry retomba. Il put à nouveau se concentrer, expédier des affaires courantes et répondre de façon cohérente aux questions de ses collègues. En partant déjeuner, Seddon passa devant le bureau d'Orry mais le ministre fit en sorte de ne pas le regarder. « Il sait ce qu'exige Davis, pensa Orry. Il le savait probablement avant que Judah m'en informe. » L'officier résolut de demander à Pickett si son offre était toujours valable.

Il ne doutait pas de la réaction de Madeline à cette décision. S'ils en discutaient, il devrait la présenter comme une possibilité encore en considération et n'ayant rien de définitif. De la sorte, il épargnerait des tourments à Madeline. De toute façon, le plus urgent n'était pas d'assurer sa mutation mais de prouver à Judah, à Seddon, au président lui-même que le complot était réel.

Il jeta un coup d'œil au bureau occupé par Josea Pilbeam, jeune civil affligé d'un pied-bot. Célibataire, Pilbeam s'etait chargé de plusieurs missions un peu spéciales pour le ministère au cours de l'année précédente. Orry s'approcha, le salua aimablement et demanda à le rencontrer dans la soirée. En dehors du bureau.

Pendant le reste de la journée, Orry apposa sa signature sur des laissez-passer et examina le quota quotidien de rapports de Winder faisant son propre éloge, sans cesser de penser au diktat présidentiel et à la façon dont il devait réagir. Sa première impulsion fut de se retrancher et de refuser d'obéir.

D'un autre côté, si Madeline restait à Richmond, elle serait mise en quarantaine. Et avec Grant qui assiégeait Petersburg, la capitale n'était plus un endroit sûr. Orry ne tenait pas à ce que sa femme se trouve dans la ville lorsqu'elle se rendrait. Tout indiquait en effet que la capitulation était relativement proche.

Aussi, bien qu'il répugnât à l'admettre, il se rendait compte qu'il valait mieux que Madeline parte.

Ce qui soulevait un autre problème : où pouvait-elle aller ? Il réfléchit longuement et, en fin d'après-midi, il avait élaboré un plan qui semblait présenter un minimum de risques.

A l'heure de la fermeture, il quitta le bureau avec Josea Pilbeam, l'emmena au *Spotswood,* choisit une table tranquille et en vint directement aux faits :

— Je soupçonne ma sœur Ashton — Mrs. James Huntoon — de trahison. Je voudrais que vous surveilliez sa maison de Grace Street le soir, que vous la suiviez si elle sort. Je désire savoir où elle va, qui elle rencontre. Vous me ferez un rapport chaque matin. Rester debout une partie de la nuit après avoir travaillé toute la journée ne sera pas de tout repos, mais vous êtes jeune, en bonne forme physique... (Le regard plongeant dans la mousse de sa bière, Pilbeam gratta le plancher de sa semelle épaisse de dix centimètres.) Je vous paierai de ma propre poche. Dix dollars par nuit.

L'employé but une gorgée de bière.

— Merci de votre offre, colonel, mais je dois refuser.

— Pourquoi, grand Dieu ? Auparavant, vous ne voyiez pas d'objection à ce genre de surveillance.

— Oh ! il ne s'agit pas du travail.

— De quoi, alors ?

— Mon salaire m'est versé en dollars confédérés et nous savons tous deux ce qu'ils valent : à peu près autant que les déclarations gouvernementales selon lesquelles nous pouvons encore gagner la guerre. Je ne veux pas faire des heures supplémentaires pour de la monnaie de singe.

Soulagé, Orry promit :

— Je me débrouillerai pour trouver des dollars de l'Union — à condition que vous commenciez votre surveillance demain soir.

— Marché conclu, dit Pilbeam en serrant la main de son supérieur.

Pour le dîner, Madeline avait préparé une petite alose pour deux et garni chaque assiette de deux minuscules navets bouillis. C'était tout ce qu'elle avait pu acheter ce jour-là.

Orry lui raconta qu'il continuait à chercher dans les archives toute mention d'un officier nommé Bellingham et qu'il n'avait rien trouvé jusqu'à présent. Après le repas, Madeline proposa de lire de la poésie à voix haute mais il secoua la tête :

— Nous devons discuter.

— Quel ton solennel ! Et de quoi ?

— De la nécessité pour toi de quitter Richmond pendant que c'est encore possible.

Une expression froissée se peignit sur le visage de la jeune femme.

— La soirée a déjà des répercussions.

Orry s'enfonça dans le mensonge, pour le bien de Madeline.

— Non, il n'y a rien eu, à part quelques plaisanteries insidieuses. Les deux raisons pour lesquelles tu dois partir n'ont rien à voir avec la soirée. D'abord, la ville va tomber. Si ce n'est cet été, alors en automne ou en hiver. C'est inéluctable. Je ne veux pas que tu t'y trouves à ce moment-là. Moi, j'ai quitté le Mexique avant que notre armée ne pénètre dans la capitale mais George m'a décrit par la suite les atrocités qui y furent commises. Même si les commandants ont d'excellentes intentions, même s'ils mettent sévèrement leurs troupes en garde, la situation échappe invariablement à tout contrôle pendant quelque temps. On pille des maisons, on tue des hommes. Quant aux femmes... tu m'as compris. Je ne veux pas t'exposer à ce danger.

Immobile sur sa chaise, Madeline demanda :

— Et la deuxième raison ?

— J'en ai assez du ministère. Je songe à me faire muter à l'état-major de George Pickett.

— Oh ! non.

Retraite rapide :

— J'y songe simplement, je n'ai encore rien décidé.

— Pourquoi risquer ta vie pour une cause perdue ?

— La cause n'a rien à voir là-dedans. Pickett est mon ami. J'ai soupé de la paperasse et on a désespérément besoin d'officiers sur le terrain. Mais ne t'inquiète pas, je n'en suis qu'au stade de la réflexion.

— J'espère que cela en restera là. De toute façon, je n'ai pas l'intention de partir.

— J'insiste pour que tu partes.

— Pas question ! s'écria Madeline en se levant. Si tu veux bien m'excuser, il faut que je raccommode encore une fois tes chaussettes. On n'en trouve plus dans les magasins.

Elle sortit précipitamment. Plus tard, chaque fois qu'il essaya de reprendre la discussion, elle refusa de l'écouter. Ils se couchèrent sans se parler mais, vers trois heures du matin, elle se pressa contre son dos et l'éveilla en le secouant doucement.

— Chéri ? Je me suis conduite comme une harpie. Tu me pardonnes ? J'étais en colère contre moi, pas contre toi. Je sais que je t'ai apporté la honte...

Orry se retourna, toucha la joue de sa femme.

— Jamais tu ne me feras honte. Je t'aime pour ce que tu es, tout ce que tu es. Je veux seulement que tu sois en sécurité.

— J'ai le même souci pour toi. Je ne peux me faire à l'idée que tu rejoignes George Pickett. Défendre une ville assiégée, c'est dangereux.

— Ce n'est qu'une éventualité, je te l'ai dit. D'autres considérations passent avant.

Madeline soupira.

— Alors, tu veux que je retourne à Mont Royal ?

— Ce serait l'idéal mais je pense que c'est à la fois peu pratique et trop risqué. En descendant vers le sud, tu tomberais sur toute l'armée de l'Union, étirée de City Point à la vallée de la Shenandoah. Les routes et les voies ferrées sont l'objet d'attaques incessantes. Tu réussirais peut-être à passer mais je crois avoir une solution plus sûre. A première vue, ce n'est pas l'impression que cela donne mais j'y ai beaucoup réfléchi : c'est faisable. Je veux que tu partes dans l'autre sens, pour Lehig Station.

La stupeur de la jeune femme n'aurait pas été plus grande s'il avait dit Constantinople ou Zanzibar.

— Orry, notre foyer est en Caroline du Sud.

— Attends un peu. Brett se trouve à Belvedere, elle serait heureuse d'avoir ta compagnie. De toute façon, tu ne resterais pas longtemps là-bas. Pas même un an, si j'analyse correctement la situation.

— Je devrais traverser les lignes ennemies...

— Au nord de Richmond, c'est un no man's land. Lorsque Grant a poursuivi Lee jusqu'à Petersburg, il a emmené le gros de son armée. Les rapports que nous recevons indiquent qu'il n'y a pas de concentrations de troupes importantes autour de Fredericksburg, par exemple. Un régiment de cavalerie ou d'infanterie passe dans le coin à l'occasion mais c'est tout. De plus, il serait facile d'aller à Washington. Il te suffirait de dire que tu sympathises avec la cause de l'Union et on te prendrait pour une femme de mauvaise vie qui a décidé de...

— Quel genre de femme ? fit Madeline en feignant l'indignation.

— Au pire, tu risquerais quelques insultes et une brève détention. Une heure ou deux. Juste le temps de vérifier si cette poitrine dont je raffole fait « ping » quand on la frappe.

— « Ping » ? Qu'est-ce que tu racontes ?

— Les femmes moins, euh, moins gâtées que toi par la nature utilisent des faux seins métalliques.

— Depuis quand t'intéresses-tu aux faux seins métalliques ?

— Depuis que celles qui ne les emplissent pas naturellement passent en fraude des médicaments et de l'argent dans, euh, dans les espaces vides. Pas de « ping », pas de fouille.

Orry avait l'impression d'être un acteur jouant la légèreté parce que la pièce l'exigeait. Il ne voulait pas que sa femme sache quoi que ce soit de l'ordre du président, qu'elle ait honte de quelque chose à quoi elle ne pouvait rien. Sang noir ou pas, elle valait plus que mille Ashton, que mille Davis.

— Qui plus est, continua-t-il, si Augusta Barclay n'a pas abandonné sa ferme, tu ne ferais pas le voyage seule jusqu'à Washington. Un des affranchis d'Augusta t'accompagnerait jusqu'aux lignes de l'Union. Rappelle-toi, elle a promis de nous rendre service si nous en avons besoin un jour.

— Quand iras-tu la voir ?

— Ce week-end.

— Je ne vois guère un colonel confédéré chevaucher tranquillement jusqu'à Fredericksburg... Et si tu tombes sur une unité yankee ?

— Crois-moi, je n'ai pas l'intention de faire savoir à quiconque que je suis colonel. Ne t'inquiète pas.

— Facile à dire...

Orry connaissait une méthode éprouvée, classique mais extrêmement agréable, pour mettre fin à ce genre de conversations et libérer les angoisses. Il se mit à embrasser Madeline...

Il remplaça son uniforme par son costume en drap noir, coiffa un chapeau sombre à large bord acheté chez un fripier et glissa la Bible de Madeline dans une de ses poches. Dans une autre, il mit un laissez-passer qu'il avait préparé pour lui-même — c'est-à-dire pour le révérend O. O. Manchester.

Il partit sur une haridelle de louage dont les jointures gonflées indiquaient un cas d'éparvin. Orry espérait que l'animal résisterait à la soixantaine de kilomètres séparant Richmond de Fredericksburg.

Il avait lu des rapports sur l'état dévasté de la ville mais la réalité se révéla pire encore : chariots brûlés, cadavres en décomposition dans les champs des alentours. Orry aperçut dans un bois un petit groupe d'hommes se serrant autour d'un feu de camp. Des déserteurs probablement. Fredericksburg même avait l'air abandonné. La moitié des maisons étaient vides et la plupart des boutiques masquées par des planches. L'artillerie avait détruit plusieurs bâtiments dont il ne restait que les fondations. Des moellons, des briques jonchaient les rues creusées de cratères.

Sa Bible bien en vue sous le bras, Orry demanda à un vieillard comment se rendre à la ferme Barclay. Il y parvint une heure plus tard, consterné par ce qu'il découvrit. Charles lui avait décrit l'endroit en détail et les chênes roux ainsi que la grange avaient disparu. Des premiers, il ne restait dans la cour que deux souches.

Boz et Washington le saluèrent tandis qu'il descendait de sa monture vacillante. Les deux Noirs labouraient un champ piétiné : l'un guidait la charrue, l'autre remplaçait le cheval.

Orry trouva Gus dans la cuisine, battant nonchalamment le beurre. Sa robe délavée la serrait à la taille et elle lui parut plus boulotte que dans son souvenir. Elle avait aussi le visage plus marqué, en particulier autour des yeux. Une fois revenue de sa surprise, elle raconta :

— Plus de la moitié des gens de la ville ont fui à l'arrivée des Yankees. Nombre de ceux qui sont restés ont dû prendre des ennemis blessés chez eux. Moi, j'ai eu un capitaine du Maine, un homme poli couvert de bandages mais pas du tout abattu. Comme il refusait de me laisser l'aider à changer ses pansements, je l'ai fait surveiller par Boz. En fait, il n'était pas blessé du tout. Il avait dû jouer la comédie pour ne pas aller au combat. Je l'ai flanqué à la porte et remplacé par deux vrais blessés, de jeunes Irlandais de New York, très gentils, qui n'avaient jamais combattu auparavant. L'un est parti au bout de huit jours, l'autre est mort dans mon lit.

Augusta se remit à battre lentement.

— Je ne sais pas pourquoi je m'accroche encore ici, soupira-t-elle. Par entêtement, je suppose. Et si je partais, Charles ne saurait pas où me trouver. Vous... vous l'avez vu ?

— Une fois, avant la campagne de printemps.

Assis à une table noyée de soleil, devant une tasse de faux café sans goût, Orry fit le récit de l'évasion de Billy.

— Remarquable, commenta Gus quand il eut terminé. C'est tout à fait Charles, l'ancien Charles.

La curieuse précision étonna Orry.

— J'imagine qu'il n'a pas eu le temps de venir jusqu'ici, poursuivit la jeune femme. Avez-vous eu des nouvelles de lui depuis l'évasion ?

— Aucune, mais je suis sûr qu'il va bien. J'examine toujours soigneusement la liste de nos pertes, je n'ai pas vu son nom.

Orry s'abstint d'ajouter que de nombreux morts n'étaient pas identifiés.

Un peu réconfortée, Augusta le taquina sur son déguisement.

— Ah ! mais il me protège des dangers de ce monde — et des Yankees, répliqua-t-il. (Il lui montra le poignard caché dans une de ses bottes.) J'ai aussi un vieux colt de la marine dans ma sacoche de selle. Augusta, je suis venu parce que j'ai besoin de votre aide. Plus exactement, je voudrais qu'un de vos affranchis escorte Madeline jusqu'à Washington.

— Washington ? Vous avez oublié dans quel camp nous sommes ?

— Non. Je dois lui faire quitter Richmond, et avec Grant assiégeant Petersburg, il sera beaucoup plus facile et moins dangereux de l'envoyer en Pennsylvanie, chez mon ami George, qu'en Caroline du Sud.

Orry fournit des détails supplémentaires de son plan et Gus accepta volontiers de l'aider. Elle insista même pour que Boz l'accompagne à Richmond pour aider Madeline à faire ses bagages. Après avoir mangé du pain rassis et du fromage fait à la ferme — les envahisseurs avaient aimablement permis à Gus de garder une vache — Orry se prépara à partir.

— Monte d'abord, je marcherai, dit-il à Boz. Cette rosse ne peut pas nous porter tous les deux.

Il s'éventa avec son chapeau puis serra la main de Gus en promettant :

— Je reviendrai avec Madeline dès qu'elle aura les papiers nécessaires. Cela prendra peut-être deux semaines.

Il n'en fallut pas même une tant on était pressé en haut lieu de voir partir Mrs. Main. Bien qu'on fût écrasé de travail au ministère (les nouvelles de Georgie étaient mauvaises : Sherman s'était avancé jusqu'à proximité de Marietta et pouvait d'un moment à l'autre donner l'assaut à Joe Johnston, retranché sur le Kennesaw), Benjamin tenait à ce qu'Orry ne s'occupe que du départ de sa femme, avec l'autorisation de Seddon.

Le couple et l'affranchi se mirent en route à la fin du mois de juin, alors que les nouvelles continuaient à empirer. Davis, à bout de ressources, informa les journaux qu'il avait envoyé à Joe la Retraite tous les renforts disponibles. Désormais, ce qui se passerait aux portes d'Atlanta serait de la responsabilité de Johnston. En même temps, le président tenta de convaincre la presse et l'opinion que la situation s'améliorait en Virginie puisque Grant n'avait ni écrasé Lee ni pris Richmond.

Personne ne le crut.

Le Révérend Manchester repartit donc pour Fredericksburg avec sa Bible, son poignard et son colt calibre 36. Ses compagnons et lui voyagèrent dans un vieux buggy dont Orry préférait oublier le prix d'achat. Pour un essieu brisé, le charron lui avait réclamé cinq fois le prix que la réparation aurait coûté avant la guerre.

L'avant-dernier jour du mois, Orry et Madeline se

dirent au revoir sur la véranda de la ferme Barclay. Le temps était idéal pour l'occasion. Au nord-ouest, des nuages d'onyx roulaient au-dessus de la terre éventrée dans un étrange ciel gris perle. Le vent se leva, les premières rafales soulevèrent la poussière de la cour. Orry réfléchissait à grand-peine à tout ce qu'il devait dire en si peu de temps.

— Une fois à Washington, sers-toi de tes dollars de l'Union pour télégraphier à Brett.

— Oui, nous avons déjà vu cela ensemble plusieurs fois, chéri. Boz me conduira à l'un des ponts du Potomac ; tout ira bien. Trouve un moyen pour me donner de tes nouvelles. Je vais me faire du souci. Au moins, tu ne parles plus de cette idée folle de te faire muter sur le champ de bataille.

— Parce que j'en suis toujours au même point. Je n'ai rien fait à ce sujet.

Il y avait dans cette réponse une tromperie délibérée, dont Orry avait choisi les mots avec soin pour dissiper les craintes de Madeline. Espérant qu'elle ne s'apercevrait pas du subterfuge, il ajouta rapidement :

— Je t'enverrai une lettre par courrier dès que possible.

Elle s'approcha de lui. Des mèches de cheveux détachées par le vent flottaient autour de son petit chapeau de voyage. Les larmes aux yeux, elle murmura :

— Sais-tu combien tu me manqueras ? Combien je t'aime ? Je sais pourquoi tu m'envoies au loin.

— Parce que ce serait de la folie de rester dans...

— Des milliers d'autres femmes restent à Richmond, coupa Madeline. Ce n'est pas la vraie raison — et je t'aime plus que jamais de vouloir me le faire croire. Tu as cherché à me ménager. (La poussière les enveloppa, la lueur d'un éclair blanchit le paysage.) Tes supérieurs croient à l'accusation d'Ashton. Ne prends pas la peine de nier, je sais que c'est vrai. Un officier du ministère de la Guerre marié à une négresse, c'est intolérable. Il faut donc se débarrasser de moi. Si tu n'allais pas me manquer autant, je ne serais pas particulièrement triste de partir. Je ne me suis jamais plu dans le rôle de dame d'honneur à une cour d'hypocrites.

Elle l'embrassa rapidement, ardemment, et conclut :

— Mais je t'aime parce que tu as tenté de m'épargner la vérité.

Les nuages éclatèrent, la pluie tomba en grondant.

— Qui t'a mise au courant ? demanda Orry.

— Mr. Benjamin, lorsque je l'ai rencontré par hasard dans Main Street, avant-hier.

— Cet infâme...

— Il n'a pas dit un mot, Orry.

— Alors... ?

— Il m'a vue venir et a traversé la rue pour m'éviter. J'ai soudain tout compris.

Submergé de colère et de peine, il l'enlaça.

— Comme je hais cette guerre et ce qu'elle nous a fait !

— Ne la laisse pas faire pis. Donner ta vie maintenant serait la gaspiller pour rien.

— Je serai prudent. Toi aussi, tu me le promets ?

— Bien sûr, acquiesça Madeline, le visage rayonnant à nouveau de confiance. Je sais que nous traverserons ces épreuves et que nous serons à nouveau réunis à Mont Royal, plus tôt peut-être que nous ne le pensons.

Orry contempla un moment les grosses souches battues par la pluie avant de déclarer :

— Je dois partir.

— Attends qu'il pleuve un peu moins.

— Oui, tu as raison, répondit-il en songeant aussitôt qu'il perdait son temps en banalités. (Il la prit par la taille, l'embrassa pendant près d'une demi-minute, avec passion.) Je t'aime, mon Anabel Lee.

— Je t'aime, Orry. Nous nous retrouverons.

— Oui, j'en suis sûr, maintenant, dit-il en souriant.

Elle demeura sur la véranda jusqu'à ce que la pluie lui cache le buggy s'éloignant sur la route.

Orry commença à éternuer durant son retour, et lorsqu'il arriva à Richmond, le lendemain à midi, il avait la tête lourde. L'absence de Madeline rendait sinistres les pièces silencieuses de l'appartement de Marshall Street. En endossant son uniforme pour se rendre au ministère, il se promit de passer le moins de temps possible chez lui et de se plonger dans le travail jusqu'à l'obtention d'une mutation. Il pourrait même au besoin dormir sur l'un des sofas du bureau. Seddon n'y verrait pas d'objection. Après tout, il s'était conduit en collaborateur modèle en le débarrassant de la négresse gênante.

Dieu, quelle amertume ! Il n'y pouvait rien. Il n'avait plus la moindre envie de combattre ou de mourir pour les principes en faillite de Mr. Jefferson Davis. Il avait même peine à croire qu'il l'avait voulu trois ans plus tôt. Rejoindre Pickett n'était pas une question de patriotisme mais de survie. « Je me battrais presque avec les Yankees pour sortir de cette ville », pensa-t-il en quittant l'appartement.

Il travaillait depuis moins de dix minutes quand un bruit lui fit lever la tête. Traînant son pied-bot, Josea Pilbeam s'approcha du bureau d'Orry et murmura :

— Il faut que je vous voie tout de suite. C'est urgent.

Dans une cage d'escalier sombre et humide après l'orage, Pilbeam révéla :

— Hier soir, la dame et son époux ont quitté la ville pendant près de quatre heures.

— Où sont-ils allés ?

— A l'endroit que vous m'aviez décrit. Ils y ont retrouvé un homme corpulent que je n'avais jamais vu.

Ainsi, ils utilisaient à nouveau la ferme ; la patience d'Orry était récompensée. Il montrerait à Seddon, à Benjamin et à tous les autres qu'il n'était pas fou.

— Les avez-vous entendus prononcer son nom ? demanda-t-il avec excitation.

— Non.

— Où exactement se sont-ils rencontrés ?

— Dans le bâtiment situé au bord de la falaise. Au

bout d'un quart d'heure, ils furent rejoints par quelqu'un que j'ai bien reconnu, cette fois. Il est venu dans nos bureaux.

Orry pressa un mouchoir contre son nez humide pour réprimer un éternuement.

— Qui était-ce ?

— Israel Quincy, l'un des vauriens de Winder.

39

« DIABOLIQUEMENT simple », pensait Orry en traversant le champ par le même chemin que la première fois. Depuis sa conversation avec Pilbeam, il s'émerveillait de la beauté du stratagème, efficace parce que trop évident pour être décelé : l'enquêteur du service de Winder n'avait trouvé aucune preuve du complot parce qu'il en faisait partie.

C'était une nuit sans lune et sans un souffle d'air. Sous la veste de drap, la chemise d'Orry était déjà trempée. A mi-chemin du hangar à outils, il s'arrêta pour regarder le champ à la lueur rouge palpitante accompagnant les bombardements fédéraux.

La terre autour de lui avait été récemment creusée, piétinée. Faisant appel à sa mémoire, il se rappela que, la première nuit, le champ était envahi d'herbe. Lorsqu'il était retourné à la ferme, la seconde fois, il avait découvert...

Quoi ? Il se concentra en reniflant, étouffa de la main un éternuement qui avait failli le surprendre. Il se souvenait distinctement, à sa seconde visite, d'avoir vu des sillons. Curieux. Pourquoi labourerait-on le champ d'une ferme aband... ?

Idiot ! Idiot ! Là encore, il n'avait pas vu ce qui crevait les yeux. Il savait à présent comment les armes et les munitions avaient disparu : on les avait cachées sous le nez de tout le monde.

— Sous les pieds, corrigea-t-il dans un murmure.

Le truc venait tout droit de *la Lettre volée*, la célèbre nouvelle policière d'Edgar Poe, et Orry, qui aimait beaucoup cet auteur, s'en sentit doublement humilié. « Et je parie, pensa-t-il, que Mr. Quincy s'est chargé d'inspecter cette partie de la ferme. Mr. Quincy s'est promené dans le champ fraîchement labouré sans rien remarquer. »

Powell lui-même se cachait-il aussi à la ferme ? Avec la complicité de Quincy, c'était tout à fait possible. Orry essuya son nez avec un mouchoir humide tandis que, au sud, une lumière rouge embrasait à nouveau l'horizon. Il tira le colt de la marine du gros étui attaché à sa cuisse gauche, releva le percuteur et se remit à avancer prudemment.

En approchant du hangar, il distingua un buggy et deux chevaux de selle près du bâtiment principal. Il colla l'œil à la même fente que la fois précédente et vit, perché sur une des caisses de Withworth déterrées, James Huntoon.

Il avait ôté sa veste, remonté les manches de sa chemise et tenait devant sa panse une grande feuille de papier de manière que les autres personnes présentes puissent la voir. Un plan, sans doute.

— Votre attention, s'il vous plaît, réclama quelqu'un. Voici l'engin que Mr. Powell a décrit avant de s'absenter quelques jours pour régler d'autres questions.

Orry fronça les sourcils. L'homme qui parlait et qu'il ne pouvait voir avait une voix familière. Il changea de position pour avoir un autre angle de vue, découvrit sur la caisse, à côté de Huntoon, une lanterne à la lumière vive. A droite, appuyé contre un pilier, se curant les dents avec un brin de paille, le bon Mr. Quincy.

Orry reconnut ensuite la voix de sa sœur :

— Etes-vous certain qu'il marchera, capitaine Bellingham ?

« Bellingham ? » Avait-il retrouvé l'homme qui avait montré le portrait à Ashton ?

— Ma chère Mrs. Huntoon, les machines infernales inventées par le général Rains au Bureau des torpilles ont un palmarès éloquent.

Le dos de l'homme qui parlait entra dans le champ de vision d'Orry. Il était gros, marchait en se dandinant, et sa silhouette sembla à Orry aussi familière que sa voix. Montrant le bloc de charbon qu'il tenait dans les mains, il poursuivit :

— Un engin semblable fut caché dans la soute du *Greyhound*, le forceur de blocus capturé, lorsqu'il mouillait sur le James. Un chauffeur le projeta dans la chaudière avec sa pelle, et si Ben Butler et l'amiral Porter s'étaient trouvés un peu plus près quand l'engin a explosé, il y aurait deux Yankees de plus en enfer.

Orry identifia la silhouette et la voix. Il repensa à sa première année à West Point, puis au Texas.

— C'est à s'y méprendre, capitaine, déclara Israel Quincy. On dirait vraiment un morceau de charbon.

— Il faut le toucher pour découvrir que ce n'en est pas un, renchérit l'obèse en approchant l'engin de Quincy. Regardez la forme, la texture, la couleur parfaite. Génial.

Orry vit alors le profil de l'ancien officier de l'Union qui, étrangement, se retrouvait impliqué dans un complot confédéré. Pour avoir une certitude absolue, il examina le triple menton, les cheveux clairsemés, le petit œil sombre. Aucun doute. Il regardait Elkanah Bent, alias Bellingham.

Si Orry ne l'avait pas reconnu, la suite aurait peut-être été différente. Il serait peut-être retourné à Richmond pour revenir avec toute une compagnie de la prévôté avant que les Withworth ne soient à nouveau enterrées. Mais la vue de celui qui ne vivait que pour sa vengeance (et l'avait en partie assouvie en faisant des révélations à Ashton) provoqua un déclic dans l'esprit d'Orry. Une digue se rompit brusquement.

Il n'y avait que trois hommes dans le hangar mais y en eût-il eu trente que cela n'aurait rien changé pour Orry. Il se releva, fit le tour du bâtiment. Le colt à la main, il poussa la porte d'un coup de botte.

— Personne ne bouge.

Ashton porta les mains devant sa bouche ; Huntoon lâcha la feuille de papier, glissa de la caisse.

— Orry Main ! bredouilla Bent, interdit.

Réagissant en professionnel, Quincy plongea la main droite sous sa veste de pasteur. Orry se tourna vers lui, tira. Projeté contre le pilier par la balle, le détective parvint à sortir son arme, appuya plusieurs fois sur la détente en glissant vers le sol. Le dernier projectile arracha la pointe de la botte gauche de Quincy au moment où il s'effondrait par terre.

Le faux bloc de charbon dans les mains, Bent tremblait comme un enfant surpris avec une friandise chapardée. Orry vit Ashton couler vers son mari un regard qui devait signifier : saute-lui dessus, ou il nous aura tous. Courbant l'échine, Huntoon secoua lentement la tête.

— Capitaine Bellingham ? fit Orry d'une voix rauque. J'ignore comment tu es arrivé ici mais je sais où tu vas aller, avec tes amis. En prison, pour complot contre la personne du président.

Bent revenait peu à peu de sa surprise. Comme Orry, il ne comprenait pas comment avaient pu se produire ces stupéfiantes retrouvailles, mais il en saisissait les conséquences potentielles.

Un poing pressé contre son giron, Huntoon gémit :

— Mon Dieu ! Il sait. Il sait tout !

— Seddon et le président aussi, ajouta Orry. Ils tenaient à vous prendre la main dans le sac. Vous êtes fichu, James. Toi également, ma chère traîtresse de sœur...

Huntoon prit la lanterne par sa poignée, la lança. Orry se baissa pour l'éviter ; l'objet se brisa derrière lui contre le mur. Des gouttes de pétrole aspergèrent les planches et le sol de terre battue ; des brins de paille se mirent à fumer.

Orry crut voir Ashton passer devant lui, tirant son mari par la main comme un enfant. Il ne put leur prêter attention parce que Bent se ruait vers lui en brandissant à deux mains le bloc de charbon. « Bon Dieu ! il va nous faire tous sauter... »

Le faux Bellingham visa le crâne d'Orry, qui

esquiva. L'engin lui écorcha la tempe gauche, la seule explosion fut celle de la douleur.

Bent abattit la bombe sur le moignon de son adversaire, qui tomba à genoux.

— Salaud, haleta l'obèse.

Il assena sur l'oreille droite de son adversaire un coup qui l'assomma presque. Du sang se mit à couler du cuir chevelu entamé d'Orry, qui n'y voyait plus guère. Il sentit une chaleur derrière lui : le hangar brûlait.

— Sale Carolinien prétentieux ! marmonna Bent.

Il souleva à nouveau l'engin, le tourna pour diriger une de ses arêtes vers le crâne d'Orry.

— J'ai attendu ça des années...

Le bloc descendit vers Orry, qui leva son colt et fit feu. La balle arracha au poignet gauche de Bent des lambeaux de chair et des éclats d'os. L'obèse hurla, lâcha la bombe, qui effleura le bras amputé d'Orry et tomba près des flammes s'élevant de la paille jonchant le sol.

La haine décuplait les forces des deux hommes. De toute sa vie, Orry ne l'avait jamais éprouvée avec une telle intensité. Des images défilèrent dans sa tête. Il se vit montant la garde dans le blizzard à cause de Bent ; gisant à l'infirmerie de West Point à cause de la sollicitude de Bent ; il vit la lettre de Charles parlant d'un officier qui le persécutait, le visage d'Ashton prononçant le nom d'un certain capitaine Bellingham...

Il se redressa, prit son arme par le canon, l'abattit sur le crâne de Bent. L'obèse couina, recula en chancelant.

Orry frappa à nouveau. L'ancien officier de l'Union porta une main puis l'autre devant son visage pour se protéger. Débitant inconsciemment un flot de jurons, Orry continua à cogner. Bent, couvert de sang, bascula vers la droite.

« Cela suffit, il a son compte. »

Par-dessus le crépitement du feu, Orry entendit claquer un fouet, grincer des roues : Huntoon et Ashton s'enfuyaient. Aucune importance. Seul comptait le gros lâche qui se recroquevillait sous ses coups — et la rage effrénée d'Orry, la réaction à des années de persécution maniaque.

Bent continuait à chanceler. « Fais-le prisonnier, il ne peut plus se battre. »

N'écoutant pas la faible voix qui s'élevait en lui, Orry frappa encore.

— Ah ! ah ! gémit Bent dont le cri de souffrance ressemblait curieusement à un rire. Main, pitié...

— Quand en as-tu montré, de la pitié ?

Orry expédia son genou droit dans les parties génitales de son ennemi, qui fit un pas en arrière, un second, un troisième...

Trop tard, Orry s'élança pour le retenir. Le dos de Bent fit voler en éclats une des fenêtres ; des centaines de minuscules incendies brûlèrent un instant dans les morceaux de verre projetés en l'air. Bent bascula en criant.

Orry entendit un bruit sourd, se précipita vers la fenêtre. Le corps de l'obèse, après avoir rebondi sur une saillie, continuait à choir le long de la falaise. Il heurta un autre rocher en surplomb, rebondit à nouveau et tomba dans l'eau avec un grand éclaboussement. Des vagues agitèrent un moment le fleuve puis disparurent.

Orry essaya d'apercevoir le cadavre de Bent mais le courant l'emportait déjà sans doute vers les lueurs rouges palpitant à l'horizon.

Une demi-minute s'écoula. Orry prit conscience de la chaleur, de la fumée qui s'épaississait. Un pan de mur s'écroula en débris incandescents. Des flammes couraient au plafond le long des poutres ; le feu brûlait la paille du sol à quelques centimètres de l'engin explosif. Orry le saisit, le jeta par la porte ouverte.

Il aurait voulu ouvrir une caisse pour emporter quelques carabines qui lui serviraient de preuve mais il eut à peine le temps de rengainer son colt, de ramasser le plan que Huntoon avait laissé tomber et de le fourrer dans sa poche. Courbé en deux, respirant avec difficulté, il traîna vers la porte le corps d'Israel Quincy.

L'un des piliers du bâtiment disparut dans les flammes ; la poutre qu'il soutenait ploya, se brisa, fit pleuvoir sur Orry une gerbe d'étincelles et d'éclats de bois enflammés. Haletant, sentant ses cheveux brûler, il réussit à sortir le cadavre.

A l'intérieur, une boîte de cartouches explosa. Orry ramassa la bombe, s'écarta du bâtiment dont les lueurs rouges faisaient pâlir celles montant de Petersburg. D'autres munitions explosèrent et les détonations se répercutèrent dans la nuit comme l'écho d'une fusillade.

Bent. Elkanah Bent. Quelle route tortueuse l'avait conduit de l'armée des Etats-Unis à la ferme ? Comment s'était-il retrouvé impliqué dans le complot ?

De ce complot, Orry détenait deux preuves. Il posa la bombe par terre, sortit le plan de sa poche, l'examina à la lumière de l'incendie. Encore sous le choc, il ne comprit pas tout d'abord ce que représentaient les grands rectangles qui en entouraient de plus petits puis comprit qu'il s'agissait des différents étages du ministère des Finances.

Il remarqua des croix tracées à l'encre accompagnées d'une légende. Celles de la cave précisaient « Blocs de charbon explosifs ». Dans une enfilade de pièces du second étage portant les initiales J.D., on avait écrit *engin incend.*

Orry se dirigea vers la maison, la fouilla rapidement. Au grenier, il découvrit un endroit que l'on avait aménagé pour pouvoir y vivre : quelques meubles, un tapis, un sofa près duquel étaient posés des livres — dont *les Contes* d'Edgar Poe et un exemplaire relié cuir des minutes des conventions de sécession de la Georgie et de la Caroline du Sud.

Israel Quincy n'avait pas non plus découvert la cachette de Powell au cours de sa « fouille ». Orry ignorait si celui-ci serait pris. Peut-être pas. Mais la conspiration avait été déjouée une seconde fois et, surtout, Orry avait maintenant des preuves de son existence.

Il ressortit de la maison, retourna au hangar dont il ne restait qu'un tas de cendres rougeoyantes. Il récupéra les preuves, retraversa le champ, monta sur son cheval et repartit vers Richmond.

Vêtu d'une chemise de nuit à rayures, l'air encore endormi, Seddon écarquillait les yeux en fixant l'homme dont les coups de heurtoir l'avaient éveillé. Orry lui montra le plan et le morceau de charbon en déclarant :

— Voici deux preuves de ce que j'avance, le cadavre de Quincy en est une troisième. Il faisait partie du complot. Quand l'incendie sera éteint, on retrouvera probablement des pièces non fondues de carabines Whitworth. Cela devrait suffire, conclut-il en laissant percer son amertume.

— C'est sidérant. Entrez donc me donner plus de précisions sur...

— Plus tard, coupa Orry. J'ai encore une question à régler avant d'en avoir terminé avec cette affaire. Faites attention avec ce morceau de charbon ; si vous essayez de le brûler, vous ferez sauter votre poêle.

En dégainant son colt vide devant la maison de Grace Street, Orry remarqua des taches brunes sur la crosse. Le sang de Bent. Comment pouvait-il être à la fois aussi content de la mort d'un homme et aussi honteux de l'avoir causée ? Avec un frisson, il prit l'arme par le canon et frappa à la porte. Ses coups de sonnette n'avaient rien donné.

— Ouvrez ! cria-t-il en direction des fenêtres du premier étage. Sinon, je défonce la serrure.

La porte s'entrouvrit, Orry glissa l'épaule dans l'ouverture, poussa. Au lieu de Huntoon, il découvrit le vieux domestique, tenant une lampe à la main.

— Dis-leur que je veux les voir, Homer. Tous les deux.

— Mr. Orry, ils ne sont pas...

Ecartant le vieillard, Orry s'approcha de l'escalier.
— Ashton ? James ? Descendez, bon Dieu !
L'écho de sa voix lui fit prendre conscience de son état : il était à nouveau sur le point de perdre toute maîtrise de soi. Il agrippa la rampe, la serra, se calma un peu. Une lueur apparut en haut des marches, puis le visage de Huntoon. Ashton suivit, une lampe à la main. Ni l'un ni l'autre ne s'étaient déshabillés pour se mettre au lit.
Orry regarda sa sœur.
— La scène se répète, non ? lança-t-il. Je t'ai chassée un jour de Caroline du Sud et je vais le faire maintenant de Virginie. Cette fois, les enjeux sont plus élevés. Si tu restes, tu n'auras pas seulement ma colère à redouter, tu seras arrêtée.
Huntoon hoqueta, s'éloigna de la plus haute marche. Ashton le saisit par la manche.
— Avance, lâche. J'ai dit : avance !
Elle le frappa de la main mais il ne bougea pas.
— Ecoutons la suite, mon cher frère, reprit-elle en se tournant vers Orry.
Il haussa les épaules.
— C'est simple. J'ai remis à Mr. Seddon des preuves suffisantes pour vous faire pendre tous les deux. A savoir un faux morceau de charbon et un plan des bureaux du président. J'imagine que les hommes du prévôt sont déjà en route pour la ferme, où ils trouveront ce qu'il reste des armes, quelques affaires personnelles de Powell et le cadavre d'Israel Quincy. Quant à ton informateur, celui qui se faisait appeler Bellingham, il est mort lui aussi. Noyé dans le fleuve.
— Vous avez fait ça ? murmura Huntoon.
— La seule chose que je n'ai pas encore faite, c'est vous impliquer tous les deux. Je ne sais d'ailleurs pas pourquoi. Vous avez une heure pour quitter la ville. Si vous restez, je vous accuserai de trahison et de tentative d'assassinat.
— Seigneur Dieu ! s'exclama Homer, dont Orry avait oublié la présence.
— Sors d'ici, sale fouineur de nègre ! glapit Ashton.

Le vieillard déguerpit. Avec un effort grotesque pour cacher sa rage sous un sourire, la jeune femme plaida :

— Orry, rien que pour faire nos bagages, il faut...

— Une heure, laissa tomber son frère en montrant une horloge dont le cadran brillait dans la pénombre. Vous méritez d'être tous pendus, y compris votre ami Powell. Vous le serez si je vous trouve encore ici quand je reviendrai.

Le lendemain après-midi, plusieurs versions de la tentative d'assassinat circulaient dans les bureaux de Capitol Square. Vers quatre heures, Seddon s'approcha du bureau où Orry, le regard fixe, faisait semblant de lire un dossier. Le ministre toussota, sourit.

— Orry, j'ai d'excellentes nouvelles. Je viens de parler au président, qui désire vous décerner une décoration...

Une expression de dégoût mêlé d'incrédulité apparut sur le visage d'Orry et le ministre poursuivit d'un ton moins assuré :

— Mr. Davis aimerait vous la remettre demain dans ce bureau. Pouvons-nous convenir d'une heure ?

— Je ne veux pas de sa foutue médaille. Il a chassé ma femme de Richmond.

— Voulez-vous dire, colonel, que vous refusez l'honneur que...

— Oui. Cela causera sans doute un autre scandale, n'est-ce pas ? Ma femme et moi en avons l'habitude.

— Votre amertume est compréhensible mais...

Une lueur matoise dans le regard, Orry coupa :

— Je refuserai... à moins que Mr. Davis et vous me promettiez une affectation immédiate à l'état-major du général Pickett. J'en ai assez de ce bureau, de ce travail, de ce gouvernement plein de fange...

Du bras il balaya les papiers se trouvant sur son bureau, se leva et sortit.

Des têtes se tournèrent, les employés échangèrent des murmures. Le visage de Seddon perdit son expression conciliante.

— Je ne doute pas qu'on puisse arranger votre mutation, lança-t-il d'une voix forte.

40

APRÈS l'affaire Eamon Randolph, Jasper Dills, commença à se faire du souci pour son allocution : il n'avait plus aucune nouvelle d'Elkanah Bent. Il savait seulement que Baker avait renvoyé le fils de Starkwether pour brutalité envers le journaliste. Bien que débordé de travail, l'homme de loi décida à la fin du mois de juin de rendre visite au chef du Bureau d'enquête.

— Je ne sais pas ce qui est arrivé à Dayton, répondit sèchement Baker. Et je m'en moque.

— Enfin ! colonel, vous devez bien avoir des informations. Est-il encore en ville ? Me forcerez-vous à m'adresser à Mr. Stanton et à lui dire que vous refusez de m'aider ?

Aussitôt, Baker devint plus coopératif.

— Je tiens de source sûre que Dayton se trouvait à Richmond il y a un mois.

— Richmond ! Pourquoi ?

— Je n'en sais rien.

— Est-il possible qu'il soit passé dans l'autre camp ?

— Il était réellement furieux quand je l'ai chassé, répondit le colonel en haussant les épaules. C'est un déséquilibré, je regrette beaucoup qu'il soit passé dans nos services. Je connais votre réputation, Mr. Dills, je sais que vous comptez beaucoup d'amis au gouvernement. Mais je ne comprends pas pourquoi vous vous intéressez autant à Dayton.

Dills conclut qu'il n'obtiendrait aucune aide de Baker, qu'il devrait s'adresser plus haut.

— Je n'ai pas à satisfaire votre curiosité, colonel. Au revoir.

Le jour d'*Independence Day**, un lundi, Dills

* Fête nationale, 4 juillet (n.d.t.).

s'adressa effectivement plus haut en se rendant au ministère de la Guerre. Bien que ce fût jour férié et que le Congrès s'apprêtât à clore sa session, de nombreux services gouvernementaux demeuraient ouverts du fait des pressions de la guerre et de la politique. Sur l'un et l'autre front, les choses n'allaient pas bien. Le président avait fini par accepter la démission que Chase, le ministre des Finances, lui avait présentée une première fois l'hiver précédent. Selon la rumeur, Chase, encouragé par les mêmes extrémistes anonymes qui avaient participé à la rédaction de la lettre collective de Pomeroy, appelant à la défaite de Lincoln, prenait du recul pour devenir candidat aux élections présidentielles.

Les dépêches en provenance de la Shenandoah faisaient état d'une intensification de la guérilla — voies ferrées arrachées, ponts brûlés — et d'une retraite régulière des forces de l'Union vers Harper's Ferry. Personne dans le Nord n'avait encore surmonté le choc des pertes énormes de la campagne de printemps. Il s'y était ajouté en mai l'humiliation de New Market, lorsque Sigel fut à nouveau écrasé, cette fois par des troupes rebelles comprenant deux cent quarante-sept jeunes cadets de V.M.I., l'école militaire où Jackson avait enseigné.

Parvenu à destination, Dills descendit de voiture, se fraya un chemin à travers une foule de « marchandises de contrebande » dont il évita soigneusement le contact. Les Noirs flânaient devant President's Park, tournant des yeux affamés et envieux vers le pique-nique qui s'y déroulait. Des balançoires pendaient aux branches des arbres ; de grandes tables à tréteaux installées entre le ministère de la Guerre et la résidence présidentielle disparaissaient sous les plats et les boissons. Avec l'autorisation et les encouragements du gouvernement, ce pique-nique était organisé afin de collecter des fonds pour une nouvelle école d'enfants noirs dans le district de Columbia. La foule des invités se composait essentiellement de civils bien vêtus appartenant à la communauté noire de la ville. Dills repéra çà et là quelques visages blancs, ce qui l'écœura plus encore que l'initiative même.

L'homme de loi avait rendez-vous avec Stanley Hazard, le larbin de Stanton. Bien que médiocre, Hazard était riche et avait d'une façon ou d'une autre réussi à se faire des amis influents. Probablement par la méthode habituelle, supposait Dills. En les achetant. Ce qui était inhabituel, c'était sa capacité à demeurer en équilibre sur le pivot de la balançoire politique. Hazard frayait avec des politiciens voulant battre Lincoln aux élections et travaillait cependant pour un homme considéré comme l'ami et le plus farouche partisan du président. C'était d'autant plus étonnant que, selon les rumeurs, Hazard était soûl tous les jours à dix heures du matin.

Sur ses petits pieds, le petit avocat monta l'escalier conduisant au bureau de Stanley. Dans un coin de la pièce, des bâtonnets d'encens brûlaient sur un trépied en cuivre. Pour chasser l'odeur de l'alcool ?

En tout cas, l'encens ne cacha pas l'expression éméchée de Stanley lorsqu'il invita Dills à s'asseoir. Avec un coup d'œil vers la fenêtre, l'homme de loi se permit une plaisanterie :

— Je dois dire que, en traversant la foule, je me suis demandé si j'étais à Washington ou dans les jardins du palais d'Haïti.

Stanley s'esclaffa.

— Dites plutôt dans un village africain. Vous avez remarqué ce qu'ils mangent, les moricauds ? Une effigie de Bob Lee en barbecue !

Dills avança les lèvres, ce qui équivalait pour lui à un rire hystérique.

— Je sais que vous êtes très occupé, Mr. Hazard, et j'irai droit au but. Vous souvenez-vous d'un nommé Ezra Dayton, à qui vous avez accordé un rendez-vous ?

— En effet, répondit Stanley en se redressant sur son siège. Vous l'aviez recommandé mais il a été renvoyé. Très déplaisant...

— Je le regrette beaucoup. Je ne pouvais prévoir. Je

suis ici parce que j'ai besoin d'avoir des nouvelles de Dayton, pour des raisons que je ne puis révéler.

— Secret professionnel ?

— Il y a de ça, oui. En échange de votre aide, je suis prêt à apporter une généreuse contribution financière au candidat de votre choix. Dans le camp républicain, j'espère.

— Naturellement, répondit Stanley, qui ne haussa même pas les sourcils pour mettre en doute l'honnêteté de la proposition. Voyons ce que nous avons.

Il fit venir un collaborateur, lui expliqua ce qu'il voulait. L'homme s'absenta dix minutes, laissant Stanley et son visiteur poursuivre avec embarras une conversation ponctuée de longs silences. L'employé revint, murmura quelques mots à l'oreille de son supérieur, sortit.

— Nous n'avons absolument rien, soupira Stanley. Désolé. J'espère que cela ne change rien à votre généreuse proposition puisque je l'avais acceptée de bonne foi.

Dills sentit la menace derrière le sourire trop cordial. Il fut surpris quand Stanley ajouta :

— Mille dollars, ce serait très bien.

— Mille ? Je pensais à beaucoup m... Très bien, je vous enverrai la somme demain.

— Payable à ce compte, précisa Stanley en griffonnant sur un morceau de papier.

— Merci de cet entretien, Mr. Hazard.

Au moment de refermer la porte derrière lui, Dills vit Stanley se pencher vers le dernier tiroir de son bureau. Le politicien releva la tête, l'homme de loi s'éclipsa.

Ainsi Bent avait disparu — et cette information lui avait coûté mille dollars. Si Dills ne dénichait pas un autre moyen de retrouver le fils de Starkwether, plus d'allocation. L'humeur sombre, il sortit du bâtiment et traversa le parc en direction de sa voiture.

De sa canne, il chassa des enfants noirs jouant et courant autour de lui.

A Lehig Station, les fossoyeurs creusaient de nouvelles tombes pour les nouveaux cercueils apportés par les trains de marchandises. Au lieu de participer aux cérémonies du 4 juillet, Brett passa la journée avec les orphelins noirs, à qui elle apprenait à compter. D'ailleurs, l'heure n'était plus à la ferveur patriotique mais aux paniques soudaines. L'armée de Jubal Early avait encerclé Washington, coupé la voie ferrée et les liaisons télégraphiques avec Baltimore. Les troupes d'Early étaient parvenues à Silver Spring, en vue des fortifications fédérales de Rock Creek ; elles avaient presque encerclé Washington avant d'être repoussées vers la Pennsylvanie.

On détestait Lincoln de plus en plus. Oserait-il, comme il l'avait annoncé, enrôler cinq cent mille volontaires de plus avant la fin du mois pour alimenter la machine de guerre du général Grant ? Le pays las de la guerre, l'heure était au cynisme, au découragement. Le cousin de Lute Fessenden faisait sa pelote en fournissant des remplaçants aux conscrits pour une somme allant de huit cents à mille dollars.

Tout cela composait une toile de fond réelle mais en quelque sorte immatérielle à un événement capital pour Brett. Avec l'aide de Charles Main, Billy s'était échappé de la prison de Libby, avait traversé le territoire ennemi et rejoint les lignes de l'Union pendant la bataille titanesque de Spotsylvania. Une balle l'avait légèrement blessé à une jambe mais, d'après ses lettres, il était complètement rétabli et avait réintégré son unité à Petersburg.

Savoir Billy sain et sauf emplissait de joie l'existence de Brett, qu'égayaient aussi les visites de Scipio Brown. Toutes les deux ou trois semaines, il amenait un nouvel enfant au refuge de Lehig Station, à présent désespérément bondé. Et Brett accordait son amour à chacun des bambins café-au-lait, bruns ou noirs.

Brown lui-même se montrait impatient de rejoindre une unité militaire avant la reddition du Sud.

— Un poste d'officier dans un régiment de cavalerie noir, c'est tout ce que je demande.

— J'espère que vous l'obtiendrez, Scipio. Vous êtes un cavalier accompli. Pourquoi ne vous prennent-ils pas ?

Brett avait quitté la Caroline du Sud depuis trois ans et ne s'offusquait plus en pensant que, une fois dans l'armée, Brown aurait le même statut que n'importe quel Blanc. Elle trouvait la chose banale, parfaitement naturelle, parce qu'il n'était plus pour elle qu'un homme présentant une combinaison unique de traits de caractère, pour la plupart sympathiques. Elle savait bien sûr qu'il était noir, mais la couleur de sa peau ne jouait plus de rôle dans ses sentiments pour lui.

Constance observait avec surprise et amusement cette transformation.

— Brett, tu es toujours plus heureuse quand Scipio arrive que lorsqu'il part.

— Vraiment ? (Sourire, haussement d'épaules.) Peut-être. Je l'aime bien.

Les deux femmes furent stupéfaites quand Madeline leur adressa un télégramme de Washington.

— Nous devrions envoyer quelqu'un là-bas pour l'aider à faire le voyage, déclara aussitôt Brett. Je suis prête à y aller.

— Nous irons toutes les deux, décida Constance.

Ainsi, alors que le siège de Petersburg se prolongeait, que Sherman paraissait arrêté devant Atlanta, les deux femmes firent en train le long voyage jusqu'à la capitale. Comme la plupart des autres passagers, elles regardèrent nerveusement de temps à autre par la fenêtre de la voiture roulant dans un bruit de ferraille : selon certaines rumeurs, des hommes de Jube Early rôdaient encore le long de la frontière.

Mais elles ne virent aucun rebelle entre Lehig Station et Washington. Madeline les accueillit dans une petite chambre sombre au milieu d'un tas de vêtements déchirés qu'elle était en train de trier.

— Comme je suis contente de vous voir ! s'écria Constance après l'avoir embrassée. Orry a bien fait de ne pas vous envoyer dans le Sud, où il y a tant de danger.

— Nous prendrons soin de toi, promit Brett. Tu as l'air épuisée.

— Je me sens beaucoup mieux maintenant que vous êtes là.

— C'était dur ? demanda Brett.

— Oui. Regarde, dit Madeline en montrant les robes et sous-vêtements déchirés. Un officier de l'Union les a mis dans cet état pour se convaincre que je n'étais ni une contrebandière ni une espionne. Il ne me faudra qu'une dizaine de minutes pour refaire mes bagages. Je suis impatiente de partir. Nous avons de grosses punaises de palmier en Caroline du Sud mais elles paraissent minuscules à côté de celles qui infestent cet endroit.

Constance s'esclaffa, sincèrement heureuse qu'Orry ait confié son épouse à des Nordistes. Cela signifiait que les liens d'amitié unissant les deux familles, bien que distendus et fragiles, demeuraient intacts. George avait parfois craint que la guerre ne les rompe, elle le savait.

Elle remarqua alors un changement dans l'expression de Madeline, qui semblait pensive, voire attristée. La jeune femme s'assit sur le lit, les mains sur les genoux, regarda alternativement Brett et Constance.

— Avant de partir, je voudrais vous expliquer pourquoi j'ai dû quitter Richmond. D'autres personnes avaient appris ce qu'Orry sait depuis que je me suis enfuie de Resolute. Je...

Silencieuse, elle paraissait écrasée par un fardeau dont elle se débarrassa en se redressant soudain.

— J'ai du sang noir. Ma mère était une quarteronne de La Nouvelle-Orléans, révéla-t-elle calmement comme si elle récitait une leçon. Vous savez ce que cela signifie dans la Confédération. Une seule goutte de sang fait de vous une Noire... Est-ce que ce sera pareil à Lehig Station ?

— Absolument pas, répondit Constance. Personne ne le saura. Vous n'aviez pas besoin de nous le dire.

— Je m'y sentais obligée.

Etourdie, Brett ne savait ce qu'elle éprouvait au

juste en se débattant avec l'idée que la femme qui partageait le lit et l'amour de son frère, qui portait le nom de la famille, était noire. Elle n'en avait pas l'air mais comme Madeline elle-même l'avait souligné, être noir n'était pas une question d'apparence mais de lignage. Brett se sentit envahie par des émotions enracinées dans son enfance et jetant le trouble dans son esprit.

— Etes-vous certaine que çela ne change rien? demanda Madeline.

— Oui, répondit Brett, qui aurait bien voulu être sincère.

— Si j'étais resté sur la route, ils m'auraient eu, expliqua Andy à Philemon Meek. Ils ont surgi des palmiers, sur des mules, mais je connais des sentiers qu'ils connaissent pas. C'est comme ça que je me suis sauvé.

— Tiens, assieds-toi, proposa le régisseur, quittant son propre fauteuil. Repose-toi. Je suis content que tu t'en sois tiré.

L'air lourd d'un crépuscule de juillet flottait dans le bureau de la plantation. Meek se mit à faire les cent pas en balançant ses lunettes au bout de son index replié. « Comme il a vieilli ! » pensa Cooper, qui se tenait dans un coin, bras croisés.

Lorsque Andy était apparu dans l'allée, l'air effrayé, le régisseur avait insisté pour qu'ils se réunissent tous les trois dans cette pièce plutôt que dans la grande maison : personne ne surprendrait leur conversation et ils n'alarmeraient ni Judith, ni Marie-Louise, ni les domestiques. C'étaient surtout ces derniers qui préoccupaient Meek. Il ne voulait pas qu'ils s'enfuient.

Cooper approuva le vieillard bien qu'il nourrît moins d'illusions que lui. Les gens de la maison savaient déjà que la bande campait à proximité et que ses rangs grossissaient chaque semaine. La seule à ignorer le danger, c'était Clarissa.

— Si j'avais su que tu courrais de si grands risques pour une simple commission, je ne t'aurais pas envoyé, assura Meek. J'espère que tu me crois.

— Oui, Mr. Meek.

Cooper était sidéré. Les excuses de l'un, la réponse de l'autre illustraient l'immense changement que la guerre avait fait subir à la plantation.

Le régisseur arrêta de balancer ses lunettes.

— Soyons clairs. Cette fois, c'étaient des Blancs.

— Oui. Deux en uniforme gris de l'armée régulière, trois en vestes teintes à la noix cendrée.

Le régisseur exprima ce que les trois hommes pensaient :

— Si des déserteurs blancs rejoignent les nègres, nous avons doublement lieu d'être inquiets.

Se tournant vers celui qui, en dernière instance, détenait l'autorité, il poursuivit :

— Ils vont nous attaquer, Mr. Main, c'est certain. Mont Royal est la plus grande plantation encore exploitée dans le district. Je pense que nous devrions armer quelques-uns des esclaves — à supposer qu'on trouve des armes pour le faire. L'attaque ne se produira peut-être pas avant un moment mais nous devons nous tenir prêts.

— Est-ce le seul moyen ? répliqua Cooper. Se battre ?

La stupeur réduisit momentanément le vieillard au silence. Au bout de quelques secondes, il marmonna :

— Si vous en connaissez un autre, je serai heureux de l'apprendre.

Des insectes bourdonnèrent dans l'air calme. Près de la maison, une femme chantait un hymne ; au loin, une corneille poussa son cri rauque. Andy jeta au-dehors un regard anxieux.

Reconnaissant sa défaite, Cooper soupira :

— Bon. J'irai à Charleston voir si je peux trouver des fusils d'occasion.

— Ne tardez pas trop, dit Meek d'un ton pressant.

Le lendemain, à Richmond, Orry emballa les derniers bibelots avec lesquels Madeline et lui avaient égayé l'appartement de Marshall Street. Il les rangea ensuite dans une caisse dont il cloua le couvercle en se demandant s'il la reverrait un jour. Il se sentit abattu par sa réponse négative.

Il mit ses uniformes et affaires personnelles dans une petite malle fort abîmée pour laquelle il avait payé fort cher. Il y colla une étiquette, la tira sur le palier. En fin d'après-midi, un cocher noir à cheveux blancs et au dos rond comme un point d'interrogation vint la prendre. Orry voulut lui donner un pourboire mais l'homme refusa avec un regard offensé.

A la tombée du jour, Orry revêtit son plus bel uniforme gris, ferma l'appartement et remit la clef à la propriétaire. Un sac de voyage à la main, il se rendit à la gare de triage où l'attendait un chariot à destination de Chaffin's Bluff, où la division de Pickett tenait la partie droite de la Ligne intermédiaire, une des cinq lignes de défense ceinturant la capitale.

Le conducteur invita Orry à s'asseoir à côté de lui mais il préféra s'installer à l'arrière, avec les caisses, sa malle, son sac et ses pensées. Il était content de quitter Richmond mais la perspective de rejoindre l'état-major de Pickett ne le réjouissait pas autant qu'il l'avait espéré. Il était encore sous le choc de la trahison d'Ashton et de la mort d'Elkanah Bent. Depuis le départ de Madeline, il sombrait dans le découragement. Il espérait qu'elle était arrivée à Washington et continuerait à croire qu'il travaillait toujours au ministère de la Guerre.

Quels seraient leur avenir et celui de la Confédération ? Jusqu'à ce jour, le Sud s'était conduit en cancre obstiné, refusant d'apprendre la leçon malgré les coups du maître. La Confédération connaîtrait une fin peu glorieuse à cause de cette même rigidité de pensée, de ce même refus du changement qui l'avaient engendrée.

Oui, c'était cela le défaut fatal des Confédérés. Des esprits de pierre, agressivement fiers de leur attachement au passé.

Les exemples abondaient. Le Sud manquait désespérément d'hommes mais on traitait toujours de fous ceux qui réclamaient l'enrôlement de Noirs.

Les droits de chaque Etat ne passaient-ils pas avant tout ? Bien sûr que si. Et le gouverneur de Georgie n'avait pas besoin d'autre argument pour exempter du service trois mille officiers de la milice et cinq mille employés gouvernementaux. Usant de la même justification, le gouverneur de Caroline du Nord stockait des milliers d'uniformes, de couvertures et de fusils affectés à la défense de son Etat. Ces hommes imbus de leurs principes faisaient au Sud plus de mal que Sam Grant.

Orry n'était pas versé dans la stratégie mais crut avoir trouvé une des causes probables d'une défaite inévitable dans les personnalités opposées des deux présidents. Au début de la guerre, Davis et Lincoln avaient tous deux dirigé eux-mêmes les opérations militaires. Abe avait même indiqué à McClellan le jour précis où il devrait marcher sur la péninsule.

Les pertes sévères subies par le Nord avaient amené Lincoln à ne plus se prendre pour un stratège, un juge infaillible des capacités des généraux. A Capitol Square, on savait que le président de l'Union avait en quelque sorte reconnu ses limites en confiant la machine de guerre à un homme qui, depuis, la conduisait à sa façon : Samuel Grant.

Davis, au contraire, n'avait pas appris à reconnaître ses lacunes personnelles, à admettre ses erreurs, à s'adapter aux circonstances, à changer.

Orry songea cependant qu'il ne devait pas trop accabler les siens. Des esprits de pierre, on en trouvait aussi ailleurs que dans le Sud. Il y en avait un bon nombre au Congrès yankee, et même un ou deux dans la famille Hazard, notamment Virgilia.

Il devenait clair qu'un monde nouveau, entièrement différent, surgirait à la fin de la guerre. Le Sud ne pourrait y survivre qu'en acceptant ce qui s'était passé. En acceptant qu'aucun Noir ne peine plus jamais pour le profit d'un Blanc. En acceptant le changement.

Orry doutait que la plupart des Sudistes en soient

capables. Beaucoup d'entre eux continueraient sans nul doute à haïr le Nord et à résister, en affirmant qu'ils avaient eu moralement raison — ce qu'Orry ne croyait plus. Mais là encore, autant de Yankees s'accrocheraient probablement à leur hostilité envers le Sud et à leur désir de représailles. Les Sudistes n'étaient peut-être pas les seuls à n'avoir pas su tirer les leçons de l'histoire. Peut-être était-ce le lot de tous les hommes, à toutes les époques.

« Lorsqu'on refuse d'apprendre, voilà le résultat », pensa Orry en regardant le paysage que traversait le chariot : des terres à l'abandon, des fermes désertées, des existences en danger.

Des ruines.

Des ruines et de la tristesse, comme celle qui se lisait sur le visage de George Pickett quand le général accueillit Orry au quartier général de la division.

— Te voilà enfin. Je suis content.

— Je suis content moi aussi, mon général.

Pickett eut un sourire mélancolique :

— J'espère que tu le penseras encore après avoir passé quelques semaines face à notre vieille connaissance de West Point. Nous avons cette fois affaire à un homme qui, lorsqu'il est battu, ne s'en aperçoit pas ou qui se fiche de perdre toute son armée pourvu qu'il nous batte. Il n'y a aucun moyen de résister très longtemps à ce genre de personnage.

« Il y en a un », pensa Orry, mais il ne commit pas l'erreur de gâcher les retrouvailles en soulevant la question de l'enrôlement des Noirs.

41

TROIS femmes à table.

Constance avait remplacé les lampes à gaz par des bougies en pensant que cela donnerait au dîner une atmosphère plus chaude. Elle obtint le résultat escompté mais le gâcha à sa première tentative pour lancer la conversation :

— Eh bien ! voilà... Un dîner de trois veuves de guerre.

— Pourquoi dites-vous une chose pareille ? s'exclama Brett.

— Pardon, ma chérie. C'était une simple plaisanterie. Je m'excuse.

— On ne plaisante pas sur un sujet aussi grave, rétorqua Brett au moment où Bridgit et une autre servante apportaient des bols fumants de soupe à la tortue fantaisie.

— Je comprends votre intention, dit Madeline à Constance. Toutefois je partage l'avis de Brett.

La femme d'Orry portait une robe propre et s'était recoiffée mais n'avait pas perdu l'air hagard dû au long voyage. Elle goûta la soupe, s'efforça de réconforter Constance d'un sourire.

— C'est délicieux.

— Merci, répondit la maîtresse de maison d'une voix tendue.

Elle orienta la conversation sur son problème de poids dans l'espoir de se faire pardonner en se moquant d'elle-même mais ses efforts ne furent guère couronnés de succès.

Madeline lui demanda des nouvelles de son père, Patrick Flynn. Il se trouvait à Los Angeles et améliorait son espagnol afin de se faire des clients parmi les Californiens d'origine en plus de ceux de la communauté de colons.

— Et Virgilia ?

— Je suppose qu'elle est toujours infirmière.

— J'aurais cru qu'elle montrerait plus de reconnaissance pour votre hospitalité et vos conseils, dit Brett à Constance. Elle pourrait écrire de temps en temps, ne serait-ce que par politesse.

Constance prit un couteau, se mit à couper le pain chaud en souriant.

— Hélas ! je ne pense pas que nous puissions mettre la gratitude au nombre des qualités de ma belle-sœur.

— En a-t-elle une seule ? riposta Brett, avant de manger sa soupe en silence.

« Mon Dieu ! s'émut Constance. Tout cela à cause de ma gaffe ? » Il semblait bien que oui. Plus elle repensait aux sinistres implications de sa plaisanterie inconsidérée, plus elle se sentait déprimée.

Pour dissiper la tension, Madeline demanda à Brett :

— Parle-moi donc de cette école pour orphelins noirs.

— Si tu veux, je t'y emmènerai demain.

— Volontiers.

Brett aussi avait honte de son accès d'humeur, dû principalement à son anxiété. Le *Ledger-Union* faisait état de nombreuses pertes au siège de Petersburg...

Mais pour être franche, elle devait reconnaître que son irritation avait une autre cause. Les révélations de Madeline avaient non seulement stupéfié Brett mais aussi déclenché en elle une réaction émotionnelle inattendue. Elle regardait à présent sa belle-sœur d'une façon différente.

Elle n'y pouvait rien, c'était une réaction dont la cause remontait à son enfance. Elle en avait honte mais ne parvenait pas à l'éliminer ou à l'empêcher d'affecter sa conduite.

Madeline avait pris conscience de la réserve avec laquelle Brett la traitait depuis la conversation de Washington. Chaque fois qu'elle en ressentait du dépit, elle se rappelait que la sœur d'Orry vivait loin de son Etat natal depuis plus de trois ans, que son mari avait été capturé, emprisonné, blessé. C'était pour elle comme pour n'importe quelle épouse un écrasant fardeau.

« La réaction de Brett aux révélations entre curieusement en contradiction avec son travail auprès des orphelins noirs », songeait Madeline. Car elle se souciait sincèrement de ces enfants, la passion avec laquelle elle parlait d'eux en témoignait. C'était un changement — un changement remarquable pour une jeune femme élevée dans les traditions souvent arrogantes du bas-pays de Caroline. La guerre changeait chacun et chaque chose de quelque façon. Dommage qu'elle ne pût pas modifier les anciennes attitudes à l'égard du sang noir.

Madeline espérait que Brett serait finalement capable d'oublier ce qu'elle considérait maintenant comme une tare. Sinon... les relations familiales en seraient à coup sûr altérées. Madeline pensait parfois que Dieu avait soumis les Américains à une épreuve cruelle, peut-être insurmontable, en permettant aux Hollandais d'amener la première cargaison d'esclaves sur la côte de Virginie, il y avait tant d'années. L'homme noir venu d'Afrique avait maintes fois mis à nu les faiblesses de l'homme blanc. C'était peut-être une façon d'expier le moment où les fers s'étaient refermés.

« Trois veuves de guerre. » Heureusement, Orry avait abandonné son idée de rejoindre Pickett. Il devrait jouir d'une sécurité relative à Richmond jusqu'à ce que la ville tombe. Ensuite, il serait peut-être emprisonné un moment, voire maltraité, mais il survivrait à cette épreuve. C'était un homme fort, courageux.

Pour relancer la conversation, Madeline s'adressa de nouveau à Brett :

— Ton ami, celui qui s'occupe des orphelins, je pourrai faire sa connaissance ?

— Je pense que oui. Il viendra probablement nous voir une dernière fois avant d'entrer dans l'armée. Je suis certaine qu'il te plaira.

« En tout cas, il te plaît beaucoup, pensa Madeline. Lui, tu l'acceptes pour ce qu'il est, et moi pas. Est-ce parce que tu m'as longtemps crue différente ? »

Pour balayer la rancœur qu'elle sentait à nouveau poindre en elle, Madeline se tourna vers Constance et lui posa cette fois une question frivole sur la mode. Les bougies se consumaient, la conversation reprenait son essor mais Constance donnait l'impression de se forcer à répondre. Comme les trois femmes finissaient leur glace au citron et leurs macarons à la noix de coco, elle annonça abruptement :

— Je crois que je vais descendre en ville.

— Voulez-vous de la compagnie ? proposa Madeline.

— Non, merci. Je vais à l'église.

Elle n'eut point à préciser pourquoi elle en éprouvait le besoin.

Constance conduisait elle-même la voiture le long de la route sinueuse dans la nuit éclairée par les lueurs des forges. Sous la direction de Wotherspoon, l'usine continuait à tourner vingt-quatre heures sur vingt-quatre — et n'avait jamais autant rapporté.

En atteignant les premières rues de la ville, Constance sentit le vent se lever et souffler de la poussière. Des lampes brûlaient encore dans le bureau de recrutement de l'armée. En passant devant, elle remarqua non loin de l'entrée un solide jeune Noir, fils d'un ouvrier des forges. Entre le jeune homme et la porte, le cousin de Lute Fessenden échangeait des murmures et des plaisanteries avec quelque compère.

Lorsque plusieurs Noirs de la ville avaient tenté de se présenter devant le sergent recruteur, des incidents avaient éclaté. Pour en empêcher un autre, Constance ralentit et s'apprêtait à parler au fournisseur de remplaçants quand le jeune Noir tourna et disparut dans une ruelle. Le sens de la présence des deux Blancs devant le bureau ne lui avait pas échappé.

Ecœurée, Constance poursuivit jusqu'à la petite chapelle catholique nommée, dans un accès de piété poétique, Sainte-Margaret-du-Val. La vallée, où la suie et les centres noircissaient tout, ne méritait pas cette appellation littéraire mais c'était un mot très prisé de la petite communauté catholique de Lehig Station.

A cause de la chaleur du soir, les portes de Sainte-Margaret étaient restées ouvertes. Constance attacha son cheval à un poteau en fer forgé — l'usine en avait gracieusement installé une rangée de huit — et se glissa à l'intérieur avec l'espoir que la méditation et la prière dissiperaient l'anxiété diffuse qui s'était insinuée en elle pendant le dîner. Elle fit une génuflexion, se dirigea vers la gauche.

En s'agenouillant, elle remarqua, de l'autre côté de l'allée, une femme d'âge mûr, corpulente, les épaules couvertes d'un châle bon marché. Elle priait, le front appuyé sur ses mains jointes. Constance la connaissait : son fils unique était mort sous une tente-infirmerie à Cold Harbor.

Le vent chaud s'engouffrant dans l'édifice fit vaciller la flamme des cierges. Le christ de trois mètres, peint et doré, jetait du haut de sa croix un regard plein de pitié. Doucement, Constance se mit à prier.

« Trois veuves de guerre... »

Depuis qu'elle avait prononcé cette remarque stupide, le pressentiment l'habitait que pour l'une des trois femmes, ces mots deviendraient vrais.

Elle en était sûre, et tourmentée par une peur qu'aucune prière ne pouvait chasser. Une autre rafale de vent éteignit une demi-douzaine de cierges plantés dans de petites coupelles rouges comme du sang.

42

CHARLES souffrit d'une grave maladie intestinale pendant les dix premiers jours de juillet. Le onzième, bien qu'encore trop faible pour quitter le lit, il se leva, obtint un laissez-passer et entama une dangereuse chevauchée en direction de Fredericksburg.

C'était la dernière fois qu'il se rendait à la ferme Barclay, il en avait pris la décision alors qu'il gisait au lit, les genoux ramenés contre son ventre percé par la douleur. A l'infirmerie, il avait eu le temps de réfléchir. Le Sud mourrait en combattant et il mourrait avec lui ; c'était désormais son unique devoir.

Il ne pouvait nier qu'il aimait Gus mais elle méritait un homme à l'avenir moins sombre. Chaque jour diminuait les chances de Charles d'échapper à la balle fatale. Gus souffrirait au début mais lorsqu'elle aurait trouvé quelqu'un de mieux — un homme à qui la guerre n'aurait pas tordu l'esprit — elle le remercierait.

L'éclaireur arriva à la ferme à la fin d'une averse. Le soleil, qui brillait à nouveau, disparaissait par moments derrière les nuages filant au-dessus des champs et des bois. Il était cinq heures et demie du soir.

— Major Charles ! s'écria Washington, qui réparait des harnais sur le perron de derrière. Seigneur Dieu ! le pauv' Joueur a l'air aussi affamé que vous. On vous attendait pas. Je vais prévenir Miz Augusta...

— Je vais le faire moi-même, répondit Charles, la mine grave.

Il poussa la porte de derrière sans frapper, appela, entra dans la cuisine sans remarquer l'expression peinée du vieil affranchi.

La pièce était vide. Une marmite contenant un unique gros os chantonnait sur la cuisinière.

— Gus ? Mais où es-tu, bon sang ?

Elle surgit du couloir, une brosse à la main. Son visage s'illumina, elle jeta ses bras autour du cou de Charles.

— Chéri !

Il pressa sa joue barbue contre la sienne mais s'écarta quand Augusta commença à l'embrasser. Il enjamba le dossier d'une chaise, s'assit, tira de la poche de sa chemise un cigare à demi fumé et des allumettes. Sa froideur alarma la jeune femme qui, pour se donner une contenance, alla remuer la soupe. Elle se retourna pour lui faire face.

— Tu n'as pas l'air bien, mon amour.

— J'ai encore eu mal aux intestins. Je ne sais pas ce qui est le pire : être étendu sur un lit de camp, le ventre en feu, ou parcourir à cheval plus de la moitié de la Virginie avec le général Hampton.

— C'était donc si dur ?

— Nous avons perdu plus d'hommes et de chevaux que tu ne peux l'imaginer. Au moins trois unités entières du 6e de Caroline du Sud sont mises au rancart, faute de remontes.

Gus jeta un coup d'œil par la fenêtre.

— Toi, tu as encore Joueur.

— Plutôt ce qu'il en reste.

— Cela me peine de te voir si maigre, si pâle, dit la jeune femme en remontant une mèche blonde. Et si abattu.

— On ne peut guère être autre chose ces temps-ci.

Charles sentait croître sa nervosité. Il avait d'abord pensé passer la nuit à la ferme — faire l'amour une dernière fois — mais il s'aperçut qu'il n'aurait pas le front de faire cela à Gus. Ni la force de le supporter. Brusquement, il décida d'en finir vite.

Il mordit dans son cigare, craqua une allumette sur le fond de la chaise, tendit le bras vers la fenêtre.

— La ferme est dans un triste état.

— A cause des Yankees. Il ne se passe pas de jour sans que Boz ou Washington ne tire une salve d'avertissement sur quelque déserteur rôdant dans les parages.

— Tu n'aurais pas dû rester ici, tu ne devrais pas y être en ce moment. Comment peux-tu faire pousser quoi que ce soit ? Comment parviens-tu à survivre avec tes nègres ?

— Charles, tu sais que je n'aime pas ce mot. Surtout quand on parle de mes affranchis.

— J'avais oublié, dit-il en haussant les épaules.

Augusta tira sur le devant de sa robe en regardant son amant. Il avait la tête baissée, les yeux sur la flamme qu'il approchait de son cigare. Une fumée bleue s'enroula autour de sa barbe quand il souffla l'allumette.

— On dirait que tu cherches une scène, murmura Gus.

— Ecoute. J'ai fait une longue route pour venir ici...

— Puis-je te rappeler que personne ne t'en avait supplié ?

Charles la regarda, vit dans ses yeux de la confusion et de la colère. Il faillit faire machine arrière puis songea à Ab Woolner, à Sharpsburg, à de nombreux événements — si nombreux qu'il ne semblait guère possible qu'ils se soient tous produits en l'espace de trois ans. Ou que quiconque ait pu y survivre. Il avait survécu, pourtant, mais il n'était pas indemne.

Avec plus de douceur, elle demanda :
— Combien de temps peux-tu rester ?
— Je dois repartir à la tombée de la nuit.
— Tu veux... ?

La question inachevée et le léger mouvement vers la porte de la chambre étaient empreints d'une gêne d'adolescente qui ne lui ressemblait pas.

— Je dois faire boire Joueur, répondit-il, bien qu'il mourût d'envie de porter Gus au lit.

Elle entendit le refus tacite.

— Je te donnerai à dîner quand tu auras fini

Avec un hochement de tête, il sortit.

Charles mangea deux bols de soupe et quatre tranches d'un délicieux pain bis. Gus se servit aussi un peu de soupe mais n'y toucha pas. Le menton appuyé sur ses mains jointes, les coudes posés de part et d'autre de son bol, elle scrutait le visage de son amant pour tenter d'y déceler ce qui n'allait pas. De temps à autre, elle lui posait une brève question.

Charles affirma que la guerre était perdue. Il parla du taux élevé de désertion, du manque de confiance de Lee en Wade Hampton, à qui il n'avait pas confié le commandement de la cavalerie. Il prononça des noms que Gus ne connaissait pas.

— Dans la vallée, Hunter a incendié la maison du gouverneur Letcher, à Lexington. Et aussi l'Institut militaire. A Silver Spring, juste devant Washington, Jube Early aurait pillé des fermes et des maisons en guise de représailles. A présent, il rôde en Pennsylvanie — et Dieu sait ce qu'il y fait. Au début, la guerre me faisait penser à un tournoi de Caroline du Sud : de belles dames, de courageux cavaliers, des joutes. C'est devenu une tuerie, avec des bouchers et du bétail des deux côtés. Elle est bonne, cette soupe, conclut-il hypocritement en repoussant son bol.

« Maintenant, s'exhorta-t-il. Ne fais pas traîner les choses. »

— Je suis venu te dire..., commença-t-il. (Il

s'éclaircit la voix.) Avec la situation qui s'aggrave, je ne sais pas quand je pourrai revenir.

Gus releva la tête d'un mouvement vif, farouche, comme pour répondre à une gifle.

— La semaine prochaine ou plus jamais, c'est toi qui décides. C'est toujours toi qui as décidé. Je...

Elle s'interrompit, secoua la tête.

— Continue.

D'une voix plus forte, elle reprit :

— J'espère que tu ne t'attendais pas à un flot de larmes. Je ne suis pas sûre de vouloir te voir quand tu es dans cet état d'esprit. Parler des horreurs de la guerre, ce n'est ni nouveau ni profond. Et tu sembles oublier que les hommes ne portent pas seuls le fardeau. Tu crois que c'est plus facile d'être une femme qui a un fils ou un mari à l'armée ? de regarder des hommes jouer au soldat en dévastant un potager — tout ce qu'il vous restait à manger —, en saccageant une ferme comme des voyous ? Je sais que la guerre t'a meurtri. Je le vois dans tes yeux, dans ce que tu dis, dans tout ce que tu fais. Tu sembles enragé...

Charles repoussa brutalement sa chaise et se leva, le cigare aux lèvres. Il l'avait allumé après le repas en se promettant de partir dès qu'il l'aurait fumé. Finalement, il ne resterait peut-être pas aussi longtemps.

— Inutile d'étaler ton agressivité, poursuivit la jeune femme, bouillante de colère. J'en ai assez. Qu'est-ce qui t'autorise à te frapper la poitrine plus longtemps et plus durement que les autres ? Je t'aime, comme une idiote, et j'ai de la peine pour toi. Mais je refuse d'être traitée comme un stupide animal qui s'est mal conduit. Je ne veux pas de coups de pied, Charles. Si tu choisis de revenir ici, sois l'homme dont je suis tombée amoureuse. C'est celui-là que je veux.

Les secondes s'égrenèrent. Charles ôta son cigare de sa bouche.

— Il est mort.

Augusta soutint son regard et murmura doucement, sans colère :

— Je crois qu'il vaut mieux que tu partes.

— Je le crois aussi. Merci pour le repas. Prends soin de toi.

Il sortit, monta sur son cheval et s'éloigna sous les nuages de la nuit.

Pendant une demi-heure, Gus resta assise à la table de la cuisine, sans bouger, les mains sur le ventre. Washington frappa à la porte de derrière, elle ne répondit pas.

L'obscurité envahit la pièce. Quand la jeune femme finit par se lever, ce fut pour allumer une lampe. Elle se força à bouger, essuyant ici la poussière, remettant là de l'ordre. Remuer, travailler — faire n'importe quoi pour engourdir la souffrance. Elle fit chauffer de l'eau sur la cuisinière, prit des plats propres sur les étagères, les lava, les essuya et les remit en place.

On frappa à nouveau à la porte et, cette fois, Washington entra sans attendre de réponse.

— Miz Augusta, il est près de minuit. Faut aller vous coucher.

— Le plancher est sale, je vais le frotter.

L'affranchi plissa le front.

— Le major Charles n'avait pas l'air bien...

— Il a été gravement malade. La dysenterie.

— Il est pas resté longtemps.

— Non.

— Il revient bientôt ?

Gus dut mentir :

— Je ne sais pas. Peut-être.

Plissant toujours le front, Washington se mordit la lèvre inférieure.

— Si vous voulez vraiment laver le plancher à cette heure, laissez-moi vous aider.

— Je veux le faire moi-même, je n'ai pas sommeil. Merci quand même.

La porte se referma sur le visage perplexe du Noir.

Augusta emplit un seau d'eau, chercha la brosse. Elle n'arrivait pas à croire qu'on pouvait souffrir autant. Le départ de Charles en était la cause mais la plus coupable, c'était elle; elle avait abattu ses défenses, s'était ouverte à l'amour.

Si c'était à refaire, refuserait-elle de l'aimer? Elle n'eut pas à réfléchir pour répondre immédiatement « non », avec force. Mais, Seigneur! comme elle avait mal!

Pourtant, elle s'enorgueillissait encore d'être une femme indépendante. Elle avait supporté cette satanée guerre et continuerait à le faire. Elle supporterait aussi la douleur, aussi longtemps qu'elle durerait. Ce qui signifiait jusqu'à l'heure de sa mort.

Doucement, elle posa une main sur son ventre. Puis quand l'horloge sonna minuit, elle s'agenouilla et se mit à frotter.

43

LE soir de la bataille du Cratère, Billy écrivit :

Dimanche 31 juillet. Inspection de routine de la compagnie. Tout est calme sur les lignes de siège après les ravages de la veille.

Réveillés le samedi à 2 heures du matin, nous avons marché en bras de chemise jusqu'au Ft Meikel, d'où nous avons assisté à l'explosion de 4000 kg de poudre dans le boyau de mine en forme de T, long d'environ 200 m, creusé dans le plus grand secret par les Vol. du 48e de Penn. du Lt-col. Pleasants, pour la plupart des mineurs de charbon. Je regrette de devoir dire que l'idée des mineurs avait d'abord été rejetée par le gén. Meade et notre propre chef, le major Duane. Mais leur réticence fut surmontée et le travail accompli par des hommes travaillant nuit et jour pendant un mois. Les mineurs ne suffoquèrent pas grâce à un ingénieux système refoulant l'air vicié du tunnel au moyen d'un feu et d'une cheminée secrète. La compagnie A de notre bataillon de sapeurs effectua une partie du travail en construisant une voie d'accès couverte jusqu'à l'entrée de la mine. Celle-ci se terminait à trois mètres sous les fortifications rebelles s'étendant le long du Saillant de Peagram. La charge explosa avec une force prodigieuse, soulevant une masse énorme de terre. Le plan connut une réussite totale jusqu'à ce que le IXe corps du gén. Burnside, qui se tenait en ordre de bataille dans une ravine proche, commençât à avancer vers le cratère fumant.

Pour des raisons encore obscures, l'assaut s'embourba, les hommes se trouvant au fond et sur les pentes de l'entonnoir furent bloqués par ceux qui continuaient à s'y engouffrer. Bientôt pris au piège, ils offrirent une cible facile au feu mortel de l'ennemi. Ce massacre prépara le terrain à la contre-attaque du gén. Mahone, qui transforma une brillante opération en défaite.

Ce que je juge singulier, outre la construction même de la mine, c'est le courage déployé par les troupes de couleur du gén. Ferrero. A l'origine, elles devaient ouvrir l'assaut, mais craignant qu'on ne l'accusât de traiter les Noirs comme de la chair à canon si l'attaque échouait, Grant les tint en réserve. Lorsqu'elles furent engagées, elles se conduisirent avec une telle vaillance que tous font à présent leur éloge.

Pendant la bataille, notre bataillon se tint prêt à intervenir (nous nous étions rendus sur les lieux avec un chariot à outils) mais on ne fit pas appel à nous et nous retournâmes à notre campement actuel, près de la route de Jerusalem, où nous reprîmes nos activités ordinaires.

Les miennes consistent aussi à faire campagne parmi mes camarades pour la réélection de Mr. Lincoln. La législation de leur Etat permet à certains soldats de voter sur le champ de bataille — ceux de Penn. font partie de ces veinards — mais les autres devront retourner chez eux, les pauvres. Les uns et les autres montrent, à l'exception des plus flegmatiques, un intérêt fort vif, voire violent, pour la prochaine bataille électorale.

Un dur combat attend notre président. D'aucuns raillent ses défauts de chef de guerre et sa politique à l'égard de la race noire. J'ai discuté avec des défenseurs déclarés de l'Union qui espèrent que les Démocrates désigneront le gén. McC. comme candidat en août parce qu'ils jugent L. coupable de nombreux crimes : la conscription, le renfor-

cement d'un pouvoir fédéral centralisé, l'arrestation arbitraire et l'emprisonnement de gens critiquant le gouvernement, etc.

Si beaucoup partagent cet avis, je ne trouve pas l'armée aussi « McClellanisée » qu'elle l'était il y a un an. Grant sacrifie des hommes presque cyniquement mais la certitude se répand qu'il a enfin façonné une armée qui vaincra. En même temps que les plaintes attendues sur la « note du boucher », une fierté nouvelle émerge au sein de l'armée du Potomac. La plupart des soldats pensent d'un commun accord que la victoire n'est qu'une question de temps. Cette opinion milite en faveur de Lincoln, pour qui je n'épargnerai aucun effort.

Le siège se poursuit sans grand succès. G. se trouve maintenant à City Point, dans le Corps de construction des chemins de fer chargé d'entretenir notre ligne de ravitaillement par rail, en particulier les nombreux ponts construits au-dessus des ravins, cours d'eau, etc. Jusqu'ici, je n'ai pas eu le temps d'aller le voir. Chaque jour, on confie une nouvelle tâche à notre bataillon. Depuis mon arrivée, j'ai commandé un groupe chargé de procéder à des relevés près des lignes de défense rebelles — et nous avons à cette occasion essuyé le feu de l'ennemi pendant dix minutes. J'ai ensuite pris la tête de détachements creusant des puits et construisant des abris avec des branches d'arbre pour les mules de nos chariots. J'ai enseigné à des fantassins noirs la technique du gabion et de la fascine.

Nous avons aussi abattu des arbres pour faire de nouvelles plates-formes d'artillerie, remplacé les gabions endommagés par les pluies d'orage, bâti des abris à l'épreuve des bombes, ménagé de nouvelles embrasures dans les ouvrages existants et, d'une façon générale, renforcé les lignes de siège. Celles-ci se composent essentiellement d'une succession de redoutes reliées par des tranchées et construites de telle sorte que ses canons puissent non seulement atteindre l'ennemi mais aussi les forts voisins, au cas où ils seraient attaqués.

Une grande partie de ce travail s'effectue à proximité des fortifications rebelles, ce qui exige de faire preuve d'une extrême prudence et, souvent, d'opérer sans se montrer. Nous travaillons fréquemment la nuit, dans un silence total si possible. Chaque homme sait qu'un faux mouvement, un commandement trop fort, un bruit malencontreux peut déclencher un tir d'artillerie ou une fusillade qui mettra fin pour lui à la guerre. Pas étonnant que nous recevions une ration journalière de whisky. Notre tâche est éprouvante, dangereuse, et je n'hésite jamais à boire l'alcool qu'on nous distribue. J'ai tout lieu d'espérer que je verrai bientôt mon frère à City Point — et toutes les raisons de faire mon possible pour survivre à chaque nouvelle journée. Je tiens par-dessus tout à échapper aux tueries pour pouvoir te serrer à nouveau dans mes bras, ma très chère femme.

Avec ses couleurs changeantes, l'automne apporta de meilleures nouvelles à Lehig Valley. Le 2 septembre, Sherman avait pris Atlanta et cette victoire, ainsi que les exploits de Petit Phil, mettait le Nord en fête. Ripostant avec mépris aux pacifistes faisant campagne pour McClellan, les Républicains surnommèrent fièrement Sheridan « l'Emissaire de la paix ».

L'automne amena aussi Scipio Brown à Belvedere pour la dernière fois. Avec une joie d'enfant, il tourna devant Brett pour lui faire admirer son pantalon bleu clair à bande jaune et sa veste bleu foncé sans insigne de sous-lieutenant.

— Lieutenant Brown, 2e régiment de cavalerie des troupes de couleur des Etats-Unis. Je remplace un officier blessé à Spring Hill.

— Oh ! Scipio, c'est exactement ce que vous désiriez. Vous êtes superbe.

Constance et Madeline approuvèrent. Les trois femmes s'étaient réunies au salon pour accueillir Brown et lui offrir du cherry avec des petits gâteaux. Madeline, qui trouvait que l'officier à la taille mince et à la peau ambrée avait fière allure, lui demanda :

— Où et quand rejoindrez-vous votre unité ?

— A City Point, lundi prochain. J'espère qu'il n'y aura pas autant de problèmes que lorsque j'ai prêté serment. Quatre Blancs, dont deux vétérans, n'entendaient pas voir des gens de couleur dans leur armée et ont tenté de m'arrêter.

Perché sur sa chaise tel un échassier sur un nid trop petit, Brown eut un de ses sourires contagieux en agitant la main.

— Mais je me suis frayé un chemin.

— Nous avons de ces individus à Lehig Station, fit observer Brett.

Elle remarqua en parlant que la paume de Brown était presque aussi blanche que la sienne. La chaise du Noir craqua et il se leva, ce qui lui permit de faire à nouveau admirer l'uniforme qu'il portait avec une fierté évidente.

— Avez-vous d'autres nouvelles récentes de la capitale ? dit Constance.

— Il paraît que, avec l'aide de Mr. Lincoln, le Territoire du Nevada deviendra un Etat le 1er novembre. Cela lui fournira les deux derniers votes nécessaires pour ratifier l'amendement.

Il était inutile de préciser : pour Brown, il n'y avait qu'un amendement, le treizième *.

S'inclinant devant les dames, le Noir annonça :

— Je dois aller dire au revoir aux enfants. Mon train part à six heures.

— Je vous accompagne, déclara aussitôt Brett.

Madeline lança à Brett un regard commentant en silence l'empressement de la jeune femme et la réaction satisfaite de Brown. Constance sourit pour indiquer qu'elle avait remarqué les mêmes choses.

A l'école, Mrs. Czorna pleura, les dix-sept orphelins noirs sautillèrent et dansèrent autour de Scipio en admirant la splendeur de son uniforme : boutons étincelants, pas une tache ou un faux pli. Il informa le couple hongrois que la Commission

* Complétant la Proclamation d'émancipation, il rendait l'esclavage illégal et anticonstitutionnel sur tout le territoire des Etats-Unis (n.d.t.).

chrétienne de Washington continuerait à recueillir des enfants perdus et à les envoyer à Lehig Station.

— Ce sera plus pareil, sanglotait Mrs. Czorna. Oh ! non, plus pareil.

« Elle a raison », pensa Brett, à la fois triste et fière.

Scipio embrassa chaque enfant puis redescendit la colline avec la jeune femme. Les forges soufflaient leur fumée dans le ciel d'octobre, obscurcissant le soleil d'automne ; de chaque côté du chemin, le laurier bruissait au vent. Brown regarda sa montre.

— Déjà cinq heures et demie. Il faut que je me presse.

Sous le porche de Belvedere, Brett dut s'appuyer d'une main à un pilier sculpté pour garder l'équilibre. Dans la lumière aveuglante, elle cligna des yeux pour voir Brown.

— Je ne sais que dire..., commença-t-il. Vous m'avez été d'une grande aide...

— Je l'ai fait avec plaisir, je n'ai pas besoin de remerciements. Ces enfants, je les aime de tout mon cœur.

— Lorsque vous éprouverez autant d'amour pour un adulte de leur race, vous serez au terme du voyage. Mais vous avez déjà fait un long chemin. Vous êtes... une femme merveilleuse. Je comprends que votre mari soit fier de vous.

Inconsciemment, Brett tendit la main pour le toucher.

— Soyez prudent. Ecrivez-nous.

Ce fut seulement quand Brown fit un pas en arrière qu'elle s'aperçut qu'elle avait posé la main sur son bras.

— Bien sûr, si j'en ai le temps, répondit Brown avec une raideur soudaine.

Il détacha son cheval de louage, monta en selle avec grâce et partit au petit trot sur la route. La lumière du couchant flamboyait au-dessus des toits des premières maisons ; dessous, tout n'était qu'ombre. Brett vit la silhouette à cheval disparaître dans la masse bleu sombre et resta un moment à la chercher, la main en visière au-dessus des yeux.

Elle comprit alors qu'elle avait touché Brown sous l'impulsion de sentiments mêlés : une peine profonde, une vive affection et, ce qui était le plus stupéfiant, une forte attirance. Elle ne parvenait ni à croire totalement à la réalité de cette émotion ni à nier la trace qu'elle en gardait. Pendant un très bref instant, la jeune femme, en qui la longue absence de Billy avait fait naître un sentiment de solitude et de vide, s'était sentie unie par le désir à l'officier lui faisant ses adieux.

Et la couleur de la peau de Scipio Brown n'avait eu alors aucune importance.

Cette émotion s'était à présent dissipée mais son souvenir demeurerait. Elle avait été infidèle à son mari, et bien que cette trahison eût été silencieuse et brève, Brett avait trop de sens moral pour ne pas en ressentir de la honte. Mais cela n'avait rien à voir avec le fait que Scipio fût noir. Il était digne de l'amour de n'importe quelle femme.

En bas, près du canal, une locomotive poussa une longue plainte solitaire. « Son train », pensa Brett. Elle essuya les larmes qui lui montaient aux yeux et se rappela une phrase que Scipio avait prononcée :

« Lorsque vous éprouverez autant d'amour pour un adulte de leur race, vous serez au terme du voyage. »

— Oh ! murmura-t-elle en se précipitant à l'intérieur de la maison. Madeline ! Madeline !

Elle courut de pièce en pièce, finit par trouver sa belle-sœur assise au salon, lisant un livre de poésie. Madeline se leva, Brett se jeta dans ses bras, se mit à pleurer.

— Que se passe-t-il ? demanda la femme d'Orry, sur ses gardes.

— Je te demande pardon !

— De quoi ? Tu ne m'as rien fait.

— Si, pardonne-moi.

Madeline tapota le dos de la jeune femme, qui continuait à sangloter. Elle éprouva d'abord de la gêne puis comprit, sans savoir exactement pourquoi, que Brett avait besoin d'une absolution.

44

LES bombardements avaient partiellement détruit la redoute et contraint la 11e batterie du Massachusetts à l'abandonner. Deux nuits sans lune d'affilée, Billy conduisit sur les lieux un groupe chargé de réparer le fortin pour qu'il pût être réoccupé.

Il faisait lourd pour un mois d'octobre. Billy travaillait torse nu, les bretelles pendant sur un pantalon trempé de transpiration. Sa blessure au mollet, totalement guérie, ne le gênait plus dans ses mouvements, même si l'endroit où était entrée la balle le faisait parfois souffrir la nuit.

Billy avait sous ses ordres des soldats d'une unité d'infanterie noire — main-d'œuvre à laquelle il avait souvent eu recours au cours des dernières semaines. Le lieutenant et un caporal de l'escouade montaient la garde sur une partie reconstruite du parapet, selon la procédure habituelle.

On n'y voyait pourtant guère et Billy distinguait à peine les abattis s'étendant devant la redoute, encore moins les fortifications rebelles parallèles à celles de l'Union et dont une centaine de mètres seulement les séparaient. De temps à autre, une allumette craquait, quelqu'un parlait dans l'autre camp. Les sentinelles yankees et confédérées dialoguaient beaucoup. Récemment, elles avaient établi un protocole selon lequel, dans un camp comme dans l'autre, on ne tirerait qu'en cas d'attaque imminente. Comme les assauts étaient rares, les sentinelles — et les équipes comme celles de Billy — n'avaient pas la plupart du temps à craindre une balle perdue. Restait toutefois la possibilité de se faire tirer dessus par quelque excité ou d'être la cible d'une avalanche soudaine de plus gros projectiles. Les soldats du front étaient rarement avertis des bombardements

Le Noir commandant les hommes de Billy était un sergent corpulent d'allure placide répondant au nom de Sebastian. Il avait la peau café-au-lait, un gros nez crochu et des yeux légèrement en amande qui ne cadraient pas avec le reste de ses traits. N'épargnant pas sa peine, il attendait de ses soldats qu'ils en fassent autant. Billy et lui s'échinaient à soulever et à mettre en place de lourds poteaux.

Après en avoir planté un, Billy se recula, de la terre collée à sa peau moite. Il estima qu'il devait être deux ou trois heures du matin. Epuisé, il respira profondément et demanda au sergent :

— D'où êtes-vous ?

— Je vis à New York mais mon grand-père était de Caroline du Sud. Il s'est sauvé de la ferme où il était le seul esclave. Un sacré mélange, mon grand-père. Une « cheville de cuivre », comme on dit : un peu de Blanc, un peu de Noir, un peu d'Indien.

Cela expliquait le contraste entre divers traits du visage.

— Il s'appelait comme moi, le grand-père, continua le sergent. Il...

Une lumière écarlate éclata dans le ciel au-dessus de Petersburg. Le long des abattis, les sentinelles jurèrent. Billy lança à ses hommes l'ordre superflu de se jeter à terre. La plupart d'entre eux l'avaient déjà fait quand il se plaqua lui-même contre le sol, quelques secondes avant qu'un obus ne tombe sur le parapet à moitié relevé.

Protégeant sa tête des deux bras, Billy entendit le caporal crier :

— Sergent Sebastian ? Le lieutenant Buck est touché.

Aussitôt, le sous-officier se releva tandis que, au loin, d'autres batteries ouvraient le feu.

— Je vais le chercher, dit-il.

Plié en deux, il se mit à courir le long de la redoute en criant par-dessus son épaule :

— Restez dans la tranchée, les gars.

Billy se hissa hors du trou, se rua derrière Sebastian.

Effrayée par le bombardement, une sentinelle de l'Union tira un coup de feu.

— Hé, qu'est-ce que vous foutez, les Yankees ? protesta avec colère un Confédéré invisible.

Aussitôt, les tireurs d'élite rebelles exercèrent des représailles contre ce qu'ils considéraient comme une violation de la trêve.

Des balles sifflèrent, s'enfoncèrent dans la redoute à quelques centimètres de Billy, qui avançait en rampant. Un autre obus tomba à deux mètres derrière lui, expédiant des morceaux de bois et de la terre dans toutes les directions. Billy suffoquait tant la fumée était épaisse. Il vit devant lui Sebastian, les bras tendus vers le parapet où gisait l'officier noir.

— Passe-le-moi, Larkin, cria le sergent au caporal.

Accroupi, Billy ne pouvait voir nettement ce que faisait le sous-officier mais il y avait un problème.

— Vous l'avez, sergent ?

— Non.

— Je ne vous entends pas. Vous l'avez ?

— Non, répéta Sebastian, plus fort.

Un soldat de l'autre camp l'entendit, tira au jugé. Le sergent tressaillit, poussa un faible cri, enfonça ses doigts dans la terre du côté non reconstruit de la redoute. Un obus explosa à cinquante mètres sur la gauche. Touchés, plusieurs hommes restés dans la tranchée se mirent à hurler. A la lueur de l'explosion, Billy aperçut le sergent à genoux, l'épaule ensanglantée.

Le visage grimaçant de douleur, Sebastian se remit debout. Une balle effleura un poteau, lui arracha un éclat qui se planta dans le cou de Billy. La bouche sèche de peur, il rejoignit le sergent.

— Caporal Larkin ?

— Oui, capitaine.

— Où est blessé le lieutenant ?

— A la poitrine.

— On essaie encore. Descendez-le doucement, les pieds d'abord. Sebastian, je sais que vous êtes touché. Retournez avec les autres.

— Vous pourrez pas le porter seul. Non, ça ira.

— Bon. Je le prendrai par les jambes. Vous êtes plus grand que moi, vous lui prendrez les bras.

— Larkin ? haleta le sergent. T'as entendu ?

— Oui, répondit le caporal, apeuré. Je vous l'envoie.

Lentement, ils firent descendre le lieutenant blessé, le basculèrent en position horizontale puis entreprirent de le porter vers les tranchées. Billy ouvrait la marche, sous un feu ennemi de plus en plus nourri. Il courbait le dos tout en se disant que c'était ridiculement vain vu le nombre d'obus et de balles qui pleuvaient autour de lui. Des gouttes de sueur tombaient de son menton ; son cœur battait follement ; la peur ne le quittait pas. Il en eut honte quand il pensa au sergent portant le blessé malgré la balle rebelle logée dans son épaule. Sebastian émettait un bref grognement guttural chaque fois qu'il faisait un pas.

— Nous y sommes, murmura Billy au bord de la tranchée. Prenez-le, les gars. Doucement ! doucement ! C'est ça... Oh !

Sebastian lâcha les bras du lieutenant, vacilla. D'autres soldats noirs ayant déjà saisi les jambes de l'officier, Billy pivota, tenta de retenir le sergent mais la « cheville de cuivre » bascula sur le côté, hors de portée, et s'effondra dans le trou.

Deux de ses hommes essayèrent de le rattraper. En vain. Il heurta le fond de la tranchée avec un bruit sourd quelques secondes avant l'explosion de trois autres obus. Billy sauta dans la fosse, les yeux larmoyants à cause de la fumée. Le bombardement devint intense et incessant.

— Va chercher des brancardiers ! ordonna-t-il à l'un des soldats. Vite, bon sang !

Les efforts déployés ne furent qu'à moitié utiles. Le médecin réussit à extraire une balle Minié de la poitrine du lieutenant et à le rafistoler mais Sebastian mourut à l'aube alors que la fumée des derniers obus s'élevait au-dessus des fortifications. Le caporal Larkin, resté à plat ventre pendant tout le bombardement, regagna la tranchée, indemne.

Dans l'après-midi, Billy coucha sur le papier quelques réflexions inspirées par la mort du sergent :

Les soldats noirs font face au danger avec autant de bravoure que n'importe quel Blanc. Pendant le bombardement — si absurde, en un sens, si typique de ce que cette guerre est devenue — Sebastian montra un courage exceptionnel. Comme j'ai eu tort de croire que les hommes de sa race m'étaient inférieurs ! Il ne sert à rien d'expliquer que mes opinions et ma conduite furent semblables à celles de la plupart des membres de cette armée. Il est possible que l'égarement soit contagieux, qu'un grand nombre d'hommes commettent la même erreur sur une même question. La mort de la « cheville de cuivre » m'a plongé dans un océan de doutes.

Le train de ravitaillement roulait en haletant vers le sud-ouest. Engoncé dans son manteau, George se tenait sur un wagon plate-forme. C'était un samedi gris et maussade ; lundi, ce serait le 1er novembre. Il flottait dans l'air une odeur de neige, l'impression que le siège de Petersburg retomberait dans le calme après l'assaut manqué du jeudi. L'offensive, qui avait pour objectif de couper la voie ferrée du sud, avait été repoussée par Heth, Mahone et quelques unités de Wade Hampton. Ce dernier avait reçu en août le commandement de toute la cavalerie rebelle. Charles lui servait-il encore d'éclaireur ? Orry se trouvait-il encore à Richmond ? songeait George.

Il plongea la main dans une poche, joua avec les nouvelles pièces de deux cents que Chase avait fait émettre avant de donner sa démission. Chacune d'elles portait l'inscription *In God We Trust**, devise qui apparaissait pour la première fois sur la monnaie américaine. George se demandait si cette affirmation n'était pas aussi un cri tacite contre des temps sombres, un manque de foi dans la capacité des hommes à sortir du dédale de misère et de cupidité de la guerre.

* Nous faisons confiance à Dieu (n.d.t).

Nous faisons confiance à Dieu — mais pas aux généraux, aux hommes d'affaires, ni même aux présidents.

Il semblait toutefois que Lincoln obtiendrait un second mandat. Les extrémistes républicains, jugeant qu'une candidature de division ne pouvait donner la victoire, avaient de mauvaise grâce conclu une trêve avec le président. La prise d'Atlanta par Sherman, l'écrasement de Jubal Early par Phil Sheridan à Cedar Creek avaient complètement renversé le courant politique. Les élections d'octobre en Pennsylvanie, Ohio et Indiana avaient donné une forte majorité au parti d'union nationale. George avait voté au camp et Billy de même — il l'avait précisé dans une lettre arrangeant enfin une rencontre entre les deux frères. L'un et l'autre avaient donné leur voix au tandem Lincoln-Johnson.

D'autres Etats devant encore se prononcer, des ministères, et en particulier celui de Stanley, faisaient tout pour influer sur les résultats. George remarqua que les officiers connus pour soutenir McClellan attendaient longtemps les promotions auxquelles ils avaient droit. Chaque jour, des vapeurs quittaient City Point, emportant à leur bord des hommes envoyés en permission dans les secteurs où une victoire républicaine semblait incertaine. George espérait cette victoire, il la jugeait indispensable mais n'en détestait pas moins les méthodes primitives utilisées pour l'assurer. Il imaginait Stanley flanquant joyeusement au feu les propositions d'avancement d'officiers démocrates.

Un colonel d'artillerie vint s'asseoir au bord de la plate-forme à côté de George et bientôt les deux hommes discutèrent d'un fermier du comté de Dinwiddie qui se faisait appeler le diacre et commandait une bande de partisans à cheval — de ces hommes que le Congrès rebelle désavouait publiquement et dont il faisait l'éloge en secret. La semaine précédente, les cavaliers de Follywell avaient capturé trois sentinelles de l'Union et les avaient pendues.

— Quand nous les prendrons, nous leur infligerons

le même traitement, déclara le colonel, d'un ton qui ne souffrait aucune contradiction.

Le train tourna, les arbres mutilés par les bombes firent place à un campement surpeuplé. Sur le sol gelé, parmi des tentes blanches, des fantassins noirs faisaient l'exercice sous le regard de George et de son maussade compagnon.

— Regardez-moi ça, grommela le colonel. Il y a cinq ans, aucun bon chrétien n'aurait cru cela possible.

George se tourna vers lui, fronça les sourcils pour marquer non seulement sa surprise mais sa désapprobation. Prenant sa réaction pour de l'intérêt, le colonel poursuivit :

— Tout homme sensé sait pourquoi les fibres morales de l'armée et de la nation se désagrègent. (Il se pencha en avant.) C'est un complot des éléments les plus pernicieux de la société.

— Ah ? fit George par-dessus le sifflement du vent. De quels éléments s'agit-il ?

— Réfléchissez, mon vieux. C'est évident. Les journalistes fêlés, les philosophes de l'amour libre et les pervers de la Nouvelle-Angleterre, énuméra-t-il en comptant sur ses doigts gantés. Les immigrants qui envahissent nos côtes, les usuriers juifs qui s'y trouvaient déjà. Les politiciens extrémistes. Les milieux bancaires new-yorkais. Ils sont tous dans le coup.

— Vous voulez dire que les banquiers de New York considèrent les Noirs des plantations du Sud comme des clients potentiels ? Ça alors !

Le colonel était trop passionné par son sujet pour sentir la raillerie.

— Ils ont conspiré pour asservir l'homme blanc au nègre. Et je peux vous dire quel sera le résultat. Du sang dans les rues. Plus de sang que cette guerre n'en a répandu parce que les Blancs ne se laisseront pas réduire en esclavage.

— Ça alors ! répéta George. Je croyais que l'esclavage se terminait, pas qu'il commençait. Je vous remercie de vos lumières, colonel.

— Par Dieu, vous vous moquez de moi. Quel est votre nom, major ?

— Harriet Beecher Stowe, répondit George avant de sauter de la plate-forme.

Sous les premiers flocons de neige, il marcha vers le camp du bataillon du Génie.

Le camp résonnait du bruit des haches car la venue soudaine du temps froid avait avancé la construction des huttes. Les sapeurs avaient tracé trois allées parallèles et construit une douzaine de cabanes, toutes différentes.

Un planton du quartier général informa George qu'il trouverait Billy dans un atelier situé à la lisière du camp. En pénétrant dans la cabane obscure, le major découvrit un groupe d'hommes accroupis autour d'un feu brûlant dans une fosse peu profonde creusée dans le sol en terre battue. Chacun d'eux tenait dans les flammes, avec un bâton ou une pince, une boîte de conserve.

Billy vit son frère, sourit, agita la main et passa sa pince à son voisin. « Comme il est maigre et pâle ! pensa-t-il en le regardant approcher. Ai-je l'air aussi mal en point ? Probablement. »

Les deux hommes s'étreignirent puis George demanda avec un grand sourire :

— Comment vas-tu ? J'aurais dû venir te voir plus tôt mais la voie ferrée a continuellement besoin d'être réparée. Que diable faites-vous autour de ce feu ?

— Nous faisons fondre la soudure des boîtes avant de les dérouler. Avec les feuilles obtenues, nous fabriquons des poêles. C'est un gars du bataillon qui en a eu l'idée. Il faut se chauffer d'une façon ou d'une autre. J'ai bien l'impression que nous passerons tout l'hiver à Petersburg. Viens au mess prendre un café, tu me donneras les nouvelles.

La neige avait cessé de tomber, les nuages se dispersaient ; des rayons de soleil formaient des mares de lumière sur le paysage désolé. Assis devant une table à tréteaux graisseuse dans une cabane froide construite avec du bois de charpente non peint, George éprouva un choc en voyant la main gauche couturée de son frère.

— Un souvenir de Libby, expliqua Billy avec un curieux sourire. J'en ai plusieurs.

Après qu'il eut fait le récit de son emprisonnement et de son évasion, les deux frères abordèrent d'autres sujets : la défaite quasi certaine du Sud, les exploits de Sherman, la razzia de bétail opérée par les Confédérés.

— Je présume que l'affaire suscite encore quelque embarras, commenta George.

— Quelque embarras ? Dis plutôt qu'elle fait scandale.

En septembre, Texas Tom Rosser et quatre mille cavaliers s'étaient lancés dans une aventure digne de Stuart. Encerclant totalement les arrières fédéraux, ils s'étaient emparés de deux mille cinq cents bœufs dans un corral de Coggins Point, au bord du James puis avaient amené le troupeau aux défenseurs affamés de Petersburg — et fait trois cents prisonniers au cours de l'opération.

— Certains trouvent cela plutôt drôle, ajouta Billy. Le fantôme du Vieux Jeb qui vient chatouiller le nez de Grant. Moi, ça ne m'amuse pas beaucoup. Je ne vois plus rien de drôle dans cette guerre. Et je n'ai plus guère d'enthousiasme pour le métier de soldat. Je ne suis pas certain de rester dans l'armée si je m'en sors.

— La dernière fois que j'ai rencontré Herman Haupt, il parlait de l'Ouest. Il prévoit que la construction ferroviaire y connaîtra un boom après la guerre. On relancera sans aucun doute l'idée d'une voie ferrée transcontinentale. Selon lui, il y aura de belles occasions à saisir pour des ingénieurs compétents.

— C'est une possibilité à envisager, dit Billy en hochant la tête. Si nous obtenons un jour la reddition de Bob Lee.

— Le siège s'éternise, c'est vrai. Il paraît que les rebelles crèvent de faim, qu'ils n'ont qu'une poignée de maïs par jour — et encore. Je sais que ce sont eux qui ont tiré les premiers ; je sais qu'il faudra les écraser pour qu'ils renoncent. Mais tu as raison : faire cette guerre remplit à la longue d'amertume. J'ai voulu être affecté sur le front. Mon travail me satisfait, j'ai sous mes ordres des soldats noirs qui forment de bonnes équipes, mais, certains jours, je suis plus abattu que je ne l'ai été de ma vie.

Billy plongea le regard dans le gobelet vide qu'il tenait entre ses mains écorchées et rougies.

— Tant de choses ont changé, murmura-t-il. Des Noirs en uniforme ; des voies ferrées sillonnant le paysage, des trains transportant des régiments entiers ; des morts empilés comme des rondins — personne n'avait prévu tout cela. Je me demande s'il restera quelque chose du passé. Y compris notre amitié avec les Main.

George gratta son menton hérissé de barbe. Il partageait ces craintes, que l'épuisement aiguisait. Mais il était l'aîné et, pour quelque fichue raison, l'ordre des choses voulait que l'aîné soit toujours fort et sage. Il s'efforça de l'être :

— Je me pose la même question quand je suis découragé et je réponds positivement. Les hautes valeurs survivront à tous les changements. L'amitié, l'amour de nos proches dureront plus que tout et nous aideront à nous en sortir. Ne t'inquiète pas.

George décela dans le regard de son frère une lueur sceptique : Billy ne croyait pas à ce qu'il venait d'entendre.

Eh bien, lui non plus. Il avait trop vu de choses révoltantes à Washington et à Petersburg. Il avait entendu le tocsin d'incendie dans la nuit d'avril, il y avait très longtemps.

45

Le grattement de sa plume et les coups sourds des vagues contre la coque — c'étaient les seuls bruits qu'elle entendait dans sa cabine exiguë et minable.

Ashton était assise à la table minuscule qu'elle avait

poussée contre la cloison, sous l'unique lampe. Etendu sur la couchette du bas, Huntoon la regardait d'un air renfrogné. Après le départ de Hamilton, il avait passé la première journée à vomir dans un seau toutes les demi-heures. Le second jour, il avait pu aller jusqu'au bastingage mais l'odeur de vomi flottait encore dans la cabine. Un grief de plus qu'Ashton avait contre lui.

La jeune femme avait perdu quatre kilos depuis la nuit où Orry les avait chassés de Richmond. Elle rêvait d'une occasion de se venger de son frère mais, pour le moment, elle avait des objectifs plus importants. Survivre. Gagner Montréal puis le Sud-Ouest. Recouvrer sa beauté — elle était devenue horrible.

Elle avait surtout besoin de retrouver Powell.

Les vagues secouaient le vapeur canadien *Royal Albert* qui, étant neutre, longeait la côte américaine d'aussi près que l'osait son capitaine. En novembre, on connaissait généralement ce genre de mer houleuse dans l'Atlantique Nord.

De sa couchette, Huntoon demanda d'un ton geignard :

— Quelle heure est-il ?

Sans cesser d'aligner des chiffres sur son carnet, Ashton répondit :

— Regarde ta montre.

Il poussa un gémissement pathétique pour indiquer à quel point cet effort le faisait souffrir.

— Presque onze heures ? Tu n'éteins pas ?

— Je n'ai pas terminé.

— Que fais-tu ?

— Je calcule nos intérêts composés.

La banque de Nassau où, sur l'insistance d'Ashton, tous les profits du *Water Witch* avaient été déposés, ne saurait pas où envoyer les relevés trimestriels avant que Powell n'établisse le nouveau gouvernement. A Hamilton, Ashton avait pu retirer un peu d'argent, juste assez pour les frais du voyage. Le reste demeurait en sécurité sur leur compte.

Rapidement, elle additionna les chiffres, se retourna en agitant son carnet.

— Près d'un quart de million de dollars, annonça-t-elle. Voilà de quoi nous consoler.

La transpiration embuait les lunettes de James, qui murmura :

— Lamar nous en demandera peut-être une partie.

— Oh ! non, affirma Ashton en refermant le carnet, qu'elle rangea dans son sac. Il n'aura pas un sou avant que le nouveau gouvernement soit en place — et encore. Dans cette entreprise, il met l'or de sa mine ; nous, nous mettons nos personnes.

— J'aime mieux perdre mon argent que ma vie, riposta Huntoon d'un ton que sa femme trouva pleurnichard. D'ailleurs, si l'on considère la question honnêtement, Powell risque plus que son or. Il fait face aux mêmes dangers que nous...

— C'est normal, c'est son plan.

Ashton ne voyait pas de contradiction entre sa réponse et son amour pour Powell. Le premier complot avait échoué, un second pouvait connaître le même sort. Curieusement, l'échec n'avait pas aigri Lamar, même s'il avait dû se cacher dans le grenier pendant des semaines puis s'enfuir à Wilmington après avoir découvert que la ferme était aux mains de la prévôté.

Sur l'insistance de sa femme, Huntoon avait laissé une lettre cachetée dans l'un des bars que fréquentait Powell. Celui-ci avait ainsi appris ce qui s'était passé et la destination du couple. De Wilmington, il s'était rendu à Nassau puis avait rejoint les Huntoon à Hamilton. La découverte du complot, la fuite précipitée, la peur d'être poursuivi avaient étrangement renforcé la détermination de Powell. Cette fois, il réussirait, il ferait naître un nouvel Etat.

Le besoin s'en faisait sentir plus que jamais. Lee était bloqué, Sherman fonçait vers la mer ; la Confédération s'écroulait. Powell avait raconté que, à Nassau, des Sudistes l'avaient invité à rejoindre des agents rebelles se trouvant déjà à Toronto. Cette ville était devenue le quartier général où s'élaboraient de nouvelles conspirations pour plonger le Nord dans l'agitation, empêcher l'élection de Lincoln et l'ouverture de négociations de paix. Un des plans dont Powell avait entendu parler impliquait des *copperheads* de l'Illinois censés s'emparer de Camp Douglas afin de libérer un grand nombre de prisonniers confédérés. Un autre, plus insensé encore, prévoyait l'incendie de tous les grands hôtels de New York.

— Le Roi Jeff use de stratagèmes de la onzième heure pour sauver un régime qu'il a déjà détruit. Je n'aiderai pas un homme aussi fou et aussi désespéré. Voilà ce que j'ai répondu aux types de Nassau et, comme cela ne leur plaisait pas, je leur ai dit d'aller au diable.

Powell avait tenu ces propos la veille, pendant le déjeuner, alors que Huntoon s'agitait sur sa couchette. Ashton s'était sentie terriblement frustrée d'être assise en face de son amant et de ne pas même pouvoir lui serrer la main. Ils n'avaient pas joui d'un moment d'intimité depuis le départ du bateau ; ils étaient toujours dérangés par un matelot ou un passager. Le vapeur transportait plusieurs hommes d'affaires canadiens et trois couples revenant de vacances automnales sous les tropiques. Au restaurant, Powell se refusait avec dédain à leur adresser la parole.

Ashton se leva, lissa le devant de sa jupe, entrevit son reflet dans un petit miroir fendillé fixé au mur. C'était épouvantable : chevelure terne, bras osseux, poitrine en voie de disparition. Elle se raccrochait à un avenir imaginaire où, redevenue belle, elle partagerait le lit de Powell à la résidence présidentielle.

De temps en temps, elle le pressait de questions sur le nouvel Etat. Où le créerait-il ? sur quelle étendue de territoire ? combien de colons espérait-il et combien faudrait-il d'hommes armés pour le défendre ? Lamar prétendait avoir toutes les réponses mais préférait les garder pour lui — raison supplémentaire pour Ashton de lui donner son corps mais pas son argent. Pas encore.

— Ohhh, se lamenta Huntoon en étreignant son ventre. Je crois que je vais mourir.

« Si cela pouvait être vrai ! » pensa sa femme.

— Je vais devenir folle si tu ne cesses pas de te plaindre comme un enfant.

— Mais je me sens si mal...

— Tu me l'as clairement fait comprendre. Geindre, geindre, geindre ! A Wilmington, tu te plaignais de l'hôtel au lieu de te réjouir d'avoir eu la chance d'arriver là-bas sans te faire prendre. Avant, tu gémissais sur la cupidité du gredin qui nous avait vendu de faux passeports à un prix exorbitant. Ensuite, tu ne voulais pas aller aux Bermudes à bord d'un bateau de pêche, même si on ne trouvait aucun autre navire. Maintenant, tu te plains du vapeur, des Canadiens, de la mer — qu'est-ce qui te rendrait heureux ?

— Retourner en Caroline du Sud, en finir avec cette histoire, répondit Huntoon en ôtant ses lunettes. J'y ai réfléchi, longuement. Je ne supporte pas la tension dans laquelle nous vivons. Le danger, la menace de la mort me rongent.

— Tu penses que nos pauvres soldats, sur le champ de bataille, éprouvent autre chose ? Tu t'es enrôlé quand il y avait des promesses de gloire, et maintenant tu veux déserter ? Eh bien, tu ne peux pas. Il y aura une nouvelle Confédération, et tu y joueras un rôle important. Très important.

— Ashton, je ne sais si j'ai le courage...

— Si, répliqua-t-elle. (Elle le prit par les épaules, le secoua.) Sinon, tu ne seras plus mon mari. A présent, dors, je vais prendre l'air.

Elle prit une cape, éteignit la lampe, ferma derrière elle la mince porte de lattes.

La colère d'Ashton n'était pas dissipée lorsqu'elle monta l'escalier raide menant au salon. Elle n'y trouva qu'un seul passager chauve dormant dans un fauteuil, un vieil exemplaire du *London Times* sur la panse. Elle traversa la salle à pas de loup, arriva devant une porte donnant sur le pont, lutta contre la poussée du vent pour l'ouvrir.

Powell était appuyé au bastingage. Une forte rafale agita ses cheveux, où le gris dominait à présent sur le châtain. Il avait épuisé sa provision de pommade colorante et n'avait pu en retrouver dans aucune des boutiques d'apothicaire de Nassau.

— Ashton, tu ne devrais pas sortir par un temps pareil. Fais attention, le pont est gliss...

Le *Royal Albert* roula sur bâbord, les jambes d'Ashton se dérobèrent sous elle. Elle poussa un cri aigu, tomba vers le bastingage. Seul le corps de Powell, avec qui elle entra en collision, l'empêcha de passer par-dessus bord.

Elle se retint à lui, prise de nausée, terrifiée par les énormes vagues à crêtes blanches qu'on distinguait à la lueur des hublots du navire. Quand le bateau se redressa, le contact de Powell excita soudain Ashton, qui pressa ses seins contre lui à en avoir mal. Il attira sa tête contre son épaule et elle ne le vit pas sourire.

Ils demeurèrent un moment immobiles puis se séparèrent tout à coup. Un marin en ciré passa près d'eux, les mit en garde contre le danger de rester sur le pont par ce temps.

— J'ai besoin d'air, je ferai attention, promit Ashton à la silhouette qui s'éloignait.

Agrippée des deux mains à la barre vernie, elle dit à Powell :

— Mais j'ai surtout besoin de ne plus entendre James. Il me rend folle avec ses jérémiades. Lamar, je n'en puis plus de ne pas pouvoir t'embrasser ou même te toucher. (Elle tendit la main vers son bas-ventre, le caressa.) C'est ça que je veux. C'est avec ça et rien d'autre que tu m'as enchaînée comme une jeune négresse de plantation. Tu m'en as rendue esclave et puis tu me l'as retiré.

Ravi, Lamar répondit :

— Je te l'ai retiré, comme tu dis si plaisamment, par nécessité. Qu'est-ce qui te met dans cet état ?

— Te désirer !

— Rien d'autre ? James t'aurait-il forcée à...

— Tu crois que je le laisserais faire ? répliqua Ashton avec un rire mal assuré. Mais, Seigneur ! tu n'imagines pas à quel point lui résister éprouve ma capacité à mentir ! J'ai eu recours à l'impossibilité mensuelle dont on ne parle pas, à la migraine, à l'énervement, aux vapeurs — à tout un arsenal d'excuses. Tu penses si je me suis réjouie quand il a eu le mal de mer ! Cela rendait presque tolérable l'odeur du seau. Tu vois où j'en suis...

— Patience, murmura Powell en s'écartant parce que le marin revenait. Patience.

— Je n'en ai plus ! s'écria sa maîtresse, au bord des larmes.

Après le passage du matelot, Lamar reprit :

— Sois patiente, c'est capital. Nous avons encore besoin de James un moment. Israel Quincy est mort, Bellingham aussi — il était curieux, ce type, mais il aurait fait un excellent aide de camp. Il me faut au moins un homme pour m'accompagner à Virginia City et m'aider à ramener l'or de la mine.

Ils s'étaient déjà violemment querellés à propos du plan de Powell prévoyant qu'Ashton se rendrait de son côté jusqu'à la destination qu'il n'avait pas encore révélée.

— Je peux recruter des gars coriaces au Nevada, ajouta-t-il, mais ils ne seraient pas aussi loyaux, dignes de confiance — et malléables — que ton mari.

Ashton s'apprêtait à dire que la loyauté de James s'était évaporée mais résolut finalement de se taire. Les choses allaient déjà assez mal.

Le vapeur roula encore ; des embruns les aspergèrent, mouillant la chevelure d'Ashton et ses joues. Auprès de Powell, elle n'en avait cure. Il inspecta le pont, se baissa vivement vers elle et fourra sa langue entre ses lèvres. Les jambes molles, elle s'agrippa de nouveau au bastingage. Au bout de quelques secondes, il se recula en souriant.

— Ce dont tu parlais il y a un instant, chérie, sera bientôt à sa place, promit-il.

— Je ne peux plus vivre sans toi, Lamar. James est plus qu'écœurant... il est faible. Richmond l'a changé, il n'est plus l'homme que j'ai épousé ni même la baudruche qui bravait tous les dangers du haut d'une tribune. Ne lui fais pas trop confiance.

— Ashton, mon trésor, je ne fais confiance qu'à moi-même. James n'est qu'un pion. Lorsqu'il ne pourra plus ou ne voudra plus exécuter mes ordres...

— Tu veux dire que tu...

— Sans l'ombre d'une hésitation.

— Oh ! Je t'aime, Lamar.

Elle lui saisit le bras, appuya sa joue humide contre son épaule. Ce fut le moment que choisit le commissaire du navire pour passer la tête par la porte du salon.

— Monsieur, madame, vous prenez vraiment de grands risques en restant sur le pont par un temps pareil.

Powell jeta à l'homme un regard dédaigneux, souhaita bonne nuit à Ashton et s'éloigna sur les planches glissantes sans chercher de point d'appui. Lasse, trempée mais pleine d'une confiance nouvelle, Ashton retourna au salon.

Quelques jours plus tard, Cooper revint de Charleston sur une haridelle empruntée à un voisin. Bien qu'il détestât les armes à feu, il avait emporté un petit pistolet sur l'insistance de Judith.

On ne pouvait guère qualifier de fructueuse sa visite d'un jour à la ville assiégée. Il n'avait pu acquérir que deux Hawken vieux de vingt ans et couverts de rouille. Des munitions de calibre 50 pour ces fusils se chargeant par la gueule, il n'en avait pas déniché mais il s'était procuré un moule et quelques barres de plomb. Le tout arriverait par l'Ashley avec le prochain vapeur. Il n'avait pas trouvé de poudre non plus ; il faudrait se contenter de ce qui restait à Mont Royal.

L'après-midi était lourd et le tunnel naturel formé par les arbres bordant la route plus sombre que d'ordinaire. Plus Cooper et sa rosse s'approchaient de la plantation, plus les cris des corneilles devenaient fréquents. Pourtant, lorsqu'il scrutait les buissons ou la cime des arbres, Cooper n'en repérait aucune.

A Charleston, il avait longuement cherché de menus

cadeaux pour sa femme et sa fille et n'avait pu acheter que des sachets parfumés. Il en sortit un de son emballage, le porta à ses narines. L'odeur, déjà faible dans la boutique, s'était presque totalement volatilisée. De la camelote.

Surpris par les croassements qui s'élevèrent soudain autour de lui, il faillit laisser tomber le sachet.

— M'sieur Cooper ? fit une voix.

Il sortit son petit pistolet de la poche de sa veste.

— Qui est là ?

— Vous pouvez pas me voir, mais, moi, je vous vois bien.

Une expression de stupeur se peignit sur le visage de Cooper quand il reconnut la voix.

— Cuffey ? C'est toi ?

Des feuilles de palmier nain bruissèrent à gauche de la route ; des cris de corneille s'élevèrent à nouveau de plusieurs endroits.

— On m'avait dit que vous étiez de retour, reprit la voix d'un ton rageur. J'vais vous dire une chose : le dessous du panier tardera pas à être dessus.

— Montre-toi, Cuffey, si tu es un homme... Cuffey ?

— Et ceux qui sont au-dessus aujourd'hui seront écrabouillés. Liquidés. Vous pouvez me croire.

Cooper braqua son arme vers la gauche, vers la droite, ne trouva pour cible qu'un scinque à tête gonflée filant sur la route devant le cheval effrayé. Les buissons frémirent une dernière fois puis ce fut le silence. Il baissa les yeux sur son pistolet, le contempla avec dégoût et le remit dans sa poche avec une telle violence qu'il fit craquer la doublure.

Il lança le vieux cheval au galop et s'éloigna, poursuivi par des cris de corneille qui ressemblaient à des ricanements.

46

DES loups gris se glissèrent furtivement dans les tranchées de Petersburg, creusèrent une tanière dans la boue et attendirent en grognant.

Ils vivaient de maïs grillé mais voulaient boire du sang. Les louveteaux avaient des yeux de fauves aguerris par des centaines de tueries.

Emportant un gobelet, une couverture, un fusil et une cartouchière, ils avaient traversé l'Etat au prix de maintes épreuves, quittant leur plantation, leur ferme, leur ville pour gagner le dernier rempart. Pieds nus, déguenillés, le ventre vide, ils n'avaient plus que leur courage et leur réputation. Les loups gris étaient déjà entrés dans la légende quand les premiers flocons de neige commencèrent à tomber. Ils formaient l'armée du Nord de la Virginie.

Le bruit s'éleva à droite de la route et cessa avant qu'Orry pût l'identifier. Il tira sur la bride de son cheval, les deux jeunes Virginiens qui l'accompagnaient firent de même. C'étaient de nouvelles recrues de la brigade provisoire de Montague, montant la même bête l'un derrière l'autre. La pratique était fréquente à Petersburg du fait du manque de chevaux.

Après avoir combattu au nord du James, la division avait été envoyée plus loin encore de la ville assiégée, à l'extrême gauche des lignes sudistes. Elle avait pris position de la batterie Dantzler — du nom d'un soldat de Caroline du Sud tombé au combat — jusqu'à Swift Creek. C'était un vendredi matin, la veille de Noël.

Les chevaux, nerveux dans l'épais brouillard, renâclaient et refusaient de rester immobiles. Celui d'Orry trébucha dans une ornière de la route défoncée, bordée de part et d'autre de bois inquiétants : troncs d'arbres noirs, branches dénudées, buissons sombres. La brume blanche étouffait les sons et s'insinuait partout.

— Vous avez entendu ? demanda Orry, la main sur la poignée de son sabre de Solingen.

Il revenait avec les deux soldats du quartier général du 1er corps d'armée quand le bruit l'avait arrêté. Les deux Virginiens examinèrent les arbres, hochèrent la tête.

— Un appel à l'aide, mon colonel, répondit l'un d'eux. Du moins, je crois que j'ai entendu le mot « aide ».

— Vous voulez qu'on aille voir, mon colonel ? suggéra l'autre.

L'instinct conseillait à Orry de n'en rien faire. Retenus au quartier général, ils étaient en retard, et de plus, le brouillard offrait à l'ennemi un excellent camouflage. Il cachait peut-être un Yankee — ou une douzaine, postés en embuscade. Il essaya de se rappeler le bruit. Comme les soldats, il avait cru entendre un cri mêlé de souffrance.

— Je passe devant, décida-t-il.

Les Virginiens s'écartèrent, dégainèrent leur revolver ; Orry fit de même, dirigea son cheval vers les arbres, au pas, en regardant autour de lui.

L'atmosphère de cette matinée maussade le déprimait, tout comme la perspective de passer Noël sans Madeline. Enfin, il serait sûrement auprès d'elle, à Mont Royal, pour celui de l'année suivante. En Georgie, Sherman avançait vers l'Océan ; Fort Fisher serait sans aucun doute le prochain objectif de la marine de l'Union et, avec sa chute, le Sud perdrait son dernier port libre ; Bob Lee ne disposait que de soixante-cinq mille hommes affamés et épuisés pour défendre une ligne s'étirant sur soixante kilomètres de la route de Williamsburg au Hatcher's Run, au sud-ouest de Petersburg. Personne ne parlait plus sérieusement de vaincre mais seulement de tenir et de terminer cette triste histoire sans déshonneur.

Orry prit une profonde inspiration. Curieusement, la forêt embrumée semblait sentir l'olive, une odeur associée dans son esprit à la Caroline du Sud et au retour à la maison.

Un gémissement fit tressaillir son cheval. Il calma l'animal, arma son revolver, contourna le gros arbre se dressant devant lui et découvrit un hongre couché à terre, une blessure au flanc. La bête leva la tête, agita faiblement les jambes. Orry examina la selle, le harnachement. Aucun doute, c'était un cheval de l'Union.

— Où êtes-vous ? cria-t-il dans le brouillard.

Dans le silence, il entendit des gouttes tomber, des buissons craquer au passage du cheval des Virginiens, puis une voix.

— Ici.

Orry avança un peu plus, lança par-dessus son épaule :

— Le cheval est fichu. Achevez-le.

Une détonation retentit, son écho roula dans la brume par-dessus le bruit que fit le dernier tressaillement du hongre, puis le silence retomba.

Orry passa devant un autre arbre et découvrit l'homme, assis contre un tronc humide, une jambe tendue, l'autre repliée. Il posa sur Orry un regard plein de souffrance mais méfiant. C'était un jeune soldat de l'Union au front bas et à l'air coriace, les joues hérissées d'une barbe de plusieurs jours. Sa main droite reposait sur la jambe tendue, la gauche était plaquée sur une déchirure ensanglantée de sa veste bleu sombre. Un pansement taché de brun et de jaune entourait le haut de son bras gauche. Autant qu'Orry pouvait en juger, le Yankee n'avait pas d'autre arme que le sabre émergeant de son fourreau.

— Je l'ai trouvé, annonça-t-il sans se retourner.

Les Virginiens s'approchèrent, le Nordiste à demi conscient les regarda avec une expression mauvaise.

— Que l'un de vous prenne son sabre, ajouta Orry.

Le soldat monté derrière son camarade descendit de cheval, s'avança en faisant passer son revolver dans sa main gauche. Le sabre glissa hors du fourreau avec un bruit métallique.

— Seigneur ! qu'il est sale ! s'exclama le Sudiste. Du sang, du pus et Dieu sait quoi d'autre. (Il se tourna vers Orry.) Méchante blessure, mon colonel.

— Ton nom et ton unité, Billy Yank, demanda l'autre Virginien.

Le blessé s'humecta les lèvres, Orry intervint :
— Plus tard.
Le soldat grogna en descendant de cheval.
— Vaudrait mieux l'achever lui aussi, non? proposa-t-il. Avec cette blessure au ventre, il a aucune chance.
C'était vrai. Orry épargnerait le temps et les efforts des médecins sudistes débordés en tirant une balle dans le cœur du Nordiste. Ce serait plus humain que le laisser souffrir et, d'un autre point de vue, peut-être aussi plus prudent : Orry n'aimait pas l'expression du regard du Yankee.
Il eut soudain honte de sa méfiance. Quelle sorte de monstre était-il devenu? Lentement, il remit son revolver dans son étui, sous son manteau, descendit de cheval et fit l'effort de se redresser, silhouette étrangement altière malgré son uniforme élimé à la manche épinglée sur l'épaule.
— Autant laisser les docteurs estimer ses chances de survivre, déclara-t-il.
Il s'approcha du Nordiste qui ne montra aucune gratitude, aucune émotion. Bon, Orry comprenait que la fatigue et la souffrance pouvaient vider un homme de tout sentiment. Sa méfiance se mua en commisération lorsqu'il regarda l'homme dans les yeux.
Il s'avança entre le blessé et ses soldats, se tourna vers ceux-ci :
— Voyez si vous pouvez faire une civière avec des branches et sa couverture de selle. Ensuite...
Il entendit un bruit derrière lui, vit au même instant une expression de stupeur et d'effroi apparaître sur le visage d'un des Virginiens. Le corps d'Orry s'était brièvement interposé entre les soldats et le Nordiste, qui en avait profité pour saisir un colt caché sous sa cuisse droite. Il le braqua vers la nuque de l'officier ennemi et tira.
Le coup arracha le dessus du crâne d'Orry. Comme il tombait à genoux, déjà mort, les deux Virginiens criblèrent le blessé de balles en jurant. Les projectiles le firent tressauter telle une marionnette devenue folle.

Quand la fusillade cessa, il s'inclina vers la droite avec un soupir paisible et s'allongea, comme s'il dormait. Les soldats tremblants abaissèrent leurs armes lorsque le silence retomba.

Le même jour, peu avant midi, Madeline quitta Belvedere pour se promener dans les collines. Il régnait dans la maison un air de fête dû aux nouvelles transmises dans la matinée par le télégraphe et colportées dans tout Lehig Station en moins de deux heures. Trois jours auparavant, le général Sherman avait écrit au président :

« Je vous prie d'accepter en cadeau de Noël la ville de Savannah. »

Madeline ne pouvait partager la joie générale et Constance, qui en avait conscience, s'abstenait de trop commenter l'incroyable marche à la mer de Sherman. Pourtant, il n'était pas difficile de voir qu'elle était ravie. Même Brett semblait contente, et Madeline en éprouvait une certaine rancœur.

Elle n'était pas très fière de ce sentiment, qu'elle s'efforçait de chasser en gravissant un sentier menant à l'une des hauteurs couvertes de laurier. Le soleil de décembre donnait à la journée une chaleur bienvenue, presque automnale.

Du sommet, elle entendit une cloche sonner. Celle de Sainte-Margaret-du-Val, estima-t-elle. En quelques semaines, elle avait appris à reconnaître les cloches des diverses églises. Elle avait aussi beaucoup appris sur la ville, qui lui demeurait pourtant étrangère. Malgré son application, elle ne parvenait pas à créer l'illusion qu'elle y était à sa place.

Une à une, les autres cloches se mirent à sonner en l'honneur de la nouvelle. Tête baissée, Madeline détourna les yeux de la ville et de l'usine. Une seule pensée l'obsédait : comme elle aurait voulu qu'Orry soit avec elle pour Noël !

Elle releva les yeux, vit dans le ciel au nord-ouest une grosse masse grise. Il fit soudain plus froid. Resserrant son châle autour de ses épaules, elle se dit que les victoires de l'Union ne devaient pas l'aigrir mais la réjouir puisqu'elles hâtaient ses retrouvailles avec Orry. Considéré ainsi, le bruit des cloches apportait un message d'espoir.

Toute rancœur dissipée, elle s'attarda sous le ciel de plus en plus gris pour écouter la musique discordante et cependant étrangement belle montant des clochers. Envahie par la paix de cette période de fêtes, Madeline songea aux nombreux autres Noëls qu'elle passerait avec son cher Orry. Heureuse, elle redescendit vers la maison.

LIVRE TROIS

LES JUGEMENTS DU SEIGNEUR

Mon opinion est que nos hommes sont las de la guerre, qu'ils se savent vaincus et ne se battront pas. Notre pays est envahi.

Général Joe Johnston à Jefferson Davis
après Appomatox, 1865.

47

MR. Lonzo Perdue, employé de la Poste, citoyen de Richmond de la troisième génération, était accablé de misères. Des kyrielles de petits signes annonçaient le début de l'agonie de la Confédération — et donc de la ville. Mr. Perdue aurait aimé mettre sa femme et ses filles bien-aimées en lieu sûr, mais où trouver un lieu sûr avec les Yankees si proches ? Et s'il y parvenait, comment assurer la subsistance de sa famille ? L'argent que le gouvernement lui versait n'avait pas de valeur. Si on avait la chance de dénicher une paire de bottes d'occasion, il fallait débourser quinze cents dollars confédérés, plus cinq cents de pourboire à la vendeuse.

C'était le mois de janvier le plus froid dont Lonzo Perdue se souvînt. Le dessus du panier — couche sociale dans laquelle personne n'eût rangé Mr. Perdue, fût-ce par mégarde — continuait à organiser des réceptions, dont les journaux se faisaient dûment l'écho. On les appelait désormais des « soirées-famine » parce que les notables qui y assistaient buvaient du café de pissenlit tiède et croquaient des morceaux de glace du James servis dans des assiettes à dessert.

En plus des flocons de neige, le désespoir flottait

dans l'air glacé. Le brigand Sherman écumait les Carolines, incendiant, violant et pillant comme il l'avait fait en traversant la Georgie. L'amiral Porter assiégeait Fort Fisher avec une flottille de l'Union et obtiendrait bientôt une capitulation — si ce n'était déjà fait. Depuis quelque temps, les nouvelles de la guerre circulaient avec la lenteur d'un sirop de maïs resté dehors toute une nuit.

Mr. Perdue en devinait la cause : les nouvelles étaient mauvaises et ce gaffeur égotiste de Davis n'en laissait parvenir au peuple que le strict minimum. Au bureau, Lonzo Perdue entendait naturellement des rumeurs. Les principales concernaient le président, dont on disait qu'il recherchait désespérément la paix en secret. Il faisait bien : selon l'*Enquirer*, il ne resterait plus au printemps qu'un soldat sur deux dans les tranchées de Petersburg.

Les signes avant-coureurs de l'effondrement étaient partout. Mrs. Perdue, fort attachée aux bonnes œuvres, partageait son temps entre l'Association de la soupe, dont les cuisines dispensaient aux affamés de l'eau quelque peu épaissie par de la farine de pommes de terre, et une société de dames de la paroisse de Saint-Paul qui récupérait les vieux tapis, les découpait et les envoyait au front en guise de couvertures.

En se rendant à son travail, Mr. Perdue ne s'arrêtait plus pour bavarder avec les connaissances rencontrées dans la rue. Son seul manteau, il l'avait donné — stupidement, il s'en rendait compte maintenant — à des soldats faisant la collecte de vêtements pour l'armée, en automne.

D'ailleurs, il ne croisait plus tellement de gens qu'il connaissait, ces temps-ci. Des soldats blessés, oui — en grand nombre. Et des nègres en vagabondage. Mais les honnêtes gens avaient déserté les rues. Mr. Perdue ne s'aventurait plus dehors après la tombée de la nuit car la ville appartenait alors aux bandits qui tenaient les tables de faro, aux vauriens multipliant rixes et vols, aux attelages des spéculateurs qui se régalaient encore de champagne et de foie gras — les traîtres !

Homme sérieux et intègre depuis toujours, Lonzo Perdue était devenu un individu soupçonneux, aigri, flairant trahisons et complots partout. Il en avait assez de ne manger que des haricots blancs avec, une fois par semaine, un morceau de dinde légèrement faisandée et un petit verre d'alcool de pommes. Lui qui adorait les huîtres, il n'en avait pas goûté depuis un an mais supposait que le Roi Jeff continuait à en faire régulièrement ses délices.

Perdue haïssait les puissances occultes qui avaient réduit sa femme et ses filles à la misère. Lorsqu'elles avaient besoin d'épingles, elles se contentaient d'éclats de bois de palmier ; faute de boutons, elles cousaient à leurs robes de petits morceaux de courge teints. En décembre, pour le onzième anniversaire de sa fille Clytemnestra, il n'avait trouvé comme cadeau correspondant à ses moyens qu'un petit collier de fleurs argentées fait avec des écailles de poisson. Prix : trente dollars.

Les journaux confirmaient à leur manière que la fin approchait : les théâtres jouaient à guichet fermé, la populace se payant une dernière fois du bon temps ; les avis de recherche d'esclaves en fuite devenaient rares car leurs propriétaires savaient qu'ils avaient peu de chances de récupérer leur bien.

Les oreilles de Mr. Perdue lui disaient aussi que la fin était proche. Rares étaient les jours ou les nuits sans au moins un bref tir d'artillerie des lignes de défense du sud. La canonnade faisait à ce point partie de la vie quotidienne qu'on s'inquiétait si d'aventure on ne l'entendait plus.

Ce matin-là, plus ensoleillé que la veille mais néanmoins très froid, Mr. Perdue semblait plus amer encore que d'ordinaire lorsqu'il arriva à Goddin Hall, le bâtiment en brique de quatre étages situé au coin de la 11e Rue et de Bank Street, juste après Capitol Square. La Poste y partageait le premier étage avec le Bureau des brevets et divers services de l'armée. Mr. Perdue ôta ses gants troués, les fourra dans sa poche et se mit au travail à côté de son collègue Salvarini, fils d'un boucher qui avait récemment fermé boutique parce qu'il se refusait à dépecer et à vendre chats et chiens.

Salvarini avait déjà posé sur le comptoir deux gros sacs de courrier à trier.

— La jaunisse de ma femme a empiré, annonça-t-il à son ami en faisant tomber d'un des sacs des enveloppes faites avec toutes sortes de papier. Il faut que je trouve un docteur.

— Ils sont tous dans les tranchées, répondit Mr. Perdue. Ses mains commençaient à se réchauffer et il glissait les lettres dans les casiers se trouvant devant lui avec sa dextérité habituelle. Le mieux que tu puisses faire, c'est de l'envoyer chez un vétérinaire.

— Ce n'est pas risqué ? Ils sont propres, au moins ?

— En tout cas, ils sont disponibles. Des dizaines d'entre eux passent des annonces dans les journaux. D'après Mrs. Perdue, celui qui reçoit en face de l'*American Hotel* passe pour l'un des plus dignes de conf... Hé ! Qu'est-ce que c'est que ça ?

Lonzo Perdue tenait à la main une enveloppe qui avait ceci de remarquable qu'elle était précisément une enveloppe, une vraie, proprement fermée par un cachet de cire bleu foncé et portant une adresse écrite d'une main ferm Dans le coin supérieur gauche, l'expéditeur avait inscrit son nom : « J. Duncan, Esq. »

— Les adresses sont de plus en plus vagues, se plaignit Mr. Perdue. Tiens, regarde.

Il tendit la lettre à Salvarini, qui déchiffra ce qui y était écrit :

— « Maj. Ch. Main, corps de Cavalerie de Hampton. A.E.C. » En plus, il n'y a pas de timbre.

— Oui, j'ai vu. Je parie qu'un satané Yankee l'a envoyée par courrier illégal et que le type à qui il l'a confiée n'a même pas pris la peine de l'affranchir avant de la poster dans le Sud. Pas question de m'occuper du courrier de l'ennemi.

Salvarini se montra plus charitable :

— Elle a peut-être été envoyée par un Sudiste qui n'a pas de quoi acheter un timbre.

— Le règlement, c'est le règlement, grommela

Mr. Perdue, mari respectable, père inquiet, patriote trahi.

— Mais tu ne sais pas ce qu'elle contient. Suppose que ce soit important ? L'annonce du décès d'un parent, par exemple ?

— Eh bien ! le major Main l'apprendra autrement, décida Lonzo Perdue.

D'une chiquenaude, il expédia l'enveloppe dans une caisse en bois déjà à moitié pleine de lettres à l'adresse insuffisante, de paquets portant une inscription délavée par la pluie — courrier non distribuable qui serait conservé puis finalement détruit.

48

CHARLES se sentait de plus en plus seul dans un combat à présent perdu sans l'ombre d'un doute. Même Hampton n'avait plus confiance, même s'il jurait de verser son sang jusqu'à la dernière goutte avant de renoncer. Le général était aigri et, selon certains, obsédé de vengeance depuis que son fils et aide de camp Preston avait été tué près du Hatcher's Run, en octobre.

L'éclaireur montait à cheval et tirait comme une machine tandis que son moi véritable vivait à l'écart des événements, dans quelque monde mental que ses amis et connaissances quittaient un par un. Après sa promotion, Hampton était passé à l'état-major et Charles ne le voyait plus que de loin. Calbraith Butler, dont la division avait chevauché toute la nuit sous une tempête de neige pour aider à repousser l'assaut du 5e corps d'armée de Warren contre la voie ferrée de Weldon, était maintenant reparti en Caroline du Sud pour chercher des remontes et, surtout, défendre l'Etat contre les hordes de Sherman.

Plus déprimé que jamais, Charles était obsédé par une pensée qui trottait dans son esprit jour et nuit, aussi impossible à arrêter que la machine de guerre de Grant. Il commençait à croire que, en quittant Gus, il avait commis la plus grande erreur de sa vie.

Sa barbe, striée de blanc, lui arrivait au milieu de la poitrine et il dégageait une odeur qui offensait ses propres narines : depuis l'automne, l'armée n'avait plus de savon. Pour lutter contre le froid glacial, il se fit un poncho avec des chiffons et des lambeaux d'uniforme — ce qui lui valut un nouveau surnom.

Il portait ce vêtement bigarré lorsque, par une nuit noire de janvier, il se chauffait près d'un petit feu en compagnie de Jim Pickles. Les deux hommes prenaient leur seul repas de la journée : une poignée de maïs séché et mal grillé.

— Gipsy ? *

Charles leva la tête, Pickles plongea une main gantée sous sa vareuse sale.

— J'ai eu du courrier, aujourd'hui.

Charles ne répondit pas. Comme il n'attendait plus aucune lettre, il ne cherchait pas à savoir quand passait le vaguemestre. Jim tenait entre l'index et le majeur une feuille de papier froissée.

— Elle est partie de chez moi il y a six semaines environ, dit-il. Ma mère est mourante... ou même déjà morte.

Pickles regarda son ami pour voir comment il réagirait à ce qu'il allait ajouter.

— Je m'en vais.

Bien qu'il ne s'attendît pas à cette déclaration, Charles répondit froidement :

— C'est de la désertion.

— Et alors ? Il n'y a plus personne là-bas pour s'occuper des petits.

— C'est ton devoir de rester, déclara Charles en secouant la tête.

— Ne me parle pas de devoir alors que la moitié de l'armée a déjà pris la route du Sud.

— Cela n'y change rien, dit Charles d'une étrange voix morne. Tu ne peux pas partir.

* Bohémien, gitan (n.d.t.).

— Cela ne change rien non plus si je reste, répliqua Jim, qui jeta le reste de sa maigre ration dans le feu. On est fichus, Gipsy. Foutus ! Jeff Davis le sait, Bob Lee aussi, Hampton aussi — tout le monde le sait sauf toi.

— Tu ne peux quand même pas partir, fit Charles avec un haussement d'épaules. Je ne te le permettrai pas.

Pickles frotta ses mitaines contre son visage piquant de barbe. Au-delà du périmètre éclairé par le feu, Joueur hennit de faim. Faute de fourrage, les chevaux mangeaient du papier ou la queue de l'animal voisin.

— Répète un peu ça, Gipsy.

— C'est simple. Je ne te laisserai pas déserter.

Jim bondit sur ses pieds.

— Espèce de...

Il s'interrompit, recouvra son sang-froid. Au-dessus de lui, de grosses branches dénudées gémirent ; d'autres petits feux trouant çà et là la nuit vacillèrent dans le vent.

— Ne te mêle pas de ça, Charlie. Je t'en prie. Tu es mon meilleur ami mais bon Dieu, si tu essaies de m'arrêter, je cogne, c'est juré.

Charles continua à fixer le feu sous le bord crasseux de son vieux chapeau. Il portait son colt sous son poncho mais ne chercha pas à le prendre. Il demeura immobile, assis parmi les plaques de neige.

— Quelque chose t'a rendu cinglé, Charlie. Tu ferais mieux de te secouer avant de commencer à t'en prendre à nous.

Charles contemplait les flammes. Jim frotta nerveusement ses mitaines l'une contre l'autre.

— Salut, murmura-t-il.

Le panache blanc de son haleine disparut quand il se retourna et s'éloigna d'un pas lent. Depuis décembre, Pickles fourrait du papier dans sa botte droite, dont la semelle était percée, pour empêcher la boue et l'humidité d'y pénétrer. Charles remarqua dans les traces de pas de son ami des morceaux de papier détrempé. Et des taches rouges, brillant sur la neige.

Il entendit le cheval de Jim partir au trot. Assis près

du feu mourant, il délogea de la pointe de la langue un peu de résidu de maïs grillé collé à ses gencives enflammées. « Quelque chose t'a rendu cinglé. » La liste n'était pas difficile à dresser : la guerre, l'amour de Gus.

Et sa dernière erreur, catastrophique.

Deux jours plus tard, Charles et cinq autres éclaireurs, tous vêtus de capotes de Yankees capturés, partirent à nouveau observer la gauche de l'armée de l'Union, qu'ils atteignirent en contournant les fortifications confédérées devant le Hatcher's Run, près de l'intersection des routes de White Oak et de Boydton. Dans la demi-clarté précédant l'aube, sous la neige, ils décrivirent un grand arc de cercle en direction du sud-est, de la voie ferrée de Weldon. La neige s'arrêta de tomber, le ciel s'éclaircit et ils se dispersèrent pour couvrir plus de terrain, chaque homme hors de vue de ses camarades.

Charles estima sa position et dirigea Joueur à nouveau vers le nord dans l'intention de reconnaître les ouvrages de l'Union construits jusqu'au Hatcher's Run. Il passait devant un bosquet désert quand le soleil, perçant les nuages, glissa des rais de lumière entre les épais troncs d'arbre. Avançant au pas, dans le silence, le fusil de chasse en travers des cuisses, il pouvait presque imaginer qu'il pénétrait dans quelque fantastique cathédrale blanche.

Des cris brisèrent l'illusion. Des cris de douleur, s'élevant de l'épaisse brume qui s'étendait devant lui.

Il arrêta son hongre famélique, qui avait entendu les plaintes lui aussi. L'éclaireur tendit l'oreille : pas de coups de feu. Curieux. Il était certain d'être à proximité, peut-être un peu à l'est des dernières tranchées yankees situées à gauche de la ligne de siège.

Une seconde voix se joignit à la première ; Charles murmura un ordre, Joueur se remit à avancer au pas. Quand l'animal eut franchi deux cents mètres environ, son maître aperçut dans le brouillard des taches orange. Il entendit à nouveau des cris perçants, un craquement, et sentit de la fumée.

Il continua à s'approcher, discerna des hommes à cheval se découpant sur la lumière d'un bâtiment en flammes. Mais pourquoi les cris ?

Plus près, il s'arrêta et, à demi caché par un arbre, compta dix hommes en uniformes gris ou teints à la noix cendrée. Il vit un chariot au dessus blanc et six autres hommes, vêtus de bleu, qui se tenaient devant, sous la menace des pistolets, des fusils de chasse et des carabines des premiers. L'un des dix fit tourner son cheval, révélant à Charles une veste d'officier avec des soutaches dorées, un col de pasteur à rabat.

Le déclic se fit dans l'esprit de l'éclaireur : il connaissait cette bande de partisans.

Derrière, une ferme en partie démolie brûlait. Charles décida qu'il valait mieux signaler sa présence mais il devait d'abord ôter sa capote de l'Union. Il se débattait encore avec une manche quand il vit le cavalier au col ecclésiastique lever une main gantée. Deux de ses hommes descendirent de cheval, coururent autour des Yankees effrayés, en saisirent un et le firent avancer en lui collant leurs armes dans le dos.

— Allez, Yank. Comme les autres.

Le prisonnier commença à hurler avant que les flammes ne le touchent. L'un des partisans lui taillada les jambes avec une baïonnette et il s'écroula la tête en avant, englouti par le feu. Ses cheveux s'embrasèrent puis la fumée l'enveloppa.

Charles fit sortir Joueur du bosquet, agita son fusil de chasse en criant :

— Major Main, de la cavalerie de Hampton. Ne tirez pas !

Il fit bien d'ajouter ces derniers mots car, en l'entendant approcher, les partisans se retournèrent en levant leurs armes. Il arrêta son cheval au milieu de civils malpropres à l'air mauvais, le genre de troupes irrégulières dont les méfaits étaient devenus un scandale dans la Confédération. Cette bande-ci était commandée par le gredin efflanqué portant un col de pasteur, un sabre d'apparat pris à un prisonnier et une veste grise à soutaches dorées.

— Qu'est-ce qui se passe, ici ? demanda Charles, bien que la fumée, les cris et l'odeur écœurante de la chair brûlée le lui eussent fait comprendre.

— Colonel Follywell, se présenta le chef des partisans. Et vous, qui êtes-vous au juste pour nous poser des questions sur ce ton arrogant ?

— Le diacre Follywell, marmonna Charles, dont les soupçons se trouvaient confirmés. J'ai entendu parler de vous. Je vous l'ai dit, qui je suis. Major Main, éclaireur du général Hampton.

— Vous avez les moyens de le prouver ? riposta Follywell.

— J'ai ma parole. Et cela, ajouta Charles en soulevant son fusil de chasse de sa main gantée. Qui sont ces prisonniers ?

— Des sapeurs ennemis, d'après l'officier qui les commande. (Charles ne tourna pas le regard dans la direction indiquée par le diacre.) Nous les avons surpris en train de profaner cette propriété abandonnée...

— On prenait du bois, c'est tout, espèce d'assassin ! s'écria un des prisonniers.

Un partisan à cheval donna un coup de crosse de carabine au Yankee, qui tomba à genoux, agrippa les rayons d'une roue de chariot.

— ... et comme nous le faisons d'habitude, nous exerçons des représailles contre les atrocités yankees tout en tenant la promesse de l'apôtre Paul aux Thessaloniciens : « Le Seigneur viendra du ciel avec les anges de Sa puissance, dans un feu flamboyant, pour tirer vengeance de ceux qui ne connaissent pas Dieu et qui n'obéissent pas à l'Evangile de notre Seigneur Jésus. »

Les lèvres de Charles se plissèrent en une moue de dégoût. Une lueur menaçante dans ses yeux marron larmoyants, Follywell poursuivit :

— Je pense que nous nous sommes fait comprendre.

Avec votre permission, nous reprendrons donc notre besogne.

Charles sentit à nouveau l'odeur nauséabonde s'élevant de la ferme en flammes. Il était capable de tirer sur un Yankee aussi froidement que s'il lui crachait dessus, mais si le Sud devait s'appuyer sur des défenseurs de cette espèce — sur ces méthodes — sa cause méritait amplement de perdre.

Joueur souleva son sabot avant droit, le reposa doucement dans la neige.

— Vous n'avez pas ma permission, diacre, déclara Charles. Pas pour brûler vifs des prisonniers. Je vais m'occuper d'eux.

Il espérait que les partisans seraient sensibles au fait qu'il était officier de l'armée régulière — Follywell s'était à coup sûr décerné lui-même son grade de colonel. Il comprit son erreur quand le diacre dégaina son sabre et en appuya la pointe contre la poitrine de Charles.

— Essayez, major, et vous serez le prochain à rôtir.

Charles comprit immédiatement que le seul moyen de sauver les Yankees et d'empêcher d'autres meurtres était de passer avec eux une alliance temporaire. Il examina pour la première fois le reste des prisonniers, tressaillit : l'officier barbu qui les commandait était Billy Hazard.

Lui aussi l'avait reconnu — Charles le lut dans son regard stupéfait — mais prit garde de ne pas le montrer.

Que feraient les autres Yankees ? Combattraient-ils ? L'éclaireur conclut affirmativement : ils n'avaient guère le choix. Pourraient-ils venir à bout d'hommes deux fois plus nombreux qu'eux ? Peut-être — si Charles réduisait sensiblement l'écart.

— Ne me menace pas, paysan ignare ! lança-t-il au chef des partisans. Je suis officier breveté de la Confédération, et j'emmène ces hommes à...

— Faites-le descendre de cheval, ordonna Follywell à deux de ses vauriens.

Le cavalier se trouvant à droite de Charles tendit le

bras vers lui ; l'éclaireur tira à bout portant. Les plombs du fusil de chasse criblèrent le visage du partisan ; du sang jaillit des orbites et des autres trous. Follywell rugit, brandit son sabre et eut droit à l'autre cartouche. Le coup le souleva de sa selle, la tête pendant sur son cou arraché.

— Billy, les autres, courez !

Charles avait réduit l'écart à huit contre cinq, mais les partisans avaient des armes et les prisonniers, abasourdis, furent lents à réagir. Les chevaux du chariot frappèrent le sol du sabot et hennirent lorsqu'un partisan lança sa bête vers Charles, qui dégaina vivement son colt. Deux des Yankees bondirent sur un autre homme du diacre tandis que le plus proche de Charles levait l'avant-bras gauche et y appuyait le canon de son revolver.

Des cris, des jurons retentirent au moment où l'homme faisait feu. Charles aurait été touché sans la stupidité d'un troisième larron qui s'élança et frappa l'éclaireur par-derrière avec la crosse de sa carabine.

Charles bascula vers la gauche, dégagea sa botte droite de l'étrier. Le partisan à la carabine hoqueta : le coup tiré par son camarade avait transpercé son épaule droite.

Tombant à la renverse, Charles ne parvint pas à dégager son pied gauche. Ses épaules et sa nuque heurtèrent le sol. Il tira sur le premier partisan, le manqua. Sentant un poids inhabituel sur l'étrier gauche, Joueur s'agita, fit un écart.

Un homme de Follywell descendu de cheval écrasa du pied le bras droit de Charles, qui lâcha son revolver. Le partisan se jeta sur lui, le saisit à la gorge de la main gauche, pressa de la droite le canon d'un pistolet contre sa poitrine. Charles attendit la balle. Il vit dans le soleil le premier partisan faire avancer son cheval pour pouvoir tirer lui aussi.

Soudain, une ombre jaillit de la gauche, percuta l'homme agenouillé sur Charles. Le coup partit, quelqu'un cria. Charles comprit seulement alors que

Billy s'était jeté sur le partisan et avait reçu la balle qui lui était destinée.

Le partisan à cheval fit feu, une bête gémit.

— Joueur ! cria Charles.

Billy, blessé, luttait contre le Sudiste sous le ventre du hongre gris. Donnant coups de pied et coups de poing, soulevant la neige et la terre, les deux hommes s'affrontèrent jusqu'à ce que Billy eût retourné le pistolet contre son propriétaire en lui tordant le poignet. Le Nordiste appuya sur le doigt de son ennemi, le forçant à tirer dans son propre estomac.

Charles regarda l'épaule gauche de Joueur, là où la balle avait pénétré. « Pas très profondément, pensa l'éclaireur. Mon Dieu, pourvu que ce ne soit pas trop profond... »

Il récupéra son colt, roula sur la gauche. Le partisan à cheval tenta de lui tirer dessus mais fut trop lent. Tenant son arme à deux mains, Charles abattit l'homme, dont le cheval partit au galop à travers les rayons de lumière.

Haletant, Billy se releva, une tache rouge sur le devant de son uniforme. Charles se remit debout, vit du sang couler de l'épaule de Joueur et tomber sur son ami.

— File, dit Billy. Pendant que tu le peux... (Il serra les dents pour lutter contre la douleur.) C'est... une de moins que je te dois.

— Tu ne me dois plus rien, déclara Charles. (Il tendit la main, pressa brièvement le bras de Billy.) Prends soin de toi.

Pendant ce temps, les sapeurs affrontaient au corps à corps les hommes de Follywell. Charles mit le pied à l'étrier, sauta en selle, sentit Joueur fléchir sous son poids. Il fallait fuir, la fusillade attirerait bientôt des renforts yankees. Mais d'abord, il devait aider encore un peu les prisonniers à survivre. Il tira deux fois, deux partisans s'écroulèrent, l'un mort, l'autre blessé. Des sapeurs s'emparèrent des armes tombées au sol et le reste des partisans, abandonnant leur chef mort, détala dans la brume montant de la terre qui se réchauffait.

Le hongre se mit à trotter.

— Tu y arriveras, Joueur ? demanda Charles d'une voix tendue.

L'animal passa au-dessus d'une plaque de neige et son maître, en se retournant, vit une traînée de taches de sang. Il comprit que le cheval ne survivrait pas.

Dans la mêlée, il avait laissé tomber son fusil de chasse et l'avait oublié. C'était sans importance. Rien ne comptait plus que cette bête courageuse qui l'avait porté si longtemps, si fidèlement, pour recevoir une balle dans une escarmouche insignifiante qui ne mériterait même pas une note en bas de page dans les archives officielles.

— Seigneur, murmura Charles en fermant presque les yeux. Seigneur.

Joueur semblait savoir qu'ils avaient une bonne distance à couvrir avant d'être en sécurité. Il galopait avec l'exubérance d'un poulain, soulevant la neige et la boue de ses sabots. Charles quitta la route pour pénétrer dans une pâture, entendit derrière lui un grondement qui se rapprochait. On le poursuivait.

Par-dessus son épaule, il vit deux hommes du diacre Follywell fonçant vers lui. Le premier lâcha sa bride pour tirer un coup de carabine. La balle s'enfonça dans un fossé devant Joueur, qui vira avec la sûreté d'un vieux cheval de guerre et sauta l'obstacle en le tachant de son sang.

Le soleil froid dessinait sur le champ les ombres pâles des cavaliers. Charles, qui haletait presque autant que son cheval, cherchait à se réfugier dans les bois s'étendant devant lui mais savait que chaque effort de son cheval faisait couler un peu plus de sang de sa blessure. La crinière de Joueur flottait à l'horizontale, comme pétrifiée par le vent.

Une autre balle tirée par les partisans toucha un arbre au moment où cheval et cavalier plongeaient dans le bois. Charles découvrit soudain devant lui un ruisseau couvert de glace, éperonna les flancs du hongre. Joueur s'enleva, laissant derrière lui un ruban rouge.

Une branche entailla la joue droite de Charles. Il entendait son cheval respirer avec peine, le sentait faiblir. Joueur ne put sauter le Hatcher's Run, il le traversa au galop en soulevant des gerbes d'eau. L'instant d'après, Charles aperçut les fortifications confédérées.

Il agita son chapeau, cria le mot de passe, montra du doigt ses poursuivants et les soldats postés derrière les défenses commencèrent à tirer. Les partisans firent demi-tour, battirent en retraite.

Charles arrêta sa monture, sauta à terre, essuya le sang coulant de sa joue, conduisit Joueur au pas derrière les fortifications en lui murmurant sa gratitude. Beaucoup de ses camarades l'avaient raillé parce qu'il traitait son cheval comme un être humain, mais Joueur venait précisément de se conduire en être humain, comprenant que Charles était en danger, donnant tout, absolument tout, pour le sauver. L'éclaireur avait envers son cheval une dette aussi grande qu'envers Billy.

Le hongre trébucha, faillit tomber. Son maître le mena près d'un buisson où l'animal se coucha lentement sur le flanc et demeura immobile, pantelant. Une écume rose le recouvrait du garrot au ventre.

Deux sentinelles dépenaillées s'approchèrent sur la pointe des pieds.

— Trouvez-moi une couverture, demanda Charles sans se retourner.

— Mon capitaine, y a pas de couvertures ici...

— Trouvez-moi une couverture !

Cinq minutes plus tard, on apporta un morceau de tapis que l'éclaireur étendit doucement sur Joueur. Le cheval gris ne cessait d'essayer de lever la tête, comme s'il voulait voir son maître. Charles s'agenouilla dans le sol humide, caressa l'encolure de l'animal en murmurant :

— Le meilleur cheval au monde. Le meilleur cheval au monde.

Vingt minutes plus tard, Joueur expira.

Toujours agenouillé, Charles pressa ses mains sales contre son visage. Il aurait voulu pleurer mais ne le pouvait pas : il en était incapable depuis Sharpsburg. Il demeura longtemps immobile, sous le regard de jeunes soldats squelettiques qui l'observaient d'un abri. Nul d'entre eux ne se moqua de l'homme à la joue balafrée agenouillé tête nue près du cheval.

Charles finit par se relever et remettre son chapeau. Il se sentit différent. Purgé. Mort. Il s'approcha lentement de l'abri et dit à l'un des soldats décharnés :

— J'ai besoin d'une pelle, maintenant.

— Alors je l'ai enterré, racontait Charles à Fitz Lee. J'ai creusé une fosse moi-même, je l'y ai mis et je l'ai recouvert de terre, puis j'ai empilé quelques pierres pour marquer l'endroit. Ce n'est pas une tombe digne du meilleur cheval que j'aie jamais monté.

Fitz, ayant appris la mort de Joueur, avait invité Charles sous sa tente pour prendre un whisky. Le général, barbu et corpulent, paraissait à présent beaucoup plus que son âge. Montrant le gobelet posé sur son bureau, il suggéra :

— Bois donc. Tu te sentiras mieux.

Bien qu'il sût que l'alcool ne l'aiderait pas, l'éclaireur en avala une gorgée pour être poli. C'était un méchant tord-boyaux, qui arrachait le palais.

— Ainsi c'est Bunk Hazard qui t'a sauvé la vie ? dit Fitz.

— Sans lui, je serais mort. J'espère qu'il s'en est tiré. Il avait l'air salement touché.

Le général secoua lentement la tête.

— Un malheur n'arrive jamais seul. D'abord ton cousin...

— Mon cousin ? marmonna Charles, interloqué.

— Le colonel Main, de la division Pickett. Je te croyais au courant...

— Au courant de quoi ?

— Il s'est arrêté pour porter secours à un Yankee blessé mais l'homme avait une arme cachée sous lui.

— Orry est... ?

— Mort. Quasiment sur le coup d'après les soldats qui l'accompagnaient.

Un jour, à West Point, Charles avait disputé un combat de boxe à mains nues contre un adversaire plus petit mais plus expérimenté et plus agile, qui ne cessait de passer sous sa garde. Après une vingtaine de minutes, chacun des coups causa à Charles une douleur étrangement agréable puis il ne sentit plus rien du tout : il avait passé le seuil de la souffrance.

C'était la même chose maintenant. Fixant le sol entre ses bottes éculées, il songea à tout ce qu'il devait à Orry, qui avait su sentir ce qu'il y avait de bon dans le jeune vaurien que Charles avait été. C'était Orry qui l'avait convaincu d'essayer d'entrer à l'Académie, qui lui avait donné un précepteur pour le préparer au concours.

— Charles, je suis profondément désolé de t'apprendre cette nouvelle tragique de façon aussi maladroite. Si j'avais soupçonné que...

— Cela ne fait rien, murmura l'éclaireur avec un geste vague de la main.

Après un moment de silence, Fitz demanda :

— Tu as des projets ?

— En tout cas, je ne veux pas être mis au rancart faute de monture. J'ai l'intention d'obtenir un laissez-passer pour aller dans le Sud chercher une remonte.

— Je doute que tu puisses trouver un seul cheval dans toute la Virginie.

— En Caroline du Nord, alors.

— Là non plus.

Avec un haussement d'épaules indifférent, Charles reprit :

— Le général Butler en aura peut-être un pour moi. Il est en Caroline du Sud.

— Cump Sherman aussi.

— Oui, dit simplement Charles.

Cela ne l'alarmait pas — rien ne l'alarmait plus. Avec un soupir, il se leva de sa chaise, prit son poncho bigarré, sentit l'odeur de son cheval en y passant la tête. Comme il regrettait que la source de ses larmes se fût mystérieusement tarie !

— Merci pour le verre, Fitz. Sois prudent maintenant que la fin est si proche.

Cette acceptation implicite de la défaite ne plut pas à Fitz Lee, mais il contrôla son irritation et serra la main de Charles en disant :

— Toutes mes condoléances pour ton cousin. Je suis également désolé pour ton cheval.

— Je les ai perdus tous deux pour rien.

— Pour rien ? Comment peux-tu...

— Je t'en prie, Fitz, coupa Charles sans animosité, ne prends pas ce ton d'officier supérieur avec moi. Nous avons combattu pour rien. Nous avons perdu des parents, des amis — des centaines de milliers d'hommes — et pour quoi ? Jamais nous n'avons eu la moindre chance de vaincre. Les meilleurs d'entre les Sudistes l'avaient prédit mais personne n'a voulu les écouter.

L'ami de Charles tenait à son rôle de général :

— Peut-être. Mais le devoir sacré de tout Sudiste reste de...

— Allons, Fitz. Tuer quelqu'un, cela n'a rien de sacré. As-tu regardé de près un cadavre, dernièrement ? Ou un cheval mort ? Cela ressemble plutôt à un blasphème.

— Le devoir exige...

— Ne t'en fais pas, je ferai mon devoir. Je le ferai jusqu'à ce que ton oncle ou Davis ou quiconque d'un peu sensé comprenne qu'il est temps de hisser le drapeau blanc et de mettre fin au massacre. Mais tu ne réussiras jamais à me convaincre qu'il y a quelque chose de grand ou de noble là-dedans. Bonsoir, mon général.

Deux jours plus tard, Charles arriva à pied près de la voie ferrée de Weldon, située au sud de Petersburg. Silhouette dépenaillée avec un revolver à la hanche, un sabre de cavalerie enveloppé de toile sous le bras, un bout de cigare entre les dents, il sauta dans un train de marchandises roulant lentement. Le wagon où il s'installa était percé de deux gros trous d'obus, fenêtres par lesquelles on voyait le paysage éclairé par la lune. Cela ne l'intéressait pas. En ce qui le concernait, on pouvait détruire tout l'Etat de Virginie — et c'était d'ailleurs presque fait.

Des bruits à l'intérieur du wagon lui apprirent qu'il n'était pas seul à descendre vers le sud. Les autres passagers avaient peut-être des laissez-passer comme lui ou avaient déserté. Il s'en moquait.

Il se tenait au bord de la portière ouverte quand le train passa devant une gare où des lampistes de l'armée agitaient des lanternes. Charles tira une dernière bouffée de son cigare avant de le jeter. L'air de la nuit l'enveloppait d'un froid aussi vif que celui qu'il sentait à l'intérieur de lui-même.

49

ASHTON souffrait de dormir chaque soir dans un nouveau lit, où elle s'efforçait d'éviter tout contact avec le corps adipeux de son mari. Comme elle était écœurée de devoir dissimuler sans cesse ! Avec son mari et avec des inconnus qui les interrogeaient continuellement sur leur accent.

« Oui nous sommes des Sudistes, mais d'une sorte particulière. Des Kentuckiens, fidèles à l'Union. »

Comme c'était exaspérant de répéter ce mensonge, d'être forcée de subir les remarques grossières des aubergistes le long d'un voyage qui semblait interminable ! Avec leurs faux papiers, ils s'étaient rendus de Montréal à Windsor, puis Detroit, Chicago et maintenant Saint Louis, où leurs chemins se sépareraient. Powell et James iraient droit vers l'ouest avec la diligence ; Ashton prendrait la patache desservant Santa Fe deux fois par semaine.

L'après-midi de début février précédant le départ d'Ashton, Powell sentit l'abattement de sa maîtresse et prit le risque de l'inviter à une promenade sur la digue pendant que Huntoon faisait la sieste. Celui-ci avait bu trop de bourbon la veille et passé la journée dans un état d'hébétude.

— Je suis désolé que nous devions nous séparer un moment, dit Powell tandis qu'ils marchaient le long du fleuve, sans se toucher. Je sais que le voyage a été pénible.

— Abominable. Ces lits malpropres et cette nourriture infecte, j'en suis malade.

Présumant que personne ne faisait attention à eux, Powell prit la main d'Ashton et la posa sur son bras. Sur les quais, nul ne les connaissait et Huntoon dormait quand ils avaient quitté leur hôtel minable.

— Je comprends, murmura Lamar. Et d'autres jours difficiles nous attendent.

Il caressa la main de la jeune femme, chez qui ce geste fit naître un curieux sentiment de gêne et des picotements derrière la nuque.

— Mais ensuite, reprit son amant, nous commencerons à bâtir notre enclave pour les gens de mérite. Ceux qui croient à la seule aristocratie véritable — celle de l'argent et de la propriété. Egalitaristes et négrophiles s'abstenir !

Ashton ne sourit pas ; rien ne l'amusait ce jour-là.

— L'idée de partir seule ne me dit vraiment rien.

— Tu seras en sécurité dans la voiture. En cas d'urgence, tu as de l'argent...

— Ce n'est pas la question. Encore un long voyage exténuant...

— Tu crois que le mien sera plus facile ? riposta Powell. Au contraire. A Virginia City, il faudra charger la marchandise en secret sur les chariots, se méfier constamment des voleurs. Ensuite, nous devrons rouler des centaines de kilomètres à travers un désert infesté de sauvages hostiles pour gagner le Territoire du Nouveau-Mexique. Vu les risques que je courrai, tu pourrais m'épargner tes jérémiades à propos d'un voyage relativement tranquille en diligence.

— Tu as raison, je m'excuse, murmura Ashton en baissant la tête pour reconnaître l'autorité de son amant. Mais tu n'imagines pas à quel point je souffre de me mettre au lit tous les soirs avec James en regrettant que ce ne soit pas toi.

Un bateau remontant lentement le large fleuve fit mugir sa sirène.

— Nous en avons discuté à bord du *Royal Albert*, répondit Powell. James nous est nécessaire pour le moment. Mais du Comstock* à notre destination, la route est longue. Avec ces terres arides à traverser et la menace des Indiens, il pourrait lui arriver quelque chose.

Soulagée, Ashton se mit à rire. Elle éprouva pour son pauvre mari un vague sentiment de pitié, qui se dissipa aussitôt.

A une centaine de mètres de la digue, caché dans l'ombre d'un haut bâtiment commercial, Huntoon secoua la tête, passa un mouchoir sous ses lunettes et s'essuya les yeux. Il se remit à suivre Ashton et Powell, qui disparurent derrière une pyramide de barils.

Hébété, furieux, il battit des cils pour chasser les larmes qui lui montaient à nouveau aux yeux. Il n'était pas surpris, il avait des soupçons depuis plus d'un an et avait plus d'une fois vu les deux amants échanger des regards furtifs.

Il ne blâmait pas Lamar, qu'il admirait encore. Tout était de la faute de la garce qu'il avait épousée. A présent qu'il avait, en l'espionnant, obtenu une preuve formelle de son infidélité, il allait écrire une deuxième lettre, dans laquelle il parlerait à Ashton de la première.

James fit demi-tour, regagna l'hôtel d'un pas vif avec une expression si étrange — presque folle — que deux Indiens assis contre la roue d'un chariot le suivirent longtemps du regard.

Dans l'agitation du départ, Huntoon embrassa la joue d'Ashton et lui glissa une enveloppe cachetée dans

* Nom du gisement de Virginia City (n.d.t.).

la main. Des voyageurs montaient déjà dans l'élégante diligence Abbot-Downing en forme d'œuf reposant sur des soupentes en cuir épaisses et larges. A la demande de leur client, les fabricants de Concord, dans le New Hampshire, l'avaient peinte en bleu foncé et avaient décoré les portières de portraits romantiques d'une jolie fille admirant une colombe posée sur sa main. Ashton se souciait moins d'esthétique que du nombre des bonnes places, qui seraient bientôt toutes prises.

— Qu'est-ce que c'est ? demanda-t-elle avec agacement.

— Juste... des sentiments personnels, répondit Huntoon en évitant le regard de sa femme. S'il m'arrivait quoi que ce soit, ouvre-la. Mais pas avant. Jure-le-moi, Ashton.

N'importe quoi pour contenter ce gros crétin et monter en voiture.

— Bien sûr, chéri. Je te le jure.

James se colla contre Ashton, ce qui permit à la jeune femme de lancer un dernier regard plein de désir à Powell, très élégant ce matin-là.

Le conducteur de la diligence s'approcha des voyageurs déjà installés. Il avait une longue barbe blanche en éventail et une veste perlée qu'il avait dû rincer dans un baquet de soupe aux légumes.

— Y en a combien qu'ont déjà voyagé dans une Concord ? demanda-t-il.

Une seule main se leva.

— Vous verrez, c'est très confortable, poursuivit-il. Mais si vous allez jusqu'à Santa Fe, j' dois vous prévenir qu'on passera par des routes tortueuses. Ça tourne tellement par endroits que les canassons peuvent bouffer dans le caisson à bagages.

Ayant fait sa plaisanterie habituelle, il toucha son chapeau, monta sur son siège et entreprit de séparer les rênes de l'attelage composé de quatre mustangs.

Ashton repoussa son mari avec impatience.

— Je dois partir.

— Bon voyage, mon amour.

Elle réussit à se glisser à la dernière place de la

banquette faisant face à l'arrière, si bien qu'il ne resta plus que les durs strapontins du milieu pour deux retardataires, un bouvier aux vêtements élimés mais propres et un commis voyageur avec sa mallette d'échantillons.

Elle examina l'enveloppe, y vit son nom, Ashton, et trois gros cachets de cire. James tenait apparemment beaucoup à ce qu'elle tienne sa promesse pour l'avoir cachetée avec tant de soin. Elle glissa la lettre dans son sac et, malgré la perspective d'un voyage éprouvant, se sentit d'humeur joyeuse : elle soupçonnait qu'il ne s'écoulerait guère de temps avant que les circonstances ne l'autorisent à ouvrir l'enveloppe.

Chaque fois que George avait dû se réfugier dans un abri ou une tranchée, la saleté et la puanteur lui avaient donné la nausée. Partout les hommes étaient accablés par la maladie, l'ennui, la peur et la boue. Si c'était là la guerre d'un type nouveau dont parlait le professeur Mahan, George plaignait la génération de son fils et les suivantes.

Le siège minait l'équilibre et le sens moral des hommes. De temps à autre, on entendait parler d'échanges de bons procédés entre les deux camps, qui troquaient par exemple du café contre des journaux ou du tabac. Mais le plus souvent, ils n'échangeaient que des balles et des injures. George se félicitait d'avoir rejoint les rangs du Corps de construction des chemins de fer militaires. Il n'aurait sans doute pas supporté une affectation au front — la responsabilité d'envoyer des jeunes gens de dix-sept ans se poster en sentinelles dans la zone contestée criblée de trous d'obus séparant les tranchées.

Un matin de janvier, il inspectait les réparations que son équipe avait faites sur le treillis métallique d'un pont enjambant une ravine sur la ligne de City Point. Satisfait, il remarqua tout à coup que des gouttes tombaient de la glace recouvrant le bord du chevalet.

L'hiver se terminait, le printemps apporterait peut-être la fin de la guerre. George le souhaitait de toute son âme, même si les lettres que lui envoyait régulièrement Wotherspoon faisaient état des énormes profits que les forges Hazard tiraient de la production de guerre.

Au-dessus de lui, des maillets s'abattaient avec régularité. Il remonta la pente boueuse de la ravine, cligna des yeux dans le soleil jusqu'à ce qu'il eût trouvé l'homme qu'il cherchait.

— Scow ? Je vais au ruisseau boire un peu d'eau. Je reviens tout de suite.

— Bien, major, répondit le Noir.

En s'éloignant, George détacha son gobelet de sa ceinture et défit la patte maintenant son arme dans son étui. Le cours d'eau, invisible de la voie ferrée, serpentait à quelques centaines de mètres du saillant confédéré. Mais il était très tôt et George ne prévoyait pas de danger.

Des plaques de neige fondaient de chaque côté du ruisseau qui bouillonnait avec une allégresse printanière. George crut entendre un bruit suspect dans le bois situé à quelque distance et s'immobilisa derrière un érable. Au bout d'un moment, ne voyant rien de louche, il marcha jusqu'à la berge, s'accroupit pour emplir son gobelet. Il le portait à ses lèvres quand un homme surgit de derrière un arbre sur la rive opposée.

George lâcha le gobelet, plongea la main vers son arme. Le rebelle, qui portait une veste déchirée et un képi, tendit vivement les bras devant lui.

— Doucement, mon gars. Tout ce que je veux, c'est boire, comme toi.

Retenant sa respiration, George demeura accroupi, la main sur son revolver. Le Sudiste, à peu près de son âge, avait un teint maladif, des joues rasées de près dont les coupures soulignaient encore la pâleur. Il tenait sa carabine avec désinvolture, le canon braqué vers le ciel.

— Juste boire ? marmonna George. (Le rebelle acquiesça.) Tiens.

Sans réfléchir, il ramassa son gobelet et le lança de l'autre côté du ruisseau.

— Merci beaucoup.

Le Sudiste s'approcha en boitant du bord de l'eau, lança un dernier regard à son ennemi (George remarqua ses yeux verts de chat) avant de poser sa carabine par terre. Il s'accroupit lui aussi, rinça le gobelet avant de l'emplir, ce qui arracha un sourire à George.

Puis il but goulûment, bruyamment. Les maillets frappant les poutrelles du pont semblaient à des kilomètres de distance. George se dit que si c'était une embuscade — si d'autres rebelles se cachaient dans le bois — il ne survivrait probablement pas. Curieusement, cette réflexion contribua à le calmer. Repoussant en arrière sa casquette d'ouvrier, il chercha sur l'uniforme du rebelle un galon ou un quelconque indice de son grade. Il n'en trouva pas et conclut que l'homme n'était qu'une simple sentinelle.

Soudain, un éclair dans le soleil : le gobelet lui revenait. Il le prit, le plongea dans le ruisseau, but à son tour. Le rebelle se releva, essuya ses lèvres d'un doigt.

— Merci encore, Billy Yank. Tu es d'où ?

George se mit debout lui aussi, raccrocha le gobelet à sa ceinture.

— De Pennsylvanie.

— Mon frère vit dans le Nord — dans l'Indiana. Il a quitté Charlottesville pour s'établir dans une petite ferme, près d'Indianapolis, il y a huit ans. Il fait partie d'un régiment d'infanterie de volontaires, je ne sais pas lequel. Tu le connais peut-être : Hugo Hoffman, avec deux F.

— Non, je ne crois pas. C'est grand, l'armée de l'Union.

— Beaucoup plus grand que la nôtre, renchérit Hoffman sans répondre au sourire de George.

— Cela doit être dur d'avoir un frère chez nous. Je sais que ce n'est pas rare. Les cousins, les amis sont eux aussi divisés par la guerre. Tiens, mon meilleur ami est colonel dans ton armée.

— C'est quoi, son nom ?

— Oh ! tu ne le connais sûrement pas. Il est à Richmond, au ministère de la Guerre.

— Comment il s'appelle ?

« Têtu, le Teuton », pensa George.

— Main. Orry Main.

— Mais je le connais — enfin, j'ai entendu parler de lui. Je m'en souviens parce que c'est pas un nom courant. L'automne dernier, il y avait un Orry Main à l'état-major du général Pickett.

— Il y avait ? murmura George.

— Il s'est fait descendre par un blessé à qui il portait secours — un cavalier de ton camp, précisa Hoffman avec une pointe de rancœur. (Ses yeux gris devinrent moins cordiaux.) On en a beaucoup parlé chez nous ; c'était une preuve de la barbarie des troupes de Grant.

— Quand tu dis descendre, cela signifie...

— Qu'il s'est fait tuer ? Bien sûr. Sinon, on n'en aurait pas autant parlé. Bon, Billy, merci pour le gobelet et la causette. Il faut que j'y aille, maintenant. Tout ça ne durera plus très longtemps, je crois bien. J'espère ne pas me faire moucher avant la fin. Désolé pour ton copain, et bonne chance. Salut.

George murmura un « au revoir » si faible que le rebelle ne put probablement pas l'entendre par-dessus le bouillonnement du cours d'eau. Il retourna lentement vers la voie ferrée, aveuglé par le soleil. « Tiens bon, s'exhortait-il. Tiens bon. »

Il marcha sans rien voir en direction du bruit des maillets, trébucha à deux reprises. Au moment où le pont lui apparut, il dut retourner dans le bois pour pleurer son ami.

Les réparations furent terminées avant midi. Le dimanche au mess, George déjeuna seul, sans prendre la peine de se présenter à d'autres officiers, comme il le faisait d'ordinaire. L'endroit se trouvait derrière l'une des redoutes devant lesquelles il était passé pour venir prendre un repas dont il n'avait pas envie. Les fortins et les tranchées voisines, où s'entassaient des soldats écrasés de fatigue et d'ennui, dégageaient des odeurs de plus en plus malsaines à mesure que la température s'élevait. Le regard sur son assiette, George songeait à une perte qu'il ne pouvait encore accepter ni même croire.

Une musique lointaine montant des lignes lui fit lever la tête. Un fifre, bientôt rejoint par un cornet et un tambour, jouait *Dixie's Land*.

— Ils remettent ça, se plaignit un capitaine à ses voisins de table.

D'une tranchée, une voix lança :

— Hé ! Johnny, arrête ta rengaine. Retourne chez toi frapper tes nègres, s'il t'en reste.

En réponse s'élevèrent des cris rebelles, à présent plus amusants qu'effrayants. George se couvrit le visage des mains, les laissa aussitôt retomber sur son giron quand il songea qu'on l'observait peut-être.

— Les voilà ! annonça quelqu'un au-dehors. Laissez-les passer, les gars.

Des acclamations fusèrent ; plusieurs officiers avalèrent hâtivement une dernière bouchée et sortirent. Soudain les premières mesures de *John Brown's Body*, jouées par une clique plus nombreuse, couvrirent la musique sudiste. Des applaudissements saluèrent ces représailles musicales.

Seuls ou en groupes, d'autres officiers quittèrent le mess, jusqu'à ce que George fût le dernier à demeurer assis devant une des tables graisseuses. Il se leva lentement, sortit en traînant les pieds. Les deux groupes de musiciens jouaient le plus fort possible, pour tenter de noyer l'autre camp sous les flots de leur musique. George fut stupéfait de voir des soldats en manches de chemise assis sur les parapets des redoutes ou au bord des tranchées, prenant le soleil, savourant la fumée de leur pipe ou quelque raillerie lancée à ceux d'en face.

Il s'approcha des tranchées puantes et aperçut, de l'autre côté d'une bande de terrain piétinée et creusée de cratères, de petites silhouettes grises sorties de leurs fortifications.

Le conflit musical se transforma bientôt en tintamarre, chaque mélodie massacrant l'autre. Tout à coup, George entendit des invitations à faire silence ; les deux groupes se turent.

Des notes douces et perçantes s'égrenèrent. La main en visière, George en chercha la source, finit par la trouver. Le joueur de cornet, peu doué ou plus probablement très jeune, s'était hissé sur une redoute à demi démolie. Sa chemise en lambeaux flottait autour de lui ; son instrument étincelait au soleil.

George reconnut la chanson avant d'entendre les voix des soldats ennemis sortant des tranchées pour entourer le cornettiste. C'était un air qu'on jouait et qu'on chantait très souvent dans les deux camps. Près de lui, un sergent entonna :

Aussi humble notre demeure soit-elle
Elle est à nulle autre pareille

Un baryton se joignit à lui, un ténor l'imita. Les voix s'enflèrent, dans le camp de l'Union et chez les Confédérés, s'unirent en un seul chœur.

Billy Yank ou Johnny Reb, ils se tenaient sous le regard de ceux qui, en d'autres lieux, à d'autres heures, s'appliquaient à les tuer. Deux ou trois soldats de l'Union firent signe aux hommes d'en face qui, çà et là, leur rendirent leur salut. Mais surtout, ils chantaient, avec la ferveur d'une assemblée de fidèles dans une église, comme si ces Américains accusés de tirer sur d'autres Américains proclamaient que, au fond de chacun d'eux, quelque chose luttait contre cette idée atroce. Ils le disaient avec les clichés d'une chanson sentimentale — et avec des larmes, comme George s'en aperçut soudain. Il vit au moins une douzaine de soldats pleurer en chantant :

O douce maison
Tu es à nulle autre pareille

Les voix moururent, le cornet fit entendre sa dernière note. George remit sa casquette, tira sur la visière. Il se sentait redevenu en partie lui-même, conscient de ses responsabilités. La chanson lui avait rappelé Belvedere, Madeline, qui ignorait probablement la mort de son mari.

George répugnait à l'idée de lui apprendre la nouvelle mais il serait encore plus cruel de n'en rien faire. Aucun message de Richmond ne parviendrait en Pensylvanie — et il n'était même pas sûr que Madeline eût été informée si elle était restée dans le Sud. George avait entendu dire que tout allait à vau-l'eau dans l'autre camp. C'était lui qui devait se charger de cette tâche.

En partant rejoindre ses hommes — qui avaient mangé avec les soldats d'un des régiments noirs — il décida qu'il fallait écrire immédiatement. Il enverrait la lettre à Constance, s'en remettrait à elle quant à la meilleure façon de mettre Madeline et Brett au courant.

Riant et plaisantant, les Nordistes continuaient à prendre le soleil dans l'air doux de l'après-midi. Un coup de feu retentit.

— C'est vraiment moche, ça, Johnny! s'écria un soldat bleu.

Les hommes s'abritèrent avec une rapidité remarquable. L'intermède était terminé, le concert des fusils allait reprendre.

50

FÉVRIER. Dans l'obscurité pesant sur Washington, un effroyable orage se déchaînait. Les éclairs donnaient d'étranges reflets au gros pendentif que Jeannie Canary portait entre ses petits seins pointus. Etendue nue sur le lit moite, elle jouait joyeusement avec son nouveau joyau.

Stanley noua la ceinture de son peignoir en velours bleu roi, vida dans son verre le fond de la carafe de whisky. Chaussé de mules en peluche, il alla à l'office de l'appartement de cinq pièces où il avait installé sa maîtresse, revint avec une bouteille et emplit son verre à ras bord.

— Tu picoles sec, ce soir, trésor, commenta Miss Canary.

— Du carburant pour la machine à penser, expliqua Stanley.

Et une défense contre la peur constante de tout perdre : sa petite danseuse, les six millions de dollars inscrits dans la colonne profits de Lashbrook, son influence dans les milieux républicains. Il lampa d'un coup la moitié de l'alcool.

Miss Canary était trop avisée pour critiquer plus qu'il ne fallait la source de son bien-être. Elle abandonna le sujet de la boisson pour revenir à une requête familière :

— J'aimerais tant assister avec toi à l'inauguration de Mr. Lincoln.

— Je te l'ai déjà dit, c'est impossible.

Isabel rentrerait pour la circonstance d'un long séjour à Newport. Elle avait dépensé sans compter afin de transformer Fairlawn en un lieu de résidence permanente et s'y était installée sans demander l'autorisation d'aucun membre de la famille. Les trois frères Hazard possédaient la propriété en commun mais Isabel n'en avait pas tenu compte lorsqu'elle l'avait occupée, l'automne précédent, après avoir placé les incorrigibles jumeaux dans un pensionnat du Massachusetts. Cet établissement soutirait de grosses sommes aux parents voulant chasser leur progéniture de leur vue et de leurs pensées.

Stanley et Miss Canary avaient discuté plusieurs fois de la cérémonie d'entrée en fonctions du président, prévue pour le premier samedi de mars. Pour compenser son refus de l'y emmener, Stanley avait offert à la danseuse le pendentif — du verre, mais elle était incapable de s'en apercevoir. Par gratitude, elle s'était livrée une heure plus tôt à un acte dont la seule mention eût plongé Isabel dans un état catatonique.

Mais à présent, Miss Canary revenait à la charge :

— J'ai tellement envie de voir le président de près. Je l'ai jamais approché.

— Tu n'as rien perdu, crois-moi.

— Toi, tu le rencontres souvent, hein ? C'est vrai qu'il se baigne jamais ?

— C'est une remarque fort exagérée.

— Mais on dit que les femmes l'évitent parce qu'il sent, reprit la danseuse en se grattant.

— Certaines femmes l'évitent parce qu'il raconte des histoires salées. De l'humour de fermier de l'Ouest, lâcha Stanley avec dédain. Mais elles l'évitent surtout à cause de son épouse. Mary Lincoln est une harpie jalouse. Elle se met dans tous ses états si son mari reste seul plus de cinq secondes avec une autre femme.

— Tu veux dire seul avec une femme, comme nous en ce moment ? glousse Miss Canary.

« Décidément, elle a la cervelle qui va avec son nom », soupira Stanley intérieurement.

— Non, trésor, répondit-il en commençant à s'habiller. Je parlais des femmes à qui il parle pendant les réceptions, les cérémonies officielles.

— Tiens, ça me rappelle un truc que j'ai entendu au théâtre. Il paraît que certains acteurs — je connais pas leurs noms — voudraient enlever ou tuer le président. C'est des prosudistes, ces types.

Stanley étouffa un rot en boutonnant sa chemise.

— Si on me donnait un penny pour toutes les histoires de ce genre qui courent en ville, nous aurions bientôt assez d'argent pour nous rendre en Egypte.

— Tu veux m'emmener en voyage ?

Il leva précipitamment la main.

— C'était juste un exemple.

Cette pauvre fille mettait parfois sa patience à rude épreuve mais il lui pardonnait toujours quand elle faisait montre de ses talents sexuels.

— Faut vraiment que tu partes, chéri ?

— Oui, je reçois quelqu'un à neuf heures et demie.

— A propos de recevoir, j'attends toujours le chèque de ce mois-ci pour le loyer.

— Ah bon ? Je vais tirer les oreilles de mon comptable. Tu l'auras demain sans faute.

Elle lui fit longuement goûter sa langue pour montrer sa satisfaction. Après une dernière lampée de whisky, Stanley enfila son manteau et sortit. La voiture qui l'attendait le conduisit par des rues mouillées de pluie à la grande maison de la rue I. Depuis le départ d'Isabel, il y passait peu de temps ; ses vastes pièces vides lui faisaient parfois même regretter les jumeaux, mais il ne laissait jamais ce sentiment stupide avoir longtemps le dessus.

Les domestiques avaient allumé les lampes à gaz et servi des rafraîchissements pour l'invité, qui n'arriva qu'à onze heures moins le quart.

Ben Wade se débarrassa de sa cape trempée, que le maître d'hôtel ramassa par terre. Stanley fit signe au domestique, qui sortit et ferma la porte derrière lui. Wade se mit à marcher de long en large devant la cheminée pour se réchauffer.

— Désolé de ce retard, s'excusa-t-il. J'ai attendu le retour de la *River Queen*. (Il se frotta les mains avec une satisfaction évidente.) Mr. Seward et notre chef bien-aimé ont effectivement rencontré les émissaires confédérés à Hampton Roads, mais on m'a dit qu'il n'y aurait pas d'armistice.

— Toujours les mêmes points d'achoppement ?

Wade acquiesça :

— La question d'une seule nation. Le président continue à insister sur ce point, Davis s'obstine à refuser. Cela signifie que vous aurez encore quelques mois pour vendre des bottines à l'armée, conclut l'homme politique avec un sourire malicieux. (Il s'éloigna de la cheminée, prit une assiette et une fourchette, piqua un morceau de dinde dans un plateau d'argent.) J'ai d'autres nouvelles.

— Celles que j'attends, j'espère.

— Pas tout à fait. Je ne vous apporte pas le poste de directeur du Bureau d'assistance aux affranchis.

— Pourquoi ? Le Congrès refuse d'établir cet organisme ?

— Oh ! non. Ce sera fait ce mois-ci — le mois prochain au plus tard.

La question du Bureau était débattue depuis que la défaite de la Confédération paraissait assurée. Il devait s'occuper de toutes les questions concernant les millions de Noirs libérés dans le Sud, depuis la distribution des terres jusqu'à l'installation de colonies. Cela représentait un pouvoir considérable mais dont Stanley soupçonnait à présent qu'il n'aurait pas une miette — s'il interprétait correctement l'attitude du sénateur.

— Ben, j'ai donné au parti de sacrées sommes, plaida-t-il. En automne encore, des milliers de dollars rien que pour essayer d'évincer le candidat en fonction — ce qui se révéla d'ailleurs impossible. J'estime que ma contribution me donne au moins le droit de poser une question : pourquoi ne puis-je obtenir ce poste ?

— Eh bien..., commença Wade, qui semblait hypnotisé par le morceau de dinde fiché sur sa fourchette.

— Répondez franchement, Ben.

— Bon. Ils veulent un homme ayant plus d'expérience. Un général, par exemple. Oliver Howard semble bien placé.

Stanley avait compris : le groupe de Républicains extrémistes qui décidaient à présent de toutes les questions importantes — les hommes qui se vantaient en privé de ne pas avoir besoin d'un assassin pour neutraliser le président parce qu'ils l'avaient déjà fait — le jugeaient incompétent.

Bien entendu, dans la bouche de Wade, le mot « ils » était inapproprié car le sénateur faisait partie du groupe. Il avait lui aussi donné son avis. Malgré les chiffres s'alignant dans la colonne bénéfices de l'usine Lashbrook, malgré la frénésie avec laquelle Stanley s'étourdissait auprès de danseuses de music-hall, malgré la quantité de whisky qu'il engloutissait, il ne pourrait jamais se masquer ce qu'il était. Cela faisait mal, et il se versa un autre verre de son médicament.

— Le général Jake Cox est aussi sur les rangs, ajouta Wade. Dieu protège les rebelles s'il obtient le poste ! Vous savez ce que Sam Stout et lui proposent, non ?

— Je ne le pense pas, répondit Stanley d'une voix éteinte.

Pour le tirer de sa morosité, Wade poursuivit avec entrain :

— De faire de la Caroline du Sud une sorte de Liberia américain, peuplé et gouverné par des nègres — que, bien entendu, nous encouragerions à s'y installer. Il y a quelque chose dans cette idée, je dois dire.

Wade conclut par un ricanement auquel Stanley ne se joignit pas. Essayant une tentative plus directe, le sénateur prit amicalement son hôte par les épaules.

— Ecoutez, Stanley, il n'a jamais été garanti que je pourrais vous obtenir ce poste. Je veillerai à ce que vous soyez parmi les adjoints, si vous le désirez. De toute façon, le vrai pouvoir est à ce niveau, dans les mains de ceux qui rédigent les documents et assurent le fonctionnement journalier du Bureau. Un mollasson comme Howard ne sera là que pour le décor. Voilà pourquoi je soutiens sa candidature au poste. Lorsqu'il l'aura obtenu, nous serons ceux qui, en coulisse, feront réellement danser les Noirs au son d'un air républicain le jour des élections. Et tout le pays dansera bientôt aussi. En un an, de parti minoritaire nous pouvons devenir parti unique — si nous accordons la liberté aux nègres sans cesser de les contrôler.

L'éclat du regard de Wade, la ferveur tranquille de sa démonstration apaisèrent et convainquirent Stanley.

— D'accord, Ben. Je prendrai le plus haut poste qu'on m'offrira au sein de ce Bureau.

— Formidable !

Wade n'eut pas le temps de donner une tape dans le dos de Stanley, qui se dirigeait déjà vers la desserte et les bouteilles.

— Mon vieux, je m'excuse de vous en faire la remarque mais vous buvez beaucoup ces temps-ci, dit le sénateur. Cela fait jaser.

Stanley souleva le verre qu'il venait de se servir, regarda son invité à travers le disque miroitant du whisky.

— Si on sait distribuer son argent à bon escient, personne n'écoute ce genre de ragots. Personne ne veut prendre le risque de tarir le flot de pactole. N'est-ce pas, Ben ?

Défié, Wade choisit de capituler.

— En effet, s'esclaffa-t-il, avant de lever vers Stanley son propre verre vide.

La bande de Cuffey comptait maintenant cinquante-deux membres (dont près d'un tiers de déserteurs blancs) qui vivaient sur un terrain fortement boisé et relativement ferme à la lisière d'un des marécages de l'Ashley. Ils avaient des armes à feu prises aux Blancs assassinés sur les routes et se nourrissaient de ce qu'ils volaient dans les petites fermes et les plantations de riz du district.

Trois fois Cuffey avait conduit ses pillards dans le poulailler de Mont Royal. La maison même, il la réservait pour un jour spécial. Il scrutait le ciel à la recherche de fumées révélatrices et envoyait régulièrement un de ses Blancs à Charleston pour savoir ce qui se passait là-bas.

Pendant l'année écoulée, il s'était découvert un talent inné pour mener les hommes, quelle que soit leur couleur. Il avait de l'assurance, de la ruse, aucune pitié. Comme il prenait plaisir à se gaver des vivres pris aux Blancs, son ventre s'était arrondi et son visage ressemblait à une roue de fromage.

Au cours des journées brèves et fraîches de début février, il observa le ciel avec une impatience croissante. Il savait que Sherman, général dont il admirait les méthodes et la réputation, était passé par Beaufort puis Pocataligo et remontait à présent vers le nord, avec probablement Columbia comme objectif final. Bientôt, le général confédéré de Charleston devrait affecter précipitamment la plupart de ses troupes à la défense de la ville, raisonnait Cuffey. Tout le district de l'Ashley serait alors sans protection — attendant le bon plaisir de l'ancien esclave.

Un soir de la seconde semaine du mois, il était

nonchalamment étendu près d'un feu où rôtissait une colombe embrochée sur un bâton, et repensait aux cuisses blanches de la femme avec qui il avait pris son plaisir une heure plus tôt. La bande avait recruté deux Blanches, souillons de plus de quarante ans, ainsi que deux jeunes mulâtresses pour satisfaire les besoins des hommes. Cuffey se grattait l'entrejambe en se demandant si la catin ne lui avait pas transmis sa vermine quand des cris s'élevèrent sous les chênes bordant un côté du campement. Il laissa tomber par terre l'oiseau empalé, se mit debout d'un bond en criant :

— Qu'est-ce que c'est que ce raffut ?

— Un prisonnier, répondit un jeune blond barbu en veste grise. On l'a ramassé sur la route.

Le barbu, déserteur géorgien, aimait tuer, ce qui faisait de lui un des meilleurs hommes de Cuffey. Les mains sur la panse, ce dernier le regarda traîner vers le feu, avec l'aide de deux Noirs, un petit chauve terrorisé.

— Amène-le par ici, Sunshine, ordonna Cuffey au Georgien avec l'autorité qu'il avait appris à mettre dans sa voix et ses gestes.

Le barbu surnommé Sunshine piqua le dos du prisonnier avec une baïonnette qu'il tenait comme une dague. Lorsque le captif sortit de l'ombre, Cuffey ouvrit la bouche toute grande.

— Seigneur Dieu ! Mr. Jones.

— C'est... Tu n'es pas... ? bredouilla Salem Jones, qui ne parvenait pas à croire à sa chance.

Autour d'un autre feu, une demi-douzaine d'hommes entonnèrent le chant dont l'armée de Sherman accompagnait sa marche depuis Savannah :

Salut, Columbia, ville heureuse,
Que je sois pendu si je ne te brûle pas !

— Oui, Mr. Jones, c'est bien moi, dit Cuffey.

Il eut un sourire destiné à entretenir un instant l'illusion du prisonnier puis saisit soudain l'oreille droite de l'ancien régisseur et la tordit sauvagement.

— Le petit nègre que tu battais et injuriais. C'est moi le patron, maintenant. Le chef de cette foutue bande. Montre-moi donc un peu de respect.

Cuffey accentua la torsion, Jones tomba à genoux en beuglant. Les chanteurs s'interrompirent, le prisonnier se frotta l'oreille, ensanglantée au lobe. Le Noir ricana, ramassa la colombe et, avec quelque difficulté due à son embonpoint, s'accroupit à nouveau devant le feu.

— Qu'est-ce que tu es revenu faire en Caroline du Sud, Mr. Jones ? Je croyais que tu t'étais sauvé chez les Yankees.

— Il s'est sauvé aussi de chez eux, gloussa Sunshine.

De la pointe de sa baïonnette, il toucha le D rouge sombre imprimé dans la joue gauche de Jones.

— J'avais entendu dire qu'il y avait une bande quelque part dans les marais, expliqua l'ancien régisseur. Je la cherchais mais je savais pas que t'en étais le chef.

— Ça, je m'en doute, que tu le savais pas ! s'exclama Cuffey en remettant la colombe à rôtir. Mr. Jones, tu es tombé sur une bonne bande. On vit comme des coqs en pâte, ici. Et dès que le général Hardee quittera Charleston, on se paiera vraiment du bon temps, le long de la rivière. On ira faire un petit tour dans une plantation appelée Mont Royal. Ça te rappelle quelque chose ? Sale fumier de Blanc !

Cuffey leva soudain son bâton et appliqua la colombe brûlante contre le cou du prisonnier, qui tomba sur le côté en hurlant. Le Noir gloussa, remit l'oiseau au-dessus des flammes.

— Pour Mont Royal, j'ai préféré attendre qu'on soit plus embêtés par les soldats rebelles. Il y en a plus pour longtemps, maintenant. Oh ! ce sera une belle fête. Mr. Cooper est là-bas, avec sa femme, sa petite fille, et une garce prétentieuse à la peau noire. J'ai toute une bande de paillards qui sont impatients de les voir. En attendant...

Cuffey passa la langue sur ses incisives cariées.

— On va s'amuser un peu avec toi. Pas vrai, Sunshine ?

— C'est sûr, patron, gloussa le jeune Géorgien.

Jones s'agrippa aux jambes du Noir en gémissant :

— Je t'en prie, me fais pas mal. Laisse-moi entrer dans ta bande.

— Quoi ? qu'est-ce que tu racontes ?

— Je les hais, ces gens. Je hais toute la famille autant que toi. Orry Main m'a mis à la porte, traîné dans la boue. Ecoute, je sais que je t'ai pas bien traité mais les temps ont changé.

— Ça, tu peux le dire, approuva Cuffey. C'est nous le dessus du panier, maintenant.

— Laisse-moi faire partie de ta bande, plaida Jones. Je sais me servir d'un fusil. J'obéirai aux ordres, je le jure. Je t'en prie.

L'ancien esclave toisa l'homme agenouillé devant lui, eut un sourire nonchalant et lança un regard interrogateur à Sunshine, qui haussa les épaules.

— Bon, dit Cuffey en allongeant le mot pour tourmenter le prisonnier. Peut-être. Mais faudra le demander mieux que ça, Mr. Jones. Faudra me supplier un sacré moment avant que je dise oui.

Il avait cependant déjà décidé d'accepter. La perspective de marcher sur Mont Royal et de raser la plantation, de la faire disparaître à jamais avec l'ancien régisseur dans sa petite armée le séduisait trop pour qu'il laisse passer l'occasion.

51

LE lendemain, Charles arriva vers dix heures à l'endroit où la route longeant la rivière coupait l'allée menant à la grande maison. Son poncho pesait lourdement sur ses épaules et lui donnait trop chaud. Il fuma un bout de cigare — le dernier qu'il avait — en contemplant la ligne familière du toit, les terrasses, la glycine montant à l'assaut de la cheminée.

De la fumée s'élevait du bâtiment des cuisines, dont une jeune Noire sortit pour se diriger vers la résidence principale. Une corneille passa devant lui, piquant vers le sol. S'il avait été moins las, Charles aurait ri. Il était chez lui.

L'avant-veille, il était passé près de la route suivie par l'armée du général Sherman et avait vu des lueurs dans le ciel : la cavalerie de Kirkpatrick ouvrait la marche et signalait sa position à l'infanterie, lui avait expliqué un paysan apeuré. Les hommes de Kirkpatrick chevauchaient vers Columbia le long d'une route bordée de pins en flammes. C'était cet incendie qui embrasait le ciel la nuit et l'obscurcissait le jour de panaches de fumée résineuse.

— Je les ai entendus parler, ces types, avait ajouté le fermier tandis que Charles se désaltérait à son puits. Ils disent qu'ils vont faire disparaître le berceau de la sécession. C'est ici que la trahison a commencé, c'est ici qu'elle va finir, qu'ils disent.

— Ils ne parlent pas à la légère, avait prévenu Charles. A votre place, je conseillerais aux femmes de la maison de se cacher et je m'attendrais au pire. Merci pour l'eau.

En définitive, Sherman avait continué droit vers le nord, laissant de côté le district de l'Ashley. Charles remonta l'allée d'un pas lent, promenant autour de lui un regard étonné : Mont Royal semblait ne pas avoir été touché par la guerre. Il remarqua ensuite que les bâtiments étaient mal entretenus et les esclaves invisibles. Combien d'entre eux s'étaient enfuis ?

Les indices se multipliaient à mesure qu'il avançait. De hautes herbes avaient envahi les pelouses ; un chariot sans roues avant était abandonné près du bureau du régisseur. Spectre sale et barbu portant un revolver à la hanche, Charles continua jusqu'à la maison sans qu'une porte ou une fenêtre ne s'ouvrît.

Des buissons d'azalées entourant la glycine montraient des boutons précoces : le temps avait été exceptionnellement chaud pour la saison. En parvenant au demi-ovale de l'allée, Charles découvrit une femme qu'un pilier du porche lui avait cachée jusque-là. A son approche, elle se leva de son fauteuil avec un vague sourire.

Il s'arrêta, pensa avec plaisir qu'il pourrait bientôt ôter ses bottes et baigner ses pieds couverts d'ampoules. A la petite femme boulotte s'avançant sur la terrasse, il dit simplement :

— Bonjour, tante Clarissa.

Elle fronça les sourcils, l'examina, regarda plus particulièrement son revolver et le sabre enveloppé de toile qu'il portait sous le bras. Puis elle plaqua ses mains sur son visage et, morte de peur, se mit à crier.

Cette façon d'annoncer le retour de Charles fit bouger les occupants de la maison. Deux des domestiques sortirent en courant pour s'occuper de Clarissa. « Comme ils sont vieux et voûtés ! » pensa Charles, attendant d'être reconnu.

— Charles ? Charles Main ?

Il rabattit son chapeau en arrière mais ne parvint pas à sourire.

— Oui, Judith, c'est moi. Que faites-vous ici ?

— Je brûle de vous poser la même question.

La femme de Cooper se précipita vers lui pour le prendre dans ses bras, le sentit se raidir à son contact. Il portait des vêtements sales, puants.

L'un des deux vieux Noirs aidant Clarissa à rentrer jeta au nouveau venu un regard curieux mais ne le salua pas. Charles savait que l'homme l'avait reconnu. Jadis, un maître sévère aurait châtié à coups de fouet un tel manque de respect. Les choses avaient certainement changé.

— J'ai perdu mon cheval à Petersburg, répondit-il à Judith. Je suis venu jusqu'ici chercher une remonte.

— Les trains roulent ?

— Quelques-uns, mais j'ai surtout marché. Quand j'ai quitté la Caroline du Nord, je pensais trouver un cheval — ou au moins une mule — avant d'aller si loin. Erreur, conclut Charles au moment où le frère aîné d'Orry s'avançait sur la terrasse.

En manches de chemise, une règle sous un bras, Cooper reconnut son cousin et cria son nom joyeusement. Mari et femme conduisirent Charles dans la maison si chère à son cœur et qu'il regardait pourtant à peine. Une pensée l'obsédait : savent-ils, pour Orry ?

De l'autre côté de l'allée d'où Charles avait découvert Clarissa, un mouvement agita un buisson mais personne, dans l'excitation causée par l'arrivée de Charles, ne le remarqua.

Lorsque la porte de la maison se referma, un jeune homme à la peau café-au-lait s'éloigna en rampant dans les herbes. Il était pieds nus et son pantalon de toile élimé portait à l'endroit des fesses une étoile jaunissante. Quand le fond du vêtement avait été usé, la mère du jeune homme, morte depuis, l'avait raccommodé avec de la flanelle blanche et de l'imagination. Elle avait cousu sur le pantalon de son fils, alors encore esclave, l'étoile du Nord — l'étoile de la liberté.

Le jeune Noir envoyé à Mont Royal estimer le nombre d'hommes restés à la plantation y était né et avait passé la majeure partie de sa vie au village des esclaves. A présent, il avait de vraies nouvelles à donner.

Charles se baigna dans un grand baquet en zinc dans la chambre de Judith et Cooper — la vaste pièce où avaient dormi Tillet et Clarissa puis, sans doute, Orry et Madeline.

Il passa une chemise et un pantalon empruntés à Cooper, descendit au rez-de-chaussée, où son arrivée avait causé une grande agitation. Des nègres allaient et venaient dans toute la maison — presque comme s'ils étaient les égaux de Judith et Cooper, pensa Charles sans animosité. Il constatait simplement un autre changement remarquable. Il fit la connaissance d'un contremaître musclé nommé Andy et d'une jolie Noire appelée Jane, qui lui serra la main gravement en disant :

— J'ai entendu parler de vous.

Son regard assuré, ni hostile ni amical, déclarait clairement : je sais que vous appartenez à l'armée qui combat pour maintenir mon peuple dans les fers.

Philemon Meek, le nouveau régisseur, entra d'un pas traînant pour prendre avec eux le repas de midi — aussi consistant que possible, expliqua Judith avec embarras. Chaque assiette contenait un peu de riz au safran, des pois, une mince tranche de pain de maïs et deux petits morceaux de poulet réchauffés pour la deuxième ou la troisième fois.

— Ne vous excusez pas, dit Charles. Comparé à ce qu'on nous donne là-haut, c'est un festin.

La salle à manger, dont les riches boiseries miroitaient, était pour Charles à la fois familière et réconfortante. Il se mit à engloutir la nourriture sous le regard de Meek, par qui il apprit l'existence d'une bande opérant dans les parages. Esclaves en fuite et déserteurs de l'armée, ils se conduisaient comme les pillards traînant dans le sillage des troupes de Sherman.

— Mais cette bande-ci s'est installée dans le bas pays, précisa le régisseur. Leur chef est un de vos vieux camarades — un nègre commé Cuffey.

Surpris, Charles cessa de mastiquer, commença à s'essuyer les lèvres du dos de la main, s'aperçut que Marie-Louise, devenue une jolie jeune fille, l'observait. Au-dessus de sa barbe, ses joues s'empourprèrent tandis qu'il prenait furtivement sa serviette.

— Cuffey, répéta-t-il. Ça alors... Vous pensez qu'il pourrait attaquer Mont Royal ?

— Nous nous sommes préparés à cette éventualité, répondit le vieillard.

— Il me semble qu'il ne reste pas beaucoup d'hommes à la plantation. Excepté votre contremaître, tous ceux que j'ai vus ont des cheveux gris.

— Ils ne sont plus que trente-sept, admit Cooper. Ce qui suffit à peine à faire tourner le domaine. J'ai envisagé un moment de fermer complètement la rizerie mais comment survivrions-nous ? Je ne parle pas seulement de la famille, je pense à tout le monde. En particulier les vieux nègres, trop usés et effrayés pour s'enfuir.

— Ce qu'ont fait les autres, je présume ?

Cooper acquiesça de la tête.

— La liberté est un aimant pour les hommes. L'un des plus puissants de la création. C'est une réalité que j'ai souvent soulignée à mon père, sans résultat. Je l'ai moi-même oubliée un moment, j'ai honte à l'avouer. Ah ! ne remuons pas le passé. Donne-nous plutôt des nouvelles de Virginie. As-tu vu Orry et Madeline, à Richmond ?

Assise à la gauche de Charles, Clarissa n'avait pas touché au maigre repas. Les mains jointes sous la table, elle le regardait avec des yeux d'enfant effrayé depuis qu'ils avaient pris place à table.

Le poulet recuit, succulent l'instant d'avant, eut soudain pour Charles un goût de papier mâché. Considérant Clarissa, il se dit que la folie avait au moins un avantage : elle ne comprendrait pas. Lentement, il posa sa serviette à gauche de son assiette.

— Je ne m'attendais pas à être le porteur de la mauvaise nouvelle.

Judith se pencha en avant.

— L'un d'eux est malade ? Madeline, peut-être ?

Des souvenirs défilèrent dans la tête de Charles, notamment ceux de l'époque où Orry le préparait à l'examen d'entrée à West Point. Le précepteur allemand que son cousin avait engagé le forçait à lire les Evangiles pour leur valeur littéraire comme pour leur contenu religieux. Charles se rappela un passage qu'il n'avait jamais totalement compris jusqu'alors : le moment où le Christ demande avant d'être crucifié : « Mon Père, s'il est possible, que cette coupe passe loin de moi. »

— Charles ? murmura Cooper, d'une voix quasi inaudible.

Naturellement, Charles dut boire la coupe.

Salem Jones, agenouillé, entendit le brouhaha derrière la couverture tendue le long d'une plante grimpante pour donner un peu d'intimité. Il se retira de la femme blanche sale et soûle qui roulait la tête d'un côté à l'autre en l'implorant de recommencer. Mais il reboutonnait déjà son pantalon.

Il ramassa sa chemise, fit le tour du grand chêne auquel il avait attaché l'extrémité de la liane. Les habituels feux du soir soufflaient de la fumée et des étincelles vers les étoiles. Jones avisa Cuffey assis sur la souche où il aimait trôner comme un foutu chef de tribu d'Afrique, pensa l'ancien régisseur avec rancœur. Il s'approcha pour connaître la raison de l'agitation régnant dans le camp.

Des hommes se pressaient autour de Cuffey; Sunshine, qui revenait d'une mission de reconnaissance dans les environs de Charleston, et un jeune Noir au teint clair dont Jones ne connaissait pas le nom parlaient tous deux en même temps.

— Hardee s'est mis en marche, je l'ai vu, déclara le blond barbu. A cette heure, y a plus de troupes du tout dans la ville.

— C'est ce que j'attendais, dit Cuffey en souriant. Hé, Jones, t'as entendu?

— Oui, oui.

— C'est pas tout, ajouta Cuffey. Lon (il désigna le jeune Noir au pantalon orné d'une étoile de flanelle) a repéré un vieil ami ce matin à Mont Royal. Le cousin Charles... On était copains lui et moi, dans le temps, fit le chef de bande avec une expression pensive. On allait à la pêche ensemble. On faisait de la lutte, aussi.

Il cracha dans les flammes. Autour de lui, les hommes se poussaient du coude en ricanant : ils sentaient la fin d'une ennuyeuse période d'inaction. Cuffey se leva, glissa ses pouces sous la ceinture de son pantalon et fit le tour du feu en se rengorgeant.

Jones le contempla en grattant distraitement le D marquant son visage. Il haïssait le jeunot ignorant surnommé Sunshine mais avait une certaine reconnaissance à l'égard de Cuffey, qui l'avait épargné et lui avait permis de s'intégrer à la bande en prévision de la prochaine grande razzia.

— On attend encore un jour, annonça le chef Peut-être deux. Jusqu'à ce qu'on soit sûrs que les soldats sont partis.

A travers les flammes bondissantes, il regarda Salem Jones et poursuivit :

— Alors on ira à Mont Royal. On rasera la maison et on tuera tout ce qui respire.

— Le jeune Charles nous donnera peut-être du fil à retordre, argua l'ancien régisseur.

— J'espère bien, répliqua Cuffey. Si on s'affronte une dernière fois à la lutte, je sais qui perdra.

52

RENVOYÉ chez lui avec une blessure à la poitrine, Billy dormit longtemps. Il n'était pas encore réveillé quand Constance, le teint blafard, apporta la lettre à Brett dans la bibliothèque.

— C'est de George. Assieds-toi avant de la lire.

La nouvelle de la mort d'Orry s'abattit sur la jeune femme avec la force d'une masse. Elle sentit tout son corps mollir, eut peine à trouver sa respiration. Avec de petits gémissements, elle agita la feuille de papier d'un air perdu puis la laissa retomber sur ses genoux en secouant la tête.

— Je ne comprends pas. D'après Madeline, il était resté à Richmond.

— C'est ce que nous pensions toutes.

Brett se mit à sangloter. Au bout d'une minute, elle s'arrêta de pleurer avec une soudaineté surprenante. Son visage prit une expression dure et Constance tourna la tête pour voir ce que sa belle-sœur regardait : la précieuse météorite, à sa place sur la table de la bibliothèque.

— Qu'ils soient maudits, murmura la jeune femme. Avec leurs grands discours sur leurs droits. Avec leurs armes !

Elle se leva. Constance fut trop lente pour l'empêcher de saisir la météorite, dont tout le monde dans la maison connaissait la signification. Pivotant sur elle-même, Brett le lança vers la fenêtre la plus proche.

Le projectile brisa la vitre, continua sa trajectoire

au-dessus de la pelouse baignée de soleil. Prise de panique, Constance pensa : « George ne me pardonnera jamais si on ne la retrouve pas. Il faut que j'aille le chercher tout de suite. » Elle eut aussitôt honte de sa réaction : rester avec la sœur d'Orry était plus important.

Brett s'effondra sur une ottomane, se remit à pleurer.

— Je suis... désolée, hoqueta-t-elle. J'irai... j'irai la rechercher. Je sais que George y tient beaucoup. Mais je n'ai pas pu...

Constance ne saisit pas le reste de la phrase entrecoupée de sanglots.

« Quelle femme admirable Billy a épousée, pensa-t-elle une demi-heure plus tard. Dans la même situation, me serais-je montrée aussi forte ? » Brett avait séché ses yeux gonflés, relevé quelques mèches défaites et ramassé la lettre en disant :

— Il faut que je monte parler à Madeline. Elle est dans son boudoir ?

Constance acquiesça :

— Elle avait envie de lire un peu. Veux-tu que je t'accompagne ?

— Merci, mais je crois qu'il vaut mieux que j'y aille seule.

Lentement, Brett fit le tour de la table où le météorite avait retrouvé sa place sur le bois luisant. En un instant, la jeune femme avait conçu pour cet objet — pour ce qu'il signifiait , pour ce qu'il rendait possible — une haine qui durerait jusqu'à sa mort.

Dans le vestibule, elle tendit la main vers la rampe de l'escalier, leva les yeux vers le premier étage. Elle refoula de nouvelles larmes, des images d'Orry surgissant dans sa tête, et posa le pied sur la première marche.

La montée parut durer des heures. Enfin, elle arriva en haut, descendit le couloir vers le boudoir de Madeline, dont la porte était entrouverte. Par l'entrebâillement, elle vit un coin de tapis inondé de soleil. La pièce donnait sur les collines couvertes de laurier, derrière la maison. D'une main tremblante, Brett frappa.

— Oui, entrez, répondit Madeline d'un ton enjoué.

« Entre, s'ordonna Brett. Entre ! »

— Qui est là ?

Dans un froufrou de jupons, Madeline alla ouvrir la porte toute grande. Elle tenait à la main un mince livre à tranche dorée et portait une de ses robes préférées, en soie d'un bleu si profond qu'il en paraissait presque noir.

— Brett ! Entre donc. Je relisais un poème de Poe qu'Orry aime beaucoup, lui aus... Ma chérie, que se passe-t-il ? L'état de Billy s'est aggravé ?

— Il ne s'agit pas de Billy mais d'Orry.

Les yeux sombres de Madeline s'emplirent d'appréhension. Elle posa le livre contre sa poitrine, comme un bouclier. Voyant la lettre que sa belle-sœur lui tendait, elle demanda :

— Il y a des problèmes à Richmond ?

— Orry n'est pas — n'était pas — à Richmond, dit Brett.

Pourquoi ne se décidait-elle pas ? Attendre ne ferait que prolonger leur angoisse à toutes deux.

— George a écrit. De très mauvaises nouvelles.

Madeline prit la lettre, s'approcha de la fenêtre. Brett, demeurée près de la porte, la regarda lire le recto, tourner la feuille. La première réaction fut la colère :

— Petersburg ? Comment a-t-il fait pour se retrouver sur le front ?

— J'aimerais pouvoir te répondre.

Madeline reprit sa lecture, lâcha soudain son livre, qui heurta le tapis avec un bruit sourd. Sa main froissa la lettre.

— Orry ! s'écria-t-elle avant de s'écrouler dans un bruissement de soie.

— Kathleen ! appela Brett dans le couloir. Kathleen, vite, des sels !

Des voix provenant d'en bas lui firent comprendre qu'on l'avait entendue. Brett se retourna, regarda

Madeline gisant sur le magnifique tapis d'Orient. Elle avait repris conscience après un très bref évanouissement mais ne tentait pas de se relever. Couchée sur le flanc, la bouche à demi ouverte, elle tremblait. Lorsqu'elle posa son regard sur Brett, elle ne parut pas la reconnaître.

Paralysée, la femme de Billy fut un moment incapable de porter secours à sa belle-sœur ou même de lui parler. Billy avait été épargné mais Orry était mort. La douleur, impitoyable, devait encore être plus terrible pour Madeline. Comment trouverait-elle la force de survivre ?

Ou même une raison d'essayer ?

53

CHARLES s'éveilla à l'aube le dimanche 19 février. Il avait rêvé de Gus — cela lui arrivait souvent.

Ouvrir les yeux ne chassait pas la mélancolie du rêve ni l'image de la jeune femme. Augusta était une présence constante, s'insinuant fréquemment chaque jour dans ses pensées.

En bâillant, il prit son sabre de cavalerie, descendit aux cuisines. Il y trouva un pot de faux café concocté avec Dieu savait quoi — et pas un seul Noir. Il but la moitié du breuvage, qui avait un goût de sciure, jeta le reste et se mit en quête d'un chiffon.

Il retourna ensuite à la vieille demeure, appuya une chaise branlante contre un mur, sur la terrasse. De cet endroit, il découvrait l'allée ombragée d'arbres menant à la route et la route elle-même, brillante de soleil. Il ramassa une poignée de sable, en laissa tomber un peu dans le chiffon, l'humecta avec de la salive jusqu'à obtenir une consistance satisfaisante. Puis il se renversa contre le dossier de la chaise, tira le sabre de son fourreau et entreprit d'astiquer la lame ternie.

Le silence ressemblait à une attente. On vivait dans l'expectative depuis la veille, depuis que des rumeurs faisant état de l'incendie de Columbia s'étaient répandues dans le district.

Vers huit heures, chariots et hommes venant de Charleston commencèrent à passer sur la route. Parfois, de jeunes soldats en uniforme venaient quémander à boire et Charles les dirigeait vers le puits après les avoir interrogés :

— Que se passe-t-il là-bas ?

— Ça brûle. Le maire a remis la ville à ce fichu Teuton, le général Schimmel-machin-chose. On rentre tous à la maison. Le Sud est vaincu.

« J'aurais pu te dire ça un an plus tôt », pensa Charles. Il n'en fit rien, l'homme paraissait déjà assez malheureux comme cela. Cooper avait lui aussi l'air abattu lorsqu'il sortit sur la terrasse en pantoufles et en peignoir.

— Qu'est devenu Sumter ? demanda-t-il à l'un des soldats en guenilles.

— C'est plus qu'un tas de pierres. Les Yanks voulaient à tout prix le détruire.

— J'avais une maison dans Tradd Street. Vous croyez que l'incendie l'a épargnée ?

— Je pourrais pas vous dire, mais, à votre place, j'y compterais pas trop. Bon, si ça vous dérange pas, on va boire un coup, maintenant.

Après le départ des soldats, Cooper rentra dans la maison en secouant la tête. Charles se rassit sur la terrasse et se remit à fourbir la lame d'acier. Les fleurs gravées, le cartouche contenant les initiales C. S. et, de l'autre côté, l'inscription : *A Charles Main, sa famille qui l'aime. 1861*. Ce Charles-là était un autre, appartenant à un autre monde.

Vers midi arriva un cabriolet délabré conduit par Markham Bull, voisin et membre d'une famille importante. Agé d'une cinquantaine d'années, il semblait très agité. Il se trouvait à Columbia pour s'occuper des affaires d'une sœur récemment décédée lorsque Sherman était entré dans la ville. Il avait réussi à s'enfuir après l'incendie du vendredi soir, dont il donna confirmation :

— Toute la ville a flambé, ou peu s'en faut. Les Yankees prétendent que c'est Wade Hampton qui a craqué la première allumette pour détruire le coton plutôt que de les laisser s'en emparer. Vous imaginez la conduite de la soldatesque nordiste ! En comparaison, les Goths et les Vandales étaient des modèles de courtoisie. Ils ont même mis le feu à Millwood.

— La propriété de Hampton ? s'indigna Charles.

— Avec les portraits de famille, la magnifique bibliothèque — tout.

— Où est le général, maintenant ?

— Je l'ignore. J'ai entendu dire qu'il projetait de passer à l'ouest du Mississippi pour poursuivre le combat mais ce n'est peut-être qu'une rumeur sans fondement.

« Ce qui est sans doute vrai, c'est qu'il veut continuer la lutte », songea Charles tandis que Bull remontait dans son cabriolet. La perte de Millwood n'avait pu qu'accroître l'amertume du général, déjà éprouvé par la mort de son fils. Charles avait le pressentiment que beaucoup de Sudistes sombreraient eux aussi dans l'amertume au cours des prochains mois. Selon le degré de loyauté à l'égard du Sud, on verrait dans l'issue de la guerre un châtiment ou un malheur, mais dans un cas comme dans l'autre, la rancœur serait grande.

A mesure que la journée avança, les soldats en déroute se firent plus rares. De légers nuages voilèrent le soleil puis le cachèrent. Charles continuait à polir son sabre. Vers quatre heures, il avait redonné à la lame presque tout son éclat originel. Il cracha dans les azalées, s'étira, huma l'odeur marécageuse du vent. Une corneille croassa quelque part derrière la maison et il lui vint à l'esprit que les oiseaux étaient bien bruyants depuis une heure.

Vers la fin de l'après-midi, Cooper réapparut, pâle et tendu.

— Charles, viens donc voir.

Dans la bibliothèque, l'éclaireur découvrit Andy et un jeune Noir tout excité.

— C'est Jarvis, le fils de Martha, déclara Cooper. Répète ce que tu as vu, mon garçon.

— J'ai vu un tas de Blancs et de Noirs dans les marais, à un kilomètre des cases. Ils s'amenaient par ici.

— C'est combien, un tas ? demanda Charles.

— Quarante. Cinquante, peut-être. Ils ont des fusils. Ils se pressaient pas, ils rigolaient. Y en avait un sur une mule, gras comme un raton laveur en été.

— C'est sûrement Cuffey, suggéra Andy.

Charles remercia le garçon, Cooper fit de même et ajouta :

— Attends.

Il plongea la main dans une de ses poches, en sortit une pièce qu'il donna à Jarvis. Charles s'étonna de la persistance de vieux schémas de pensée chez un homme aussi libre d'esprit que son cousin. La scène avait été observée par la jeune Noire nommée Jane, apparue silencieusement sur le seuil de la bibliothèque. Elle s'écarta pour laisser sortir le garçon et posa sur Cooper un regard méprisant.

Charles se sentit à la fois tendu et soulagé : l'attente avait pris fin.

— Je me demande quand ils attaqueront, murmura Cooper.

— A la place de Cuffey, j'attendrais demain matin, quand nous serons fatigués d'avoir monté la garde toute la nuit, dit Charles. Il vaut mieux sortir les deux Hawken et tout ce qui peut servir d'arme.

Andy remua les lèvres en silence, comme s'il hésitait à donner son avis, et finit par le faire :

— Il serait peut-être plus sage de partir, Mr. Cooper.

— Non, répondit celui-ci d'une voix dont la fermeté et le calme surprirent Charles à nouveau. C'est chez moi, ici. Ma famille a bâti Mont Royal, je ne l'abandonnerai pas sans combattre.

— C'est aussi mon sentiment, approuva Charles. (Il eut un sourire las.) Même si ce n'est pas très intelligent.

— Et les autres sont censés risquer leur vie pour sauver un domaine où vous les considériez comme votre propriété ? explosa la jeune Noire.

— Jane..., commença Andy en s'avançant vers elle.

Cooper parut irrité mais sut maîtriser sa réaction :

— Personne n'est forcé de rester. Ni toi ni aucun autre.

— La plupart le feront, assura Andy. Moi, je reste. Mont Royal a quelques bons côtés.

— Oh ! oui, dit Jane, d'un ton démentant son approbation.

Elle passa devant Charles, s'approcha d'une rangée de livres, promena l'index sur les titres gravés en lettres dorées dans le cuir luxueux des reliures.

— En voici un exemple, poursuivit-elle. *Notes sur l'Etat de Virginie,* par Mr. Jefferson. De judicieuses remarques sur les esclaves et l'esclavage. Si le Sud en avait tenu compte, vous n'en seriez pas là.

— Vous nous ferez un cours plus tard, Miss Jane, intervint Charles, avec d'autant plus de sécheresse qu'il partageait l'opinion de la jeune fille. Pour le moment, nous devons rassembler les hommes.

— Et mettre les femmes et les enfants en lieu sûr, ajouta Cooper. Andy, tu y vas ?

Le Noir acquiesça, prit Jane par le bras et la fit sortir de la bibliothèque — trop énergiquement au goût de la jeune fille, qui se dégagea. Charles les entendit discuter en sortant de la maison.

Cooper jeta un coup d'œil à l'uniforme d'Orry avant de se laisser tomber dans un fauteuil. Il posa sur son cousin un regard sombre.

— Nous sommes dans de sales draps, n'est-ce pas ?

— J'en ai peur, répondit Charles. Ils sont supérieurs en nombre. Le mieux que nous puissions faire, c'est peut-être d'utiliser un vieux truc d'Indien que j'ai appris au Texas...

Il fronça les sourcils en découvrant qu'un des fils de cuivre entourant la poignée de son sabre était cassé. Il releva la tête, s'aperçut que Cooper attendait la suite.

— On tue le chef, et parfois le reste de la bande renonce.
— Cela me semble un espoir bien mince.
— En effet. Tu vois une autre solution ?
— Partir.
— Tu ne viens pas de dire que...
— Si. Je veux sauver Mont Royal, et pas seulement pour des raisons sentimentales. Nous en aurons besoin pour survivre après la capitulation. Si nous nous enfuyons, ils détruiront tout.
— Alors, c'est réglé. Nous restons.
— Toï, tu n'es pas obligé de le faire.
— Quoi ?
— Je parle sérieusement, Charles. Tu es venu chercher une remonte, pas te battre.
— Cousin, je ne sais pas faire autre chose que me battre. Les désagréments que nous avons connus m'ont rendu inapte à toute activité civilisée.

Les deux hommes se regardèrent, sans sourire. Charles se sentait nerveux, impatient, plein de l'excitation précédant la bataille. Au loin, une corneille lança un cri auquel un autre oiseau répondit.

54

CHAQUE fois que Virgilia entendait un attelage dans la 13e Rue, elle se précipitait à la fenêtre et était déçue. Pourquoi Sam avait-il tant de retard ? Un ennui à la maison ?

Une fois de plus, elle laissa retomber le rideau. Dehors, le soir de février tombait sur les Northern Liberties, banlieue où se trouvait le cottage de quatre pièces que Sam avait fait repeindre après l'avoir offert à Virgilia. Deux énormes chênes et une clôture de piquets blancs flambant neufs mettaient en valeur la petite bicoque.

Devenue la maîtresse d'un parlementaire, Virgilia faisait constamment l'expérience de rôles qu'elle n'aurait jamais imaginé jouer, même un an plus tôt. Ce soir-là, une délicieuse odeur de caneton rôti flottait dans la maison. Virgilia avait toujours détesté les travaux ménagers et ne serait jamais une cuisinière accomplie mais elle faisait son apprentissage. Son amant appréciait la bonne chère et le vin.

Elle était vêtue avec soin, ce qui n'avait rien d'inhabituel. Sam aimait les femmes bien habillées en tout lieu — excepté la chambre à coucher. Aussi Virgilia avait-elle passé quarante minutes à arranger sa coiffure, se parfumer, mettre sa plus jolie robe en bombasin lie-de-vin sur un impitoyable corset comprimant sa taille et faisant ressortir sa poitrine.

A son immense satisfaction, Virgilia jouait aussi le rôle de conseillère privée de son amant. Il discutait avec elle des affaires du Congrès et lui demandait même son avis sur certaines questions. Sur le bureau du salon, il avait laissé pour elle à sa dernière visite plusieurs feuillets d'une écriture serrée : le brouillon d'un discours qu'il devait prononcer à une réunion du parti républicain, quelques jours après l'inauguration de Lincoln. Sam entendait profiter de l'occasion pour prendre ses distances avec le chef de l'exécutif et voulait l'avis de sa maîtresse sur ce qu'il avait écrit.

Il n'était pas pareillement secondé par sa femme, dont il ne souhaitait d'ailleurs pas l'aide. S'il se refusait à la quitter, il la considérait comme une personne insignifiante et asexuée. Il la soupçonnait de connaître sa liaison avec Virgilia mais pensait qu'elle ne lui ferait jamais d'ennuis. Il s'en assurait en lui répétant fréquemment que sa situation d'épouse était précaire, qu'il pouvait la quitter à tout moment — ce qui était faux.

A huit heures, le caneton était trop cuit et Virgilia inquiète. En entendant un bruit de sabots, elle cessa de faire les cent pas et courut ouvrir la porte.

— Sam ? Oh ! je me faisais du souci...

Du haut du siège du buggy, Stout expliqua :

— J'ai dû conduire Emily à la gare : son père, qui vit à Muncie, est malade. Elle a emmené les enfants et sera absente au moins une semaine... Je peux passer la nuit ici si on m'y invite.

— Chéri, c'est merveilleux !

Pendant qu'il rangeait la voiture dans la remise située derrière la maison, Virgilia réchauffa le caneton, les haricots et les ignames. Il entra par la porte de derrière en époussetant de la main les manches de sa redingote noire.

— Il y avait un monde fou à la gare. La moitié du pays est venue assister à l'inauguration. Ce midi, au *Willard*, un garçon m'a raconté qu'on installe des lits de camp et des matelas dans le hall. Si tu laissais des gens camper dans la cour, tu te ferais une fortune.

En riant, elle lui passa les bras autour du cou, l'embrassa. Il aimait sentir la langue de Virgilia dans sa bouche, et ailleurs. A la fin d'une longue étreinte, elle demanda :

— Mangeons-nous maintenant ou plus tard ? Le caneton est déjà brûlé, j'en ai peur.

— Goûtons-le quand même. Nous aurons ensuite toute la soirée pour faire ce qui nous plaira.

Virgilia lui adressa un chaud sourire, un tantinet égrillard, avant qu'il ne descende à la cave chercher du vin. Pendant qu'elle préparait les plats, il déboucha la bouteille et décanta le nectar.

A table, ils se portèrent mutuellement un toast. En admirant son amant par-dessus le bord de son verre, l'ancienne infirmière songea que, à de nombreux égards, elle était mieux lotie qu'une épouse. La nature illicite de leurs relations donnait à tous les moments qu'ils passaient ensemble un piment qui manquait sûrement à la plupart des couples mariés. Elle avait connu le même genre d'excitation perverse et provocante en vivant avec un Noir.

Après avoir savouré le vin, Stout déclara :

— Quelle affaire, ce bal pour l'inauguration présidentielle ! Tu es au courant ?

— Où est le problème ? Dix dollars pour dîner et danser au Bureau des brevets, c'est formidable, non ?

— Oui, mais un certain nombre de nos frères de

couleur ont exprimé le désir d'y assister. La nouvelle a atterré plusieurs épouses de parlementaires, dont la mienne. Emily a pesté pendant une heure à l'idée que Fred Douglass ou quelque autre babouin pourrait lui demander une valse. Le comité d'organisation du bal a publié précipitamment une déclaration aux termes courtois mais clairs : pas de billets pour les nègres.

— C'est une honte.

— Ne confonds pas liberté et égalité, Virginia. Passe pour la première, elle permet de gagner des voix aux élections. Mais la seconde ne sera jamais admise — du moins, pas de notre vivant.

Ils parlèrent pendant quelques minutes de sujets plus plaisants. Le vin détendait Virgilia, lui donnait une humeur enjouée qui n'était pas dans son caractère.

— Et la place pour la cérémonie ?

— Je te l'ai obtenue. Section réservée près de la tribune officielle, devant le portique est.

— Merveilleux ! Merci, Sam.

— Ce n'est pas tout. J'ai aussi réussi à t'avoir une invitation pour la galerie du Sénat, où ce lourdaud de Johnson prêtera serment à midi. Lincoln sera en bas, et sa femme dans une partie réservée, pas loin de toi. Tu verras de près tout ce qui se passera. Quand on sortira pour le serment et le discours du président, Emily et moi prendrons place à la tribune officielle.

Etourdie par le vin, Virgilia prononça des mots qui la surprirent elle-même :

— Je vous ferai peut-être signe.

Stout se renversa sur sa chaise.

— Je n'apprécie pas ce genre de remarque.

— Sam, je plaisantais...

— Moi pas.

Apeurée et dégrisée, Virgilia dit hâtivement :

— Je suis désolée, chéri.

Il lui était pénible de s'excuser mais elle le devait si elle voulait garder Sam, ce qui était le cas.

— Je sais que nous ne devons pas montrer en public que nous nous connaissons, poursuivit-elle. Je ne ferai jamais la moindre chose qui puisse menacer ta réputation ou ta carrière. Elles sont devenues pour moi aussi importantes que pour toi. Tu me crois ?

Silence alarmant. Quand il jugea qu'elle avait été assez punie, il laissa les traits de son visage se détendre.

— Oui, répondit-il.

Virgilia relança la conversation dans une autre direction :

— Je ne tiens pas le moins du monde à entendre le Gorille prononcer un discours mais je suis curieuse de le voir de près. Est-il vraiment aussi laid qu'on le dit ?

— Il a l'air d'une momie. Il est trop maigre, souffre d'un rhume perpétuel. Certains murmurent qu'il est atteint d'une maladie mortelle. Malheureusement, son état de santé n'a réduit en rien son obstination à faire admettre ses opinions et son programme.

Stout découpa le caneton craquant, en goûta un morceau.

— Excellent.

— Je sais que c'est faux mais c'est gentil de mentir.

— Je le fais bien, n'est-ce pas ? Je m'entraîne chaque fois que je m'adresse aux électeurs. Tu as lu mon discours ? Qu'est-ce que tu en penses ?

Virgilia reposa sa fourchette.

— Tu m'as confié que, à ton avis, le discours d'entrée en fonction de Lincoln serait conciliant envers le Sud...

— D'après ce que j'ai pu savoir, ce sera le ton général, oui.

— Ton brouillon a le même, j'en ai peur.

— Vraiment ? Tu le trouves trop mou ?

— Pas seulement. Il est aussi trop vague quant à tes positions.

Se sentant en terrain sûr, elle alla de l'avant :

— Le texte s'écarte de son objectif. Le président a une conception de la reconstruction, tes amis et toi en avez une autre. Il faut faire plus qu'établir cette différence et ton appartenance à l'aile intransigeante du parti. Tu dois te présenter avec plus de clarté et de vigueur comme membre d'une élite qui dirigera la reconstruction, et repousser le plan du président en le qualifiant de divagations de couard. Le public doit connaître ton nom, Sam ; il doit devenir pour lui synonyme d'engagement total en faveur d'une paix dure. Pas de pardon pour les traîtres. Tu ne dois pas seulement suivre le bon défilé, tu dois montrer que tu le conduis.

— Je croyais l'avoir fait avec mon texte.

— Tu veux que je sois franche, n'est-ce pas ? Il est trop général, trop courtois. On n'y trouve rien qui ressemble, fût-ce de loin, aux déclarations de Sherman promettant de « faire hurler » la Georgie. Les gens doivent voir en toi l'homme qui fera hurler tout le Sud pendant des années afin qu'il expie ses crimes. C'est ce genre d'idées simples, frappantes qu'il faut mettre dans ton discours et répéter à chaque occasion. Si tu le fais, c'est ton nom qui viendra en premier à l'esprit des gens quand ils penseront aux hommes politiques.

Stout eut un petit rire.

— L'objectif est ambitieux.

— Et tu ne le réaliseras que si tu cherches à l'atteindre. Si tu échoues ? Bon, ton nom viendra en second dans l'esprit des gens. Mais tu ne seras rien du tout si tu vises moins que la première place.

Stout rit à nouveau, prit la main de Virgilia dans la sienne et lui caressa la paume avec le pouce.

— Tu es une femme remarquable. J'ai de la chance de t'avoir comme amie.

— Pour aussi longtemps que tu le voudras, chéri. Nous revoyons ton discours ?

Le pouce de Sam pressa plus fort la paume de Virgilia.

— Pas maintenant.

— On finit de manger, alors ?

— Non plus.

— Le repas sera froid...

— Nous pas.

Il faillit renverser la table dans sa hâte à se lever, à passer derrière Virgilia pour l'étreindre. Elle demeura assise, se renversa contre son bas-ventre durci, tendit le bras et le saisit en gémissant faiblement. Sam posa la main sur ses seins. Ils passèrent dans la chambre en titubant, se déshabillèrent l'un l'autre fébrilement. Les cheveux défaits, Virgilia s'écroula sur le lit, laissa son amant dénouer d'une main le lacet du corset en agaçant de l'autre les mamelons recouverts de dentelle. Les seins jaillirent, libres et lourds ; il s'agenouilla au bord du lit pour les embrasser puis promena ses lèvres sur d'autres parties du corps de sa maîtresse, qui noua ses bras autour de son cou.

Elle ne le laisserait jamais partir. Elle l'aiderait, elle lui prodiguerait réconfort et conseils — elle serait sa femme à tous égards, excepté sur le plan légal.

Il la coucha sur le dos, le jupon encore autour des chevilles. Les bras tendus, elle l'appela en criant. Son membre lui parut aussi gros qu'un canon Parrott quand il la pénétra. Sam était un homme puissant, et pas seulement sur le plan physique. Avec lui — à travers lui — elle vengerait le pauvre Grady et des millions d'autres victimes.

C'est elle qui ferait hurler le Sud.

Dans l'état de langueur qui suivit, il lui vint une étrange nouvelle pensée. La guerre avait changé en elle bien davantage que son aspect physique ou la façon dont elle se voyait. Sa haine du Sud demeurait aussi profonde, le châtiment des Sudistes restait son objectif de tous les instants.

Pourtant, à cet égard aussi elle avait changé. Virgilia désirait maintenant autant les moyens que la fin ; elle voulait le pouvoir en soi, pour défendre sa cause ou n'importe quelle autre. En raison d'une chaîne d'événements, apparemment sans rapport entre eux — ils avaient un sens, un caractère inéluctable qu'elle discernait clairement —, le pouvoir se trouvait à sa portée, aussi proche que le corps de son amant assoupi à côté d'elle.

Si ces perspectives nouvelles étaient le résultat de la guerre, alors la guerre n'était pas l'enfer, comme Sherman passait pour l'avoir dit, mais un des plus grands miracles de Dieu. Pour la première fois peut-être de sa vie adulte, Virgilia s'endormit satisfaite.

55

Le lendemain matin, lorsque les aiguilles des horloges de Mont Royal indiquèrent la minute précédant six heures, une vive lumière décrivit un arc de cercle dans l'obscurité puis redescendit dans une traînée d'étincelles.

— Les voilà ! s'écria Philemon Meek.

Sans réfléchir, il saisit la lampe mise en veilleuse posée sur la table de la salle à manger et courut à l'une des hautes fenêtres. Charles repoussa sa chaise en s'exclamant :

— Eloignez-vous de là !

Effrayé et excité, le régisseur ne l'entendit pas ou ne tint pas compte de l'avertissement. Il écarta le rideau pour mieux voir.

— Ils ont mis le feu au bâtiment des cuisines, dit-il. Ils se dirigent vers...

Une volée de plomb fracassa la vitre, projeta Meek en arrière. La lampe, brisée, laissa s'échapper du pétrole qui prit aussitôt feu. Charles se leva en jurant. Des cris s'élevèrent dans le noir. L'éclaireur se précipita vers le vieillard dans un effort inutile : le devant de la chemise de Meek était criblé de taches rouges faites par la décharge qui l'avait tué.

Charles arracha un des rideaux, le jeta sur le feu qui s'attaquait déjà au parquet brillant puis piétina l'étoffe pour étouffer les flammes. Nouvelle détonation. La balle invisible s'enfonça dans le mur faisant face à la fenêtre brisée.

Une odeur âcre se dégageait du rideau roussi. Charles s'accroupit, vit des silhouettes bondissantes se profiler devant les cuisines en feu. Andy entra, suivi de Cooper, un des vieux Hawken à la main. L'autre, celui de Meek, était resté sur la table, à côté du sabre de Solingen dans son fourreau.

— Prends-le, maintenant, Andy, dit Charles en montrant le fusil. Monte au premier, trouve-toi un bon endroit d'où les canarder... Et dont tu pourras aussi filer rapidement s'ils mettent le feu à la maison.

— Oui, major.

Le Noir saisit l'arme et deux des petits sacs en flanelle que Judith avait cousus pour y mettre de la poudre et des balles. Charles ne perdit pas de temps à considérer ce que le fait d'armer un esclave dans une plantation de Caroline avait de singulier. Il avait d'autres choses en tête, avant tout survivre.

— Un dernier point, Andy. Tu connais Cuffey, essaie de le repérer. C'est lui qu'il faut mettre hors de combat.

— Si je le connais ! Il paraît qu'il est gras à lard et s'est dégoté une mule : il ne doit pas être difficile à trouver. J'espère que c'est moi qui l'aurai.

Après le départ d'Andy, Charles rampa jusqu'à la fenêtre, s'aperçut que le bureau brûlait aussi.

— Il vaut mieux nous poster dans l'entrée, dit-il à Cooper. Tu surveilles la porte côté rivière, je me charge de celle qui donne sur l'allée.

Du vestibule, ils couvriraient aussi les portes fermées à clef du salon, où les femmes et les enfants s'étaient réfugiés vers cinq heures.

Le visage exprimant la peur et la tension, Cooper suivit son cousin dans la vaste entrée s'étendant de l'avant à l'arrière de la maison.

— Nous n'avons pas été prévenus, Charles. Qu'est-il arrivé aux hommes que tu avais postés en sentinelles ?

— Comment le savoir ? Ils ont été tués, ils se sont enfuis ou ont rejoint les rangs de Cuffey.

Comme tout bon commandant l'eût fait dans une situation semblable, l'éclaireur avait passé la majeure partie de la nuit dehors, passant d'un homme à l'autre, exhortant les sentinelles à la vigilance, remontant leur moral. Il était rentré une demi-heure plus tôt pour se reposer, réfléchir... Et personne n'avait donné l'alarme.

— Sur le côté, chuchota-t-il soudain, s'accroupissant à nouveau.

Une ombre passa devant un étroit panneau en verre situé à gauche de la porte de l'allée. Charles dégaina son colt. Une silhouette apparut, comme enluminée par le feu, sur le vitrail de droite. Charles tira, la forme s'écroula dans un tintement de verre.

— Un de moins, grogna-t-il.

Derrière lui, une serrure grinça ; des pleurs d'enfant s'échappèrent par la porte du salon, qu'on venait d'ouvrir.

— Cooper ? appela Judith. Combien sont-ils ?

— Beaucoup trop, répliqua Charles. Restez là-dedans, bon sang !

La porte claqua, la serrure grinça à nouveau. D'une voix morne, sans émotion, Cooper déclara :

— Je ne crois pas que nous survivrons.

— Pas de foutaises de ce genre.

Charles courut à la porte située de son côté : il avait vu un cavalier passer devant l'étroite fenêtre. Une voix lança d'un ton de défi :

— Hé, Charles Main, t'es là ? Un de tes négros est venu te chercher. Tu vas rôtir, Mist' Charles Main. Je vais te brûler vif et baiser tes femmes.

— Cuffey, salopard ! cria Charles. (Il passa le bras droit par la vitre cassée et fit feu.) Viens donc essayer.

Charles entendit un gémissement de douleur, les sabots de la mule résonnant dans la fumée et les lueurs de l'incendie. Puis la voix de Cuffey s'éleva à nouveau :

— Bientôt. Bientôt...

Quelqu'un d'autre avait reçu la balle que Charles lui destinait. C'était un coup que l'éclaireur n'aurait pas dû manquer.

— Par ici ! prévint Cooper.

Aussitôt après, la porte verrouillée donnant sur la rivière se fendit sous les coups de boutoir des pillards. Comme Charles attendait qu'elle cède tout à fait, une vive lumière le fit tourner la tête vers les fenêtres de la salle à manger. Dehors, au-delà des arbres, tout le ciel flamboyait.

La bande avait incendié les cases des esclaves, l'infirmerie et sans doute aussi la petite chapelle. Les gredins faisaient la guerre aux gens de leur race, la couleur de leurs victimes leur importait peu. C'étaient de vrais tueurs. Avant de succomber, Charles en enverrait quelques-uns de plus chez Belzébuth pour annoncer sa venue.

La porte donnant sur la rivière vola en éclats ; quatre hommes se ruèrent dans la maison. L'un d'eux portait une torche éclairant deux visages blancs et deux visages noirs. Cooper s'escrimait avec le Hawken sans parvenir à viser, Charles fit feu et ne toucha personne. Trois des assaillants bondirent de côté mais l'un des Blancs, un homme trapu armé d'une fourche, perdit l'équilibre et trébucha vers le centre de l'entrée. La torche, tombée sur le sol, révéla ses traits et le D marquant sa joue droite.

— Salem Jones ? fit Charles, stupéfait.

— Qui a longtemps attendu de te rendre cette petite visite, espèce de...

Sans achever sa phrase, Jones chargea. Cooper tira, Charles aussi tout en se jetant de côté pour éviter les dents pointues. Les deux hommes manquèrent leur cible et Jones, emporté par son élan, se retrouva de l'autre côté du hall. La fourche déchira le papier mural, s'enfonça de cinq centimètres dans le mur.

Charles se précipita vers l'ancien régisseur. Dans la salle à manger, des torches volèrent à travers les vitres brisées ; dans le salon, les femmes poussaient des cris aigus. Deux des hommes qui avaient pénétré dans la maison s'en prenaient maintenant aux portes de la pièce où elles étaient réfugiées. Charles prit confusément conscience de tout cela en fonçant sur Jones, qui tentait d'arracher sa fourche du mur.

L'éclaireur savait qu'il ferait mieux d'abattre Jones dans le dos mais ne put s'y résoudre. Les pillards réussirent à enfoncer l'une des portes du salon. Le Hawken de Cooper tonna, un des hommes de Cuffey s'écroula au moment précis où Charles, de sa main libre, saisissait Jones par l'épaule et lui faisait lâcher la fourche. Une petite silhouette apparut sur le seuil du salon.

— Mère ! pour l'amour du ciel, recule ! cria Cooper à Clarissa, qui souriait d'un air étonné.

Charles, qui continuait à tirer Jones en arrière, ne vit pas le poignard que l'homme dégaina mais sentit une vive douleur quand la lame s'enfonça dans sa cuisse. Aveuglé par les larmes, il poussa un faible cri, repoussa l'ancien régisseur vers la fourche. Cette fois, Jones parvint à la récupérer et se rua à nouveau sur Charles, qui avait fait passer son colt dans sa main gauche pour pouvoir se tenir la cuisse.

Les dents éclairées par les lueurs de l'incendie volèrent vers les yeux de Charles.

— Toi d'abord, rugit Jones. Ensuite ton tout-puissant cousin.

Un coup de tonnerre. Jones s'éleva, comme empoigné par des mains invisibles ; ses genoux touchèrent sa poitrine. Puis le V de son corps s'ouvrit et il retomba, mort mais saignant encore. La fourche, qui avait effleuré le crâne de Charles, tinta sur les dalles de l'entrée.

Tournant la tête, Charles vit Cooper qui braquait encore sur Jones le Hawken fumant avec lequel il l'avait abattu, après avoir trouvé le temps de recharger. A la porte du salon, Jane s'efforçait de faire rentrer Clarissa. Un des bandits gisait au sol, le visage ensanglanté, blessé sans doute par le couperet rougi que la jeune Noire tenait à la main. Le quatrième homme avait fui.

— Il faut faire sortir tout le monde avant que ça ne flambe complètement, haleta Cooper.

Charles se souvint qu'il avait laissé son sabre dans la salle à manger, courut dans la pièce et prit l'arme de sa main tachée de sang.

De retour dans l'entrée, il s'appuya contre un mur et se dit qu'il aurait dû s'attendre à ce qui arrivait. D'ailleurs, il n'avait jamais vraiment cru que tous les Noirs qu'il avait armés de gourdins ou d'outils et postés autour de la maison resteraient et combattraient pour Mont Royal. A leur place, il n'en aurait rien fait.

Quelque chose heurta la porte donnant sur l'allée. Une balle? Non, le coup était trop puissant. Un poteau transformé en bélier? En boitillant, il rejoignit son cousin, qui rechargeait son arme.

La porte céda. Charles se retourna trop vite et tomba — ce qui lui sauva la vie. Des balles criblèrent le mur devant lequel il s'était tenu l'instant d'avant. Se ressaisissant, il fit feu jusqu'à ce que son revolver soit vide. Les attaquants refluèrent.

Il se remit péniblement debout, remarqua les traces de sang que sa cuisse avait laissées sur le sol.

— Il faut faire sortir les femmes, dit Cooper.

— D'accord mais tu restes avec elles.

— Nous sommes fichus, n'est-ce pas?

— Pas si...

Charles dut s'interrompre pour avaler sa salive. Ses doigts gourds laissèrent tomber la balle qu'il essayait de glisser dans le barillet du colt. Il s'agenouilla pour la ramasser et acheva sa phrase :

— Pas si j'arrive à trouver Cuffey.

— Tu l'as trouvé, homme blanc. Et lui aussi t'a trouvé.

Charles leva la tête vers le haut de l'escalier, découvrit Cuffey, énorme, boudiné dans une longue robe de satin jaune.

L'éclaireur se rappela avoir entendu dire que les pillards de Sherman et certains esclaves libérés revêtaient des habits de femme volés dans les armoires des maisons de Georgie. Cuffey aussi devait l'avoir entendu dire. Il semblait ivre. Sa tenue paraissait d'autant plus bizarre qu'il tenait à la main un coutelas à débroussailler long d'une soixantaine de centimètres.

Charles l'examina en cherchant sous l'homme l'adolescent avec qui il avait pêché, lutté, parlé de femmes, et fait tout ce que font ensemble des garçons de cet âge. Il ne retrouva pas l'ami perdu; il ne vit qu'une apparition en robe jaune, avec une machette et des yeux fous.

— Tu l'as trouvé et il est forcé de te tuer, reprit Cuffey.

Il se mit à descendre sous le regard des deux Blancs qui braquaient sur lui des armes vides. Le premier étage avait aussi pris feu et des volutes de fumée entouraient la tête de Cuffey d'un halo sinistre.

— Fais sortir les femmes, murmura Charles à son cousin.

— Je ne peux pas te laisser...

— Va, Cooper.

— Ouais, va, répéta Cuffey d'une voix pâteuse. C'est Mist' Charles que je veux pour commencer.

Aux hommes massés sur la terrasse, il cria :

— Restez dehors, vous m'entendez ! Attendez que j'aie fini.

Lentement, Charles remit le colt dans sa gaine, essuya sa main rougie à sa chemise et prit le fourreau sur la petite table où il l'avait posé. Le sabre d'apparat était trop fragile pour lui être d'un grand secours mais il n'avait pas le temps d'aller prendre la fourche et Cooper, qui venait de disparaître dans le salon, avait besoin du Hawken.

Cuffey descendit les marches en se dandinant dans sa robe en satin. Avec un sourire, il se tapotait la cuisse du plat du long coutelas.

— On était copains, dans le temps, pas vrai ? marmonna-t-il.

Charles fixait le visage bouffi et luisant.

— C'est fini maintenant.

Deux hommes, dont un jeune blond ricanant vêtu d'une redingote de Cooper et d'un jupon, entrèrent par la porte de l'office, les bras chargés de piles d'assiettes surmontées d'argenterie. Cuffey, parvenu au bas de l'escalier, poussa un beuglement qui les fit aussitôt sortir en titubant, dans un tintement de couverts.

Un instant avant qu'ils franchissent la porte, Charles vit passer dans l'allée une silhouette familière, qui marchait lentement comme pour une promenade matinale.

— Tante Clarissa !

Elle avait déjà disparu.

Profitant que Charles avait la tête tournée, Cuffey se rua sur lui, brandissant la machette à deux mains. Il l'abattit avec force, d'un coup qui aurait fendu le crâne de Charles s'il ne s'était jeté sur le côté.

Charles voulut dégainer son sabre qui, pour une raison inconnue, resta coincé dans le fourreau. Cuffey frappa à l'horizontale, vers le cou de l'éclaireur, qui fit un pas en arrière pour se mettre hors de portée. La lame fracassa un miroir dont les fragments, reflétant un instant les lueurs de l'incendie, fusèrent comme une gerbe d'étincelles.

La jambe droite raidie par sa blessure à la cuisse, Charles réussit enfin à dégainer son sabre d'apparat. Cuffey leva de nouveau les bras, révélant de grandes taches de sueur assombrissant le jaune de la robe sous les aisselles. La machette fit tinter les cristaux du lustre de l'entrée.

Furieux, le Noir lui porta deux coups qui déclenchèrent une brève pluie de petits prismes. Charles avança, le bras tendu, en se rappelant qu'il n'avait jamais brillé aux cours d'escrime de West Point.

Il glissa sur une pendeloque et Cuffey en profita pour lui donner un coup de pied dans le bas-ventre. Charles grogna, se pencha en avant. Sa jambe droite fléchit, il tomba sur un genou. La machette s'abattit vers son cou.

Il releva son sabre, entailla l'intérieur du poignet de Cuffey. Du sang jaillit. Le Noir lâcha la machette, qui rasa l'oreille de Charles, si près qu'il sentit le métal effleurer le lobe.

Cuffey décocha une ruade dans le bras gauche de son ancien ami, qui s'affala sur le dos. Le chef de bande écrasa de sa lourde botte la main droite de Charles, dont les doigts se desserrèrent. Le sabre tomba par terre.

Grimaçant, Cuffey tomba à genoux sur la poitrine de l'éclaireur, qui le saisit à bras-le-corps. Les deux hommes roulèrent sur le sol jonché de débris. Cuffey lança ses ongles vers les yeux de Charles mais les deux mains blanches bloquèrent le poignet noir ensanglanté.

— Je... vais... te tuer, haleta l'ancien esclave.

Il parvint à se dégager, saisit son adversaire à la gorge.

— Tu es... foutu.

Charles sentit ses forces le quitter. Sa main droite retomba, chercha désespérément sur le sol de quoi frapper Cuffey au visage : un éclat de verre, un morceau de miroir...

Les mains de Cuffey serraient de plus en plus fort. Les doigts ensanglantés de Charles se refermèrent sur un objet strié qu'il ne reconnut pas immédiatement...

La poignée du sabre...

Cuffey vit le coup venir du coin de l'œil mais ne put empêcher le sabre de s'enfoncer dans son flanc gauche, sous son bras. Il lâcha la gorge de Charles, recula. La lame avait percé le satin, entaillé la peau, pénétré dans la chair de quelques centimètres.

Charles continua à pousser, sentit l'arme effleurer un os et s'enfoncer plus profondément.

Cuffey hurla, se tortilla sans parvenir à échapper au fer fiché en lui. Charles tint bon, le Noir eut une violente contorsion qui brisa la lame à quelques centimètres du satin jaune. Toujours embroché, Cuffey empoigna frénétiquement le morceau d'acier dépassant de sa poitrine, tituba vers la salle à manger. Le bas de la robe évasée prit feu ; des flammes coururent le long de l'ourlet, montèrent vers le corsage. Tournoyant, le Noir acheva cette valse de mort en tombant dans le brasier.

Ayant trouvé de quoi faire ripaille, le feu s'éleva plus haut encore, enveloppant totalement Cuffey.

Le plafond fumant craqua. Charles se releva lentement, gardant à la main droite le tronçon de sabre, qui ressemblait à une croix de métal. De l'inscription, il ne restait que le mot *aime* et la date, *1861*.

Le sang trempait sa jambe de pantalon et clapotait dans sa botte quand il marchait. Il repéra son colt, le ramassa, s'aperçut que le salon était encore presque totalement épargné par les flammes. Les fenêtres avaient été brisées, sans doute pour que Cooper et les autres puissent s'enfuir. Il devait les retrouver. La maison, elle, était perdue.

Il arracha un autre rideau, taillada le tissu avec son moignon de sabre jusqu'à obtenir une bande assez longue pour faire plusieurs fois le tour de sa cuisse. Puis il cassa un tabouret, prit un de ses pieds, le brisa en deux et se servit d'un des morceaux pour compléter le garrot.

La fumée ne cessait d'épaissir, il avait l'impression que sa poitrine était à vif. Par une fenêtre, il sortit sur la terrasse, le revolver déchargé dans la main gauche, le sabre brisé dans l'autre.

Le jour se levait. Les hommes de Cuffey avaient réussi à trouver tout ce que la maison recelait de précieux, comme en témoignaient les débris jonchant l'allée. Ils avaient vidé la cave, les armoires, les placards des cuisines. Charles vit des pillards noirs et blancs s'éloigner dans la fumée, les bras chargés de butin.

Tous n'avaient pas eu autant de chance : le jeune blond portant un jupon par-dessus la redingote de Cooper gisait face contre terre au milieu de couverts en argent et de vaisselle cassée. Une balle avait percé un trou entre ses omoplates.

Une petite fusillade éclata et Charles demeura prudemment derrière un des piliers blancs du porche pour crier :

— Cooper ?

Silence.

— Cooper ?

— Charles ?

Quoique distante, la voix donna à l'éclaireur le renseignement dont il avait besoin : son cousin et les autres se cachaient dans le jardin proche de la rivière. Il rampa le long de la maison en prenant soin de ne pas toucher le mur brûlant, parvint au coin du bâtiment, examina la pelouse.

Personne. Il s'apprêta à foncer puis jugea préférable d'annoncer d'abord :

— Cuffey est mort ! Je l'ai tué.

Il emplit d'air ses poumons douloureux, courut aussi vite que le permettait sa blessure le long de la pente menant à l'Ashley.

Quelqu'un tira, Charles entendit la balle s'enfoncer dans l'herbe à sa droite mais il n'y eut pas d'autre coup de feu. Dans le jardin, il découvrit des visages familiers et, sans prononcer un mot, s'évanouit.

Ils se cachèrent toute la journée dans une des rizières, adossés à la digue de terre retenant l'eau de la rivière jusqu'à ce qu'on relève les vannes en bois pour la laisser s'écouler. Le groupe de survivants comprenait Cooper, sa femme et sa fille, Clarissa, Jane, Andy, une jeune servante nommée Sue et ses deux garçonnets, ainsi que Cicero, l'esclave arthritique aux cheveux blancs. Le vieillard avait eu le temps d'emplir les deux grandes poches de sa veste de grains de riz, dont on fit la distribution quand midi approcha. C'était leur seule nourriture.

Certains, dont Cooper et Clarissa, proposèrent à plusieurs reprises de retourner à la maison pour estimer les dégâts mais Charles se montra inflexible :

— Pas avant le crépuscule. J'irai d'abord seul : inutile de risquer d'autres vies.

Grâce au garrot, le sang s'était coagulé et la blessure de Charles ne saignait plus. Elle continuait cependant à le faire souffrir et il aurait aimé avoir un peu de bourbon pour soulager la douleur. Comme son cousin semblait vouloir discuter sa dernière remarque, Charles ajouta :

— Regarde le ciel. Il te dit ce qui s'est passé.

De la fumée noire s'élevait au-dessus de la levée de terre, des chênes et des palmiers nains bordant les rizières. Visiblement bouleversé par ce spectacle, Cicero demanda d'une voix tremblante :

— Et les gars qu'on avait postés en sentinelles ?

— Ils ne sont pas restés, dit Cooper.

C'était une simple constatation, pas une accusation, mais la réponse provoqua la colère du vieillard.

— Les lâches ! Ils ne se sont même pas battus pour défendre leur maison...

Andy, qui dessinait dans la terre avec un bâton, intervint :

— Ils n'avaient pas choisi d'y vivre, je te le rappelle.

— Des trouillards, oui ! explosa Cicero. De la racaille noire !

— Ne sois pas si dur avec eux, plaida Charles. Ils savent que le Sud est vaincu, qu'ils obtiendront leur liberté à la minute où cette défaite deviendra officielle. Alors pourquoi rester et mourir quand il leur suffisait de courir un kilomètre ou deux pour devenir tout de suite des hommes libres ? Je vais vous dire une chose : des milliers de jeunes Sudistes blancs ont déserté sans avoir une raison aussi valable.

Charles glissa dans sa bouche deux grains de riz qu'il entreprit de mâcher.

Clarissa n'appréciait pas du tout de devoir rester dans la rizière. Peu après midi, elle eut envie de se soulager et se mit à pleurer parce qu'elle ne pouvait être seule. Jane s'approcha d'elle, lui murmura quelque chose à l'oreille puis la guida doucement jusqu'à la digue voisine. La jeune Noire attendit ensuite près de la levée de terre le retour de la vieille femme.

Clarissa réapparut, le sourire aux lèvres.

— Comme l'air sent bon ! s'exclama-t-elle. Le printemps arrive. N'est-ce pas charmant ?

Dans l'après-midi, Charles sommeilla un peu. Les yeux mi-clos, il se revit enfant, près des cases, disputant à son ami Cuffey une canne à pêche. Dieu ! comme la roue avait tourné !

A la tombée de la nuit, Cooper exprima à nouveau le désir d'aller inspecter la propriété. Cela faisait des heures qu'on n'avait entendu ni coups de feu ni bruits insolites. De la fumée continuait à flotter dans l'air, moins épaisse mais d'une odeur aussi âcre. Charles se demanda comment Clarissa pouvait ne plus la sentir. Peut-être parce qu'elle s'était à nouveau réfugiée dans le paysage plus doux et plus sûr de son esprit. A certains égards, elle avait de la chance.

— A mon avis, personne ne doit aller là-bas seul, déclara Andy. J'accompagnerai celui de vous deux qui s'y rendra.

— Je suggère que nous y allions tous les trois, proposa Cooper.

Trop las pour reprendre la discussion, Charles accepta d'un haussement d'épaules.

Sans armes, ils suivirent la rive de l'Ashley, dont les eaux prenaient des reflets rouge doré dans la lumière du crépuscule. Après la dernière rizière, ils avancèrent prudemment à travers la ceinture de grands arbres séparant les champs du jardin et de la pelouse. Les premiers dégâts visibles, lorsqu'on approchait de ce côté, étaient des planches brisées et des débris divers jonchant la berge : il n'y avait plus de débarcadère.

Pâle, Cooper sortit du jardin en s'essuyant les lèvres. Charles, qui le suivait, vit dans l'herbe des morceaux de vaisselle à filet doré, une robe déchirée surmontée d'un tas d'excréments. Humains, supposa-t-il.

— Mon Dieu ! murmura Cooper, qui regardait la maison.

Mont Royal avait brûlé jusqu'aux fondations. Il ne restait debout que quelques poutres noires inclinées et la grande cheminée, dont la glycine devait être morte.

— Comment ont-ils pu ? explosa Cooper, la voix chargée de colère. Comment ont-ils pu, ces maudits barbares ignorants...

Charles l'interrompit avec douceur :

— Tu répétais souvent que les Sud-Caroliniens étaient stupides de vouloir la guerre, de chercher à la provoquer. Nous récoltons simplement ce que tu nous avais prédit. La guerre nous a rendu visite.

Il toucha l'épaule tremblante de son cousin pour le réconforter puis se mit à gravir la pente herbeuse. Il se trouvait encore à bonne distance de la maison lorsqu'il sentit la chaleur de four que dégageaient les gravats. Çà et là, des charbons brillaient comme des yeux de lutin. Lentement, avec consternation, il fit le tour de la grande cheminée.

Cooper et Andy, qui s'approchaient pour le rejoindre, le virent soudain disparaître et échangèrent un regard inquiet. Puis ils l'entendirent rire comme un dément.

— Vite, dit Cooper, en se mettant à courir.

Les deux hommes firent eux aussi le tour de la cheminée, parvinrent à l'allée bordée d'arbres qui s'obscurcissait déjà. Près de la maison, quelques branches fumaient encore ; d'autres avaient brûlé complètement.

Charles, debout près du cadavre du jeune blond, hurlait comme un malade mental en montrant quelque chose du doigt. L'objet de ses ricanements sinistres se tenait un peu plus loin dans l'allée : c'était une mule aux oreilles baissées, avec sa longe et sa bride.

— La monture de Cuffey, hoqueta l'éclaireur entre deux éclats de rire. Mont Royal a disparu de la surface de la terre mais j'ai trouvé une remonte. Loués soient Dieu et Jeff Davis ! La guerre peut continuer, encore et encore...

La voix aiguë se brisa. Charles tourna vers ses deux compagnons un regard empli de honte et marcha à pas lents vers le chêne le plus proche. Il appuya son avant-bras contre le tronc et y cacha son visage.

56

LE dimanche 2 avril, dans la matinée, Mr. Lonzo Perdue, sa femme et ses filles priaient à genoux dans l'église Saint-Paul quand un messager remonta d'un pas pressé l'allée centrale pour parler au président dans un murmure. Mr. Perdue vit le chef de l'Etat quitter l'édifice, la démarche mal assurée, et se pencha vers son épouse.

— Les défenses sont brisées. Tu as vu sa tête ! Ça ne peut être que cela. Il faut faire les bagages et prendre le train.

Après la messe, les Perdue ne s'attardèrent pas sur le parvis pour bavarder avec des amis. Ils rentrèrent droit chez eux, emplirent trois malles et se mirent en route pour la gare. Là, ils apprirent que tous les trains en partance étaient retenus, bien qu'aucun employé ne pût leur expliquer pourquoi. Dans l'après-midi, la foule s'épaissit et envahit les quais, la salle d'attente. Finalement, Mr. Perdue et sa famille se retrouvèrent juste devant l'entrée de la gare. Ils entendirent dans une rue voisine un bruit de verre brisé.

— Des pillards, fit Mr. Perdue en tremblant.

— Des nègres, sûrement, dit sa femme.

En fin de journée, tout le quartier de la gare devint noir de monde et les rumeurs commencèrent à circuler : Lee avait évacué les lignes de défense de Petersburg et Richmond, il battait en retraite vers l'ouest en pleine déroute.

Les gens s'énervaient, se poussaient, en venaient aux mains ; la troupe fonçait dans la foule et intervenait sans ménagement pour rétablir l'ordre. La première explosion retentit.

— Oh ! papa ! s'écria Clytemnestra, la fille de Mr. Perdue, en s'accrochant à son père, aussi terrifié qu'elle. Qu'est-ce que c'est ?

— On démolit des bâtiments. Je crois que c'était l'usine Tredegar.

Marcelline, l'autre fille, se mit à glapir et à pleurer. Sans hésiter, Mr. Perdue la gifla plusieurs fois, ce qui mit fin à la crise de nerfs.

Vers onze heures, la ville était devenue un asile éclairé par les lueurs des incendies, qui se propageaient rapidement. Davis arriva dans un attelage escorté de soldats lourdement armés. Dans la lumière enfumée d'un bec de gaz, Mr. Perdue le vit pénétrer dans la gare. « Un train à destination de Danville l'attend », assura quelqu'un.

Mr. Perdue commença à flairer la trahison lorsqu'il

repéra d'autres dirigeants se faufilant dans la gare sous la protection de la troupe : Mallory, ce vaurien, qui avait dilapidé tant de précieux dollars pour ses plans insensés au ministère de la Marine ; Trenholm, qui avait remplacé Memminger aux Finances et qui arriva en ambulance ; ce fichu juif de Benjamin, l'air plus sournois que jamais. Les privilégiés se réfugiaient en lieu sûr, loin des barils de poudre, du brasier, des pillards...

— Les fourgons du train spécial vont être ouverts ! cria un employé du haut du perron de la gare. Je répète, les fourgons vont être ouverts, mais, attention ! défense d'emporter des bagages. Pas un seul bagage !

Criant, poussant, la foule se rua vers les portes, les gens se mirent à se battre. Mr. Perdue vit un enfant tomber, être piétiné. Il ne lui porta pas secours, trop occupé qu'il était à tirer sa femme vers le quai.

— Oh ! Lonzo, pas de bagage ! gémit Mrs. Perdue. Je ne peux pas laisser nos affaires...

— Alors reste avec elles. Sans moi. Les filles, donnez des coups de pied si on ne vous fait pas de la place.

C'est ainsi que la famille Perdue réussit à monter dans le train. Lorsqu'il s'ébranla, des gens restés sur le quai se bousculèrent pour essayer de se glisser dans les fourgons déjà bondés. Mr. Perdue et ses voisins, campés devant la porte ouverte de leur wagon, repoussèrent l'assaut en écrasant les mains des indésirables.

Marcelline, agrippée aux basques de son père, montra un groupe gesticulant sur le quai.

— Papa, c'est Mr. Salvarini et sa famille !

— Oui, c'est dommage.

Une main potelée portant deux alliances à l'annulaire émergea de la foule comme une créature marine et s'accrocha au pantalon de Mr. Perdue. Il saisit l'index, le plia en arrière, entendit l'os craquer. La main lâcha prise.

Le train prit de la vitesse, se dégagea des dernières grappes de corps agglutinés aux portes, s'engagea sur le pont. La veste et la cravate en lambeaux, Mr. Perdue était épuisé mais content, ravi même, du comportement héroïque et peu dans son caractère qu'il avait eu face au danger.

En aval du fleuve, de grandes colonnes de lumière brillaient là où on avait mis le feu à d'autres ponts. « J'aurais peut-être dû m'engager dans l'armée, finalement », songea Mr. Perdue tandis que le train l'emportait dans la nuit.

Les soldats, pour la plupart des vétérans blessés, avaient formé une arrière-garde chargée de descendre les 13e et 14e Rues, de pénétrer dans les bâtiments officiels et de mettre le feu aux caisses et aux cartons d'archives officielles. Un homme grisonnant, qui avait vingt-cinq ans mais en paraissait quarante, ouvrit une caisse en bois et s'exclama :

— Tiens ! V'là autre chose. Du courrier non distribué.

— Brûle-le, ordonna son sergent.

Comme ses hommes, le sous-officier avait les bas de pantalon trempés de whisky à force de patauger dans les caniveaux qui en étaient pleins. Les pillards cassaient tout.

Le soldat craqua une allumette. Quand plusieurs lettres flambèrent, il en prit une dont il se servit pour mettre le feu à une seconde puis une troisième et une quatrième caisse. Lorsque le brasier ronfla, il jeta l'enveloppe aux deux tiers consumée sur le plancher déjà chaud et sortit de la poste en courant.

57

DEVANT le siège du *Ledger-Union*, un grouillot accrochait presque toutes les heures un résumé des dernières dépêches télégraphiques. Chaque nouvelle du front Petersburg-Richmond était acclamée par une foule sans cesse plus nombreuse.

Le lundi 3 avril, à midi, l'excitation arrêta le travail aux forges Hazard et se propagea à Belvedere comme un feu de prairie. Seule Madeline ne participa pas à l'allégresse et se retira dans ses appartements.

Elle était cependant soulagée de savoir la fin proche. Les dépêches ne précisaient pas si le général Lee avait abandonné aussi ses positions intenables devant Petersburg et Richmond mais tout le monde le supposait — à Belvedere comme à l'usine et en ville. Chacun sentait que la capitale confédérée tomberait bientôt. Si cela signifiait la fin du bain de sang, Madeline en était contente.

Les nouvelles du front suscitèrent aussi en elle des considérations moins plaisantes. Après la capitulation du Sud, elle n'aurait aucune raison valable de ne pas retourner à Mont Royal.

Cette idée lui faisait horreur car la plantation lui rappellerait Orry. Pourtant, elle savait que son devoir lui commandait d'y retourner dès qu'il serait possible de se rendre en Caroline du Sud. A Washington, on parlait beaucoup de confisquer tous les biens des grands propriétaires d'esclaves. Madeline devait rentrer pour empêcher cela. Si l'amour qui l'avait unie à Orry avait un monument, c'était Mont Royal, quoique la grandeur en fût ternie par l'esclavage des Noirs.

Elle devait donc faire le voyage et, prenant la place d'Orry, protéger le domaine où ils avaient vécu ensemble un temps si court. A supposer, bien sûr, que la plantation existât encore. Les journalistes du Nord écrivaient sur l'avance de l'armée de Sherman de longs articles pleins d'une jubilation sinistre qui laissaient penser que la moitié de l'Etat de Caroline du Sud avait été incendiée, comme la ville de Columbia.

Mais Madeline ne connaîtrait le sort de Mont Royal qu'en s'y rendant, et elle ne pouvait y aller sans se préparer. Lasse d'imaginer des scènes de destruction, elle choisit pour antidote l'activité physique.

D'un placard, elle sortit la petite malle avec laquelle elle était venue de Richmond. Elle l'ouvrit, y plaça deux robes qu'elle portait rarement. Quand le bagage fut à moitié plein de vêtements que Madeline avait rarement mis depuis son arrivée, elle commença à y ranger les livres posés sur la table de chevet. Elle ouvrit l'un d'eux à la page marquée par le ruban, regarda le poème sans en distinguer un seul mot.

Ne lis pas, lui conseilla une voix silencieuse. Elle ferma le livre, le pressa contre sa poitrine. Des larmes coulèrent de ses yeux contemplant par la fenêtre les collines couvertes de lauriers.

— C'était il y a bien longtemps... dans un royaume... près de la mer... que vivait une jeune fille... du nom de...

Frissonnante, Madeline baissa la tête.

— Du nom de...

Elle fut incapable de poursuivre : le poème avait signifié trop de choses pour Orry et elle. Elle se pencha au-dessus de la malle, posa le livre de Poe sur les robes puis referma le couvercle. C'était tout ce qu'elle pouvait emporter pour le moment.

Ce jour-là, quand les conquérants entrèrent dans Richmond, Mrs. Burdetta Halloran était prête. Elle avait dépensé presque tout l'argent qu'il lui restait pour acheter un drapeau de l'Union : « tout le monde en veut », avait fait valoir le profiteur qui le lui avait vendu fort cher.

Le matin, les Yankees passèrent devant sa maison. Spectacle incroyable, c'étaient les Noirs du 5e de cavalerie du Massachusetts qui ouvraient le défilé. Cachant son mépris, elle les acclama et agita son mouchoir sous la bannière étoilée qui flottait devant son porche. Beaucoup de ses voisins pleuraient sans se cacher mais pas tous. Mrs. Halloran se fichait totalement de ce que les âmes éplorées pensaient de sa conduite.

Par centaines, les conquérants se pavanaient dans les rues, souriant, jouant du fifre et du tambour, célébrant leur victoire sous un ciel encore teinté de lueurs d'incendie. Sur le passage des soldats, les Noirs sautillaient et dansaient, injuriaient les Blancs regardant de leur porche ou de leur fenêtre.

Burdetta s'aperçut qu'un officier blanc l'avait

remarquée et cria de plus belle. Il fallait bien survivre...

— Dieu soit loué ! Dieu soit loué ! s'exclamait-elle en agitant son mouchoir si fort qu'elle en avait mal au bras.

Un colonel au visage joufflu fit sortir son cheval de la colonne et s'approcha lentement de la clôture derrière laquelle se tenait Mrs. Halloran.

— Plus d'esclavage — et bientôt, plus de guerre, n'est-ce pas, capitaine ?

— Oui, tout semble indiquer que Lee est en déroute, répondit Billy.

Les petits yeux de Pinckney Herbert brillèrent de satisfaction tandis qu'il nouait un morceau de ficelle autour du cuir à repasser enroulé sur lui-même. Billy se laissait pousser la barbe depuis son retour mais continuait à se raser le cou et son ancien cuir était usé.

Il se remettait. Sa blessure lui causait fréquemment une douleur diffuse quoique forte qu'il réussissait cependant à oublier quand il était au lit avec Brett. Jamais, lui confia-t-elle, ravie, elle ne l'avait vu aussi fougueux. « J'ai dû trop longtemps me contenter des rations de l'armée, expliqua-t-il. Café, pain de maïs et abstinence. »

Il remercia le commerçant, prit le cuir et sa monnaie, sortit de la boutique sombre et poussiéreuse où flottaient de merveilleuses odeurs d'épices, de bonbons et d'oignons. Bien que sa poitrine recommençât à le faire souffrir, il éprouvait une joie profonde à sentir la vie reprendre son cours habituel. Pour reconnaître ce retour à la normale, il ne portait plus d'arme.

Herbert avait raison quand il disait que c'était un grand jour pour tout le pays, ce 3 avril. Le Treizième Amendement avait été soumis à la ratification de chaque Etat, et l'Illinois avait été le premier à l'approuver. Même le pathétique président de la Confédération avait reconnu la nécessité du changement — encore que Billy le soupçonnât d'avoir tenu ces propos en désespoir de cause et non par conviction. Davis, qui serait probablement pendu à la fin de la guerre (si on le capturait : à sa place, tout homme sensé aurait quitté le pays), avait signé en mars une loi admettant les Noirs dans l'armée confédérée. Billy trouvait cette décision à la fois triste et méprisable.

Faisant de son mieux pour oublier la douleur montant dans sa poitrine, il se dirigea à pas lents vers le siège du *Ledger-Union* pour voir s'il y avait d'autres nouvelles. En chemin, il passa devant un café bondé d'hommes qui grimperaient bientôt la colline pour relayer l'équipe du matin aux forges Hazard. Plus loin, une banderole tricolore décorait l'entrée du bureau de recrutement. Billy s'arrêta pour observer un trio d'hommes désœuvrés qui barraient le passage à un jeune Noir aux larges épaules. L'un des trois Blancs portait un uniforme de l'armée et Billy reconnut en lui Fessenden, l'ouvrier qui avait un jour importuné Brett.

— Tire-toi, négro, lança un des Blancs.

Il ramassa une pierre de bonne taille, la jeta en riant vers les vieilles chaussures du Noir. Le projectile tomba juste devant les pieds de l'homme de couleur.

— Ouais, retourne au boulot, enchaîna Fessenden, l'air également amusé. Bob Lee se débine, la guerre est presque finie. On veut pas que les Noirs se battent pour nous.

Billy se tenait devant le café, dans l'ombre du porche. Fessenden et ses compères accoudés à la barrière séparant le bureau de recrutement de la rue ne pouvaient pas le voir mais le jeune Noir, qui faisait face au mur, coula vers lui un regard plein d'appréhension. Dominant une peur évidente, il répondit :

— Je ne cherche pas d'ennuis. Je veux juste m'enrôler pendant qu'il est encore temps.

Il fit un pas en avant. Le jeune Blanc boutonneux qui se tenait à la gauche de Fessenden sortit vivement la main de la poche de son pantalon. Un déclic, un reflet métallique — le Noir se figea en voyant la longue lame du couteau.

— T'as entendu ce qu'a dit le soldat ? On veut pas de moricauds de cette ville dans l'armée des Etats-Unis.

Maintenant, retourne à ta cabane, mon gars, ou on ramassera encore des morceaux de tes balloches dans la poussière d'ici trois semaines... T'entends ? Reste pas planté comme un poteau quand un Blanc te...

— Laissez-le passer.

La voix provenant de l'ombre bleue fit se retourner les trois hommes. Billy s'avança, s'arrêta devant la porte du bureau de recrutement dont les occupants, invisibles, n'avaient manifestement pas le courage d'intervenir.

— Cela ne vous regarde pas, Hazard, répliqua Fessenden.

— Il a le droit de s'enrôler s'il le désire.

— Le droit ? pouffa le possesseur du couteau. Depuis quand les moricauds ont des...

— Laissez-le passer.

— Dis-lui d'aller se faire foutre, Lute, suggéra le troisième larron.

Fessenden gratta son menton bleu de barbe en marmonnant :

— Je sais pas, les gars. C'est un ancien combattant, blessé comme moi.

— Blessé au derrière, paraît-il, dit Billy. Alors que tu t'enfuyais.

— Fumier ! beugla Fessenden.

Mais ce fut le boutonneux qui passa à l'action, le couteau en avant. Billy se recula vivement, cassa la ficelle de son paquet, déroula le cuir et en cingla le visage de son assaillant. L'homme lâcha son arme en couinant, la face marquée d'une barre violette du front au menton.

Sous la bande enserrant sa poitrine, la blessure de Billy palpitait. Il se sentit soudain pris de vertige. Le boutonneux se baissa sans le quitter des yeux, chercha à tâtons le couteau, que Billy expédia au milieu de la rue d'un coup de pied.

— Merde, alors ! explosa Fessenden. Et pourquoi pas leur donner aussi le droit de vote, aux nègres ?

— S'il a le droit de mourir pour le gouvernement, il doit aussi avoir celui de l'élire.

— C'est pas vrai ! ricana Fessenden avec un hochement de tête incrédule. Qu'est-ce qu'on vous a fait à l'armée ? Vous parlez comme un de ces foutus extrémistes.

Surpris, Billy prit conscience que des convictions nouvelles s'étaient forgées en lui sans qu'il s'en rendît vraiment compte.

— Vraiment ? Eh bien, c'est comme ça.

Il se tourna vers le jeune vaurien affligé d'acné et, de sa plus belle voix d'officier de West Point, brailla :

— Fiche-moi le camp, crapule ! C'est un ordre.

Le boutonneux déguerpit à toute allure, faillit renverser Pinckney Herbert qui observait la scène du seuil de son magasin.

— Tu peux entrer, dit Billy au Noir.

Celui-ci passa devant Fessenden, sans presser le pas mais sans s'attarder trop longtemps non plus quand il fut à portée du Blanc. Fessenden se contenta de le regarder en secouant la tête.

Avant de pénétrer dans le bureau de recrutement, le Noir sourit à Billy et dit :

— Merci, capitaine.

58

ASSIS sous un chêne le protégeant du crachin, Charles lisait un vieux journal de Baltimore parvenu Dieu sait comment à Summerville, le village où Andy et lui étaient allés chercher à manger.

L'éclaireur était resté à Mont Royal plus longtemps qu'il n'aurait dû et qu'il ne l'avait prévu. Mais on avait eu besoin des bras de tous pour construire une nouvelle maison — guère plus qu'une très grande cabane — à l'emplacement occupé autrefois par la gloriette de la plantation, qui avait été démolie mais non brûlée. Toutes les planches utilisées pour bâtir la nouvelle demeure étaient brisées ou en partie brûlées, ce qui donnait une construction bigarrée et biscornue. Mais du moins abritait-elle les survivants, Noirs et Blancs, dans différentes parties séparées par des rideaux.

La nourriture posait un problème grave. Markham Bull, le voisin, avait partagé avec eux de la farine et de la levure, avec lesquelles ils faisaient du pain. Ils avaient aussi le riz de la plantation mais c'était à peu près tout. D'après les voyageurs passant de temps à autre sur la route longeant la rivière, tout l'Etat mourait de faim.

L'expédition à Summerville le confirma. Même avec des sacs d'or, Charles n'aurait rien trouvé à acheter excepté le journal laissé par quelque réfugié en fuite. Il acheva de lire le long article consacré à la seconde inauguration d'Abe Lincoln : puisque l'homme gouvernerait bientôt un Sud conquis, autant savoir ce qu'il pensait.

Mr. Lincoln semblait prêt à pardonner et parlait beaucoup dans son discours de « charité pour tous ». Il voulait « panser les plaies de la nation », « prendre soin de ceux qui ont combattu, des veuves et des orphelins », assurer « une paix juste et durable ».

Très grand, très généreux, pensa Charles. Mais certains autres passages suggéraient que si Mr. Lincoln pardonnait aux Sudistes en tant qu'individus, il ne pouvait pardonner le péché d'esclavagisme et poursuivrait la guerre tant que l'institution demeurerait.

« ... si Dieu veut qu'elle continue jusqu'à ce que disparaissent toutes les richesses accumulées par le labeur non récompensé de l'esclave pendant deux cent cinquante ans, jusqu'à ce que chaque goutte de sang que le fouet fit couler soit vengée par le sang que fera couler l'épée... Il faut le dire : les jugements du Seigneur sont justes. »

Les jugements du Seigneur... Charles se répétait la phrase en regardant les quatre mots imprimés sur le papier jauni. Ils résumaient et confirmaient la conviction née en lui depuis l'incendie : la guerre s'achevait de la seule façon appropriée.

Adossé à l'arbre, il ferma les yeux en songeant toutefois qu'elle aurait pu avoir une autre fin si la chance n'avait pas trahi si souvent le Sud.

Si les Nordistes n'avaient pas trouvé avant Sharpsburg un ordre de Lee enveloppant des cigares.

Si Jackson n'avait pas été blessé par un soldat de Caroline du Nord.

Si Stuart, parti au galop laver sa réputation, n'avait pas disparu de la carte avant Gettysburg.

Si l'Intendance avait été dirigée par un homme compétent et non par un incapable.

Si Davis s'était plus soucié des petites gens et du pays, moins du maintien des grands principes philosophiques.

Si, si, si — à quoi bon ? Ils perdraient. Ils avaient perdu.

Pourtant, en Virginie, la guerre continuait. Et il avait une remonte. La guerre l'avait transformé, consumé comme du bois de chauffage, mais il devait retourner combattre. West Point enseignait avant tout le sens du devoir.

Charles jeta le journal, contempla la pluie et crut voir Gus lui sourire. Il porta une main devant ses yeux, l'y laissa un moment. Quand il l'abaissa, l'image de la jeune femme avait disparu.

Il se leva péniblement, comme s'il pesait une tonne et, boitillant encore à cause de sa blessure à la cuisse, alla chercher sa mule. Il prit son vieux colt de l'armée — pour lequel il n'avait plus de munitions —, le sabre brisé en forme de croix, qui servirait de dague en cas de besoin, et son poncho fait de lambeaux. Puis il dit au revoir à tout le monde et partit vers le nord avant la tombée de la nuit.

59

LE dimanche des Rameaux, Brett et Billy allèrent se promener le soir sur la colline aux lauriers. Bien que l'usine fût fermée, ses cheminées lâchaient encore des traînées de fumée dans l'air tiède et parfumé du printemps. Au-delà, les rues étagées de la ville, la paisible rivière, le soleil se couchant sur les hauteurs composaient un paysage de gris et de mauves émaillé de petites taches orange pâle.

Toute la journée, Brett avait répété dans sa tête les deux choses qu'elle voulait dire à son mari. Souhaitant un cadre adéquat, elle avait proposé cette promenade mais se sentait à présent anxieuse et incapable de prononcer un mot. Elle se décida cependant à parler :

— Quand crois-tu que Madeline pourra retourner en Caroline du Sud ? finit-elle par demander.

Billy réfléchit avant de répondre :

— On dit qu'il ne reste presque plus rien de l'armée de Lee. Ni de celle de Johnston. Je ne pense pas que l'un ou l'autre puisse tenir encore plus de quelques semaines. A mon avis, elle pourrait partir en mai, si ce n'est plus tôt.

Brett prit l'autre main de son mari, se tourna pour lui faire face.

— J'aimerais l'accompagner.

— Je m'en doutais, dit Billy avec un sourire.

— Ce n'est pas seulement pour voir ce que Mont Royal est devenu. J'ai un autre motif... que tu n'approuveras peut-être pas. Je veux rester un moment là-bas. Les nègres seront libres, ils auront besoin d'aide pour se faire à ce changement.

— Excuse-moi, mais j'ai l'impression d'entendre parler la bonne maîtresse de la plantation.

Le sourire pincé de Billy provoqua en Brett une colère inattendue.

— C'est possible mais ne prends pas cet air condescendant.

Il l'enlaça en disant :

— Là, je ne voulais pas te froisser...

— Et je ne voulais pas hausser le ton. Je ne joue pas à la bonne maîtresse quand je dis que les Noirs de Mont Royal ont besoin d'aide, de protection. Ils risquent de tomber d'un esclavage dans un autre. C'est ton propre frère, Stanley, qui m'en a fait prendre conscience.

— Stanley ? Comment ?

Aussi fidèlement qu'elle le put, Brett répéta les propos que le frère de Billy avait tenus deux ans plus tôt concernant le projet républicain de secourir les Noirs affranchis pour mieux les manipuler en tant qu'électeurs.

— Il a avoué cela ?

— Il était soûl, sinon il n'aurait pas parlé aussi librement. Il a précisé que le parti, ou en tout cas une de ses tendances, avait déjà arrêté cette stratégie. Voilà pourquoi je veux retourner à Mont Royal. L'esclavage de l'ignorance est aussi affreux que toute autre forme d'esclavage ; c'est peut-être même le plus pernicieux car si l'on voit les fers que l'on a aux jambes, il est difficile de détecter des entraves invisibles.

Brett guetta la réaction de son mari, qui baissa légèrement la tête sans rien dire. Elle ne pouvait interpréter son silence que comme un désaveu. Pourtant, elle refusa de s'avouer vaincue et, cueillant une brindille de laurier, elle reprit :

— Tu m'as raconté un jour ce que ta mère t'avait appris : ce brin de laurier est comme l'amour, il résiste à tout. Eh bien, pendant ton absence, j'ai fait une découverte en regardant les yeux des orphelins de Mr. Brown. Si l'amour dont parlait ta mère n'englobe pas tout le monde, si on ne peut le donner librement à quiconque, il n'a pas de sens. Il n'existe pas.

— Et retourner là-bas aider les nègres, c'est une forme d'amour ?

— Pour moi, oui, répondit la jeune femme très doucement.

— Brett, commença Billy. (Il s'éclaircit la voix.) A l'armée, j'ai connu des centaines de types qui ont fini par accepter l'émancipation parce que c'était la politique du gouvernement mais qui suffoqueraient de colère en t'entendant. Ils seraient prêts à prendre un gourdin ou un fusil pour défendre leur droit à être supérieur aux Noirs.

— Je le sais. Mais comment l'amour ou la liberté pourraient-ils être la propriété exclusive de quelques privilégiés ? Mon éducation m'a longtemps fait croire que c'était possible mais je suis venue ici et j'ai compris.

— Tu as changé, plutôt.

— Comme tu voudras. Je suppose que tu t'opposes à mon désir de...

— Je ne m'oppose à rien, déclara Billy en caressant la joue de sa femme. Je t'aime. Je suis fier de toi. Je crois à tout ce que tu viens de dire.

— C'est vrai ?

— Tu n'es pas la seule que cette guerre a changé. Je ne suis plus le même qu'il y a quatre ans. Je n'avais pas pris conscience de la profondeur de ce changement avant...

Billy renonça à raconter l'incident du bureau de recrutement afin de ne pas passer pour un fanfaron.

— Avant ces derniers temps, acheva-t-il. Je t'aime, Brett. Pour ce que tu es et pour ce en quoi tu crois. Tu as raison de vouloir rentrer : on a sûrement besoin de toi là-bas. Je serai fier et honoré de t'escorter jusqu'à Mont Royal avec Madeline. Et puisque je devrai bientôt reprendre du service, il n'y a aucune raison pour que tu n'y restes pas aussi longtemps que tu le voudras.

— Si, il y en a une, dit Brett en rougissant. Chéri, tu t'es montré si ardent malgré ta blessure que... Enfin, je n'en suis pas encore tout à fait sûre, je n'ai pas vu le docteur, mais je crois que nous allons avoir un enfant.

Abasourdi, Billy ne trouvait pas de mots pour exprimer ce qu'il ressentait. Une nouvelle vie après tant de morts, c'était miraculeux. Il prit le brin de laurier des mains de Brett et le fit tourner entre ses doigts.

— Tu comprends, poursuivit-elle, si je reste à Mont Royal, notre enfant naîtrait là-bas.

— Il peut naître n'importe où, c'est sans importance ! s'exclama Billy.

Il lâcha la brindille, serra Brett contre lui en poussant un long cri de joie que l'écho renvoya.

Ce même dimanche 9 avril, à Petersburg, George avait passé l'après-midi à assembler et à charger du matériel de construction sur deux wagons plate-forme. On réparait la ligne Petersburg & Lynchburg, qui courait à l'est de la ville, pour ravitailler l'armée lancée à la poursuite de Lee. George se lèverait le lendemain matin avant l'aube pour aller à Burkeville.

Fatigué, il se dirigea vers les tentes affectées aux officiers de passage. Dans l'obscurité, plusieurs cornets, deux fifres et un tambour jouaient *The Battle Cry of Freedom* *.

— Drôle d'heure pour faire de la musique, marmonna-t-il.

Il sursauta quand un cavalier passa au galop en criant :

— Reddition ! Reddition !

Un officier sortit en bâillant d'une tente voisine, torse nu, les bretelles pendant sur le pantalon.

— Reddition ? Je savais même pas qu'on nous avait attaqués.

Avec un grand sourire, George lui répondit :

— Je crois qu'il s'agit de la reddition de quelqu'un d'autre. Vous entendez la musique ? Venez, on va voir.

L'officier tendit ses bretelles sur ses épaules nues, prit le sillage de George, qui courait déjà. Bientôt ils rejoignirent une foule de soldats sortis des tentes et dont George eut peine à saisir les propos :

— ... aujourd'hui, oui...

— ... le vieux renard gris a demandé ses conditions à Ulysses...

— ... A Appomatox Court-House...

Une heure plus tard, Petersburg était en ébullition. Apparemment la nouvelle était vraie : l'armée du Nord de la Virginie avait déposé les armes pour arrêter l'effusion de sang d'une guerre que le Sud ne pouvait plus gagner. George saisit son képi, le jeta en l'air, le rattrapa, se mit à boire de longues rasades de tord-

* Le Cri de guerre de la liberté (n.d.t.).

boyaux aux bouteilles que lui tendaient des officiers et des soldats qu'il n'avait jamais vus et qu'il ne reverrait sans doute jamais, mais qui étaient ses amis, ses camarades dans ce moment de délire.

Pistolets et carabines tiraient dans la nuit ; des fanfares, grandes et petites, jouaient des airs patriotiques. Les mains sur les hanches, George dansait la gigue sans en connaître les pas.

Des hommes tournoyaient autour de lui, sautant, dansant, buvant, titubant, braillant. Il lança à nouveau son képi en l'air et se mit à chanter lui aussi :

« Rassemblez-vous autour du drapeau, les gars, et poussez ensemble le cri de guerre de la... »

Beuglant à tue-tête, se trémoussant comme un fou, il ne vit pas les feuillées se trouvant derrière lui — et en sentit l'odeur trop tard. Par bonheur, il ne s'y enfonça que jusqu'aux genoux, ce qui était déjà bien assez.

Lorsqu'il revint, après s'être nettoyé dans l'eau calme de l'Appomatox, il remarqua que ses compagnons ne l'approchaient plus d'aussi près. Il réussit néanmoins à saisir quelques bouteilles au passage et, ainsi réconforté, considéra sa mésaventure comme la note comique d'une nuit mémorable. Une nuit que des hommes raconteraient sans se lasser à leurs femmes, à leurs fiancées, à leurs enfants et petits-enfants, en expliquant où ils étaient et ce qu'ils faisaient quand ils avaient appris la nouvelle. George ne se voyait pas très bien disant :

« J'étais à Petersburg, tellement content que je me suis mis à danser et que je suis tombé dans un trou plein de merde. »

60

LA paix aussi avait ses tensions, comme Stanley le découvrit à la fin de la semaine. Dans les rues de Washington envahies par la fête, la circulation était fortement ralentie — ou impossible. Isabel prétendait que les illuminations patriotiques brillant aux fenêtres de la plupart des maisons et édifices publics lui donnaient des maux de tête. Comment était-ce possible puisqu'elle restait à la maison et n'en voyait guère ? Stanley ne se l'expliquait pas.

Il était importuné par le vacarme des feux d'artifice tirés toute la nuit, par les cloches sonnant à la volée, les fanfares défilant sans fin, les réjouissances de bandes de Blancs et de Noirs rôdant librement jusque dans les meilleurs quartiers. Si l'on ajoutait à cela l'air préoccupé de Stanton, ses craintes d'un attentat contre Grant ou le président, cela faisait une semaine bien pénible pour Stanley.

Stanton désirait le voir à propos de son départ du ministère de la Guerre pour prendre le nouveau poste que Wade lui avait obtenu. Stanley se présenta avec ses dossiers le vendredi matin à neuf heures mais le ministre était occupé. A onze heures, il dut même se rendre en toute hâte à la résidence présidentielle pour une réunion de Cabinet qui dura plusieurs heures. Pendant ce temps, Stanley n'osa quitter le ministère. Il avait faim et était d'humeur exécrable quand, en fin de journée, il fut finalement convoqué dans le bureau de Stanton.

L'homme aux favoris parfumés et aux lunettes rondes exprima à nouveau sa crainte d'une tentative d'assassinat.

— Au moins, les Grant n'iront pas au Ford. C'est déjà un souci de moins.

— Au Ford ? répéta Stanley.

— Vous n'avez plus de mémoire ? marmonna le ministre, agacé. Ford, le théâtre de la 10e Rue !

— Ah ! le président va voir Miss Keene... ?

— Ce soir. Il considère que sa présence est une sorte d'obligation patriotique et n'a tenu aucun compte de mes avertissements. Grant, en revanche, m'a écouté.

Stanton approcha de la fenêtre, le pas lourd, les mains derrière le dos.

— J'ai passé une curieuse journée. A la réunion, nous avons consacré autant de temps au dernier rêve du président qu'aux mesures pressantes pour rétablir l'Union.

— C'était quoi, cette fois ? demanda Stanley.

Les rêves étranges de Lincoln, dont certains revenaient régulièrement, alimentaient les conversations de la capitale.

— La barque, répondit Stanton en regardant par la fenêtre. La barque dans laquelle il dérive. D'après lui, il fait toujours ce rêve avant un grand événement. C'était le cas pour l'Antietam et Gettysburg. C'est curieux, il peut décrire l'embarcation mais pas sa destination. Juste une côte sombre, imprécise, pour reprendre ses propres mots, ajouta le ministre en retournant à son bureau.

— Il me semble que l'avenir n'a rien de sombre, fit observer Stanley tandis que son supérieur s'asseyait. La guerre est finie...

Tout le monde s'accordait sur ce point, même si l'armée de Johnston demeurait en campagne, quelque part dans les Carolines.

— Nous avons devant nous une période de reconstruction, continua-t-il. Et de châtiment pour les rebelles, je présume.

— De châtiment, absolument, approuva Stanton.

Les deux hommes parcoururent ensemble rapidement le plan que Stanley avait préparé : transfert de tels dossiers dans tel service, nouvelles responsabilités à tel autre. Le ministre étant débordé et impatient, l'entrevue se termina plus tôt que Stanley ne l'avait prévu. Au lieu de rentrer chez lui, il résolut, malgré la circulation difficile, de passer chez Jeannie Canary.

La décision se révéla mauvaise. Ce jour-là, les ébats étaient interdits et la danseuse d'humeur geignarde.

— Tu me sors ce soir, trésor ? On sera pas embêtés, ils sont tous bourrés. J'aimerais voir la pièce qu'on donne au Ford. Paraît que le président et sa femme seront dans la loge officielle.

J'ai jamais vu Mrs. Lincoln, tu sais. C'est vrai qu'elle est grosse et qu'elle a les yeux en trous de vrille ?

— Elle est affreuse, bougonna Stanley, irrité de ne pouvoir faire l'amour.

— Tu pourrais pas avoir des billets ?

— Il est trop tard. Et même si je pouvais, nous passerions la moitié du temps bousculés par la foule, accablés de chaleur. En plus, la pièce de Tom Taylor est un vieux truc barbant. Non, ce serait une soirée mortelle.

C'était comme si la nature pervertie avait produit un printemps noir. Le crêpe fleurissait partout en ce jour de Pâques : sur les manches des vestes, le banc du président à l'église presbytérienne de York Avenue, les façades en marbre des édifices publics. Des boutiques demeurèrent ouvertes fort tard pour en vendre au mètre et à la pièce.

Booth * s'était enfui ; Stanton avait proclamé que c'était tout le Sud qu'il fallait poursuivre. Même Grant parlait de mesures de représailles « d'une extrême rigueur ». En prévision des funérailles nationales, qui auraient lieu le mercredi, des commerçants préparèrent rapidement des baguettes entourées de tissu noir, des brassards de même couleur. Des portraits du président assassiné apparurent dans les vitrines ; des Noirs frappés de stupeur et de chagrin se rassemblaient aux coins des rues. Des prisonniers confédérés libérés sur parole retournaient leur vareuse ou s'en débarrassaient de peur d'être lynchés.

Le mardi matin, munie d'un laissez-passer fourni par Sam Stout, Virgilia put se faufiler dans la pièce est de la résidence présidentielle, avec les diplomates et les membres du gouvernement, sans faire la queue comme les milliers de personnes qui attendaient dehors. Plus de quinze mille, selon un garde.

Des menuisiers avaient construit un catafalque recouvert de soie noire. Noir aussi le dais bordé de

* Le meurtrier de Lincoln (n.d.t.).

blanc tendu au-dessus du cercueil orné d'étoiles et de trèfles d'argent. Sur une plaque de même métal, cette inscription :

Abraham Lincoln
seizième président des Etats-Unis
Né le 12 fév. 1809
mort le 15 avr. 1865

Des rideaux, des draperies, des housses noirs cachaient presque toutes les touches de couleur normalement visibles dans la pièce. Un voile blanc dissimulait chaque miroir. Attendant son tour sur les marches peintes en noir menant au côté droit du cercueil, Virgilia ôta ses mitaines, lissa sa robe de deuil. Quand ce fut enfin à elle, elle passa devant l'officier se tenant au garde-à-vous à une extrémité de la bière — un second gradé gardait l'autre — et baissa les yeux vers Abraham Lincoln.

Ni l'art ni les fards du croque-mort n'avaient pu lui donner un aspect moins ravagé. Venue surtout par curiosité, Virgilia examina le cadavre en songeant que l'homme avait été trop clément, trop enclin à pardonner, et qu'il avait fait obstacle au grand objectif d'hommes comme Sam et Thad Stevens.

Andrew Johnson, le nouveau président, ne poserait pas un tel problème : Sam ne voyait en lui qu'un rustre à l'esprit lent. Avec Ben Wade et Dawes, autre membre du Congrès, Sam avait déjà rendu au nouveau chef de l'Etat une visite de courtoisie qu'il avait relatée à Virgilia. Par des allusions appuyées, Wade avait clairement fait comprendre à Johnson ce que les parlementaires de sa tendance attendaient de lui.

« Mr. Johnson, je remercie Dieu que vous soyez là, avait déclaré le sénateur. Lincoln était trop plein du lait de la tendresse humaine pour s'occuper de ces damnés rebelles. A présent, ils auront ce qu'ils méritent. »

Alors qu'on continuait à rechercher Wilkes Booth, même les hommes politiques et les journaux modérés du Nord rejetaient sur tout le Sud la responsabilité de l'assassinat, faisaient allusion à un complot inspiré par Davis et criaient vengeance. Sam s'en réjouissait : « En mourant, Virgilia, notre ennemi politique le plus dangereux a apporté une aide inestimable à notre cause. »

La thèse du complot intriguait Virgilia, dont la propre version différait légèrement. Pour elle, l'acte de Booth n'était pas isolé puisqu'un colosse nommé Payne ou Paine avait fait irruption chez Seward, le soir même où Lincoln avait été tué, et aurait poignardé le ministre sans l'intervention de son fils et d'un infirmier. Booth était-il le seul instigateur du groupe ? On pouvait supposer qu'un Républicain extrémiste l'avait inspiré dans l'espoir de susciter ce qu'on entendait précisément maintenant : de nouveaux appels à verser le sang sudiste.

Ce n'était certainement pas hors du domaine du possible mais Virgilia présumait qu'on ne connaîtrait jamais la vérité. Cette vérité avait d'ailleurs moins d'importance que ce qui se passait depuis deux jours : de simples citoyens exigeaient les mêmes mesures sévères que Sam réclamait de longue date.

— Madame ? Il faut avancer. Beaucoup d'autres personnes attendent.

L'huissier qui venait de tirer Virgilia de ses pensées se tenait en bas du catafalque, près d'une rangée de sièges peints en noir et réservés aux écrivaillons de la presse. L'intervention attira l'attention sur Virgilia, qui en fut gênée, et faillit répliquer. Mais le lieu était mal choisi pour une scène.

De plus, elle se sentait bien ; la vue de la dépouille de l'ancien chef de l'exécutif ne l'avait pas du tout déprimée. Dorénavant, Sam et ses amis rencontreraient moins d'obstacles dans la mise en œuvre de leur programme. Un programme auquel adhérait à présent la grande majorité de la population, convertie en une nuit par une simple balle. Virgilia lança à l'huissier un regard méprisant puis descendit majestueusement les marches. Une fois en bas, elle se retourna pour regarder une dernière fois la bière et réprima un sourire.

Son amant avait raison : dans la mort, le hideux avocat de l'Ouest servait bien mieux son pays qu'il ne l'avait fait de son vivant. Son assassinat était une bénédiction.

61

HUNTOON voulait mourir. Au moins une fois par jour, il avait la certitude qu'il allait expirer dans l'heure : il avait perdu près de treize kilos et toute sa ferveur. Pourrait-il un jour dormir à nouveau dans un vrai lit ? manger des aliments cuits sur un réchaud ? avoir quelque intimité pour faire ses besoins ?

Chaque kilomètre de la longue route empruntée depuis Saint Louis avait apporté son lot de frayeurs et d'épreuves. La diligence avait été escortée plus de la moitié du chemin par un détachement de cavalerie de l'Union : les Indiens des plaines effectuaient des razzias, avait-on dit aux voyageurs.

La nouvelle avait fait trembler Huntoon et au contraire encouragé Powell à jouer son rôle de Kentuckien loyal et sans peur. James le haïssait de plus en plus.

Virginia City, avec ses montagnes aux contours flous, ses cheminées éructantes et ses chercheurs d'or brutaux, était aussi étrange et menaçante que la Chine ou les steppes. Powell et Huntoon durent charger l'or la nuit en disposant les lingots en rangées, selon un schéma dessiné par Powell. Chaque plate-forme de chariot pouvait recevoir quatre-vingt-dix lingots de douze centimètres sur sept, soit un poids total de deux cent vingt-cinq kilos. Au taux de vingt dollars et soixante-sept cents l'once, cela représentait un peu moins de cent cinquante mille dollars. Chiffre qu'il fallait naturellement doubler puisqu'il y avait deux chariots.

— Ce n'est que le premier chargement, rappela Powell à Huntoon. Il y en aura d'autres, mais pas tout de suite. Le filon a beau être riche, il faut des tonnes et des tonnes de minerai pour produire autant d'or. Il m'a fallu un an pour préparer ce premier envoi. Mais je travaillais en secret, par des intermédiaires lointains. Cela ira plus vite dorénavant.

Les plates-formes des chariots avaient été renforcées pour supporter cet excès de charge. Après avoir placé des coins en bois pour empêcher les lingots de bouger, les deux hommes clouèrent sur chaque véhicule un faux plancher qu'ils recouvrirent de couvertures sales. Par-dessus, ils chargèrent le lendemain des caisses de vivres et de carabines Spencer. Il fallut un attelage de six chevaux pour tirer chaque chariot.

Powell engagea alors des conducteurs : deux cochers plus un troisième pour les soulager. C'étaient tous de jeunes brutes illettrées qui parlaient peu et portaient à eux trois un arsenal de sept armes. Ils recevraient chacun cent dollars à la fin du voyage. Le guide, une brute plus épaisse encore, aurait droit au double de cette somme.

Ce voyage fut atroce : eau croupie, insectes, nuits glaciales lorsqu'ils grimpèrent jusqu'aux passes de la Sierra puis redescendirent vers des vallées vides et embrumées. Huntoon éternua et eut la fièvre pendant une semaine.

Lorsqu'ils prirent la direction du sud, à travers ce qui, d'après leur guide, était la Californie, ils furent bientôt cuits par le soleil et se querellèrent à propos de la nécessité d'économiser l'eau des tonneaux. Pendant la traversée d'une effrayante étendue de désert, Huntoon fut abruti de chaleur au point de ne pouvoir répondre de façon cohérente lorsqu'on s'adressait à lui.

Finalement, ils obliquèrent vers le sud-est et les hommes engagés par Powell se mirent alors à tourmenter Huntoon en parlant de signes indiens que lui, naturellement, ne pouvait pas voir. Powell écoutait ces récits en se retenant d'éclater de rire et Huntoon, jugeant à sa mine grave, en concluait qu'ils étaient vrais — ce qui le terrifiait encore plus.

Il perdit la notion du temps. Etait-on au début du mois de mai ou à la fin d'avril ? Existait-il une Confédération, une ville appelée Richmond, une femme nommée Ashton ? Il en doutait de plus en plus à mesure qu'ils s'enfonçaient plus profondément dans des montagnes sinistres, des vallées arides battues par le vent où poussait une étrange végétation épineuse.

Le guide n'avait pas tardé à deviner la faiblesse de Huntoon et à se joindre au trio pour dissiper l'ennui du voyage. Banquo Collins était un Ecossais bien bâti d'une quarantaine d'années avec de longues moustaches fines et tombantes comme celles des Chinois du Comstock. Il tenait son prénom * de son père, acteur itinérant né à Glasgow, formé à Londres, mort sans le sou et enterré à Los Angeles.

Il prenait plaisir à mettre au supplice le Kentuckien à lunettes. L'autre, le patron, c'était autre chose. Collins le croyait fou mais pas du genre à se laisser railler, alors que Huntoon était le type même de la tête de Turc.

Presque chaque jour, il demandait d'un ton pathétique :

— Où sommes-nous ?

Et le guide, après une bordée de jurons pour bien marquer son agacement, répondait :

— T'en as pas marre de poser cette question, mon gars ? Moi j'en ai marre de l'entendre. Parce qu'on est exactement là où on était hier et la semaine dernière et les deux semaines d'avant. Sur la piste de cette bonne ville de Santa Fe.

Sur ce, Collins partait au galop, laissant Huntoon, à pied, avaler la poussière.

Cette bonne ville ? Doux Jésus, il n'y avait rien de bon dans cette partie de l'Amérique. Pourquoi Powell l'avait-il choisie ? Pourquoi la Confédération avait-elle essayé de l'occuper ? Elle était aussi désolée que la

* Banquo : un personnage de *Macbeth* (n.d.t.).

lune, et pleine de menaces. Les conducteurs des chariots le mettaient en garde contre les serpents-corail et les *bull snakes** — sans préciser que ces derniers étaient inoffensifs —, les tarentules et autres araignées venimeuses.

Huntoon ne montrait aucun intérêt lorsqu'ils apercevaient de temps à autre un bison, une communauté de chiens de prairie, des loriots, des colibris et des faucons pèlerins en piqué. Il se fichait totalement que les graines de pin pignon rôties aient bon goût ou que la racine de yucca écrasée soit excellente pour la lessive.

— C'est pour ça que, par ici, on l'appelle l'herbe à savon, expliquait Collins.

Huntoon avait horreur de ces taquineries verbales mais il fut encore plus terrifié quand, un jour, elles s'arrêtèrent. Les conducteurs gardaient les yeux sur l'horizon déchiqueté. Collins continua à parler des Indiens mais davantage pour exorciser ses propres craintes que pour se moquer de Huntoon.

— On est en pays apache, maintenant. Les plus farouches guerriers que Dieu ait jamais créés — avec l'aide de Satan, disent certains. Respectent ni les hommes ni les animaux. Les « braves » mangent leurs chevaux quand ils ont trop faim. De toute façon, ils se battent toujours à pied. Ils préfèrent s'approcher en douce, c'est moins dangereux pour eux. Quand il le faut, ils courent aussi vite qu'un mustang.

— Vous... vous pensez qu'il y a des Apaches dans le coin, Collins ? demanda Huntoon.

— Oui. Une bande de la tribu jicarilla, si j'ai bien interprété les signes. Ils sont là-haut quelque part, à nous observer.

— Nous avons assez de fusils pour leur faire peur, non ?

— Rien ne fait peur aux Apaches, mon gars. Il y a un an ou deux, des soldats sudistes sont venus dans le pays. Les Apaches ont conclu un traité d'amitié à Fort

* Gros serpent noir non venimeux (n.d.t.).

Stanton puis l'ont ratifié en massacrant une troupe de seize hommes dans une embuscade. Mais ils ne prennent pas parti entre le Nord et le Sud, ils sont strictement neutres : ils ont tué quarante-six personnes, dont des adolescents, dans une colonie de l'Union.

— Arrêtez de me dire des horreurs pareilles, protesta Huntoon. A quoi ça sert ?

— A te préparer à ce qui nous attend peut-être. Si les Jicarillas décident de faire autre chose que nous regarder, faudra que tu te battes comme les autres. J'ai pas l'impression que tu t'es déjà beaucoup battu. Mais tu apprendras vite, mon gars. Drôlement vite, même, si tu tiens à ta peau.

Narguant Huntoon d'un rire qui ressemblait à un aboiement, le guide éperonna sa monture pour rejoindre le premier attelage de six chevaux.

Ayant passé de nombreuses années dans le Sud-Ouest, Collins avait adopté nombre de coutumes indiennes. Il avait remplacé la selle par une peau de bison rembourrée avec de l'herbe et du poil. Il avait aussi vécu un temps avec une squaw mais n'en haïssait pas moins les Peaux-Rouges. Tous les Peaux-Rouges.

S'il regrettait de s'être embarqué avec les deux Sudistes, il se consolait en se disant qu'il y trouverait peut-être son compte. Banquo Collins savait que les deux chariots transportaient autre chose que des armes et des vivres. Il l'avait soupçonné en voyant les six puissants chevaux nécessaires pour tirer chacun d'eux et en avait eu confirmation en découvrant leurs plates-formes renforcées.

Quel poids de métal précieux Powell emportait-il ? Le guide l'ignorait. Une bonne quantité, probablement. En lingots. Ce chargement secret constituait une raison supplémentaire de se préparer à diverses éventualités, car ils étaient bel et bien suivis. Depuis trois jours. Par une bande de Jicarillas d'une dizaine ou d'une vingtaine de guerriers.

En cas d'attaque, Collins avait l'intention de se comporter comme un serpent de verre, animal étrange qui était en fait un lézard sans pattes et qui avait la capacité de se séparer de sa queue devant un danger. Cette queue continuait à se tortiller, retenant l'attention de l'agresseur tandis que la créature s'enfuyait.

Collins entendait s'en sortir non seulement avec son scalp mais avec une partie de l'or. Oui, il jouerait le serpent de verre. Après s'être assuré que ni Powell ni son compagnon ne seraient un jour en mesure de le dénoncer pour vol.

Ce soir-là, ils campèrent entre de gros rochers se dressant au bord d'un ravin où coulait un cours d'eau qu'ils devraient traverser à gué. Le guide expliqua à Powell qu'ils trouveraient à cinq kilomètres au sud un endroit où il serait facile de descendre, mais qu'il était préférable de passer la nuit entre les rochers à cause des fortifications naturelles qu'ils offraient.

— Vous pensez que les Apaches sont près de nous ? demanda Powell.

— J'en suis certain.

— A combien sommes-nous de Santa Fe ? trois jours ?

— Ou un peu plus.

Collins ne se risquait jamais à mentir à Powell : le regard et la tension contenue à grand-peine de cet homme dissuadaient le guide de lui conter des histoires.

— Je suggère de faire un feu, autour duquel tout le monde se serrera. Si vous voulez vous balader, n'allez pas trop loin, conseilla l'Ecossais.

— Entendu.

— Je vais manger, maintenant.

— Nous aussi.

Powell, Huntoon et les conducteurs se nourrissaient de biscuit et de viande boucanée, qu'il fallait longtemps mastiquer avant de l'avaler. Collins préférait son propre menu de mescal rôti, une friandise apache à laquelle Powell ne voulait pas toucher.

Le Sudiste passa une main fine dans ses cheveux, qu'il sentit secs et cassants, et se dit qu'il devait ressembler à un épouvantail. Huntoon s'éloigna avec un air gêné, disparut derrière un rocher. Deux des conducteurs ricanèrent en entendant un bruit d'eau.

Trois jours pour Santa Fe, des Apaches dans les parages... Powell résolut qu'il valait mieux ne plus attendre. Huntoon avait été utile, il avait accompli sa part des corvées du voyage.

La nuit tombait rapidement dans cette contrée désolée, au relief déchiqueté, qui ne ressemblait à rien de ce que Lamar Powell avait vu. Si on savait l'apprécier, elle avait une beauté magique. Un des conducteurs se leva, s'étira, se frotta les fesses. Powell s'éloigna du feu, se faufila entre les rochers jusqu'au bord du ravin, regarda en bas. Le fond disparaissait déjà dans une ombre noire.

Il tourna les yeux vers l'est, vers les nuages, captant les rayons obliques brûlants du soleil. Là-bas, Ashton l'attendait. Il était étonné qu'elle lui manquât à ce point. A sa façon, il l'aimait. Elle ferait une présidente idéale pour le nouvel Etat qu'il gouvernerait et dont il écarterait tout péril pendant le reste de sa vie.

Il y avait des mois que les premières mesures à prendre étaient arrêtées dans son esprit. D'abord, trouver un endroit adéquat, non loin de Santa Fe mais pas trop près. Embaucher de la main-d'œuvre pour construire un petit ranch. Envoyer au Texas des sympathisants de la cause afin de recruter des soldats démobilisés.

Dans un premier temps, ils se rendraient à Santa Fe seuls ou par deux. Mais avant la fin de l'année, ils arriveraient par compagnies entières, faisant trembler la terre sous leurs sabots. Il dessinerait un nouveau drapeau qu'ils brandiraient face à d'éventuels ennemis et rédigerait une proclamation établissant le nouveau gouvernement sur un pied d'égalité avec celui de Washington et de toutes les nations d'Europe.

Powell aurait souhaité faire de Huntoon son premier émissaire au Texas mais c'était impossible à cause d'Ashton. Il avait l'intention de vivre avec elle dès qu'il la retrouverait, et donc...

Il frissonna : l'air avait subitement fraîchi. Ashton

pensait-elle à lui en ce moment ? Avait-elle reçu la lettre qu'il lui avait envoyée de Virginia City et dans laquelle il détaillait le chargement des chariots, leur itinéraire probable et leur date d'arrivée approximative ?

Quelques instants plus tard, quand la nuit fut tombée, Powell s'assura que son Sharps à quatre canons était chargé. Il cacha l'arme sous sa redingote jaunie par la poussière du voyage, alla retrouver Huntoon près du feu. Collins sommeillait contre un rocher ; deux des conducteurs, accroupis l'un près de l'autre, mâchaient encore leur viande ; le troisième avait pris le premier tour de garde.

— James, mon ami, voulez-vous faire quelques pas ? proposa Powell. Je voudrais vous parler.

— C'est important ? marmonna Huntoon avec humeur. Je suis complètement vanné.

— Cela ne prendra que cinq minutes. Ensuite vous pourrez vous reposer longuement.

— Bon, d'accord.

Les deux hommes s'éloignèrent du feu crépitant sous le ciel noir. Au loin s'éleva un cri animal, mi-jappement mi-grognement. Banquo Collins se redressa brusquement, releva le bord de son chapeau en peau de daim. L'un des conducteurs tourna la tête vers le guide.

— Un puma ?

— Non, mon gars. Ça, c'est un animal à deux pattes.

62

CHARLES chevauchait vers le nord à travers le paysage vallonné de la Caroline, où un vent tiède agitait des tonnelles d'azalées, où les glycines épanouissaient leur mauve éclatant. Mais il ne voyait que Gus.

Il retrouvait son image dans le visage d'une vieille fermière lui offrant à boire, dans une formation nuageuse, devant ses paupières closes quand il se reposait au bord de la route, après avoir attaché la mule à un arbre.

De la confusion et de la folie des quatre dernières années, il s'efforçait de sauver quelque chose qui en valût la peine, et il n'y avait que Gus. Charles gardait le souvenir de nombreuses petites scènes touchantes : Gus courant dans l'herbe à sa rencontre, préparant le repas dans la cuisine, lui frottant le dos dans le baquet en zinc, l'enlaçant dans le lit.

Il avait trouvé dans cette guerre une seule chose de valeur et par stupidité, par sens du devoir — ce même devoir qui le poussait sur ces routes inconnues —, il l'avait rejetée. Cette prise de conscience lui causait une peine profonde. De sa blessure à la cuisse, il se remettait rapidement mais l'autre ne guérirait jamais.

En traversant son Etat natal, il était tombé par hasard sur une boutique de village où il restait encore quatre cigares desséchés dans un bocal. Il mâchonnait le mégot du premier, les trois autres dépassaient de la poche de sa chemise grise de cadet. Comme le soleil était chaud, il avait roulé son poncho et l'avait attaché derrière lui.

Soudain il vit un cavalier surgir en haut de la colline vers laquelle montait la route et descendre au petit trot dans sa direction. Alarmé, Charles se rassura en se rappelant qu'il se trouvait encore en Caroline du Nord — mais du diable s'il savait où ! De plus, le cavalier émacié soulevant de la poussière dans l'air de l'après-midi portait un uniforme gris.

L'éclaireur arrêta sa mule, attendit. Des oiseaux chantaient en tournoyant au-dessus des prairies voisines. L'homme — un officier — ralentit sa monture pour prendre le temps d'examiner Charles, continua à s'approcher, la main près de son arme.

Charles mâchait son cigare nerveusement, le regard fixe. L'officier arrêta son cheval squelettique et se présenta :

— Colonel Courtney Talcott, 1er régiment d'artillerie légère de Caroline du Nord. A en juger par votre chemise et votre revolver, vous êtes militaire, vous aussi ?

Comme à la réflexion, Charles répondit :

— Oui. Major Main, des éclaireurs de la cavalerie de Hampton. Où se trouve l'armée ?

— L'armée de Virginie ? Alors, vous n'êtes pas au courant ?

— Au courant de quoi ? J'étais descendu jusqu'à l'Ashley, chercher cette remonte.

— Le général Lee a demandé à Grant quelles étaient ses conditions, il y a plus de trois semaines, à Appomatox Court House.

— Je l'ignorais. J'ai pris mon temps pour remonter.

— En effet, acquiesça le colonel sans cacher sa désapprobation. Inutile de continuer, l'armée a été dissoute. Aux dernières nouvelles, le général Johnston et ses troupes combattaient encore mais lui aussi s'est peut-être rendu depuis. La guerre est finie.

Dans le silence, un cardinal s'agita dans un buisson quand un geai vola trop près de sa nichée. L'officier d'artillerie regardait avec méfiance l'inconnu qui ne montrait aucune émotion.

— Finie, répéta-t-il.

Charles cligna des yeux, hocha la tête.

— Merci de l'information.

— De rien, répliqua le colonel, glacial. A votre place, je rentrerais. Il n'y a plus rien à faire en Virginie.

« Si », pensa Charles.

L'artilleur repartit au galop. Il n'avait nullement l'intention de chevaucher, fût-ce quelques kilomètres, en compagnie de ce major apathique au regard un peu bizarre.

Quand la poussière soulevée par le cheval du colonel retomba, Charles se trouvait toujours sur sa mule, au milieu de la route. Ainsi, ils avaient perdu. Tant de sang, de souffrances, d'efforts et d'espoir — pour rien. Pendant quelques instants de rage aveugle, il oublia que la cause pour laquelle il avait combattu était absurde et fut plein de haine pour tous les Yankees de la création.

Ce sentiment disparut rapidement mais Charles s'aperçut à sa surprise que la défaite le faisait souffrir plus qu'il ne l'avait prévu, même s'il la jugeait depuis longtemps inéluctable. Depuis un an au moins, il le savait ; depuis plus longtemps encore, il en avait décelé les signes avant-coureurs : les chevaux affamés en Virginie ; les articles de journaux jaunis selon lesquels des gouverneurs sudistes défiaient Davis en s'appuyant sur sa propre doctrine du droit sacré des Etats ; la carabine yankee à répétition...

Submergé de désespoir et de soulagement, l'éclaireur tira de sa ceinture le sabre de cavalerie brisé et l'examina. Soudain, alors que la lumière jouait sur le tronçon de lame, les yeux de Charles étincelèrent de colère. D'un furieux mouvement du bras, il envoya la croix de métal tournoyer au-dessus d'une prairie. Le morceau de sabre retomba, disparut.

Charles savait à présent qu'il ne lui restait qu'une chose à faire s'il ne voulait pas sombrer dans la folie. Il devait poursuivre son chemin jusqu'en Virginie et tenter de réparer les dommages causés par sa propre stupidité. Mais d'abord, il avait un devoir à remplir — le devoir passait toujours avant tout. Il fallait s'assurer que les occupants de Mont Royal n'étaient pas menacés par des troupes d'occupation ou d'autres dangers dont il ne pouvait deviner la nature. Puis, dès qu'il aurait terminé là-bas, il reprendrait la route de la Virginie.

Il fit tourner sa mule et la lança au galop dans la direction d'où il venait.

63

SOUS une pleine lune brillante, les deux hommes parvinrent au bord du ravin. Huntoon fut ravi de s'arrêter, il avait mal aux pieds ; Powell glissa la main droite sous sa veste. Le mari d'Ashton ôta ses lunettes et entreprit d'en essuyer les verres au devant de sa chemise.

— De quoi voulez-vous me parler ?

Powell répondit par un mystérieux :

— Regardez donc là en bas.

Huntoon se pencha en avant, Powell leva le Sharps à quatre canons et lui tira dans le dos.

L'avocat hoqueta, se retourna, agrippa le revers de la veste de son agresseur, qui le gifla de la main gauche. Les lunettes de Huntoon tombèrent par terre. Clignant des yeux, il essayait de distinguer l'homme qui l'avait percé d'une balle. Fouaillé par la douleur, il comprit que Powell avait prévu de le trahir depuis le début du voyage.

Comme il avait été naïf ! Bien sûr, il avait soupçonné la liaison des deux amants et avait pour cette raison envoyé la lettre à son associé de Charleston. Plus tard, reprenant espoir de regagner l'affection d'Ashton par une conduite courageuse, il avait regretté les instructions contenues dans le message. Mais il ne les avait pas annulées, convaincu qu'il aurait amplement le temps de le faire plus tard. Et ce qu'il avait vu à Saint Louis l'avait amené à écrire une deuxième lettre, celle qu'il avait remise à sa femme.

Comme s'il pouvait effacer la douleur présente et passée en montrant pour une fois de la volonté et du courage, il saisit Powell par la manche.

— Lâche-moi, lança celui-ci avec dégoût en tirant une deuxième fois.

La balle atteignit Huntoon au ventre, le fit reculer, basculer dans le vide. Un bref instant, Powell vit le pauvre imbécile agiter les lèvres avant de disparaître.

Il souffla dans les canons du Sharps, le remit sous sa veste. Par-dessus les hurlements stridents des coyotes, il entendit le corps de Huntoon heurter la paroi avec un bruit sourd.

Le silence retomba. Collins et les conducteurs se mirent à appeler. Avec un sourire, Powell contempla la lune haut perchée dans le ciel et s'attarda malgré les cris de ses compagnons. Il songea aux seins à la pointe sombre d'Ashton, à son épaisse toison, qui n'appartenaient qu'à lui désormais. Il se sentit satisfait, rajeuni.

Derrière lui, sur un rocher, un petit homme maigre aux cheveux raides, torse nu, apparut un instant dans la lumière de la lune. Il tenait dans la main droite un morceau de bois au bout duquel était fixée une pierre ronde.

Entendant du bruit, Powell se retourna, voulut saisir son Sharps mais l'arme s'accrocha à la doublure de sa veste. La pierre le frappa à la tempe d'un coup puissant qui le tua avant même qu'il ne tombe à genoux, la bouche ouverte. Du sang ruissela sur son visage lorsqu'il bascula en avant.

Le petit Apache sourit, agita son casse-tête ensanglanté. D'autres Indiens le rejoignirent, pieds nus eux aussi, silencieux et agiles. Ils se dirigèrent à pas de loup vers les lueurs du feu de camp.

Dès qu'il entendit les coups de feu et les cris des conducteurs, Banquo Collins entreprit discrètement et rapidement de rassembler ses affaires.

— Qui a tiré ? les Apaches ? demanda un des cochers.

— Ça m'étonnerait. Ils ont parfois des fusils volés mais, le plus souvent, ils se servent d'un casse-tête — ou d'un couteau avec lequel ils vous tranchent la gorge. D'ailleurs, ils aiment pas se battre et risquer de mourir la nuit. Ils croient que l'obscurité les suit dans le monde des esprits et ils préfèrent passer l'éternité à la lumière. Tu vois, rien à craindre.

En donnant ces explications, le guide avait fini de se préparer. Il rabattit son chapeau sur ses yeux, se retourna et s'éloigna du feu d'un pas pressé. Le conducteur était trop tendu et trop stupide pour objecter que la lune éclairait le paysage presque comme en plein jour. Mais la hâte du guide éveilla ses soupçons.

— Hé ! où tu vas ?

Le guide continua, tête baissée. Quelques pas encore et il serait à l'abri entre les gros...

— Collins, reviens ici, sale coyote !

« Pas un coyote, un serpent de verre », songea l'Ecossais en sautant derrière un rocher. Il courut quelques mètres, se retourna, vit les Jicarillas surgir derrière le feu et entourer les trois conducteurs. Pris de panique, il s'enfuit, poursuivi par les jappements sauvages des Apaches et les cris des Blancs.

Il ne s'arrêta de courir que lorsqu'il fut hors d'haleine. Après un bref instant de récupération, il repartit jusqu'à ce qu'il eût trouvé un endroit où descendre sans trop de danger. Accroché à la paroi rocheuse, il se trouvait encore à cinq ou six mètres du sol quand il lâcha prise et tomba.

A demi inconscient, les mains et le visage écorchés, il se reposa à nouveau puis se traîna jusqu'à la rivière, entra dans l'eau en faisant le moins de bruit possible. Les Apaches, qui poussaient des cris pour célébrer leur victoire, ne l'entendaient certainement pas.

Collins savait qu'ils monteraient les chevaux quelques jours puis les dépèceraient. Ils ouvriraient aussi les caisses, prendraient les Spencer. Ce qui intéressait le guide, c'étaient les chariots eux-mêmes, et le chargement que Powell y avait caché. L'apparition des Apaches autour du feu signifiait que celui-ci était mort, ainsi que sa larve de compagnon. Le guide s'en moquait, comme il se moquait du sort des conducteurs : ils étaient la queue du serpent de verre.

Ce qui comptait, c'était sa propre peau et, en second lieu, les chariots. Parvenu à proximité de l'autre rive, il remonta le courant jusqu'à ce qu'il eût repéré un genévrier tordu qui ferait un bon poste d'observation. Il y grimpa, vit de hautes flammes dépassant parfois les rochers : les Indiens avaient sans doute ajouté du bois au feu.

Le guide ne tarda pas à découvrir qu'il se trompait. Les flammes montaient en fait d'un des chariots, qui apparut entre les rocs, poussé par une dizaine d'Apaches. Ils l'amenèrent au bord du ravin en hurlant, le firent basculer. Le véhicule resta un moment suspendu puis tomba, les deux roues avant tournant comme des disques de feu.

Le bois éclata, le brasier se sépara en plusieurs feux. Les Jicarillas revinrent avec le deuxième chariot, qu'ils précipitèrent aussi dans le ravin avec des cris de colère. Collins se dit qu'ils devaient être déçus de leur prise. Quand on ne sait pas où chercher... Lui avait vite compris que la partie la plus précieuse du chargement était dissimulée dans un double fond.

Il reviendrait plus tard, quand il n'y aurait plus de danger. Si c'était bien de l'or que contenaient les chariots, cela pouvait attendre. Quoique pas très instruit, Banquo Collins savait que l'or changeait de forme, se mélangeait à d'autres matières, mais ne pouvait être détruit. Tant que personne ne passerait par hasard sur cette route peu fréquentée et ne descendrait examiner les débris, l'or demeurerait à l'attendre au fond du ravin. Collins s'humecta les lèvres en s'imaginant dans la peau d'un riche rentier faisant sauter une putain de San Francisco sur chacun de ses genoux.

64

DES soldats rentrant chez eux s'arrêtaient de temps à autre à Mont Royal et décrivaient aux Main la désolation de l'Etat. En échange, ils buvaient l'eau du puits — Cooper n'avait rien à leur donner à manger.

Bien qu'elle ne soutînt pas le Sud et défendît encore moins les raisons pour lesquelles il avait fait la guerre, Judith pleura en apprenant que des forêts brûlées, des champs piétinés, des maisons pillées marquaient le passage de la machine de guerre de Sherman.

A Columbia, ville rasée, il ne restait de pâtés de maisons entiers qu'un pan de mur ou une cheminée se dressant au milieu d'un champ de ruines. Des bandes de Noirs ne sachant que faire de leur liberté toute nouvelle erraient par les routes, affamés. Il n'y avait à manger ni pour eux ni pour les Blancs et la plupart des boutiques de village étaient fermées, portes et fenêtres barrées par des planches.

Cooper décida de faire une récolte tardive dans trois rizières, comme son père avait coutume de le faire quand celle de printemps avait été détruite par les oiseaux ou une tempête. Pour l'aider à préparer la terre avec les quelques instruments non brisés qu'il restait, il n'avait qu'Andy, Cicero — trop âgé pour ce travail —, Jane et sa fille. Judith s'occupait de la cuisine et de la petite cabane.

Peu habitué aux efforts physiques, Cooper rentrait le soir endolori des chevilles au cou, piqué par les insectes. Il avalait le peu qu'il y avait à manger, parlait peu et s'allongeait tout de suite sur sa paillasse. Souvent il grognait ou poussait des cris dans son sommeil.

Pendant la journée, des questions sans réponse l'assaillaient : récolteraient-ils assez de riz pour en vendre un peu et conserver le reste pour l'hiver ? Le Sud resterait-il occupé des années par des troupes hostiles pour expier l'assassinat de Lincoln ? Saurait-il un jour ce qu'était devenue la dépouille d'Orry maintenant que de nombreux dossiers de l'armée avaient brûlé dans l'incendie de Richmond ? Un soldat de passage avait raconté comment, à Petersburg, on avait creusé des fosses communes pour y ensevelir des centaines de cadavres sans se soucier de les identifier.

Ces questions lui martelaient la tête jusqu'à ce qu'elle lui fît aussi mal que le reste de son corps tandis qu'il retournait la terre de Caroline sous un soleil impitoyable. Un après-midi qu'il s'échinait à cette tâche, Andy l'appela. Il leva la tête, essuya son front, vit Judith courir le long des digues séparant les rizières.

— Cooper, c'est ta mère ! Je suis allée la voir pendant sa sieste, comme je le fais toujours, et je l'ai trouvée... A en juger par son expression, elle est passée tranquillement. Peut-être sans souffrir. Je suis désolée, chéri...

Elle s'interrompit, intriguée et un peu effrayée par l'étrange demi-sourire de son mari. Cooper n'expliqua pas qu'il avait eu cette curieuse réaction en songeant à l'ironie du sort : Clarissa avait traversé la bataille sans une égratignure, et maintenant...

Le sourire disparut, chassé par des considérations d'ordre pratique.

— Tu crois que nous pouvons trouver de la glace quelque part pour le corps ?

— J'en doute, répondit Judith. Il vaudrait mieux l'enterrer tout de suite.

— Oui, tu as raison.

Les larmes aux yeux, Cooper s'appuya à l'épaule de sa femme et rentra avec elle à la cabane pour le reste de la journée. Le soir, il fabriquait un cercueil avec l'aide d'Andy quand Jane annonça :

— Nous avons de la visite.

— Encore des soldats ? Tu sais ce qu'il faut leur dire. Ils sont les bienvenus, ils peuvent boire l'eau du puits mais nous n'avons rien à leur donner à manger.

— Ces personnes-là, vous devrez les nourrir. C'est votre sœur, son mari et Miss Madeline.

Lorsqu'il jugea le voyage relativement sans danger, Jasper Dills se rendit dans la capitale sudiste occupée et fut consterné par les ravages qui avaient accompagné la chute et la fuite du gouvernement confédéré. Un officier de l'Union lui raconta que, dans l'incendie, des centaines de milliers de balles et d'obus avaient explosé pendant plusieurs heures. Quelques bâtiments restaient debout mais de nombreux pâtés de maisons avaient disparu. L'air printanier aurait dû embaumer ; à Richmond, il puait la fumée.

Les rues défoncées étaient transformées en dépotoirs où s'amoncelaient meubles brisés et abandonnés, vêtements, chiffons, bouteilles, livres, papiers personnels. Ce qui horrifiait plus encore le petit avocat, c'étaient les débris humains, les familles blanches errant dans la ville, les soldats confédérés, parfois âgés de quatorze ans, assis au soleil, l'air affamé et le regard vide. Les bandes de Noirs, dont certains se pavanaient outrageusement. Et partout —

à pied, à cheval ou en chariot — les conquérants en uniforme bleu. « Ce sont les seuls Blancs de la ville à sourire », constata Dills.

Il arriva fort ébranlé devant les tentes des cantines plantées sur la pelouse de Capitol Square. Près de l'une d'elles, il rencontra son « contact », un ancien agent de Lafayette Baker que Dills avait engagé pour une forte somme et envoyé en Virginie afin de trouver une piste qui, peut-être, n'existait pas.

L'homme, un individu robuste aux yeux louches, fit asseoir l'avocat à une table installée dehors. Il engloutit une bière tandis que Dills buvait un breuvage insipide passant pour de la limonade.

— Alors, qu'avez-vous à m'apprendre ?

— Il y a six jours encore, je pensais pas avoir quoi que ce soit à vous donner. J'ai descendu et remonté le James pendant près de trois semaines avant de trouver quelque chose. Et encore, c'est maigre.

L'homme fit signe au garçon de lui apporter une autre bière et poursuivit :

— L'année dernière, au début du mois de juin, un paysan a vu un cadavre de civil flotter sur le James. Il était trop loin de la rive pour qu'on le repêche mais la description correspond à peu près à celle que vous m'avez donnée du capitaine Dayton : obèse, cheveux bruns...

— En juillet dernier ? murmura Dills. (Depuis, il avait continué à toucher l'allocation.) Où était-ce ?

— Le fermier se tenait sur la rive droite du fleuve, à un kilomètre environ du pont de bateaux de Broadway Landing que l'armée construisit plus tard, en automne. J'ai passé trois jours de plus dans le coin, à poser des questions mais je n'ai rien découvert d'autre. Alors, donnez-moi l'argent.

— Votre rapport ne contient rien de sûr. Je ne suis pas satisfait.

L'ancien agent de Baker saisit le frêle poignet de l'homme de loi en répliquant :

— J'ai fait le boulot, je veux être payé.

La tentative de Dills pour économiser de l'argent

échoua. Il remit à son agent un chèque que celui-ci examina un moment d'un air soupçonneux avant de l'empocher, de vider le fond de son verre et de partir, laissant l'avocat entre deux tablées bruyantes de prostituées, non loin de la magnifique statue de George Washington.

Le fils de Starkwether était-il passé à l'ennemi après son renvoi des services de Baker ? se demanda Dills. Le cadavre flottant sur le James était-il vraiment celui de Bent ? Il devait le savoir : si ses rapports périodiques s'interrompaient, il en irait de même pour l'allocation.

— Que s'est-il passé ? s'écria-t-il en frappant le poing sur la table.

Deux des catins assises à sa droite se retournèrent et firent des remarques. Dills s'efforça au calme. La piste s'arrêtait. Le rejeton de son ancien client était mort, victime parmi tant d'autres d'une guerre longue, détestable et en fin de compte inutile.

A la réflexion, un rapport n'avançant aucune conclusion formelle valait mieux que rien. C'était même un atout précieux, si on l'interprétait correctement. Puisque rien ne prouvait la mort de Bent, Dills pouvait continuer à affirmer avec assurance, dans ses propres rapports périodiques, qu'il était encore en vie. Cela lui garantirait le maintien d'un revenu appréciable en échange de quelques feuilles de papier noircies — joli profit pour un investissement minime.

Moins contrarié, l'avocat se détendit au soleil, oublia les odeurs de fumée et de parfum bon marché et commanda une autre limonade.

65

ON enterra Clarissa Gault Main dans le demi-arpent de terre clôturé qui accueillait les morts de Mont Royal, noirs et blancs, depuis trois générations. Du petit groupe de personnes assistant aux funérailles, c'était Jane qui pleurait le plus. Elle avait nourri une affection profonde pour la douce petite femme que son esprit avait depuis longtemps libérée des fardeaux humains ordinaires. La jeune Noire avait veillé sur Clarissa comme sur un enfant.

Andy, qui se tenait à ses côtés, pleurait avec elle ; Brett et Madeline maîtrisaient mieux leur chagrin. Cooper, enfin, considérait de son devoir de dissimuler son émotion et de montrer l'exemple dans un moment difficile. Il lut le passage de l'Evangile selon saint Jean où le Christ dialogue avec Nicodème sur la vie éternelle. Puis Billy et Andy mirent le cercueil dans la fosse et chacun jeta dessus une poignée de terre. Enfin, Cooper confia la dernière prière à Andy, qui fit l'éloge de Clarissa en la décrivant comme un être aimable et généreux et recommanda son âme à Dieu.

Un moment de silence succéda aux amen murmurés.

— Je finirai seul, dit Andy. Inutile que vous restiez tous.

Billy prit Brett par le bras et franchit avec elle la grille rouillée ; Cooper et les autres suivirent. Soudain la jeune femme s'arrêta, regarda à travers les chênes le tas de cendres noires s'élevant à l'ancien emplacement de la maison. Les larmes aux yeux, elle se tourna vers son mari.

— Maman qui nous quitte maintenant, c'est la fin d'un monde, n'est-ce pas ? De la maison, de la plantation. Mont Royal n'a jamais été aussi beau que nous le pensions mais, à présent, il a disparu à jamais.

Madeline acquiesça d'un hochement de tête mélancolique ; à voix basse mais avec une ferveur qui surprit sa jeune sœur, Cooper répondit :

— Nous avons laissé partir le pire, nous rebâtirons le meilleur.

« L'ancien Cooper n'aurait jamais dit une chose pareille, pensa Brett, étonnée. Je ne suis pas la seule que la guerre ait changée. »

Trois jours plus tard, après réception d'une lettre chiffonnée remise par erreur au voisin le plus proche, Charles apparut à nouveau sur sa mule dans l'allée. Brett courut l'embrasser, le trouva distant et renfermé, d'une aigreur alarmante. Quand elle l'interrogea sur ses missions pour la cavalerie de Hampton, il éluda les questions par des réponses laconiques et creuses.

Avant le repas du soir, Madeline saisit l'occasion de lui demander :

— Comment va Augusta Barclay ?

— Je ne sais. Je ne l'ai pas vue depuis longtemps.

— Est-elle toujours à Fredericksburg ?

— Je l'espère. Je m'y rendrai dans quelques jours pour le découvrir.

Après le coucher du soleil, Cooper et Charles se promenèrent le long de la rivière, près du débarcadère détruit. C'était l'éclaireur qui souhaitait avoir une conversation en privé mais, auparavant, son cousin lui donna une information.

— Nous avons reçu avec un long retard une lettre du général Pickett concernant Orry. Son corps n'a pas été jeté dans une fosse commune mais envoyé dans le Sud avec d'autres quand il fut possible d'avoir assez de chevaux de trait pour transporter les cercueils : la voie ferrée partant de Petersburg était inutilisable sur une portion de la ligne en question.

— La Weldon, précisa Charles.

— Malheureusement, il y eut un accident.

— Quel genre d'accident ?

Quand Cooper lui eut répondu, Charles secoua la tête en murmurant :

— Seigneur ! Seigneur Dieu !

Ils marchèrent en silence quelques minutes puis l'éclaireur se ressaisit et informa son cousin de son désir de partir pour la Virginie dès qu'il jugerait la plantation hors de danger.

— Oh ! nous ne risquons pas grand-chose, répondit Cooper avec un rire forcé. Sauf peut-être de mourir de faim. Puis-je te demander ce qui t'appelle là-bas ?

— Raison personnelle.

« Comme il est devenu sombre et fermé ! » songea Cooper.

— Tu reviendras ici ?

— J'espère que non. C'est une femme, ma raison personnelle.

— Charles, je ne me doutais absolument pas — c'est formidable ! Qui est-ce ?

— Si cela ne te fait rien, je préfère ne pas en parler.

Peiné par la rebuffade de l'étranger distant que Charles était devenu, Cooper acquiesça de la tête en silence.

C'était apparemment la saison des visites puisque, le lundi suivant, alors que Charles s'apprêtait à partir, Wade Hampton arriva sur son cheval. En route pour Charleston, il s'était arrêté parce qu'il avait entendu parler de l'incendie de Mont Royal et de la mort de Clarissa. Bien que pas très proches, les familles Main et Hampton se connaissaient depuis trois générations. La plupart des grands planteurs du piémont et du bas pays se connaissaient au moins de vue, et Charles avait contribué à établir des liens entre les deux maisons.

Outre s'incliner sur la tombe de Clarissa et exprimer sa sympathie à la famille, le général avait une troisième raison de passer à Mont Royal. Il espérait obtenir des nouvelles d'un de ses meilleurs éclaireurs et fut surpris de l'y trouver. Hampton fut visiblement consterné de voir Charles aussi hirsute et aussi amer.

Le général, aux cheveux plus gris que dans le souvenir de Charles, avait quitté l'uniforme et portait sous sa veste son arme préférée, un revolver à crosse d'ivoire. Du fait de son haut grade, il n'avait pas bénéficié de l'amnistie accordée à la majorité des soldats confédérés après la capitulation. Il en gardait une amertume qui devint particulièrement apparente lorsqu'il fit le tour des ruines de la grande maison.

— Comme Millwood, soupira-t-il. Nous devrions prendre une photographie et l'envoyer à Grant. Cela lui apprendrait peut-être le vrai sens de ce qu'il appelle « la guerre éclairée ».

Plus tard, les hommes s'assirent devant la cabane sur des caisses et des tonneaux, sous le chaud soleil couchant. Hampton sortit de sa sacoche de selle une bouteille d'alcool de pêche dont il emplit des tasses et des verres dépareillés.

Le général interrogea Charles sur ses derniers jours de guerre mais celui-ci avait peu à raconter. Hampton déclara qu'il avait voulu poursuivre le combat à l'ouest du Mississippi :

— Après ce que les Yankees avaient fait à mon fils, à mon frère, à ma maison, je ne me sentais pas moralement lié par la reddition.

Il avait donc pris le sillage du président en fuite.

— J'aurais escorté Mr. Davis jusqu'au Texas, ou même au Mexique. Je disposais d'une petite compagnie d'hommes loyaux — du moins, je le croyais. Mais ils m'ont lâché, ils ont renoncé, l'un après l'autre. Finalement, je me suis retrouvé seul. A Yorktown, je retrouvai par hasard ma femme Mary qui, avec l'aide du général Wheeler, me convainquit qu'il était vain de chercher à retrouver le président. J'étais las. Prêt à me laisser convaincre, je suppose. Et j'ai abandonné.

— Savez-vous où se trouve Davis, maintenant ? demanda Cooper.

— Non. Je présume qu'on l'a emprisonné, voire pendu. Quelle fin lamentable pour toute cette histoire !

Le général vida le fond de son verre, ce qui sembla le rasséréner quelque peu, et précisa qu'il vivait à présent dans la maison de son ancien régisseur.

— Ma fille Sally doit se marier en juin. J'ai pour m'aider à vivre la perspective de cet heureux événement ainsi que la tâche de reconstruire notre pauvre Etat dévasté. Je suis content que vous soyez de retour à Mont Royal, Cooper. Je me rappelle votre position à l'époque de la convention de sécession. Nous aurons besoin d'hommes comme vous. Il nous faudra de la patience, de la force car les Yankees nous infligeront de dures épreuves. Pour nous châtier. Booth nous a fait un mal incroyable.

— Sait-on ce qu'il est devenu ? demanda Billy.

— Oh ! oui. On l'a rattrapé et abattu il y a deux semaines, dans une ferme proche du Rappahannock.

— Messieurs..., commença Charles en se levant. (Il

posa le bocal dans lequel il avait bu sur le rondin qui lui avait servi de chaise.) Avec votre permission, je vais me coucher. Je voudrais partir pour la Virginie demain matin avant l'aube. Je vous laisse à vos grands idéaux et à la reconstruction de notre glorieux Etat.

Billy fut consterné par l'aigreur de son ami, qu'il se rappelait si gai, si prompt à rire. Ce squelette hirsute et dépenaillé n'était pas Bison Main mais quelqu'un de beaucoup plus vieux, beaucoup plus sombre.

— Il faut bien défendre le Sud, répondit Cooper. Nous devons le défendre avec tous les moyens pacifiques dont nous disposons, sinon nous ne laisserons aux générations futures qu'une terre brûlée et un immense désespoir.

— Ce n'est pas le discours que tu tenais autrefois, cousin, répliqua Charles.

— Mais il est juste, intervint Hampton avec un peu de son ancienne autorité dans la voix. L'Etat aura besoin de nombreux hommes de bonne volonté. Vous compris, Charles.

L'éclaireur s'inclina en souriant.

— Non, merci, général. J'ai fait mon travail. J'ai tué Dieu sait combien d'êtres humains — américains comme moi — au nom des nobles principes du noble Mr. Davis et de ses nobles collègues. Ne me demandez pas de faire autre chose pour le Sud ou sa cause insensée.

Hampton se dressa d'un bond.

— Le Sud est aussi votre pays, major. Sa cause est la vôtre.

— Correction, mon général. Elle l'était. J'ai obéi aux ordres jusqu'à la capitulation. Pas une seconde de plus. Bonsoir, messieurs.

Charles partit avant l'aurore, alors que Billy et Brett dormaient encore dans les bras l'un de l'autre, serrés sur la couchette branlante qu'on leur avait attribuée. Billy s'était couché attristé par l'attitude de son ami, qui ne lui avait guère parlé. Et qui s'était mis en route sans un mot d'adieu, comme Billy le découvrit peu après son réveil.

Sentant une odeur de faux café, il se leva, caressa le ventre de sa femme — elle était bien enceinte, ils en étaient sûrs maintenant —, embrassa son cou tiède et s'éloigna de la couchette. Soulevant le rideau qui partageait la pièce, il découvrit Andy devant le réchaud. Le Noir confirma le départ de Charles.

— Drôle de type, dit-il. Il a toujours été aussi amer ?

— Non. Il lui est arrivé quelque chose en Virginie. Il connaissait une veuve, à laquelle il tenait beaucoup. Oh ! il ne m'en a pas parlé. C'est Madeline qui me l'a appris.

— Alors, c'est peut-être ça, opina Andy. S'il croit l'avoir perdue... Les femmes vous détruisent un homme presque aussi vite que la guerre, je crois bien.

Le jeune Noir eut un sourire auquel Billy ne répondit pas.

Les jours suivants montrèrent à Brett à quel point les conditions de vie et les relations entre les gens avaient changé en quatre brèves années. Cooper s'épuisait à la tâche dans les rizières ; Madeline, qui avait été un temps la maîtresse, relevait le bas de sa jupe, emprisonnait dans un foulard sa chevelure noire et peinait à ses côtés. Malgré les protestations de Billy, Brett l'imitait : selon elle, plusieurs mois s'écouleraient encore avant qu'elle soit incapable de faire sa part.

Malgré la joie que lui causait la vie qui croissait en elle, la jeune femme était déçue par Mont Royal parce qu'il n'y avait plus de Noirs ayant besoin de son aide ou la souhaitant. Elle se confia à Cooper, qui lui répondit :

— Tout un Etat a besoin de ton aide. Tu as vu ces malheureux qui campent dans les champs, au bord des routes...

Mais Brett ne fut pas convaincue. Tout était différent ; tout, à l'exception de sa vie conjugale, avait changé en mal.

George était lui aussi d'humeur maussade le samedi 13 mai. (Davis et sa petite escorte avaient été capturés dans les bois, près d'Irwinville, en Georgie, quelques jours plus tôt.) Il découvrait avec consternation les ruines de Charleston, où un vapeur côtier parti de Philadelphie l'avait amené avec Constance. Il fut peiné en voyant tant de maisons et d'édifices dévastés par le feu, et plus encore par le spectacle de très nombreux Noirs que leur liberté toute nouvelle semblait mettre mal à l'aise.

— Il est parfaitement juste qu'on la leur ait accordée, dit-il à sa femme en embarquant sur l'*Osprey*, vieux sloop à bord duquel ils remonteraient l'Ashley. Mais des problèmes pratiques se posent. Est-ce cette liberté qui va les nourrir ? les vêtir ? les éduquer ?

Et même si l'on trouvait des solutions, les Nordistes permettraient-ils leur application à présent que la guerre était gagnée ? Certains oui — comme sa sœur Virgilia, par exemple. Mais ils étaient une minorité. L'opinion de la majorité s'illustrait dans le télégramme qu'il gardait dans la poche de sa veste.

Ce message de Wotherspoon lui avait été remis à l'embarcadère de Philadelphie une heure avant que le vapeur ne levât l'ancre : « Six ouvriers démissionnent pour protester contre l'embauche de deux Noirs. »

George avait aussitôt répondu : « Qu'ils partent. » Mais il avait conscience que son attitude était exceptionnelle — une goutte d'eau singulière dans l'océan yankee.

En réponse aux questions de son mari, Constance fit observer :

— C'est bien pour cela qu'on a créé le Bureau des affranchis, non ? Le général Howard passe pour un homme honnête, capable...

— Mais regarde qui s'est faufilé au poste d'adjoint. Tu crois Stanley motivé par des considérations humanitaires ? Il poursuit quelque autre objectif secret — politique, probablement. Nous allons connaître une situation difficile pendant quelques années, j'en ai peur. Quelques années ou plus si les blessures ne guérissent pas. Si on ne les laisse pas guérir...

Le court voyage à bord de l'*Osprey* se déroula sans incident et leur rendit un peu d'optimisme — jusqu'à ce qu'ils découvrent Mont Royal. George étouffa une exclamation, Constance agrippa le bastingage.

— Mon Dieu, murmura-t-il. Même le débarcadère...

— C'est exact, monsieur, dit le capitaine du sloop.

La politesse exagérée avec laquelle il avait prononcé le dernier mot suggérait qu'il ne croyait pas son passager digne d'autant de considération.

— On mettra une planche pour vous faire descendre, ajouta l'homme.

Son regard laissait entendre qu'il n'aurait pas été mécontent de voir les deux Nordistes tomber dans l'eau boueuse.

Les Hazard, qui n'avaient pas annoncé leur visite, déposèrent leurs bagages sur la rive herbeuse, notamment une vieille serviette que George n'avait pas quittée des yeux depuis le départ de Lehig Station. Alors que le sloop repartait lentement en faisant mugir sa sirène, un Noir apparut devant les ruines de la grande maison. Constance demeura près des valises, George alla à la rencontre de l'inconnu.

— Hazard, se présenta-t-il.

Reconnaissant le nom qu'il avait souvent entendu, Andy fila avertir Cooper et les autres, qui travaillaient dans les rizières. Profondément ému, George contemplait les ruines et revoyait par la pensée le bal somptueux que les Main avaient un jour donné en l'honneur des Hazard venus leur rendre visite. Les lanternes, la musique, les rires des hommes, les épaules nues des femmes...

Et voilà qu'arrivait Cooper, torse nu, couvert de sueur, l'air épuisé. Il était suivi de Billy, Brett et Madeline, crottés comme des paysans et dégageant une odeur forte dans la chaleur de l'après-midi.

In petto, George se reprocha sa réaction négative. En définitive, les Main avaient toujours été des gens de la terre, même s'ils l'étaient avec raffinement et élégance. A présent, ils n'avaient apparemment plus que leurs mains pour s'occuper de la plantation. Celles de Billy étaient couvertes d'ampoules, nota George.

Il n'était pas surpris de trouver son frère à Mont Royal puisque Constance lui avait appris le départ du trio quand il était rentré en permission à la fin du mois d'avril. Aussitôt le voyage décidé, George avait sans scrupules télégraphié à Stanley pour lui demander de lui obtenir un prolongement de sa permission.

En revanche, Cooper et Judith semblaient stupéfaits par l'arrivée des visiteurs. Ils feignirent d'en être ravis mais ne purent cacher leur fatigue, ni leur réserve et leur tension. George était désespéré par la vue de cette misère. Il pensait pouvoir la soulager en partie avec le remède qu'il avait apporté et qui se trouvait dans l'herbe, parmi les bagages.

Madeline et Judith conduisirent les Hazard à ce qui faisait office de terrasse — rondins, caisses et barils disposés devant la cabane — et rentrèrent préparer des rafraîchissements. Après une demi-heure d'échange hésitant d'informations sur les deux familles, George exprima sa sympathie à Madeline puis demanda à Cooper :

— Où se trouve la tombe d'Orry ? J'aimerais m'incliner devant.

— Je vous montrerai le monument, mais la tombe elle-même est vide.

— On n'a pas renvoyé sa dépouille à sa famille ?

— Oh ! si. On a fini par mettre son cercueil dans un wagon, mais quelque part en Caroline du Nord, il y a eu un accident sur notre magnifique réseau de voies ferrées. Le train a déraillé, quarante cercueils en pin ont brûlé. Pickett nous a écrit qu'il ne restait rien du corps d'Orry.

George avait rarement eu aussi mal. Il entendit les cloches de l'incendie d'avril battre dans sa tête et murmura péniblement :

— Je... je voudrais quand même voir le monument et m'y recueillir.

— Quand ? demanda Cooper.

— Maintenant, si vous le voulez bien. Mais d'abord, je dois prendre quelque chose dans mes bagages.

Quand il eut trouvé le monument en suivant les indications données par Cooper, George tira de sa poche la lettre restée quatre ans dans la serviette, au fond d'un tiroir de son bureau. La lettre à Orry. Il s'agenouilla, creusa un trou dans le sol sableux à une vingtaine de centimètres de la pierre tombale, plia la lettre et l'enfouit. Puis, bien qu'il n'eût jamais eu de profondes convictions religieuses, il joignit les mains, courba la tête et demeura ainsi une trentaine de minutes pour dire adieu à son ami.

L'après-midi fut une épreuve. George se demandait si les Main étaient devenus des étrangers pour lui ou si les circonstances déformaient son jugement. Les changements causés par la guerre et la destruction de Mont Royal se manifestaient surtout chez Cooper, qui montrait une politesse sinistre nouvelle pour George. Le frère d'Orry se déclara content d'avoir une excuse pour abandonner les rizières une demi-journée mais son regard anxieux, exténué démentit ses propos.

Le dîner redonna à George un peu d'optimisme. Malgré la frugalité du repas, composé essentiellement de riz, la conversation devint plus vive, moins tendue. Seul Cooper fit exception et parla peu. Tous passèrent ensuite dehors pour goûter la fraîcheur du soir. Madeline interrogea George sur la situation à Charleston.

— Terrible, répondit-il. Je me sentais coupable de ne pouvoir donner une poignée de dollars à chacun des malheureux errant dans la rue.

— Des Noirs, fit Jane, et ce n'était pas une question.

— Des Blancs aussi. Tous semblaient avoir faim. Sur les quais, j'en ai vu des dizaines essayer d'attraper du poisson avec un morceau de ficelle. Ces gens vivent sur des terrains vagues, campent sous des couvertures. Ce qui leur est arrivé est horrible.

— L'esclavage l'était aussi, Mr. Hazard.

— Jane, intervint Andy, à qui la jeune Noire lança un regard de défi.

George vit avec étonnement une expression de colère fugitive passer sur le visage de Cooper. A nouveau anxieux, il résolut de déclarer maintenant ce qu'il avait à dire :

— Vous avez raison, Jane. Aucun homme de conscience ne soutiendra une opinion contraire. Mais il est également vrai que tout le monde a souffert. Je ne parle pas de biens matériels mais de sentiments. Au Nord comme au Sud, il ne reste que colère, confusion, affliction...

Il échangea un regard avec Madeline, se leva, fit quelques pas sur la pelouse, les mains derrière le dos, en s'efforçant de trouver les mots justes.

— Selon mon frère Stanley, la veille de son assassinat, Lincoln rêva qu'il était dans une barque et ramait vers une côte sombre, imprécise.

Il se retourna pour faire face au demi-cercle de ses auditeurs, noirs et blancs, assis devant la cabane. Au loin, la glycine de la grande cheminée éclaboussait de couleur le crépuscule.

— Une côte sombre, imprécise, répéta-t-il. La métaphore me paraît décrire parfaitement notre situation. La vôtre, et celle du pays. L'Amérique est à nouveau un seul pays. L'esclavage a disparu, Dieu merci ! C'était un mal, un gourdin longtemps brandi au-dessus des têtes nordistes.

— Mais quand le gourdin est finalement tombé, nous avons souffert autant que vous, objecta Brett.

George nota un nouveau regard noir de Cooper et songea que l'homme avait véritablement changé. La perte de son fils avait-elle totalement balayé ses convictions humanistes d'autrefois ? George espérait que cette attitude défensive, cette irritabilité qu'il avait remarquée chez d'autres Sudistes mais jamais chez le frère d'Orry, n'était qu'un égarement passager.

Embarrassé, il toussota avant de poursuivre :

— Nous étions amis, vous et nous, bien avant ces terribles événements.

Voyant Brett appuyée contre Billy, qui se tenait derrière elle, George rectifia avec un sourire :

— Plus qu'amis, pour certains.

Encouragé par un regard plein d'amour de Constance, il continua d'une voix plus assurée :

— Nous devons le rester. Quatre ans plus tôt, j'étais convaincu que de dures épreuves nous attendaient. Orry et moi nous engageâmes à maintenir intacts. malgré la guerre, les liens unissant nos familles...

« Puis ce fut la tourmente et je craignis que nous n'y parviendrions pas », pensa George.

— Nous avons réussi à le faire, affirma-t-il en se tournant vers Cooper. Du moins, à mon avis.

Le frère d'Orry garda le silence et George reprit avec effort :

— Je crois que nous allons traverser maintenant une nouvelle période d'animosité et de lutte qui, à sa façon, pourrait se révéler pire que la guerre. Comment l'éviter alors que la peine est si grande, les deuils si nombreux dans chaque camp ? alors que tout un peuple nouvellement libéré demeure plein d'une légitime colère quand il songe au passé ? que des hommes vénaux — dont je pourrais donner les noms — n'attendent que l'occasion de profiter d'un faux pas, d'une démonstration de faiblesse ? Nous devons être prêts à affronter tout cela. Nous devons à nouveau...

Un geste de la main droite, le regard passant lentement de l'un à l'autre, puis, d'une voix calme :

— Resserrer nos liens.

Nul ne bougea, nul ne parla. Seigneur ! il avait échoué. Il n'avait pas tenu l'engagement qu'il s'était fait à lui-même et surtout à Orry. Si seulement il avait su faire de beaux discours, comme les politiciens...

Brett fut la première à réagir en tendant le bras pour presser la main de Billy. Ce fut ensuite Madeline qui, les larmes aux yeux, hocha la tête pour l'approuver. Ce fut enfin Cooper qui, d'une voix grave, parla en leur nom à tous :

— Oui.

Presque étourdi de soulagement, George vit les Main sourire, se lever, s'avancer vers lui.

— Supportez-moi encore un instant, plaida-t-il en levant les bras. En venant ici, je voulais aussi vous remettre un petit gage de mon attachement à ce que nous avons tous réaffirmé à l'instant.

George retourna à la caisse qui lui servait de siège, prit la serviette qui y était posée.

— Quelqu'un la reconnaît ?

Cooper se gratta le menton, l'air perplexe.

— N'appartenait-elle pas à mon frère ?

— Exactement. C'est dans cette serviette qu'Orry m'a rapporté l'argent que je lui avais prêté pour financer le *Star of Carolina*. Au printemps 61, il avait accompli le périlleux voyage jusqu'à Lehig Station, avec six cent mille dollars en liquide — tout ce qu'il avait pu réunir pour rembourser la somme que j'avais investie dans votre projet. Je ne l'ai pas oublié. Je... (George s'interrompit, s'éclaircit à nouveau la voix.) Je n'ai pas oublié non plus ce qu'Orry représentait pour moi. Je suis venu rembourser moi aussi une dette d'honneur et d'amitié, comme il l'avait fait. Mettre une petite partie de mes ressources dans vos mains, pour vous aider à reconstruire Mont Royal.

George tendit la serviette à Cooper.

— Avant de partir, je n'ai pu obtenir d'informations sûres sur la situation bancaire dans cet Etat. Je suppose qu'elle est encore chaotique...

Cooper acquiesça.

— Je suis principal actionnaire de la banque de Lehig Station, que j'ai créée au début de la guerre, continua le maître de Belvedere. Il y a dans cette serviette une lettre de crédit d'un montant initial de quarante mille dollars. Je mettrai d'autres fonds à votre disposition par la suite. Autant qu'il vous en faudra. Maintenant... (Il rougit) je prendrais bien un peu de ce délicieux punch aux baies que vous m'avez offert cet après-midi. J'ai la gorge desséchée tout à coup.

Pendant un moment, seul le bourdonnement des

insectes troubla le silence du crépuscule. Soudain, dans une envolée de jupe, Madeline courut vers George, lui passa les bras autour du cou. Il sentit sur sa joue les larmes de la jeune femme qui le serrait contre elle.

Puis tous s'avancèrent, entourèrent les deux visiteurs. Judith les embrassa, Andy prononça quelques mots d'admiration et de gratitude, Jane les remercia d'une voix douce, Brett les étreignit. Enfin, Cooper, si ému qu'il pouvait à peine parler, serra la main de l'ami de son frère.

— Dieu vous bénisse, George.

A sa grande honte, George pensa qu'il aurait préféré serrer la main d'Orry et détourna la tête pour que personne ne puisse voir ses yeux.

66

SANTA FE était une ville infestée de mouches et d'une latinité répugnante. Ashton était sûre que les abîmes de l'enfer — s'ils existaient — ne pouvaient être plus brûlants.

Elle occupait une chambre propre mais exiguë au premier étage d'un hôtel situé dans une rue étroite, à quelques pas d'une *cantina* et de la place de la Cathédrale. Après trois semaines d'attente passées le plus souvent dans cette pièce, elle se sentait vieille, ratatinée. Elle avait l'impression que l'air étouffant lui avait donné de nouvelles rides, en particulier autour des yeux. Au moins dix fois par jour elle scrutait son visage marqué dans un triangle du miroir brisé accroché au mur d'*adobe*, près du lit dur. Lamar serait-il mécontent de cette peau desséchée et rougie par le soleil ? La question l'agitait toute la journée et troublait son repos la nuit.

Ashton se demandait encore comment une femme de sa condition avait pu endurer toutes les épreuves qu'elle avait traversées pour finir dans ce trou : l'interminable voyage en diligence, le manque de sommeil, la nourriture infecte dans des auberges sales, la grossièreté des gens de l'Ouest qu'elle avait eus pour compagnons de voyage, les rustauds yankees qui les avaient escortés pendant trois cents kilomètres à cause de la menace indienne.

En arrivant à Santa Fe, elle avait lu la lettre de Powell et s'était attendue à le retrouver six ou sept jours plus tard. Mais trois semaines s'étaient écoulées et l'optimisme de la jeune femme avait fondu avec son argent. Il ne restait dans son sac que quelques dollars — à peine de quoi payer pendant une autre semaine la chambre et la nourriture de barbare, outrageusement épicée, que la femme de l'hôtelier rapportait de la *cantina*.

Un matin, l'agitation régnant autour de la cathédrale l'attira sur la grande place ensoleillée où se massaient déjà plusieurs dizaines de personnes. Une patrouille de cavalerie venait d'arriver avec le cadavre d'un jeune homme poignardé trois fois.

— On l'a trouvé à l'ouest d'ici, près du comptoir de Winslow, expliqua un lieutenant yankee.

Il répondait à la question d'un personnage ventru et suffisant en qui Ashton devina un notable de la ville. « Bien arrogant pour un métèque », pensa-t-elle, tandis que l'officier poursuivait :

— Il s'est traîné sur cinq ou six kilomètres après que les Jicarillas eurent massacré ses compagnons. Winslow a eu beau nettoyer et panser les blessures, le gars n'a pas survécu plus de douze heures.

Affolée, Ashton aurait voulu poser des questions mais craignait que les soldats ne remarquent son accent. Ils avaient des mines patibulaires, plus effrayantes encore que celles des cavaliers qui avaient escorté la diligence. L'un d'eux portait un bandeau noir sur l'œil, un autre n'avait plus de pouce à la main droite, un troisième ressemblait à une caricature d'Irlandais et ses voisins bavardaient dans une langue inconnue — du hongrois peut-être. Dans la diligence, un voyageur avait raconté que le gouvernement de l'Union, ayant des difficultés à recruter pour son armée de l'Ouest, acceptait les handicapés, les immigrants parlant à peine anglais ou pas du tout — et même des Confédérés.

Incapable de rester plus longtemps sans savoir, Ashton s'approcha du moins sale de la troupe — un sergent — et lui posa une question extrêmement importante pour elle :

— Pouvez-vous me dire s'il y avait des chariots ?

Bien qu'originaire de l'Indiana, le sous-officier se montra courtois et serviable :

— Oui, m'dame. Le type du comptoir a dit que le jeune gars en avait parlé avant de mourir. Deux chariots, incendiés et poussés dans un ravin là où le massacre a eu lieu.

Prise de vertige, Ashton tituba. Le sergent fronça les sourcils mais sans se soucier d'éveiller sa méfiance, elle posa une seconde question tout aussi importante :

— Y avait-il un nommé Powell ?

— Oui. Un rebelle.

— Et il est... ?

Le sergent acquiesça d'un hochement de tête.

— Les autres aussi ?

— Tout le monde. Vous les connaissiez ?

— Seulement Mr. Powell. De nom, pas personnellement.

La réponse ne satisfit manifestement pas le sergent : si elle ne connaissait pas les victimes, pourquoi avait-elle parlé de chariots ? Consciente de sa gaffe, Ashton s'éloigna avant qu'il ne l'interroge et se rapprocha du lieutenant, qui poursuivait son récit :

— Après la mort du jeune gars, Winslow et ses deux fils se sont rendus sur les lieux. Les Apaches étaient partis depuis longtemps. Winslow a retrouvé des débris de roue de chariot et des cendres au fond du ravin mais c'est tout. Les charognards avaient emporté les autres cadavres.

Ashton fit demi-tour et se dirigea vers son hôtel, sous le regard du sergent qui trouvait étrange la conduite de cette belle jeune femme en robe grise. Une chose était certaine : elle n'était pas du coin.

Dans sa chambre, Ashton s'assit sur le lit en tremblant. Powell était mort. Elle avait tenu à lui plus qu'à tout autre homme à cause de ses prouesses sexuelles étonnantes mais aussi pour son ambition implacable, qui pouvait les mener tous deux...

Non, c'était fini. Elle se retrouvait seule, sans autre argent que les fonds déposés à Nassau et dont elle ne pourrait se servir avant deux ou trois mois. Il faudrait au moins ce délai pour fournir aux banquiers des Bahamas la preuve de la mort de James et disposer de l'argent. Pourrait-elle s'en faire envoyer une partie à Santa Fe ? Elle aurait alors de quoi subsister en attendant de localiser le ravin. Le gérant du comptoir et ses fils n'avaient probablement pas inspecté les débris parce qu'il ne serait venu à l'idée de personne que ces cendres pouvaient cacher de l'or.

Ashton se souvint de la lettre que son mari lui avait remise à Saint Louis. Supposant qu'elle ne contenait qu'un fatras sentimental, elle l'avait fourrée au fond de son sac et l'y avait oubliée. Elle la retrouva, l'ouvrit, la parcourut.

La lettre n'avait rien de sentimental. Après un préambule peu flatteur pour sa femme, Huntoon avait écrit :

Je me suis joint à l'entreprise de Mr. Powell non seulement par fidélité aux principes fondateurs de la première Confédération et dans l'espoir d'en créer une seconde mais aussi afin de reconquérir ton estime et tes faveurs.

Tu n'as cessé de me refuser cruellement mes droits d'époux. Tu m'as humilié à maintes occasions malgré mon amour pour toi ; tu m'as brisé sur le plan professionnel et personnel. J'admire la conception que Mr. Powell a des droits et des idéaux du Sud mais je dois avouer que j'en suis venu à le mépriser parce que je le soupçonne d'avoir une liaison avec toi. Bien que n'ayant pas de preuves formelles, je suis certain que vous êtes amants depuis longtemps.

Le moins que je puisse faire, c'est veiller à ce que tu sois récompensée de ta conduite de catin au cas où il m'arriverait quelque chose. Avant de quitter Richmond, j'ai envoyé une lettre dûment certifiée à mon vieil associé du cabinet juridique Thomas et Huntoon, à Charleston. A Detroit j'ai reçu une note m'informant que ma lettre pouvait effectivement remplacer le testament que j'avais auparavant rédigé en ta faveur. Si je meurs, l'argent que tu as malhonnêtement gagné avec le Water Witch *— et qui est devenu légalement mien — ira à des parents éloignés ou à des institutions charitables. Tu n'en toucheras pas un sou.*

C'est ma petite vengeance pour les nombreux torts que tu m'as faits.

James.

Ashton se leva, froissa la lettre entre ses mains moites.

— Pas vrai, murmura-t-elle.

Elle saisit son sac, le jeta contre les lattes des volets.

— Pas vrai !

Elle retourna le lit, lança la chaise contre un mur. L'hôtelière courut au premier étage, frappa à la porte fermée par un crochet.

— *Señora, qué pasa ahí adentro ?*

Ashton brisa la cuvette et le broc, fit tomber le miroir en hurlant :

— Pas vrai, pas vrai, pas vrai !

— *Señora, está enferma ? Conteste o tumbaré la puerta !*

Ashton eut l'impression d'entendre les derniers mots tournoyer dans le vide au moment où, les yeux révulsés, elle perdit conscience.

L'hôtelière poussa jusqu'à ce que le crochet cède, entra, secoua Ashton, la gifla pour la ranimer. Secouée de hoquets, la jeune femme expliqua sa conduite par une syncope vaguement décrite et promit de payer les dégâts si la tenancière l'aidait à se mettre au lit : elle était malade. La femme s'exécuta en marmonnant.

En chemise, Ashton demeura étendue sur le lit toute la journée et toute la nuit, le corps raide, l'esprit agité par la peur, l'anxiété, les spéculations. Au petit matin, quand l'air commença à fraîchir, elle s'endormit enfin et se réveilla peu avant midi. Les *mariachi*, qui semblaient ne jamais quitter la *cantina*, avaient recommencé à jouer de la guitare et du violon.

Elle s'assit dans le lit, prit sa tête entre ses mains. Elle n'aurait pas un dollar de l'argent de Nassau mais il y avait de l'or au fond du ravin. Ashton ne s'avouait pas vaincue, loin de là. Elle chercha dans ses bagages la boîte japonaise qu'elle n'avait pas ouverte depuis qu'elle y avait déposé le bouton prélevé sur la braguette de Powell. Elle souleva le couvercle lentement, contempla le couple en train de copuler puis examina sa collection. Après quatre années d'interruption, il était temps de recommencer à l'enrichir. Et pas seulement pour le plaisir. Elle referma la boîte, certaine d'avoir trouvé le moyen de subsister.

Vêtue de sa plus belle robe, serrée dans un corset faisant ressortir sa poitrine, elle quitta sa chambre, descendit d'une démarche de reine l'escalier branlant et se rendit à la *cantina*. On lui avait dit qu'elle appartenait à un Yankee, ancien trappeur ayant délaissé la compagnie de Kit Carson pour une existence rangée.

Quand elle franchit les portes de l'établissement et s'avança dans la pénombre fraîche et bleutée, les *mariachi* s'arrêtèrent de jouer. Quelques clients âgés d'origine mexicaine firent sentir qu'ils désapprouvaient sa présence mais elle s'en moquait. Comme s'en moquait apparemment aussi le solide gaillard en tablier debout derrière le comptoir.

Ashton lui sourit.

— Vous êtes américain, je crois ?

— Exact.

— Moi aussi, reprit-elle en tâchant de déguiser son accent. Egarée ici par des circonstances inattendues.

— Je vous avais remarquée dans la rue et je me demandais..

— Je peux vous poser une question ? de vous à moi ?
— Bien sûr.
Elle ne manqua pas de noter la façon dont il lorgna un instant ses seins.
— Je voudrais connaître les noms des deux ou trois hommes les plus riches du coin.
— Les deux ou trois hommes les plus... ?
— Riches.
— J'avais bien entendu, fit le patron de la *cantina*, amusé. Mariés ou célibataires ?
— Aucune importance, répondit Ashton avec un sourire éclatant.

67

A l'heure calme succédant au crépuscule, Andy et Jane se promenaient le long de l'Ashley. Parlant à voix basse, ils cherchaient leur réponse à une question que Madeline avait posée.

Pour l'avenir de Cicero, pas de doute : il était trop vieux, trop dénué de talents pour faire autre chose que rester. Il semblait même mécontent de l'issue de la guerre et disait ne pas vouloir d'une liberté qui bouleversait ses habitudes. Jane avait renoncé à discuter avec un homme de plus de soixante-dix ans pour qui — elle le comprenait — tout changement constituait une menace.

Ce n'était pas son cas ni celui d'Andy et ils parlaient de leur avenir, interrompant de temps à autre leur conversation pour un baiser ou une caresse tendre. Après une heure de promenade, ils revinrent la main dans la main à la cabane où les lampes brillaient encore.

Tout le monde était resté debout parce que George et Constance partaient le lendemain avec l'*Osprey*. En entrant dans la grande salle nue, les deux jeunes Noirs entendirent George exprimer son impatience de retourner à Belvedere auprès de ses enfants.
— Si le moment est mal choisi..., commença Jane.

— Pas du tout, répondit Madeline en souriant. Venez donc.

Andy s'éclaircit la voix.

— Nous voulons juste répondre à votre question sur nos projets.

Le silence se fit, toute l'attention se porta sur le jeune couple.

— Nous pensons rester en Caroline du Sud, déclara Jane.

— En personnes libres, ajouta Andy.

— C'est aussi notre Etat, maintenant, reprit Jane. C'est notre terre autant que celle des Blancs.

Peut-être fut-ce à cause de la légère nuance de défi de ses propos que Cooper hésita un moment avant de répondre :

— Bien sûr. Je suis content de votre décision. Je serais heureux de vous garder ici, à moins que vous n'ayez autre chose en tête.

Jane secoua la tête, se tourna vers l'homme puissant et fier qui se tenait à ses côtés et dit :

— Mont Royal m'a apporté plus que je n'espérais.

— Mais nous ne pouvons pas travailler sans gages, précisa Andy. Plus maintenant.

Cooper et Madeline échangèrent un regard exprimant leur accord.

— C'est entendu, répondit Cooper. Nous pouvons vous payer, à présent, grâce à George.

— Alors nous restons, déclara Andy. Si nous découvrons que nous avons fait le mauvais choix, nous vous le dirons et nous partirons.

Cooper eut un bref hochement de tête.

— J'espère que cela ne se produira pas. Nous avons grand besoin de vous deux.

Jane sourit ; des expressions soulagées apparurent sur le visage des autres occupants de la pièce.

— Une chose encore..., reprit Andy.

— Oui ? fit Judith.

— Nous voulons nous marier.

Il y eut un concert de félicitations que le Noir interrompit en ajoutant d'une voix calme :

— Mais pas comme avant, en sautant par-dessus des manches à balai. Et nous allons aussi changer de nom. Jane et Andy, ce sont des noms d'esclaves, donnés par un maître. Nous voulons choisir nos noms nous-mêmes.

Dans le silence tendu, Cooper leva la main.

— D'accord.

Madeline lissa sa jupe en se levant.

— N'y a-t-il rien à boire à la santé des fiancés ?

Andy prit Jane par la taille et répondit :

— Je suis si heureux que je me contenterais de l'eau du puits.

— Je crois me souvenir que nous avons quelque chose de meilleur, intervint Judith en soulevant le rideau cachant la cuisine. Oui, en effet, il en reste, dit-elle après avoir ouvert un placard rudimentaire. Dieu soit loué, messieurs, vous n'avez pas fini l'alcool de pêche du général Hampton.

Elle en versa une larme à chacun tandis que la conversation reprenait dans une atmosphère détendue. George, qui avait droit au bocal, porta un toast au jeune couple.

— Je vous souhaite beaucoup de bonheur. Ce ne sera pas facile pour vous, ici, du moins pas dans l'immédiat. Mais je ne suis pas sûr que ce serait beaucoup mieux dans le Nord.

— Je le sais, approuva Jane avec une pointe de tristesse. Les visages noirs sont pour les gens une sorte de menace. Ils leur font peur. Mais nous nous débrouillerons. Vous avez combattu pour nous libérer, major Hazard. A nous maintenant de poursuivre le combat. Je prévois qu'il y aura encore beaucoup de batailles avant que les Blancs commencent à nous accepter.

Dans le silence lourd qui suivit, Cooper plissa le front. Billy dut s'avouer que Jane avait raison : il n'avait qu'à se rappeler sa propre attitude deux ans plus tôt. Une guerre était finie, une autre commençait.

68

OPIN AGIN, annonçait l'enseigne accrochée de guingois devant une grande cabane en rondins située à la sortie de Goldsboro, en Caroline du Nord. Charles parvint à la localité avant la tombée de la nuit, par un temps étonnamment frais pour mai.

Au bas de la pancarte, cette précision : « Nous prenons l'argent confédéré et nous en sommes fiers ! » Charles avait neuf cents dollars de cette monnaie — des arriérés de solde — dans les poches de son pantalon et de sa chemise. Il plaignait l'aubergiste qui acceptait par fierté des billets sans valeur mais profiterait cette nuit de sa générosité extravagante. Il ne voulait pas dormir encore en plein air et voler sa nourriture.

Un jeune Noir emmena sa mule en promettant de bien la bouchonner et la nourrir. Charles pénétra dans la grande salle de la taverne, endroit lugubre où quelques clients à l'air accablé bavardaient ou faisaient paresseusement claquer des pions sur un damier. Un feu brillait dans l'âtre en pierre.

Il commanda un whisky, de l'agneau rôti et acheta un cigare au patron. L'homme avait aussi à vendre plusieurs fusils rouillés et de vieilles boîtes de munitions, dont une correspondant au colt de l'éclaireur. Ravi, Charles acquit toute la boîte pour cinquante dollars confédérés.

Alors qu'il mangeait, un homme d'une quarantaine d'années descendit des chambres situées sous les combles et vint se frotter les mains devant la cheminée. Bien que Charles évitât de le regarder, l'inconnu lui imposa sa conversation. Il avait le teint rose, des cheveux bouclés prématurément blanchis, une bouche plissée en une moue de perpétuelle souffrance. Il se présenta sous le nom de Mordecai Woodvine, marchand itinérant de Bibles et de brochures chrétiennes.

— J'espère que les affaires vont reprendre, soupira-t-il. Ç'a été terrible, ces deux dernières années. J'aime plus voyager, il y a trop de nègres en liberté partout.

Mais je travaille pour Dieu, je devrais pas me plaindre, conclut-il, l'air toujours aussi malheureux.

Il s'assit sans y être invité, voulut à tout prix savoir comment s'appelait Charles et s'il avait été dans l'armée.

— Oui. J'étais éclaireur pour la cavalerie de Hampton.

— La cavalerie ! On parle beaucoup de chevaux dans l'Apocalypse de saint Jean. « Et je vis : c'était un cheval blême. Celui qui le montait, on le nomme *la mort* et l'Hadès le suivait. »

Charles fronça les sourcils derrière la fumée de son cigare. Pointant un doigt vers le ciel, Woodvine proclama :

— « Pouvoir leur fut donné sur le quart de la terre pour tuer par l'épée, la famine, la mort et les fauves de la terre... »

Charles l'interrompit avec une grossièreté délibérée :

— Cela décrit assez bien notre tâche.

Il avait envie d'étrangler cet homme qui avait éveillé en lui le souvenir de Joueur.

— Mon cousin Fletcher aussi était dans la cavalerie, avec Bedford Forrest, poursuivit l'imbécile. Voilà un rebelle bon teint qui n'accepterait pas la liberté des nègres ! Fletcher a été capturé et vous savez ce qui lui est arrivé ?

Charles se leva sans le moindre signe d'intérêt pour une réponse que l'autre lui donna quand même :

— On lui a donné le choix : la prison ou la cavalerie yankee. Oui, on l'a expédié dans un régiment, quelque part dans les plaines. Pour combattre les Indiens. Y a un tas de nos gars qui font ça, on m'a dit. Des Yankees galvanisés, on les appelle. Vous comprenez, hein ? Galvaniser du fer, c'est le recouvrir de zinc pour l'empêcher de rouiller. Un Yankee galvanisé, c'est un Confédéré qui porte l'uniforme bleu de...

— Je sais ce que signifie « galvanisé ».

— Ah ! bon. Je croyais que vous le saviez peut-être pas. En tout cas, si vous mourez d'envie de rester dans l'armée, dans une armée quelconque, pensez-y. Enfin, si vous êtes capable de supporter la compagnie de ceux qui nous ont apporté cette maudite émancipation. Moi je pourrais pas. Je vomirais tripes et boyaux, si vous me pardonnez l'expression.

— Naturellement, approuva Charles, une lueur malveillante dans le regard. Des Yankees galvanisés, vous pensez ! Dites-moi, Mr. Woodvine, dans quelle arme étiez-vous ?

— Moi ? Eh bien... euh... je n'ai pas combattu. Je suis trop âgé.

— Vous avez plus de quarante-cinq ans ? Vous ne les paraissez pas.

— Je suis de constitution très fragile...

— Et vous avez probablement passé la plus grande partie de la guerre dans les bois à vendre des Bibles aux arbres — là où on ne viendrait pas vous chercher. Je me trompe, Mr. Woodvine ?

— Quoi ? Qu'est-ce que... ?

— Bonsoir, Mr. Woodvine.

Charles se dirigea vers l'escalier. Comme il atteignait la dernière marche, il entendit la riposte :

— Des anciens combattants ivres — on ne voit plus que ça. L'armée leur a appris à boire en leur donnant régulièrement des rations de whisky. C'est une honte, si vous voulez mon avis.

Charles eut envie de faire demi-tour et de redescendre rosser le crétin mais entra dans sa chambre, referma la porte et s'y adossa. Il avait tort de se mettre en colère ; il ne s'intéressait ni au vendeur de Bibles ni à son cousin. Ni à la cavalerie. Rien ne l'intéressait hormis arriver le plus vite possible dans le comté de Spotsylvania.

Il s'étendit, tira la couverture sur lui, entendit la pluie tambouriner sur le toit. En bas, les clients tristes rendus tapageurs par l'alcool s'étaient mis à chanter. Charles connaissait cet air — *Je suis un rebelle bon teint* — qu'il avait entendu plusieurs fois depuis qu'il avait quitté la Caroline du Sud. On le chantait avec ferveur à présent que l'armée de Johnston s'était rendue à Sharman près de Durham Station.

Je hais des Yankees la nation
Et tout ce qu'ils font.
Je hais la Déclaration
D'Indépendance, crénom !
Je hais la glorieuse Union
Couverte de notre sang...

— Seigneur ! gémit Charles en se couvrant la tête du mince oreiller.

Il n'en continua pas moins à entendre les gobelets frappés en cadence sur le comptoir, les bottes battant la mesure et la belle voix de baryton de Mordecai Woodvine entonnant :

Je ne prendrai plus mon mousquet
Pour les combattre
Mais qu'on ne me demande pas d'aimer
Ces idolâtres.
Et je n' veux pas de pardon
Pour ce que j'étais et reste
Je ne veux pas plus de leur reconstruction
Que de la peste !

Des herbes folles montant jusqu'au jarret de sa mule se balançaient dans le vent tiède. Charles pénétra dans la cour, avec un sombre pressentiment. Les champs n'avaient pas été labourés, tous les volets étaient fermés. La porte ouverte de la grange révélait un rectangle d'obscurité.

— Washington ? Boz ?

Le vent souffla.

— Il y a quelqu'un ?

Des fleurs sauvages avaient envahi le jardin. Pourquoi attendait-il une réponse ? Ne l'avait-il pas déjà reçue en haut de la dernière colline de la route, lorsqu'il avait découvert la maison si tranquille, les champs déserts sous le soleil ?

Du coude, il brisa la vitre de la porte de la cuisine, passa le bras à l'intérieur, ouvrit. Tout semblait à sa place : les chaises rangées contre la table, les ustensiles accrochés au mur, les assiettes sur le vaisselier.

Il passa dans la chambre, regarda le lit soigneusement fait. Sur la table de chevet, un livre de Pope. Gus ne l'aurait sûrement pas laissé là si elle était partie pour longtemps. Elle avait dû s'absenter quelques jours, avec les affranchis.

Pour en avoir confirmation, il ouvrit l'armoire, qu'il s'attendait à trouver pleine de vêtements.

Vide.

Charles demeura immobile, saisi d'inquiétude. Comment expliquer cette contradiction ? Une rafale de vent fit claquer la porte de la cuisine avec un bruit sec qui le tira de son hébétude. D'un pas vif, il ressortit, alla à la grange où les affranchis rangeaient les outils. Là aussi tout était en place.

Il scia quelques planches, les cloua sur la vitre cassée et ferma la porte de la cuisine avec de la corde. Ce serait une des choses pour lesquelles il demanderait pardon à Gus quand il la verrait. Une des nombreuses choses. Il remonta sur sa mule et prit la direction de Fredericksburg.

Bien que la plupart des habitants de la ville fussent déjà revenus, Charles vit peu de signes indiquant qu'on avait commencé à réparer les dégâts de la guerre. Il posa la même question dans deux boutiques sans obtenir de réponse. Le propriétaire de la troisième, un boucher costaud, le renseigna :

— Elle a laissé partir ses deux négros. C'est Boz, le plus jeune, qui est passé par ici et qui me l'a dit. Quelques jours plus tard, elle a disparu sans prévenir personne. Ça me rappelle qu'elle était passée ici la veille pour régler son compte.

— C'était il y a combien de temps ?

— Plusieurs mois.

— Et vous ne l'avez pas vue depuis ?
— Non.
— Mais enfin, où est-elle allée ?
— A qui tu crois parler, soldat ? Je suis de l'Union, moi, dit le boucher en tendant la main vers un couteau à désosser. A ta place, je parlerais plus poliment à ceux qui t'ont mis une raclée si tu ne veux pas en prendre une autre.

Ecarlate, Charles contint sa colère.

— Excusez-moi. J'ai fait un long chemin pour la voir.

Le boucher ne manqua pas de répliquer :

— Peut-être qu'elle, elle a pas envie de te voir. Tu y as pensé ? Elle est partie sans dire à personne où elle allait. Demande à n'importe qui si tu ne me crois pas.

Charles sortit de la boucherie en laissant dans la sciure la trace de ses bottes. Il s'appuya au mur, bouleversé par la vérité contenue dans les sarcasmes du boucher.

Gus ne voulait pas le revoir, sinon elle l'aurait attendu ou aurait laissé des indications sur sa destination. Il retourna près de sa mule, posa la main sur la selle usée et murmura des mots indistincts. L'animal remua les oreilles pour chasser les mouches. La souffrance, l'incertitude serraient le cœur de Charles plus cruellement à chaque seconde.

69

LE caporal chargé de diriger la corvée était originaire de l'Illinois. Il avait fait ses études à Indiana Asbury, petite université de l'Etat voisin puis était retourné à Danville — ville natale de Ward Lamon, le grand ami de Mr. Lincoln — où il avait fait la classe pendant deux ans avant de faire son balluchon pour partir à la guerre. Il avait vingt-quatre ans. Le deuxième classe qui l'accompagnait en avait quatre de moins. Leur tâche consistait à fouiller les ruines de Richmond, à la pelle ou à la main, pour récupérer des documents officiels épargnés par le feu.

Ils travaillaient dans les décombres squelettiques de ce qui avait été un entrepôt. Du bâtiment, il restait une partie du toit et deux murs. Les deux hommes commençaient tôt chaque jour et, ce matin-là, il y avait un léger brouillard qui ne s'était pas encore levé. Les rayons de soleil entourant le morceau de toit semblaient fumer.

— Tiens, v'là une caisse presque intacte, Sid, annonça le soldat.

Dans cette partie de l'entrepôt, ils avaient découvert la veille des quantités de lettres non remises, pour la plupart à moitié brûlées. Cette fois, la caisse contenait des sacs apparemment intacts.

Comme ils avaient pour mission de retrouver tout courrier pouvant être acheminé, ils crurent que leur travail, jusque-là infructueux, avait enfin porté ses fruits. Ils furent déçus. Le deuxième classe montra à Sid la première lettre d'un paquet qu'il tenait à la main.

— Il a dû drôlement flotter. La pluie a coulé à l'intérieur et effacé l'adresse.

Le caporal examina l'enveloppe, vit des pattes de mouche illisibles.

— Sur les autres aussi ? demanda-t-il.

— Toutes pareilles.

Sid eut l'air content.

— Alors il faudrait les ouvrir. On trouvera peut-être l'adresse à l'intérieur.

C'était un prétexte. Las de cette corvée, il avait envie de s'asseoir un moment. Ouvrir des lettres, c'était toujours mieux que plonger les mains dans des cendres humides qui collaient et sentaient mauvais. De plus, lire le courrier de gens inconnus séduisait son imagination. Sid aimait les œuvres de Dickens et rêvait d'écrire un jour un roman. Peut-être trouverait-il dans ces lettres des matériaux valant la peine d'être gardés en mémoire.

Les deux hommes s'assirent sur des poutres tombées

du toit, entreprirent d'ouvrir les lettres une par une. Le soldat les parcourait machinalement, sans être ému par ce qu'il lisait. Sid fut rapidement déçu. Contrairement à son attente, il ne releva guère que des fautes d'orthographe et de syntaxe, des remarques sans intérêt sur les bons petits plats de maman ou les qualités incomparables des jeunes filles à qui les lettres étaient destinées. Une heure s'était écoulée quand il se redressa soudain en disant :

— En voici une d'intéressante. Signée J. B. Duncan, un de nos chefs.

Sid montra au soldat les abréviations suivant le nom de l'officier.

— *Général de brigade, Corps des volontaires des Etats-Unis...* C'est adressé à quelqu'un qu'il appelle *Cher major Main.* Tu crois que c'est un rebelle, Chauncey ?

— Y a des chances, puisque la lettre est ici.

Le caporal approuva d'un hochement de tête.

— Cela concerne une nommée Augusta, on dirait... Oh ! Ecoute ça : *Elle est tombée enceinte de vous et, bien que connaissant son état à votre dernière visite, elle ne vous en a rien dit parce qu'elle ne voulait pas exercer de pression morale...* Dis donc, quelle histoire !

— Un vrai mélo, commenta Chauncey.

Sid continua à lire :

— *La grossesse fut aussi difficile — pour ne pas dire dangereuse — que celle qu'elle avait eue pendant son mariage avec Mr. Barclay. Vous savez probablement quelle en fut alors l'issue malheureuse. Craignant pour sa santé et sa sécurité dans cette ferme isolée où elle avait eu la folie de demeurer au plus fort des combats, je me suis arrangé pour faire passer ma nièce de l'autre côté du Potomac et la faire venir à ma résidence actuelle de Washington. C'est ici, le 23 décembre, qu'elle a donné le jour à votre fils, un beau bébé en parfaite santé à qui elle a donné le nom de Charles. Mais j'ai le regret d'ajouter que cette naissance...*

La voix du caporal tomba ; il leva un regard attristé vers le deuxième classe avant de poursuivre :

— *...que cette naissance n'a pas été sans drame. La*

pauvre Augusta a succombé une heure après l'accouchement. Elle est morte votre nom sur les lèvres. Je sais qu'elle vous aimait plus que la vie, elle me l'avait confié...

Sid renifla.

— *Je vous ai écrit déjà deux lettres que j'ai confiées à des messagers privés,* reprit-il. *Je vous en envoie une troisième car je sais que le service postal fonctionne très mal...* Là, il va à la ligne... *L'holocauste que nous venons de vivre, ordonné peut-être par Dieu mais néanmoins tragique pour Ses enfants, montre tous les signes d'une conclusion imminente. Lorsqu'il sera fini, vous aurez le droit de réclamer votre fils. Je le garderai et m'occuperai de lui jusqu'à ce que vous veniez le chercher ou, si vous ne le faites pas, tant que ma condition de vieux célibataire attaché à sa carrière militaire me permettra de le faire. Je n'ai à votre égard aucune animosité. Je prie pour que cette lettre vous trouve en bonne santé et pour que vous vous réjouissiez de la part de bonnes nouvelles qu'elle contient. Veuillez croire...*

Le caporal posa le dernier feuillet sur son genou.

— C'est tout. A part la signature.

— Celle-là, il faut la remettre, c'est sûr, murmura le deuxième classe.

L'air abattu, il demeurait immobile dans un rayon de soleil embrumé.

— Oui, dit Sid.

Il tint l'enveloppe à contrejour, l'inclina, l'examina.

— Ah ! Là, on voit mieux. Voilà le nom, Main. Et le mot major. Le prénom est parti avec l'adresse mais ce sera peut-être suffisant.

Il replia les deux feuilles de papier, les remit dans l'enveloppe, la glissa dans sa poche.

— Je vais personnellement attirer l'attention du lieutenant sur ce cas.

— Très bien, approuva Chauncey.

Les deux hommes se regardèrent, eurent l'impression qu'ils se posaient tous deux la même question : comment, alors que le gouvernement de ce fichu Davis avait délibérément brûlé une grande partie de ses archives, comment trouver un officier rebelle parmi les centaines de milliers de vaincus errant sur les routes du Sud, retournant chez eux — ou gisant dans les fosses communes, les bosquets et les champs, de la Virginie aux falaises de Vicksburg, des montagnes de Pennsylvanie aux collines de l'Arkansas ?

Le caporal et le soldat connaissaient la réponse : c'était impossible. Sid essaierait quand même mais il savait que c'était sans espoir.

70

APRÈS avoir quitté Fredericksburg, Charles erra pendant trois jours. Fut incapable de dormir. Perdit son calme sans avoir été provoqué et faillit se faire poignarder dans une autre taverne de bord de route. Essaya de pleurer mais n'y parvint pas.

Dans la région meurtrie située au-dessus du Rapidan, il arriva à un croisement et descendit de sa mule. Tandis que l'animal broutait l'herbe, il ôta son poncho et s'étendit sur le bas-côté. La bête pouvait bien brouter pendant des heures, Charles n'avait aucune raison de repartir.

Trois hommes à pied portant des lambeaux d'uniforme noix cendrée apparurent sur la route menant au nord. L'un d'eux, un jeunot aux cheveux filasses, boitillait en s'appuyant sur une béquille de fortune. Sa jambe droite se terminait par un moignon, à dix centimètres du sol.

Ce fut lui qui salua Charles d'un geste et d'un sourire.

— Bonjour. Vous êtes des nôtres, non ?

Charles enleva son cigare de sa bouche pour répliquer :

— Je n'appartiens plus à aucun camp.

Les soldats échangèrent des murmures en le lorgnant, traversèrent la route et continuèrent leur chemin. « Vers des foyers qui n'existent sans doute plus », pensa Charles.

Entendant un bruit annonçant l'approche d'un véhicule, il se retourna et, appuyé sur le coude gauche, vit les soldats croiser quatre personnes sans leur adresser la parole. Le groupe de nouveaux venus se composait d'un homme, d'une femme et de deux petites filles. Noirs.

Lorsqu'ils furent plus près, Charles remarqua qu'ils portaient des vêtements propres mais élimés. La charrette, qui transportait les enfants et quelques sacs en toile d'emballage, avait des roues solides mais paraissait branlante, construite par quelqu'un n'ayant pas une expérience de charron.

Faute de bête de trait, c'était le père qui tirait ; la mère marchait pieds nus à ses côtés.

Et, cependant, ils ne semblaient pas malheureux, ils chantaient avec leurs filles en souriant. Les yeux vides, Charles les regarda passer. L'homme remarqua la chemise grise et l'air bizarre du soldat étendu dans l'herbe et tira plus fort sur les brancards.

Charles se leva, attacha la mule à une branche d'arbre et s'adossa au tronc dans l'intention de se reposer encore quelques minutes. Rien ne l'attendait, Gus était partie pour de bon.

Lorsqu'il se réveilla, les rayons obliques du soleil indiquaient que l'après-midi s'achevait. Il sentit quelque chose lui chatouiller le visage : le bout de la bride, encore attachée à la branche. La mule l'avait rongée et s'était enfuie, avec selle et sacoche. Heureusement, il avait encore son colt de l'armée dans son étui.

Il alla au milieu du croisement, fit quelques centaines de mètres dans chacune des quatre directions. Vers l'ouest, la route disparaissait derrière un tournant ; le paysage se fondait dans l'arrière-plan du Blue Ridge. Charles contempla un moment les montagnes, repensa au Texas. Le vendeur de Bibles avait dit qu'on avait besoin de cavaliers, dans les plaines. Ce serait une façon de survivre, de recommencer, de retrouver peut-être un jour un lambeau d'espoir.

De l'espoir dans un monde pareil ? Foutaises ! Il valait mieux retourner s'allonger dans l'herbe pour ne plus jamais se relever. Pourtant, tandis qu'il revenait à pas lents vers le croisement, des images se bousculèrent dans sa tête. Il se rappela les hommes avec qui il avait servi : Ab Woolner, Calbraith Butler, Wade Hampton, Lee... Qu'avait-il ressenti, lui, le meilleur soldat du pays, ancien commandant de West Point, lorsqu'il avait été réduit à demander ses conditions à un autre officier sorti de l'école ? On disait qu'Old Marse Bob s'était conduit avec dignité, rejetant l'avis de quelques têtes brûlées prêtes à poursuivre une guerre de guérilla dans les collines et les bois.

Si ces hommes avaient combattu pour une mauvaise cause, ils s'étaient montrés courageux, ne renonçant qu'à la dernière extrémité. Gus non plus n'était pas du genre à renoncer... Il repensa un moment à la jeune femme, se rappela un détail, un nom qu'il avait oublié.

Général Duncan.

Charles s'essuya la bouche du dos de la main. Même si Gus, par sa disparition, lui avait fait comprendre que tout était fini entre eux, il pouvait néanmoins chercher à savoir comment elle allait. Duncan le lui apprendrait peut-être, s'il parvenait à le trouver.

Il n'y avait qu'un seul endroit où commencer les recherches. Un endroit plutôt dangereux mais Charles n'en avait cure. Se rappeler soudain l'existence de l'oncle de Gus lui avait redonné une énergie qu'il n'avait pas eue depuis longtemps. La nuit ne tomberait pas de sitôt, il pouvait encore couvrir du chemin. Il retourna sur le bas-côté prendre son poncho et se mit en route vers le nord.

Une demi-heure lui suffit pour rattraper la famille noire, arrêtée sous un arbre. Dès que les parents le reconnurent, ils eurent l'air alarmé. Charles s'approcha d'eux, ôta son chapeau en tentant de sourire.

— Bonsoir.

— Bonsoir, répondit le père.

Moins méfiante que son mari, la femme demanda :

— Vous allez vers le nord ?

— A Washington.

— Nous aussi. Voulez-vous vous asseoir et vous reposer ?

— Oui, merci, fit Charles en s'asseyant. (L'une des petites filles gloussa et lui sourit.) J'ai perdu ma mule, je suis plutôt fatigué.

Le père finit par sourire lui aussi.

— Je suis né fatigué, mais depuis què'que temps, ça va mieux.

Charles aurait aimé pouvoir en dire autant.

— Si vous voulez, je peux vous aider à tirer la charrette.

— Vous êtes un soldat, objecta le père.

— Je l'étais, répondit Charles. Je l'étais.

71

LE général de brigade Jack Duncan, officier corpulent à la tignasse grise, au nez veiné de rose par l'alcool, entra à grands pas au ministère de la Guerre, les épaules en arrière, la main gauche sur la poignée de son sabre d'apparat. Il en ressortit une demi-heure plus tard, rayonnant.

Il avait eu un entretien bref mais hautement satisfaisant avec Mr. Stanton, qui avait loué son travail à Washington pendant toute la guerre, la compréhension avec laquelle il avait accueilli le rejet de ses nombreuses demandes de mutation au front. Le général Halleck s'était en effet toujours refusé à se passer de ses talents d'organisateur. A présent que la guerre était terminée, Duncan obtenait satisfaction.

Il était affecté dans les plaines, où l'on avait besoin d'hommes d'expérience pour faire face à la menace indienne. Devant partir immédiatement, Duncan n'assisterait même pas au grand défilé des troupes de Grant, qui aurait lieu quelques jours plus tard. On avait déjà installé dans la capitale des tribunes spéciales et accroché des kilomètres de banderoles patriotiques pour la circonstance.

Le général attendait de pouvoir traverser Pennsylvania Avenue en se demandant quelle impression cela lui ferait de monter à nouveau régulièrement à cheval. Il remarqua un homme maigre à l'expression revêche, portant une chemise grise de cadet et un colt de l'armée. Manifestement nerveux, l'inconnu mâchonnait un cigare en fixant le bâtiment que Duncan venait de quitter. Sa démarche suggérait qu'il avait appartenu à la cavalerie — celle des rebelles, à en juger par la couleur et l'usure de sa chemise.

Des centaines d'anciens soldats confédérés traînaient en ville, mais si ce type à l'air coriace avait effectivement combattu dans les rangs sudistes, il prenait de gros risques en portant une arme. Duncan descendit du trottoir, traversa en évitant une charrette puis un omnibus et oublia l'homme. Un seul rebelle l'intéressait vraiment : un major dénommé Charles Main.

Finirait-il par avoir de ses nouvelles ? Il commençait à en douter. Il lui avait écrit trois lettres, avait payé un prix exorbitant pour les faire passer clandestinement et n'avait reçu aucune réponse. Main était probablement mort.

Avec un sentiment de culpabilité, le général reconnaissait que ce silence l'arrangeait. Bien sûr, Main méritait de récupérer son fils mais Duncan aimait avoir la responsabilité du petit Charles. Sa gouvernante s'en occupait et il avait récemment engagé une excellente nourrice irlandaise, prête à le suivre là où il serait affecté. « Peut-être pas chez les Indiens, quand même », songea l'oncle d'Augusta.

Si elle refusait de l'accompagner, il trouverait quelqu'un d'autre : il était résolu à emmener l'enfant. Etre grand-oncle et responsable de fait d'un bébé avait donné une dimension d'une richesse inattendue à sa vie de vieux célibataire. La seule fille qu'il eût adorée dans sa jeunesse était morte de phtisie avant qu'ils ne puissent se marier ; et aucune femme depuis ne lui avait paru assez belle et assez tendre pour la remplacer.

Il arriva bientôt à la petite maison qu'il avait louée à

quelques centaines de mètres de l'avenue. Joyeux comme un enfant, il monta deux par deux les marches du perron, se précipita dans le vestibule obscur en rugissant :

— Maureen ? Où est mon petit-neveu ? Amenez-le-moi. J'ai de grandes nouvelles. Nous partons ce soir.

De toute sa vie Charles avait rarement été intimidé ou effrayé. Il l'avait été à West Point, par la nouveauté des deux ou trois premiers jours, puis par la barbarie de Sharpsburg. A présent, il l'était par Washington. Tant de maudits Yankees ! Militaires ou civils, la plupart se montraient hostiles quand il leur posait une question avec son accent sudiste indéniable. Les drapeaux accrochés partout le déprimaient plus encore en lui rappelant la défaite. Il se sentait comme un animal sorti du bois et cerné par les chasseurs.

Feignant une assurance qu'il n'avait pas, il traversa President's Park, gravit le perron du ministère de la Guerre. Ayant laissé son poncho dans la chambre minable qu'il occupait dans un garni de l'île, il boutonna le col de sa chemise d'un gris délavé pour avoir l'air plus correct — sans penser que la barbe qui lui pendait sur la poitrine rendait l'opération vaine.

Tripotant fébrilement un cigare, il s'avança dans le couloir du rez-de-chaussée, franchit les premières portes ouvertes qu'il vit. Dans une vaste salle, il découvrit de nombreux sous-officiers et employés civils brassant de la paperasse derrière des guichets. Pour Charles, c'était pire que se préparer au combat.

Mais il fallait y aller : qu'importait une rebuffade, une humiliation s'il trouvait Duncan et obtenait des nouvelles de Gus ?

L'un des hommes en uniforme bleu, chauve comme un pommeau de canne bien qu'il parût n'avoir qu'une trentaine d'années, s'approcha du comptoir après avoir fait attendre Charles trois minutes et lissa ses grosses moustaches gominées en détaillant l'importun. Il remarqua la chemise grise, le colt et le cigare tenu entre le pouce et l'index, presque comme une seconde arme. Il trouva l'homme vaguement menaçant et à peine digne d'un désinvolte :

— Oui ?

— Je cherche un officier. Est-ce ici qu'il faut...

— Vous êtes sûr de ne pas vous tromper de ville ? coupa le caporal. Le ministère de la Guerre des Etats-Unis n'a pas de dossiers sur les rebelles. Et au cas où personne ne vous l'aurait dit, vous n'avez pas le droit de porter une arme si vous avez été libéré sur parole.

Comme il s'éloignait, Charles reprit :

— Excusez-moi mais c'est un officier de votre armée.

Au moment même où il achevait sa phrase, il se rendit compte que le mot « votre » était une gaffe. Nerveux, il poursuivit :

— Il s'appelle...

— Nous ne sommes pas à la disposition des traîtres libérés qui n'ont rien de mieux à faire que venir nous importuner.

— Caporal, fit Charles en maîtrisant sa colère, je vous demande un renseignement le plus poliment possible. J'ai besoin d'aide, je dois voir cet homme de toute urgence. Si vous voulez bien m'indiquer simplement dans quel bureau...

— Personne ici ne peut vous aider, répliqua le sous-officier en haussant le ton. Pourquoi n'allez-vous pas trouver Jeff Davis ? On l'a enfermé ce matin à Fort Monroe.

— Je ne m'intéresse pas à Jeff...

Le caporal allait s'éloigner à nouveau quand Charles, lâchant son cigare, l'agrippa par le col de sa veste.

— Vous allez m'écouter, bon sang ?

Dans la salle, ce fut la consternation ; on se mit à courir et à crier :

— Il a un revolver !

— Il faut le désarmer.

— Attention ! il pourrait...

Des mains saisirent Charles par-derrière. Deux autres sous-officiers, dont un colosse, avaient fait le tour du comptoir pour l'empoigner.

— Tu ferais mieux de filer, mon gars, dit l'hercule.
Le caporal gonflait les joues, poussait des soupirs indignés et frottait son col comme s'il avait été souillé à jamais.
— Fais le malin et tu prendras ton déjeuner à la prison de l'ancien Capitole, ajouta le costaud. Ton repas de Noël aussi, peut-être.
La voix n'était pas hostile mais ferme. Charles se dégagea, eut envie de se jeter sur les deux hommes. Derrière lui, dans le couloir, un groupe de curieux s'était formé.
— Allez, Reb, reprit le grand gaillard en lui prenant le bras. Décampe avant...
— Qu'est-ce qui se passe ?
Les sous-officiers se mirent au garde-à-vous. Charles, libéré, se retourna et découvrit un officier d'âge mûr, l'expression sévère, à qui il manquait trois doigts de la main droite.
— Mon colonel, commença le caporal, ce rebelle est venu présenter une requête insultante. Au lieu d'accepter un refus poli, il a essayé de...
Charles n'entendit pas la suite. Les yeux sur l'officier de l'Union, il vit une ferme du nord de la Virginie.
— Que voulait-il au juste ? demanda l'officier.
Il posa sur Charles un regard où l'irritation fit place à la stupeur. « Seigneur, pensa Charles, il n'a pas trente ans. Il paraît seulement vieux. » D'une voix rauque, il marmonna :
— Prevo ?
— Oui, c'est moi. Je vous reconnais : cavalerie de Hampton, et West Point auparavant.
Quelqu'un dans la foule grommela :
— C'est une réunion d'anciens de l'Académie ? Moi je...
Le regard du colonel réduisit le plaisantin au silence.
— Quel est le problème ? dit Prevo.
— J'étais venu demander de l'aide. Il faut absolument que je parle au général Duncan, de l'armée de l'Union.
— Ce n'est pas une requête si difficile à satisfaire,

répondit le colonel. (Il jeta un coup d'œil au caporal, qui s'empourpra.) Toutefois, vous ne devriez pas vous promener avec ce revolver. En particulier ici. Donnez-le-moi et nous verrons ce que nous pouvons faire.

Calmé, Charles défit la ceinture de son colt, la tendit à l'officier sudiste.

— Votre nom, caporal, reprit Prevo. Pourquoi n'avez-vous pas conseillé à cet homme de s'adresser aux services de l'adjudant général ? (Il se tourna vers Charles.) Là, ils ont l'adresse actuelle du général Duncan. Moi, je ne le connais pas.

— Mon colonel, bredouilla le caporal. Je vous ai expliqué. Cet homme est un rebelle. Regardez-le : arrogant, sale...

— Taisez-vous. La guerre est finie. Il est temps d'arrêter de se battre. Grant et Lee l'ont compris, eux.

Le caporal, humilié, baissa les yeux. Au colosse, Prevo ordonna :

— Le nom de cet homme sur mon bureau dans une heure.

— Bien, mon colonel.

— Venez, Main. Vous voyez, moi aussi je me souviens de votre nom. Je vais vous conduire au service approprié.

Comme les deux officiers se dirigeaient vers la sortie, Prevo s'arrêta, tendit la main vers le comptoir.

— Je crois que vous avez laissé tomber votre cigare.

Les curieux se dispersèrent mais continuèrent à suivre Charles des yeux tandis qu'il descendait le couloir.

— Merci, Prevo, dit-il. Je vous ai reconnu immédiatement. Lieutenant Prevo, des Dragons de Georgetown...

— Et de plusieurs autres unités depuis. Toutes ont été décimées en Virginie et on a fini par m'affecter ici... Tournez à droite. Nous aurons bientôt les coordonnées de ce général Duncan.

— Je vous en suis très reconnaissant. Je dois le voir pour une affaire grave.

— Professionnelle ?

— Personnelle.

Prevo s'arrêta devant une porte close.

— C'est ici. Voyons ce que nous pouvons obtenir, dit-il. (Toutes les rides de son visage las bougèrent quand il s'efforça de sourire.) Même si je n'y ai passé qu'une année, j'ai gardé un excellent souvenir de l'Académie. Et les anciens de l'Académie se serrent les coudes, non ? A propos, êtes-vous pressé ?

— Non. Je dois absolument trouver Duncan mais ce n'est pas urgent.

— Parfait. Ensuite, je vous offrirai un verre... (Il baissa la voix.) ... et je vous rendrai votre arme.

72

MAUREEN, la jeune Irlandaise boulotte, sortit de la cuisine avec le petit Charles en réponse à l'appel de Duncan. Le bébé au visage rond et joyeux portait un ensemble en flanelle bleu marine que la jeune femme avait cousu elle-même.

— Ce soir ? fit-elle, étonnée. Où allons-nous ?

L'enfant reconnut son grand-oncle et se mit à gazouiller quand le vieil officier le posa habilement au creux de son bras gauche.

— Vers l'ouest, voir des Indiens. Vous venez quand même ?

— Certainement, général. J'ai lu des tas de choses sur l'Ouest. Là-bas, il y a plus d'occasions de réussir et moins de monde que dans l'Est.

Pour achever de la convaincre, Duncan ajouta d'un air malicieux :

— Et des soldats célibataires qui épouseraient volontiers une honnête jeune femme bien mignonne.

Les yeux de Maureen étincelèrent.

— A ce qu'il paraît.

Mrs. Caldwell, la gouvernante quinquagénaire, descendit l'escalier en disant :

— Ah ! c'est vous, général. Il me semblait bien vous avoir entendu rentrer.

Duncan expliqua la situation à Mrs. Caldwell tout en jouant avec le petit Charles. Des taches blanches annonçant des dents étaient apparues sur les gencives du bébé, qui adorait mordiller le doigt de son grand-oncle.

— Alors c'est une promotion, général ?

— Oui, Mrs. Caldwell.

— Sincères félicitations, dit la gouvernante en se tamponnant le coin de l'œil. Je serai désolée de quitter votre service.

— Merci. A présent, parlons de l'avenir.

Duncan offrit à Mrs. Caldwell deux mois de gages pour la dédommager de la soudaineté de son départ. Cette générosité enchanta la vieille fille, qui trouva même un côté positif aux événements :

— Ma sœur d'Alexandria m'invite depuis longtemps à aller la voir. Je pourrais y passer une semaine ou deux...

— Je vous en prie. Je m'occuperai des meubles et de la maison.

— A quelle heure part votre train, général ?

— Six heures précises.

— Alors, je pars voir ma sœur ce soir. Je prendrai un fiacre.

— Prenez plutôt le buggy, je vous en fais cadeau. Je n'en aurai plus besoin.

— Comme c'est gentil à vous. Dans ce cas, c'est moi qui vous conduirai à la gare.

— Non, nous prendrons le fiacre. Ainsi vous arriverez chez votre sœur avant la nuit.

— Très bien. Avec votre permission, je vais maintenant faire vos bagages.

Même le petit Charles sembla approuver ce bouleversement brutal de leurs existences en mordillant de plus belle le doigt de son grand-oncle.

Dans le bar du *Willard*, Charles continuait à susciter des regards hostiles mais la présence de Prevo éloignait les ennuis — le colt posé sur la table aussi, peut-être.

Ils commencèrent par un whisky, en prirent trois autres en échangeant des souvenirs. Charles sentait une euphorie qu'il n'avait pas éprouvée depuis Sharpsburg. Non seulement il avait en poche l'adresse de Duncan, mais le général habitait tout près, à Washington.

Légèrement éméché, Prevo approcha sa montre de son visage.

— J'ai rendez-vous au ministère à cinq heures et quart. Cela nous laisse vingt minutes pour un dernier verre. D'accord ?

— Tout à fait. Ensuite, je me rendrai tranquillement chez Duncan... Je vais vous révéler quelque chose qui me tracasse depuis longtemps et que je ne vous avouerais peut-être pas si je n'étais pas un peu soûl.

Intrigué, le colonel sourit et attendit.

— Vous vous rappelez le jour où nous nous sommes rencontrés ? poursuivit Charles. Je vous ai donné ma parole que la contrebandière ne se trouvait pas dans la maison.

Prevo acquiesça :

— Votre parole d'officier et d'ancien de West Point. Je l'ai acceptée.

— C'était pourtant un subterfuge. Oh ! je disais la vérité : elle n'était pas dans la maison... elle se cachait dans les bois.

— Je le savais.

Charles sursauta, épancha un peu de son whisky.

— J'avais repéré le buggy, expliqua le colonel. Heureusement, aucun de mes hommes ne l'avait vu.

— Je ne comprends pas. Pourquoi... ?

— Je n'aime pas faire la guerre aux femmes.

— Dommage que certains de vos soldats ne pensent pas la même chose ! La conduite des foutus pillards de Sherman en Caroline du Sud passe les bornes de..

Charles s'interrompit en remarquant la dureté du regard de Prevo.

— Je m'excuse, dit-il. Les remontrances que vous avez faites au caporal s'appliquent aussi à moi. Parfois j'oublie que la guerre est finie.

Prevo baissa les yeux vers sa main droite mutilée.

— Moi aussi, Charles. Nous avons tous payé ; nous nous souviendrons tous pendant des années.

A cinq heures dix, les deux hommes se séparèrent dans la rue en échangeant une poignée de main d'amis.

A la gare de New Jersey Avenue, le général Duncan et Maureen, qui portait le bébé, montèrent dans le train en même temps qu'une foule de voyageurs. Duncan installa l'Irlandaise dans une voiture de seconde classe — lui avait un billet de première — puis redescendit sur le quai chercher son porteur et s'assurer que tous les bagages étaient là.

L'horloge de la gare indiquait cinq heures trente-cinq.

73

CHARLES avançait en regardant les numéros des maisons, la démarche quelque peu mal assurée à cause du whisky bu au *Willard.* « Ça devrait être dans le coin », se dit-il juste avant de découvrir la plaque métallique sur laquelle était peint le même numéro que sur son morceau de papier. Sa gorge se noua, il retrouva toute sa lucidité.

La maison avait l'air déserte : rideaux tirés, fenêtres obscures. Pris de panique, Charles gravit précipitamment le perron, frappa à la porte en criant :

— Il y a quelqu'un ?

Il frappa plus fort, s'attira un regard hostile d'un voisin se balançant dans son fauteuil à bascule de l'autre côté de la rue. Derrière la maison, un bruit s'éleva ; Charles courut, arriva au bout du porche au moment où passait un buggy conduit par une femme d'âge mûr, assise à côté d'une malle.

— Madame, je peux vous parler un instant ?

Elle tourna la tête, écarquilla les yeux en découvrant la silhouette menaçante penchée au-dessus de la balustrade. Apeurée, Mrs. Caldwell fouetta son cheval.

— Attendez ! J'ai quelque chose à vous...
Le buggy s'engagea dans la rue. Charles sauta pardessus la balustrade, se lança à la poursuite de la voiture, qui prenait de la vitesse. Le voisin se leva de son fauteuil, regarda l'espèce de déséquilibré pourchassant Mrs. Caldwell.
Charles parvint à hauteur du buggy et s'écria, haletant :
— Arrêtez ! je vous en prie. Je dois absolument...
— Laissez-moi ! glapit la gouvernante en cinglant la joue de l'inconnu avec son fouet.
L'instinct de défense de Charles prit le dessus. Il saisit le poignet de la femme.
— Arrêtez ! Je ne vous veux aucun mal...
Mrs. Caldwell se débattit mais fut contrainte de stopper son cheval.
— La police ! hurla-t-elle. Appelez la police !
— Bon sang, vous allez m'écouter ? Je cherche le général Duncan...
Charles lâcha le poignet, recula d'un pas. Le fouet tremblait dans la main de la gouvernante, qui semblait cependant moins effrayée.
— Je ne voulais pas vous faire peur. Je m'excuse de vous avoir rudoyée mais il faut que je parle à tout prix au général. C'est sa maison, là-bas, n'est-ce pas ?
— Ça l'était, bougonna Mrs. Caldwell, sur ses gardes. Le général a reçu une nouvelle affectation.
— Quand ? demanda Charles, le cœur serré.
— Aujourd'hui. Il prend le train de six heures à la gare de New Jersey Avenue. Maintenant, vous pourriez vous présenter et m'expliquer pourquoi...
— Six heures, répéta Charles. On ne doit pas en être très loin...
— Votre nom, monsieur. Sinon je repars immédiatement.
— Charles Main.
Mrs. Caldwell réagit comme s'il l'avait frappée.
— Dernièrement officier dans l'armée confédérée ? Alors vous êtes...
— Poussez-vous, ordonna Charles en montant dans

le buggy. Et agrippez-vous. J'ai l'intention de prendre le train de six heures moi aussi. Hue !

Mrs. Caldwell crut plusieurs fois mourir sur le chemin de la gare. Le barbu, l'homme que le général avait cherché avec tant d'obstination avant de le croire mort, lançait le buggy à toute allure entre les autres voitures, faisait s'enfuir les passants, jurer les cochers de fiacre et hennir les chevaux. En tournant dans New Jersey Avenue, Charles se retrouva face à un chariot occupant le milieu de la chaussée. Il tira sur les rênes, le buggy tourna brusquement, ses roues droites quittèrent un moment le sol. Mrs. Caldwell poussa un cri, la voiture passa à quelques centimètres de l'arrière du chariot.

Elle s'arrêta devant la gare, dont l'horloge extérieure indiquait six heures une. Charles descendit d'un bond, cria « merci ! » à la gouvernante ahurie et se précipita dans le hall.

— Le train pour Baltimore ? demanda-t-il à un employé fermant une grille.

— ' vient de partir, répondit l'homme, qui tendit la main vers un wagon de queue s'éloignant sous des volutes de fumée.

Charles se mit de côté pour se glisser par la grille encore entrouverte.

— Hé ! z'avez pas le droit de...

Il se lança sur le quai, aussitôt poursuivi par l'employé et deux de ses collègues. Courant à perdre haleine, il perdait du terrain sur le train, qui avait déjà quitté la verrière de la gare.

Charles aperçut devant lui l'extrémité du quai. Trop tard pour s'arrêter, il sauta sur la voie. Il se reçut mal, sa jambe blessée se déroba sous lui et il tomba sur les rails.

— Arrêtez-le ! Arrêtez-le ! s'égosillait un des poursuivants.

Meurtri, pantelant, Charles se releva, se remit à courir, plus vite qu'il ne l'avait fait de toute sa vie. La barbe flottant par-dessus son épaule, il pensa à son cheval. Joueur aurait réussi, lui ; il aurait eu la force...

Stimulé, Charles accrut encore son effort, parvint à une main du dernier wagon, essaya de saisir la rampe du marchepied, trébucha et faillit à nouveau tomber. Le train reprenait de l'avance. Charles songea à Gus, mit le reste de son énergie dans un dernier coup de reins.

Il agrippa la rampe à deux mains, se sentit tiré en avant, sauta pour ne pas avoir les jambes écrasées. Une de ses bottes glissa sur le métal et il faillit lâcher prise. Les poignets et les bras torturés par la traction, il tint bon et tira, tira...

A bout de forces, il se hissa sur la plate-forme arrière, se releva au moment où un contrôleur aux larges épaules sortait de la voiture. L'homme vit ses collègues courant le long de la voie, comprit leurs cris et leurs gestes.

— S'il vous plaît, dit Charles. Laissez-moi passer.

— Descendez de ce train.

— Je vous en prie. C'est une urgence. L'un de vos voyageurs...

— Descends ou je te balance !

Le contrôleur poussa Charles, qui recula. La jambe gauche dans le vide, il agrippa à nouveau la rampe pour ne pas tomber.

— Descends !

Le contrôleur leva les bras pour pousser à nouveau le barbu, sentit un objet dur s'enfoncer dans sa poitrine. Il baissa les yeux, se figea en découvrant le colt de Charles.

— Vous avez dix secondes pour arrêter ce train.

— Mais je ne peux pas...

Charles arma son revolver.

— Dix secondes.

74

SANS l'intervention et l'influence du général de brigade, Charles eût été immédiatement arrêté et emprisonné. A dix heures et demie, ce soir-là, les deux hommes étaient assis dans le salon de la maison rouverte, avec des mines sombres d'adversaires encore en guerre. La nourrice irlandaise se trouvait au premier étage avec le bébé, que Charles avait regardé deux fois — la seconde, avec des sentiments mêlés, voire de l'aversion. Après qu'ils furent rentrés de la gare, Duncan lui avait raconté toute l'histoire — et Charles aurait préféré ne jamais la connaître.

Le soir devenait étouffant, le tonnerre grondant au nord-ouest se rapprochait. Le col toujours boutonné, Charles se tenait sur une chaise tendue de peluche, devant un verre de whisky auquel il n'avait pas touché. Ses yeux éclairés par la lampe semblaient morts. Il se sentait mort à l'intérieur de lui-même.

Soudain il se pencha en avant et demanda avec rage :

— Pourquoi ne m'a-t-elle rien dit ?

Avec une politesse glacée, le général répliqua :

— Major Main, c'est sans doute la quatrième fois que vous me posez la même question. Elle vous aimait passionnément — comme je vous l'ai écrit dans les lettres que vous n'avez pas reçues. Elle était affligée parce que la guerre vous avait... abîmé, pour reprendre ses termes. Abîmé au point que vous pensiez à tort ne pas pouvoir poursuivre votre relation avec elle. Mais ma nièce était une jeune femme honnête et honorable.

Le ton de Duncan suggérait clairement que Charles était dépourvu de ces deux qualités.

— Elle s'est refusée à suspendre son... son état comme une menace au-dessus de votre tête, poursuivit-il. Je ne vais pas tout vous expliquer à nouveau. Franchement, je commence à regretter que vous m'ayez trouvé. Je ne comprends pas votre froideur à l'égard de votre propre chair, de votre propre sang.

— C'est le bébé qui l'a tuée.

— Il y a réellement quelque chose qui ne va pas dans votre tête, Main. Ce sont les circonstances qui ont causé la mort d'Augusta. Sa fragilité. Elle désirait cet enfant, elle voulait porter votre fils — auquel elle a donné votre nom. Et vous viendriez me dire, sérieusement, que cet enfant ne signifie rien pour vous ?

— Je n'en sais rien, répondit Charles, angoissé.

— En tout cas, je n'ai pas l'intention de rester à Washington pendant que vous réfléchissez à la question. Je pensais que notre rencontre serait un moment de joie si je parvenais à vous trouver. Il n'en est rien.

— Accordez-moi un peu de temps...

— Cela n'en vaut pas la peine si j'en juge par les propos que vous avez tenus il y a un moment. Demain je prendrai l'express de six heures pour Baltimore et l'Ouest. Si vous ne voulez pas de votre fils, je le garde.

Charles cligna des yeux, hébété.

— L'Ouest ?

— Je suis affecté dans la cavalerie des plaines, si cela vous regarde. Maintenant, si vous voulez bien m'excuser, je ne tiens pas à prolonger cette odieuse conversation.

Le général s'approcha à grands pas de la porte du salon, où un dernier sursaut de courtoisie le fit s'arrêter et dire :

— Il y a une chambre d'amis en haut, au fond du couloir. Vous pouvez y passer la nuit si vous le souhaitez.

Ecrasant Charles d'un regard méprisant, il ajouta :

— Ne vous inquiétez pas si votre fils pleure. Maureen et moi nous en occuperons.

Ne prenez pas ce ton avec moi ! explosa Charles en se levant. Je l'aimais ! Je n'ai jamais aimé personne plus qu'elle ! J'ai cru devoir rompre pour son bien, pour que je puisse continuer à faire mon devoir sans qu'elle se ronge. Si c'est un crime pour vous, allez au diable ! Quand j'ai fait arrêter le train, j'ignorais que j'avais un fils, je voulais juste savoir où était Gus...

— Elle est enterrée au cimetière privé de Georgetown. Il y a un monument. Major, je vous demande rai de me donner demain, avant mon départ, votre décision au sujet du jeune Charles.

— Je ne peux pas. Je ne le sais pas encore.

— Dieu ait pitié d'un homme réduit à dire de pareilles choses !

Le général monta l'escalier. En haut des marches, il entendit la porte d'entrée claquer puis un grondement de tonnerre. Une lumière blanche inonda la maison. Duncan leva la tête quand la pluie se mit à crépiter sur le toit. En bas, c'était à nouveau le silence.

Charles se rendit à pied à Georgetown sous l'orage, réveilla les occupants d'une petite maison pour demander la route du cimetière privé. Le couple mal réveillé qui ouvrit la porte eut trop peur pour refuser de répondre à cette apparition cauchemardesque aux yeux brûlants et à la barbe dégouttant de pluie.

Pressant le pas, il repartit dans la nuit noire, parvint au cimetière, glissa sur l'herbe mouillée, tomba en avant et faillit s'empaler sur les pointes d'une grille basse. Il sentit contre ses genoux la froideur du fer forgé.

« Une fabrication Hazard ? » songea-t-il avec un rire dément. Il perdait l'esprit, tout se brouillait dans sa tête. Il avait envie de hurler. De mourir.

D'un coup de pied, il poussa la grille, pénétra en titubant dans le cimetière, chercha à s'orienter à la lueur des éclairs. Des anges de pierre étendaient leurs bras et leurs ailes de granit, l'implorant de les rejoindre au Ciel. « Non merci, pensa-t-il, je suis déjà là où je dois être. »

Dans le noir, il trébucha à plusieurs reprises sur des pierres tombales, s'affala sur du marbre froid. Un éclair déchiqueta la nuit, révélant un imposant obélisque dont la base portait gravé le nom « Starkwether ».

Après avoir longtemps erré dans plusieurs directions, il trouva la tombe. La pierre en était petite, rectangulaire, avec pour seule inscription le nom d'Augusta, l'année de sa naissance et celle de sa mort.

Charles tomba à genoux, complètement trempé par

la pluie. Il ne sentait ni les gouttes ni le froid. Uniquement sa souffrance, l'horrible peine qui le détruisait. Sans en avoir conscience, il crispa les poings et se martela les cuisses.

Il frappa plus fort. Pour se faire mal, pour se punir. Le tonnerre grondait comme les canons de Sharpsburg, les éclairs se succédaient. Charles continuait à frapper, plus vite.

Que devait-il faire, écrasé par son sentiment de culpabilité ? Que devait-il faire de cet enfant dont il était responsable — et qui faisait de lui le responsable de la mort de Gus ?

Une étrange plainte animale jaillit de sa gorge. Au fond de lui, une force naquit. Il ouvrit ses poings meurtris, leva la main vers son visage mouillé, toucha la peau sous l'œil. Ce n'était pas une goutte de pluie.

Il s'effondra sur la tombe et, pour la première fois depuis Sharpsburg, se mit à pleurer.

Charles demeura sur la tombe d'Augusta Barclay jusqu'à la fin de l'orage, bien après l'aube. Tremblant, claquant des dents, il parcourut le long chemin le ramenant au centre de la ville, arriva vers dix heures à la maison du général.

Epuisé par la tension de la veille, Duncan avait dormi tard et commençait seulement à prendre son petit déjeuner quand Charles Main, en pitoyable état, apparut sur le seuil de la salle à manger. On entendait au premier étage les vagissements du bébé et, en contrepoint, la voix de Maureen cherchant à le calmer.

La mâchoire crispée, Duncan luttait pour se contrôler. Ecarlate, il demanda :

— Seigneur ! Vous avez bu et vous vous êtes vautré toute la nuit dans un caniveau ?

C'était bien l'impression que donnait Charles. Le sang coulant de sa blessure rouverte maculait son pantalon ; de la boue collait à sa barbe et à sa chemise trempée.

— J'ai passé la nuit sur la tombe de Gus. A réfléchir. A tâcher de prendre une décision.

Lentement, Duncan se redressa sur sa chaise, posa sur Charles un regard plein d'hostilité et de défi.

— Eh bien ?

75

— PROCHAIN arrêt Lehig Station... Lehig Station prochain arrêt, annonçait le contrôleur en descendant le couloir de la voiture.

Le train avait quitté Bethlehem à dix-huit heures trente, ce qui voulait dire que George et Constance franchiraient la porte de Belvedere dans moins d'une heure.

Assis près de la fenêtre, il regardait le crépuscule satiner la rivière et les pentes au manteau bleu. Le train ralentissait avant une courbe quand il vit un cimetière avec, au premier plan, trois rangées de cinq croix nettes et neuves. Deux vieux fossoyeurs jetaient des pelletées de terre sur un cercueil invisible au fond d'une tombe ouverte. Près d'eux, une femme en deuil et un homme d'âge mûr aux bras croisés, recouverts d'un drapeau replié.

Le cimetière disparut. George attira contre lui Constance, qui s'était assoupie. Il sentit monter en lui une bouffée d'amour pour cette femme boulotte appuyée sur son épaule. Pour elle et pour les enfants, sur qui il devait à nouveau veiller puisque, de soldat, il redevenait père. « L'amour est vraiment la seule chose qui m'ait soutenu pendant quatre ans », songeait-il. Son regard glissa à nouveau de l'autre côté de la rivière, se posa sur les hauteurs couvertes de laurier. « Et rien d'autre ne nous soutiendra pendant les années qui viennent. »

— ... trop vite. Avec trop de changements.

— Absolument. Je suis désolé de la mort de Lincoln mais on pouvait certainement lui reprocher sa politique.

George fronça les sourcils en entendant les voyageurs assis derrière lui. Celui qui avait parlé le premier avait une voix d'homme âgé, chargée du pessimisme chevrotant que la vieillesse produit trop souvent. La seconde voix, féminine et plus jeune, reprit :

— Je suppose que les moricauds méritent leur liberté, mais il y a des limites.

— A mon avis, nous les avons atteintes. Si un nègre essaie de franchir ma porte, je saurai l'en empêcher avec mon vieux pistolet d'arçon.

— Certains de nos politiciens ne sont pas aussi courageux que vous, soupira la femme. Ils en sont venus à demander le droit de vote pour les gens de couleur.

— Ridicule ! Comment peut-on être partisan d'un tel bouleversement de l'ordre des choses ? C'est de la folie.

Ayant mutuellement approuvé leurs points de vue, ils redevinrent silencieux, laissant George méditer. Les collines, plus hautes à présent, barraient parfois de leur sommet les rayons du soleil. L'ombre et la lumière dessinaient sur le visage pensif de George des formes aux contours changeants.

Le changement, là encore. Il songea au président assassiné dont ils avaient vu la photo, encadrée de noir, dans la vitrine d'une boutique de Philadelphie, juste après avoir débarqué. En 1860, Abraham Lincoln avait été désigné comme candidat par son parti parce qu'il était le moins connu, le moins offensif des hommes en lice. Un homme fort aux opinions tranchées aurait suscité des réactions tranchées elles aussi, ce qui est nuisible pour toute organisation à la recherche de votes.

Mais une fois élu et précipité dans le haut fourneau de la guerre, Lincoln s'était transformé en un homme totalement différent, comme l'acier sortant des forges. De l'homme politique provincial aux opinions inconnues et présumées sans problème avait surgi un président proposant une définition de la liberté si radicalement neuve qu'il faudrait des années au pays pour en déchiffrer toutes les significations.

Le triple fardeau de la conduite du parti, du gouvernement et de la guerre avait aussi profondément changé Lincoln sur le plan physique, creusé des ravines dans le paysage érodé de son visage et noyé ses yeux dans des lacs d'ombre perpétuelle. La photo vue dans la vitrine de Philadelphie ne ressemblait guère à celles des années précédentes.

Dans le cœur des Noirs, l'homme s'était changé en dieu d'un trait de plume. Mais, songeait George, un aspect au moins de sa personnalité était resté le même. Si le président avait souvent perdu patience, parfois son sens de l'humour et, en de rares occasions, sa compassion pour l'ennemi, il avait toujours gardé les yeux fixés sur sa propre étoile polaire. Il avait aimé les êtres humains, du Nord comme du Sud, mais plus encore l'Union.

Pour la préserver, il avait à regret conduit un peuple à la guerre. Il avait souffert de dépression nerveuse, d'insomnie ; il avait lutté contre les démons de l'incompétence, de l'inaptitude et de l'insinuation ; il avait pris un ton autoritaire ou plaisant, prêché et flatté, rêvé et pleuré. Enfin, il avait été la dernière victime immolée sur un autel où le sang n'avait cessé de couler.

Au moins sut-il avant de mourir que son étoile polaire brillait toujours, éclatante et pure, au-dessus des cendres encore tièdes. L'Union demeurait — profondément modifiée mais fondamentalement inchangée.

George constatait mais ne comprenait pas tout à fait ce paradoxe. Simplement, elle était là, puissante, majestueuse et mystérieuse, comme le président assassiné lui-même.

Fermant les yeux, George ramena ses pensées à un cercle plus restreint et médita sur les changements qui l'avaient affecté.

Orry mort — et sa veuve ne faisant pas mystère qu'elle était noire, du moins aux yeux des Sudistes les plus stricts. George l'avait appris par Billy mais Madeline elle-même en avait discuté franchement avant leur départ pour Mont Royal.

Charles... Tout le monde s'accordait à penser que la guerre l'avait brûlé, aigri. Brett, au contraire, attendait avec impatience de devenir mère et, chose étonnante, ressemblait souvent plus à Virgilia qu'à une Sudiste.

Cooper affichait de temps à autre des opinions presque réactionnaires, comme s'il avait fini par accepter l'héritage sudiste que son père avait toujours voulu lui léguer et qu'il avait si longtemps méprisé.

Billy avait changé d'opinion sur les Noirs, lui aussi. En disant au revoir à George en Caroline du Sud, il lui avait fait part de son intention de rester dans le Génie. A moins que quelque chose ne fît obstacle à son avancement, auquel cas il pourrait toujours se rabattre sur la construction ferroviaire dont il avait discuté avec son frère. Le train, c'était l'avenir, comme en témoignait le surnom qu'on lui avait trouvé : le cheval de fer.

Comme le processus de changement accéléré par la guerre les avait tous touchés ! Nul n'avait été épargné : ni ceux qui l'acceptaient ni ceux qui le niaient. A preuve la conversation des deux voyageurs assis derrière George. Le durcissement des opinions était en soi un changement, en réponse au changement.

Pourquoi tant de gens niaient-ils la constance universelle de ce processus ? se demandait George. Du fait de son caractère ou de son éducation, il l'avait compris très tôt, dans le cadre de l'entreprise familiale. Ouvert aux innovations, il avait combattu Stanley, qui ne l'était pas. Peu à peu, son champ de vision s'était élargi et il avait saisi l'avantage — ou tout au moins l'inéluctabilité — du changement au-delà des grilles des forges Hazard.

Pourquoi certains hommes ignoraient-ils les leçons de l'histoire et érigeaient-ils dans leur esprit des barrières contre une loi de la vie immuable comme les saisons ? Ils pleuraient la douceur de vivre d'un hier à demi imaginaire au lieu de contribuer à bâtir un lendemain plein de bonheur potentiel. De ce flot d'événements qu'ils ne parvenaient pas à endiguer, ils accusaient Dieu, leur femme, le gouvernement, les livres, les manœuvres extravagantes d'hommes que personne ne désignait. Ils vivaient des existences malheureuses et torturées, essayant de barrer le Niagara avec un fétu de paille.

George doutait qu'on pût changer ce genre de personnes, malédiction et fardeau d'une race gravissant péniblement une montagne dans la pénombre. « Aussi constants que le changement même qu'ils haïssent », pensa George avec un sourire las.

Ce qui lui rappela un changement petit mais important qu'il voulait faire à Belvedere. Depuis qu'il l'avait trouvé dans les collines dominant West Point, le fragment de météorite était resté sur la table de la bibliothèque, symbole de la puissance du métal auquel les Hazard devaient leur fortune. Pendant de nombreuses années, George avait été fasciné par le rôle du fer dans la fabrication des armes et donc par sa capacité à changer le destin des nations, de la planète elle-même.

Mais en Virginie, il avait commencé à penser qu'un certain ajustement ou équilibre était nécessaire. Pendant quatre ans, des Américains s'étaient jetés sur d'autres Américains comme des bêtes fauves. L'avenir révélerait toutes les conséquences de ce bain de sang — le choc ultime, quand toutes les pertes, visibles ou non, auraient été dénombrées. Ce choc ne se dissiperait pas de sitôt, George en était persuadé. Il fallait donc trouver, préparer un facteur d'équilibre.

En arrivant à Belvedere, il embrassa longuement ses enfants puis monta sur la colline et en ramena une branche de laurier qu'il posa à côté de la météorite, dans la bibliothèque.

— J'aimerais qu'il y ait toujours sur cette table une branche de laurier, dit-il. Là où nous pourrons tous la voir.

Ce même soir, dans le train de Baltimore, le général Duncan et Charles se faisaient face dans une voiture de première classe. Avec son poncho crasseux et ses cigares, l'ancien éclaireur n'y semblait pas à sa place et Duncan avait insisté pour qu'ils prennent le temps de lui acheter un costume décent pendant le voyage avant qu'on ne lui donne un nouvel uniforme.

A plusieurs reprises depuis le retour de Charles du cimetière, le général avait essayé de le faire parler sur ce qui l'avait amené à prendre sa décision. Mais Charles était incapable de décrire les pensées et les sentiments qui avaient tourbillonné dans son esprit pendant cette longue nuit de veille, d'incertitude, de culpabilité, de désespoir.

Il avait songé à partir pour l'Egypte et à s'enrôler dans l'armée du khédive, comme l'avaient fait certains officiers confédérés. A gagner les collines pour continuer la guérilla contre les Yankees. A rentrer chez lui, sombrer dans l'oisiveté et l'alcool.

A se suicider.

Il avait aussi pensé à l'Ouest où, selon Duncan, on avait besoin de cavaliers. Charles ne savait rien faire d'autre que le métier de soldat.

Mais toutes ces considérations passaient après ce qui avait été au centre de son esprit pendant sa veille : la mort de Gus et la vie de son fils. Deux pensées inextricablement mêlées.

C'était Gus qui lui avait montré la voie. Devant la tombe, il s'était rappelé leurs meilleurs moments ensemble. La force et la volonté de la jeune femme. Aucune transformation miraculeuse ne s'était produite tandis que la pluie tombait sur lui, se mêlant au flot de ses larmes. Il n'avait jamais ressenti une telle souffrance, il savait qu'elle durerait longtemps encore. Mais lorsque sa peine et son sentiment de culpabilité avaient enfin rompu les digues, il avait compris qu'il aimait toujours Augusta Barclay plus que la vie et qu'il devait donc aimer son fils. Il devait vivre pour elle et pour l'enfant, parce qu'ils ne faisaient qu'un.

Voyant l'expression sombre de Charles, qui regardait par la fenêtre les prairies baignées par la lumière du couchant, Duncan fronça les sourcils. Il ne se sentait pas encore à l'aise en présence de l'ancien officier confédéré et se demandait s'il le serait un jour. Il se demandait aussi si Charles saisissait toutes les implications de sa décision. Alors que le train passait devant un des nombreux hameaux jalonnant la voie ferrée dans le Maryland, le général s'éclaircit la voix et dit :

— Vous savez, mon garçon, servir à nouveau dans l'armée régulière comme vous le projetez, ce ne sera pas facile pour un homme tel que vous.

Charles serra les dents sur son mégot de cigare éteint.

— Je suis passé par l'Académie comme vous, répliqua-t-il. Je suis un militaire de carrière. J'ai changé d'uniforme une fois, je peux le faire à nouveau. Le pays est réunifié, non ?

— C'est vrai. Néanmoins, personne dans l'armée ne vous traitera comme nous le souhaiterions tous deux. Je m'efforce simplement de vous préparer à l'inévitable. Aux manques de courtoisie, aux insultes...

— Je m'y ferai, coupa Charles d'un ton dur.

Un rayon de soleil filtrant entre deux collines basses éclaira son visage ravagé, grave.

— Ah ! voici Maureen, dit Duncan, ravi de l'interruption.

La nourrice s'avança dans le couloir, le bébé au creux du bras.

— Il est réveillé, général. J'ai pensé que vous voudriez peut-être...

La jeune Irlandaise, qui avait quitté la place qu'elle occupait en seconde classe, sembla tout à coup ne plus savoir auquel des deux hommes elle devait s'adresser.

— Donnez-le-moi, ordonna Charles sèchement

Il se reprit et ajouta avec plus de douceur :

— Merci, Maureen.

Avec un soin infini, il prit la forme emmaillotée dans ses bras tandis que le général se penchait pour relever le coin de couverture avec lequel Maureen avait protégé le visage du bébé pour passer d'une voiture à l'autre. Duncan eut un sourire rayonnant de grand-oncle fier de son petit-neveu.

L'enfant au visage rose regarda son père avec de grands yeux. Intimidé, craignant de lui faire mal, Charles eut un sourire hésitant. Le petit grimaça et se mit à brailler.

— Bercez-le, bon sang, grommela le général.

Ce fut efficace. Charles n'avait jamais bercé de bébé mais il acquit rapidement la technique. Le train longea un champ où un paysan, marchant derrière sa mule et sa charrue, retournait une terre nouvelle.

— Franchement, mon garçon, reprit le vieil officier, bien que je sois ravi de vous avoir près de moi, j'en suis encore sidéré. J'avais pensé que si vous preniez votre fils, vous retourneriez en Caroline du Sud, l'élever en Sudiste.

— Charles est un Américain, répondit le père. C'est ainsi que je l'éduquerai.

Duncan toussota pour indiquer qu'il admettait la réponse, à défaut de la comprendre.

— A propos, il a un deuxième prénom.

— Vous ne me l'aviez pas dit.

— Cela m'était sorti de l'esprit. Vous conviendrez que la journée a été passablement agitée... Il s'appelle Charles Augustus. Ma nièce lui a donné ces prénoms juste avant de...

Le général s'assombrit tout à coup. « Pour lui aussi, c'est dur de se souvenir », pensa Charles.

— Avant de nous quitter, acheva Duncan. Elle prétendait avoir toujours aimé le surnom de Gus.

Sentant des larmes lui monter aux yeux, Charles battit des cils. Il regarda son fils, dont le visage avait mystérieusement rougi et pris une expression de souffrance.

— Ah ! je crois que nous allons avoir besoin de l'aide de Maureen, annonça le général. Excusez-moi, je vais la chercher.

Tandis que Duncan s'éloignait dans le couloir, Charles toucha avec précaution le menton de son fils. Le bébé tendit la main, lui saisit l'index, le porta à sa bouche et le suçota.

Le général avait prévenu Charles sur la nécessité

d'être propre et Charles s'était déjà lavé les mains trois fois dans la journée — un record pour lui. Il remua le doigt, Charles Augustus gazouilla. Accordant toute son attention à son fils, il ne vit pas la barrière qui était apparue soudain le long de la voie ni les buses en train de se repaître et qui, dérangées dans leur festin, s'envolèrent au-dessus de la charogne pourrissante d'un cheval noir.

La guerre a creusé un abîme entre ce qui s'est passé avant elle et ce qui s'est produit ensuite... Je n'ai pas l'impression de vivre dans le pays où je suis né.

George TICKNOR, de Harvard, 1869.

POSTFACE

Tout a changé, changé totalement :
Une terrible beauté est née.

CES dix mots que Yeats écrivit dans *Pâques 1916* servent de fondation à cet ouvrage.

Guerre et Passion ne vise pas à démontrer une fois de plus que la guerre est l'enfer — bien que ce soit le cas — ou à peindre une fois de plus l'esclavage comme notre plus horrible crime national — quoiqu'on puisse à bon droit le soutenir. Les deux idées figurent dans le livre et n'y occupent pas une petite place. Mais essentiellement, *Guerre et Passion* parle du changement comme d'une force, d'une constante universelle, à travers un groupe de personnages vivant le plus grand bouleversement que l'Amérique ait connu en un temps très court : la guerre de Sécession.

Dans son livre *Ordeal by Fire : the Civil Wa*ı *and Reconstruction,* le professeur James McPherson, de Princeton, définit parfaitement cette guerre comme l'événement central de la conscience historique américaine... (Elle) a préservé ce pays de la destruction et déterminé dans une grande mesure quelle sorte de nation il deviendrait. La guerre de Sécession a répondu à deux questions fondamentales : ... (les Etats-Unis) seraient-ils un pays doté d'un gouvernement national souverain ou une confédération dissoluble d'Etats souverains ? Et cette nation, née d'une déclaration proclamant le droit égal de tous les hommes à la liberté, devait-elle rester le plus grand pays esclavagiste du monde ? »

Hormis une ligne narrative forte, à mes yeux essentielle, j'ai pensé que le livre devait contenir trois éléments pour atteindre son objectif.

D'abord des détails. Et pas sur les événements les plus familiers au lecteur. Au-dessus de ma machine à écrire, j'avais mentalement accroché une deuxième pancarte disant : « Pas à nouveau Gettysburg. » (La première, très ancienne maintenant, me donne ce conseil permanent : « D'abord raconter une histoire. »)

Les détails que je souhaitais provinrent en grand nombre de ce que j'appelle les chemins détournés : les endroits fascinants où passent rarement les romans sur la guerre de Sécession. Au fond du port de Charleston, par exemple, où l'étonnant sous-marin *Hunley* aux dimensions étonnamment petites annonçait un bouleversement spectaculaire de la guerre navale. Dans les bureaux et les camps de la cavalerie. Sur les chantiers d'un bataillon du Génie ou d'une équipe de construction ferroviaire. Au cœur de la prison Libby, à Liverpool, au service de l'Intendance, à Washington, avec son défilé incessant d'inventeurs. J'ai même voulu montrer le théâtre aux armées et la pièce à laquelle Charles assiste est authentique.

Espérant que ce qui m'avait intéressé intéresserait aussi le lecteur, j'ai choisi un certain nombre de ces chemins détournés moins connus et j'ai commencé mes recherches, qui me prirent un an. Il n'y a certes pas pénurie de matériau. Pour citer à nouveau McPherson, « C'est peut-être simplement parce que le conflit a été étonnamment riche et varié qu'il est une source inépuisable ». L'historien Burke Davis fait observer que « plus de cent mille ouvrages (sur la guerre de Sécession) ne donnent finalement pas un récit satisfaisant pour le lecteur ». Ni d'ailleurs pour l'écrivain. Je n'ai pas trouvé le moyen d'incorporer une découverte fascinante et relativement récente selon laquelle, pendant les derniers sursauts de la Confédération, des techniciens sudistes auraient mis au point en Angleterre une sorte de missile téléguidé primitif. L'appareil aurait été expédié en Virginie, expérimenté puis tiré sur Washington. En mettant le feu aux archives de Richmond, on a peut-être détruit un éventuel rapport sur la performance du missile. Nous n'avons aucune preuve qu'il ait atteint sa cible, qu'il l'ait manquée de peu ou de beaucoup — ou qu'il ait jamais existé. Pas de place donc pour cette histoire — ni pour de nombreuses autres.

J'espère toutefois que les détails sont suffisamment nombreux car ils offrent le seul moyen de tenter de suggérer ce que signifièrent combattre et vivre pendant ce conflit.

Richard H. Shryock, bibliothécaire érudit, plaida avec compétence la cause du détail il y a cinquante ans : « Les traditions politiques et militaires, ainsi que l'apparente nécessité de l'abstraction, privent les ouvrages historiques de ce réalisme qui seul peut faire sentir les souffrances éprouvées dans une grande guerre. La description par un historien de la bataille de Gettysburg montrera probablement ce qui est arrivé à l'aile droite de Lee ou au corps d'armée de Longstreet, mais rarement ce qu'il advint du corps du soldat John Jones ou de milliers d'autres inconnus comme lui... L'historien peut toutefois dépeindre la réalité et faire sentir ce que coûte une guerre si, en décrivant les campagnes militaires, il accorde moins de place à la tactique sur le champ de bataille et davantage... aux camps et aux hôpitaux. »

Certes. C'est la raison pour laquelle Charles découvre les premières mines terrestres utilisées lors des combats de la Péninsule et que Cooper met au point des « torpilles » (terme qui désignait alors des mines navales, ce qui introduit une certaine confusion). C'est une des raisons pour lesquelles Cooper participe à la plongée du *Hunley*, dont la copie grandeur réelle se trouve aujourd'hui à l'entrée du musée de la ville de

Charleston. C'est pourquoi on voit moins dans cet ouvrage de généraux que de soldats s'occupant de leurs chevaux, tombant malades, ayant le mal du pays, lisant des brochures populaires et des livres pornographiques, cousant leurs vêtements, grattant leurs poux.

Certains détails posent un problème de vraisemblance parce que nous les considérons à travers un objectif faussé par notre propre réalité et le scepticisme de notre époque. Ainsi, on aura peut-être peine à accepter l'absence quasi totale de services de sécurité présidentiels, y compris dans la résidence du chef de l'Etat, ou le fait que Lincoln tînt les premières nouvelles sûres de la défaite de Fredericksburg d'un correspondant de presse furieux barré par la censure militaire, ou encore que le vacillant général Burnside consultât son cuisinier personnel sur les questions stratégiques. Le lecteur doit croire sur parole des détails de ce genre, qui ne sont pas inventés, aussi étranges puissent-ils paraître.

Certains des détails fictifs s'appuient sur une base solide de plausibilité. Par exemple, le complot de Powell, pas plus invraisemblable que le projet, authentique, d'établir « une troisième nation » en associant le Haut Sud — les *Border-States* — au Middle West. Cette idée traîna dans Richmond pendant l'hiver 1862-1863. Au début de la guerre, on parla aussi beaucoup d'une Confédération du Pacifique, également mentionnée dans le livre.

Le projet d'assassiner Davis est une invention mais lui aussi semble logique si l'on considère deux données. Premièrement, si on estime que Lincoln fut constamment menacé, pourquoi son homologue confédéré ne l'aurait-il pas été ? D'autant que Davis — et c'est le deuxièmement — fit l'objet d'une haine farouche, notamment parmi certains habitants de son propre Sud cotonnier. Je me demande parfois si les quelques Sudistes d'aujourd'hui qui roulent en camionnette aux plaques minéralogiques proclamant « *Crénom, j'oublie pas !* » ont entendu parler de messieurs Brown et Vance — respectivement de Georgie et de Caroline du Nord — sans doute deux des ennemis les plus venimeux qu'un chef d'Etat ait jamais comptés. Agitant furieusement la bannière du droit des Etats, ils maudirent et défièrent le gouvernement central, gardèrent les hommes, les uniformes et les chaussures dont l'armée avait désespérément besoin et, d'une manière générale, firent autant de mal sinon plus que maints commandants de l'Union.

Aucun gouverneur n'est accusé ici de sinistre complot. Mais un homme comme Powell, qui soigne ses rancœurs à coups de pistolet, n'est pas si éloigné de ceux qui, comme Brown et Vance, traitèrent continuellement Davis de « dictateur » et de « despote ».

Le second ingrédient dont j'avais besoin, également mentionné dans la postface de *Nord et Sud,* c'est l'exactitude.

Je ne dis pas l'infaillibilité. Dans un roman aussi long et complexe, impossible d'être parfait. Mais il faut absolument s'efforcer de l'être. J'en ai fait la constatation pendant le travail préparatoire sur ce livre.

Fan d'Errol Flynn depuis toujours, j'ai enregistré sur mon magnétoscope *Sur la piste de Santa Fe,* que je n'avais pas vu depuis des années. Sorti en 1940, produit par la Warner, il passe encore fréquemment à la télévision. On y présente comme membres de la promotion 1854 de West Point les officiers suivants : Jeb Stuart (joué par Flynn), ce qui est exact ; Longstreet (qui est de la promotion 42), Pickett (46), Hood (53) et le meilleur ami de Stuart, George Custer (61). Le jeune Custer est incarné par le jeune Ronald Reagan.

Pendant le déroulement de l'intrigue, fort confuse, nous voyons un acteur aux cheveux argentés jouer un stéréotype familier, l'homme d'affaires distingué. Ce personnage possède une compagnie de chemins de fer au Kansas et une fille, que Jeb Stuart épouse. En d'autres termes, Flynn fait tout autre chose que ce que fit le vrai Stuart : épouser la fille de Philip St George Cooke, l'officier de carrière qui devint son ennemi juré pendant la guerre, l'homme qu'il tenta d'humilier en contournant McClellan.

Le petit copain Custer, toujours souriant, est contraint de se rabattre sur une blonde insipide, la fille de Jeff Davis. Davis lui-même ressemble à un Lincoln en solde ; sa fille à une danseuse de comédie musicale.

Pis encore, le film est curieusement mou lorsqu'il traite de la question de l'esclavage. Les cavaliers combattent contre John Brown au Kansas mais Stuart et Custer déclarent que « d'autres » doivent « décider » de cette question. Eux ne font qu' « obéir aux ordres » et n'ont probablement pas d'opinion sur les problèmes du pays.

Comme les romans — et les scénarios — sont écrits par des hommes, non par des machines, la reconstruction de tout pan du passé se traduira plus que probablement par au moins quelques erreurs. (J'en ai commis une de taille sur les pièces de monnaie dans le premier tome de cette trilogie.) Mais une erreur involontaire, ce n'est pas la même chose qu'une transformation grossière de la réalité perpétrée pour Dieu sait quelle raison et manifestement tolérée dans nombre de romans mais plus encore au cinéma.

Pour être juste, il faut dire que les producteurs de films ne sont pas les seuls individus coupables de trafiquer le passé. Nous avons tous tendance à fabriquer des mythes. Ainsi, nous avons de Lincoln l'image d'un idéaliste toujours calme, plein d'humanité et omniscient plutôt que celle d'un homme dépressif, rongé par le doute, d'un politicien pragmatique haï de beaucoup, que sa propre conscience et les nécessités du moment firent accéder à la grandeur. Lee est pour nous le héros éternel juché sur son cheval, pas l'officier dont on mit en cause la compétence et les décisions, qui fut en butte au mépris de maints Confédérés le surnommant « Grand-Maman » ou « Lee la Retraite ».

Nous édifions en mythe non seulement des hommes mais la guerre elle-même. Le désintérêt de la plupart des historiens sérieux pour les éléments personnels et notre propre tendance, tout à fait naturelle, à préférer le grandiose au sordide, se sont peut-être conjugués pour donner à la guerre de la patine, la rendre plus romanesque. Elle le fut — pendant environ trois mois. Ensuite vint l'horreur. Une horreur qui ne cessa de croître.

Pourtant les visions romanesques demeurent.

Si le film *Autant en emporte le vent* mérite l'admiration qu'il a suscitée et les honneurs qu'il a reçus, ce n'est pas parce qu'il présente une reconstitution fidèle de l'histoire. C'est du romanesque. On y voit, brièvement, des batailles aseptisées — en montage ou en toile de fond du titrage. L'incendie d'Atlanta est une grande scène d'action mais ne dit pas grand-chose sur les tragédies personnelles. La question de l'esclavage n'est jamais abordée; les domestiques noirs de Tara sont heureux, bien proprets et apparemment satisfaits. Enfin, malgré quelques scènes d'hôpital, on ne montre jamais de vraie souffrance sauf dans la célèbre scène de la gare où la caméra s'élève pour révéler peu à peu, avec une puissance dévastatrice, des mutilés de plus en plus nombreux.

Il est peut-être injuste de juger un classique avec des critères autres que ceux de son époque. Mais la plupart des vues sociales de Charles Dickens sont encore valables aujourd'hui. Celles d'*Autant en emporte le vent*, non.

En 1939, les Américains blancs considéraient comme normal que Butterfly McQueen et Hattie McDaneil soient bien mignons quoique esclaves, tout comme leur paraissait normale la succession de porteurs et autres serviteurs stéréotypés joués par Mantan Moreland dans les films de Charlie Chan. L'acteur noir devait généralement montrer la lâcheté comique du nègre en tremblant et en roulant des yeux blancs.

A.E.E.L.V., œuvre magistrale que j'aime avec une profonde émotion malgré ses aspects négatifs évidents, me pose deux problèmes. D'abord, c'est la plus importante représentation de la guerre, donc une validation implicite de sa propre morale douteuse. Ensuite, un seul film récent dont je me souvienne — *Racines*, production de David L. Wolper faisant date — a eu un succès et un impact comparables. Toutefois, cela devrait nous rappeler la différence entre les idées des années 30 et celles d'une Amérique plus récente. La différence entre le mythe et la réalité.

De temps à autre, des œuvres de fiction — comme *la Conquête du courage*, de Stephen Crane — coupent jusqu'à l'os et disent la vérité sur la guerre. A savoir que le mythe d'une conduite chevaleresque et honorable, à tous les niveaux et du début à la fin de la guerre, est faux. En plus du détail exact, j'ai cherché à donner ce sentiment plus général de vérité dans tout le livre. Il ne m'appartient pas de juger si j'ai réussi.

Lancé sur la piste de l'exactitude, j'ai revisité tous les sites des batailles de l'Est. J'ai vu Brandy Station, par une belle journée de printemps en 1982. La même semaine, j'ai passé tout un samedi humide et brumeux à Antietam. Il y avait peu de personnes présentes, hormis celles dont les pierres tombales et les monuments évoquaient le souvenir. Ce fut une journée sombre et émouvante.

Les lecteurs auront peut-être remarqué que dans les passages décrivant les batailles et les campagnes, j'utilise peu les noms et les numéros des unités militaires. Le tableau d'organisation d'une armée est toujours complexe mais c'est doublement le cas pour la guerre de Sécession puisque les forces des deux camps furent restructurées plusieurs fois pour correspondre aux idées des généraux qui les commandèrent. Je crois que les appellations numériques des armées, corps d'armées, divisions et régiments présentent surtout un intérêt pour le spécialiste. Lorsqu'on en fait, comme c'est souvent le cas, l'axe du récit d'une bataille, cela m'irrite et me plonge dans la confusion. C'est pourquoi j'ai évité cette pratique. Je me suis toutefois efforcé de mettre au moment et à l'endroit adéquats des unités importantes pour mon récit.

Il convient de mentionner quelques autres points pour achever ces éclaircissements.

Wade Hampton eut effectivement des « éclaireurs de fer » mais ceux dont je décris les exploits sont fictifs.

Les propos des sénateurs participant au débat de 1863 sur l'allocation de crédits à West Point sont tirés du *Globe* parlementaire du 15 janvier de cette année-là. Bien que ma version du contenu et du ton général de la joute oratoire soit fidèle, le vrai débat fut bien plus verbeux. Transcrit, il s'étend sur dix pages de trois colonnes chacune, aux caractères minuscules. J'ai également choisi des phrases très distantes les unes des autres dans les longues déclarations de Ben Wade et autres orateurs puis je les ai rapprochées pour composer une intervention plus courte. La seule liberté que j'ai prise, c'est d'abréger le discours, pas d'en inventer un.

Je plaide cependant coupable de m'être une fois délibérément écarté d'un pas sur le chemin de la vérité. J'ai décidé de ne pas chercher à reproduire ce que Douglas Southall Freeman appela fort justement « le style chamarré de la conversation » de l'époque. Pour une raison simple : « Même les conversations familières... étaient, comparées à l'usage actuel, ampoulées et affectées. »

Troisième ingrédient dont j'avais besoin, l'aide de spécialistes connaissant les réponses à des questions spécifiques. L'aide de personnes qui m'assistèrent dans des domaines non directement liés aux recherches. Enfin, l'aide de ceux qui m'ont soutenu par leur simple présence. Je tiens à les remercier tous publiquement et à les laver de toute responsabilité si le matériau fourni a été mal utilisé. Ils ne sont pas davantage responsables de mes interprétations des faits ou de l'histoire, en tout ou en partie.

Je commence par Ruth Gaul, de la Hilton Head Island Library, qui s'est occupée patiemment de mes longues listes de demandes de prêt à diverses bibliothèques. Les livres constituant des sources secondaires, les journaux intimes, collections de lettres, monographies, manuels d'exercice militaire, cartes et autres références consultées s'élèvent à près de trois cents. On y trouve même un mince mais captivant recueil de recettes confédérées en temps de guerre, dont un bon nombre font appel à des ersatz. Sans Ruth et les employés tout aussi serviables des bibliothèques du comté de Beaufort et de l'Etat de Caroline du Sud, mon travail de recherche aurait été quasi impossible.

Je dois aussi beaucoup — comme toute personne étudiant la guerre de Sécession — à *The War of the Rebellion : A Compilation of the Official Records of the Union and Confederate Armies*, monument justement célèbre de 128 volumes — sans compter les atlas séparés — commencé en 1864 et achevé en 1927. J'ai un ami qui possède l'un des rares exemplaires complets de cet ouvrage appartenant à un particulier. Je le remercie pour son aide précieuse sans toutefois le nommer car il préfère demeurer anonyme.

A Liverpool, K. J. Williams, honorable secrétaire de la Société d'histoire navale confédérée, et Cliff Thornton, conservateur du musée Williamson de Birkenhead, sont devenus mes amis en se montrant d'excellents guides des divers lieux liés à la Confédération. A Jerry, mes remerciements quasi inexprimables. Et je n'oublierai jamais l'après-midi d'été où Cliff, ma femme et moi-même reçûmes l'autorisation de pénétrer sur une zone clôturée des bords de la Mersey d'où nous avons contemplé, à marée basse, des cales de construction que Cliff lui-même n'avait jamais vues auparavant — peut-être celles-là mêmes où l'*Alabama* fut construit. Personne ne sait exactement où il le fut, mais le terrain, abandonné, est celui où s'élevaient les chantiers navals Laird dans les années 1860.

Le sénateur Ernest Hollings, Mrs. Jan Buvinger et son équipe de la Bibliothèque publique de Charleston m'ont aidé à retrouver un exemplaire du fascinant débat parlementaire sur l'allocation de crédits à West Point.

Mon ami Jay Mundhenk, dont les connaissances sur la guerre de Sécession n'ont d'égales que ses talents culinaires et son hospitalité, a résolu plusieurs problèmes difficiles sur les opérations dans le nord de la Virginie alors que j'étais dans une impasse.

Robert E. Schnare, chef du département des collections spéciales de la bibliothèque de l'Académie militaire des Etats-Unis, m'a accordé une aide généreuse sur des questions aussi diverses que les coordonnées au jour le jour du bataillon du Génie de l'armée du Potomac pendant toute la guerre, ou le contenu du manuel de cavalerie en usage au début du conflit. Comme pour *Nord et Sud*, j'ai obtenu de la bibliothèque de West Point toute la collaboration qu'un auteur peut souhaiter.

Le Dr Arnold Graham Smith m'a apporté une aide précieuse sur certaines questions médicales. D'autres questions particulières ont trouvé réponse grâce à Belden Lee Daniels, Peggy Gilmer, au Dr Thomas L. Johnson, de la bibliothèque de Caroline du Sud ; à Bob Merritt, du *Richmond Times-Dispatch* ; Donna Payne, présidente de la table ronde de Rochester, New York, sur la guerre de Sécession ; John E. Stanchak, rédacteur en chef de *Civil War Times*, et Dan Starer. Deux de mes filles, le Dr Andrea Jakes-Schauer et Victoria Jakes Montgomery, m'ont apporté leur contribution dans des domaines spécifiques.

En plus de la gratitude que j'exprime à mon éditeur, je ne peux oublier un certain nombre d'autres personnes du monde de l'édition.

Joan Judge, l'assistante de Julian Miller, a manipulé des rames de feuilles de machine à traitement de textes avec son efficacité et sa bonne humeur coutumières. Rose Ann Ferrick nous donna sa rapidité et son acuité de jugement pour préparer le texte dactylographié final, qui bénéficia ensuite de la compétence de Roberta Leighton, correctrice sans pareille.

Mon vieil ami et camarade d'université Walter Meade, de Avon Books, m'a aidé d'une manière particulière qu'il comprendra sans que je précise.

Et mon éditeur, Bill Jovanovich, a continué à soutenir mon projet.

Mon avocat, conseiller et ami, Frank Curtis, m'ac-

compagna à chaque pas de ce voyage de deux années.
Il en alla de même pour tous les membres de ma famille mais surtout de ma femme Rachel, à qui j'exprime à nouveau ma gratitude et mon amour.

John Jakes
Hilton Head Island
30 avril 1984

TABLE

BARBARA WOOD

SÉLÉNÉ

Babylone, la Perse, Alexandrie, Rome, lieux mythiques de l'Antiquité : telles sont les étapes du formidable périple qui va conduire Séléné vers sa destinée... Elle a seize ans lorsque sa mère, une guérisseuse de renom, l'arrache à sa ville, Antioche, et surtout à l'homme qu'elle aime et auquel elle s'est vouée corps et âme.

Les deux femmes se lancent sur les routes peu sûres de l'empire de Claude. En plein désert, Méra révèle à Séléné le mystère de sa naissance, et meurt... La jeune fille retrouvera-t-elle ses véritables parents ? Parviendra-t-elle à rejoindre l'homme qu'elle ne peut cesser d'aimer et qui semble perdu à jamais ?

Un éblouissant roman d'aventures au cœur de l'Empire romain, de ses mœurs pittoresques et de ses usages les plus surprenants, où l'on découvrira le secret de médecines inconnues, l'immense savoir du monde antique et la destinée des femmes à l'époque.

BETTY MAHMOODY

JAMAIS SANS MA FILLE

Le 3 août 1984. Dans l'avion qui l'emmène à Téhéran avec son mari, d'origine iranienne, et sa fille, pour quinze jours de vacances, Betty a le sentiment d'avoir commis une erreur irréparable...

Quelques jours plus tard, son existence bascule dans le cauchemar. Le verdict tombe : « Tu ne quitteras jamais l'Iran ! Tu y resteras jusqu'à ta mort. » En proie au pouvoir insondable du fanatisme religieux, son mari se transforme en geôlier.

Elle n'a désormais qu'un objectif : rentrer chez elle, aux États-Unis, avec sa fille. Quitter ce pays déchiré par la guerre et les outrances archaïques : ce monde incohérent où la femme n'existe pas.

Pour reconquérir sa liberté, Betty mènera deux ans de lutte incessante. Humiliations, séquestration, chantage, violences physiques et morales. Rien ne lui sera épargné.

MICHEL DE GRÈCE

LE PALAIS DES LARMES

Qui aurait imaginé que Théodora, originaire d'un misérable quartier de Constantinople, serait un jour impératrice d'Orient ! Ni les enfants qui partageaient ses jeux et ses souffrances. Ni même les actrices qui lui apprirent le mime et la danse. Encore moins les clients des tavernes obscures à qui elle dispensait ses charmes contre un peu d'argent.

L'ancienne courtisane, devenue épouse de l'empereur Justinien, confesse ici les étapes de son fabuleux destin. Volontaire, parfois cruelle mais toujours maîtresse de son destin, Théodora, être de légende qui rayonna sur le plus grand empire du monde, nous est restituée ici comme jamais...

Un inoubliable destin de femme au VIe siècle de notre ère.

GILLIAN BRADSHAW

LE PHARE D'ALEXANDRIE

Éphèse, Asie Mineure, en l'an 371... Charis, seize ans, est passionnée par la médecine. Elle lit Hippocrate, soigne les chevaux et dissèque les oiseaux morts. Mais la médecine est un art interdit aux femmes.

Charis décide de se rendre à Alexandrie en se faisant passer pour un eunuque. Commence alors une incroyable carrière : médecin attitré d'un archevêque, chef d'un hôpital militaire, prisonnière des Goths qui apprécient ses talents, Charis vole de victoire en victoire.

Mais sous l'habit de l'eunuque bat le cœur d'une jeune femme qui n'est pas insensible au charme du bel Athanaric. Charis devra-t-elle éternellement dissimuler ses sentiments ?

CHRISTIAN JACQ

LA REINE SOLEIL

Dans la Cité du Soleil brûlent les derniers feux du règne d'Akhénaton et de Néfertiti. L'Égypte est au bord du gouffre et s'inquiète : qui succédera à ces souverains exceptionnels ?

Les regards se tournent vers Akhésa, troisième fille du couple royal, à l'extraordinaire beauté, déterminée à poursuivre l'œuvre de paix de son père. Tous les obstacles tombent devant sa volonté farouche et son sens inné du pouvoir : Akhésa a le profil d'une reine.

Elle montera sur le trône aux côtés d'un jeune homme follement amoureux, le célèbre Toutankhamon. La destinée de l'Empire égyptien est entre les mains de ces deux adolescents.

Admirés mais isolés, sauront-ils préserver la destinée de l'Empire égyptien et braver le puissant général Horemheb, éminence grise du pouvoir qui rêve d'être Pharaon ?

Achevé d'imprimer en juillet 1990
sur les presses de l'Imprimerie Bussière
à Saint-Amand (Cher)

PRESSES POCKET - 8, rue Garancière - 75285 Paris
Tél. : 46-34-12-80

— N° d'imp. 2055. —
Dépôt légal : novembre 1986.

Imprimé en France